Kerstin Thorvall

Im Licht eines neuen Tages

Kerstin Thorvall

Im Licht eines neuen Tages

Roman

Aus dem Schwedischen von
Senta Kapoun

Krüger Verlag
Frankfurt am Main

Die Originalausgabe erschien 1998
unter dem Titel ›Från Signe till Alberte‹
im Verlag Albert Bonniers Förlag, Stockholm

Published by agreement with Bengt Nordin Agency,
Sweden, and Agentur Literatur, Germany
Deutsche Ausgabe:

Satz: Pinkuin Satz und Datentechnik, Berlin
Druck und Bindung: Clausen & Bosse, Leck
Printed in Germany 2003
ISBN 3-8105-2040-3

Im Licht eines neuen Tages

Einführung

Liebe Alberte,
ich scheine mich nach einer Katastrophe zu sehnen. Als ich eben zwei Mal hintereinander einen Knall wie von zwei Pistolenschüssen hörte, sprang ich erschrocken aus dem Bett und lief zur offenen Balkontür. Weder Todesschreie noch Sirenen eines Krankenwagens waren zu hören, was mich enttäuschte. Unten liegt der kleine Park mit den großen, ruhigen Bäumen, die sogar jetzt im November noch grün sind. Zu sehen gibt es nichts, außer vier Hosenbeinen. Zwei ältere Herren sitzen ins Gespräch vertieft auf einer Bank. Ein kleines Mädchen, das zu warm angezogen ist, wird von seiner Mutter mit energischem Griff gebändigt. Sie ist vermutlich eine echte Vertreterin guter französischer Erziehungsmethoden und hält es nur für natürlich, jeden noch so geringen Ansatz von Übermut, wie etwa kleine fröhliche Hopser, im Keim zu ersticken. Das gilt vor allem für Mädchen.

Wie eine alte Frau seufze ich auf, trinke einen Schluck Wasser und lege mich, einen Schal über den Beinen, wieder aufs Bett. Hier liege ich nun schon in der dritten Woche und kann mir nicht erklären, warum. Ich bin Stipendiatin des *Centre Culturel Suédois* in Paris, und schon allein die Tatsache, hier aufgenommen worden zu sein, ist wahrlich nicht übel. Man muss ein Gesuch einreichen und glaubwürdig begründen, warum man als Schriftstellerin ausgerechnet das Pariser Milieu studieren will. Ich schrieb, ich möchte durch die Straßen gehen, durch die du, Alberte, seinerzeit gegangen bist, will die alten Häuser auf dem Montparnasse sehen, in deren kleinen Hinterhöfen manchmal auch heute noch ein Atelier mit einem Abort in der hintersten Hofecke zu finden ist. Das machte sich auf dem Formular für die Bewerbung recht gut. Hätte es keinen Eindruck hinterlassen, würde ich nicht hier liegen und an einer weiß getünchten Decke rissige braune Balken aus dem 17. Jahrhundert anstarren, die mich irgendwie an Elefantenbeine erinnern.

Es ist ein schönes und bequemes Zimmer, geschmackvoll restauriert und eingerichtet. Der Waschraum mit Toilette ist klein, aber es schwimmt keine Maus im Handwaschbecken, wie bei dir damals, und jeden zweiten Tag kommt eine Frau zum Saubermachen. Meine Zeit ist begrenzt. Ein Monat – also ist gut die Hälfte der Zeit schon vorbei. Die Angst liegt wie ein undurchlässiger Filter zwischen mir und meinem Auftrag. Unfassbar, dass die Vögel noch zwitschern, obwohl der Herbst schon so weit fortgeschritten ist! Ich sollte mich lieber anziehen und nach draußen gehen.

Wenn ich wenigstens ab und zu gern ein Glas trinken würde! Wenn ich hier liegen würde und mich volllaufen ließe, wäre das zwar tragisch, aber immerhin verzeihlich. Wie arm ist doch der Mensch.

Ich bin siebzig Jahre alt und weiß nicht einmal, ob du dir jemanden in diesem Alter vorstellen kannst.

Als du damals in Paris ähnliche Sorgen gehabt hast wie ich jetzt und mit dem Wissen durch die Straßen gingst, dass du in Paris etwas ganz anderes hättest tun sollen, bist du einer dieser alterslosen Frauen begegnet, die es auf dem Montparnasse immer gegeben hat und immer geben wird.

Sie … haben Falten und graue, ungepflegte Haare, tragen lange Röcke, schleppen, unter den Arm geklemmt, Klappstuhl und Staffelei, am Ellbogen hängen große Pinselbeutel, und dazu halten sie in jeder Hand noch eine auf Blindrahmen gespannte feuchte Leinwand. Sie sitzen an Straßenecken, in Parks und an den Ufern der Seine und malen, belegen bei Akademien und Krokikursen aufdringlich und unnütz die Plätze, verschwinden vielleicht über den Sommer, tauchen aber, pünktlich wie die Jahreszeit selbst, im Herbst wieder auf, leben von nichts und kochen, wie etwa Fräulein Stoltz, aus dem Eierwasser noch Tee. Die Stoltz ist eine von ihnen, die Potter gehört auch dazu. Ursprünglich kommen sie aus verschiedenen Ländern und haben die unterschiedlichsten Erlebnisse hinter sich. Jetzt sind sie hier und alle malen ungefähr gleich … Der Gedanke, dass es möglich ist, hier zu leben und nichts anderes zu sein als ein hässlicher, fast mittelloser Dilettant mittleren Alters, ist mir unheimlich.

Aber ich bin ja keine von denen. Im Gegenteil. Ich bin eine ältere Dame, der es gut geht.

Es zieht. Ich lege den Schal um die Schultern und schließe die Balkontür. Auf dem geräumigen Schreibtisch stehen meine Schreibmaschine und ein kleiner Kassettenrecorder. Vor der Abreise bat ich eines meiner Kinder, ein Band mit traurigen Balladen zu bespielen. Ich klicke die Nummer drei an. Ein trübsinniger Song.

Wenn man sich selbst quälen will, ist das ein Tophit: Eine heisere, etwas brüchige Männerstimme im Gegensatz zu einer wunderbar zarten Mädchenstimme, die manchmal zu brechen droht.

Schwer sinke ich auf meinen Arbeitssessel nieder und höre Wortfetzen, die unerträglich sind.

In einem Sternschnuppenregen des Schweigens …
schimmernd wie damals …
Bist du immer in mir. Bist du immer in mir …
Halte mich, du … halte mich zwischen Geisterstunde
und dämmerndem Morgen …
und wärme mich, wiege mich …
Halte mich immer fest in dir …

Ich muss weinen.

Selbst schuld. Ich war zu rechthaberisch und zu bockig.

Ich habe mich nicht angepasst, habe nichts ausgehalten, habe nicht mein Möglichstes getan. Ich habe geschrien, habe mit Sachen um mich geworfen, habe geweint und bin abgehauen. Habe mich nicht vorgesehen. Habe nicht einsehen wollen, dass ich im Herbst des Lebens doch jemanden an meiner Seite brauchen würde, an den ich mich zwischen Geisterstunde und Morgendämmerung anlehnen kann.

Das haben wir beide aufgegeben, Alberte. Wir haben darauf verzichtet.

Die Einsamkeit im Morgengrauen ist der Preis der Freiheit.

Man kann nicht alles haben.

1

Du bist seit nunmehr fast sieben Jahren hier in Paris. Deine Verwandten in Kristiania verlieren wegen der Zuwendungen für deinen Aufenthalt langsam die Geduld. Sie wissen nicht, was du tust, nehmen aber an, dass du dich deiner Malerei widmest. Aber in Wirklichkeit schlenderst du die meiste Zeit, von einer unergründlichen Unruhe getrieben, nur durch die Straßen. Du ziehst in immer billigeren Hotels in die schlechtesten und kleinsten Zimmer unter dem Dach. Manchmal reißt du dich zusammen und schreibst für irgendeine norwegische Zeitung einen Reisebericht aus Paris. Du weißt, was sie haben wollen. Eher Oberflächliches, Pittoreskes, Unterhaltsames. Wenn es dir gelingt, etwas in dieser Art zustande zu bringen, kommt Geld, mit dem du die Miete für einen weiteren Monat bezahlen kannst.

In Paris gibt es eine Kolonie nordischer Künstler, die sich auf verschiedenste Art durchs Leben schlagen. Du meidest alle, die deine Sprache sprechen. Unter ihnen ist ein wortkarger, doch aufmerksamer Maler namens Sivert Ness. Seine Art, dich schweigend zu beobachten, behagt dir nicht.

Du hast andere Freunde. Liesel, deren Familie als Gruppenfoto auf dem Vertiko steht. Ordentliche Menschen, das sieht man sofort. Sie warten darauf, dass Liesels Kunststudien in Paris sichtbare und möglichst bald auch einträgliche Resultate zeitigen. Dann gibt es noch den Schweden Eliel, gut aussehender, südländischer Typ – Bildhauer. Wir haben Maruschka und Alphonsine, zielstrebige Frauen, die bei erfolgreichen Künstlern Modell stehen. Zwischendurch lassen sie sich auch schon mal von eher bürgerlichen, gut betuchten Herren zum Essen einladen und nehmen ab und zu, natürlich ohne jegliche Verpflichtung, schon mal ein Geschenk von ihnen an. Nur manchmal natürlich … Aber darüber spricht man nicht.

Deine Zuflucht ist das kleine hässliche Zimmer ganz oben unter dem Dach. Du hast im Bon Marché ein Stück dicken grünen Wollstoff gekauft und ihn als Decke auf den runden Tisch gelegt. Auch der Stuhl und die Matratze kommen aus diesem Laden. Um nichts Gebrauchtes kaufen zu müssen, hast du auf jede, noch so geringe, Eleganz verzichtet. Auf dem Tisch mit der grünen Decke stehen Tintenfass, Schreibmappe und die Schachtel mit dem Briefpapier. Das alles tritt im Lampenlicht deutlich hervor und hat dadurch etwas unheimlich Offenkundiges an sich.

Dort also sitzt du und schreibst Briefe. Manchmal ist es nur eine kurze Nachricht, die du an eine Adresse in Dänemark schickst. Bisweilen begnügst du dich mit einem kurzen, mit nur einem Buchstaben unterzeichneten Gruß.

So wie du und ich sitzen Tausende Frauen und schreiben an jemanden, der nicht antwortet. In deinem Fall heißt er Vejgaard und ist ein Däne, dem du an einem Sommerabend zufällig am Fluss begegnet bist, wo das Licht der Bogenlampen über einer traumhaften Welt grüner Laubmassen, dunkler Schatten, vager Silhouetten von Menschen, die wie auf einer Bühne auf- und abtreten, zu theatralischen Monden wird. Unter ihnen sind Freunde, die dich nicht beachten, wie etwa der Finne Kalén, der immer betrunken und schlecht gelaunt ist, an seiner Seite wie immer eine neue Eroberung, die ihn für ein verkanntes Genie hält und nur den einen Wunsch hat, ihn zu trösten und seine Muse zu werden. Im Gegensatz zu euch anderen Frauen weiß sie nicht, dass Kalén eine Ehefrau hat, die in der Wohnung in der Rue d'Assas gegen Bezahlung Leute massiert und so für das tägliche Brot sorgt. Sie bezahlt seine Schulden in den Cafés und sorgt dafür, dass er einen Teller Haferbrei bekommt, wenn er in den frühen Morgenstunden hilflos über die Schwelle torkelt.

An einem dieser Abende, der so vielen anderen davor gleicht, kommt ein Neuer hinzu. Du kannst seinen Augen, die hartnäckig hinter einer Brille in deine Richtung blicken, nicht entkommen. Er heißt Vejgaard. Du willst nichts mit ihm zu schaffen haben.

Aber er lässt nicht locker, es beunruhigt ihn, dass du mitten in der Nacht allein nach Hause gehen musst, und es lässt sich nicht verhindern, dass er dich begleitet und dafür sorgt, dass du unbehelligt zur Haustür hinein kommst.

Er wird künftig so einiges für dich bedeuten. Für dich, die du vor allem in Ruhe gelassen werden willst. Aber Vejgaard ist nicht der Typ, der sich so leicht abschütteln lässt. Obwohl du dich widersetzt, kommt er dir näher. Und dann nimmt er dich auf einen Ausflug nach Versailles mit, ihr schlendert ohne einen Gedanken an das Verrinnen der Zeit durch den großen Park, und unversehens muss er dich bei der Feststellung, dass die Tore geschlossen sind, in einen Heuhaufen betten und mit seinem Rock zudecken.

Du bist mit Tau und Heu in den Haaren aufgewacht. Er, grau und übernächtigt, ist schnell bei der Hand und zupft dir Halme und Spreu aus dem Haar. Sein Gesicht ist todernst. Du bist wie benommen. Ein Lachen von nirgendwo wallt in dir auf. Du verbirgst dich darin.

Danach trefft ihr euch häufig. Du lässt ihn gefährliche, süße Gefühle in dir wecken. Er hat ehrliche Absichten, doch noch bevor ihr euch ernstlich zusammen einrichten könnt, muss er heim nach Dänemark, um dies und jenes zu ordnen: eine Ehescheidung steht bevor.

Du selbst scheust vor dem Gedanken an eine Ehe zurück, sie hat für dich immer mit Zwang und Mühsal zu tun.

Und doch bist du jetzt nahe daran, mit Vejgaard …

Ihr werdet das näher besprechen, wenn er zurückkommt.

Seine warmen Hände, als er deine auf dem Gare du Nord festhält. Bis der Zug anfährt. Erst da fällt dir etwas ein, was du hättest sagen müssen, es liegt dir schon auf den Lippen. Aber der Lärm übertönt dich. Ein winkender Hut. Er ist weg. In dir sammeln sich Tränen.

Aber ihr werdet einander ja schreiben.

Schon zwei Tage nach seiner Abreise sitzt du im Parc de Montsouris und schreibst ihm den ersten Brief.

Aber von ihm? Nichts. Du spürst, wie du den Boden unter den Füßen verlierst. Maruschka und Liesel sehen dich mit immer aufmerksameren Augen an. Obwohl Liesel sofort wieder nur an sich selbst denkt. Sie ist von Eliel beseelt.

In herkömmlicher Weise hatte sie begonnen, für ihn Modell zu sitzen. Erst nur das Gesicht, dann bis zur Büste, dann ganz, und schon bleibt sie über Nacht, bleibt auch am nächsten Tag und kauft Essen ein, kocht, spült und stopft seine Socken.

Liesels verliebtes Lächeln, wenn sie erzählt, dass Eliel sie natürlich am liebsten heiraten würde. Dass aber das große Stipendium, für das er sich beworben hat, nur unverheirateten Künstlern zusteht.

Und natürlich muss er in erster Linie an seine Kunst denken, nun ja, das kannst du gut verstehen, *Albertinchen.*

Nach dem Treffen mit Liesel gehst du schleunigst heim in dein Zimmer mit der grünen Tischdecke und schreibst wieder ein paar Worte, um dich in Erinnerung zu bringen, schickst sie aber nicht ab. Die Welt gerät aus dem Gleichgewicht. Du hast das Gefühl, an jemanden zu schreiben, den du gar nicht kennst.

Du könntest genauso gut zum Fenster hinaus rufen, hinaus in das Dunkel der Nacht.

Und ich selbst sitze, im Sommer 1947, in Paris in Kirchen und schreibe Briefe an einen, der auch nicht antwortet. Die Hitze ist unerträglich. Aber in den Kirchen ist es immer kühl.

Der Straßenasphalt ist von Damenschuhen mit Stöckelabsätzen durchlöchert. Ich hatte mir ebenfalls die in dieser Saison modernsten Sandaletten gekauft; sie hatten Riemchen, die man um die Knöchel wickeln musste, und hohe Plateausohlen aus Kork.

Im Übrigen kleidete ich mich hausbacken einfach, trug ein kariertes Baumwollkleid aus einem Damenkleidergeschäft in Uppsala. Mein schulterlanges Haar war gescheitelt und wurde seitlich von einer Haarspange gehalten. In der Pension du Luxembourg, der kleinen Studentenpension, in der ich wohnte, hielt man mich für sechzehn und fragte sich, was für eine Mutter das wohl sein mochte, die ein so junges Mädchen alleine nach Paris fahren ließ. Natürlich sprach das niemand laut aus. Es umgab mich eher wie eine Art Stimmung.

In Wirklichkeit war ich fast zweiundzwanzig.

Mein Vorname war eine zweite Quelle der Besorgnis: Signe. Wie wird das eigentlich ausgesprochen? (»Singe« bedeutet im Französischen »Affe«.)

Wir einigten uns auf Cecile.

Ein sehr schüchternes junges Mädchen, das zwar mit der Sprache so einigermaßen zurechtkam, aber Angst hatte, Fehler zu machen. Wer wusste schon, dass es nur mein Körper war, dem man im Treppenhaus begegnete und den man an dem gemeinsamen großen Esstisch Platz nehmen sah.

Die Seele, zu der die anderen keinen Zugang hatten, weilte

in Schweden bei einem gewissen jungen Mann, der alles andere als ein Kavalier und für die Mutter des jungen Mädchens ein triftiger Grund war, die Tochter für drei Monate nach Paris zu schicken.

Sie hielt sich vermutlich an das alte Sprichwort »aus den Augen, aus dem Sinn«.

Aber in diesem Fall ging es daneben.

Einen Großteil meiner Zeit widmete ich dem Schreiben von Briefen an den jungen Mann, den ich ja doch eigentlich vergessen sollte. Jeden Tag schrieb ich. Ich verwendete sehr dünnes Papier, sodass drei Bogen zum normalen Briefporto in einen Umschlag gingen.

Ich saß am liebsten in Kirchen, besonders in St. Sulpice, die mir mit ihren beiden ungleichen Türmen seltsam unbeholfen vorkam. Aber auch irgendwie menschlich, wie jemand, den Gott gerade wegen seiner Mängel besonders liebte. Einerlei wie es draußen war, in den Kirchen war es immer wunderbar kühl. Dort war es friedlich und still; nur ab und zu ein leises Gemurmel wie von fernen Hummeln. Kerzen flackerten zu Füßen der Madonna mit dem Jesuskind und vor den Bildnissen der beliebtesten Heiligen.

Wenn ich kalte Beine kriegte, setzte ich mich in den Jardin du Luxembourg. In diesem Park standen schwere, im Boden verankerte grüne Bänke, deren Benutzung nichts kostete. Anders verhielt es sich mit den hübschen Stühlen, die man aufstellen konnte, wo man wollte, beispielsweise zu Füßen einer Statue am Teich, wo kleine Jungen in knielangen Hosen mit ihren Segelschiffen spielten. Da hieß es aufpassen. Frauen in Baumwollkitteln liefen mit großen Taschen herum, um Geld zu kassieren. Manchmal überrumpelten sie mich beim Briefeschreiben mitten in einem Satz.

»Mademoiselle, s'il vous plaît«, und dazu die in Bettlermanier ausgestreckte hohle Hand.

Wenn die Besucher aufbrachen, weil der Park bald geschlossen wurde, standen die Stühle verlassen im Halbkreis oder auch nur zwei und zwei herum; dort hatten Menschen beisammen gesessen und sich miteinander unterhalten.

Und es waren vor allem die Stühle, die paarweise noch irgendwo standen und fast wie Liebespaare aussahen, die mich veranlassten, meinen Brief zu Hause mit erhöhter Temperatur fertig zu schreiben.

An anderen Tagen saß ich vor dem Jeu de Paume, dem Museum der Impressionisten, das ich oft besuchte.

Nie setzte ich mich in ein Straßencafé. Das wäre an sich die natürlichste Sache gewesen, unter den grünen Markisen war es kühl und vor einem stand auf dem Tisch eine kalte Zitronenlimonade.

Nicht einmal an der Ecke der Place St. Sulpice mit der besonders frommen, von Devotionalienläden geprägten Umgebung, wo Kruzifixe, Rosenkränze, Madonnenbilder und Flaschen mit Lourdeswasser verkauft wurden, wagte ich mich mit meinem Schreibblock niederzulassen.

Und ich will Ihnen auch sagen warum.

Im selben Zug wie ich war eine Dame gereist. Ich fuhr natürlich dritter Klasse und als wir an die Grenze zwischen Dänemark und Deutschland kamen, mussten alle Passagiere wegen einer umständlichen Passkontrolle aussteigen. Bunt gemischt standen wir mit Leuten aus der zweiten und der ersten Klasse in der Schlange. Wir wurden von strengen Polizisten mit befremdlichen Schirmmützen und hohen engen Lederstiefeln überwacht. Es sah alles nach Krieg aus, denn sie glichen haargenau jenen Männern, die wir auf den nach Kriegsende gezeigten schrecklichen Bildern gesehen hatten.

Es war ermüdend, so auf deutschem Boden Schlange zu stehen, und zu dem langsamen Vorankommen gesellte sich ein unvermeidliches Gefühl von Unbehagen. Die wartenden

Menschen kamen ins Gespräch. Ich stand neben einer älteren schwedischen Dame, einer feinen Dame mit einem Schleierhütchen und eleganten weißen, jetzt aber vom Ruß verschmutzten Glacéhandschuhen. Sie stellte sich als Frau Doktor Henrik Elbenzén vor. Sie war nach Nice unterwegs (es dauerte eine Weile, bis ich begriff, dass sie Nizza meinte). Es war der in den schwedischen Zeitungen gebräuchliche Name, wenn gemeldet wurde, dass der alternde König Gustav V. dorthin zum Tennis spielen fuhr. Oder wie es gerne hieß: »… um den weißen Sport auszuüben«.

Die Dame wollte in Paris also nur umsteigen.

Frau Doktor Elbenzén eröffnete unser Gespräch mit der Frage, wo sich meine Eltern denn befänden. Sie war somit die Erste, die darüber staunte, dass ein so junges Mädchen alleine ins Ausland reiste. Ich errötete, was ich im Übrigen schon beim geringsten Anlass tat, doch jetzt war es wegen der Unmöglichkeit, jemandem zu erklären, weshalb ich hier an der deutschen Grenze zwecks Passkontrolle Schlange stand. Es wäre zu umständlich gewesen und hätte zu viele Zwischenfragen zur Folge gehabt. Daher erklärte ich also so würdevoll wie möglich, dass ich mündig sei und an der École des Beaux-Arts in Paris Zeichnen studieren wolle. Das klang gut und entsprach außerdem der Wahrheit. Zudem hatte meine Mutter einen guten und sicheren Ort gefunden, wo ich wohnen würde (was eher eine Vermutung war).

Jetzt machte die Warteschlange einen Schritt vorwärts.

»Und wer holt das kleine Fräulein Tornvall am Gare du Nord ab?«

Ein großer Nachteil meiner Erziehung lag in der Forderung, immer die Wahrheit sagen zu müssen.

Ich fischte also einfach eine Postkarte mit meiner Pariser Adresse aus der Handtasche. Sie war für eine spätere Fahrt mit dem Taxi vorgesehen.

»Aber liebes Kind!«, rief die Doktorin aus, dass das Schleierchen flatterte. »Die Bewohner um den Gare du Nord sind alles andere als angenehm. Es ist mir unbegreiflich, wie Ihre Mutter, Sie sagten ja, sie sei Lehrerin …«

Wir näherten uns jetzt dem Tisch, an dem die beiden Passkontrolleure mit ihren Stempeln saßen. Meine neue Bekannte machte mich darauf aufmerksam. Wir würden uns bald trennen und nie mehr wieder sehen. Der Zug war lang und sie hatte ihren Platz in einem der vorderen Wagen, ich ganz weit hinten.

Noch bevor unser kurzes Beisammensein zu Ende ging, gab sie mir folgende Worte mit auf den Weg:

»Liebes Fräulein Tornvall, wie soll ich es nun ausdrücken: Niemand scheint Sie auf die offensichtlichen Gefahren vorbereitet zu haben, denen eine alleinstehende junge Frau in Paris ausgesetzt ist. Glauben Sie mir, diese Stadt ist ein Dschungel. Sie können nicht vorsichtig genug sein. Erwidern Sie in der Métro oder auf der Straße niemals einen Blick. Beobachten Sie die Pariserinnen; sie verstehen sich aufs Wegschauen. Und noch etwas: setzen Sie sich nie alleine in ein Straßencafé. Versuchen Sie, ein paar Teesalons ausfindig zu machen, die nur von Damen besucht werden. Ein besonders guter liegt zum Beispiel an der Rue 4 Septembre, ganz in der Nähe der Oper.«

Sie vergaß jedoch, auf die Parkbänke und die verlockenden Stühle bei jener nackten Figur im Jardin du Luxembourg hinzuweisen.

Ich setzte mich also wieder in mein Abteil für acht Personen. Durch die Angewohnheit meiner Mutter, immer frühzeitig auf dem Bahnhof zu sein, hatte ich mir einen Fensterplatz ergattern können. Dort hatte ich auch am offenen Fenster stehen und nach meinem heiß geliebten Lars-Ivar Ausschau halten können. Denn irgendwann musste er doch kommen und mir zum Abschied winken? Aber ich wusste nur zu gut, dass er ein leichtsinnigeres Verhältnis zur Uhr hatte als Mama und ich.

Mama stand verbissen und nervös auf dem Bahnsteig und tat, als merke sie meine Blicke nicht, die ununterbrochen davonflatterten. Sie leierte Verhaltensmaßregeln und Ermahnungen herunter, aber ich hörte weg. Die Lokomotive begann zu fauchen, was auf die Abfahrt hindeutete. Mit brennenden Augen sah ich mich um, tat es auch dann noch, als der Zug sich schon in Bewegung setzte und der Rauch das Abteil verqualmte. Ein älterer Herr erhob sich und schob das Fenster energisch hoch.

Und ich musste zur Kenntnis nehmen, dass Lars-Ivar gar nicht an meine Abreise gedacht hatte.

Aber wie allen verliebten Mädchen fielen mir sofort genügend Gründe ein, warum er nicht rechtzeitig hatte kommen können. Etwas am Arbeitsplatz. Dass seine Mutter plötzlich krank geworden war. Dass er versucht hatte, mich in Uppsala anzurufen, Mama und ich aber die Wohnung schon verlassen hatten.

Die Reise verlief dann aber so dramatisch, dass ich ihn immerhin für 24 Stunden ganz vergaß.

Magere deutsche Kinder liefen auf den Bahnhöfen am Zug entlang und die Reisenden warfen ihnen Kekse und Schokolade zu. Die stockfinstere Nacht, in der wir durch Deutschland fuhren, hatte etwas Unheimliches an sich. Erst drei Monate später, auf der Heimreise bei Tag, begriff ich, warum. Deutschland war ein Land der Ruinen. Wir fuhren an Steinhaufen entlang. Aber sehen Sie nur: eine Ecke, ein Stück Haus, das stehen geblieben war und in dem sich Menschen einzurichten versucht hatten. Weiße Gardinen flattern aus einem offenen Fenster. Eine Geranie leuchtet rot.

Auch die Reise durch Belgien war ein einziger Albtraum. In

den Grubenbezirken war alles grau oder kohlschwarz: Häuser, Straßen, Menschen und weiße Gardinen sah man nirgendwo.

Nordfrankreich im Regen war, ebenso wie die Vorstädte von Paris, kein erhebender Anblick.

Doch dann kam sie plötzlich: die Stadt. Schon von weitem leuchtete uns Sacré-Cœur weiß entgegen, und da waren auch die Schornsteine über den Dächern, auf denen im Lied die jungen Liebespaare verweilen.

»Amour, amour, amour …«

Es war für mich überhaupt kein Problem, ein Taxi zu finden und alle Pariser Ansichten wahrzunehmen, die ich von Fotobänden schon kannte. Die Schilder der Métro. Die Markisen vor den Cafés. Die Baumreihen an den Boulevards. Und dort … ja, da steht er, der *Triumphbogen*. Ich beugte mich vor und erkannte weiter drüben den Eiffelturm. Eine Brücke über die Seine.

Ich bin in Paris. Ich bin eine diplomierte Modezeichnerin, die zum ersten Mal in die Hauptstadt der Mode kommt. Paris.

Der Taxichauffeur bringt mich prompt und sicher vor die Haustür 8, Rue Servandoni.

Die gute Frau Doktor Elbenzén hatte nicht verstanden, dass ich einer jungen Nonne vergleichbar war, deren Orden es ihr erlaubt, sich außerhalb der Klostermauern aufzuhalten. Sie befindet sich in der Welt, ohne sich ihrer zu bedienen. Man braucht keine Schwesternhaube zu tragen, um wie eine Nonne zu wirken. Ein Mädchen ist, auch wenn es nackte Arme hat und an den Füßen modische Sandaletten trägt, durch angeborene Naivität und Unerfahrenheit geschützt. Ich hätte ruhig auf Caféterrassen sitzen oder sogar einen jungen Mann in der Métro ansehen können. Wahre Unschuld bemerkt keine Blicke, kein Zuzwinkern, keine anzüglichen Gesten.

Außerdem war ich aus tiefstem Herzen in einen Mann in Schweden verliebt, der meine Gedanken in jeder wachen Sekunde beschäftigte.

Auch das schützt irgendwie.

Meine arme Mutter hatte vor keiner einfachen Wahl gestanden. Hatte aber gleichsam auf das richtige Pferd gesetzt. Ihrer Meinung nach konnte sich nichts in diesem Sommer in Paris so verhängnisvoll auswirken wie ein Aufenthalt in ein und derselben Stadt mit dem ungeeigneten Objekt der überspannten Schwärmerei ihrer Tochter.

Die beiden hatten sich in der Schule kennen gelernt, in der das Mädchen Modezeichnen studierte – auch das gegen den Willen der Mutter. Hier war sie dem jungen Mann mit dem unsteten Blick und dem schlaffen Händedruck begegnet. Seinem zweifellos charmanten Lächeln, diesem Aufblitzen der Augen und diesen, obwohl noch so jung, gleichsam verlebten Zügen von der Nasenwurzel abwärts.

Er hatte ganz offensichtlich das Aussehen eines Verführers.

Schon länger war es in bürgerlichen Familien mit dem erforderlichen finanziellen Hintergrund der Brauch, Töchter ins Ausland zu schicken, um sie einen unerwünschten Schwiegersohn in spe vergessen zu machen. Bei anderen, nach außen hin ähnlichen Reisen, ging es um Töchter, bei denen bereits *etwas passiert* war. Es handelte sich dabei um die mit so vielen verschiedenen Formulierungen bedachten Folgen: »Ist ins Unglück geraten«; »Es hat sie erwischt«; »Sie muss für zwei essen«; »Der Storch hat sie ins Bein gebissen«.

Signes Mutter zog nie in Zweifel, dass ihre Tochter noch immer rein war in Gedanken, Worten und Werken. Aber dieser verschwommene Blick, das pausenlose Erröten, das Lachen, das *Strahlen*, wenn er sie anrief. All das wies darauf hin, dass keine Zeit zu verlieren war. Sie erkannte in diesem fatalen Erblühen die offenbare Gefahr, dass diese tugendhafte, christliche junge Frau alle Normen und Ideale übergangslos hintanstellen und sich hingeben würde.

Denn da war etwas Liederliches an seiner Person. Etwas, das von beträchtlichen Erfahrungen und Schändlichkeiten mit weniger wählerischen jungen Frauen zeugte.

Meine arme Mutter wusste nicht, dass niemand besorgter um mein Jungfernhäutchen war als Lars-Ivar.

Es war meine Unschuld, in die er sich verliebt hatte.

Und dann natürlich in die Tatsache, dass ich ihn vergötterte.

Schon hier, Alberte, merkst du den Unterschied zwischen uns beiden.

Du bist zwar zurückhaltend, aber du bist es aus Abscheu vor dem, was von dir erwartet wird. Dass du nämlich recht bald einen standesgemäßen jungen Mann kennen lernen mögest, der dir den Hof macht und dessen Heiratsantrag du nach einer vorgegebenen Zeit mit Ja zu beantworten hättest.

Eine Zeit lang stand ein gewisser Rechtsanwalt Bergan im Mittelpunkt deines Interesses. Die übrige Welt findet wohl nicht viel an diesem Mann mit den wässrigen blauen Augen und den farblosen, strähnigen Haaren. Er bewegt sich gemächlich, aber doch selbstbewusst. Er weiß um seinen Wert. Hintenherum erfährt man, wie seine Wohnung eingerichtet ist und dass dort in jeder Hinsicht alles immer tipptopp zu sein hat. Seit er sich ein Klavier angeschafft hat, wird er sich nach Meinung der älteren Damen auch bald für eine Bestimmte entscheiden.

Er grüßt mal die eine, mal die andere der jungen Damen, verbeugt sich sehr höflich, aber nichts in seinem Verhalten lässt darauf schließen, wem seine Sympathien gehören.

Du errötest, sobald du ihn siehst. Beim bloßen Gedanken daran, dass er bei dir hängen bleiben könnte.

Du kennst dein vorbestimmtes Los. Es gibt in der Familie ja auch noch deinen Bruder Jakob. In erster Linie lässt sich eine Familie doch die Ausbildung eines Sohnes etwas kosten. Eine Tochter wird ja doch heiraten, oder?

Ich stelle fest, Alberte, dass ich vermutlich der ersten Mädchengeneration angehöre, die das Gymnasium besuchen, das Abitur machen und auch weiterstudieren durfte. 1921 erhielten die Frauen in Schweden das Wahlrecht. Das war nur der Anfang all der neuen Möglichkeiten, die sich mir und meinen Mitschülerinnen eröffneten. Der Traum, dem einzig Richtigen zu begegnen und sich zu verheiraten, bestand aber weiterhin. Aber deiner Familie ging es nicht um »den einzig Richtigen«. Es musste einer kommen, der dich haben wollte und dich versorgen konnte.

Wir, die wir im Jahr des Friedensschlusses das Abitur machten, hatten fast durchweg Berufspläne. Bei einem Klassentreffen zehn Jahre später zeigte sich, dass neunzig Prozent aller Mädchen Lehrerinnen geworden waren. Eine war Juristin. Ich Modezeichnerin, mit eigener Kolumne in einer Illustrierten.

Trotzdem machten vor allem Fotos von Ehemännern und Kindern die Runde. Ich erinnere mich, dass Berith, die sich in der Oberprima verlobt hatte und von allen beneidet wurde, weil sie so oft wie möglich ihren Ring an der linken Hand aufblitzen ließ, dass sie also bei dem Jubiläum fehlte. Eine konnte mit leiser Stimme mitteilen, dass Beriths Bräutigam, Arne, die Verlobung nach sieben Jahren gelöst und eine Andere geheiratet hatte.

Meine Mutter hatte eine Tochter, die etwas werden durfte. Aber es war keineswegs das, was Mama sich vorgestellt hatte. Ich glaube auch nicht, dass sie mich um jeden Preis verheiraten wollte. Neue Zeiten waren angebrochen, tüchtige Mädchen kamen jetzt alleine zurecht. Und ihre eigenen Erfahrungen mit dem Eheleben waren so gelagert, dass sie sich wohl vor allem wünschte, dass ihre Tochter davon verschont bleiben möge.

In ihrer Planung gab es also keinen Schwiegersohn.

Sie hoffte vermutlich, dass meine »Reinheit« mich uneinnehmbar machen würde.

Ich leide mit dir, Alberte, die du in der Kleinstadt Blicken und Gerede ausgesetzt bist und keinen Ausweg siehst.

Aber ich beneide dich um deine eitle und oberflächliche Mama, die sich, rückerinnernd, in der besseren Gesellschaft von Kristiania immer noch als sehr umschwärmte junge Dame sieht.

Ich beneide dich darum, dass du einen Bruder hattest. Nicht nur, weil du ihn lieben und bemuttern durftest, sondern auch, weil er sich den Erwartungen deiner Eltern nicht fügen wollte und dadurch so sehr ins Blickfeld rückte, dass du, gleichsam in seinem Windschatten, zeitweilig deine Ruhe hattest.

Ich beneide dich auch darum, dass du so lange einen Vater hattest.

Er war übrigens ein weiteres Kümmernis im Leben deiner Mutter; sieh an, noch ein Grund, warum sie nicht immer nur auf dich ausgerichtet sein konnte.

Ich beneide dich um eure Köchin Jensine. Mürrisch, aber loyal, ließ sie dich auch den fünften Becher heißen Kaffee mit auf der Zunge zergehenden Zuckerwürfeln im Mund trinken.

Nun muss Jensine, verärgert brabbelnd, für sich selbst den Kaffeesatz noch einmal aufbrühen: »Das werd ich der Frau sagen, Alberte, verlass dich drauf.« Aber sie sagt das nur so. Jensine petzt nie. Jensine musste oft genug als Puffer zwischen dir und deiner Mutter herhalten.

Ich, andererseits, hatte niemanden. Nachdem *Er* gestorben war und mich mit *Ihr* alleine gelassen hatte, ich war damals elf

Jahre alt, hatte ich nur noch *Sie*. Ich war als Tochter die Leibeigene ihres Lebens, war ihrer unbeugsamen Freudlosigkeit und somit einem Gott ausgeliefert, der die gleiche Moral verfolgte wie sie.

Sie gewährte mir Schutz, ließ das Leben nicht an mich heran. Für sie war alles gefährlich. Angeblich war ich schwächlich. Aber wenn man artig und folgsam war und vor älteren Damen einen tiefen Knicks machte, konnte man sich so gut wie sicher fühlen.

Sie schaffte es, dass ich die ganze Schulzeit hindurch bis zum Abitur vom Turnen befreit war. Schwache Fußgelenke, stand auf dem Befund. Mein Körper wurde mir zum Feind. Ich stolperte, ließ Gegenstände fallen, stieß mich an Tischkanten und Fenstersimsen, hatte immer Angst hinzufallen, mir weh zu tun, fühlte mich der Eigendynamik meines Körpers ausgeliefert. Meine Brust entwickelte sich, Hüften und Oberschenkel wurden dick, dazu kam dieser Ekel vor den Monatsblutungen, ich wollte das alles nicht. Ich war die Gefangene meines heranwachsenden Körpers.

Du hingegen beherrschtest deinen Körper, er gehorchte dir. Als du, um des täglichen Brotes willen, Modell stehen musstest, bereitete dir das tiefes Unbehagen. Dann aber siehst du dich in dem großen Spiegel, schmächtig und mit lang gestreckter Linienführung, mit spärlicher Muskulatur, die sich hier und dort gerade so viel wölbt und rundet, dass man sich ihrer nicht zu schämen braucht. Eine beherrschte Nacktheit ohne Übertreibungen. Als Frau dürfte man eigentlich nicht mit noch weniger ausgestattet sein.

Mein Gott, wie gerne hätte ich so ausgesehen!

In Paris ist man auf große Spiegel geradezu versessen. Kaum hebst du den Blick, stehst du dir selbst schon in Lebensgröße gegenüber. Das kann zwischen zwei Schaufenstern sein, immer auch in den großen Vorhallen eleganterer Wohnhäuser, natürlich in den Fahrstühlen, nun, du wirst einsehen, dass mir im Moment nicht alle weiteren möglichen Spiegelflächen einfallen, aber ich weiß, dass ich trotz relativer Sorglosigkeit ununterbrochen mir selbst gegenüberstand: einem großen Mädchen mit sehr kleinem Kopf, schlanker Taille, aber von hier abwärts dann dieses hemmungslose, geschmacklose Anschwellen.

Im Weitergehen fühle ich die dicken Schenkel noch deutlicher, sie reiben sich unter dem Rock aneinander.

Ich bildete mir sogar ein, es schmatzen zu hören.

2

Ich war etwa zehn Jahre alt, als ich die Entscheidung für meine Zukunft traf. Zu dieser Zeit hatte meine Produktion von Kleidern für meine Papierpuppen ihren Höhepunkt erreicht. Die Puppen, die Jane und Maureen hießen, waren schlank wie die Hollywoodstars Jean Arthur, Myrna Loy, Katherine Hepburn, Claudette Colbert … Sie alle waren flach, nirgends wölbte sich auch nur das Geringste. Einzige Ausnahme war eine widerlich vulgäre Dame namens Mae West. Sie hatte Kurven, die sie in engen weißen Kleidern und dann und wann durch eine weiße Straußenboa stolz betonte. Sie hatte außerdem einen sinnlichen Mund. Sie war in jeder Beziehung ein abschreckendes Beispiel für mich.

Sobald ich erwachsen sein würde, wollte ich nach Paris fahren und Modezeichnerin und ebenso schlank werden wie meine Papierpuppen und der Filmstar Jean Arthur. Ich wollte auch früh heiraten und viele Kinder bekommen. Damit sie Geschwister hätten. Mein Prinzgemahl und somit der einzig Richtige sollte der Mann sein, der mich als Erster küsste. Für ihn wollte ich mich aufheben (ich wusste nicht recht, was das bedeutete, aber in den Fortsetzungsromanen des Familienblattes *Allers* kam das Wort öfter vor). Der erste Kuss spielte sich mit Vorliebe in einem Garten mit blühenden Kirschbäumen und herabrieselnden Blütenblättern ab, die im Haar des

Mädchens wie Sterne glänzten. Der Kuss war lang und innig und danach flüsterte er: »Willst du die Meine sein auf ewig?«

Als Mama mir auf dem Hauptbahnhof von Stockholm zum Abschied nachwinkte, waren zwei meiner Beschlüsse schon Wirklichkeit geworden, der dritte würde bald in Erfüllung gehen. Ich war Modezeichnerin, ich war nach Paris unterwegs und von dem Mann geküsst worden, den Gott mir zugedacht hatte.

Ich hatte meine Ausbildung an der Axel-Beckbom-Schule für Mode und Werbung in Stockholm soeben abgeschlossen. Aber meine Figur konnte es nicht mit meinen Modezeichnungen aufnehmen und mein Abgangszeugnis war unterdurchschnittlich.

Es war die höchste aller Seligkeiten gewesen, endlich so viel zeichnen zu dürfen, wie ich wollte. Und das nicht erst, nachdem die Hausaufgaben gemacht waren. Sondern immerzu. Dieses Glück machte mich blind dafür, wie schlecht ich mich unter den übrigen Studenten der Schule ausnahm. Sie waren in der von mir erträumten Art schlank, Haar- und Kleiderschnitt entsprachen der neuesten Mode, Lippenstift und Nagellack stimmten in der kleinsten Nuance überein, sie waren selbstsicher und einem Flirt nicht abgeneigt, sie wussten, wie man den Ellbogen anhob, um die Büste zu betonen. Während sie sich einen Tabakkrümel von der Zunge pflückten, war ihr Blick unter leicht gesenkten Lidern von Zigarettenrauch umwölkt. Zwischendurch kicherten und tuschelten sie miteinander. Dass sie dabei nicht selten in meine Richtung schauten, fiel mir kaum auf.

Alles an mir war unerfreulich. Ja. Schon meine äußere Erscheinung entsprach nicht dem ästhethischen Stil der Schule. Kindisch, unerfahren, in einen schrecklichen, geblümten, so genannten Malerkittel gekleidet – den meine Mutter im Kurzwarenladen in unserer Straße erstanden hatte –, löste ich bei vielen meiner empfindsamen Lehrer migräneartige Zustände aus. Auch meine kindische Schaffenslust, die ich oft, wenn ich durch die Korridore eilte, durch das Singen von Kirchenliedern betonte, wurde als peinlich empfunden.

Hinter meinem Rücken wurde ich lächerlich gemacht. Man nannte mich »Die Pastorale«, nein, nicht nach der Beethoven-Symphonie.

Meine Hauptlehrerin im Fach Mode, die kühle, sachliche Ava Rosenholm, die im ganzen Land als hervorragende Modezeichnerin bekannt war, hatte größte Schwierigkeiten, es mit mir auszuhalten. Dieser bedauerliche Mangel an Stil und Beherrschung fand sich in meiner Art zu zeichnen wieder. Übereifrig hingeworfen. Und obwohl sie mich dauernd wegschubste, um meine fahrig spontanen Linien mit eigenen Strichen zu korrigieren, trat mein eigener Stil sehr schnell wieder in den Vordergrund. Ich war ganz einfach ein hoffnungsloser Fall und den Abgängern soll Axel Beckbom geklagt haben: *Wenn sie wenigstens auf diesen entsetzlichen Kittel verzichten würde.*

Der berühmte Tropfen brachte das Fass endlich zum Überlaufen, als ich eigenmächtig einen Zettel ans schwarze Brett heftete, dass, wer wolle, an einer von Pastor Per Cederlund geleiteten Gesprächsrunde über Fragen der Weltanschauung teilnehmen könne: »Interessenten mögen sich bei Signe Tornvall melden.«

Fünf Schüler und zwei Schülerinnen meldeten sich an. Einer der Teilnehmer war Lars-Ivar Palm aus Uppsala. Er war überzeugter Atheist.

Bei dem Treffen prallten die Meinungen aufeinander, und alle fanden es interessant und anregend. Nach dem zweiten Mal wurde ich zu Direktor Beckbom zitiert, einem Pascha von einem Mann um die fünfzig.

Sein mehrfaches Doppelkinn zitterte, sein Bauch zielte

gleichsam in meine Richtung, als er mir eine gewaltige Standpauke hielt.

»Bei mir rufen Leute an und fragen, ob die Beckbom-Schule plötzlich christliche Ziele verfolgt, was, zum Teufel, denken Sie sich eigentlich, Fräulein Tornvall? Haben Sie nicht begriffen, dass diese unangebrachte Initiative zuerst einmal mit dem Direktor der Schule hätte besprochen werden müssen?«

Ich bekam einen roten Kopf, wandte aber ein, dass ich »Fragen der Weltanschauung« geschrieben hatte und dass das alles einschlösse, Hinduismus, Buddhismus, Existenzia…

»Das reicht, Fräulein Tornvall.«

Sein Blick durchbohrte mich mit echtem Widerwillen.

»Dieser Vorgang wird sofort abgebrochen.«

»Ja, Herr Direktor«, sagte ich und machte einen Knicks, wie ich ihn vor Direktoren bisher immer gemacht hatte.

Dieser nun wurde knallrot im Gesicht und brüllte: »Sie brauchen vor mir keinen Knicks zu machen, Fräulein Tornvall.«

Auch dafür sollte ich nach und nach den Grund erfahren: Der Direktor und Gründer der Schule war nämlich ein Mann, der Wein und junge Frauen liebte und eitel genug war zu glauben, dass auserkorene Mädchen sich geschmeichelt fühlten, wenn sie von dem charmanten Axel Beckbom ausgeführt und begrabscht wurden.

Nun war aber Lars-Ivar durch mein unglückliches humanistisches Projekt neugierig geworden. Er war gerührt von so viel unverfälschter Unschuld. Er begann sich für mich zu interessieren. Und zwar so offensichtlich, dass es auffiel. Die tollsten Mädchen hoben missbilligend die Augenbrauen und verstanden die Welt nicht mehr. Diese hoffnungslos plumpe, lächerliche Landpomeranze! Lars-Ivar konnte doch jede kriegen, die er haben wollte.

Das war es ja. Es war zu simpel.

Mir gegenüber wurde er unsicher. Er wusste um die Verantwortung, wenn es darum ging, eine Unschuld zu verführen. Auch wenn sich alles vorläufig noch auf einer sehr unkörperlichen Ebene abspielte.

Meine Schwärmerei für ihn brachte mich gleichsam zum Leuchten. Nicht nur er merkte, dass diese Signe Tornvall – eigentlich – ein recht hübsches Mädchen war.

Eine Mutter merkt sofort, wenn ihre Tochter plötzlich unmotiviert zu strahlen und zu glitzern anfängt und verträumt vor sich hin lächelt. Dazu kommt ihre neue Angewohnheit, am Wochenende zu Hause sofort ans Telefon zu stürzen, wenn es klingelt.

Irgendwann musste ich Mama den jungen Mann ja auch mal vorstellen. O ja, es gab nichts, was ich mir sehnlicher wünschte.

Die kurze Begegnung ging glatt daneben.

Schon auf den ersten Blick hatte sie erkannt, dass dies nun wirklich kein Mann für ihre Signe war. Seine Gefährlichkeit war ihr sofort bewusst geworden. Das ganze zukünftige Leben ihrer Tochter war gefährdet.

Das ist der Grund, warum ich meine Briefe in Kirchen schreibe. Ich schreibe in einer Art Verzweiflung, weil er nicht dabei sein und nicht in Wirklichkeit sehen kann, was ich sehe und erlebe.

Die Glasfenster in Notre-Dame. Ach, ich weinte beim ersten Mal bei ihrem Anblick. In Wirklichkeit in diesem Paris zu stehen, das einem von Bildern her so bekannt ist. Die Bäume zu sehen, die sich über den Fluss neigen. Die Schönheit der Brücken. Die Clochards unten an den Kais. Die Buchläden. Der ungehindert freie Blick von den Gärten der Tuilerien hinüber zur Place de la Concorde und weiter bis zum Triumphbogen. Dort marschierten die Deutschen erst vor wenigen Jahren im Siegesrausch durch. Jetzt sind die Amerikaner hier. Sie marschieren nicht, sondern sitzen in den Cafés an den Champs-Elysées vor ihren Drinks. Das neue Siegervolk ist hier durch die breitbeinig dasitzenden, groß gewachsenen jungen amerikanischen Männer vertreten, die Paris als ihr Eigentum betrachten.

Solche Dinge berichtete ich in meinen Briefen und ich schrieb auch von den Bildern der Impressionisten, unter denen ich einige lieben lernte und zu denen ich immer wieder mit einer gewissen Verehrung zurückkehrte und über die ich viel nachdachte. Es waren die Tänzerinnen von Degas, aber noch weit mehr die Frau, die vor einem Glas grünem Absinth sitzt. Da waren die Selbstporträts des van Gogh mit und ohne abgeschnittenem Ohr. Die Sonnenblumen. Die verzweifelt aussehenden Olivenbäume. Die wogenden Kornfelder. Das Schlafzimmer. Die Zärtlichkeit in diesen so überaus einfach getischlerten Möbeln. Manets weiß verhüllte und bis auf ihre hochhackigen Pantoffeln nackte Olympia. Das Frühstück im Grünen. Bekleidete Männer. Die bei ihnen sitzende Frau nackt und ganz offenbar ein Teil der aufgetischten Mahlzeit. Und dann all diese Gruppenbilder von ernsten, dunkel gekleideten Herren, die den Betrachter bedeutungsvoll ansehen. Auf anderen Gemälden sind Frauen abgebildet. Sie haben wunderschöne Frisuren und Dekolletees. Manchmal spielen sie unter riesigen Bäumen Fangen; sie tragen bunte, weite Röcke, die sich bauschen, und bald werden diese Mädchen wohl durch die Lüfte fliegen.

Es gibt auch Familienporträts in der Galerie. Die Männer blicken herrisch und entschlossen vor sich hin. Die Frauen tragen dunkle, strenge Kleider, die Haare sind züchtig zurückgekämmt. Die Augen haben sie niedergeschlagen. Den Blick dorthin gewendet, wo ihre Leistung, ihr Lebenssinn zu sehen ist: Die Kinder.

Gauguin und Matisse. Ach, all das, woran ich mich nicht satt sehen kann, aber nie, niemals habe ich einen neben mir, dem ich mich zuwenden und den ich fragen kann: »Und was hältst du davon?«

In der École des Beaux-Arts zeichne ich Gipsfiguren ab, Kopien von griechischen Statuen, etwas Langweiligeres kann man sich kaum vorstellen. Aber man fühlt sich großartig, wenn man durch den schönen Hof des prachtvollen Gebäudes geht und eine Karte hat, die einen als Berechtigte ausweist.

Ich stehe in einem unüberschaubaren Verwaltungsgebäude in langen, durch die großen leeren Säle nur zäh vorankommenden Schlangen, wo Ausländer sich drängen, um zu befristeten Lebensmittelkarten zu kommen. Man hört viele fremde Sprachen und fragt sich, woher diese vielen Menschen kommen und warum sie ausgerechnet in Paris gelandet sind. Sind sie auch schon während des Krieges hier gewesen oder sind sie erst später gekommen? Waren sie Studenten so wie ich? Oder suchten sie Arbeit?

Manche von ihnen sahen elend aus. Sie waren nicht nur mager und schlecht gekleidet. Vor allem fiel mir der Ausdruck in ihren Augen auf. Dass sie unfassbare Grausamkeiten gesehen und erlebt haben mussten, die sich ein Mädchen aus Uppsala überhaupt nicht vorstellen konnte. Obwohl wir in unseren schwedischen Zeitungen Bilder und im Kino auch schwarzweiße Wochenschaufilme gesehen hatten, deren Inhalt man so sehr verabscheute, dass man immer wieder die Augen schloss.

Nie sprach in diesen Warteschlangen irgendjemand mit mir. Nie. Ganz gleich, wo ich in Paris ging, stand oder saß, ich schien eine Tarnkappe übergestülpt zu haben. Oder kam es daher, dass ich den warnenden Rat der Frau Doktor Elbenzén so unwahrscheinlich brav befolgte? Ich begegnete nie einem Augenpaar, das etwas von mir wollte.

Nur der mürrischen Dame am Schalter für Briefmarken und

Correspondence im Postamt an der Rue de Vaugirard fiel ich auf, ja, sie schenkte diesem errötenden jungen Mädchen, das mit seinen Briefen nach *la Suède,* wo immer das liegen mochte, eine solche *régulière* war, mit der Zeit sogar ein Lächeln.

Ich klapperte die Straßen von Paris nicht wie du, Alberte, der Reihe nach ab. Dazu war es zu heiß. Man flüchtete sich auf im Schatten stehende Bänke und, wie gesagt, in das kühle Dunkel der Kirchen, wo man, aus dem gleißenden Sonnenlicht kommend, zunächst wie blind war.

Mein Zimmer hatte Morgensonne. Nachmittags konnte ich mich dort bei geöffneten französischen Fenstern und der zum Flur hin offenen Zimmertür in leichter Zugluft aufhalten.

Vormittags rannte ich immer meine drei Treppen hinunter, um nachzusehen, ob Post in meinem Briefkasten lag. Auf den letzten Stufen mäßigte ich meine Schritte, um die Erwartung, dass heute endlich … etwas länger auszukosten.

Nein, auch heute nicht.

Materiell litt ich keine Not. Es war eine einfache Pension, aber das Frühstück und zwei bescheidene Mahlzeiten waren im Preis inbegriffen. Gegen Ende der Woche wurde die Mittagssuppe dünner und dünner. Aber Brot war immer reichlich vorhanden.

Ab und zu schickte Mama aus Schweden ein Lebensmittelpaket.

Inzwischen ist mir bewusst geworden, dass ich nie danach gefragt habe, wie sie meinen langen Sommeraufenthalt in Paris überhaupt hatte finanzieren können. Über Geldangelegenheiten sprach sie nie mit mir.

Wenn sie Schwierigkeiten hatte, erfuhr ich nichts davon. Vermutlich wollte sie, dass ich ein unwissendes, sorgloses Kind blieb.

Wenn ein Paket aus Schweden kam, lud ich die paar Leute ein, mit denen ich mich in der Fremdenpension inzwischen angefreundet hatte. Wir feierten in meinem Zimmer mit dem etwas schiefen Fußboden. Auf dem schwammig weichen Bett kollerte man unerbittlich in die Mitte. Also fand die Feier eben auf dem Fußboden statt. Mein Paket enthielt in der Regel Knäckebrot, Streichkäse, Dosen mit Ölsardinen, Leberwurst und Thunfisch. Eine Packung Trockenmilch und zwei Dosen Tee fehlten nie. Meine französischen Freunde knabberten bedächtig an dem Wasa-Knäckebrot herum und Lucille nannte es *»des gâteaux suédois«*.

Keine von uns, Alberte, ist aus romantischen Gründen in Paris gelandet. Ich wurde dorthin verbannt. Bei dir gab der Tod deiner Eltern den Ausschlag. Paris bedeutete für dich vor allem: endlich frei sein zu dürfen.

Du entkamst den kleinstädtischen Erwartungen an eine heiratsfähige Tochter aus guter Familie dank einer entsetzlichen Katastrophe. Als dein Bruder Jakob eine Anpassung an die Planung eures Vaters, des Bezirksrichters, für seine eigene Zukunft verweigerte, gab es für ihn nur einen Ausweg. Söhne, die in dieser Hinsicht versagt, die aufbegehrt und eine Einordnung in das Programm verweigert hatten, gingen in der Regel zur See. Und das tat Jakob auch.

Du machtest einen Versuch, deinem vorausbestimmten Schicksal zu entkommen. Du bewarbst dich um eine einfache Stellung als Kontoristin bei Röst. Als deine Mutter das erfährt, legt sie sich aufs Sofa. Vernichtet. In all ihrer Machtlosigkeit weinend. In deinem Elternhaus herrscht bis zu dem Tag, an dem Papa mit einem geöffneten Kuvert in der Hand zur Tür hereinkommt, die reinste Begräbnisstimmung. Er hat sich erlaubt, den Antwortbrief von Röst zu öffnen. Du darfst ihn lesen. Die Stelle bei Röst ist schon besetzt. Und deine Mutter wird plötzlich lebendig. Sie setzt sich auf und ruft: »Der Himmel hat meine Gebete erhört.«

Als möglicher Heiratskandidat bleibt jetzt nur noch der Notar übrig, der Nachfolger des Anwalts Bergan. Etwas anders verhält es sich bei deiner Freundin Beda, die durch den Zahnarzt Lett ins Unglück geraten ist. Ihr bleibt als einzige Rettung der Stadtvogt, ein reifer Mann, der Beda seit langem verehrte, der sich aber wegen des Altersunterschiedes nie erklärt hatte. In aller Eile wird geheiratet.

Gleichzeitig macht sich der Notar immer mehr an dich heran. Zum Geburtstag schenkt er dir die riesige Hortensie, die im Schaufenster der Blumenhandlung schon lange Aufsehen erregt hatte. Deine Mutter strahlt. Es wird wohl nicht mehr lange dauern, bis Alberte und der Notar ein Paar sind.

Aber du weigerst dich. Während sich die Freundinnen eine nach der anderen zurückziehen. Nicht nur für Beda kommt es zu einer überstürzten Hochzeit. Auch bei Harriet ist die Verlobungszeit mit Dr. Mo auffallend kurz. Aber Hauptsache, Harriet geht eingehängt mit ihrem Bräutigam durch die Stadt und wird von allen Seiten mit einer Verbeugung gegrüßt.

Deine Mutter muss wieder zum Taschentuch greifen. Es hilft nichts. Du willst keine junge Frau werden, willst kein Kind erwarten, nicht mit anderen Frauen über Geburten sprechen und dir verstohlenes Gemunkel über irgendeine Tochter anhören, die … ganz sicher ist es zwar nicht, aber zugenommen hat sie jedenfalls …

Und dann, nicht vorhersehbar und daher umso entsetzlicher, geschieht das Unglück am alten Kai, der von innen heraus vermorscht ist und zusammenbricht, als die feine Gesellschaft der Stadt sich dort versammelt hat.

Der Bezirksrichter und seine Frau sind mit dabei. Du bist alleine zu Hause, als du durch die geschlossenen Fenster plötzlich Rufe und Schreie hörst.

Du öffnest das Fenster hinaus in den dunklen Abend. Laternen bewegen sich unruhig. Und du vernimmst vielstimmiges Jammern, hörst laute Entsetzensschreie.

Deine Eltern sind unter den Überlebenden, aber beide sind sehr schwer verletzt.

Dein Vater stirbt als Erster. Du erinnerst dich an das stille weiße Gesicht deiner Mutter auf dem Kissen. Sie hat ungewöhnlich klare, strahlende Augen. Du hast sie noch nie so gesehen.

Für uns, die wir unsere Mütter als Feinde betrachtet haben, ist es schwierig, sie hilflos wie Kinder zu erleben, und Gefühle, die wir bisher nicht zugelassen haben, drängen sich uns auf. Zärtlichkeit, Reue, Sehnsucht, Hilflosigkeit …

Du siehst, wie deine Mutter sich bemüht, dir etwas zu sagen, und du denkst, sie fragt nach Papa und was sollst du ihr antworten …? Sie aber sagt klar und deutlich und voll unendlicher Sehnsucht: *Jakob.*

Und im nächsten Augenblick ist sie tot.

Ja. Und dann haben die Verwandten deiner Mutter alles für dich in die Wege geleitet. Dein Unvermögen – oder deine störrische Weigerung –, hübsch und begehrenswert zu wirken, Zähne und Augen ein wenig aufblitzen zu lassen, machte dich auf Bällen und anderen Veranstaltungen, wo junge Töchter zur Schau gestellt wurden, unmöglich.

Sie willigen ein, die Kosten deiner Reise nach Paris zu bestreiten. Zwecks Kunststudien. Du hast ja Talent. Und wenn es nun das Einzige ist, was du dir vorstellen kannst …?

Deine Eltern können nicht mehr von dir enttäuscht werden. Darin äußert sich deine neue Freiheit.

Aber Freiheit ist nicht unbedingt mit Glück gleichzusetzen. Hier hast du nun die Möglichkeit, zu tun, was du willst. Du brauchst nicht um Erlaubnis zu bitten. Es nicht hintenherum zu versuchen. Trotzdem führt es zu nichts. Frierend gehst du durch die Straßen von Paris, um den Augenblick aufzuschieben, in dem du ins oberste Stockwerk deines schäbigen Hotels steigen musst, in dem auch noch andere Unbemittelte wohnen. Hustenanfälle und schmutzige Kleider sondern einen Geruch ab, der durch den Spalt unter deiner Tür dringt; und irgendwann, als du das Zimmer betrittst, schwimmt eine arme Maus in deiner Waschschüssel. Mit den Mäusen hast du schon länger Bekanntschaft geschlossen, aber sie hielten sich in den Ecken versteckt. Jetzt sind sie schon kecker geworden. Du streust Brosamen auf den Fußboden, damit sie nicht in dein Bett kommen, wenn du schläfst.

Finanziell betrachtet sind wir unter sehr ungleichen Bedingungen in Paris. Sollte ich Geld brauchen, genügt ein Telegramm an meine Mutter. Du, Alberte, kannst dich nur darauf verlassen, dass Alphonsine einen Job als Modell für dich auftreibt.

Den letzten hattest du draußen bei einem Mr. Digby, einem feisten Amerikaner mit dem unermüdlichen Fleiß des Amateurs. Er wohnt in Passy, dem Stadtteil der Begüterten, wo du nicht befürchten musst, auf irgendwelche Skandinavier zu stoßen.

Ich habe im Lauf der Jahre oft in Krokisälen gezeichnet. Ich weiß, wie das Mädchen da vorne sich aus einem lebendigen Menschen in Linien, Neigungen, Drehungen, Gewichtsverlagerung auf das ruhende Bein, gespannte Muskeln im Standbein verwandelt. Man plagt sich ab mit der Haltung des Kopfes, dem Zug der linken Schulter nach hinten, alles wird zum Problem, bis man sich überraschend zurechtfindet. Ja, oh, jetzt hab ich's! Gut so. Jetzt spürt man, wo die Ausgewogenheit liegt …

Als Zeichnende vergisst man, wie ermüdend es für die Frau auf dem Podium sein muss, fünfundzwanzig Minuten dieselbe Position einzuhalten.

Du schilderst, was ich selbst nie mitgemacht habe.

Das Gefühl, nicht in erster Linie von Scham, sondern von Schutzlosigkeit, wenn man ohne einen Faden am Leib da vorne steht. Die Angst, jemand könnte einem zu nahe kommen. Die Abwehr der Haut. Hinzu kommt das Ausgeliefertsein an eine absolute Einsamkeit. Man sollte meinen, das alles vergeht mit der Zeit. Du aber berichtest, dass dem nicht so ist. Es ist jedes Mal das Gleiche. Wie ein Sprung ins kalte Wasser.

Die Tatsache, dass du drei Viertelstunden durchhältst, ohne eine Schwäche zu zeigen, ohne mit den Knien einzuknicken, betrachtest du als eine Art Opfer an die dunklen Mächte, die dir diese Situation aufzwingen.

Du weißt ja, dass du in Paris etwas ganz anderes machen wolltest, als hier nackt und verbissen einen Franc und fünfundzwanzig Centime in der Stunde zu verdienen.

Aber du fällst niemandem zur Last.

Das ist mehr, als man von mir sagen kann. Ich falle meiner Mutter wirklich zur Last. Um mich vor einem Schicksal zu bewahren, das schlimmer gewesen wäre als der Tod, hat sie alles Geld zusammengekratzt, damit ich in einer Fremdenpension in Paris wohnen und zwecks Zeichnen die École des Beaux-Arts besuchen kann.

Was uns zwei aus dem hohen Norden kommende, junge Frauen meinem Gefühl nach verbindet, diese merkwürdige Identifikation, ist rein intellektuell betrachtet unerklärlich. Welche Parallelen gibt es zwischen *deiner* Verkrampfung und *meiner* Angst, die sich in fieberhafter Aktivität, in Ausbrüchen, Fluchten, in Rücksichtslosigkeit, plötzlicher Euphorie, unglaublicher Arbeitsproduktivität ausdrückt. Ich schaffe tatsächlich enorm viel und ich tue das, was ich tun will.

Und doch. Wir sind gleich. Grundsätzlich, aber vor allem in der Empfindlichkeit und Ohnmacht des Körpers, im Erkennen der eigenen Unzulänglichkeit. Nein, wir taugen zu gar nichts, denn wir können das nicht, was jede normale Frau kann, etwas, das keiner Schule und keines besonderen Talents bedarf: sich nämlich den elementaren Anforderungen des Lebens zu fügen. Eine gute Frau und Mutter zu sein. Das ist das Erste. Wenn dann darüber hinaus die Kinder eingeschlafen sind, dein Mann im Bett zu seinem Recht gekommen ist, das Essen für den morgigen Tag im Kühlschrank liegt, dann solltest du deinem Schicksal dankbar sein und zudem auch noch mit deinem Leben zufrieden.

Es gelingt uns nicht, einfach nur so zu leben.

Wir sind junge Frauen, die voll Sehnsucht über den Zaun in den Hinterhof blicken, in dem die anderen Mädchen spielen.

Du bist durchweg viel konsequenter als ich. Schon früh bist du dir deiner eigenen Grenzen voll bewusst. Während ich bis über die Ohren in den Apfelblüten der Mädchenbücher und der Fortsetzungsromane versank, in denen sie glücklich lebten bis an ihr Ende. Und süße, warme kleine Kinder auf dem Arm hatten.

Du hattest einen jüngeren Bruder. Du hattest ein Geschwisterchen.

Das ist mir versagt geblieben. So sehr ich Gott auch darum gebeten habe – nicht einmal einen kleinen Hund konnte er mir besorgen.

Wie du vielleicht gemerkt hast, waren die Bücher, in die ich mich vertiefte, ganz auf das süße Erzittern und die überschäumenden Gefühle ausgerichtet, wenn sich Mann und Frau begegnen. Was sich dabei unter der Gürtellinie abspielte, wurde nie erwähnt. Als eine erfahrenere Freundin, sie hieß Gunilla, mir flüsternd anvertraute, dass sie und Stefan bei ihren Treffen bis an die Grenze gegangen waren, hatte ich keine Ahnung, wo diese Grenze lag.

Für mich war ein Kuss die Grenze. In der Schule hatte man

uns Bilder von der Gebärmutter gezeigt, in der, wie ein kleiner Frosch, ein eingerollter Embryo lag. Aber an dem Tag, an dem uns erklärt wurde, wie er zustande gekommen war, muss ich gefehlt haben. Das Gefühl von Mamas rechter, gewölbter Hand auf meiner heißen Stirn ist eine frühe, bleibende Erinnerung.

Als Teenager hörte ich dauernd, wie dankbar meine Mutter dafür sein müsse, eine so prächtige Tochter zu haben. »Wenn man weiß, wie die heutige Jugend ist …«

Meine Mutter war wegen meiner besonderen Prächtigkeit, die eigentlich nichts anderes als Unwissenheit war, derart beruhigt, dass ihr Worte wie: »Mama kann sich doch in jeder Beziehung auf ihre Signe verlassen?« nie über ihre Lippen kamen. Und nie brauchte sie wach zu liegen und darauf zu warten, dass die Wohnungstür ging, um dann schnell das Licht anzuknipsen, auf die Uhr zu schauen und im Morgenrock hinaus zur Tochter zu eilen, die die Hand ihrer Mutter sofort abschüttelte, in ihr Zimmer stürzte und die Tür hinter sich zuschloss.

Auch deiner Mutter blieben solche Szenen erspart.

Du hast gewusst, wie es zuging. Du warst informiert. Aber du kamst selbst nie in Versuchung; dazu war deine Integrität zu groß. Du hast gesehen, wie Mädchen wegen eines Mannes Sinn und Verstand verloren.

Das war nichts für dich. Für mich aber doch. Aber nie hat es einer versucht. Ich machte mir nämlich damals nichts aus Jungen.

Aber du spürtest, genau wie ich, den gefährlichen Kitzel, der von einem verwegenen jungen Mann ausging. Einem wie Cedolf.

Auch Lars-Ivar hatte genau diese Ausstrahlung. Er sah aus wie Cedolf. Darauf sind Mama und ich reingefallen. Es sollte sich später zeigen, dass dieser junge Mann mit seinem abenteuerlustigen Lächeln ein richtiger Spießbürger war, der sich im Grunde nur häuslich niederlassen und dann seine Ruhe haben wollte, ohne je auf die Idee zu kommen, daran etwas ändern zu wollen. Während ich, seine naive und ihn hingebungsvoll anbetende Mädchenfrau, wild und trotzig wurde und nicht mehr zu bändigen war.

Doch davon wusste noch niemand etwas, als ich mich einen langen, heißen Sommer lang vor allem dem Briefeschreiben und dem Warten auf Briefe widmete. Obwohl Gott nicht geneigt schien, meine Gebete zu erhören, dachte ich mir immer wieder neue Anrufungen aus.

»Lieber Gott, mach, dass Lars-Ivar nach Paris kommt und mich besucht. Oder lass ihn wenigstens einen Brief schreiben, lieber Gott.«

Und dann, eines Vormittags, als ich wie immer die Treppen hinunterrannte, um meinen Briefkasten zu überrumpeln, lag dort ein Brief in einem hellblauen Kuvert. Ich musste ein paar Minuten innehalten, denn mein Herz blieb fast stehen. Mamas Briefpapier samt Umschlägen war weiß. Mit Wasserzeichen ›Lessebo‹.

»Madame, excusez, madame«, rief ich der Putzfrau zu, die auf den Knien lag und die unteren Stufen der Treppe aufwischte. Ich setzte voraus, dass sie eine Madame war, denn ihre Schwangerschaft war deutlich zu erkennen. Ich hatte schon öfter darüber nachgedacht, wie schrecklich es war, dass sie trotz ihres Zustandes eine so schwere Arbeit verrichten musste.

»Excusez, madame«, keuchte ich noch einmal und riss auch schon das Kuvert auf, auf dessen Rückseite ich den Namen des Absenders lesen konnte: Lars-Ivar Palm. Ein Beben durchrieselte mich und ich musste mich an die Wand lehnen, als ich den Brief aus dem Umschlag zog.

»Liebe Signe«, begann der Brief. Es folgten mehrere Zeilen, in denen er sich für meine vielen Briefe bedankte und dass er sich schämte, weil er erst jetzt antwortete. Aber er hatte einen Sommerjob in einer Druckerei bekommen und musste schon morgens um sieben Uhr anfangen. Weshalb er abends meistens sehr müde war. Dann erfuhr ich, dass das Wetter sehr schön war, dass es aber in der vorigen Woche täglich geregnet habe. Er beneidete mich, dass ich in Paris sein und alle Museen besuchen konnte, und dass er furchtbar gern mit mir an einem Caféhaustisch sitzen und die Seine betrachten würde. »… aber jetzt muss ich schließen, denn ich schreibe diesen Brief während der Kaffeepause. Tschüs und alles Liebe von deinem ergebenen Lars-Ivar.«

Die Putzfrau, die jetzt mit der Treppe fertig war, den Lappen mit rot geschwollenen Händen ausgewrungen und sich mühsam aufgerichtet hatte, lächelte mich an. Gleichzeitig strich sie sich mit der linken Hand eine Haarsträhne aus dem Gesicht und befestigte sie in ihrem Knoten. Dabei sah ich, dass sie keinen Ehering trug. Sie war also nicht verheiratet. Ich war kurz davor, Anstoß zu nehmen, wie meine Mutter es in diesem Fall getan hätte.

Aber die Frau sah weder bedrückt noch beschämt aus und sagte mit freundlicher Neugier: »Oh, Mademoiselle hat wohl einen Brief von ihrem *fiancé* in Schweden bekommen?«

Ich errötete bis über die Ohren: »Nein, er ist nicht mein Bräutigam.«

Die Frau lachte. »Aber ein Freund, nicht wahr? Ein Freund kann ebenso viel wert sein wie ein Bräutigam. Und Sie sind ja noch so jung, Mademoiselle.«

Sie blieb bei mir stehen, als ich den Brief ein zweites Mal las.

»Vielleicht will Ihr Freund Sie ja einmal besuchen kommen, Mademoiselle? Das kleine Zimmer in der vierten Etage wäre frei.«

Nachdem ich den Brief noch einmal gelesen hatte, steckte ich ihn mit zittrigen Händen wieder in den Umschlag. Das war bei dem durch das ungestüme Aufreißen zerfledderten Rand gar nicht so einfach.

»Nein«, sagte ich mit plötzlich ganz heiserer Stimme. »Das kann er nicht. Er arbeitet.«

»Aber vielleicht später«, beharrte die Frau, die jetzt die Hände über ihrem anstößigen Bauch gefaltet hatte. »Ferien sind ja erst im August.«

In Frankreich, ja. Aber in Schweden bekommt man im Juli Urlaub. Zwei Wochen im Juli.

Und jetzt war Juli.

Ich entschuldigte mich und ging langsam und schwerfällig die Treppe hinauf. Zum ersten Mal hatte ich das Gefühl, dass mein Zimmer schrecklich weit oben lag. Ich musste mich in der zweiten Etage ausruhen. Da sah ich, wie Michèles Zimmertür aufging und der dänische Student Ole sich herausstahl. Er hatte es auf einmal so eilig, dass er nicht mal Zeit hatte, mir zuzunicken. Aber ich konnte noch einen Schimmer von Michèle sehen, ungekämmt, puterrot im Gesicht und in einen notdürftig zugehaltenen Kimono gehüllt. Sie sah wirklich rundherum »derangiert« aus. Vormittags um halb zwölf. Aber ich hätte mich nie gefragt, was Ole in ihrem Zimmer gemacht haben mochte. In den Nächten knarrte und seufzte es in den benachbarten Zimmern ziemlich oft, ohne dass ich verstanden hätte, was sich da abspielte.

(… denn dem Reinen ist alles rein.)

Lars-Ivars Brief wurde nach allen Regeln der Kunst nach noch so kleinen Beweisen seiner Zärtlichkeit abgesucht.

Er würde mich gerne bei Museumsbesuchen begleiten und mit mir an einem Tisch im Café sitzen. Bedeutete das etwa, dass er Sehnsucht nach mir hatte? Den Brief hatte er mit »Tschüs« und »alles Liebe von deinem ergebenen Lars-Ivar« beendet.

Lars-Ivar war ein Junge, nein, er war ein Mann. Ein Mann schreibt anders geartete Briefe. Sachlichere. Er verliert sich nicht in sentimentalen Liebeserklärungen. Wie ein verliebtes Mädchen es tut.

Ich habe so wahnsinnige Sehnsucht nach dir. Ich sehne mich noch tot. Ich halte die weite Entfernung zwischen uns nicht aus. Ich denke Tag und Nacht an dich. Tausend Küsse (womöglich mit einem Lippenstiftabdruck meines Mundes).

Mir fällt noch etwas ein, was wir gemeinsam haben, Alberte.

Wir können uns selbst nicht leiden. Jesus sagt: Liebe deinen Nächsten wie dich selbst. Ha, das ist wohl nicht schwierig. Seinen Nächsten zu lieben, meine ich. Man hört, dass das ein Mann formuliert hat. Sich selbst zu lieben, das ist wesentlich schwieriger. Und macht es unwahrscheinlich, dass ein anderer mich lieben wird.

Ich bin absolut unmöglich.

Nichts anderes verdeutlichte der Brief.

Es war zu viel verlangt, dass Lars-Ivar mich liebte.

Seine Größe bestand darin, dass er sich von mir lieben ließ.

3

Ihr, die ihr in armseligen Verhältnissen in Paris lebt, achtet aufeinander. Ihr bemerkt es, wenn jemand lange nicht gesehen worden ist. Ihr macht euch Gedanken um jemanden, der euch Anlass zur Besorgnis gibt.

Im Moment ist es Liesel. Ihr Zustand übersteigerten Glücks und ihr Eifer, die Position als Eliels Freundin um jeden Preis zu behaupten, enthält unleugbar Momente, die Anlass zur Besorgnis geben. Liesel ist bis über beide Ohren in Eliel verliebt, ja, man kann sie um diese Liebe beneiden, aber keinesfalls darum, dass sie jeden Monat befürchten muss, dass … Eben das, was jedes verliebte Mädchen befürchten muss, das sich einem Mann »hingegeben« hat. Liesel findet es nicht unrecht, dieses zuletzt Erwähnte. »Ich habe nur getan, was ich nicht lassen konnte«, erklärt sie dir. »Es ist ebenso natürlich wie das Leben selbst.«

Schnippisch redet sie von denen, die meinen, man müsse verheiratet sein und so. Aber Eliel darf durch ähnliche Befürchtungen nicht abgelenkt werden. Er, der Liesels Hand in seine nimmt und sagt, sie sei so schön, dass er sie unbedingt modellieren müsse.

Wenn du Liesel in einer Geschäftsstraße triffst, zeigt sie dir, was sie eben gekauft hat, ein spitzenbesetztes Nachthemd zum Beispiel, das mindestens eine halbe Monatsmiete gekostet hat.

Ja, Liesel balanciert am Rand eines Abgrunds und weiß es auch. Trotzdem ist sie zu beneiden. Sie hat jemanden. Sie glaubt, dass es besser ist, wenn du dir auch jemanden zulegst. Dieses Alleinsein ist nicht gut, meint sie.

Diesen Rat hast du schon in allen Tonarten von Frauen zu hören bekommen. Angefangen bei der alten Frau Weyer daheim in der Kleinstadt bis hin zu Alphonsine, die mit halb geschlossenen grünen Augen konstatiert: »*Il vous manque une affection, mademoiselle.*«

Das hast du zu hören bekommen, bevor du Veijgaard kennen gelernt hast, und daher konntest du antworten: »Der, den ich will, der muss erst noch geboren werden.«

Aber bald danach trifft es auch dich. Du hast jahrelang mit allen möglichen Menschen Wand an Wand gewohnt und hast immer alles mitgehört. Die Geräusche haben dich eher an Verrückte oder an gefangene Tiere erinnert. Stöhnen, Kämpfe, ein Schrei, der die Dunkelheit zerreißt, eine bedrückende Stille, fast Totenstille. Schnarchen. Manchmal weint eine Frau. Bittere Worte.

Du, Alberte, wusstest, wie es klang. Du wusstest schon früh Bescheid, während ich, die fast wie in einem Glashaus lebte, immer noch glaubte, es passiere über den Speichel. Deshalb war das Küssen für mich ja auch so gefährlich. Ich glaubte zwar nicht, dass dieser besondere Stoff sich immer im Mund befand. Aber eben an bestimmten Tagen im Monat.

Als ich im Alter von achtzehn Jahren dann erfuhr, wie es wirklich zuging, wollte ich es zunächst nicht glauben. Meiner armen Mutter blieb nichts anderes übrig, als mich aufzuklären. Eine Ferienfreundin, die Tochter des Dorforganisten, bei dem wir uns einzumieten pflegten, war »in andere Umstände« geraten und es wurde behauptet, dass möglicherweise zwei Väter in Frage kämen. Und ich rief entsetzt und voll Abscheu:

»Wieso können es zwei sein?«

Zunächst wollte ich nicht glauben, dass dieser Liebesakt sich ausgerechnet zwischen den beiden abscheulichsten Öffnungen des Körpers abspielte. Was hatte Gott sich dabei gedacht? In meinem Kopf tauchten andere, reinlichere Zeugungsmöglichkeiten auf. Hatte Göttervater Zeus sich nicht wunderschön in einen Goldregen verwandelt, bevor er sich auf Danaë herabsenkte? Pallas Athene war der Stirn ihres Vaters Zeus entsprungen. Aphrodite wurde fix und fertig im Schaum des Meeres geboren. Ganz zu schweigen von der aseptisch keuschen Befruchtung der Jungfrau Maria durch den Heiligen Geist.

»So was werde ich nie und nimmer tun!«, rief ich aus.

Pause. »Muss man dabei nackt sein? Wirklich?«

Mamas Antwort war verwaschen. Und mein *nie und nimmer* war unwiderruflich. Nie würde ich, die ich so dick war, mich dem Mann, den ich liebte, nackt zeigen. *Niemals.*

Die Schauer, das Erzittern, die fiebernde Sehnsucht nach dem Geliebten kannte ich ja bereits. Alle diese Gefühle hatte unsere Schwedischlehrerin seinerzeit bei mir hervorgerufen. Die ganze Skala der Beglückung zeigte sich damals, wenn sie das Klassenzimmer betrat. Ich errötete und war von Schwindelgefühlen wie gelähmt. Bekam Atemnot. Hatte Schwierigkeiten, meine Stimme unter Kontrolle zu bekommen, wenn ich eine Frage beantworten sollte. Welch ein Glück, dass es schriftliche Arbeiten gab. Wer weiß, wie meine Zeugnisse sonst ausgesehen hätten.

Eines Abends machte ich auf dem Heimweg von der Bibelstunde einen Umweg und ging am Wohnhaus dieser Lehrerin vorbei. Ich sah, dass hinter ihrem Fenster Licht brannte. Sie teilte die Wohnung mit der Turnlehrerin. Die beiden wohnten im Parterre und einmal, als ich dort stand, ging ein Fenster auf, und dort stand SIE! Sie schüttelte ein Staubtuch aus. Ich dürfte unter einer Straßenlaterne gestanden haben, denn sie entdeckte mich.

»Signe, was machst du denn dort draußen?«

Statt einer Antwort rannte ich blindlings davon. Als ich nach Hause kam, sah meine Mutter in der Küche gerade die Lebensmittelmarken durch.

Sie blickte auf und rief erschrocken: »Du siehst ja ganz erhitzt aus! Hoffentlich wirst du nicht krank!« Sie wollte meine Stirn fühlen, war aber nicht schnell genug. Ich hatte mich schon im Badezimmer eingeschlossen. Behauptete, dass mir eine Verstopfung zu schaffen mache.

Natürlich hatte ich nicht die geringste Ahnung, dass die Liebe zwischen Frauen einen eigenen Namen hat. Und hätte mir auch nie vorstellen können, was sie unter der Bettdecke miteinander treiben konnten.

In den Sommerferien besuchte ich einmal meine beste Freundin im Sommerhaus ihrer Tante in Skåne. Wir waren mit zwei Jungen aus Malmö im Ruderboot unterwegs, als einer der beiden von König Gustav V. zu reden anfing. Er behauptete, unser alter schwedischer König habe eine Schwäche für junge Tennisspieler. Nicht nur auf dem Court. Sondern vor allem im Bett.

Das Boot wäre fast umgekippt, als ich empört aufsprang und sagte: »Wie kannst du es wagen! *Unser König!* Du bist wohl übergeschnappt.«

Das allgemeine Gelächter machte mich noch wütender.

Als ich später wusste, wie es zwischen Frau und Mann zuging, blieb es mir trotzdem noch lange ein Rätsel, was zwei Menschen gleichen Geschlechts miteinander tun konnten.

Gleichzeitig war ich es satt, stets so prächtig zu sein. Das ordentlichste, anständigste Mädchen in der Klasse – es machte keinen Spaß mehr. Was, wenn ich einen Schaden fürs Leben davontrug?

Es war zwar völlig unlogisch, aber ich beneidete die Mädchen, die als leichtfertig oder gar verwegen galten. Das bedeutete, dass sie *das Gewisse* schon gemacht hatten. Mädchen, die sich auf den uns verbotenen Vergnügungsabenden mit einem Studenten in die Büsche schlugen.

Oberprima. Neunzehn Jahre alt und mir kommt langsam der Verdacht, dass ich einen ernsthaften Schaden habe. Kein Mann zwinkert mir zu. Natürlich spielt da meine Brille eine gewisse Rolle. Eine amerikanische Schriftstellerin, die später sehr berühmt geworden ist, schrieb: *»Men never make passes to girls who wear glasses«*.

Eine beliebte Szene in amerikanischen Spielfilmen zeigt den gut aussehenden, charmanten Helden (Cary Grant), der plötzlich ein langweiliges Mädchen an der Schreibmaschine entdeckt (jetzt ist schon mehr als der halbe Film vorbei und er war die ganze Zeit mit einer schönen Blondine verlobt, die sich als falsche Schlange erwiesen hat), und jetzt sieht er also die unbedeutende Sekretärin, zieht sie von ihrem Bürostuhl hoch, nimmt ihr ganz langsam die Brille ab, zieht ihr ein paar Haarnadeln aus der strengen Frisur, ein Schwall von Locken fällt auf ihre Schultern, und sagt: »Wie schön du doch bist! Wo habe ich nur meine Augen gehabt? Willst du meine Frau werden?«

Der Einzige, den ich hätte kriegen können, war Arvid. Er trug auch eine Brille und wollte Pfarrer werden. Wir hatten uns auf einer Versammlung des Verbandes der Abstinenzler kennen gelernt. Er war ein ernsthafter junger Mann. Wir besuchten zusammen den Gottesdienst und sprachen viel über den Tod und über die Heilige Dreifaltigkeit.

Ich benutzte ihn sozusagen als Alibi. Ein Mädchen in der Oberprima muss einfach jemanden haben, der sie am Freitagabend anruft und Pläne fürs Wochenende macht.

Eines lauen Frühlingsabends aber wurde er dreist und näherte sich meinem Gesicht mit der unverkennbaren Absicht, mich küssen zu wollen. Ich stieß ihn mit den Worten zurück: »Was tust du denn? Bist du verrückt geworden?«

Das nahm er aber als Bestätigung für meine Keuschheit und machte mir kurz darauf einen Heiratsantrag.

Im Gegensatz zu dir, Alberte, hatte ich einen triftigen Grund, diesen Freier, der mich überhaupt nicht interessierte, dankend abzulehnen. Arvid hatte mir schon früher erzählt, dass er nach der Priesterweihe als Missionar arbeiten wolle.

»Du musst mich verstehen, das geht nicht«, sagte ich. »Ich will ja Modezeichnerin werden. Da kann man nicht gleichzeitig Missionarsfrau sein.«

Nun. Das verstand er.

Alberte! Du erinnerst dich an den Abend im Hotel Grand. Den alljährlichen Stadtball. Alles ist dort. Auch deine Eltern. Gedränge und Hitze sind verwirrend. Du tanzt mit dem armen unglücklichen Weydemann und hoffst, dass alle begreifen, dass du das nur aus reiner Herzensgüte tust. Ein Vergnügen ist es wahrlich nicht. Es ist die sprichwörtlich gute Tat dieses Abends.

Denn danach steht Cedolf mit einer Verbeugung vor dir. Er hat blaue Augen, ist braun gebrannt und sein Lächeln ist unverschämt anziehend. Jedes Mal, wenn du Cedolf erwähnst, denke ich an Lars-Ivar. Aber wenn du dann euren Tanz schilderst, fällt mir der Norweger auf Violas Fest ein. Auch du erlebst dieses süße, unwirkliche Gefühl, allen Widerstand aufzugeben, dich hinzugeben und eins mit dem Rhythmus zu werden. Cedolf, ja, der kann tanzen.

Und du zerfließt, bist gleichsam mit Cedolf allein und seine Hände umschmeicheln während des Tanzens deinen Körper. Im Gedränge werdet ihr noch enger aneinander gedrückt und deinen Körper durchtönt gleichsam ein Lockruf, ein süßes

Seufzen in deinem Blut. Es durchdringt dich, vergeht jedoch, als er dich verlässt. Und du stehst da wie aus allen Wolken gefallen.

Es ist das Jahr 1945, ich habe soeben das Abitur gemacht und bin im bekanntesten Fotoatelier von Uppsala fotografiert worden. Das Atelier gehörte einer Frau. Einer kleinen Dame mit kurzen roten Haaren und abgekauten ochsenblutfarbenen Fingernägeln. Sie rauchte, während sie Licht und Einstellungen ausprobierte. Zum Glück vergaß sie nicht, die Zigarette wegzulegen, bevor sie unter dem schwarzen Tuch verschwand. Sie war ins Gerede gekommen, weil sie jungen Mädchen gern den Ausschnitt aufknöpfte und ihn so auseinander zog, dass eine oder sogar beide Schultern zu sehen waren. Aber bei mir gab es nichts aufzuknöpfen. Ich trug ein anständiges Kleid mit einem eher nur angedeuteten V-Ausschnitt.

Es wurde ein ernstes Bild. Halbprofil, auf dem man deutlich erkennt, dass ich das Lächeln zu lange festgehalten habe.

Ich sehe erstaunlich matronenhaft aus. Und ausgerechnet dieses Foto ließ Mama einrahmen und stellte es auf ein Bücherbord.

Meine Abschlussparty war ein absolut zahmes Ereignis ohne jeden Charme. Es kamen viele wohlmeinende ältere Damen, Mamas Kolleginnen aus der Schule. Ein paar Nachbarn. Die Dame, die den Kurzwarenladen unten im Haus hatte. Zwei kurzsichtige Bücherwürmer, etwas jünger als ich – Söhne einer Pastorswitwe –, und noch eine von Mutters Bekannten. Auf dem Balkon spielte der Wind mit einigen festgebundenen Luftballons. Unverdrossen wurde von den glücklichen Studententagen gesungen, freut euch des Frühlings der Jugendzeit …

Aber noch in derselben Woche wurde ich zu einer richtigen Abiparty eingeladen. Violas Eltern hatten draußen in Gamla

Uppsala einen Wirtshaussaal gemietet. Obwohl ich nicht zu Violas engerem Freundeskreis zählte, hatte sie mich dazu eingeladen.

Mein Kleid war aus himmelblauem Organdi, am Hals mit dunkelblau getupftem Stoff eingefasst, Puffärmel, enge Taille mit gebundenem Gürtel und einem gezogenen Rock. Mama konnte es nicht lassen, sie zupfte mir den Rock zurecht und band den Gürtel zur exakten Schleife. Ich war schrecklich aufgeregt, aber vielleicht besonders aus Angst vor einer Wiederholung des Seufzers, den sie bei einer anderen Gelegenheit einmal ausgestoßen hatte, als ich vor dem Spiegel stand.

»Es gibt doch nichts Schöneres als ein reines junges Mädchen.«

Vor Unbehagen überzog sich mein Gesicht mit kleinen hektischen roten Flecken.

Es klingelte an der Tür. Meine Rettung. Es waren Margareta und ihr Vater. Ich durfte in ihrem Auto mitfahren.

Margareta mit ihren frischen Dauerwellen unter der Studentenmütze hatte dunkelroten Lippenstift aufgetragen; sie sah sehr erwachsen aus.

Es sollte auch getanzt werden. Ich wusste, wie das meistens ausging. Die Mädchen zu meiner Rechten und zu meiner Linken und auch das Mädchen, das vor mir stand, würden zum Tanzen aufgefordert werden und ich würde alleine zurückbleiben, und keiner, keiner würde mich haben wollen.

Ich kam also schwitzend und in panischer Angst zu dieser Party. Das Büfett war mit Schnittchen, zweierlei Torten, kalten Getränken und sogar Wein gut ausgestattet. Zwei junge Frauen in Schwarzweiß schenkten ein. Tanzmusik ertönte aus einer großen Musikbox. Es war das neueste Modell, zehn Platten konnten gleichzeitig gestapelt werden, ein beweglicher Arm entfernte die abgespielte Platte automatisch und eine neue fiel auf den Plattenteller.

Margareta und ihre besten Freundinnen standen kichernd an diesem Automaten, drehten und wendeten Plattenhüllen, um ihre Lieblingsmelodien auszusuchen. Es war viel Amerikanisches dabei, Duke Ellington und einige farbige Sängerinnen, aber auch Aktuelles aus Schweden: Ulla Billquist, Harry Brandelius und Sven-Olof Sandberg.

Als es mit dem Tanzen richtig losging, rebellierte meine Blase. Der Vorraum zu den Toiletten war voll Mädchen, die sich die Nase puderten, die Lippen nachzogen und sich frisierten, die Haare zurechtzupften, dass es wie vom Friseur aussah. Es gab nur zwei Toiletten. Die Mädchen gingen gleich zu zweit hinein. Das wäre mir nie eingefallen. Ich hätte keinen Tropfen lassen können, wenn jemand neben mir gestanden und kichernd herumgeflüstert hätte. Ich musste ziemlich lange Schlange stehen, bis ich an der Reihe war.

Als ich wieder in den Saal kam, war der Tanz in vollem Gange. Die weißen Flügeltüren standen weit offen und ein paar lachende, schwatzende, rauchende junge Männer hielten sich dort auf. Selbstsicher standen sie dort, eine Hand in der Hosentasche, sodass der Rock seitlich etwas abstand. Ich hörte, dass einer von ihnen norwegisch sprach.

In Uppsala behielten die Norweger nach dem Krieg ihre Aura von Tapferkeit und Mut noch lange bei. Eben als Helden aus der Zeit des Widerstandes gegen die deutschen Besatzer. Unsere schwedischen Burschen wirkten dagegen irgendwie zahm und blass.

Ich sah, *wer* es war, der hier *Norsk snackte*. Er sah wirklich ein bisschen abenteuerlich aus, hatte strubbelige Haare und ein kräftiges Kinn.

Und nun geschah das Wunder. Ausgerechnet *er* drehte sich um, sah mich, ließ seine Kameraden stehen und fragte mich mit herausforderndem Blick, ob es gestattet sei. Aus der Musikbox schallte gerade die Platte mit Harry Brandelius'

»Glück ist nicht, was du denkst, es braucht keine großen geflügelten Worte …«

Nein: Glück ist, tanzen zu dürfen.

Wir befanden uns jetzt mitten im Gedränge. Meine erste Unsicherheit hatte er ruhig und bestimmt überspielt. Jetzt ließ ich mich von ihm führen, ohne an die Schritte zu denken. Er hielt mich sehr fest, aber doch nicht zu fest. Nur so viel, dass ich seinen Drehungen und Figuren wie selbstverständlich folgen konnte. Eine neue Platte fiel auf den Teller, »In the Mood«, und danach eine mit Louis Armstrong. Man konnte hören, wie die Nadel mit einem leichten Kratzen aufsetzte. Und mein Tänzer ließ mich nicht los. Es schien rein physisch unmöglich zu sein.

Was ich fühlte, Alberte, ist nicht zu beschreiben; es glich haargenau deiner Schilderung des Tanzes mit Cedolf. Dieses süße Gefühl im Körper, die Mattigkeit, und das Erleben von Zärtlichkeit, Innigkeit und Ewigkeit, und je länger wir tanzten, desto deutlicher traten diese Empfindungen hervor. Es war wie ein Traum und doch ganz nah und wirklich.

Zwischen den einzelnen Nummern hielt er mich fest im Arm, als würden wir immer noch tanzen.

In Sekundenschnelle nahm ich wahr, dass ich im Moment ein völlig anderes Mädchen war, eines, das bisher noch niemand gesehen hatte; am allerwenigsten ich selbst.

Harald, so hieß er, wusste ja nicht, dass seine »Dame« in Wirklichkeit eine langweilige, schüchterne Streberin und für Jungens wenig anziehend war, was mit ihrem Aussehen an sich nichts zu tun hatte, sondern mit etwas anderem. Vielleicht strömten begehrte Mädchen ja einen rätselhaften Duft aus. Ein Duft, den nur Männer wahrnahmen und der sie unausweichlich anzog.

Harald konnte nicht wissen, dass ich das ewige Mauerblümchen war. Aber tief in mir drin empfand ich, dass dieser Harald der erste Mensch war, der die richtige, die eigentliche Signe erkannt hatte. Und er schien nicht im Geringsten daran zu denken, mich stehen zu lassen und sich mit einer Verbeugung für den Tanz zu bedanken, um sich einer anderen zuzuwenden und sie um den nächsten Tanz zu bitten.

Manchmal änderte er die Lage der Hand auf meinem Rücken ein wenig. Sie rutschte etwas höher hinauf oder weiter nach unten und mich durchrieselte jedes Mal ein köstlicher Schauer, eine Art Atemlosigkeit, und ich war kein bisschen müde, ganz im Gegenteil. Dann und wann sah ich wie in einem zerbrochenen Spiegel, dass die Leute uns beobachteten und vermutlich dachten: Was ist denn mit Signe los? Sie sieht ja richtig aufgekratzt aus.

Aber das war mir egal.

Seine Locken streifen mein Haar, die Brille ist irgendwie im Weg und mitten im Rhythmus lächelt er, nimmt sie mir ab und steckt sie in seine Brusttasche, und jetzt kann er seine Wange an meine legen und zieht mich noch fester an sich; ich hätte mir nie vorgestellt, dass so etwas möglich ist. Aber ich hatte mich eben geirrt.

In meinem Innersten amüsierte sich ein kleiner Gedanke darüber, dass es ja eigentlich wie im Kino war. Erst sieht man das Liebespaar in einem Saal voller Menschen tanzen und in der nächsten Szene sieht man die beiden plötzlich auf dem gleichen Parkett ganz versunken alleine tanzen.

Ein neuer Plattenstoß musste aufgelegt werden, und es entstand eine etwas längere Pause. Er lässt mich los und ich beginne sofort zu frieren. Über meine Stirn hinweg sagt er leise:

»Könnten wir uns nicht selbständig machen und zusammen über die Hügel zurück nach Uppsala gehen?«

Diese Promenade zwischen dem alten Uppsala und dem neuen war eine »Lovers lane«. Die schwedischen Juninächte waren hell, die Vögel zwitscherten, taufrisches Gras, Duft von Erde und Unsterblichkeit …

Diesen Weg war ich früher schon mehrmals mit Arvid, seinem Freund Martin und dessen Freundin Hedda gegangen. Wir waren in der Kirche von Alt-Uppsala gewesen und hatten in Odinsborg Kaffee getrunken. Es war jedes Mal eine Qual gewesen, Martin und Hedda eng umschlungen vorausgehen zu sehen, während Arvid und ich jeder für sich gingen. Manchmal fasste er nach meiner Hand, aber ich wehrte ihn immer ab.

Dieses Bild meiner wirklichen Wirklichkeit ernüchterte mich. Meine Hand, die so vertraulich an Haralds Hals geruht hatte, zog sich zurück. Er hängte sich bei mir ein und führte mich zu einem der Fenster. Es stand offen, hinaus zu den Verlockungen der Sommernacht.

»Was ist?«, fragte er beunruhigt. »Fühlst du dich nicht wohl?«

Heftige Trauer befiel mich; lieber Gott, ich war nahe daran, in Tränen auszubrechen.

»Es ist nichts«, sagte ich heiser.

»Ich kann nicht mit dir gehen, mit Margareta und ihrem Vater ist fest ausgemacht …«

Ein kurzer Blick auf meine neue Armbanduhr, ein Geschenk von Onkel Eskil zum bestandenen Abitur.

»Oh, so spät ist es schon …«

Ich verstummte. Tränen traten mir in die Augen, die Nase fing an zu laufen, wortlos schnappte ich mir meine Brille und rannte weg, zwängte mich durch die Tanzenden, wurde geschubst und auf die Zehen getreten, und ganz richtig: Margareta wartete schon im Vorraum. Sie sah mich leicht verblüfft an, in ihrem Kopf schienen sich viele Fragen angesammelt zu haben, aber sie mussten dort eingeschlossen bleiben, weil ihr Vater soeben zu uns an die Mantelablage kam. Aber keinem von beiden fiel auf, dass ich ohne Studentenmütze war.

Meine Mutter hingegen sah es sofort.

»Aber Signe! DEINE STUDENTENMÜTZE!«

Und gleichzeitig merkte sie natürlich, wie verschwitzt und aufgekratzt ich war und wie meine Augen glänzten. Die Hand meiner Mutter auf meiner Stirn, ich war wieder in mein Gefängnis zurückgekehrt. Eine Tasse warme Honigmilch. Eine halbe Schlaftablette. Signes schlechter Schlaf und ihre träge Verdauung waren seit jeher der Mittelpunkt ihrer mütterlichen Fürsorge gewesen.

Ich habe mein Statussymbol, die Studentenmütze, vergessen. Das tut eine frisch gebackene Abiturientin nicht, die nüchtern und im Vollbesitz ihrer geistigen Kräfte ist.

Mit geübt besorgtem Blick hatte Mama festgestellt, dass das bei ihrer Tochter, als sie die Diele betrat, nicht der Fall war. Unordentliche Haare, glühende Wangen und strahlende Augen?

Aber ich war ja schon wieder zahm und kleinmütig.

Jetzt konnte sie sich ein paar aufmunternde Worte leisten.

»Du hast hoffentlich auch ein bisschen getanzt? Du hast in diesem Kleid ja so hübsch ausgesehen.«

Aus. Die Hände vors Gesicht geschlagen, stürzte ich in mein Zimmer und verschloss die Tür hinter mir.

Endlich gerettet, zumindest für heute Nacht, und bald darauf hörte das Weinen auf und mein Körper erinnerte sich, mein fast gefühlloser Körper ließ als Zeugnis des Unglaublichen, das mir widerfahren war, ein Prickeln über meine Haut tanzen. Ich war mir keineswegs bewusst, dass sexuelle Erregung dieses Phänomen hervorrufen konnte. Es war mir unbegreiflich, aber ich war so wunderbar glücklich.

Während ich mich drehte und wendete, um eine gute Schlafstellung zu finden, wickelte ich mich immer fester in das Bettzeug ein. Musste aufstehen und alles glatt ziehen. Schlich zur Toilette, spülte aber nicht nach. Sonst kommt sie, übernächtigt und mit ihrem Zopf auf dem Rücken (tagsüber fasst sie ihre Haare in einem Knoten zusammen). Der kurze Weg verursacht mir Herzklopfen. Das pulsierende Blut dröhnt in meinen Ohren. Es erinnert mich daran, dass ich meinen Pulsschlag, als Er mich das letzte Mal an sich zog, bis in die Fingerspitzen gespürt hatte.

Und dann, übergangslos, meine Verzweiflung darüber, dass ich es nicht gewagt hatte, einfach mit ihm loszuziehen.

Ich weine ins Kissen. Kein anderes Mädchen hätte eine solche Einladung ausgeschlagen.

Ich höre noch, wie der Nachbar die Morgenandacht im Radio einschaltet, und schlafe endlich ein.

Der Gedanke, dass Viola meine Studentenmütze mitgenommen haben muss, lässt an Schlaf überhaupt erst denken, denn Harald ist ja bei Violas Familie zu Gast. Ich würde mich am nächsten Morgen aufs Fahrrad schwingen, um die Mütze dort abzuholen. Vielleicht würde sogar Harald an die Tür kommen?

Aber als ich klingelte, kam nur Violas Mama. Fröhlich rief sie: »Da haben wir ja unsere kleine Abiturientin mit der vergessenen Mütze!«

Mit einem verschmitzten Lächeln ging sie meine Studentenmütze holen.

»Wie schade, dass du nicht eine halbe Stunde früher gekommen bist. Inzwischen sitzt Harald schon im Schnellzug nach Oslo. Mein Mann und Viola haben ihn an die Bahn gebracht. Aber er hat heute Morgen noch nach dir gefragt. Es tat ihm Leid, dass er dir nicht mehr auf Wiedersehen sagen konnte.«

Er hätte ja anrufen können, dachte ich verzweifelt.

Mein nächster Gedanke: Wenn nun Viola und er? Aber da hätte er wohl nicht so lange mit mir getanzt und auch nicht vorgeschlagen, dass wir zusammen weggehen …?

Die Tränen saßen schon wieder locker. Mit einem Knicks

bedankte ich mich für die Hilfe und beeilte mich, hinaus zu meinem Fahrrad zu kommen.

Violas Familie wohnte in dem noblen Villenviertel Kåbo. Jetzt hatte ich das Gefühl, dass mich hinter jedem Fenster jemand beobachtete.

Also konnte ich mein Fahrrad erst nach Erreichen des Englischen Gartens an einen Baum lehnen und mich selbst ins Gras fallen lassen, um untröstlich zu weinen.

Ich kannte ja nicht einmal seinen Nachnamen. Wusste nicht, wo er wohnte. Ich würde nie den Mut aufbringen, Viola danach zu fragen.

Mir war klar, dass ich ihn nie wieder sehen würde.

Du, Alberte, hast Cedolf jedenfalls wiedergesehen.

Es geschieht auf einem deiner rastlosen Spaziergänge. Dieses Mal kommst du hinunter zu den bebauten Kaianlagen. Deine Schritte hallen trostlos wider. Du bist alleine. Ganz vorne am Wasser stehen keine Gebäude. Dort scheint die Sonne. Du setzt dich auf eine Bank. Da taucht auf einmal Cedolf auf. Du bildest dir ein, er hat sich im Halbdunkel versteckt, um jetzt ... du springst auf und läufst weg. Obwohl du weißt, dass es sinnlos ist. Er holt dich mühelos ein.

Er macht ein gekränktes Gesicht. Jetzt, wo ein Entkommen nicht mehr möglich ist, bleibst du stehen und wartest. Worauf, weißt du nicht. Dein Körper ist wachsam. Aber es zeigt sich, dass Cedolf ein echtes Anliegen hat. Einen Brief von Jakob an dich. Du schämst dich wegen deines Verhaltens. Damit überwindest du die Angst, aber dafür lässt sich das Andere nicht verdrängen. Dir wird die zwingende Kraft bewusst, die Cedolf ausstrahlt. Und der dunkle Klang seiner Stimme, als er dir, dem Fräulein Selmer (wie er sich die ganze Zeit höflich ausdrückt), berichtet. Dass nämlich er, Cedolf, bald mit dem Liniendampfer nach Hamburg abreisen wird.

Du nimmst diese Auskunft hin. Jetzt gibt es zwischen dir und Cedolf nichts mehr zu besprechen – trotzdem bleibt er stehen. Du fühlst dich plötzlich schlapp und müde. Schicksalhaft weißt du irgendwie, dass Cedolf gleich zudringlich werden wird und du ihn nicht daran hindern kannst. Sein Gesicht, sein Mund nähern sich dir. Und du sinkst hilflos gegen die Wand und lässt dich von ihm küssen. Als er aber versucht, seinen Arm zwischen deine Taille und die Wand zu zwängen, reißt du dich los und läufst, läufst …

In deinem Zimmer siehst du im Spiegel ein glühend rotes und atemloses Mädchengesicht.

Schnell versteckst du dein Gesicht in den Händen. Dein Hut fällt auf den Boden.

Mein erster Kuss war nicht so, wie ich ihn mir vorgestellt hatte.

Die Welt um mich herum versank nicht. Liebliche Seligkeit durchströmte mich nicht. Nüchtern stellte ich fest, wie merkwürdig groß und nass seine Lippen waren und dass sogar meine Nase davon nass wurde. Darüber hatte weder in den Mädchenbüchern noch in den Fortsetzungsromanen etwas gestanden.

Immerhin war es Lars-Ivar gewesen, der mir diesen Kuss gab. Ich bekam ihn im Djurgården von Stockholm oder, besser gesagt, vor dem Denkmal der berühmten Sängerin Jenny Lind. Der Hügel, auf dem es stand, war mit blauen Traubenhyazinthen übersät.

Nach und nach lehrte Lars-Ivar mich die Kunst des Küssens.

Aber den Widerhall in meinem Körper und die wunderbare Mattigkeit, die ich beim Tanzen mit Harald verspürt hatte, erlebte ich später in einer völlig anderen Situation.

Es geschah an dem Tag, an dem Beckboms Kunstschule für

die Saison die Tore schloss. Ich hatte von Ava Rosenholm schlechte Noten bekommen, bessere aber von dem Hauptlehrer für Illustration, Axel Beckbom. Ich hatte einige von ihm gestellte Aufgaben ausgeführt. Und nun war er so großzügig gewesen, meinen abgrundhässlichen Künstlerkittel zu vergessen und mir ein gutes Zeugnis zu geben. Vermutlich hatte es ihn überrascht, dass eine so geschmacklos gekleidete Schülerin, die bei jeder passenden und unpassenden Gelegenheit Kirchenlieder vor sich hin sang, so sensible und doch beherzte Zeichnungen vorlegte.

Lars-Ivar hatte natürlich ein glänzendes Abgangszeugnis. Er hatte vorher ja schon bei Otte Sköld und Isaac Grünewald studiert.

Jetzt saßen wir zusammen im Zug nach Uppsala. Unsere Zeichenmappen lagen im Gepäcknetz. Wir hatten Fensterplätze und saßen einander gegenüber. Der Zug setzte sich ruckweise in Bewegung. Irgendwo bei Häggvik fing es an.

Bewegungslos in die Ecke gelehnt, einander unverwandt in die Augen sehend, fühlte ich plötzlich, wie eine Art Trance sich meiner bemächtigte. Es war ein Gefühl wie in süßer Verzückung wegzudämmern, ein Gefühl wie gleichsam zu verschwinden und doch absolut gegenwärtig zu sein.

Ich hätte ihn gerne gefragt, ob er dieses Gefühl auch habe, aber meine Zunge war wie ein schlafendes Tier. Im Mund hatte ich einen eigentümlichen Geschmack.

Auch er schwieg und bewegte sich nicht.

Keiner von uns hätte auch nur einen Finger rühren können.

Wir schienen beide in einen verzauberten Traum versunken zu sein.

Als der Zug vor dem Bahnhof von Uppsala quietschend zu bremsen begann, zuckten wir beide zusammen, als wären wir aus einem tiefen Schlaf erwacht.

Verlegen suchten wir unsere Sachen zusammen, vermieden

es, einander anzusehen. Er strich sich über die Haare, sah aus dem Fenster und meinte, es werde wohl bald regnen.

Ich war völlig durcheinander und ließ meine Mappe fallen, aber Lars-Ivar fing sie im letzten Moment auf und trug sie mir bis auf den Bahnsteig.

Ich war jetzt wieder zum wirklichen Leben erwacht und wartete darauf, dass Lars-Ivar mich in den Arm nehmen würde.

Stattdessen ging er eilig davon.

»Sieh nur!«, rief er. »Da drüben kommt deine Mama. Ich mach mich mal lieber davon.«

Und mit einem kurzen »Tschüs« überquerte er ein Gleis, obwohl das natürlich verboten war.

Was meine Mutter selbstverständlich aber mitkriegte, sie schüttelte den Kopf und verzog den Mund.

4

Von Lars-Ivar kam kein weiterer Brief. Mama hingegen überraschte mich manchmal mit einem Telegramm. »Von Unruhen in Paris gelesen. Sofort zu Hause anrufen.«

In der Pariser Rue Servandoni hatte keiner der Bewohner, die im Schatten des Gässchens zusammen an kleinen Tischen im Freien saßen, etwas von Unruhen gehört. War vielleicht oben am République etwas los? Oder an der Bastille? Davon hätten wir hier in St. Sulpice gar nichts mitgekriegt.

Ich rief Mama an und sagte ihr das.

Nach dem Gespräch erkannte ich, wie wenig smart das war. Ich hätte ihr doch eine Geschichte von Schüssen am l'Odéon unterjubeln können. Von großen Polizeiwagen, Absperrungen, Tränengas … Sie hätte mir alles geglaubt. Ihr Katastrophenverständnis war groß.

Sie hätte mir befohlen, sofort nach Hause zu kommen.

Aber ein junges Mädchen, das die Liebe zur Wahrheit schon mit der Muttermilch eingesogen hatte, konnte sich nicht einmal im Traum vorstellen, die eigene Mutter anzulügen.

Der dritte Monat nach Schulende war angebrochen. Meine glühenden Gebete, Gott möge geben, dass Lars-Ivar mir weitere Briefe schriebe, waren nicht erhört worden.

Aber damals konnte auch keiner wissen, dass Lars-Ivar wortblind war. Heute ist diese Lese- und Schreibschwäche so bekannt, dass sie einen eleganteren Namen bekommen hat: Legasthenie.

Menschen mit dieser Behinderung verwechseln zum Beispiel Buchstaben und es ist nur natürlich, dass sie nach Möglichkeit keine Briefe schreiben.

Und wie war das mit Vejgaard? Es gab einen weitaus grausameren Grund, warum er deine Briefe nicht beantwortete. Zu spät, viel zu spät, hörtest du in einem Café rein zufällig zwei dänische Damen miteinander sprechen. Für dich war es immer schmerzhaft, wenn du jemanden seine Sprache sprechen hörtest. Und hier wurde jetzt sogar sein Name genannt. Die Damen sprachen von einem Autounfall im Vorjahr. Ein Mann namens Vejgaard war bei Köln auf der Heimfahrt von Paris von einem Lastwagen überfahren und getötet worden. Eine der Damen kannte offenbar seine Frau. An sich war die Ehe ja geschieden. Aber trotzdem. Für die Frau war es ein Schock gewesen.

Wir wussten beide nichts über die Ursachen ihres Schweigens, Alberte. Lars-Ivars Schweigen war ja an sich nur eine Bagatelle.

Aber für dich war die Zukunft zerbrochen.

Ich schrieb weiterhin Briefe. Aber sie wurden kürzer.

Ich erinnerte mich daran, wie leicht er es genommen hatte, dass ich ihn für drei Monate verlassen würde. Er hatte mir sogar immer wieder zugeredet: Stell dir vor, welche Möglichkeiten du hast, Neues zu sehen und dich weiterzuentwickeln …

Lars-Ivar konnte sein Gesicht so verschließen, dass niemand wusste, was er dachte oder fühlte. Alberte, um dieses Pokerface könnte man ihn wirklich beneiden.

In einer sehr viel späteren Phase meines Lebens lebte ich für kurze Zeit auf einer westindischen Insel. In einer Ecke meiner Spüle hatten sich ein paar kleine rosa Frösche eingenistet. Es waren ruhige, scheue Wesen. Ihre Haut war so dünn, dass sie durchsichtig waren, man konnte ihr Gedärm, die Eingeweide, Herz und Lunge sehen …

Mir kam bei ihrem Anblick der Gedanke, dass ich in meinen jungen Jahren ganz wie sie gewesen war.

Irgendwann versuchte ich dann, Lars-Ivars Vermieterin in Solna anzurufen. Ich hatte ihn früher einmal in seinem untervermieteten Zimmer besucht, um seine Bilder anzusehen; wir hatten die Tür zur Diele weit offen gelassen. Die Dame, die ihm das Zimmer vermietet hatte, war um die fünfzig, hatte gefärbte Haare und sah irgendwie merkwürdig aus. Am Telefon antwortete eine heisere Raucherstimme von oben herab, nein, Herr Palm sei nicht zu Hause.

Nein, sie wisse nicht, wann er zurückkomme.

»Ist es wichtig?«

Meine ganze Energie verdampfte gleichsam.

Neeein. Aber der Anruf kommt aus Paris.

Klick. Aus. Die Tränen lagen schon auf der Lauer. Ich stand in dem kleinen Raum hinter der Küche, wo die Hausbewohner telefonieren konnten und wo ein kleiner Apparat die Sekunden zählte.

Ich dachte an zu Hause zurück. Mama erstarrte gleichsam, wenn sie hörte, dass ich eine Nummer wählte, den Hörer wieder auflegte und es mit einer anderen Nummer probierte, wo ich möglicherweise Anschluss hatte. Nur wagte ich nicht zu sprechen, wenn meine Mutter hinter mir stand. Ich legte den Hörer dann einfach wieder auf.

»Wen hast du angerufen?«, wollte sie dann natürlich wissen.

»Niemand«, zischte ich.

Und ich dachte an dieses eine Mal, als ihr vorwurfsvoller Blick mich halb wahnsinnig machte und ich den Regenmantel vom Haken riss und, ihre Stimme im Nacken, die Treppe hinunterrannte. Draußen schüttete es. Mein Fahrrad hatte einen

Platten, also lief ich zu Fuß weiter. Wohin? Fort. Einfach weg von ihr. Ich rannte die Friedhofstraße entlang, an den Gräbern und der Höheren Schule vorbei, überquerte Straßen und lief den Berg zum Schloss hinauf. Der Regen nahm mir die Sicht, und da ich erhitzt war, beschlug meine nasse Brille auch noch. Außerdem hatte ich Schnupfen und gegen die Tränen half alles Zwinkern nichts. Ab und zu musste ich stehen bleiben, um mir die Brille mit dem Taschentuch abzuwischen, aber sie war sofort wieder nass und ich rannte halb blind weiter, als wäre jemand hinter mir her. Undeutlich nahm ich wahr, dass an der Schlossfassade irgendwo gearbeitet wurde, übersah aber die bereitliegenden Rohre, stolperte und fiel der Länge nach hin. Mein linkes Schienbein stieß gegen etwas sehr Hartes, Schmales. Der Schmerz war heiß und kalt zugleich. Blind von der Nässe unter der Brille, rappelte ich mich hoch, setzte mich auf die Erde und zog einen Zipfel meiner Bluse unter dem Mantel vor, um die Brille damit zu säubern.

Ich hatte mir die Hände aufgeschürft. Ich sah, dass mein Schienbein unter dem Strumpf blutete.

Als die Wunde später geheilt war, zeigte sich, dass der Knochen eine kleine Delle abbekommen hatte. Sie ist mir für immer geblieben. Jedes Mal, wenn ich mich nach dem Baden eincreme, spüre ich diese kleine Einbuchtung.

Ein solches Andenken ist einer Fotografie weit überlegen. Es kann nie entfernt, zufällig wieder gefunden oder zerrissen in den Müll geworfen werden.

Sollte mein Leichnam je ausgegraben werden, würde man sich fragen, was diese komische Einbuchtung verursacht haben könnte.

Wir haben jetzt also August. Die Hitze übt einen fast physischen Druck aus, sodass die Bewegungen sich wie von selbst verlangsamen. Sogar die Kühle der Kirchen hat etwas Dumpfes an sich.

Deine Freunde, Alberte, haben immerhin so viel Geld aufgebracht, dass sie Paris verlassen und mit der Bahn ans Meer fahren konnten. Eliel hat Liesel mit in die Bretagne genommen und dich gebeten, sein Atelier zu betreuen. Vor allem sind die Tücher zum Abdecken der großen Lehmklumpen für seine Skulpturen immer wieder nass zu machen, um Risse im Material zu vermeiden. Zum Atelier geht man über einen kleinen, muffigen Hinterhof mit Blumen, die Liesel gepflanzt hat, und einer schwarzen Katze.

Das Atelier liegt hinter einer Mietskaserne und einem verlassenen alten Garten. Abends riecht es von dort nach Buchsbaum. Es ist fast so wie auf dem Land …

Du bist alleine hier. Du erlebst immer wieder, wie der heiße Tag sich dem Abend zu neigt. Die Sonne verlässt den Hof. Der Efeu färbt sich blau und du musst feststellen, dass du auch heute nichts weitergebracht hast. Obwohl du genau weißt, dass du längst einen hübschen kleinen Artikel hättest schreiben und an eine norwegische Zeitung schicken müssen. Du brauchst das Honorar von fünfzig Kronen ganz dringend.

Aber dein Inneres ist stumm und widersetzt sich. Du hast an sich gar nicht viel zu tun: Du musst die Katze füttern, sie streicheln, eine Zigarette rauchen, das gerahmte Bild von Jakob von der Kommode nehmen, um ihn so richtig zu vermissen. Der Ausdruck seines mageren Gesichtes ist als tapfer zu bezeichnen. Er ist einer, der durchhält. Seit neun Jahren lebt er auf der anderen Seite der Erde.

Doch Jakob hat Unternehmungsgeist. Dein Bruder tut etwas. Während du immer nur ein kleines Stückchen Zeit nach dem anderen hinter dich bringst. Du glaubst, dass es niemand merken würde, wenn du einfach verschwindest. Vielleicht würde man es sogar begrüßen.

Deine Verwandten in Kristiania ganz bestimmt.

Diese Lust, auf Nimmerwiedersehen zu verschwinden, habe ich auch gehabt, aber damals war ich schon sechzig Jahre alt.

Für erwachsene Kinder ist es in jedem Fall eine Erleichterung, wenn die Mutter ohne viel Aufhebens verschwindet, bevor sie zur Last wird.

Aber so denkst du natürlich nicht. Du hast eher das gleiche Gefühl wie beim Modellstehen. Dass du eigentlich etwas anderes tun solltest.

In dieser Zeit, als du in Paris ganz alleine bist, beginnt deine Freundschaft mit Vejgaard.

Du weichst deinem Landsmann Sivert Ness, der zufällig auch in Paris ist, aus, als er unvermutet auftaucht. Ab und zu kommt er bei dir vorbei, setzt sich schweigend auf einen Stuhl und verschlingt dich mit Blicken.

Er will etwas. Was mag es wohl sein? Will er etwas ins Französische übersetzt haben? Sollst du mit ihm ein Hemd kaufen gehen oder ist es etwas noch Unangenehmeres? Jedenfalls willst du ihn nicht dort sitzen sehen.

Dir ist klar geworden, dass Männer dich grundsätzlich für gutmütig und für nicht allzu wählerisch halten. Für ein Mädchen, an das man sich heranwagen könnte. Aber sie irren sich. Du bist eine von den Frauen, die an Männern ohne kühnere Träume keinen Gefallen haben.

Die Hitze hat inzwischen 38 Grad im Schatten erreicht.

Heute wie damals glüht der Asphalt. Die sonnengetränkte Luft brennt wie Feuer. Die Bäume an den Esplanaden gehen zu Grunde, sie rollen die Blätter ein und lassen sie raschelnd zu Boden fallen.

Auf der Seine treiben tote Fische. Das morastige, brackige Wasser stinkt.

Die Pension du Luxembourg ist fast menschenleer. Aber Gilbert ist noch da. Sein Fußboden ist meine Zimmerdecke. Gilbert hat etwas Beunruhigendes und gleichzeitig Anziehendes an sich. Kurz vor Ferienbeginn gab er irgendwann ein kleines Fest in seinem Zimmer. Er hatte sogar mich dazu eingeladen.

Es ist eine kleine Mansarde, eng und verqualmt. Er lädt für den späten Abend ein. Wegen der Hitze geht das Gedränge auf allen nur möglichen Sitzgelegenheiten erst nach zehn Uhr los. Gilbert, der Gastgeber und Herr der Veranstaltung, sitzt mitten im Zimmer lässig zurückgelehnt im besten Fauteuil. Er sieht aus wie ein Komödiant auf der Bühne. Diese Art, den Ellbogen auf die Lehne und das Kinn in Denkerpose in die Hand zu stützen! Zu seinen Füßen hat sich ein schöner Knabe niedergelassen. Er ist einer griechischen Statue so ähnlich, dass es schon ans Lächerliche grenzt. Im Hintergrund rauchen und trinken die Statisten. Plötzlich betritt Lucille die Szene. Sie hat erst geklopft, doch als niemand aufmacht, kommt sie einfach herein. Sie ist ungekämmt, ihr Gesicht ist aufgedunsen. Ihre Augen sind rot gerändert. Sie trägt einen dünnen Morgenmantel mit großem Papageienmuster. Sie hält ihn mit einer Hand vorne zu und streicht sich mit der anderen die wirren Haare aus dem Gesicht. Sie sagt nichts. Und auch sonst spricht niemand. Ihre Augen fixieren eine Person im Raum, vermutlich ist es Gilbert, aber es kann ebenso gut Ole sein, der mit einer Weinflasche in der Hand hinter ihm steht.

Noch immer spricht niemand ein Wort. Es ist irgendwie unheimlich. In der stickigen Stille geht etwas vor, das ich nicht begreife. Niemand bewegt sich. Es ist wie in dem alten Kinderspiel »Figuren schleudern«. Die Menschen im Raum bewegen sich planlos. Dann ruft jemand VERSTEINERT und alle müssen in der Stellung verharren, die sie in diesem Moment einnehmen.

Ich sitze eingepfercht zwischen drei anderen Gästen auf Gilberts Bett. Ich spüre plötzlich, wie eng und unbequem es ist. Und bedrückend.

Ich sehe nur Gilberts Rücken. Er ist aufgestanden.

Und dann, ohne dass ein Wort gefallen wäre, geht Lucille rückwärts zur Tür hinaus und knallt sie hinter sich zu.

Gleichzeitig stimmt Gilbert ein Hohngelächter an und dreht sich um, sodass wir ihn jetzt alle von vorne sehen.

»Habt ihr das gesehen!«, platzt er los. »She was all naked under, everybody could see it.« Gilbert ist Engländer. Aber damit alle den Witz mitkriegen, wiederholt er ihn auch noch einmal auf Französisch.

Allgemeines Gekicher, das in Gelächter ausartet.

Eine unerklärliche Loyalität mit der armen Lucille, die nur ganz selten mit mir spricht, veranlasste mich, die Gesellschaft sofort zu verlassen. Es gab auch noch andere Gründe. Den heißen, schwülen Raum, den in den Augen brennenden Zigarettenrauch.

Wenige Tage danach setzte Lucille sich beim Frühstück neben mich, um mir mit leiser, verschwörerischer Stimme mitzuteilen, dass Gilbert homosexuell sei (»un pédéraste«). Meine Hände zitterten, als ich die Tasse hinstellte und stammelte: »Das ist er bestimmt nicht. Das ist er auf gar keinen Fall.«

Lucille zündete sich eine Gauloise an, machte einen Lungenzug, blinzelte mir durch die Rauchwolke zu und sagte spitz: »Und wozu braucht er deiner Meinung nach den schönen Jean-Claude?«

Ich wurde rot und nahm einen Anlauf:

»Jean-Claude ist Gilberts Kollege, sein Freund.«

»Un ami, c'est ça«, platzte Lucille heraus. »Aber eben eine ganz besondere Art Freund.«

In meinem Kopf fing es an zu brodeln.

»Das sagst du nur, weil du nicht …«, ich wagte nicht weiterzusprechen.

Lucille drückte ihre Zigarette aus, erhob sich und sagte:

»Meine liebe kleine Cecile, du bist wirklich noch sehr jung. Du musst noch viel lernen. Was hältst du davon, wenn ich dir sage, dass Gilbert manchmal zweigleisig fährt?«

Nichts. Ich habe zu dieser Frage keine Meinung.

Ich fand Lucille widerlich und aufdringlich.

Eine Woche später hatten sie und mehrere andere die Pension verlassen. Ich war jetzt die Einzige in der dritten Etage. Gilbert alleine im Stockwerk über mir.

Ich habe Lucilles Worte entschlossen verdrängt.

Es gibt Dinge, die man einfach nicht wissen will.

Ich brauchte keine besondere Information, um zu erkennen, dass Gilbert ein gefährlicher junger Mann war.

Die Augusthitze, die auf dem Hausdach über Gilberts Mansarde lastete, hatte zur Folge, dass wir gemeinsam in meinem Zimmer frühstückten. Der Ferienmonat hatte sich auch auf den Service im Haus ausgewirkt.

Wir sitzen neben einem ausgebreiteten Tischtuch auf dem Fußboden.

Wir tun so, als wäre es ein Frühstück im Grünen, aber wir sind beide bekleidet und Gilbert behandelt mich entschieden kameradschaftlich. Er hat seinen Spirituskocher mitgebracht, auf dem wir uns Eier und Teewasser kochen können. Die Bäckerei gegenüber hat nicht geschlossen. Ofenfrisches Baguette, Streichkäse aus dem Paket meiner Mutter, ein Glas herbe französische Orangenmarmelade. Wir sitzen nahe beim offenen Fenster, die Gardinen wehen so etwas wie frische Luft herein.

Das Dasitzen mit Gilbert und die englische Konversation vermitteln mir das Gefühl, dass ich in Mitteleuropa bin. Er hat mir Lucilles Behauptung bestätigt. Ja, er ist schwul. Und Jean-

Claude ist sein Geliebter. Er sagt es mit einer solchen Ruhe und Selbstverständlichkeit, dass man es gar nicht als unangenehm empfindet. Aber während des Kauens kann er mich aus schmalen Augen ansehen und sagen: »Wenn ich wollte, könnte ich dich leicht in mich verliebt machen.«

Ich reagiere genauso, wie er es beabsichtigt hat. Werde rot und verlegen, werfe die Haare nach hinten und sage: »Neeein, du. No way. Ich liebe Lars-Ivar. Er ist die einzige und große Liebe meines Lebens.«

»Habt ihr schon mal zusammen ...?«, schleudert er mir entgegen.

Und ich verstehe tatsächlich, was er meint: Ich mache allmählich Fortschritte.

»Nein«, antworte ich artig. »Nein, klar haben wir noch nie. Aber wir haben uns einige Male geküsst.«

»Oh, *indeed*.« Gilbert lacht in seine Tasse, dass der Tee aufspritzt.

Wir kauen eine Weile still vor uns hin. Schenken Tee nach. Er zündet sich eine Zigarette an.

»Und du rauchst immer noch nicht?«

Ich schüttle den Kopf.

»Willst du nicht doch mal eine probieren?«

»Nein, will ich nicht.«

Er lacht, schüttelt den Kopf, als wäre ihm das ein Rätsel.

»Weißt du«, redet er weiter. »Hast du schon mal dran gedacht, dass du mit deinem Mann einmal eine Menge schweinisches Zeug machen wirst?«

(You are going to do all sorts of dirty things with your husband.)

Ich überhöre diesen Einwurf.

An einem anderen Morgen erzählt er unvermittelt, dass er schon in Stockholm gewesen ist, es war kurz vor dem Krieg, er ist ja Reporter und er war im Auftrag seiner Zeitung dort.

»Ich habe im Grand Hotel gewohnt, eine wirklich großartige Lage. Die vielen leckeren Kadetten vom Skeppsholmen, die da vorbeikamen. You just had to pick them up.«

Da hatte ich plötzlich genug von ihm. Er setzte alles daran, um mich zu schockieren.

Als Nächstes sagte er: »You are very innocent, aren't you?«

Probably. Verglichen mit Gilbert war das wirklich nicht weiter schwer.

Zwischendurch stellte ich mir vor, was Mama davon gehalten hätte, mich mit so einem verdorbenen Mann frühstücken zu sehen.

Aber er war ja auf meinen Körper wirklich nicht scharf.

Er wollte meine Seele verführen.

Ich blieb ihm jedoch nichts schuldig. Niemand kann behaupten, dass es ein unentschiedenes Match war. Manches färbte sogar ein wenig auf ihn ab.

Natürlich berührte er mich dann und wann; es konnte vorkommen, dass ich vor Entsetzen und noch etwas anderem, für das ich keine Worte hatte, innerlich erschauerte. Vielleicht waren es die Verlockungen der Verderbtheit und die Tatsache, dass er bewusst sein Spiel damit trieb.

»Wenn ich wollte, könnte ich dich in mich verliebt machen.«

Er war ein Verführer, aber gegen Lars-Ivar kam er nicht an.

5

Eines Tages reiße ich mich dann aber wirklich noch zusammen. Hole die Schachtel mit den Zeichnungen hervor, die ich aus Schweden mitgebracht habe, lege sie auf dem Fußboden aus und treffe eine Auswahl. Kaufe eine große grün gemusterte Mappe mit schwarzen Verschlussbändern und mache mich in meinem besten, in der *Blanchisserie* gegenüber gewaschenen und gebügelten Baumwollkleid, die Mappe unter dem Arm, auf die Jagd nach einem Zeichenauftrag. In Paris. Namen und Adressen habe ich den umfangreichen französischen Modemagazinen entnommen, die ich mir für teures Geld gekauft habe. Ich hatte beschlossen, bei L'Art et la Mode, 15 Avenue Matignon, anzufangen. Chefredakteur war ein gewisser Monsieur Edouard Dupuy.

Vor Schweiß glänzend und mit trockenem Mund fragte ich die hochnäsige Empfangsdame, ob es möglich sei, Monsieur Dupuy zu sprechen. Ihre schockiert erstaunte Miene ging sofort in Widerwillen über, als sie fragte:

»Hat Mademoiselle einen Termin mit Monsieur Dupuy vereinbart?«

Ich schüttelte den Kopf.

»Hat Mademoiselle ein Empfehlungsschreiben? Auf wessen Nachfrage, Mademoiselle?«

Die Überheblichkeit ihrer Stimme war mit einem kleinen

verächtlichen Lächeln gewürzt. Ich stand stumm vor ihr und fühlte, wie der Achselschweiß an meinem Körper entlanglief und die Verschlussbänder meiner Mappe befeuchtete.

Im selben Augenblick ging im Hintergrund eine schwere große Tür auf und der Blick eines etwas beleibten Herrn mit ergrautem Haar fiel auf mich. Sein Gesicht zeigte sofort wohlwollendes Interesse und er wandte sich mit der Frage an seine Sekretärin, welches Anliegen die charmante, entzückende junge Dame habe.

Ich sah die arrogante Frau nervös und schmeichlerisch erklären, dass diese völlig unbekannte Mademoiselle sich gedacht habe, sie könne völlig unangemeldet …

Ihr Chef winkte ihr Gerede mit einer ungeduldigen Geste ab, war mir gegenüber aber eitel Freundlichkeit, als er mich mit samtweicher Stimme bat, mit in sein Zimmer zu kommen und ihm zu zeigen, was ich in meiner großen Mappe verborgen hielt. Etwas, das vielleicht ebenso *»ravissante«* war wie die kleine Künstlerin selbst …?

(Gilbert hätte sich über meine erwartungsvolle Atemlosigkeit ganz schön amüsiert.)

Vor Hitze und Glück glänzend, knüpfte ich die Bänder auf, nahm die Zeichnungen heraus und legte sie dem älteren Herrn auf den Schreibtisch. Mit kleinen Ausrufen der Bewunderung sah er den Packen Blatt für Blatt durch. Um manche Entwürfe machte er ein regelrechtes Aufsehen: hielt die Zeichnung mit gestrecktem Arm ein Stück auf Abstand, um sie in ihrer Wirkung besser begutachten zu können. Er war beeindruckt, ein anderer Begriff wäre unzureichend für seine Gefühle gewesen; diese junge, lebendige Linie, diese Frische, etwas ganz Neues, Sie sind zweifellos ein echtes Talent, Mademoiselle …

Er legte sich wirklich ins Zeug. Es ließ sich nicht vermeiden, dass meine Gedanken zurück zu Beckboms Schule und Ava Rosenholm eilten, die mit den Worten »Mehr Straffung,

Fräulein Tornvall, Sie müssen viel mehr an der Linie arbeiten, nicht solche Hast an den Tag legen, Fräulein Tornvall, etwas mehr Disziplin, Fräulein Tornvall, man kann nicht einfach draufloszeichnen, wie es einem gerade einfällt« meine Linien mit dicken, geraden Strichen korrigierte.

Ich musste zur Kenntnis nehmen, dass es nicht nur um Striche auf einem Blatt Papier ging, es ging um mein ganzes Ich, um eine Beckbomschülerin, die eine Schande für die ganze Schule war.

Kannst du dich erinnern, Alberte, dass du im Nähtisch deiner Mutter einmal einen Brief deines Onkels, des Herrn Oberst, gefunden und ihn heimlich gelesen hast? Der Inhalt konnte nicht gerade ein Schock für dich gewesen sein. Aber immerhin. Es schriftlich an deine arme Mama gerichtet zu lesen.

Der Brief spricht davon, wie sehr es alle beunruhigen muss, dass die arme Alberte, die sich nicht nur widersetzt, wenn es um den richtigen Platz der Frau im Leben geht, nämlich die Rolle der Gattin und Mutter zu erfüllen, sondern die sich auch weigert, sich ein wenig charmant und anmutig zu geben. Aus dem Brief geht hervor, dass es Pläne gab, dich nach Kristiania zu Onkel und Tante zu schicken und von ihnen in die dortige Gesellschaft eingeführt zu werden. Die letzten Sätze des Onkel Oberst müssen deiner Mutter arge Kopfschmerzen bereitet und ihr Taschentuch durchnässt haben.

Sie liest schwarz auf weiß, dass es einfach nicht denkbar wäre, dich bei gewissen Vergnügungen vorzuzeigen, weil du dort unweigerlich »die wenig angenehme Rolle des Mauerblümchens« spielen würdest.

Sie erfährt, dass dir die äußere Erscheinung in Aussehen und Auftreten fehle, die alle Türen öffnen und die Heiratskandidaten in Scharen herbeilocken würde.

In der Beckbom'schen Schule war man mindestens ebenso auf die äußere Erscheinung erpicht wie in den Salons der norwegischen Hauptstadt Kristiania. In der Mode öffneten sich die Türen für schlanke, selbstsichere Mädchen aus einer Gesellschaftsschicht, in der die Mütter auch schlank und selbstsicher waren und ihre Garderobe in den erstklassigsten Salons nähen ließen. Sie hatten sich eine bestimmte nasale, hochmütig rasche und nonchalante Art zu sprechen angeeignet. Man konnte direkt hören, wie Kindermädchen, Küchenpersonal und Putzfrauen aufmerken mussten, wenn die Herrschaften mit ihnen sprachen. Diese Töchter, die bei Beckbom aufgenommen wurden, brauchten nicht unbedingt gut zeichnen zu können. Ihre Sprache, ihr Aussehen und ihr Benehmen genügten.

Das war die Art von Schülerinnen, die Ava Rosenholm bevorzugte. Sie waren eine gute Reklame für die Schule und konnten bei einfacheren Modeschauen als Mannequins auftreten.

Manche von ihnen waren auch als Fotomodelle gefragt.

Meine Mutter hatte durch Vermittlung meines Lehrers in Philosophie und Religion, Herrn Dozenten Ödéen, in der Stockholmer Vasastadt ein kleines Hinterhofzimmer für mich gemietet. Es gehörte zu der geräumigen Wohnung des pensionierten Probstes Hupert Ödéen und seiner Frau Frederika in der Dalagata. Im Haushalt halfen zwei so genannte »gefallene Mädchen« mit, die probeweise von einem einschlägigen Heim freigestellt worden waren.

Der Sohn des Ehepaares hatte sich dafür verbürgt, dass dieses Mädchen aus Uppsala, das etwas so beunruhigend Ausgefallenes wie Modezeichnen studieren wollte, ein wahrhaft anständiges, ernsthaft veranlagtes Kind war; ihre Eins in Religion mochte zusätzlich als Bestätigung dienen. Die Frau Probstin brauchte sich wegen eventueller Ausschweifungen mit jungen Männern keine Sorgen zu machen.

Mein Zimmer war mit empfindlichen weißen Schleiflackmöbeln eingerichtet. Dazu gehörte ein hübscher Sekretär mit herunterklappbarer Schreibplatte, die höchstens das Schreiben von Briefen und Tagebucheintragungen erlaubte, aber keinesfalls für das Auflegen eines Zeichenbretts geeignet war.

Auf dem Fußboden lagen Webteppiche in Weiß und Blau. Mir wurde strengstens befohlen, in diesem Zimmer nicht mit Farben herumzuklecksen.

Glücklicherweise, ja wunderbarerweise, hielt die Schule abends bis 22 Uhr offen. Das war vor allem ein Service für die Abgangsjahrgänge, die an ihren Prüfungsarbeiten feilten. In den Räumen roch es kräftig nach Ölfarbe, Wachskreide und Kohlestaub, Firnis und Zigarettenrauch.

Dort saß ich nun also in meinem Künstlerkittel, Block und Zeichenbrett an einen höheren Schemel gelehnt, vor mir eine Staffelei, auf der ein Stück Samt drapiert war. Unsere momentane Aufgabe war, mittels Pinsel, Wasser und Tusche die Oberflächen verschiedener Stoffe zu lavieren. Wolle ist trocken und flach, während Chiffon durchsichtig ist und daher in mehreren übereinander liegenden dünnen Schichten (die zwischendurch immer wieder trocknen müssen) zu malen ist, um den richtigen Eindruck wiederzugeben. Chiffon ist ein dünnes, lebendiges Material. Tüll ist auch dünn, aber steif, und seine Falten sind von beständiger Festigkeit.

Samt erforderte einen dicken Pinsel und viel Wasser sowie einen zweiten, dünnen, zum Eintauchen in die Tuscheflasche. Die konzentriert aufgetragene schwarze Tusche musste dann auf dem nassen Papier ausfließen. Aber Achtung! Ein heller Rand musste außen am Faltenwurf ausgespart werden; nur so kann man Glanz und Fülle des Samtes hervorheben. Pelze, wie beispielsweise Bisamseal, werden in der selben Technik gemalt.

Wenn ich mich wie in Trance in diese Aufgabe versenkte,

war ich ein durch und durch glücklicher Mensch. Fühlte mich frei und stark.

An diesem Samtabend blieb einer der älteren Schüler hinter mir stehen. Vermutlich hatte er das Wasser in seinem Becher auswechseln müssen und war neugierig darauf, womit sich dieses komische Mädchen gerade beschäftigte. Da ich ganz in mein Vorhaben versunken war, bemerkte ich ihn erst, als er sagte: *»Teufel nochmal, du wirst verdammt gut werden.«*

Während meiner zwei Jahre an dieser Schule sollte er der Einzige bleiben, der etwas in dieser Richtung sagte. Er war nicht etwa irgendjemand. Er war einer der interessantesten und attraktivsten Schüler überhaupt. Und angeblich sehr begabt. Er hieß Gösta, trug eine viereckige Brille, spielte in seiner Freizeit Saxophon und brachte es in wenigen Jahren in Amerika zu einem sehr erfolgreichen Modefotografen.

Er ging seiner Wege, ohne zu ahnen, welche Bedeutung sein lässig hingeworfenes Urteil für mein Leben haben würde. Weil er, ausgerechnet *er*, gesagt hatte, dass ich etwas taugte, und mehr als das: Verdammt gut werden würde. Das gab mir Auftrieb fürs Leben.

Ich brauchte mich nicht mehr von fragwürdigen Vorurteilen ins Bockshorn jagen zu lassen.

Gösta hatte gesagt, dass ich gut werden würde.

In der Redaktion der angesehenen Zeitschrift »L'Art et la Mode« wurde offenbar, dass Monsieur Dupuy ebenso hehre Gedanken hatte wie Gösta, jedoch in einer anderen Zeitform. Ich *würde* nicht verdammt gut werden. Ich *war* es. »Sie sind eine große Begabung, Mademoiselle.«

Mir wäre nie in den Sinn gekommen, dass hinter seiner Begeisterung über meine Bilder irgendein Interesse an meiner jungen Person stecken könnte.

Gösta hatte keine Hintergedanken gehabt. Er hatte meinen

gemalten Samt gelobt. Die Mädchen, mit denen er in seiner salopp-schnoddrigen Art flirtete, waren ganz andere Kaliber. Sie konnten mit befriedigter Entrüstung seufzen: »Mein Gott, er ist ja nicht gescheit. Wie der sich aufführt!«

Monsieur Dupuy beendete das Gespräch mit der Bestellung von zehn Modezeichnungen für sechs Seiten der nächsten Nummer seiner Zeitschrift. Vorgestellt werden sollten die Modehäuser Balmain und Balenciaga. Über Haustelefon beauftragte er seine Sekretärin, einen Empfehlungsbrief zur Vorlage bei den Pressedamen (*les dames qui s'occupent de la presse*) der beiden Häuser zu schreiben.

Ich fühlte mich wie in einem Hollywoodfilm, in dem das unbedeutende Mädchen vom Land, das vierte Revuegirl von links, dem Regisseur überraschend auffällt und er sie persönlich nach vorne holt.

Dann gab er mir noch die Telefonnummer einer gewissen Madame Rose Knöbelholz, einer finnlandschwedischen Modereporterin, die schon lange in Paris lebte und daher über enge und wichtige Kontakte in der Haute Couture verfügte.

Mein Gott, es war wirklich wie im Traum. Ich glühte vor innerer und äußerer Hitze. In Gedanken formulierte ich schon einen Brief an Lars-Ivar.

Monsieur begleitete mich bis zum Ausgang, küsste mir galant die Hand und murmelte etwas wie, er freue sich schon auf unsere nächste Begegnung.

Madame Rose Knöbelholz war eine vornehme, schlanke, etwas verlebte Dame. Ihre Stimme war dunkel und sie rauchte ihre Gitanes mit einer langen Zigarettenspitze aus Elfenbein.

Sie vermutete, dass Ava Rosenholm mich zu ihr geschickt hatte.

»Ava schickt mir ja immer ihre besten Schülerinnen.«

Ich wurde wieder einmal so rot, dass meine Brillengläser

fast beschlugen. Die Hitze überkam mich plötzlich wie eine Art Schüttelfrost.

»Oh«, sagte ich. »Ich bin keineswegs eine von Avas besten Schülerinnen. Ganz im Gegenteil. Es ist eine Empfehlung von Monsieur Dupuy von L'Art et la Mode.«

»Haben Sie einige Ihrer Zeichnungen in dieser Mappe mitgebracht?«

Durch den Zigarettenrauch hindurch betrachtete sie meine Entwürfe aus schmalen Augen. Sie sagte nicht viel. Aber ihr wiederholtes kurzes Kopfnicken wirkte positiv.

»Und was haben Sie mit Monsieur Dupuy vereinbart?«

Ich sagte es ihr und fand selbst, dass es unglaubwürdig klang. Wie etwas, das ich mir einfach ausgedacht hatte.

Sie drückte ihre Zigarette aus, entfernte den Stummel aus der Zigarettenspitze und sorgte bedächtig für Nachschub.

»Nun, Mademoiselle Tornvall, wenn Sie Ihre Zeichnungen fertig haben, könnten wir Monsieur Dupuy vielleicht gemeinsam aufsuchen? Er ist einer meiner besten Freunde. Ich vermute, dass Sie ganz vergessen haben, ein Honorar zu vereinbaren?«

Ich senkte beschämt den Kopf. Der Schweiß lief mir wie Tränen übers Gesicht, obwohl wir an der Place St.-André des Arts auf einer Caféterrasse im Schatten saßen.

Mitten in der schlimmsten Augusthitze sollten die großen Modeschauen mit der Präsentation der neuen Herbst- und Wintermode beginnen. Paris im August 1947 ist in der Geschichte der Mode ein legendäres Datum. Der *New Look* hatte Premiere. Nur wenige Veränderungen der modischen Silhouette haben größere Umwälzungen ausgelöst.

Davor gab es breite Schultern, Schneiderkostüme, knapp das Knie bedeckende Röcke und noch früher die engen Etuikleider der zwanziger Jahre, in denen man Charleston tanzte.

Jetzt sahen wir zum ersten Mal seit der Jahrhundertwende

Wespentaille, knöchellange voluminöse Röcke mit darunter hervorblitzenden spitzenverzierten Unterröcken. Man trug taillierte Jacken mit kurzen Schößchen und runden schmalen Schultern und einer für jeden Mann (vorausgesetzt, er war nicht wie Gilbert veranlagt) herausfordernden, in das tief ausgeschnittene Oberteil eingearbeiteten Korsage, die die Büste betonte.

In meinen hinterwäldlerischen Baumwollkleidern und weißen Söckchen schritt ich also hinter Madame Knöbelholz her. Ohne Make-up machte ich, ein unbeholfener Teenager, sogar eine Art Knicks, als wir an den Türwächtern vorbeigingen, die aufpassten, dass niemand die Sperre unerlaubt passierte. Ich wurde als ihre kleine *nièce* vorgestellt und sie fügte hinzu, dass bestimmt niemand etwas dagegen habe, wenn das junge Mädchen seiner Tante Gesellschaft leiste.

Selbstverständlich nicht. Madame Rose Knöbelholz hatte ja das beste Renommee, und so führte uns eine *vendeuse* zu den goldenen Stühlen in einer der vordersten Reihen. Ich saß dort unter Damen, die zum erlesensten Kundenkreis des Hauses zählten, also Frauen, deren unvorstellbarer Reichtum sich nicht beziffern ließ. Weder der viele kostbare Schmuck, das raffinierte Make-up noch die gefärbten Haare konnten jedoch ihr Alter verbergen. Entsetzt starrte ich sie an. Sie hatten oft kleine, kunstvoll frisierte Pudel auf dem Schoß und (oder) einen gut aussehenden Mann an ihrer Seite. Klauenähnliche Finger mit ochsenblutfarbenen Nägeln liebkosten den Hund oder lagen auf dem Bein des begleitenden Jünglings.

Ich erkannte, dass das Altern an Hals und Händen beginnt. Ich beobachtete diese Damen, als wären sie Tiere im Zoo. Und gleichzeitig, als schreckenerregende Vision, dass es niemandem, also auch mir nicht, erspart bleiben würde, faltig und hässlich zu werden. Und keine noch so eleganten und teuren Kleider würden darüber hinwegtäuschen können.

Allerdings schienen alle, die hier saßen und bestimmte Modelle ankreuzten, das nicht wahrhaben zu wollen. Manchmal neigte eine der Damen sich zu ihrem jungen Begleiter, um ihm flüsternd etwas anzuvertrauen. Ich spürte es wie einen Krampf in der Herzgegend, dass ich mich nie, niemals, einer solchen Erniedrigung aussetzen würde. Ob mit oder ohne Geld wollte ich diskret und in Würde altern und wissen, wann meine Zeit für ärmellose Kleider und tiefe Dekolletees für immer zu Ende war.

Es konnte vorkommen, dass meine Aufmerksamkeit so auf diese abschreckenden Zerrbilder fixiert war, dass ich es versäumte, mir die Schnittführung eines Kleidungsstückes einzuprägen. Rose Knöbelholz gebot mir dann mit einem scharfen Blick höchste Konzentration und rief mir damit in Erinnerung, warum ich überhaupt hier in diesem wundervollen Salon mit den hohen sich zur Avenue Montaigne hinaus öffnenden französischen Fenstern anwesend war. In diesem vom Duft des hauseigenen Parfüms erfüllten Salon, in dessen Hintergrund sich die grauen Samtportieren immer wieder für den Auftritt des nächsten Models öffneten.

Christian Dior war hier der absolute Star. Jacques Fath stand ihm aber in nichts nach. Die beiden hatten den *New Look* geschaffen.

Erst hinterher wurde mir bewusst, dass ich an einem unerhörten Geschehen unmittelbar teilgenommen hatte. Dass ich die Premiere eines Jacques Fath hatte miterleben dürfen.

Diese Premiere fand in einem wunderbaren Garten mitten in Paris statt. An einem Abend. Die Rosen dufteten und es roch im Scheinwerferlicht über dem Podium, auf dem die Mannequins sich in knöchellangen, sehr engen Röcken vorwärts wiegten, nach frischem Grün. Lange Regenschirme halfen den Models, das Gleichgewicht zu halten. In den Reihen saß *tout Paris,* man applaudierte, rief bravo, bravo. Die hier

Anwesenden repräsentierten alles, was in Paris auf dem Gebiet der Kunst, der Literatur, bei Film, Theater, Ballett und Wissenschaft Rang und Namen hatte. Hier waren die alten Damen mit ihren Pudeln und Gigolos nicht eingeladen. Aber immerhin Madame Knöbelholz und ihre kleine *nièce*.

Und ich war mit dabei.

Ich war in diesen Augustwochen 1947 überall dabei.

Außerdem gehörte ich zu denen, die nach der Vorführung über die Hintertreppe fünf Stockwerke hinauf ins Pressebüro steigen durften, um *la dame qui s'occupe de la presse* die Nummern der drei von Madame Knöbelholz ausgewählten Modelle anzusagen, und mir für den nächsten Tag einen Termin zum Abzeichnen geben zu lassen. Denn nichts, rein gar nichts durfte während der Vorführung skizziert werden.

Die absolut glücklichsten Stunden meines Lebens habe ich, mit dem Zeichenblock unter dem Arm und Bleistiftetui und -spitzer in der Handtasche, als kleine Zeichnerin erlebt, wenn ich ganz unten von den uniformierten Türwächtern, vorbei an schroffen *vendeusen* und anderen Bewacherinnen, in diese goldenen Salons eingelassen wurde, die jetzt leer standen und im Morgenlicht etwas farblos wirkten. Eine Frau in Arbeitsschürze und mit Kopftuch saugt den samtgrauen Teppichboden. Ich setze mich abwartend auf einen der goldenen Stühle. Die Portiere bewegt sich, und ein mageres Mädchen kommt heraus, eines der besten Mannequins, jetzt in natura. Gähnend nimmt sie meinen Zettel mit den gewünschten Nummern entgegen und kommt dann in der Kreation zurück, stellt sich in Pose und ist in diesem Moment schon eine fertige Modezeichnung. Es ist an mir, sie zu Papier zu bringen.

Alberte, ich sage dir noch einmal, nichts geht über dieses Glück, keines ist reiner und freier von Angst, Unsicherheit und Furcht vor der Frage, wie es weitergehen wird, also unbelastet von all dem, was andere Glückszustände unausweichlich überschattet.

Zehn Jahre später, mitten in einer immer verzweifelteren Ehe und nach drei Geburten, sollte ich wieder Gelegenheit haben, mich in die einem Brutkasten gleichende Sicherheit im Herzen eines Pariser Modehauses zu flüchten.

Ich sollte in einem Hotel wohnen, das nur eine Spur besser war als das, in dem du die schwimmende Maus in der Waschschüssel gesehen hast. In diesen kleinen Hotels waren die Treppen zu den ersten zwei Etagen mit Teppichen belegt, und dann wurde es, je höher man kam, immer einfacher. Glühend heiß im August, eiskalt im Januar. (In diesen beiden Monaten wird die Kleidermode der jeweils kommenden Saison vorgestellt.)

Ein kleines quadratisches Zimmer, sparsam möbliert. Ein einfacher Holztisch war aber immerhin vorhanden. Ich schob ihn mitten ins Zimmer unter die Glühbirne, die ohne Schirm an einer Schnur von der Decke hing.

In Strickjacken und Wollsocken, alternativ im ärmellosen Sommerkleid, entwickelte ich dort meine Entwürfe zu druckreifen Bildern. Im Allgemeinen blieb ich höchstens eine Woche dort. Jedes Mal waren es Tage und Nächte tiefen Friedens, das bedeutet aber nicht, dass es auch auf der Straße und im Modehaus still war, aber zumindest hat niemand geschrien, herumgemeckert, etwas gefordert oder gebraucht, niemand hat mich verfolgt, mich aus dem Schrank gejagt, in dem ich mich versteckt hatte, um mich in Ruhe auszuweinen.

In Paris pflegte ich mit niemandem Umgang. Ich ließ mir das Essen aufs Zimmer bringen, kaufte in der *pharmacie* ein, vereinbarte mit der Pressedame Termine. Die Journalistin, die über die Vorführungen schreiben und deren Artikel ich mit meinen Zeichnungen illustrieren sollte, wohnte am rechten Ufer in einem bequemen Zimmer, das ihr Arbeitgeber bezahlte. Sie traf sich mit anderen Modereportern, sie aßen in guten Restaurants, besuchten Bars und ließen sich von jungen Männern entdecken und begehren.

Als Freischaffende musste ich selbst für alle Unkosten aufkommen.

Aber ganz gleich, wie einfach ich wohnte, im Zimmer stand ein breites Bett und jeden Morgen wurde mir dort ein Frühstück serviert, das ich mit niemandem zu teilen brauchte. Eine Kanne mit schwarzem Kaffee, eine zweite mit heißer Milch, ein halbes knuspriges Baguette, ein ofenfrisches Croissant, Butter und Marmelade. Und niemand schob sich über mich, um kosten zu dürfen, niemand, der in der Marmelade landete, die Kanne mit der heißen Milch umstieß, nein, dieser ganze Luxus war nur für mich alleine da.

Den Gedanken, dass ich nie hätte heiraten und vor allem nie diese vielen Kinder hätte kriegen sollen, wagte ich nie so recht zuzulassen. Die Kinder waren ja die natürliche Zugabe. Sie waren die Früchte der Liebe. Gottesgeschenke. Der Sinn des Lebens.

Es war mein Unvermögen, diese Dinge richtig einzuschätzen, Alberte. Schüchtern und bescheiden von Natur aus, doch gleichzeitig ohne jede Demut. Ich wollte alles haben. Mann und Kinder und Glück und Erfolg im Beruf …

Wie du siehst: eine völlig unrealistische Selbsteinschätzung, ein Porträt, das einer Picasso-Dame ähnelt, bei der alles ein bisschen durcheinander geraten ist. Die Nase im Profil, die Augen en face. Der Mund auf der Stirn (nein, vielleicht doch nicht). Aber dieses Unvereinbare. Es passte irgendwie alles nicht zusammen.

Ebenso eigensinnig wie die eine Schwester im Aschenputtel, die sich vor lauter Ehrgeiz, Prinzessin werden zu wollen, die Ferse abhackt, um in den zierlichen Schuh des Aschenbrödels zu passen.

In Paris erkannte ich 1947 zum ersten Mal, dass ich in meinem Beruf etwas taugte.

Wäre ich ein Mann gewesen, hätte jeder meine Entwürfe als ausgezeichnet eingestuft. Einen erfolgreichen Mann will doch jede Frau an ihrer Seite haben, nicht wahr? Aber wenn es umgekehrt ist, Alberte, hört man ganz andere Töne!

Rose Knöbelholz war mit meinen ersten Zeichnungen mehr als zufrieden und schickte sie per Eilpost an die Monatsschrift des Verlages Bonnier. Telegraphisch bekam sie Bescheid, dass das neue Jackenkleid mit der kurzen, taillierten Jacke, den runden, femininen Schultern und dem knöchellangen plissierten Rock aufs Titelblatt kommen werde.

Man sei von den Entwürfen dieser neuen Modezeichnerin überhaupt sehr beeindruckt und sehe einer Zusammenarbeit mit Fräulein Tornvall mit Freude entgegen.

6

Ende August kam ich nach Hause zurück. Mama holte mich in Stockholm am Hauptbahnhof ab. Das war gut, denn mein Gepäck hatte an Umfang doch ziemlich zugenommen. Die grün gesprenkelte Mappe war, wenn ich auch noch Koffer zu schleppen hatte, immer besonders schwierig zu tragen. Außerdem baumelte ein Beutel mit einer großen französischen Melone an meinem Arm.

Mama strahlte fröhliche Genugtuung aus. Ihr raffinierter neuer Hut machte sie außerdem jünger. Sie tat, als würde sie nicht merken, dass ich mich immer wieder umsah, den Hals reckte und den Kopf drehte – auf dem Bahnsteig waren, wenn der Nordexpress hereindampfte, immer viele Leute. Überglückliche Menschen umarmten und küssten einander, denn auf Bahnhöfen braucht man sich keinerlei Zurückhaltung aufzuerlegen.

Guter Gott. Es schnitt wie ein gellender Schrei in meine Seele. *Er war nicht da.* Man konnte ihn nicht damit entschuldigen, dass er die Ankunftszeit nicht wusste. Mehr als rechtzeitig hatte ich einen Brief aufgegeben, in dem alles haargenau zu lesen stand.

Aber vielleicht stand er in Uppsala auf dem Bahnsteig?

Nein, auch das nicht.

Mama hütete sich davor, mich direkt anzusehen. Sie ließ

mich beim Gepäck stehen und lief ein Taxi holen. Mir fiel ein, dass es ja ein gewöhnlicher Werktag war. Sie hatte für eine Vertretung sorgen müssen, um ihre aus dem Ausland heimkehrende Tochter abholen zu können.

Aber Lars-Ivar hatte sich nicht freigenommen. Wie hätte er es denn auch begründen sollen? Ich war ja nicht einmal seine Verlobte.

In dieser Beziehung bestand zwischen dir und Vejgaard ein viel klareres Verhältnis. In eurem Fall hatte ja auch er die Karten in der Hand gehabt. Wenn er nicht verunglückt wäre, hätte er eine ehrbare Frau aus dir gemacht und dich seine Wäsche waschen lassen.

Ich will damit sagen, dass von euch beiden *er* seine Gefühle am deutlichsten gezeigt hat. So soll es eigentlich ja auch sein. Oder?

Im Treppenhaus bei Mama lauerte an den Wohnungstüren hinter fast jedem Guckloch jemand. Hier hatte keiner vergessen, dass genau heute um diese Zeit Hilma Tornvalls Tochter aus Paris zurückkommen würde. Es war nicht zu fassen, dass die strenge, bodenständige Hilma Tornvall ihre Tochter für drei Monate ganz alleine hatte verreisen lassen und noch dazu in eine Stadt von angeblich so zweifelhafter Moral.

Die Augen hinter den Gucklöchern wollten vermutlich sehen, ob sich das Gesicht des Mädchens verändert hatte. Ob sich Spuren der Sünde zeigten.

Die Diele kam mir kleiner vor als früher. Mein Zimmer roch muffig. Hier gab es keine offenen französischen Fenster mit weißen flatternden Gardinen und der Aussicht zum Kirchturm von St. Sulpice.

Mama hängte ihren Mantel auf, legte Hut und Handschuhe ab und eilte in die Küche zu Schürze und Kochtöpfen. Geschälte Kartoffeln lagen schon kochfertig im Wasser. Das Dillfleisch brauchte nur gewärmt zu werden. Im Kühlschrank standen Pflaumenkompott und eine Kristallschüssel mit steif geschlagener Sahne.

Ich sah mir unser Zuhause an und es gefiel mir nicht. Die Gefängnisatmosphäre war jetzt nach meiner langen Abwesenheit besonders deutlich zu spüren. Es half nichts, dass Mama den Tisch im großen Zimmer festlich gedeckt hatte. Ein Fest für zwei.

»Nimm doch ein Bad, bis das Essen fertig ist«, rief sie.

Gehorsam drehte ich die Hähne über der Badewanne auf und schlich mich im Schutz des rauschenden Wassers hinaus in die Diele, um Lars-Ivar anzurufen. (Wegen des Essengeruches hatte Mama die Küchentür geschlossen.) Die verschlafene, heisere Raucherstimme der Dame am anderen Ende kannte ich zur Genüge.

»Nein, Herr Palm ist nicht zu Hause. Von wem darf ich etwas bestellen?«

Die Tränen in Augen – Ohren – Nase – Hals fühlten sich wie Mumps an. Ich hatte die Stimme verloren. Mit angehaltenem Atem legte ich den Hörer auf und dankte im Stillen dem technischen Fortschritt, der ein »Abklingeln« des Telefongespräches mittlerweile erübrigte.

Ich tauchte im Badezimmer unter. Drehte das Wasser ab. Verschloss die Tür.

Nach 48 Stunden in einem Zug mit Dampflok ist man schwarz wie ein Grubenarbeiter. Am ganzen Körper hatte sich Ruß festgesetzt. Die strähnigen Haare klebten.

Der Geruch von Achselschweiß stieg mir in die Nase, als ich mich in das warme Wasser setzte.

Ich seifte mich ein. Im Wasser sitzend wusch ich mir die Haare und spülte sie unter der Handbrause aus, ich war von schmutzigem Seifenschaum umgeben, mein dringendes Bedürfnis zu weinen, legte sich. Als ich die Prozedur mit einer kalten Dusche abschloss, fühlte ich mich ins Leben zurückkehren.

Ich war wie befreit, mir eröffneten sich neue Möglichkeiten. Und nun saubere Wäsche. Riechen, wie die Haare nach Shampoo dufteten, und sich beim Auskämmen schön legten.

Hartnäckig nötigte Mutter mir eine zweite Portion Dillfleisch auf. Kleckste eine viel zu große Portion Sahne aufs Kompott. Für sie war ich immer noch das zarte kleine Mädchen, das ordentlich essen musste. Erst als das überstanden war, konnte sie aus einer Schublade die Post nehmen, die während der letzten zwei Sommerwochen für mich gekommen war.

Zuoberst lagen die vielen Glückwunschkarten. Ich hatte ja mitten im großen Moderausch Geburtstag gehabt.

Ich blätterte alles schnell durch, um nachzusehen, ob nicht auch Lars-Ivar ... Aber nein. Die Heulmuskeln zuckten schon wieder.

»Aber sieh doch, Signe!«, hörte ich meine Mutter. »Dieser Umschlag hier. Sieht irgendwie wichtig aus. *Bonniers Monatsschrift* steht auf der Rückseite. Fühl doch mal, welche Papierqualität!«

Lieber, guter Gott, kannst du sie nicht für ein kleines Weilchen von mir ablenken.

Nein. Natürlich nicht. Sie rückte im Gegenteil noch näher. Las heimlich über meine Schulter hinweg mit.

Der Brief war von der Chefredakteurin der Zeitschrift, Jeanette Ahlén. Sie bestätigte das Eintreffen des Titelbildes, alle waren ganz begeistert davon und auch von den anderen mit Signe Tornvall signierten Zeichnungen. Man würde acht Seiten über den *New Look* bringen. Fünf davon mit Zeichnungen von mir, die übrigen mit Fotos illustriert. Jeanette Ahlén gratulierte mir und sich selbst und im Übrigen auch sonst allen, dass ich während dieser bemerkenswerten Modenschauen vor

Ort gewesen war. Das Ende des Krieges lag ja erst zwei Jahre zurück. Nur sehr wenige Berichterstatter waren delegiert worden. Niemand hatte einen solchen Umschwung vorausahnen können, wie ihn der *New Look* einleitete (Moderevolution wurde in der Folge ein gängiger Ausdruck).

Dass dahinter rein wirtschaftliche Gründe steckten, durchschauten nur wenige. Ein Textilfabrikant in Lyon hatte finanziell auf den neuen Modeschöpfer Christian Dior gesetzt, unter der Bedingung, dass er eine Mode mit hohem Stoffverbrauch kreieren würde.

Wichtig war mir nur der Schluss des Briefes. Ich wurde gebeten, mich zwecks Besprechung weiterer Aufgaben so schnell wie möglich in der Redaktion zu melden. Und natürlich würde ich auch ein Honorar für das bekommen, was jetzt in Druck ging.

Das mentale Kettenkarussell, in dem ich jetzt saß, würde sich von nun in meinem zukünftigen Leben ständig drehen. Hei, welche Lust im beruflichen Leben – und welche Verzweiflung im privaten, im wirklichen Leben.

Ach, wie gut geht es dir doch! Was bist du für ein Glückspilz?

So gelungen und misslungen in einem, Alberte, wenn du wüsstest, wie furchtbar es war!

Ich werde mich noch oft darüber beklagen. In den vergangenen Jahrzehnten hast nur du verstanden, wie furchtbar es war.

Mama musste ihre Meinung zu meiner Berufswahl schnell revidieren. Dieser, auf dickem, teurem Papier geschriebene Brief an ihre Tochter beeindruckte sie tief. Zudem betraf er eine elegante Zeitschrift, die sie sich nie gekauft hätte, weil sie viel zu teuer war. Immerhin wusste sie, dass es die führende Modezeitung des Landes war, und wenn die jetzt Entwürfe ihrer Tochter kaufte …

Vielleicht kam ja trotz allem doch noch etwas Gutes dabei heraus?

Besonders, wenn das jetzt vorbei zu sein schien. Das mit Lars-Ivar Palm.

Da konnte sie als Mutter nur aufatmen. Gott hatte ihre Gebete erhört und der kostspielige Aufenthalt in Paris war immerhin nicht umsonst gewesen.

Plötzlich fiel mir die Melone ein.

»O, Mama, die Melone!«, rief ich. Ich zerrte sie aus meinem Stoffbeutel und roch daran – sie schien nicht schlecht geworden zu sein – und legte sie in den Kühlschrank.

Mama überredete mich dazu, mitten am Tag im Nachthemd ins Bett zu gehen. Das dunkelblaue Springrollo wurde heruntergezogen. Ich war wirklich entsetzlich müde. Wenn man achtundvierzig Stunden im Zug gesessen hatte, war einem nicht viel Schlaf vergönnt gewesen. War man glücklich eingeschlafen, tauchte auch schon wieder eine Grenze auf. Brutale Stimmen, die Abteiltüren wurden aufgerissen, der Pass musste vorgewiesen oder, was noch schlimmer war, es musste ein Koffer aus dem Netz genommen und geöffnet werden; aus wirren Träumen aufgeweckt, fand man sich schließlich schlaftrunken auf der Sitzbank wieder.

Ich weiß nicht, wie lange ich geschlafen hatte, als mich das Klingeln des Telefons aufschreckte. Aber jetzt war es überhaupt nicht schwierig, innerhalb einer Zehntelsekunde hellwach aus dem Bett zu springen.

Mama stand schon dort, natürlich.

Ich hörte sie sagen: »Nein, Signe schläft.«

Ich weiß, dass er es ist. Ich stoße meine Mutter beiseite, reiße den Hörer an mich. Er ruft vom Hauptbahnhof in Stockholm an, wird aber in zehn Minuten in den Zug nach Uppsala steigen.

»… und wenn ich schon nicht freigekriegt habe, um dich abzuholen, könntest du mich vielleicht jetzt abholen?«

Hilflos muss Mama zusehen, wie ich den Hörer auflege und

mit glühenden Wangen und wuscheligen Haaren in meinem Zimmer verschwinde. Und selbstverständlich die Tür abschließe.

Wie oft hat sie es wohl schon bereut, dass sie mir den Schlüssel überlassen hat? Was konnte man dort drinnen nicht alles verbergen! Gedanken, Tränen und Tagebücher. Jetzt hört sie Kleiderbügel auf den Fußboden fallen, ja, ja, die Tochter probiert ihre halbe Garderobe durch.

Signe erscheint in Rosa und Weiß, mit auf Hochglanz gebürsteten Haaren und diesem unverschämten Ausdruck von Entzücken und Rosenschimmer im Gesicht.

Ihre Mutter muss den Blick abwenden. Das ansehen zu müssen übersteigt ihre Kräfte.

Nein, so etwas wie Mitleid war von dieser Seite nicht zu erwarten. Übrigens auch von der anderen nicht. Für sie bricht eine Welt zusammen. Drei vergeudete Monate. Vermutlich wagt sie es nicht einmal, diese Zahl zu denken.

Ich sehe sie kraftlos und grau auf einem Küchenstuhl sitzen und zusehen, wie ihre Tochter ein kleines Liebesmahl vorbereitet. Jetzt schneidet sie die saftige Melone mitten durch, wickelt jede Hälfte einzeln in Butterbrotpapier und steckt beide vorsichtig in eine Tüte. Dazu zwei Löffel, Papierservietten und das rotweiß karierte Küchentuch.

Die Tüte mit den zwei Melonenhälften in einem Wachstuchbeutel, eilte ich die Treppe hinunter. Im Keller stand das aufgepumpte Fahrrad, solche Dinge vergaß sie nicht.

Er sah noch besser aus, als ich ihn in Erinnerung hatte.

Aber er war irgendwie verlegen, als er mich umarmte. Während ich ihn wie wild immer wieder an mich drückte, in seinen Haaren wühlte, ihn sogar küsste, dass Vorübergehende lächeln mussten. Oder waren sie schockiert?

Behutsam, aber entschlossen löste er sich aus meinen Armen, hielt mich auf Abstand, bis ich wieder Boden unter den Füßen hatte, und dann gingen wir los, er seinen Arm unter meinem, spazierten hinüber zum Schwanenteich und von da in den Stadtpark. Wunderbar durchschauerte es mich, wenn er seinen Arm ein wenig verschob, und wir sprachen über das Wetter und wie die Reise verlaufen war.

Wir gingen ein Stück am Fluss entlang, fanden eine schattige Bank, und dort packte ich die Melone aus und deckte uns mit dem karierten Tuch den Tisch. Er sah mich zögernd an.

»Eigentlich mag ich Melone nicht.«

»Du kannst sie wenigstens kosten.«

Das tat er. Und machte ein erstauntes Gesicht.

»Aber die schmeckt ja ganz anders als Melonen sonst.«

»Ja«, sagte ich triumphierend. »Es ist nämlich eine französische Melone. Und die Melonen aus Frankreich sind viel süßer als die schwedischen.«

7

Die Chefredakteurin der *Bonniers Monatsschrift*, Madame Ahlén, war eine erstaunlich mütterlich aussehende Dame mittleren Alters. Vollbusig. Doppelkinn. Dicke, kurze Finger.

Später sollte sich zeigen, dass sie die Einzige in dieser Art war. Die Frauen, denen ich künftig in der Branche begegnen sollte, waren durchwegs neurotische, magere Kettenraucherinnen.

Zwischen den Zügen ließen sie sich hin und wieder zu einer sarkastischen Bemerkung herab. Sie hatten alle Bücher von Dorothy Parker gelesen und die amerikanischen Filmkomödien mit den schlagfertigen Dialogen gesehen.

Die Höhe des mir angebotenen Honorars machte mich ganz schwindelig. Tatsächlich schämte ich mich fast. Dass ich Geld für etwas bekam, das mir so viel Spaß machte. Ich hatte keine Ahnung, was Zeichnerinnen verdienten. Ich hatte keine Vergleichsmöglichkeiten, konnte mich mit niemandem beraten.

Dank dieses Erfolgs machte ich mich in Hochstimmung zur Beckbom'schen Schule auf, wo ich selbstverständlich auf Ava Rosenholm stieß, die mich nicht gerade mit offenen Armen empfing. Schon auf den ersten Blick hatte sie feststellen müssen, dass neunzig Tage Paris mein Äußeres nicht verändert hatten. Sie war viel zu phantasielos, um zu begreifen, dass ich

– hätte ich wie eine ihrer bleistiftdünnen und tadellos geschminkten Lieblinge Dorothy, Gunilla oder Christina ausgesehen – nie als die kleine *nièce* der Madame Knöbelholz Zutritt zu einer Modenschau hätte bekommen können.

»Liebes Fräulein Tornvall«, sagte Ava Rosenholm in ihrer trocken vornehmen Art. »Wie schön, dass *Bonniers Monatsschrift* mehrere Ihrer Entwürfe bringen will. Wenn ich richtig informiert bin, wird sogar eine von Fräulein Tornvalls Zeichnungen auf der Titelseite erscheinen, stimmt das?«

Ich nickte. Errötend strahlte ich sie an.

Damit brachte ich ihre Beherrschung zum Platzen.

»Ich muss schon sagen, Fräulein Tornvall, es scheint mir doch ein wenig hochgestochen, seine Karriere als Zeichnerin ausgerechnet in *Bonniers Monatsschrift* zu beginnen …?«

Mir blieb die Luft weg. Ich bekam kein Wort mehr heraus. Eigentlich wollte ich sagen, es sei nicht meine Idee gewesen, ich hatte wirklich nicht … selbst hätte ich ja nie …

Stattdessen sprach sie es aus: »Ich habe von Rose Knöbelholz gehört, dass in Paris gerade niemand anderer zur Verfügung stand. Aber ich meine doch …« Der Satz blieb unvollendet in der Luft hängen.

Sie hat mir nie verziehen, dass ich als eine Schülerin, die von ihr, der Hauptlehrerin im Modezeichnen, als unbegabt und auch sonst als unmaßgeblich in modischen Belangen verurteilt worden war, einen solchen Erfolg aufweisen konnte. Und das ganz auf eigene Faust.

Mit dieser Schlappe wurde sie zeitlebens nicht fertig.

Es war ihr bis dahin gelungen, viele neue Jahrgänge zu terrorisieren und ihnen ihre »strenge Linie« aufzuzwingen.

Als sie tot und begraben war, fragte die Schule bei mir an, ob ich mir vorstellen könnte, ihren Posten bei Beckbom zu übernehmen.

Welch ein Triumph, dieses Angebot ablehnen zu können!

Der Herbst 1947, mit dem großartigen Einstieg bei Bonniers Monatsschrift und Lars-Ivars unerwarteter Begegnung mit einer süß schmeckenden französischen Melone, in die ich gleichsam einbezogen war, ging bald in einen regennassen Oktober mit welkem Laub über, auf dem man ausrutschte.

Lars-Ivar hatte plötzlich jede Menge zu tun. Nicht einmal an den Wochenenden hatte er Zeit, nach Uppsala zu kommen.

Ich hatte ja keine andere Möglichkeit, als zu Hause bei meiner Mutter zu wohnen. Als das Kontrollorgan, das sie nun einmal war, drehte sie jeden Brief um, weil sie den Absender wissen wollte. Telefongesprächen lauschte sie unverhohlen.

Tagsüber war sie ja in der Schule. Aber da war auch Lars-Ivar nicht zu erreichen. Ich fühlte, wie die Luft vor lauter steigender Hoffnung vibrierte. War der junge Mann am Ende drauf und dran, sich zu verziehen?

Wie du siehst, Alberte, zwei Mütter mit ihren Erwartungen. Deine Mutter hatte die Hoffnung, dass du dem aufreibenden Werben des Notars schließlich doch noch nachgeben würdest.

Bei meiner Mutter gingen die Hoffnungen in genau die entgegengesetzte Richtung.

Mit der Tochter vernünftig zu reden war unmöglich; hier hatten beide Mütter das gleiche Problem. Aber bei mir war es ein unerwünschter junger Mann, der den Rückzug anzutreten, zur Vernunft zu kommen schien. (Sie ahnte ja nicht, dass es vielleicht auch auf seiner Seite eine Mutter gab, die sich für diese Verbindung nicht gerade stark machte.)

Von *Bonniers Monatsschrift* bekam ich noch einen Auftrag zusätzlich. Eine anspruchslose Seite am Ende des Blattes. Ich sollte fünf verschiedene Vorschläge zeichnen, wie man einen Schal binden konnte.

Im Oktober kam unerwartet eine Anfrage von der Mantelfabrik Widengren in Vingåker. Sie suchten eine Nachfolgerin für ihre Modezeichnerin, die die Mantelmodelle bisher entworfen hatte. Die Dame, die sieben Jahre für sie gearbeitet hatte, musste krankheitshalber kündigen. Ava Rosenholm hatte ihnen empfohlen, mit mir Verbindung aufzunehmen. Sie hatte mir die besten Fähigkeiten bescheinigt.

Im Nachhinein ist es leicht, dahinter ein Komplott zu vermuten. Meine Stärke lag darin, Kleider abzuzeichnen, nicht, sie zu konstruieren. Nähen konnte ich überhaupt nicht. Ein Abendkurs im Zuschneiden hatte mir nichts anderes vermittelt als eine Reihe unbegreiflicher Maße und Begriffe: Abnäher, Einsatz, Passe, Zwickel, Glockenrock, Raglanärmel, Schrägstreifen … Das alles konnte ich auf einer Zeichnung wiedergeben. Aber ich konnte keine Schnittmuster zeichnen, nach denen Stoff zugeschnitten wurde.

Das wusste Ava Rosenholm sehr wohl.

Sie wusste, dass ich in einer Mantelfabrik fehl am Platz sein würde. Aber sie wollte mich aus Stockholm und von den Zeitungsredaktionen und Agenturen weg haben, die drauf und dran waren, eine Neuentdeckung zu lancieren: die junge Zeichnerin Signe Tornvall.

Ava wusste, dass aus mir eine gefährliche Konkurrentin werden konnte.

Also weg mit ihr, auf nach Vingåker, dort konnte sie am Fließband kontrollieren, wie ein von ihr entworfener Mantel gefertigt wurde. Die Herstellung des Kragens, der Ärmel, der Taschen, der drei Bahnen für den Rücken verfolgen …

Die Arbeit war wie geschaffen für eine Modezeichnerin, die nichts lieber tat, als ihre Kleider selbst zu nähen.

Aber so ein Mädchen war ich nicht.

Mama allerdings war begeistert. Es war eine feste Anstellung mit Monatsgehalt. Also ganz einfach richtige Arbeit.

Durch ihren Bekanntenkreis unter den Lehrerinnen verfügte sie über ein ganzes Netz von Kontakten. Jemand kannte jemanden, der jemanden kannte, der eine Verwandte hatte, die in einer Konfektionsfabrik arbeitete und bezeugen konnte, dass eine Modezeichnerin sich um den Zuschnitt nicht zu kümmern brauchte. Sie zeichnete, wie das fertige Modell aussehen sollte. Ein Zuschneider schnitt das Kleidungsstück aufgrund der Zeichnung zu und eine dritte Fachkraft legte den Näherinnen die Einzelteile aufs »Band«.

Es gelang mir, Lars-Ivar zu erreichen. Er wirkte schuldbewusst, weil er so lange nichts von sich hatte hören lassen. Aber er hatte ja so viel … War auch mit eigenen Dingen beschäftigt gewesen. Hatte gemalt und so.

Wir aßen ausgiebig im Restaurant Prinsen eine Mahlzeit und er bemühte sich, nett zu sein. Hielt, während wir auf die Nachspeise warteten, über dem Tisch meine Hand, drückte unter dem Tisch sein Knie an meines und stellte lächelnd fest, dass rötliche Flammen mein Gesicht überzogen.

Aber das alles vermittelte noch keine liebliche Süße und seine Liebe fühlte ich auch nicht wie ein Banner über mir wehen. Und wenn der schönste aller jungen Männer mit mir sprach, waren es keine romantischen Liebesworte, sondern sehr prosaische Feststellungen.

Das Beisammensein verlief eher kühl, und plötzlich erinnerte ich mich an die Spalte »Von Herz zu Herz« in einer Illustrierten, in der man verliebte Mädchen davor warnte, ihre Gefühle zu offen zu zeigen. Erst sollte man sich ganz sicher sein, ob der junge Mann diese Gefühle erwiderte. »Männer sind Jäger. Sie verlieren das Interesse, wenn das Wild sich zu leicht fangen lässt.«

Unsere Unterhaltung jedenfalls war niederschmetternd.

Es half auch nichts, dass er meinen Eindruck dadurch zu verharmlosen versuchte, indem er meine Fingerspitzen küsste.

Lars-Ivar meinte, ich solle den Posten annehmen. Ich glaube, dieser Geliebte meiner Seele, dieser von mir Auserwählte, sprach mit der Zunge meiner Mutter und mit der Zunge Ava Rosenholms zu mir. Warum denn eine solche Chance vertun? So kurz nach dem Schulabschluss ein solches Angebot zu bekommen, so einen Job, eine *feste* Anstellung. Da war es nun wieder, Alberte.

Als wenn ich jemals davon geträumt hätte.

Als ich Einwände vorbringen wollte, rückte er näher an mich heran, blieb dicht neben mir auf dem Sofa sitzen und meinte, diese Bestellung von L'Art et la Mode in Paris wäre eben ausgesprochenes »Anfängerglück« gewesen, und weil ich mich zufällig zur rechten Zeit am rechten Ort aufgehalten hätte, wären diese *New Look*-Zeichnungen für die angesehenste schwedische Frauenzeitschrift eben dazugekommen.

Es waren eben alles nur glückliche Zufälle gewesen.

Guter Gott, Alberte, alle fielen über mich her, und er war einer von ihnen, ich spürte, wie sie mich in die Enge trieben, und ich sah keinen Ausweg. Sehr klar hatte ich noch die Worte älterer Frauen aus meiner Jugend im Ohr, die immer nur von Sicherheit gesprochen hatten, vom Wert einer festen Anstellung mit Urlaub und Pensionsberechtigung, und ich weiß auch noch, dass ich sie (zumindest heimlich) ausgelacht und immer nur gedacht hatte, nie im Leben …

Und nun saß ich hier und fühlte, wie die Kräfte mich verließen.

Neben mir saß Lars-Ivar, der immer weniger Ähnlichkeit mit meinem Freund hatte, der mich mit süßen Trauben erquicken und mit Äpfeln stärken sollte.

Ja, ich war krank vor Liebe, während mein Herzallerliebster von den Zeichen der Zeit sprach und dass man mit seinen Gefühlen nicht einfach blind drauflos schusseln dürfe; man müsse auch überlegen.

»Und außerdem hast du ja diesen Zuschneidekurs gemacht.«

Ach, das wusste er also, damals haben wir uns doch noch gar nicht gekannt. Ich erinnere mich an meinen schamlosen Zeichenlehrer in der Realschule, der mir so gern eine Eins in Zeichnen geben wollte und mir heimlich die Aufgaben in darstellender Geometrie machte, die damals zum Unterrichtsfach Zeichnen gehörte.

Im Zuschneidekurs gab es solche Barmherzigkeit nicht. Auf riesige Bogen Seidenpapier mussten wir die Teile des Schnittmusters für ein Kleid zeichnen: den kompletten Ärmel, den Kragen, das halbe Oberteil … Den Schnitt eines leblosen, in seine Teile zerlegten Kleides.

Die Lehrkraft hatte einen scharfen Blick, aber ganz offensichtlich nie einen Mann gekriegt. Das hörte man ihrer Stimme an. Merkte es an ihrer nervösen Art, sich dauernd an die Haare zu fühlen, ob die Frisur in Ordnung war. Und ganz besonders merkte man es an dem unzufriedenen, spitzen Zug in den Mundwinkeln.

Es gab Aussagen über solche Frauen. Worte, von Männern erdacht. Lars-Ivar knallte einem gern etwas in dieser Art hin; etwa bei einem nicht mehr ganz taufrischen, peniblen Fräulein, das an allem etwas auszusetzen hatte: »Verdammt, die braucht nur einen Mann.«

Es gab auch gröbere Varianten. Aber die bekam ich erst zu hören, als wir schon verheiratet waren.

Diesen Zuschneidekurs hatte ich damals mit einem schwachen »Genügend« abgeschlossen.

Alberte, du kennst das Gefühl besser als jede andere, wenn alle um dich herum genau wissen, was für dich am besten ist. Wie sie auf dich einreden und dich gleichsam durchkauen, bis nur noch ein kleiner Rest von dir übrig ist und du dankbar sein musst, wenn dich überhaupt noch jemand beachtet.

In dem Projekt, Signe Tornvall in eine Mantelfabrik nach

Vingåker abzuschieben, trafen sich die verschiedensten Interessen.

Konzentriert und zielstrebig wurde daran gearbeitet. Die Direktion der Mantelfabrik Widengren wollte binnen eines Monats eine Zusage haben. Danach würde das Angebot an jemand anderen gehen.

Sie haben gewonnen.

Aus der Euphorie des sommerlich heißen Paris wechselte ich also zu den Novemberschauern von Vingåker. In ein schmutzig grünes, flaches Fabriksgebäude, hinter dessen Mauern ich auf eine gut organisierte Klassengesellschaft traf.

An der Spitze die beiden Herren Widengren. Ihnen unterstanden andere, die ebenfalls Chef genannt wurden, jedoch Chefs zweiten Grades waren. Sie bildeten zusammen die Oberschicht. Dann kamen die höheren Angestellten, unter ihnen einige Frauen. Ich, die Modezeichnerin, gehörte zu dieser Gruppe. Ganz von selbst erbte ich nicht nur den Job der ehemaligen Modezeichnerin, sondern auch ihren Kreis, also die Hauptbuchhalterin Svetlana Wlodowitch (Flüchtling aus Polen, ihr Mann saß noch in einem deutschen Gefangenenlager fest. Oder in einem russischen?) sowie die Chefsekretärinnen Margareta Röhn und Solveig Pettersson.

Auf dem gleichen Niveau befanden sich der Zuschneider Gottfrid Kvarnström und selbstverständlich die Herren »Reisenden«, die die Mäntel der Firma Widengren im Außendienst verkauften.

Den niedrigsten Rang nahmen in unserer Gruppe die Kontoristinnen ein.

Wir hatten einen gemeinsamen Speisesaal mit einer Servierin in Schwarzweiß und jeder hatte eine eigene Serviettentasche.

Der größte Teil der Belegschaft nahm seine Mahlzeiten in

einer geräumigen Kantine im Kellergeschoss ein. Es waren die in der Halle Arbeitenden, die Näherinnen am Fließband, die Männer an den großen Dampfbügelpressen.

Ohne sie waren keine Mäntel denkbar.

Bald sollte sich zeigen, dass die Modezeichnerin nur von sehr nebensächlicher Bedeutung war. Sie musste zeichnen, was das Zeug hielt, zeigte die Skizzen den Chefs und Unterchefs, dem Zuschneider und den Vertretern. Doch die wirkliche Macht lag ausschließlich in den Händen der Letzteren. Sie hatten den Überblick, was sich verkaufen ließ und was nicht. Ein Kleidungsstück konnte noch so schön sein, aber wenn es diesen Herren nicht gefiel, verschwand es mit der Begründung, nur schwer verkäuflich zu sein, sofort aus der Kollektion.

Meine erste Begegnung mit diesen freundlichen, ziemlich korpulenten Herren fiel nicht gut aus.

Man musste ja versuchen, das Beste aus dem zu machen, was an sich hoffnungslos zu sein schien. Ich arbeitete jetzt hier. Ich hatte mein eigenes Arbeitszimmer mit einem Namensschild an der Tür. Ich sollte die neue Kollektion der Firma entwerfen. Man hatte doch tatsächlich eine Modezeichnerin erwischt, die den großen Augenblick der neuesten Pariser Mode persönlich miterlebt hatte. Ich glaubte, hier eine Mission erfüllen zu müssen. Und mit der glühenden Überzeugung einer jungen Heilsarmeesoldatin stand ich nun vor diesen Männern und erklärte ihnen die neuen Linien aus Paris, die mir beim Aufbau der Kollektion des Jahres als Richtschnur dienen sollten. Ich skizzierte auf einem großen Block. Runde Schultern. Wespentaillen. Kurze Jacken mit abgerundeten Schößchen. Knöchellange glockige Röcke …

Die Vertreter pafften an ihren Zigarren und waren zunächst sprachlos, bis das Gelächter losbrach und mehr als einem dabei die Zigarre aus dem Mund fiel.

Etwas so Verrücktes hatten sie wirklich noch nie gehört! *Keine wattierten Schultern!* Liebes kleines Fräulein, Sie wissen vermutlich nicht, wovon Sie sprechen? Ein Ärmel lässt sich ohne Schulterpolster gar nicht sauber einnähen.

»In Paris kann man das«, sagte ich unvorsichtigerweise.

Da hörten sie auf zu lachen, pafften wieder an ihren Zigarren und machten dann ihrer Überzeugung Luft. Hier aufzukreuzen und sich wichtig zu machen und von Paris zu faseln, na ja. Aber wir hier, Fräulein Tornvall, sind aufrechte Schweden und *unsere* Damen wollen als Ausgleich zu ihrem breiten Gesäß weiter oben Watteauflagen haben. Darum geht es uns hier nämlich. Hier bei Widengren werden Mäntel gemacht, wie die Kunden sie haben wollen, uns geht es ums Geschäft und nicht um Modetorheiten aus Paris.

Immer empörter schmissen sie meine Skizzen wahllos auf den Tisch und der Erfahrenste unter ihnen meinte, wenn wir das Mantelmodell 407 mit den Taschen von Modell 402 versehen würden, dann wird das ein Verkaufsschlager. Das Gespräch wurde lockerer, man trank Mineralwasser, frische Aschenbecher wurden gebracht. Animiert und inspiriert blätterte man den Katalog des Vorjahres durch.

Gottfrid Kvarnström stand feige völlig auf Seiten der Vertreter.

Das Ergebnis war, dass die neue Modezeichnerin für eine Kollektion von vierundsechzig Mänteln drei neue Modelle kreierte. Von vierzehn Kostümen entstand *eines* nach meinen Vorstellungen. Es war ein für die jungen Töchter gedachtes Experiment. Kurze taillierte Jacke und ein Rock, der gewissermaßen als Kompromiss glockig geschnitten übers Knie ging. Die Silhouette hätte einen knöchellangen Rock erfordert.

Was meine drei Mäntel anbelangte, so wurden sie von unseren Vertretern stiefmütterlich behandelt und schnell wieder zurückgeschickt.

Die Produktion begann damit, dass Gottfrid Kvarnström das halb fertige Kleidungsstück an der Modezeichnerin ausprobierte. Meine Kolleginnen warnten mich, dass Gottfrid hier und da gern ein bisschen fester hinfasste.

Bei dieser Gelegenheit erfuhr ich auch, dass meine Vorgängerin abrupt gekündigt hatte, weil sie sich unsterblich in Gottfrid Kvarnström verliebt und er sie ausgenützt hatte. Oder vielleicht hatte auch sie sich ausnützen lassen. Aber ihre Liebe führte zu nichts, er war verheiratet, hatte zwei heranwachsende Kinder, und sie war lästig geworden. Hatte eine Überdosis Schlaftabletten geschluckt, war aber rechtzeitig entdeckt und krankgeschrieben worden.

Sie hatte sich damit in der ganzen Firma lächerlich gemacht.

Über den Verführer, einen dunkelhaarigen Herrn Mitte vierzig, der ein gewisses Glitzern in den Augenwinkeln hatte, machte sich niemand lustig. Er besaß als Mann das Recht, sich zu bedienen.

Für mich sollte er nie zum Problem werden. Meine Liebe zu Lars-Ivar machte mich auch in Vingåker absolut unberührbar. Außerdem war ich ja, wie man so sagte, *sexuell noch eine Unschuld*, und als Gottfrid Kvarnström auf meiner Brust Abnäher abzustecken begann, empfand ich überhaupt nichts und Gottfrid sagte trocken: »Sie sollten sich einen besseren BH zulegen, Fräulein Tornvall.«

Widengren war ein modernes Unternehmen. Oben am Waldrand hatte man drei einstöckige Häuser mit Wohnungen für das nicht im Ort ansässige Personal gebaut.

(Übrigens weiß ich nicht einmal genau, was daran so modern war. Vielleicht ein etwas höherer Standard als Landarbeiterwohnungen? Und wir als Nutznießer Fabrikseigentum?)

Meine drei von Gunhild übernommenen Freundinnen und ich wohnten im selben Haus. Sie waren zwischen dreißig und Mitte vierzig. Durch sie sollte ich in das Leben allein stehender, nicht mehr ganz junger, berufstätiger Frauen in einer kleinen schwedischen Ortschaft eingeführt werden.

Svetlana, deren Mann noch irgendwo in Europa in einem Gefangenenlager saß, hatte ein Verhältnis mit dem älteren und eher unansehnlichen Herrn Widengren. Er hinkte. Sie waren jetzt drei Jahre zusammen. Auch er war verheiratet, aber seiner Frau gefiel es in Vingåker nicht. Sie wohnte in Eskilstuna, wo ihre Kinder die höhere Schule besuchten.

Auch Solveig hatte eine verbotene Liebe, die mit Gunhilds Besessenheit gleichzusetzen war. Ich wusste nur, dass der Mann Lennart hieß. Ihre Zusammenkünfte richteten sich nach Lennarts Frau. Sie war manchmal verreist. Manchmal war sie auch mit irgendeinem Auftrag unterwegs, sodass er eine Ausrede hatte. Eine dritte Variante war, dass er mittwochs über den Wagen verfügen und auf einen Sprung vorbeikommen konnte. Angeblich hatte seine Frau mittwochs ihren Bridgeabend. Das war aber nicht immer sicher. In den letzten Tagen hatte sie Halsschmerzen gehabt. Er würde anrufen!

Vor einem solchen Treffen lud Solveig uns zu Käse, Gebäck und Wein zu sich nach Hause ein. Sollte er aber anrufen, müssten wir sofort Schluss machen.

Solveig war an diesem Abend geschminkt und hatte frisch frisierte Locken. Sie konnte nicht stillsitzen, ging pausenlos mit dem Glas in der Hand kettenrauchend auf und ab und nippte hin und wieder am Wein.

Solveigs nervöses Warten neben dem Telefon und ihre hektisch geröteten Wangen wurden für mich zu einem Lehrstück weiblicher Demütigung.

Zwar lebte ich selbst in quälender Unsicherheit, war aber doch stets meiner selbst sicher. Nie zweifelte ich wirklich daran, dass es nur Lars-Ivar und ich sein konnten. In meinem Zimmer stand er hinter Glas und Rahmen auf dem Schreibtisch.

Meine drei neuen Freundinnen machten nicht viel Aufhebens um ihn. Aus Erfahrung wussten sie, dass nicht viel mit ihm los sein konnte, wenn er bis jetzt nicht einmal den Versuch gemacht hatte, die kleine Signe zu verführen.

Hier in Vingåker hatte ich nun also meine erste eigene Wohnung. Ein Zimmer mit Kochnische. Das Unternehmen stellte auch die Möbel zur Verfügung. Rostrot war zu dieser Zeit die beliebteste Einrichtungsfarbe. Also waren das Sofa und zwei leichtere Sessel mit einem Stoff in dieser Farbe überzogen.

Das Bett stand in einem Alkoven mit gestreiftem Vorhang (rost und beige), den man zuziehen konnte, wenn Besuch kam.

Man hielt es für unangebracht, ein Bett offen zur Schau zu stellen.

Es war ein ungewohntes, merkwürdiges und zweifelhaftes Gefühl, dies als sein Zuhause zu betrachten. Die Küche war mit Geschirr, Kochtöpfen, Bratpfanne und Schneidebrett gut ausgestattet. Man hätte sein Leben lang hier wohnen können.

Die Wohnung war gut geheizt. Trotzdem fror ich so sehr, dass ich beide Arme um mich legen musste, wenn ich am Fenster stand und die dürftigen Kiefern betrachtete, die die Aussicht – wenn es überhaupt eine gab – verstellten. Dass der Himmel sich grau in grau zeigte, war jedenfalls unverkennbar. Die Erde war ebenfalls grau mit Flecken von dünnem Schnee.

Vom Fenster aus dürftige Kiefern und Neuschnee zu sehen, hat seither in mir immer Gefühle von Angst und Verlassenheit ausgelöst.

Am Fenster in Vingåker wagte ich es auch nicht, mir wirklich bewusst zu machen, wie schrecklich alles war. Meine Sehnsüchte vereinten sich in der Sehnsucht nach Lars-Ivar. Genau wie in Paris.

Die Menschen in Paris mögen, ganz gleich, welches Jahr

man schreibt, bedrückend hochnäsig und unfreundlich sein, aber die Stadt selbst besitzt diese ewige Schönheit, die einem trotz allem ein Glücksgefühl vermittelt, weil man dort sein, durch diese Straßen gehen, in Parks und Kirchen sitzen, sich in den Reichtum der Museen flüchten darf, alles Erlebnisse, die bewirken, dass man sich nicht ganz an seine Einsamkeit verliert.

Auch in Vingåker litt ich keine materielle Not. Aber ich sollte dort meine ersten Angstzustände erleben.

Diese Angstzustände sollten sich später als ein Leiden erweisen, das mich über Jahrzehnte hin quälte. Die Angst vor dem Alleinsein. Nicht schlucken, nicht atmen, nicht einschlafen, vieles nicht durchstehen zu können, Zustände, an die normale Menschen nicht einmal einen Gedanken verschwenden würden.

Und trotzdem nicht so verrückt zu sein wie mein Vater, der in Gewahrsam genommen wurde, der eine Krankheit hatte, für die er nichts konnte.

In einem solchen Fall hätten mich alle bedauert, hätten mir Weintrauben und Blumen gebracht. Und sich vielleicht auch ein bisschen vor mir gefürchtet.

Die Leute hielten meine Angst für etwas, das man mit dem Willen beeinflussen können musste. Ich brauchte mich nur zusammenzunehmen, mir einen Ruck geben, mich selbst beim Schopf packen, denn ich hatte doch wahrlich keinen Grund, unzufrieden zu sein.

Erfolg im Beruf (in der Zeit nach Vingåker). Einen treuen Mann. Gesunde Kinder. Eine hübsche Wohnung. Manchmal etwas Geldmangel. Aber da konnte man dann ja das Pfarrhofsilber verpfänden.

Ich musste das richtige Vorgehen gegen meine Angst selbst finden.

Alberte, du musstest frieren und hungern – deswegen hattest du Albträume. Ich könnte dich darum beneiden, dass nur solche Kleinigkeiten die Ursache waren, empfinde aber Sympathie und Mitleid.

Ich versuchte meiner Angst durch unsinnige Kleiderkäufe und mit offensichtlich dummen und unnötigen Liebesgeschichten, die katastrophale Folgen hatten, die Hölle heiß zu machen.

Bei derartigen Glücksspielen verflüchtigte sich die Todesangst.

Die Droge, von der ich abhängig war, konnten mir weder das Sozialamt noch ein Antidrogenprogramm verschaffen. Sie konnte auch nicht an der Grenze beschlagnahmt werden. Hier war der Zoll machtlos.

Einmal, viel später im Leben, waren mir dadurch einige angstfreie Jahre geschenkt, dass ich sexuell von einem Mann besessen war, den ich nicht liebte (das blieb dir, Alberte, erspart). Die Erniedrigung war groß. Aber ich überlebte, versorgte meine Kinder, hielt mich über Wasser. Ohne Angst.

Aber als ich damals in meinem Büro in Vingåker saß und die Schnellzüge zwischen Göteborg und Stockholm vorbeirasen sah und mich grämte, weil Lars-Ivar nichts von sich hören ließ … da glaubte ich, dass ich Angst hätte.

8

Eines Tages hielt ich die vorbeifahrenden Züge nicht mehr aus und war wegen der gebotenen Anwesenheitspflicht am Arbeitsplatz von dem schrecklichen Gefühl besessen, in einer offenen Anstalt interniert zu sein. Oder fühlte mich wie ein illegaler und daher mit Reiseverbot belegter Flüchtling.

Aber ich war ja weder das eine noch das andere. Ich stand nicht unter Beobachtung. Ich war frei und konnte reisen, wohin ich wollte, und hatte auch genügend Geld dafür. Hauptsache, ich verbrachte die vorgeschriebenen acht Stunden an meinem Arbeitsplatz.

Es gab einen Lokalzug, den so genannten Milchzug, der ohne jede Hast Güter und Menschen zwischen Göteborg und Stockholm beförderte. Er machte um 17.05 Uhr im Bahnhof Vingåker Halt.

Ich bestieg ihn an einem Donnerstag. Mein Gepäck bestand aus einer kleinen Übernachtungstasche. Ich saß, den Ellbogen auf den Fensterrand gestützt, am Fenster und starrte in die langsam dunkler werdende Dämmerung, die zur Dunkelheit geworden sein würde, wenn ich in Stockholm am Hauptbahnhof ausstieg.

Ich brannte innerlich, es war eine unerträgliche Hitze, die mir jedes Mal in Wellen über das Gesicht jagte, wenn der Zug langsamer wurde, um an einem stillen Bahnhof zu halten, wo der Stationsvorsteher, während einige Kisten im Güterwagen ein- oder ausgeladen wurden, mit dem Schaffner eine Zigarette rauchte.

Die Hölle oft beschrieben worden. Hier eine weitere Version: Junge, verliebte Frau in schlafwandlerischer Fahrt unterwegs zu ihrem Liebsten. Doch er weiß nichts davon.

Ich hatte den Mantel anbehalten. In der linken Tasche hatte ich einen Zettel mit seiner Adresse in Solna. Ich war ja schon einmal dort gewesen.

Endlich waren wir in Södertälje-Süd angekommen. Bitte einsteigen. Bitte die Türen schließen. Die rote Tafel am Signalmast hebt sich. Dampf faucht abgehackt, bis die Lokomotive wieder Fahrt aufnimmt. Lieber Gott, gib, dass er zu Hause ist. Lieber Gott.

Nein, auch dieses Mal nicht.

Es war dieselbe Vermieterin wie immer; sündhaft rothaarig, zu stark geschminkt, und in einer Bluse, die zwischen den Knöpfen einen Durchblick erlaubte. Triumphierend und hämisch lächelnd teilte sie mir mit, dass ihr Untermieter nicht zu Hause sei.

»Und von wem darf ich Grüße bestellen?«

Eine entsetzliche, flüchtige Ahnung geisterte durch meine Gedanken, fand aber keinen Halt. Ein neuer, entschlossener Gedanke gewann sofort die Oberhand. Es war Donnerstagabend, Modellzeichnen in der Axel Beckbom'schen Schule. Ehemalige Schüler waren dort immer willkommen.

Ja, er war dort. Seine dunklen, ungebärdigen Haare, seine rechte Hand erhoben, um die Linie auszuloten.

Ich war kurz vor der Pause gekommen. Durch die in einem Zeichensaal immer herrschende Konzentration war es totenstill. Ein Bleistift fällt zu Boden. Es klingt wie ein Pistolenschuss. Beim sehr behutsamen Wischen eines Radiergummis drehen sich etliche Köpfe.

Janne, der neben Lars-Ivar saß, entdeckte mich bei einer solchen Drehung; ich lehnte neben der Tür an der Wand. Er stupste »meinen Freund unter den Burschen« ganz leicht an.

Und dieser wandte sich um.

In seinem Gesicht spiegelte sich nicht gerade freudige Überraschung. Man hätte eher vom Gegenteil sprechen können.

Doch im selben Moment erschlaffte das Modell in seiner Pose, gähnte, zog einen Baumwollkittel über und verließ das Podium. Hörbares allgemeines Aufatmen ging wie ein Windhauch durch den Saal. Und dann quietschende Hocker, die über den Boden scharrten oder aneinander stießen, Menschen, die den Rücken streckten, sich die Hände vielleicht an einem Lappen abwischten, nach Zigaretten tasteten.

Lars-Ivar hatte seinen Giftstängel noch nicht angezündet, als er zu mir herüberschaute und mir mit einer Kopfbewegung zu verstehen gab, ich möge mit hinaus in den Korridor gehen. Erst dort steckte er sich die Zigarette an und nahm einen tiefen Lungenzug. Noch immer hatte er kein Wort gesprochen.

Sehr leise und so dicht neben mir, dass ich seinen Geruch wahrnahm, fragte er, was zum Teufel ich hier zu suchen habe.

Erst als ich zu heulen anfing, fasste er nach mir, und schon nahm das Geschehen seinen Lauf.

Sein Griff um meinen linken Oberarm tat weh, aber die Tränen in Augen – Nase – Mund machten mich stumm. Wie eine große, schlaffe Puppe ging ich die Treppe mit hinunter (der Lift war besetzt und mein Freund musste mich ja um jeden Preis aus dem Bereich neugieriger Augen und spöttisch verzogener Lippen entfernen).

Im Café Nybrogård bestellte er Tee, während ich mich in eine Papierserviette schnäuzte.

»So, ja, so, ja, Signe, jetzt mal mit der Ruhe, nimm dich zusammen, da, trink einen Schluck Tee, deine Hände sind ja eiskalt, na, siehst du, jetzt erzähl mal schön, was eigentlich los ist.«

Lieber Gott, was dachte er sich denn, was los sein sollte? Trouble in der Firma oder so?

Schon war die Papierserviette durchgeweicht und in Fetzen aufgelöst. Neue Tränen quollen hervor. Schweigend stand er auf und bat um eine frische Serviette, wenn möglich zwei. Das Mädchen hinter der Theke reichte ihm mindestens fünf.

Sie hatte einen Sinn für Liebe und Dramatik und so mussten wir ihr mindestens so spannend erscheinen wie ein Rührstück aus der Sendung »Meine Melodie«.

»Hör jetzt auf, liebe gute Signe, sag endlich mal, was los ist.«

Zwischen unmöglichen, unstillbaren Schluchzern, die dem Willen nicht unterworfen waren, stieß ich hervor, dass ich so schreckliche Sehnsucht nach ihm gehabt hätte.

»Du hättest ja mal anrufen können.«

»Du bist doch nie zu Hause. Und ich kann nur von der Fabrik aus anrufen. In dem Haus, wo ich wohne, gibt es kein Telefon. Im unteren Flur gibt es einen Münzfernsprecher, aber der ist immer belagert.«

Er versuchte nicht mehr, mich zurechtzuweisen. Er bezahlte, half mir den Mantel zuknöpfen, hängte sich bei mir ein und führte mich in ein anderes Lokal, wo das Risiko, jemanden aus der Schule anzutreffen, geringer war.

Er legte mir den Arm um die Schultern. Nein, ich hatte noch nicht gegessen. Im Milchzug gab es keinen Speisewagen.

»Jetzt wollen wir mal in aller Ruhe zusammen reden. Aber erst essen wir mal was.«

Er kannte mich immerhin so gut, dass ihm meine Neigung zu Tränen bei leerem Magen bekannt war.

In der Nische eines Restaurants aßen wir Kalbfleischklopse mit Preiselbeeren und Kartoffelmus. Ich trank Milch. Er brauchte ein Bier. Er brauchte ein zweites Bier. Ich bestand darauf, meine Zeche selbst zahlen zu dürfen, und das durfte ich auch, und ich musste meine Enttäuschung darüber unterdrücken, dass er ohne Widerrede zugestimmt hatte.

Das Essen lullte mich gleichsam ein. Lars-Ivar wurde auch ruhiger und etwas nachsichtiger, küsste mich plötzlich auf den Hals, und mich durchrieselten süße Schauer.

»Alles wird sich einrenken«, flüsterte er mir mit feuchtem Mund ins rechte Ohr.

Was, konnte man sich fragen, hatte er vor?

Was wollte er einrenken?

Aber ich wusste, es würde die Stimmung zerstören, wenn ich ihn danach fragte.

Plötzlich entfernte er sich körperlich und auch gedanklich von mir, schaute auf die Uhr und fragte, wann mein Zug zurück ging.

»Morgen früh um 5 Uhr 23«, antwortete ich ganz beiläufig, denn daran war ja nichts Besonderes.

Er erhob sich. Seine Haare schienen aufzulodern.

»Bist du von Sinnen? Was hast du dir vorgestellt, wo du die Nacht verbringst, was hast du dir vorgestellt?«

»Bei dir, hatte ich mir vorgestellt.«

Um diese sechs Worte sprechen zu können, hatte ich die Reise mit dem Bummelzug ja auf mich genommen.

»Bist du von allen guten Geistern verlassen. Wenn du glaubst, ich könnte dich mitnehmen ...«

»Nein, das habe ich nie geglaubt. Ich hatte an ein Hotel gedacht. Ich habe genug Geld bei mir.«

»Und du glaubst, die lassen uns rein? Ohne Eheringe?«

Daran hatte ich nicht gedacht. Ich hatte eigentlich überhaupt nicht gedacht. Mich hatten andere Gedanken geleitet. Vielleicht könnte man sagen, ich habe schlafwandlerisch gehandelt.

In einem eher schäbigen Hotel nahm man es vielleicht mit dem Familienstand der Gäste nicht allzu genau?

Eine völlig richtige Vermutung von Lars-Ivar. Ein Portier, der bei der Übergabe des Schlüssels nach Alkohol riecht und überhaupt nicht nachsieht, wie wir uns eingeschrieben haben, nämlich als Lars-Ivar Palm, Dekorateur, mit Gattin.

Ein Zimmer, das nach Handelsreisenden riecht. Rote Neonreklame zuckt durch den Vorhangschlitz. Wir sind im Bett. Wir liegen nackt im Bett. Ich bin weder ängstlich noch erstaunt. Aber ich hatte nicht geahnt, dass DIESER sich so groß und hart anfühlte, als er sich zwischen meine Schenkel zwängte. Aber das Gewicht seines Körpers auf meinem empfand ich als selbstverständlich und tröstlich. Ich hatte gelernt, seine großen, feuchten Küsse zu erwidern, und meine Nase wurde davon nicht mehr nass. Ich versank in süßer Hingabe. Im Verlangen, noch näher beisammen zu sein.

Ich schließe die Augen und fühle, wie er in meinen intimsten Bereich vorstößt, sich einwühlt. Ich denke, endlich tun wir es, und ich werde im biblischen Sinn seine Frau. Nun werden wir ein Fleisch sein, Lars-Ivar und ich.

Aber eins, zwei, drei ist alles vorbei. Ohne ein Wort steigt er aus dem Bett, lässt mich liegen und oh, wie kalt mir jetzt ist. Kälteschauer lösen die eben noch so liebliche Innigkeit ab.

Ich höre ihn auf die Toilette gehen. Aber warum bleibt er so lange? Die schäbige Wolldecke vermag in keiner Hinsicht zu wärmen. Jetzt sind meine Füße eiskalt, mir scheint, der leibhaftige Tod will sich meiner bemächtigen. Endlich höre ich die Spülung. Ich setze mich auf. Er ist wieder da. Umarmt mich, wiegt mich ein wenig hin und her, und glücklich sage ich an seiner warmen Brust:

»Jetzt haben wir es endlich doch getan.«

»Nein«, sagt er und lässt mich wieder los. »Das haben wir nicht.«

»Aber«, wende ich ein. »Aber?«

»Nein«, sagt er noch einmal und seine Stimme klingt irgendwie müde. »*Wir haben es nicht getan.* Dein Jungfernhäutchen ist so dick, dass ich Angst hatte, dir weh zu tun.«

Ich rege mich so auf, bin dem Weinen so nahe, dass ich auf dem kalten Fußboden mit geballten Fäusten vor ihm stehe.

»Dann können wir es doch noch einmal versuchen. Es macht mir nichts, wenn es weh tut.«

Ich fühle, wie ich innerlich zittre. Vor allem aber an den Schenkeln.

Er zieht mich aufs Bett, nimmt mich in die Arme, als wäre ich ein ungehorsames Kind.

»Nein, jetzt wollen wir schlafen. Ich zumindest habe das vor.«

Mit diesen Worten kehrt er mir den Rücken, wickelt sich in die Decke und ist schon eingeschlafen.

Es gibt auch noch ein zweites Bett. Zwischen den beiden Betten steht ein kleiner Nachttisch, auf dem eine Bibel und meine Brille liegen. Bibbernd nehme ich das Bettzeug aus dem unbenutzten Bett und lege mich zu ihm. Ich muss ganz nah bei ihm liegen, vielleicht spürt er im Schlaf ja mein Verlangen und dreht sich um.

Aber er tut es nicht. Ich habe eine Armbanduhr mit Zeigern, die im Dunkeln leuchten, aber hier ist es fast gar nicht dunkel. Das wie ein Leuchtturm blinkende rote Neonlicht erhellt das Zimmer in regelmäßigen Abständen. Ich stehe auf, gehe auf die Toilette. Ich friere so, dass meine Zähne aufeinander schlagen. Aber es kann auch die Müdigkeit sein. Ich sehe, dass es Viertel nach drei ist. Mein Zug geht in zwei Stunden. Ich ziehe mich also an, schlüpfe sogar in den Mantel und die Fäustlinge, nehme mir eine Decke und lege mich auf das allein stehende Bett. Ein Brennen hinter der Brille, und jeder Lidschlag fühlt sich an wie Sand.

Um fünf Uhr stahl ich mich an dem schlafenden Nachtportier vorbei.

Das Zimmer hatte ich im Voraus bezahlt. Noch bevor wir das Hotel betraten, hatte ich Lars-Ivar auf der Straße das Geld gegeben, denn schließlich musste ja der Mann bezahlen.

In meinem Abteil war ich allein und hütete mich vor Abfahrt des Zuges, und bevor der Schaffner da gewesen war und die Fahrkarte entwertet hatte, vor dem Einschlafen. Sollte er die junge Frau, die da mitten in der Nacht ganz alleine im Zug saß, etwas näher in Augenschein genommen haben, so war mir das entgangen. Ich bat ihn nur, mich spätestens in Katrineholm zu wecken, damit ich Vingåker nicht verpasste.

Aber ich schlief überhaupt nicht. Mit schmerzenden offenen Augen starrte ich mein eigenes Gesicht im Zugfenster an. Was zeigen sich in einem solchen Spiegelbild doch für grausige Schatten.

Wenn der Zug hielt, wurde es hell und mein eigener Anblick blieb mir für kurze Zeit erspart. Ich sah einen Stationsnamen, möglicherweise stand da »Stjärnhov« und dann war da noch die kleine Tafel mit dem Hinweis auf die Entfernung von hier nach Stockholm und auf die Höhe über dem Meeresspiegel.

Ich weinte nicht. Nicht einmal, als ich mein »Zuhause« erreicht und mich in meiner kleinen »Badewanne für Alleinstehende« bis zum Hals in heißes Wasser gesetzt hatte.

Schon frühzeitig hatte ich in meinem Leben gelernt, dass man bei extremer Verzweiflung und einem starken Gefühl von Verlassenheit besser nicht weint. Denn wer weiß, wie das ausgehen würde? Wenn alle aufgestauten Tränen sich ergossen, käme das einem Rohrbruch gleich und würde zur Überschwemmung führen. Oder die Tränen würden womöglich nicht mehr zu beherrschen sein und einen epileptischen Anfall auslösen, oder ich würde schreien und schreien und schreien und sie würden mich abholen und in so eine Jacke mit sehr langen Ärmeln stecken, die auf dem Rücken verknotet werden?

Du, Alberte, weißt vermutlich, was ich meine. Und irgendjemand würde sich dann auch daran erinnern, dass ich die Tochter eines unheilbar geisteskranken Vaters bin.

Das Erbe.

Um halb neun war ich in der Firma, unbeschadet, frisch gebadet und nach Shampoo und einem neuen Deodorant duftend. Auf dem Weg zu meinem Zimmer stieß ich auf Svetlana.

Ich grüßte fröhlich, als ob nichts wäre, aber sie blieb stehen und rief: »Kindchen, was ist denn nur passiert?«

Ich musste mich mehrmals räuspern, bevor mir meine Stimme einigermaßen gehorchte. Ich flüsterte ihr zu, dass ich die ganze Nacht nicht hatte schlafen können.

Das Schöne an Svetlana war, dass sie so tat, als glaubte sie mir, und dass sie nicht einmal nach den Gründen fragte. Wieso konntest du nicht schlafen?

Sie empfahl mir vielmehr, die Kuratorin Helga Andersson aufzusuchen und mit ihr zu reden.

Diese Mantelfabrik war in ihrer Personalpolitik so fortschrittlich, dass man eine ausgebildete Krankenschwester, die in einer Irrenanstalt gearbeitet hatte, als Kuratorin beschäftigte. Sie stand zur Verfügung, wenn jemand von den über hundert Angestellten in eine Krise geriet oder einen vorübergehenden Zusammenbruch erlitt.

Helga Andersson war eine Frau mittleren Alters und hatte etwas Diakonissenhaftes an sich. Diakonissinnen sind eine unerschütterliche Berufsgruppe und wundern sich kaum jemals über etwas.

In ihrem nach Desinfektionsmitteln riechenden kleinen Empfangszimmer wagte ich es endlich zu weinen und sie ließ mich gewähren, ohne mit den üblichen Ermahnungen anzufangen, jetzt weinen Sie doch nicht, meine Liebe, hören Sie auf zu weinen, weinen macht die Sache auch nicht besser …

Nein, sie wusste es besser. Sie kannte die beruhigende Wirkung der Tränen. Sie versuchte mich auch nicht auszuquetschen, was denn passiert sei.

Helga Andersson öffnete einfach die Tür zu ihrem Medikamentenschrank, den Schlüssel trug sie an einem Band um den Hals, und nahm eine kleine braune Dose heraus, drehte sie um und schüttelte zwei kleine weiße Tabletten in ihre hohle Hand.

»Die nehmen Sie jetzt und gehen nach Hause schlafen. Sie haben heute frei und morgen sehen wir weiter. Schauen Sie zwischen neun und elf herein.«

Am nächsten Tag tat ich, als hätte ich es vergessen. Es war ausgemacht, dass ich unten in der Fabrik zusammen mit Gottfrid Kvarnström den Näherinnen am Fließband zusehen sollte, wie sie mit dem neuen runden Mantelkragen zurechtkamen. Und vor allem, wie sie den Ärmel ohne Schulterwattierung einnähten.

Ich war ein bisschen »durcheinander«, meine Zunge klebte am Gaumen, vermutlich von den Pillen, aber sonst war ich ruhig und stand gleichsam neben mir selbst. Mein Kopf kam mir schwer und gleichzeitig leicht vor. Ich hörte mich sprechen und lachen.

Wenn die Kollektion in die Produktion gegangen war und es noch zu früh war, mit dem Skizzieren einer neuen anzufangen, hatte ich praktisch nichts zu tun. Trotzdem musste ich täglich zwischen 8.30 und 16.30 in meinem Büro sein, samstags von 8.30 bis 14 Uhr. Die Firma hatte *Vogue* und *Harpers Bazaar* mit der Absicht abonniert, dass ich sie studierte und mich davon inspirieren ließ.

Niemand hätte gemerkt, wenn ich stattdessen Romane oder ganz gewöhnliche schwedische Magazine gelesen hätte.

Aber für ein ehrliches Mädchen mit christlicher Erziehung

war das undenkbar. Man stelle sich vor, jemand wäre hereingekommen und ich hätte gerade den Fortsetzungsroman in der Wochen-Revue gelesen. Eine aufregende Geschichte von einer weißen Frau, die von einem Scheich gekidnappt worden war. Fortsetzung folgt.

Ich erinnere mich an diese Zeit wie an ein Vakuum, in dem das Leben stillstand und keine Zukunft in Sicht war.

Egal. Drei Wochen nach meinem Besuch in Stockholm wurde ich angerufen. Die Telefonistin sagte: Gespräch aus Stockholm für Fräulein Signe Tornvall persönlich. Diese Art Anruf kam normalerweise aus Uppsala von meiner Mutter. Aber jetzt war es Lars-Ivar, der kurz und bündig anfragte, ob er mich am kommenden Wochenende besuchen dürfe, und wenn ja, ob es möglich wäre, in meiner Wohnung zu übernachten.

Oh, Alberte, kannst du dir diesen Schock vorstellen! Wie diese völlig unerwartete Nachricht, die viel zu sehr einem Wunschtraum glich, von dem man wusste, dass er sich nie erfüllen konnte, wie diese kurzen, nüchternen Worte mich schwindlig vor Seligkeit machten.

Ich hatte das Gespräch stehend entgegengenommen.

Und nun gaben meine Beine nach, die Knie wurden weich und ich musste mich an der Tischkante festhalten, um nicht neben dem Stuhlsitz zu landen. Stell dir vor, Cedolf hätte plötzlich, braun gebrannt und mit der Mütze in der Hand, vor dir gestanden und dir gesagt, wenn sie schon in Brest vor Anker gegangen waren und drei Tage Landurlaub bekommen hatten, sei er eben in den Zug zum Gare Montparnasse gestiegen, um sich einmal zu erkundigen, wie es dem Fräulein Selmer wohl gehen mochte.

Ja, genauso überrascht war ich. Sprachlos und aufgeregt.

Dunkelhaarig und mit feurigen Augen, wie ehemals Cedolf, stieg mein Geliebter am Bahnhof Vingåker aus dem Zug und küsste mich so, dass die Leute, die immer im Wartesaal saßen, um sich aufzuwärmen, und die immer ans Fenster gingen, wenn ein Zug einfuhr, es ebenso sehen konnten wie die anderen, die vielleicht auf dem Bahnsteig waren, um einen Brief in den Kasten zu werfen. Sie alle wussten jetzt, dass die schüchterne junge Frau, die in der Mantelfabrik Widengren arbeitete, doch tatsächlich Herrenbesuch bekommen hatte.

Dieses Mal taten wir es, und es tat längst nicht so weh, wie er befürchtet hatte, und wir hatten wegen des Blutes ein Frotteehandtuch untergelegt.

Das, was von ihm gekommen war, hatte ein kleiner schlaffer Gummibeutel aufgefangen. Er hatte ihn übergestreift, bevor wir allen Ernstes anfingen. Ich glaube, in diesen Sekunden hatte ich die Augen zu.

Die Glückseligkeit, die ich fühlte, war wohl nicht in erster Linie sexueller Natur. Es war die Hingabe. Ihm ganz zu gehören, Lars-Ivars Frau zu sein. Dass er bei mir lag, der Geschmack seiner Haut, sein Körper, der weich und fest in einem war. Seine Hände, ach, seine Hände, die sacht über mich hin wanderten und eine wunderbare Gänsehaut hervorriefen, die der gekräuselten Wasseroberfläche an einem milden Abend glich. Denn in der großen Verzückung lag auch eine Stille, ein Zustand von Ruhe und Ewigkeit.

Ich fragte ihn nicht, was ihn bewogen hatte, seine Bedenken zu überwinden. Hatte er aufgegeben?

Aber ich wollte es lieber anders sehen. Dass nämlich meine Liebe gesiegt hatte. Und er hatte zugeben müssen, dass diese Liebe beantwortet wurde. Er liebte mich.

Wir wiederholten es noch mehrere Male an diesem Wochenende, und meine Schenkel bebten, die Muskeln schmerzten, denn sie hatten diese ungewohnte Übung, mit weit gespreizten Beinen und aufgestellten Knien dazuliegen, noch nie mitgemacht, und meine Brustwarzen, die ich bisher kaum bewusst wahrgenommen hatte, spürte ich jetzt besonders deutlich.

Er fuhr mit dem gleichen Zug zurück, den ich seinerzeit genommen hatte. Wir sprachen nie davon, wie es damals gewesen war. Das gehörte der Vergangenheit an.

Nicht lange danach kam ein Telegramm, in dem er um meine Hand anhielt. Das Maß seines Ringfingers lag in einem Brief, in dem er mich aufforderte, einen anderen Brief mit einem Stückchen Faden zurückzuschicken, das dem Umfang meines Ringfingers entsprach.

Im Geschäft des Goldschmieds Einar Carlsson in Vingåker bestellte ich den Verlobungsring für meinen zukünftigen Bräutigam.

Wieder stieg er aus dem Zug. In der rechten Jackentasche seines Anzugs lag das kleine samtüberzogene Etui mit meinem Ring. Wir gingen eng umschlungen in die Konditorei Eklöf und bestellten Kaffee, ein Hefeteilchen und für jeden ein Stück Torte. Dort tauschten wir also, neugierig beobachtet von zwei weiteren Gästen und Fräulein Majken hinter der Theke, die Ringe.

Lars-Ivar hatte auch eine Verlobungsanzeige in Dagens Nyheter aufgegeben. Die Zeitung hatte er in seiner Aktentasche mitgebracht. Es war ein unwahrscheinlich aufregendes Erlebnis, unsere Namen Lars-Ivar Palm und Signe Tornvall unter dem Datum 12. April 1948 in der Rubrik »Verlobte« gedruckt zu lesen.

Er, nein, wir beide freuten uns darüber, wie verblüfft die alten Kollegen aus der Beckbom'schen Schule sein würden, wenn sie diese Anzeige lasen.

Kaum zu glauben, aber ausgerechnet an der ist er hängen geblieben! An der Symphonie Pastorale!

Als Erstes ging ich zu meinem Firmenchef und kündigte.

Wir wollten im Juni heiraten. Mein Platz war nun an der Seite meines Mannes, das stand außer Frage.

Das halbe Jahr als Modezeichnerin in der Mantelfabrik sollte in meinem Leben die einzige Arbeit mit regelmäßiger Entlohnung bleiben.

Bei den nicht mehr ganz jungen Frauen unter meinen Kolleginnen konnte man einen etwas unglücklichen Zug um die Nase beobachten, als sie mir gratulierten und den Verlobungsring bewunderten. Nur 18 Karat, was war das schon.

Aber dass dieses kindische Ding sich den dunkellockigen jungen Mann angeln würde, der auf der Verlobungsanzeige zu sehen war, damit hatte man nun wirklich nicht gerechnet.

Da ich immer noch eine christliche junge Frau war, ging ich ins Hochamt und wurde zum Kirchenkaffee in den Pfarrhof eingeladen. Prachtvoll der Kuchentisch mit sieben Sorten Plätzchen, geflochtenen Hefezöpfen und zwei verschiedenen Torten, Prinzess und Sacher.

Bei einer solchen Einladung, wo die Gäste sich selbst mit Kuchen bedienen durften, war eine strenge Rangordnung einzuhalten. Erst die alten, verheirateten Frauen, dann die jüngeren, danach die älteren vor den jüngeren Fräuleins und zum Schluss die wenigen Männer, die mit dabei waren. Dazu gab es eine interne Reihenfolge, auf die sich nur Eingeweihte verstanden.

Ich wartete geduldig in der Gruppe der Fräulein, doch da nahm mich eine der alten Damen sanft beim Arm und klärte mich auf, dass ich jetzt, als Braut mit funkelndem Gold am Ringfinger, als Erste nach den Frauen zu stehen käme. Also bitte, mein kleines Fräulein Tornvall, gehen Sie nun vor und bedienen Sie sich … Das alte Fräulein von Straßenholz lächelte mir aufmunternd zu.

Am Montag darauf wurde ich von dem älteren Direktor Widengren zur Audienz gebeten.

Es war ein strahlend triumphierendes Gefühl zu wissen, dass mein Exil in zwei Monaten zu Ende sein würde.

Gottfrid Kvarnström hatte einen neuen Augenausdruck, also-ich-muss-schon-sagen, und erbot sich, das von mir entworfene Jackenkleidmodell Nr. 172 zuzuschneiden. Er wolle es für die Hochzeitsreise in einem dünneren Gabardine nähen lassen. Ja, so drückte er sich wirklich aus. In seiner Welt gab es einfach keine Brautpaare, die nicht einmal Geld für eine Hochzeitsreise hatten.

Ich machte mir nie Gedanken darüber, was die neugierigen Blicke von den verschiedensten Seiten wohl bedeuten mochten. Man wollte natürlich auskundschaften, ob vielleicht schon »etwas zu sehen« war.

In Wirklichkeit war ich schlanker geworden. Verliebtheit kann sich auch in dieser Richtung auswirken.

Die Romanze zwischen Lars-Ivar und mir hätte in diesem Stadium ohne weiteres für einen Fortsetzungsroman getaugt. Etwa im Krankenhausmilieu. Die junge Schwester Ulla in den Armen des Oberarztes Gerhard Spatzenheim.

»Willst du meine Frau werden?«

Ihr errötend gehauchtes Ja.

»Oh, du meine geliebte Ulla, du machst mich zum glücklichsten Mann der Welt.«

Nun ja, Letzteres stimmte wohl nicht ganz mit der Wirklichkeit überein, Lars-Ivar hätte nie so gesprochen.

Aber die demütige Dankbarkeit von Schwester Ulla, dass sie die Auserwählte war, entsprach ganz der meinen. Nicht zu fassen, wo doch Schwester Evelyn viel besser aussieht und außerdem aus einer reichen Familie kommt.

Aber zwischen Defloration und Heiratsantrag geschah in meinem Fall etwas, das in einem romantischen Liebesroman nie vorgekommen wäre.

9

Am dritten Tag kleidete der Himmel über Vingåker sich in Dunkel, Abgründe taten sich auf. Eine Tochter, die Unzucht getrieben hat, darf kein Erbarmen erwarten.

Ich hatte einen dieser wortreichen und überspannten Briefe geschrieben, die mein Leben wie eine Alarmglocke durchziehen. Es liegt in der Natur der Sache, dass ein solcher Brief sofort zur Post gebracht werden muss. Es kann gar keine Rede davon sein, ihn bis zum nächsten Tag liegen zu lassen, um noch einmal über den Inhalt nachzudenken und ihn dann vielleicht gar nicht abzuschicken. Nein, jetzt sofort muss er auf den Weg.

Es war ein kalter Frühlingsabend. Auf den vereisten Wegen lag Neuschnee, der tagsüber aufgetaut, aber dann wieder gefroren war.

Ungeduldig schlittere ich in der Abenddämmerung vom Haus über den Hang in Richtung Landstraße hinunter. Ich weiß genau, wie unnötig dieser Spaziergang ist. Der Briefkasten ist schon geleert. Die nächste Leerung erfolgt am nächsten Tag um 17 Uhr. Aber Vernunft liegt mir fern. Wie eine Verrückte rutsche, laufe ich hinunter in den Ort. Es hat wieder zu schneien begonnen. Ich bin der einzige Mensch, der in Vingåker auf der Straße unterwegs ist. Aber welche Erleichterung, als der Brief an Lars-Ivar im Briefkasten landet und die Klappe wieder zufällt. So, das hätten wir geschafft.

Erst jetzt merke ich, wie sehr ich friere. Gegen den Wind geduckt, die bloßen Hände in den Taschen vergraben, eile ich zurück. Mir fällt auf, dass es sehr glatt ist. Am besten, man geht im vorjährigen Gras am Straßenrand.

Endlich habe ich den schmalen Pfad erreicht, der hinauf zu unserem Wohnhaus führt. Und hier rutsche ich aus. Ich bringe es gerade noch fertig, auf der Seite und nicht auf dem Rücken zu landen, aber die Hand, mit der ich mich abstützen will, tappt wie willenlos durch eisiges Wasser. Heißes Erschrecken. Es gelingt mir, auf die Knie zu kommen, aber aufstehen kann ich nicht. Ich versuche also, zur Haustür zu kriechen, von wo aus einem Fenster ein gelbliches Licht fällt. Aber dort, wo ich mich befinde, ist es dunkel, und plötzlich merke ich, dass ich nicht vom Fleck komme. Ich rutsche immer wieder zurück bergab.

Und ich fange an zu weinen.

Ich kann mich nicht erinnern, dass es mir irgendwo besonders wehgetan hätte. Aber die unglaubliche Angst ist mir noch so gegenwärtig, als wäre es gestern gewesen. Ich weinte und weinte, und das Entsetzen packte mich derart, dass mein Weinen in ein tierisches Geheul überging.

Ein Fenster, zwei Fenster öffneten sich, ich muss in der Abendstille geklungen haben wie ein unbekanntes, waidwundes Tier, bedrohlich, möglicherweise gefährlich.

Frau Baretti, aus der italienischen Familie, rief ihren Mann, einen kräftigen Menschen, der in der Fabrik an der Bügelpresse arbeitete. Ein kleines Mädchen drängte sich an die Mutter, um zu sehen, wie ihr Papa bei der Modezeichnerin, Fräulein Tornvall, ankommt, die schreiend draußen in der Finsternis kniet. Ihr Geschrei klingt so schrecklich, dass das Kind ängstlich zu weinen anfängt und von der Mutter auf den Arm genommen werden muss. Ich höre, wie das Fenster zugeschlagen wird. Der Vater packt mich mit festem Griff und trägt oder schleppt mich eher die wenigen Stufen hinauf durch die Haustür, die von jemandem aufgehalten wird, und dann liege ich im Hausgang auf dem Boden.

Mein Schreien ist nur noch ein Wimmern, ein eintöniges Winseln, abgehackt und stoßweise, weil ich so zittere.

Frau Baretti deckt mich mit einer Wolldecke zu. Inzwischen haben sich mehrere Menschen versammelt, ich sehe sie nicht, meine Brille ist weg. Ich bin blind und wie gelähmt. Aber mein Gehör funktioniert noch. Ich höre zweisprachiges Geschnatter. Jemand bittet um Kleingeld für den Münzfernsprecher. Eine Frau kauert neben mir und versucht mir die Brille aufzusetzen. Wie durch ein Wunder ist die Brille unbeschädigt geblieben, ich höre, wie jemand mir von diesem Glücksfall erzählt.

Ich gebe jetzt keine so schrecklichen Töne mehr von mir, aber meine Zähne schlagen aufeinander, und die Brille läuft an, als hätte ich Fieber.

Ich fühle, dass meine Oberlippe voll Rotz ist, ein Taschentuch, »hier, nimm mein Taschentuch«. Aber dazu fehlt mir die Kraft.

Man hat Helga Andersson angerufen und sie bringt ihren Verlobten Eddie Olsson mit, der Geschäftsführer im Lebensmittelladen ist.

Ihre Verlobung ist noch so gut wie neu. Die sechsundvierzigjährige Helga hatte ihre Situation als unverheiratete Frau akzeptiert, sie war gläubig und freute sich darüber, dass sie vielleicht gerade aufgrund ihres Familienstandes mehr Zeit hatte, um anderen Menschen zu helfen.

Die beiden sind seit einem halben Jahr verlobt und Hochzeit wollen sie zu Mittsommer in der Kirche von Vingåker feiern.

Eddie war groß und kräftig, eine gute Hilfe, als sie mich die Treppe hinauftrugen. Noch immer konnte ich weder sprechen noch mich bewegen. Aber ich fror erbärmlich. Die Hälfte der Honigmilch, die man mir einzuflößen versuchte, lief mir über das Kinn auf den Hals. Ich hörte, wie Helga sich von Eddie verabschiedete. Sie half mit, mir die nassen Kleider auszuziehen und mich in die Badewanne zu setzen. Im heißen Wasser taute ich auf. Aber dieses Gefühl einer inneren Kälte war für warmes Wasser, wollene Socken, Jacke über dem Nachthemd, zwei Decken nicht empfänglich …

Die Nachricht hatte Helga in ihrer Wohnung erreicht. Und obwohl Eddie mit dem Auto gekommen war, hatte sie den Abstecher zu ihrem Büro in der Fabrik und dem dort vorhandenen Medikamentenschrank zu Fuß gemacht. Aspirin hatte sie immer in der Handtasche. Sie zwang mich, zwei Tabletten zu nehmen. Resolut hatte sie außerdem beschlossen, über Nacht bei mir zu bleiben. Das Sofa war ausziehbar und hatte einen Stauraum für Bettzeug.

Sie redete beruhigend auf mich ein, sprach von einem Schock, und wenn ich jetzt schliefe, wäre morgen alles wieder in Ordnung.

Als ich am nächsten Morgen schweißgebadet aufwachte, war ich allein. Panik erfasste mich.

Zitternd stand ich mitten im Zimmer. Die Angst saß mir hämmernd im Nacken. Ich sah einen Zettel auf dem Schreibtisch liegen. Das Zittern hatte mich wieder befallen, aber ich konnte die Mitteilung entziffern, dass ich um 13 Uhr einen Termin bei Dr. Blomgren hätte und dass er mich selbstverständlich für einige Tage krankschreiben würde. Ich schaute auf die Uhr. Es war Viertel nach neun; ich musste also erst in vier Stunden beim Arzt sein.

Ich konnte es einfach nicht begreifen, es war unsinnig und unfassbar, aber selbst konnte ich mir keine Vernunft einreden. Die Angst, in der kleinen Wohnung allein zu sein, war so unermesslich groß, dass ich kaum Luft bekam. Schnell wie die Feuerwehr und ohne auch nur einmal zu atmen (das Gefühl hatte ich zumindest), war ich in den Kleidern, knöpfte den Mantel zu, schnürte mir die Schuhe. Mütze, Schal, Fäustlinge in der Hand und wie vom Teufel gejagt die Treppe hinunter. Erst als ich draußen Menschen sah, konnte ich mich fertig anziehen.

Ich hatte Schmerzen im rechten Knie und in der Hüfte und auch das Handgelenk tat weh, aber ich hätte gerne viel größere Schmerzen gehabt. Sie hätten vielleicht alles andere vertrieben.

Alberte, ich habe physische Schmerzen in meinem Leben manches Mal sogar begrüßt. Man kann darüber sprechen, kann jammern, kann auf Verständnis stoßen. Sogar Angst kann hilfreich sein, wenn sie einen konkreten Hintergrund hat.

Finanzielle Sorgen, Verzweiflung, wenn man verlassen, gedemütigt wurde, wenn man verlacht oder bespuckt worden war, all das kann man in Worte kleiden und anderen Menschen verständlich machen. Von allen Möglichkeiten ist *Schmerzen haben* die beste. Auch beim Arzt hat man es dann leichter. Bei »unbeschreiblicher Angst« ist kaum Einfühlungsvermögen zu erwarten. Du sitzt mit Leuten zusammen und plötzlich befällt dich Atemnot. Jemand merkt es und schlägt sofort vor, das Fenster zu öffnen: »Die Luft ist wirklich sehr schlecht«. Das Ergebnis ist, dass sich deine Atemnot verschlimmert. Verstärkte Angst, weil andere es bemerkt haben.

Draußen auf der Straße fühlte ich mich wieder ganz normal. Am Bahnhofskiosk kaufte ich mir eine Zeitschrift, setzte mich in den Wartesaal und hatte jetzt nur die eine Angst, dass einer der Arbeitslosen, die hier herumzusitzen pflegten, sich fragen würde, wieso Widengrens Modezeichnerin mitten am Vormittag hier saß und eine Illustrierte las, statt in der Fabrik zu arbeiten.

Ich stand auf und spazierte langsam hinüber zu Ekelöfs Konditorei. Ein Käsebrötchen und heiße Schokolade. Auf einem Tisch in der Ecke lagen alte illustrierte Zeitschriften. Es vergingen vierzig Minuten. Aber immer noch hatte ich eine gute Stunde Zeit, bis Doktor Blomgren mich erwartete. Ich ging trotzdem schon hin und setzte mich zwischen hustende Patienten und ein verzweifelt weinendes Kind, das auf dem Schoß seiner Mutter herumstrampelte. Es klang besorgniserregend, aber es rief bei mir keine Angst hervor. Ich fand es eher albern, hier herumzusitzen. Ich hatte doch keine Beschwerden mehr.

Ich weiß nicht, wie Helga meinen Zustand geschildert hatte, aber Doktor Blomgren ließ sich von meiner freimütigen Zusammenfassung der Ereignisse des Vortages nicht täuschen.

»… aber jetzt bin ich wieder ganz in Ordnung.«

Er gab keinen Kommentar ab. Ein Rezept für Neurol, drei gleich jetzt auf einmal und eine vor dem Schlafengehen, war die Medizin gegen mein Leiden. In einem sehr kleinen Faltbriefchen lagen Tabletten für 48 Stunden.

»Ich würde vorschlagen, dass Sie, Fräulein Tornvall, ein paar Tage Urlaub machen und Ihre Mutter in Uppsala besuchen.«

Ich fand den Vorschlag nicht besonders gut. Aber das sagte ich ihm natürlich nicht.

Ich fühlte mich stark und frei, als ich in den Lebensmittelladen ging und mir bei Eddie Speckwurst und ein Paket Makkaroni kaufte.

Er freute sich, dass es mir wieder so gut ging. Ich war mit ihm einer Meinung. Doktor Blomgren hatte ein Beruhigungsmittel verschrieben, aber es war nicht so sicher, ob ich es überhaupt brauchen würde. Entschlossen, ruhig und guter Dinge hängte ich zu Hause meinen Mantel auf und ging mit meinen wenigen Einkäufen zur Kochnische.

Und da kam es wieder.

Ach, wie stellte es sich doch so unerwartet und grausam ein! Als ginge man ahnungslos um eine Straßenecke und eine scharfe Windbö schleuderte einem kleine Eisbrocken ins Gesicht.

Wieder dieser Schüttelfrost. Die Angst im Nacken. Die Schauder befielen mich so sehr, dass, als ich dringend aufs Klo musste, nicht ein Tropfen kam.

Kein gejagtes Tier hätte sich schneller bewegt, als ich Toilettenartikel, Unterwäsche und Nachthemd wild durcheinander in meinen kleinsten Koffer warf und klapperklapper die sechs Treppenabsätze hinunter wieder an die frische Luft rannte. Rutschgefahr, aber ich hielt mich aufrecht und lief in kleinen Schritten hinunter zur Straße, wo sich Menschen befanden.

Als ich den Bahnhof betrat, ahnte niemand, dass mit der jungen Frau etwas nicht in Ordnung war, die sich einen Fahrschein kaufte und dann um den Schlüssel für die Toilette bat. (Nur Personen mit gültigem Fahrausweis hatten Zutritt.) Es war dort eiskalt und ein bisschen unsauber, aber ich hatte dieses Mal keine Probleme, »Wasser zu lassen«.

Ich kaufte mir das Bildjournal und eine Packung Schokokekse am Kiosk. Nur unter Schwierigkeiten konnte ich, über die Trinkwasserfontäne gebeugt, meine Tablette schlucken.

Ich würde mit dem gleichen Zug fahren, den ich schon einmal in Panik bestiegen hatte, um nach Stockholm zu fahren. Bis zur Abfahrt war noch eine gute Stunde Zeit. Als ich in aller Ruhe wartete und die Krümel meiner Schokokekse mir auf den Schoß fielen, fühlte ich mich so völlig normal wie jeder andere hier in diesem ruhigen, angenehmen Raum. Ein paar Augenblicke lang bildete ich mir sogar ein, dass es vielleicht gar nicht nötig wäre, nach Uppsala zu fahren. Das Medikament würde sicher bald wirken. Alles würde besser werden. Aber ein geringes Beben spürte ich immer noch in mir und ich ging zum Fahrkartenschalter und fragte höflich, ob es wohl möglich wäre, ein Ferngespräch nach Uppsala zu vermitteln.

Ihre Unruhe, die immer das momentan aktivste von ihr geäußerte Gefühl war, schlug sofort wie ein Blitz in allen Fernsprechleitungen Funken.

»Es ist ja nichts Schlimmes«, beruhigte ich sie.

Ich schilderte meinen Unfall und den dadurch ausgelösten Schock. Da sie meine Mutter war, nahm auch sie die körperlichen Auswirkungen des Sturzes leicht. Es waren die Nerventabletten, die ihr zu schaffen machten, denn wenn der Arzt so etwas verordnen musste, war es wohl doch …

Hier unterbrach sie sich abrupt; ihr fiel ein, dass es ein Ferngespräch war und dass ich die Kosten zu tragen hatte.

Im Zug hatte ich dann so etwas wie eine Offenbarung.

Mir wurde plötzlich bewusst, woher die Angst kam. *Mama wusste ja nichts davon.* Sie wusste nicht, dass ihre Tochter das absolut Schlimmste getan hatte, was die Tochter einer Witwe überhaupt tun konnte.

Sie hatte sich einem Mann »hingegeben«, mit dem sie noch nicht einmal verlobt war. Dieses Mädchen, auf das Mama so stolz gewesen war. Eine tüchtige junge Frau mit reinem Herzen, zuverlässig und moralisch einwandfrei.

Sie hatte sich weit mehr als die meisten anderen Mütter sicher fühlen können. Bis das Mädel sich in diesen Mann verguckt hatte.

Immer, immer, mein Leben lang, haben mich ihre Augen und das Auge Gottes bewacht. Als Fünfjährige hatte ich im Hof mit einigen Spielkameraden ein theologisches Gespräch geführt. Aus unerfindlichem Grund hatte man dort eine Blechbude errichtet, deren Verwendungszweck wir nicht kannten. Es gab keine Fenster, zu denen einer der Jungens vielleicht hätte hinaufklettern können, um einen Blick hineinzuwerfen.

Wir sprachen von Gott. Ich behauptete, dass Gott alles sieht. Immer.

»Aber nicht, wenn man in so einer Blechbude drin ist«, meinte Uwe. »Da kann er doch nicht reinsehen!«

»O doch«, sagte ich leidenschaftlich. »O doch, dort auch. Überall sieht er alles.«

Wohin ich mich in der Welt auch wandte, Mama und Gott sahen mich. Sie sollten später durch meinen Mann und meine Kinder ergänzt werden.

Nur wenige Menschen standen unter strengerer Beobachtung als ich. Daher wusste ich, dass es besser war, sofort zu bekennen. Sie erfuhren es ja doch.

Mama bemühte sich, als wir uns auf dem Bahnsteig trafen, um einen sachlichen und beherrschten Blick.

Sie stellte fest, dass ich blass aussah: »Du isst doch hoffentlich ordentlich, wenn du zu wenig isst, greift das die Nerven an.«

Ich wurde rot und die Blässe verging.

»Aber trotzdem siehst du viel frischer aus, als ich dachte«, fuhr sie in bemüht lockerem Ton fort.

Sie schien zu glauben, dass sie damit von den kurzen, ängstlichen Seitenblicken ablenken konnte, die nach Anzeichen suchten, die, falls vorhanden, auch sie in Panik versetzen würden.

Das heißt: Sollte ich überdreht oder gar exaltiert wirken, konnte das …

Das Erbe sein.

Aber sie konnte keine Anzeichen feststellen. Ich war ja von dem Medikament ein wenig dösig.

Mama hatte Dillfleisch mit Reis à la Malta gekocht, es roch

heimelig, es schmeckte nach Bilderbuch-Kindheit; wohl ganz anders, als es in Wirklichkeit schmeckte.

Ich schlief an diesem Abend in meinem alten Kinderzimmer ein.

Vielleicht war durch die Wirkung des Medikaments alle Angst wie weggeblasen. Bevor ich in den Schlaf hinüberglitt, dachte ich noch, es würde vielleicht gar nicht nötig sein, alles zu erzählen.

Als ich aufwachte, war sie schon weg. In der Küche stand das Frühstück auf dem Tisch, das heißt, der Käse war im Kühlschrank, das Brot in der blauen Dose, aber es war aufgedeckt und die Serviette lag in meiner alten Serviettentasche. Die Tasse war mit einem Tellerchen zugedeckt, damit kein Staub hineinfallen konnte.

Ich ging ins Badezimmer, auf die Toilette, putzte mir die Zähne, wusch mich, ging an der Küchentür vorbei in mein Zimmer und wollte mich gerade anziehen, als die Angst explosionsartig über mich herfiel.

Ich bildete mir ein, Hohngelächter zu hören. Hahahaha, was hast du denn geglaubt? Ich war alleine. Ich war allein. Die Wände schaukelten. Der Fußboden stellte sich schräg. Mein Herz schlug außer Rhythmus. Ich konnte nicht schlucken. Mit zittrigen Händen zog ich mich an, nur den einen Mantelärmel übergestreift, rannte ich wieder einmal die Treppe hinunter.

Kein Mensch in der Ringgata, aber in der Börjegata waren endlich Leute, und ich konnte lange und tief Luft holen, wieder zu mir kommen und fast gelassen zu Mamas Schule spazieren.

Sie war in ihrer Klasse gerade dabei, blaue Schreibhefte aufeinander zu stapeln. Die große Pause war gleich zu Ende.

»Nun, Signe«, sagte sie beunruhigt. »Ist etwas passiert?«

Ganz überstürzt erzählte ich ihr alles.

Und sie griff sich an den Hals. Ich sah ihr noch immer schönes Gesicht gleichsam den Halt verlieren und verfallen, und dabei würde es für alle Zeiten bleiben.

»Nein«, stöhnte sie auf. »Das darf nicht wahr sein.«

Der Blick, mit dem sie mich ansah, flackerte vor Erregung.

»Das ist das Schrecklichste, was mir je passiert ist.«

Der Gedanke kam mir nicht sofort, aber doch ganz kurz danach. Dass sie selbst seinerzeit unwissend von einem geisteskranken Mann zum Traualtar geführt worden war, der sie in der Hochzeitsnacht vergewaltigen und misshandeln würde. Die Polizei musste gerufen werden und Wärter aus der Anstalt von Stora Sundby überwältigten den sich mit Schaum vor dem Mund wie irrsinnig gebärdenden Mann mit der Zwangsjacke, während sie selbst blutend und im Schockzustand von einem ortsansässigen Arzt betreut wurde. Sie lehnte eine sofortige Scheidung ab und nahm ihr Kreuz auf sich, denn vor Gott und der christlichen Gemeinde hatte sie gelobt, diesem Mann in guten wie in schlechten Tagen anzugehören, »bis dass der Tod uns scheidet«. Was Gott zusammengefügt hat, soll der Mensch nicht trennen. Und drei Monate später wurde er aus dem Irrenhaus entlassen und sie musste sich seinem tierischen Trieb unterwerfen, obwohl per Gesetz ein Kind nicht hätte gezeugt werden dürfen, denn die Krankheit des Mannes war mit Eheverbot belegt, aber nun war es geschehen und das Kind musste geboren werden und würde zu einem schwierigen, schreienden und kaum zu beruhigenden Baby werden, bis es schließlich doch gezähmt, aber etwas kränklich war; ein so reizendes und liebes kleines Mädchen, Vaters Augenstern, bis die Mutter die beiden ertappte und aufschrie, schrie, und er wieder ins Irrenhaus kam.

Nach der dritten Einweisung kam er dann nie mehr nach Hause. Ein Herzinfarkt beendete sein Leben und die Frau wurde eine junge Witwe mit einer Tochter in der Vorpubertät …

Aber dass diese jetzt fast dreiundzwanzigjährige Tochter mit dem einzigen Mann geschlafen hatte, den sie liebte und ihr Leben lang lieben würde. DAS war *das Schlimmste*, was ihr je widerfahren war.

Hass flammte auf gegen diese Frau, die meine Mutter war, erfasste mich wie ein Waldbrand und nahm die Angst in der Geschwindigkeit mit.

Die Schulglocke bimmelte. Meine Mutter richtete sich auf. Konzentriert und korrekt öffnete sie ihren Schülern die Klassenzimmertür. Ich empfand die an mir vorbeiströmenden Kinder wie eine Schar Vögel, die nicht zu verscheuchen waren. Aber zu fürchten brauchte ich mich vor ihnen auch nicht.

Ich fühlte mich wie zerschlagen, die von dem Sturz auf dem eisigen Steig herrührenden Schmerzen meldeten sich auf einmal stärker als bisher. Aber wie schon gesagt, körperliche »Wehwehchen« sind leicht zu ertragen.

Wut ist ein sehr wirksames Mittel gegen die Angst.

Ein gesunder Hunger ließ mich zu meinen vier Butterbroten zwei Eier braten, dazu trank ich drei Tassen Tee, ohne dass ich mich auch nur eine Sekunde geängstigt hätte.

Es hatte funktioniert. Mein Voodoozauber, Böses durch Böses zu vertreiben, hatte mich geheilt.

Aber ich nahm die vom Arzt verschriebenen Tabletten doch, legte mich auf mein ungemachtes Bett und schlief ein.

Ich wachte mit einem Ruck auf, ging eilig ins Freie und machte am Fluss entlang einen Spaziergang in den Stadtpark. Schnelles Gehen ist auch hilfreich. Und dann, zum ersten Mal im Frühling, saß ich verschwitzt auf einer Parkbank und aß eine Tafel Schokolade.

Es war eine Freude zu beobachten, welche Angst sie gehabt hatte, dass ich mir »etwas antun« könnte.

Nicht etwa, dass sie etwas in dieser Richtung angedeutet hätte, nein, ihre nervöse Erleichterung ging rasch in barsche Entschlossenheit über.

Als ich gegangen war, hatte sie den Verführer angerufen. Es war reiner Zufall, denn er war vorübergehend für ein paar Tage bei seinen Eltern in Uppsala.

Lars-Ivar arbeitete für kurze Zeit im Hotel als Portier und dort hatte sie ihn erreicht und ihre mütterliche Hysterie an ihm ausgelassen. Sie war nie ein ängstlicher Typ gewesen und man konnte sich ihrer übersteigerten Willensstärke nur schwer entziehen. Er war unfähig, sich zu wehren. Also erklärte er sich damit einverstanden, sich am nächsten Nachmittag um drei Uhr in unserem Wohnzimmer einzufinden, um zur Rechenschaft gezogen zu werden. Sein erwiesener Mut imponiert mir heute noch.

Sie musste sich für die letzte Schulstunde dieses Tages eine Vertretung besorgen, denn sie musste ja mit dem Mann abrechnen, der ihre Tochter in ungezügelter Leidenschaft gewissenlos verführt und zerstört hatte.

Es war ein kurzes Drama für zwei Personen. Ich selbst war eine nur auf den Stuhl am Fenster verwiesene Statistin und hatte den Mund zu halten.

Lars-Ivar zog es vor zu stehen, als er gekränkt mit kühler Arroganz antwortete, dass er bei ihrer Tochter keine besonderen Absichten verfolge und es seien keine Versprechungen gegeben oder Abmachungen getroffen worden.

Hier unterbrach sie ihn, um ihm mit alttestamentarischen Flüchen den Rest zu geben, aber da hatte ich mich schon wieder gefasst, betrat die Bühne mit wutverzerrtem Gesicht und geballten Fäusten und rief mit wiedererlangter Stimme: *»Er war es nicht! Ich bin es gewesen! Die ganze Zeit, hörst du, war ich es, die das gewollt hat!«*

In den folgenden Minuten, in denen sich das alles abspielte

und die eine Ewigkeit zu dauern schienen, hatte ich überhaupt keine Angst. Es war, als wüsste ich gar nicht mehr, warum ich eigentlich Hals über Kopf heim nach Uppsala gefahren war und ihr so die Inszenierung dieses Dramas ermöglicht hatte.

Alles war nun einmal meine Schuld und er würde mich jetzt vielleicht nie wieder sehen wollen.

Dieser Gedanke hätte wirklich zu Ängsten führen müssen und er tat es wohl auch. Aber es war nicht *diese Art* von Angst …

Ich stopfte meine wenigen Sachen in den Koffer und verließ meine Mutter und die Ringgata gleichzeitig mit Lars-Ivar.

Die Stimmung zwischen uns kann ich nicht schildern, denn ich habe keine Erinnerung daran. Er zündete sich vermutlich eine Zigarette an und machte lange männliche Schritte, sodass ich kaum mitkam. Ich hatte ja auch den Koffer zu tragen. An der Ecke Börjegatan–Skolgatan hielt gerade ein Bus. Ich wusste, dass er zum Bahnhof fuhr, und stieg schnell ein. Ohne Lars-Ivar eines Blickes zu würdigen. Auch im Bus drehte ich mich nicht nach ihm um. Ich hatte das merkwürdige Gefühl, dass mein Kopf lose über meinem Körper schwebte. Es war nicht gerade unangenehm, lähmte aber mein ganzes Bewusstsein.

Ich hatte Glück. In sieben Minuten würde ein Zug nach Stockholm fahren. Er war ungewöhnlich gut besetzt. Das vermittelte mir ein gutes Gefühl. Es versprach Ablenkung, weil ich zwei älteren Frauen zuhören konnte, die sich über Krankheiten unterhielten, über eine Freundin Agnes, die im Krankenhaus lag, und es konnte schließlich *das* sein. (Sie waren in einem Alter, in dem man das Wort »Krebs« nicht über die Lippen bringt.) Ein Junge ließ seine jüngere Schwester nicht in Ruhe, ärgerte sie, bis sie zu weinen anfing und die Mutter mit zusammengekniffenem Mund sagte, warte nur, wenn ich das Papa erzähle …

Der Mann in der Ecke mir gegenüber war eingeschlafen. Sein Schnarchen war mit Alkoholdünsten verbunden.

In Stockholm angekommen, musste es schnell gehen. Ich ging zur Information und erfuhr, dass ich den in Kürze abgehenden Zug nach Göteborg nehmen, in Katrineholm umsteigen und mit dem Lokalbus nach Vingåker weiterfahren konnte. Ich brachte die Reise ohne innere Blockaden oder dumme Gedanken hinter mich. Ich las zwei Wochenblätter von der Herz-Schmerz-Spalte bis zu den Kleinanzeigen über Hygieneartikel, Bruchbänder bei diskretem Versand, verbunden mit der Aufforderung, mit einer Vertreterin der Firma Spirella Kontakt aufzunehmen. Auch hier Diskretion, Maßnehmen und Anproben in der Wohnung. Eine schwedische Familie in Paris suchte ein schwedisches Kindermädchen. An dieser Anzeige blieb ich kurz hängen.

Wenn es absolut unerträglich werden sollte, blieb immer noch ein solcher Ausweg.

Als ich aus dem Zug stieg, zitterten meine Beine ein wenig. Das rechte Knie machte sich bemerkbar. Schwach mahlende Kopfschmerzen hatten sich ebenfalls eingestellt. Mein Körper erinnerte sich an das, was mein Bewusstsein verdrängt hatte.

Diese äußerlichen, körperlichen Phänomene waren in etwa den Auswirkungen nach einem Erdbeben vergleichbar. Die Erschütterungen waren abgeklungen, aber die Möglichkeit eines Nachbebens war nicht ausgeschlossen.

Frau Baretti schüttelte gerade ein Tuch aus, als ich den Hang heraufstieg.

»Willkommen zu Hause!«, rief sie fröhlich, bevor sie das Fenster schloss.

Meine Wohnung roch unbewohnt. Ich öffnete das große Fenster und mir schlug der Geruch von Erde und Vorfrühling entgegen. Eine Amsel erfüllte die Luft mit ihrem Gezwitscher. Der Gedanke, wie schön das doch klingt, ging mir kurz durch den Kopf. Für einen Augenblick konnte ich all das mit einem tiefen Atemzug in mir aufnehmen.

Bis alles wieder begann. Aber jetzt mit einer noch höheren Drehzahl. Ich konnte gerade noch das Fenster zuziehen und verriegeln, obwohl ich schon, wie bei einem Malariaanfall, am ganzen Körper bebte.

Was in mir vorging, ist unbeschreiblich. Mit flatterndem offenem Mantel rannte ich zu Helga Andersson. Sie war alleine. Ich brauchte kein Wort zu sagen. Sie gab mir ein Glas Wasser und drückte mich in der Diele, wo auch das Telefon stand, auf einen Stuhl.

Doktor Blomgren hob ab und sagte, man solle meine Neuroldosis erhöhen.

Wir mussten ein neues Rezept bei ihm holen.

Zwei Nächte hindurch übernachtete Helga bei mir, während ich tagsüber als ganz normaler Mensch in die Fabrik ging.

Ich saß in meinem Zimmer und fing langsam an, die nächste Kollektion zu skizzieren. Die Tür blieb etwas angelehnt; das reichte. Die Arbeit war ein zuverlässiges Antipanikmittel und würde mich als solches nie im Stich lassen. Besonders wenn ich, wie jetzt, etwas entwarf, das meine Gegner davon überzeugen sollte, dass ich Recht gehabt hatte. Eine Saison war vorübergegangen. Auch die konservativen Verkäufer mussten begriffen haben, dass sich eine neue Silhouette durchzusetzen begann. Und dass sie dieses Mal vielleicht kein Hohngelächter mehr anstimmen konnten.

An meinem Arbeitsplatz war ich eine wache, zielbewusste, berufstätige, junge Frau. Vorläufig hatten nur Helga und Eddie begriffen, wie schlimm es wirklich um mich stand.

Als Helga mir eine Mitbewohnerin besorgte, konnte man das noch als soziales Entgegenkommen meinerseits deuten.

Ein Mädchen namens Rosita Andersson, auf Probe aus

einem Mädchenheim entlassen, sollte für einen Monat bei mir, als der ersten Station auf dem Weg in ein anständiges Leben, einquartiert werden.

Mein eigener Ruf war ja auch nicht mehr so makellos wie früher: Zweifellos hatte ich Herrenbesuch empfangen. Aber offenbar war das nur ein Mal vorgekommen. Im Übrigen war Leichtfertigkeit keine Eigenschaft, die mit Fräulein Tornvall in Verbindung gebracht werden konnte.

Rosita war siebzehn Jahre alt und trotz ihres exotischen Namens ein untersetztes, blond gelocktes Mädchen mit heller Haut.

Den Polizeibericht bekam ich nicht zu sehen. Es hätte darin auch von kleinen Diebstählen die Rede sein können, aber es ging wohl eher um einen unzüchtigen Lebenswandel. Ein Mädchen, das sich nicht zurückhalten konnte, ein williges Opfer, wenn die Jungens es so wollten.

»Schlampe« nannten die guten Mitbürger solche Frauen.

Rosita hatte eine offizielle Bewährungshelferin. Da sie aber bei mir wohnte, trug ich die unmittelbare Verantwortung. Mein Schützling war ein stiller, scheuer Mensch. Es gab auch nicht viel, worüber wir miteinander reden konnten. Ich war in dieser Beziehung recht zurückhaltend. Wollte mich nicht aufdrängen.

Sie führte unseren kleinen Haushalt. Sie ging einkaufen und hatte die Kartoffeln schon aufgestellt, wenn ich von der Arbeit nach Hause kam.

In der übrigen Zeit las sie illustrierte Zeitschriften, naschte und hörte Radio. Sie ging nur zum Einkaufen außer Haus. Ich erinnere mich an eine Firmenfeier, bei der zum Abschluss auch getanzt werden sollte. Ich hatte Rosita aufgefordert, doch mitzugehen. Aber nein, sagte sie errötend, dazu sei sie viel zu schüchtern.

Wir standen uns also gegenseitig bei. Wenn ich sie in meiner Nähe atmen hörte, hatte ich keine Angst. Im Gegenzug sollte ich dafür garantieren, dass sie nicht über die Stränge schlug, wie es so schön hieß …

Dann, an einem Freitag, war sie länger fort. Ich konnte sehen, dass sie eingekauft hatte, aber wieder weggegangen war. Es war schon neun Uhr vorbei, als sie schließlich wieder auftauchte. Sie roch nach Zigaretten und vielleicht sogar nach Bier. Mit niedergeschlagenen Augen entschuldigte sie sich, weil sie so lange fort gewesen war, aber sie hatte ganz unverhofft ihren Vetter Bertil getroffen, der in Gnesta an einer Tankstelle arbeitete.

Als ich am Sonntag aufwachte, war sie verschwunden. Sie hatte ihre spärlichen Besitztümer eingepackt, den Wohnungsschlüssel schön ordentlich auf den Schreibtisch gelegt und war verschwunden.

Angst ist ein so launenhafter Feind. Ich erwartete, dass jetzt alles wieder über mir zusammenbrechen würde. Aber das traf nicht zu. Jedenfalls nicht bei mir. Nach meiner Schutzbefohlenen wurde gefahndet, sie wurde schwer betrunken in der Nähe des Bahnhofs von Katrineholm aufgegriffen und in das Erziehungsheim zurückgebracht. Mehr erfuhr ich nicht.

Es war ein unglaublich befreiendes Gefühl, nicht mehr zwischen panischer Angst und einer sozial belasteten Mitbewohnerin wählen zu müssen.

Fromme Lieder singend, machte ich sauber. Wusch Vorhänge, Bettwäsche und Überwürfe in der gemeinsamen Waschküche. Die Flickenteppiche bearbeitete ich auf dem Boden der Waschküche mit der Wurzelbürste. Ich kaufte Tulpen, machte mir Sahnebaisers.

Und eine Woche später kam dann der telegraphische Heiratsantrag.

10

Meinem Bekennerinstinkt zum Trotz erzählte ich Lars-Ivar nichts von meinem Vingåkerwahnsinn.

Er hätte schließlich erschrecken und den Rückzug antreten können. Nein, das durfte nicht sein. Jetzt, wo alles sich so überraschend schnell wieder eingerenkt hatte.

Mir selbst konnte ich diese überspannte Zeit kurz vor der Verlobung nur als etwas erklären, was außer der Reihe lag. Als etwas, das sich nicht wiederholen konnte. Denn es war ja vorübergegangen. Seit wir in Ekelöfs Konditorei die Ringe getauscht hatten, hatte ich nicht eine Sekunde Angst gehabt.

Aber trotz dieser beruhigenden Beobachtung musste ich meinen geisteskranken Vater vorsichtshalber verschweigen.

Lars-Ivar war ein Mann, der nichts überstürzte. Aber wenn er sich erst einmal entschlossen hatte, dann war es entschieden und damit basta.

Er hatte zu seiner Liebe zu diesem exaltierten Mädchen Ja gesagt.

Am meisten liebte er an ihr, dass sie ihn anbetete, ja geradezu vergötterte. Nicht jeder Mann lässt sich davon beeindrucken. Aber manche eben doch. Zum Beispiel Männer, deren Selbstbewusstsein nicht ganz auf der Höhe ist.

Lars-Ivar hatte eine Art zu gehen, zu sprechen und sich zu verhalten, als wäre er seiner selbst sicher. Und je mehr ich liebte, ihn liebte, desto mehr wurde er für mich zum Helden in einem Abenteuerfilm. Furchtlos und voller Tatendrang.

Im Gegensatz zu der kleinen Frau an seiner Seite. Ohne ihn wäre sie ein Nichts.

Bei seinem letzten Besuch in meiner Zweizimmerwohnung im Widengren'schen Haus war er besonders zärtlich und auf mich bedacht, also kuschelte ich mich an ihn und erzählte ihm von meinem Vater.

In der Erinnerung will es mir scheinen, dass er es »sehr gut« aufnahm. Er küsste mich, er wühlte in meinen Haaren, legte seine Wange an meine und sagte, dass alle Familien irgendwo solche dunklen Punkte aufzuweisen hätten. Ein Onkel von ihm hätte sich zum Beispiel erhängt, und in der väterlichen Linie gab es einen schweren Alkoholiker. Aber all diese Eigenschaften wären wohl nicht unbedingt erblich.

Vielleicht war die Krankheit meines Vaters das auch nicht? Aber eine kleine Gefahr *bestand* immerhin. Andererseits kam ja meine Mutter aus einer kerngesunden Waldarbeiter- und Kleinbauernfamilie, wo alle »voll da« und strebsame, ehrliche Menschen gewesen waren. Einige waren sogar besonders wagemutig gewesen, waren nach Amerika ausgewandert und hatten sich dort bewährt.

Meine Mutter ihrerseits hatte es auch nicht gewagt, die ganze Wahrheit über die Krankheit meines Vaters zu berichten. Dass sie unheilbar und in einer Zeit, in der man viel von Erbmasse und von einem reinen Erbgut redete, mit Eheverbot belegt war. Aber es war trotzdem eine Ehe zustande gekommen. Meine Mutter war nach meiner Geburt sterilisiert worden.

Ich war ein Versehen. War am Tag nach der Entlassung meines Vaters aus dreimonatigem Aufenthalt im Irrenhaus gezeugt worden.

Irgendwann in den letzten Jahren hatte ich, fünfundvierzig Jahre nach unserer Hochzeit, die Mitteilung erhalten, einen Brief auf dem Postamt abzuholen. Es war ein großer brauner Umschlag mit dem Absender Lars-Ivar Palm. Er hatte Schubladen und Schränke aufgeräumt und Spuren aus der Zeit gefunden, die hinter uns lag.

Lars-Ivar ist einer von den Leuten, die nie etwas wegwerfen. Ich bin das genaue Gegenteil. Bei jedem neuen Wohnungswechsel habe ich immer so viel wie möglich zerrissen und weggeworfen; verbrannt und die Asche entfernt. Ich habe es so weit getrieben, dass meine erwachsenen Kinder mir vorwarfen, ihre Wurzeln ausgerissen zu haben.

Ich mochte auch nie alte oder auch neue Fotografien ansehen. Mir ist es unangenehm, kleine farbige Rechtecke aus Papier zu betrachten, die Anspruch darauf erheben, die Wirklichkeit genau abzubilden. Das ist nie …

Sicherheitshalber besitze ich keinen Fotoapparat.

Aber hier lagen nun also Bilder von einer Hochzeit. Wir sehen den Auszug des Brautpaares aus der Gamla Uppsala-Kirche. Ein kurzer Schleier umweht die über alle Maßen glückstrahlende Braut. Der Bräutigam sieht auch echt glücklich aus. Aber doch beherrschter. Dieses Bild ist offenbar von einem Berufsfotografen aufgenommen worden. Dann ist da noch ein Stoß mit verwackelten Amateurfotos von den Hochzeitsgästen: nur nahe Verwandte. Es war eine kleine Menschenschar und keiner wirkte besonders fröhlich. Eine kirchliche Trauung mit so wenigen Gästen ist gleichsam eine Schande. Vielleicht lag es an der kurzen Zeitspanne zwischen Verlobungsanzeige und dem ersten Aufgebot beim Gottesdienst in der Kirche?

Es war eine Hochzeit, die in aller Eile zustande gekommen war (genau wie die meiner Mutter). Aber der übliche Grund lag ja nicht vor. Die Braut war nicht in anderen Umständen.

Die taillierte Jacke mit dem Schößchen zeigte am Bauch keine verräterische Wölbung.

Meine Mutter hatte mit solcher Energie versucht, Lars-Ivars Existenz zu verdrängen, dass sie über Signes Verlobung nicht einmal mit ihren Freundinnen gesprochen hatte. Bis zuletzt hatte sie gehofft, dass diese Verbindung nicht zustande kommen würde. Bei Lars-Ivars Familie hatte man auch nicht gerade von Enthusiasmus reden können.

Als Lars-Ivar seinen Arbeitskollegen in der Kaffeepause gesagt hatte, er werde am kommenden Wochenende zwei Tage freinehmen, um zu heiraten, stießen die Männer einander mit den Ellbogen in die Seite und zwinkerten sich vielsagend zu.

Als sie erfuhren, dass die Braut nicht schwanger war, mussten sie die Kaffeetassen abstellen.

»Du willst doch nicht etwa sagen, dass du sie *trotzdem* heiratest?«

»Doch, in der Tat«, sagte Lars-Ivar.

»Verdammt nochmal, habt ihr das gehört, Männer?«

»Vielleicht ist es Liebe«, feixte einer.

»So was soll's geben«, sagte Lars-Ivar. »Sie liebt mich. Ich liebe sie. Wir lieben einander.«

Man kann sich die nun folgende peinliche Stille vorstellen, die zur Erleichterung aller von einem schrillen Pfeifen unterbrochen wurde, das das Ende der Pause verkündete.

Und diesen Mann habe ich betrogen.

Lars-Ivar, der Atheist und Sozialist, war in einem so hohen Maß davon ergriffen, dass dieses hübsche, naive Mädchen in ihm den vollkommensten Menschen der Welt sah, dass er sogar in eine richtige kirchliche Trauung eingewilligt hatte. Aber eine Brautkrone wollte ich dann doch nicht tragen, damit nahm ich's genau. Nur eine Braut, die im biblischen Sinn unberührt war, hatte ein Recht darauf, diese Krone zu tragen.

In Griechenland zum Beispiel wären wir gezwungen gewesen, eine Taube zu töten, um das Laken des Brautbetts blutig zu machen, das dort nach der Hochzeit in aller Herrgottsfrühe aus dem Schlafzimmerfenster gehängt werden musste, um den ausharrenden, immer betrunkener werdenden Hochzeitsgästen anzuzeigen, dass das junge Paar jetzt Mann und Frau war.

Ein Hochzeitsfoto vom Berufsfotografen zeigt wieder das glückselige Lächeln der Braut mit dem so gut aussehenden Bräutigam; ein richtiger Filmstartyp mit interessanten Augenbrauen und diesem gewissen Lächeln.

Auch heute denke ich noch, dass kein schönerer Mann vorstellbar gewesen wäre, und die Verwunderung darüber, dass er ausgerechnet mich gewählt hat, klingt wie eine alte Schlagermelodie in mir fort.

Der große Briefumschlag enthielt auch ein Heft, in dem die beim anschließenden Mittagessen im Restaurant Flustret gehaltenen Reden gesammelt waren. Es gab viele, besonders an die Braut gerichtete Worte: *Gefügigkeit, Verständnis, Vergebung, Rücksicht, Treue*. Während der Mann *der sichere Fels, entschlossen und stark* zu sein hatte.

Ich zeigte das alles meinen zu dieser Zeit schon sehr erwachsenen Kindern. Sie schauten flüchtig hin und sagten so etwas wie: »Unglaublich!«

11

Da ich ihn anbetete und ziemlich lange verwundert darüber war, dass er gerade mich ausgesucht hatte, war seine Position durchaus gesichert. Er konnte es sich in der Pose des Siegers erlauben, tolerant, verständnisvoll und in Fragen der Gleichberechtigung radikal zu sein, ein Mann der neuen Zeit eben. Zu zweit waren wir Liebende und Kameraden, die alle Aufgaben teilten. Sowohl beim Lebensunterhalt als auch in den im Haushalt anfallenden Arbeiten.

Auf beiden Seiten rangen die Familien die Hände. Denn wohin sollte das alles führen? Die beiden hatten ja nicht einmal eine eigene Wohnung.

O doch, die hatten wir. Allerdings nicht gerade eine *eigene* Wohnung. Die durch die geringe Bautätigkeit unmittelbar nach dem Krieg entstandene Wohnungsnot hatte den Schwerpunkt der Wohnungsvermittlung auf die fast hoffnungslose Versorgung der Flüchtlinge verlagert. Aber man konnte unmöblierte Zimmer mieten. Wir entschlossen uns für ein solches bei einem kinderlosen jüngeren Ehepaar in Hägerstensåsen, einem der neuen Vororte südlich von Stockholm. Herr und Frau Nilsson arbeiteten beide bei LM Ericsson. Das Zimmer hatte eine Größe von neun Quadratmetern und war das kleinere in der Zweizimmerwohnung. Wir durften, wenn Frau Nilsson nicht zu Hause war, die Küche benutzen. Eine Art

Stundenplan wurde vereinbart. Im Bad wurden uns zwei Nägel zugewiesen, an denen wir unser eigenes Badezimmerschränkchen aufhängen konnten. Im Kühlschrank stand uns das unterste Fach zu, in der Speisekammer das oberste. Toilettenpapier, Spülmittel und Bürsten, Putzmittel und Lappen waren in der Miete nicht inbegriffen.

Frau Nilsson war sehr reinlich und vor allem im Bad nahm sie es peinlich genau. Den im Putzschrank vorhandenen Staubsauger durften wir einmal in der Woche benutzen.

Das Telefon hingegen war uns nicht zugänglich, wir durften weder angerufen werden noch selbst anrufen. Auf dem kleinen Marktplatz, wo es einen Lebensmittelladen, einen Tabak- und Zeitungsladen sowie ein Kurzwarengeschäft gab, stand eine Telefonzelle. Man musste immer darauf bedacht sein, dass man Kleingeld zur Hand hatte.

Meine Erziehung hatte Fertigkeiten im Haushalt ausgeschlossen. Das war nicht nur auf Desinteresse meinerseits zurückzuführen. Mama wollte nicht, dass ich ihr in der Küche im Weg stand.

»Es geht viel schneller, wenn ich es selbst mache«, bekam ich immer wieder zu hören.

Mein Mangel an Geschick in praktischen Dingen, meine Tollpatschigkeit und meine beeinträchtigte Koordination der Bewegungen in allem, außer dem Zeichnen von Strichen mit der rechten Hand auf einem Blatt Papier, ließen deshalb meine hausfraulichen Fähigkeiten gar nicht erst aufscheinen.

Wie ich dir, Alberte, schon früher erzählt habe, galt ich als empfindsames, begabtes, leider viel zu dickes Kind.

Es war ja auch nicht mein Körper gewesen, der Lars-Ivar begeistert hatte. Es war meine Seele aus Maiglöckchen und Veilchenduft; die Naivität und Unerfahrenheit, das unbeschriebene Blatt, das er mit den Eigenschaften und Ausdrücken füllen konnte, die er für mich wählte.

Ich war jemand, den er von innen nach außen formen konnte.

Zu Anfang war es das Zartgefühl für meine Ungeschicklichkeit: Noch nie, sagte er lachend, habe er eine erwachsene Frau gesehen, die so schusselig neben die Türklinke griff oder am Türrahmen aneckte. Das sei höchstens bei Teenagern manchmal zu beobachten.

Als wir aber am Inteckningsvägen einzogen, musste er in Anbetracht der vielen alltäglichen praktischen Dinge sein Feilen an meiner Person vorübergehend hintanstellen. Denn natürlich kannte Lars-Ivar sich in Küchenbelangen nicht viel besser aus als ich.

Es ist geradezu lachhaft, wie viel an ermüdendem Kleinkram ein noch so winziger Haushalt mit sich bringt. Und Frau Nilsson erschwerte das alles noch. Nun sehen Sie doch! Und sehen Sie mal hier! Vergessenes Geschirr auf der Spüle, ein Schmutzrand in der Badewanne und eine vergessene Herrenunterhose auf dem Fußboden. Die Toilette samt Klobrille und Deckel musste immer vor Sauberkeit blitzen. Der Müll vor Eintreffen der Herrschaften entsorgt werden.

Lars-Ivar arbeitete nach wie vor in der Druckerei.

Der Gipfel meiner glücklichen Unterwerfung war, dass ich in der Morgendämmerung aufstand, auf unserer eigenen, privaten Kochplatte im Zimmer die Hafergrütze kochte, den Topf in Zeitungspapier wickelte, damit der Brei nicht kalt wurde, wenn ich die Platte anschließend zum Kochen des Teewassers brauchte. Inzwischen war Lars-Ivar im Badezimmer.

Ich, dieser Morgenmuffel von reinstem Schrot und Korn, tat das alles stolz und mit Hingabe.

Ich hatte einen Gatten. Lars-Ivar war mein Mann. Ich war seine Ehefrau.

Es war vorgesehen, dass Lars-Ivar sich zwischendurch einmal einen Tag freinahm, um seine Arbeitsproben bei Werbefirmen und Buchverlagen vorzustellen. Denn eigentlich war er ja Künstler. Das Katzbuckeln vor Werbechefs war für ihn ein demütigender Kompromiss. Da hielt er es für sinnvoller, Arbeiter zu sein.

Ich hingegen hatte nie auch nur eine Sekunde davon geträumt, Künstlerin zu werden. Ich konnte die Euphorie eines in Erfüllung gegangenen Traums auskosten. Der Kontakt zu *Bonniers Monatsschrift* bestand noch, aber es war keine regelmäßige Geldquelle. Schließlich war Ava Rosenholm dort der Star unter den Modezeichnerinnen. Mein Parisabenteuer war unter den Modepräsentationen der Zeitschrift eher eine Ausnahme gewesen. Auf junge Mädchen verstand ich mich allerdings besser als meine alte Lehrerin, und wir standen jetzt kurz vor der Explosion der Teenagermode.

Wie auch immer. Ich suchte mir im Telefonbuch Namen und Adressen heraus, füllte meine grün gesprenkelte französische Zeichenmappe mit Arbeitsproben und machte mich mit dieser Mappe unter dem linken Arm auf den Weg. Meine weiße Studentenmütze auf dem kurzen, leicht naturkrausen Haar keck in den Nacken geschoben.

Mancherorts wurde ich schon am Eingang aufgefordert, telefonisch einen Termin mit dem Chefredakteur oder Werbeleiter zu vereinbaren. Ich begann auf der Oberlippe zu schwitzen, und wegen der angelaufenen Brillengläser halb blind, flüsterte ich, dass ich kein Telefon hatte. Aber vielleicht konnte ich, wo ich nun schon einmal hier war, gleich einen Termin bekommen?

An anderen Stellen musste ich im Korridor warten.

Irgendwann war ein so genannter art director von meinen Entwürfen so begeistert, dass er sofort etwas bestellte. Ich sollte eine Bluse zeichnen, für die die Leserinnen das Schnittmuster anfordern konnten. Ein recht unbedeutender Job, aber immerhin ein Anfang. Und es folgten mehrere Aufträge.

Es war immer noch Sommer und ich kam sehr oft ins Schwitzen. Dazu kam noch dieses leichte Zittern in den Beinen, wenn ich in einem Vorraum darauf wartete, vorgelassen zu werden.

Bei *Welt der Frauen*, der damals führenden schwedischen Frauenzeitschrift, waren die Ansprechpersonen schlank und übertrieben elegant, ihre scharfen Stimmen wirkten kühl. Dort musste ich lange warten, bis jemand Zeit für mich hatte. Bis zum Chefredakteur drang ich nie vor, aber eine elegante und schöne Frau mit bekanntem Namen, Estelle Karr, die für ihre Rücksichtslosigkeit bekannt war, fasste Zuneigung zu mir. Sollte man nun lachen oder weinen? Aber was die Kleine aus ihrer Mappe hervorholte, war neu und frisch. Estelle Karr hatte Schwierigkeiten, mich mit der Axel Beckbomschen Schule in Verbindung zu bringen, aber vielleicht war es ja gerade das, was sie amüsierte.

Sie machte mir also Mut. Im Moment konnte sie mir zwar keinen Auftrag geben, aber sie versprach anzurufen, wenn sich etwas Brauchbares ergab. Lassen Sie mir Ihre Telefonnummer da.

In meinem Kopf drehte sich alles, die Brille beschlug, denn ich musste wieder einmal eingestehen, dass ich kein Telefon hatte.

»Aber auf dem Platz vor dem Haus steht eine Telefonzelle.«

Bei diesem Satz schienen Estelle Karr fast die Tränen zu kommen.

»Rufen Sie am Donnerstagnachmittag an. Wir könnten vielleicht vereinbaren, dass Sie jeden Donnerstagnachmittag anrufen?«

Am dritten Donnerstag trat ein unglücklicher Einwanderer aus der Telefonzelle und erklärte: »Kaputt. Telefon kaputt.«

Ich rannte hinüber in den Tabakladen, kaufte ein paar Zeitungen und fragte, ob ich wohl telefonieren dürfte.

Ungern. Das spürte man. Es hing nämlich an der Wand hinter dem Vorhang, der den Laden von der Privatsphäre trennte.

»Na gut. Aber fassen Sie sich bitte kurz.«

»Sie zeichnen hoffentlich auch Kinder?«, fragte Estelle Karr.

Mein Gesicht glühte.

»Ich weiß es nicht. Ich habe noch nie …«

»Erzählen Sie mir nichts, klar können Sie. Kommen Sie morgen her und holen Sie sich das Material. Vor Schulbeginn wollen wir Kindermode für Schulanfänger bringen.«

»Aber …«, unterbrach ich sie aufgeregt.

»Nun hören Sie mal, Sie werden das ganz ausgezeichnet machen, das weiß ich. Sagen wir, morgen um 14 Uhr 30? Ist Ihnen das recht?«

Das unfreundliche Gesicht des Ladeninhabers tauchte hinter dem Vorhang auf.

»Ja, danke, sehr gut«, sagte ich schnell.

Als Erstes suchte ich die nächste öffentliche Bibliothek auf und schrieb mich dort ein. Vor lauter Nervosität füllte ich das Formular auf meinen Mädchennamen aus. Bitte, ein neues Formular, danke.

Signe Palm, Frau. Modezeichnerin.

Ich ging mit vier Fotobänden nach Hause, in denen vor allem Kinder abgebildet waren. Lars-Ivar hatte schon Kartoffeln gekocht. Im Kühlschrank wartete Kalbssülze, in der Speisekammer eine Dose rote Rüben. Mir wurde meine wunderbare Lage bewusst. Und doch war ich beunruhigt, denn so gut konnte es unmöglich weitergehen.

Lars-Ivar und ich waren stets darauf bedacht, jegliche Verantwortung zu gleichen Teilen zu übernehmen. Bei uns sollte es nicht heißen, dass der Mann pfeifend zwischen Staffelei und Observationspunkt hin und her ging, bis sich die Schatten bei Abnahme des Lichtes veränderten. Während ich in der Rolle der Hausfrau das Essen auf den Tisch zu stellen hatte.

So, wie es bei Sivert und dir war, Alberte, sollte es bei Lars-Ivar und mir nie werden.

Sivert hat dir buchstäblich das Leben gerettet, als er dich zufällig, schwer an Grippe erkrankt, in deinem miesen Hotelzimmer fand und dich mit zu sich nach Hause nahm. Er pflegte dich, gab dir zu essen, sorgte für ein trockenes Bett, in dem du es warm hattest. Bis du langsam in eine Wirklichkeit zurückkehrtest, die auch Siverts Wirklichkeit war.

Das Einfachste, was du an Dankbarkeit zeigen konntest, war, bei ihm zu bleiben. Das kommt auf jeden Fall billiger als ein getrennter Haushalt. Pro Kopf also.

Er war erstaunlich liebevoll und geduldig gewesen. Hatte sich dir nicht aufgedrängt, sondern gewartet, bis du selbst den ersten Schritt tatest.

Ja, es war doch immerhin ein Schritt, der Leben verhieß, als du die drei Worte sagtest: »Ich liebe dich.«

Du siehst ihn Artischocken und anderes Grünzeug malen; das spärliche Tageslicht bis zum Äußersten nutzend. Während du das Essen zubereitest, seine Socken stopfst, dafür sorgst, dass es überall einigermaßen sauber ist. Und er ist nicht nur auf sich selbst bedacht. Manchmal hilft er dir beim Spülen. Manchmal sitzt du ihm Modell.

Du lebst. Du lebst weiter, mit Scherben von Erinnerungen, in denen ein Gesicht auftaucht, ein Ton anklingt, die Berührung einer Hand; solche Bilder können dich hinterrücks überrumpeln. Während du hörst, wie Sivert sich rasiert; es klingt etwa so, als würde jemand Möhren schaben. Für dich fühlt es sich an wie ein Schnitt. Aber alles geht vorüber. Man kann nicht immer nur leiden und sich nach etwas sehnen.

Ja, so sehe ich es. Ich empfinde deine Situation nach, aber doch eher flüchtig. Denn ich selbst lebe ja mitten im großen Glück. Ich habe meinen Traummann bekommen, ihn, der deinem Cedolf so ähnlich ist, und er ist der erste Mann, der mich angefasst hat, wie ein Mann eine Frau gerne anfasst. Er ist auch, wenngleich in einem anderen Sinn, mein Befreier. Dadurch, dass Mama ihn nicht leiden kann, ist er der Weg, der von ihr weg führt.

Deine Mutter konnte dich nicht mehr festhalten, denn sie starb vorher.

Du brauchtest die Hilfe einer unziemlichen Leidenschaft nicht.

Aber bei jeder von uns beiden schafften sie es, uns sehr lange mit diesem »Wie-konntest-du-mir-das-antun-Blick« an sich zu binden.

Lars-Ivar schuftete in der Druckerei für unser tägliches Brot. Ich durfte das tun, was ich am allerliebsten machte. Alberte, erkennst du nun den Unterschied in unser beider Lebensumständen? Immer wieder kamen Aufträge herein. Ich hatte Zeit, mich den ganzen Tag mit dem Zeichnen zu beschäftigen. Mein Arbeitstisch stand vorn an dem einzigen Fenster. Lichteinfall von links. Da ich mit einem auf den Knien abgestützten, auf dem Reißbrett liegenden Block arbeitete, hatte ich Platz genug.

Für Lars-Ivar waren die Abende und Nächte die einzige Zeit, in der er sich seiner Malerei widmen konnte, und das war nun ein Problem, mit dem wir nicht gerechnet hatten.

Hinzu kam meine zimperliche Prinzessin-auf-der-Erbse-Manier, nur in einem ruhigen, dunklen Zimmer schlafen zu können.

Als Lars-Ivar dann, völlig zu Recht, eine Tageslichtbirne kaufte, die er am Abend für die Nachtstunden in die Deckenlampe schraubte, flippte ich aus. Wie sollte ich in einem Zimmer mit diesem grellblauen Licht jemals einschlafen können?

Für Lars-Ivar war das völlig unverständlich. Man brauchte doch nur die Augen zu schließen, sich auf die Seite zu drehen und einzuschlafen. Wer müde war, schlief ein, ganz egal ob es dunkel oder hell, ob es still war oder das Radio spielte. So war das nämlich bei Lars-Ivar. Er hatte die unglaubliche Fähigkeit, wenn er wollte, sofort einzuschlafen. (Später sollte sich zeigen, dass er das Schlafen bei auftauchenden Problemen auch nutzte, um Schwierigkeiten zu entkommen. Wenn das Geld nicht reichte, befiel ihn ein unbezwingbares Schlafbedürfnis. Schon drei Minuten später schlief er tief.)

Ich jammerte und weinte, und in den Monaten der hellen Nächte musste meinetwegen sogar der Spalt am Rand des Rollos verdeckt werden …

Lars-Ivar hatte keine Einsicht. Er konnte über diesen Spleen nur lachen.

Da zeigte sich wieder einmal meine bürgerliche Verwöhntheit. Aber inzwischen waren andere Zeiten angebrochen. Ich wohnte nicht mehr bei meiner Mutter, die auf Zehenspitzen alles mit Tüchern abdunkeln ging. Ich war jetzt eine erwachsene Frau. Berufstätig und verheiratet.

Aber wenn ich nicht einschlafen konnte, musste ich vor Nervosität immer wieder aufs Klo gehen. Beim dritten Mal blieb ich irgendwo hängen, stieß die Staffelei um, und die Dose mit dem flüssigen Öl fiel auf den Fußboden. Mit der Öffnung nach unten natürlich.

Er schrie auf, packte mich am Arm, dass es schmerzte. Ich fing an zu heulen. Es war halb ein Uhr nachts. Das Bett der Herrschaften Nilsson stand Wand an Wand mit unserer Kommode. Wir wussten, dass man alles hörte. Jeden Sonntagmorgen hörten wir ihre knarrenden Bettgeräusche und tierischen Laute.

Also packte Lars-Ivar mich auch am anderen Arm und fing an, mich zu schütteln.

»Jetzt hältst du die Schnauze. Verstanden! Jetzt hältst du deine verdammte Schnauze, sonst …«

Weiter kam er meistens nicht.

Zu diesem Zeitpunkt schluchzte ich schon wie ein kleines Kind und musste getröstet werden.

Aber bis zu dieser Kehrtwendung war sein Gesicht fremdartig böse, ja geradezu gehässig.

Es gab keine Lösung für dieses Elend. Lars-Ivar mit seiner großen Begabung hätte gar nicht in einer Fabrik arbeiten und dazu auch noch eine Frau haben dürfen, die ihm Szenen machte, wenn er Zeit für sich selbst beanspruchte.

In Zeiten ehelicher Harmonie konnte ich über die Maßen optimistisch sein und mögliche Auswege vorschlagen:

»Wenn ich versuche, noch mehr Arbeit zu kriegen, ich habe ja gestern bei der Werbefirma Anders Andersson Zeichnungen gezeigt und sie haben ein paar davon dort behalten, um sie einer Kundin mit einem Kleidergeschäft zu zeigen, die jeden Freitag eine Anzeige mit einer Abbildung aufgibt. Die Zeichnerin, die sie bis jetzt hatten, will aufhören.«

Frau Irma Sundbom, die Geschäftsinhaberin, wollte sich nun zwischen meinen Entwürfen und denen einer anderen Zeichnerin entscheiden.

Es sprach viel dafür, dass ich den Job bekommen würde. Meine Zeichnungen hatten mehr Schwung, waren jugendlicher.

Und auch wenn das Sortiment des Geschäftes nicht gerade jugendlich genannt werden konnte, war ein Trend zum »jung sein« gefragt. Das spürten auch die gesetzteren Damen.

Wenn die Wahl nun auf mich fiel, konnte es eine Art Dauerauftrag werden. Jede Woche ein sicheres Honorar. Plus Aufträge von *Welt der Frauen* oder *Bonniers Monatsschrift*.

Doch Estelle Karr war mit meinen Kindermodenentwürfen gut gefahren. Ich hatte inzwischen auch die Chefredakteurin, Louise Svenzén, kennen gelernt, eine blonde, kurz angebundene Dame unbestimmten Alters mit scharfem Profil. Sie sah mich durch den Zigarettenrauch aus schmalen Augen an.

»Nicht wahr, Louise«, sagte Estelle Karr und rückte ihre schwarze, schräg zulaufende Brille zurecht. »Frau Palm ist doch wirklich eine interessante Ergänzung zu Inez Klint? Signe Palm für die jüngeren Leserinnen. Wir müssen uns mehr auf die Gruppe einstellen, die das Bildjournal liest. Wenn wir die Teenagermode mehr in den Vordergrund rücken, können wir diese Altersgruppe einfangen.«

Louise Svenzén entnahm ihrem eleganten silbernen Etui eine weitere lange, dünne Zigarette und gab sich Feuer. Sie machte ein paar Lungenzüge und blätterte dabei meine Zeichnungen durch.

»Es mag was dran sein«, gab sie zu. »Aber wir müssen es auf der nächsten Sitzung erst einmal mit den Herren besprechen.«

Die Herren waren die Bosse. Die Besitzer. Die, die überall die Finger drin hatten. Nicht nur bei den Zeitungen, sondern auch bei den attraktivsten Damen der Redaktion.

Hier lebte noch in jenen Tagen der Feudalismus weiter.

Aber lassen wir das. Wenn nun für mich alles so gut in Gang kam, würde auch Lars-Ivar sich loseisen können: in der Druckerei kündigen, sich eine eigene Mappe zulegen und bei Werbefirmen, Buch- und Zeitungsverlagen vorsprechen.

In meiner redseligen Verwirrtheit war mir ganz entfallen, dass wir, wenn wir beide zu Hause arbeiten wollten, zuerst einmal eine eigene Wohnung brauchten. Denn in unserem ersten Heim, einem übermöblierten untervermieteten Zimmer, das drei Funktionen zu erfüllen hatte: Schlafzimmer, Arbeitszimmer und Esszimmer, war nur Schichtarbeit möglich: Ich zeichnete tagsüber und Lars-Ivar malte nachts.

Es konnte in diesem Zimmer auch für die Liebe schwierig werden. Eine aufklappbare Bettcouch. Ein eingebautes Bücherregal. Arbeitstisch mit Seitenteil. Zwei Hocker. Zwei Stühle. Ein wackeliger, selbst getischlerter Schrank mit einem mit Reiszwecken befestigten Vorhang für Geschirr und Ähnliches. Unser Kleiderschrank stand draußen in der Diele. Eine bäuerliche Kommode zierte die Wand gegenüber der Couch. Zwischen dem Seitenteil und der Kommode war Lars-Ivars Staffelei eingekeilt. Wenn er sie aufstellte und die Couch schon ausgezogen war, musste man die Luft anhalten und den Bauch einziehen, um sich durchzuschlängeln.

Ich ließ meinen Gedanken freien Lauf, und Lars-Ivar hätte meinen Übermut eigentlich zügeln müssen.

Aber er lachte nur wohlwollend und verliebt, denn dieses naive, so köstlich unverständige Mädchen konnte ihn jederzeit um den Finger wickeln.

»Du spinnst wirklich mehr, als der liebe Gott es erlaubt«, murmelte er, nahm mich in den Arm und küsste mich.

Wir hatten im Moment gar keine Zeit, das Bett auszuziehen.

Mitten im verliebtesten Tun hörten wir Eric und Majlis Nilsson die Wohnungstür aufschließen, leise sprechend etwas im Flur aufhängen, um dann verstummend stehen zu bleiben.

Aber das konnte uns nichts anhaben. Nicht einmal mir.

Trotzdem durchzuckte mich mitten im ekstatischen Wirbel der Gedanke, dass noch ungespültes Geschirr in der Küche stand.

12

Du, Alberte, bist manchmal sehr glücklich darüber, dass du bei Sivert wohnen kannst. Es durchströmt dich zuweilen heiß, wenn er dich anfasst, und du bist ihm irgendwie dankbar dafür, dass seine Hände bei dir solche Gefühle wecken.

Ihr seid zwei einsame, frierende Menschen, die sich an einem Feuer zusammenfinden und einander haben. Du kannst auch große Zärtlichkeit für ihn empfinden. Denn er gibt dir Wärme und Sicherheit und ist dein Bollwerk gegen die Kälte und die Welt.

Eines Tages fällt dir ein, dass du lange nichts von Liesel und Eliel gehört hast. Du hast schon zweimal bei ihnen angeklopft. Aber es ist nie jemand zu Hause gewesen. Als du es Sivert sagst, schaut er nicht von dem Bild auf, an dem er gerade arbeitet. Murmelt nur etwas davon, dass Eliel im Moment viel um die Ohren hat.

Beim dritten Versuch macht immer noch niemand auf. Du willst gerade eine kurze Mitteilung unter der Tür durchschieben, als du zufällig nach oben blickst und hinter der kleinen Glasscheibe Liesels blasses Gesicht mit den großen Augen siehst.

Und schon ist es, wie eine flüchtige Erscheinung, wieder verschwunden.

Von panischer Angst ergriffen rufst du: »Liesel!«

Du rufst ihren Namen wieder und wieder. Du hast begriffen. Du weißt. Es ist Liesel ergangen wie so vielen anderen Frauen, und es kann auch dir passieren.

Man hat Werkzeuge in sie hineingestoßen, ein Mediziner, mit dem Eliel befreundet ist, hat es getan. Man hat Liesel auf einen Tisch gelegt, Eliel hat sie festgehalten, während der andere ein Instrument in sie hineinstieß, früher hat man es Entenschnabel genannt. Der Schmerz war unerträglich, aber schlimmer noch war die Demütigung, die Erniedrigung. Dort zu liegen und einen Fremden an sich herummachen zu lassen.

Liesel war schon fast im fünften Monat gewesen. Es war … ein richtiges Kind, ein kleiner, blutiger, lebender Körper mit Armen und Beinen und allem. »Albertinchen! Tue das ja *nie*, ganz gleich, was passiert!«, hatte Liesel gerufen.

Liesel erholte sich, heilte körperlich zusammen. Würde aber nie mehr Kinder bekommen können. Aber Liesel hatte fast nur von Eliel gesprochen. Dass es nicht seine Schuld war. Er musste ja an sein Stipendium, an seine Kunst denken. Und an die Kollegen, vielleicht sogar an den ein oder anderen Käufer, der das Atelier besuchte. Drum hatte Liesel sich immer oben auf der Galerie versteckt halten müssen.

Jetzt geht Liesel wieder unter Menschen. Sieht aus wie früher. Redet wie früher. Ist aber gleichsam erloschen. Und zum Malen hat sie keine Kraft mehr.

Dir selbst geht es beunruhigend gut. Du stehst Modell und Sivert macht eine Bemerkung, dass du ein bisschen zugenommen hast und dass dir das gut steht.

Eines Tages sitzt du vor dem Koffer, in dem alle deine bekritzelten Zettel liegen. Du liest, besserst hier und dort etwas mit Bleistift aus, es ist der erste warme Februartag, du lehnst an dem von der Sonne beschienenen Fensterbrett. Du spürst, wie müde du bist. Doch gleichzeitig weißt du, dass sich nach dieser schwierigen Zeit, nach allen Irrtümern und sinnlosen

Bemühungen vielleicht doch alles langsam wieder einrenkt. Und in einer Art milder Ekstase flüsterst du in die Sonne: *»Mach mit mir, Leben, was du willst, aber lehre mich verstehen, lehre mich sehen und zur Vernunft zu kommen.«*

In diesem sanften Gefühl von Ruhe und Wohlbehagen legst du dich auf den Diwan.

Da kommt Liesel. Sie redet drauflos. Sie schaut dich aufmerksam an. Sie findet, du siehst ein wenig müde aus. Etwas auffallend Erfahrenes in Liesels Blick vermittelt dir blitzartige Gewissheit.

Du hast das Leben gebeten, mit dir zu tun, was es will. Das wäre nicht nötig gewesen. Das Leben hat längst übertrieben.

Bei mir ist man sich unsicher. Meine Monatsblutung ist immer unregelmäßig gekommen. Nicht etwa, dass wir kein Kind haben wollen, o nein, aber gerade jetzt ist es unmöglich. So wie wir wohnen, meine ich. Lars-Ivar nimmt es mit diesem unangenehmen Gummibeutel sehr genau, den ich nicht ansehen will, wenn er ihn herunterrollt. Wenn er im Bademantel ins Bad hinausgeht, rolle ich mich, den Kopf zur Wand, ein. Bis ich an der Reihe bin, mich zu waschen.

Vorsichtig hat er mit mir über einen »Schutz« gesprochen, der einer Frau eingesetzt werden kann. Es nennt sich Pessar, ist gleichsam eine Wand, die die Spermien am Weiterkommen hindert.

Mit einem Pessar, meint Lars-Ivar, würde unser Beisammensein inniger und natürlicher werden.

Der Gummi war zuverlässig, aber wenn ich ein Pessar hätte, würde seine bloße Haut die feuchten Wände meiner Scheide unmittelbar berühren. Es würde ganz anders sein, versicherte er, »für dich und für mich«.

Er ging mit und blieb im Wartezimmer sitzen, als ein Gynäkologe meine »Einlage« anprobierte. Das Gefühl eines erniedrigenden Ausgesetztseins in einem Untersuchungsstuhl wird ein Mann wahrscheinlich nie verstehen.

Zu dem Pessar erhielt ich ein Informationsblatt. Darin stand, wie das Pessar zu handhaben war. Es wurde auch darauf hingewiesen, dass der Darm vor Einsetzen des Pessars gut entleert sein musste. Sonst konnte es versagen.

Diese einfachen Hinweise führten zur ersten ernsthaften Nervenkrise der jungen Ehefrau. Das Tageslichtlampenproblem war ein Klacks gegen das, was jetzt folgte.

Ich bekam Verstopfung. Tagelang kein Stuhlgang. Bauchschmerzen und Blähungen zwangen mich zu immer neuen Versuchen, aber nein. Es war, als hätte ich Zement im Gedärm. In der zweiten Woche wurde auch Lars-Ivar unruhig. Für meine Schlaflosigkeit konnte er kein Verständnis aufbringen, aber er verstand immerhin, dass eine Verstopfung nicht gut war.

Wir fuhren also in das nächste Akutambulatorium. Lars-Ivar blieb draußen im Wartezimmer.

Ich sitze mit gespreizten Knien in einem kleinen stickigen Raum, eine Lampe beleuchtet meine Analöffnung, ein Arzt holt das heraus, was den Darm »verlegt«.

Ich war der Meinung gewesen, dass noch nie jemand so etwas mitgemacht hatte. Aber es sollte sich zeigen, dass dieses Phänomen schon länger bekannt war. Vor allem bei jungen Frauen. Verheirateten und unverheirateten. Nachdem ich mich von der Darmspülung erholt hatte, durfte ich mich anziehen und in das Sprechzimmer des Arztes gehen.

Ohne Übergang begann der Arzt mit mir über mein intimes Eheleben zu sprechen. Ob Veränderungen eingetreten waren?

Errötend murmelte ich etwas vom Kauf eines Pessars, und dass wir es bis jetzt nicht hatten einsetzen können, weil »der Darm entleert sein muss …«.

Hier quollen mir die Tränen hervor, als hätte man einen Wasserhahn aufgedreht.

Schnüffelnd und schluchzend suchte ich in meiner Handtasche nach einem Taschentuch.

Der Arzt klingelte nach einer Krankenschwester, die mir ein Handtuch mit der Aufschrift JUSTIZVERWALTUNG reichte.

Ich weinte vor Erleichterung darüber, entleert worden zu sein, aber noch mehr darüber, dass ich ein so hoffnungsloser Fall war. Jetzt würde Lars-Ivar enttäuscht sein. Er, der sich so darauf gefreut hatte, keine »eingewickelten Bonbons« mehr lutschen zu müssen.

Der Arzt ließ mich ausheulen und sagte dann, er wolle mich, wenn ich schon hier im Krankenhaus sei, von einem Gynäkologen anschauen lassen. Es gab möglicherweise auch noch andere Gründe dafür, dass ein Pessar für mich ungeeignet war.

Lars-Ivar, der sich den Vormittag freigenommen hatte, um mich hierher zu begleiten, musste mich jetzt allein lassen und schleunigst an seinen Arbeitsplatz zurückkehren. Das Wichtigste war ja erledigt. Ich rannte also durch Treppenhäuser und Korridore, passierte Pendeltüren, bis ich zur Frauenabteilung kam.

Hier nahm mich eine Frauenärztin in Empfang. Eigentlich hätte das weniger unangenehm sein müssen, aber das war es nicht. Sie kam jedoch zu einem Ergebnis, das irgendwie als tröstlich eingestuft werden konnte.

Mein Intimbereich war so konstruiert, dass ein Pessar nie fest anliegen konnte.

Dafür konnte ich nichts. Schuld waren weder Nerven noch Zimperlichkeiten. Es war eine kleine physische Abnormität. Aber eben auch ein Pech. Wenn man es aus Lars-Ivars Warte betrachtete.

Wir mussten also weitermachen wie bisher. Am Arbeitsplatz hatte Lars-Ivar sich mit Carlo, einem italienischen Einwanderer, angefreundet. Von ihm bekam er den Tipp mit den

»sicheren Tagen«. In der katholischen Kirche waren andere Verhütungsmethoden sowohl von Gott als auch von der Amtskirche verboten. Die sicheren Tage hingegen waren etwas, was Gott akzeptieren konnte. Sie waren als ein Teil des normalen Kreislaufes ja schon im weiblichen System angelegt. An bestimmten Tagen um die Zeit des Eisprungs herum, also zwischen zwei monatlichen Reinigungen, lag eine sterile Periode.

Carlo hatte mit dieser Methode die besten Erfahrungen gemacht und Lars-Ivar meinte, wir sollten das ausprobieren, obwohl sich meine Menstruation oft verzögerte und selten pünktlich eintraf.

Immer mehr wurde offenkundig, dass bei mir alles schwieriger war als bei anderen Frauen.

Während des zärtlichen Vorspiels berührte Lars-Ivar einmal, kurz bevor er eindrang, da *unten* zufällig einen äußeren Bereich. Und dort, an einem bestimmten Punkt, entzündete sich in mir ein schwindelerregender Genuss. Ich verdrängte ihn sofort. Es schien mir zu gefährlich, ihm nachzugeben.

In einem kühlen Bereich meines Verstandes ahnte ich, dass hier, in dieser Zone, lesbische Frauen ihre Dinge miteinander trieben.

Diese Erkenntnis brachte mich total durcheinander. War etwa noch etwas anderes an mir verkehrt? Noch vor wenigen Jahren verehrte ich meine Schwedischlehrerin, ja, ich liebte sie geradezu. Damals wusste ich noch nicht, dass das eigentlich nicht normal sein konnte. Aber ich hatte gemerkt, dass kein Junge das bei mir »versuchte«, was bei anderen Mädchen gang und gäbe war. Trotz aller Selbstkritik sah ich jedoch, dass es nicht daran liegen konnte, dass ich um so vieles hässlicher war als sie. Es musste etwas anderes sein. Man musste es mir ansehen. Ich war nicht normal. Darum ging von mir ein eigenartiger Geruch aus, der Jungens abschreckte.

Mama hatte einmal durchblicken lassen, dass es der Respekt vor meiner *Reinheit* war …

Du lieber Gott! Ich wollte wie die anderen sein, lieber Gott, mache mich zu einem ganz normalen Mädchen. Und tatsächlich erschien Lars-Ivar auf der Bildfläche.

Er hatte mich wahrlich von dem Übel erlöst. Und nicht nur das. Er erlöste mich auch von meinem Kinderglauben, der angelernt und ungeprüft angenommen worden war.

Pflichtgetreu, aber widerwillig hatte ich am Altargitter gekniet, um Seinen Leib zu empfangen und Sein Blut zu trinken. Vergeblich hatte ich auf *Andacht*, auf *Erleuchtung* gewartet. Das Ritual widerstrebte mir.

Ein Mädchen, das als eifriges Mitglied des Verbandes christlicher Gymnasiasten jede Woche zu den Bibelstunden rannte …

Es half also nichts. Ich konnte nie akzeptieren, dass dieses Blut für mich vergossen, dieser Leib um meiner Sünden willen gestorben war. ER hing am Kreuz mit einem Haupt voller Blut und Wunden und mit von Nägeln durchbohrten Händen und Füßen und unter dem Kreuz standen die weinenden Frauen.

Und alle Schuld lag bei mir.

Wir hatten mit einer Decke, einer Flasche Saft und einer Anzahl Zimtschnecken einen kleinen Ausflug in den Wald hinter unserem Wohnviertel gemacht. Heimlich hatte ich meine Konfirmationsbibel mitgenommen. Ich wollte Lars-Ivar etwas vorlesen, das wirklich *gut* war. Die Bergpredigt, Matthäus, fünftes Kapitel.

Ich las deutlich und mit Hingabe. Ich konnte den Text ja fast auswendig.

Plötzlich unterbrach er mich.

»He, stopp. Warte mal. Kannst du mir das beantworten? Was zum Teufel bedeutet das eigentlich?«

»Eigentlich?«

»Ja, genau das.«

Da entstand in meinem Kopf so etwas wie ein weißer Fleck. Oder war es ein Rad, das stehen blieb? Es herrschte Leere und Stille.

Ja, was bedeutete das alles eigentlich?

Der Text gehört zum Standardrepertoire frommer Mädchen. Dazu gehören noch die Frohe Botschaft und das Evangelium. Das alles haben wir gelesen und gelesen und haben während der Analysen fromm geseufzt. Aber nie etwas in Frage gestellt. Wie denn auch.

Wir hatten auch die Auferstehung und den Heiligen Geist hingenommen, der brennenden Zungen gleich über den Köpfen der Apostel geschwebt hatte.

Nein, ich konnte ihm nicht erklären, was ich eben vorgelesen hatte.

Lars-Ivar hatte gewonnen.

Mein religiöser Glaube war wie weggeblasen.

Und, Alberte, du wirst es hoffentlich verstehen. Lars-Ivar hatte eine Last von mir genommen.

Bald darauf lernte ich etwas vom Feinsten kennen.

Aus der Bibliothek brachte Lars-Ivar die großen Namen der schwedischen Arbeiterliteratur mit nach Hause: *Nexö: Pelle der Eroberer.* Die *Lars-Hård-Serie. Nur eine Mutter* von *Ivar Lo-Johansson.* Eigentlich sagte mir nur dieses letzte Buch wirklich zu.

Lars-Ivar erinnerte mich wieder an die sozialdemokratische Überzeugung meines Vaters, die meine Mutter nicht gefördert hatte.

Die Waldarbeitertochter wollte eine Tochter von gutem christlichem Durchschnitt haben. Vielleicht nach der Art meiner Großeltern väterlicherseits. Oder wie die fromme Tante Dagmar.

Ach, was für eine Angst hatte ich vor Gott gehabt. Vor Mama und vor Ihm.

Lars-Ivar stand wie ein überzeugter Antichrist vor mir, mit Augen, die mir Gutes wollten.

Künftig wählten wir die gleiche Partei. Unsere Kinder sollten es uns nachtun.

Lars-Ivar war ein praktischer und erfinderischer Cicerone. Er liebte meine kindliche Unwissenheit, die mich an der Axel Beckbom'schen Schule zur Einzelgängerin hatte werden lassen.

Jetzt aber war ich beruflich mit Mode und Werbung liiert, und dort schätzt man Unschuld nur ganz ausnahmsweise. (Estelle Karr war eine dieser Ausnahmen.)

Lars-Ivar schlug mir vor, mich mit ihr wegen eines guten Friseurs zu beraten. Ich saß zu Hause auf dem Sofa und vor mir saß, mit meinen Haaren beschäftigt, Lars-Ivar auf einem Hocker. Er hob die Haarfülle an, ließ sie wieder ein wenig sinken, strich sie nach verschiedenen Seiten und fand etwas heraus, das er auf einem Blatt Papier skizzierte. Er nahm mir die Brille ab und sagte, wir müssten uns auf die Suche nach einem anderen Modell machen.

Unsere Geschichte war eine klassische Pygmalionvariante mit einem von August Strindberg geschriebenen Ende.

Schon Jahrzehnte vor Erfindung des Wortes »Stylist« wurde ich von meinem Mann gestylt. Meine Dankbarkeit war nicht mit Worten auszudrücken. Lars-Ivar machte wirklich eine völlig andere Frau aus mir. Er erkannte Möglichkeiten, die kein anderer sich hatte vorstellen können. Tat es in der gleichen Art wie Gösta, als er meine Samtlavierung kommentierte: Hier ist jemand, der einmal verdammt gut werden kann.

Die Aktion wurde durch ein gutes Honorar von der *Welt*

der Frauen ermöglicht. Es war ein Auftrag über festliche Garderobe für junge Mädchen gewesen.

Im Salon Noblesse in der Nähe des Stureplan schnitt Monsieur Karl mir die Haare. Lars-Ivar überwachte die Prozedur. Kurzhaarschnitt, zipfelig, Stirnfransen. Dazu: schräg zulaufende rote Brillenfassung im neuen Catlook. Voilà. Der Nagellack hatte die gleiche rote Farbe. Estelle Karr gab zu, dass alles sehr gut gelungen war. Bedauerte die Veränderung aber irgendwie.

Mama erlitt einen Schock. Einen bleibenden.

Lars-Ivar hatte auf den ersten Blick gesehen, was Mama auf jede nur erdenkliche Weise bei mir wegzuerziehen versucht hatte. Also war jetzt nicht nur sie entsetzt, sondern mit ihr auch alle ihre Freundinnen. Jedes Mal, wenn ich mich mit meiner Mutter traf, bekam sie einen leidenden Blick und tief aufseufzend hob sie die Hand, um meine Stirnfransen zur Seite zu streichen.

»Deine schöne, reine Stirn«, jammerte sie.

Als Antwort zupfte ich meine Stirnfransen wieder zurecht.

Diese Geste wiederholte sie buchstäblich jedes Mal, wenn wir uns trafen. Und genauso warf ich jedes Mal den Kopf zur Seite und zupfte die Stirnfransen wütend wieder zurecht.

Über die roten Fingernägel sagte sie: »Pfui, die sehen aus, als hättest du sie in Blut getaucht.«

Genau das.

Estelle Karr empfahl mir auch eine gute Hausschneiderin. »Eine besonders tüchtige kleine Person«, nannten die feinen Leute das.

Inga Lind in der Rörstrandsgata war eine kräftige Frau mittleren Alters mit blond gefärbten Haaren und Flaum auf der Oberlippe. Ihre Wohnung war von einer gesättigten Mischung aus Parfüm, Zigarettenrauch und Wein geprägt. Man ahnte auch einen Duft von Haarpomade – Frau Lind hatte eine große Dreizimmerwohnung und das Eckzimmer war untervermietet.

»Immer an Herren«, erklärte sie. »Das ist einfacher. Damen haben immer so viele Sonderwünsche. Wollen immer Unterwäsche waschen und sich in der Küche etwas wärmen. Herren geben ihre Wäsche außer Haus und essen in einem Lokal. Sie kochen sich nie Teewasser, beanspruchen aber selbstverständlich ein Fach im Kühlschrank fürs Bier.«

Inga Lind war an der Nähmaschine eine Künstlerin. Ich bringe ihr meine Entwürfe, alles im *New Look*, und sie begreift sofort. Wir wissen beide, dass das eine Mode für junge Frauen mit schmalen Schultern, schlanker Taille und breiten Hüften ist.

Lars-Ivar, Inga Lind und ich waren mehr als zufrieden. Das einzige Problem war, dass die Kleider viel Platz im Schrank brauchten.

Einnahmen kamen jetzt regelmäßig herein. Ich hatte den Werbejob für Irma Sundboms Damenkonfektion bekommen.

Wenn ich in der Stadt unterwegs war – in dem schicken Dreieck um das große Kaufhaus Nordiska Kompaniet, Seidenhaus, Norrmalmstorg, Bibliotheksgatan, Stureplan, Märthaschule –, begegnete ich oft einem der Mädels von Beckbom. Welch süßer Triumph, wenn sie mich fast nicht wiedererkannten. Aber sie hatten meine Entwürfe in Zeitungen gesehen und mehr als einmal hörte ich die Frage, welche *Kontakte* mir denn weitergeholfen hatten. War es vielleicht Ava oder …?

Kaltblütig und trocken antwortete ich, es habe mir niemand geholfen. Ich habe mich selbst auf die Socken gemacht und meine Arbeiten hergezeigt.

»Dass du dich das getraut hast«, hauchte dann manches Mädchen aus gutem Hause, eine von denen, die zu Avas Lieblingen gezählt hatten, die ihre beruflichen Ambitionen aber schon aufgegeben und sich lieber mit einem Leutnant der

Luftwaffe verlobt hatten, und in drei Wochen sollte in der Hedvig-Eleonora-Kirche das Aufgebot verkündet werden. Mams und Paps hatten daraufhin beschlossen, dass dort auch die Trauung stattfinden werde.

Mir wurde genau geschildert, wie großartig alles vonstatten gehen würde. Die Offizierskameraden des Bräutigams würden beim Auszug mit gekreuzten Klingen dastehen, Reiskörner (Fruchtbarkeitssymbol) würden über ihren Köpfen ausgestreut werden, und Papa würde fotografieren. Fünf Brautjungfern und zwei Kinder, die Blumen streuten.

Nichts von alldem konnte mir imponieren. Ich war eine Pazifistin und »Linke«. In diesen Kreisen waren Uniformen und gekreuzte Klingen absolut negativ besetzte Symbole.

Aber ich erkannte allmählich, dass ich keine Freunde hatte. Meine alte beste Freundin aus Skåne hatte nach Hörby geheiratet und schon ihr erstes Kind bekommen. Ich hatte nicht wie du, Alberte, einen Kreis von Frauen, die mir nahe standen. Frauen wie Liesel, Maruschka und Alphonsine.

Vor allem keine wie Liesel.

Lars-Ivar hingegen war einer von diesen Frauentypen, die auch unter Männern beliebt sind. Maskuline Ausstrahlung, schlagfertig. Nicht zu zynisch.

Leider war es unmöglich, Gäste zu uns einzuladen. So wie wir wohnten.

Aber eines Abends wurden wir von dem bekannten Künstler Erik Frantz, einem der gesuchtesten Illustratoren für Bücher und literarische Zeitschriften, nach Hause eingeladen.

Wir waren nur vier Gäste. Die anderen zwei waren ebenfalls Künstler. Er Bildhauer und sie in der Textilbranche tätig. Sie hatte einige sehr erfolgreiche Stoffmuster entworfen. Lars-Ivar hatte mich informiert, dass die Frau an der Seite des Gastgebers nichts Festes sei. Ich sollte sie also nicht mit Frau Frantz anreden. Die Dame hatte jedoch den Hering mariniert, einen leckeren Auflauf kreiert und die runden Fleischbällchen geformt. Im Übrigen dominierten Getränke den Tisch: eine beschlagene Karaffe mit Schnaps, eine Batterie von kalten Bierflaschen.

Die unten spitz zulaufenden Schnapsgläschen wurden bis zum Rand gefüllt. Sie durften aber nur gerade so voll sein, dass man beim Absingen des volkstümlichen Trinkliedes »Helan går« (Das Ganze ex …) nicht versehentlich ein Tröpfchen verschüttete.

Dieser in Schweden heilige Ritus wurde, noch ehe er richtig begonnen hatte, jäh unterbrochen.

Lars-Ivar ließ wissen, dass seine Frau nichts trinke.

Erik Frantz' Gesicht verdüsterte sich, er machte eine Bierflasche auf und meinte, dann solle ich halt damit anstoßen.

Lars-Ivar hob wieder abwehrend die Hand.

Der Gastgeber, der begierig schon auf den ersten Schluck brannte, hatte dafür überhaupt kein Verständnis.

»Und was zum Teufel kann man so einer Saufniete denn noch anbieten? Champagner vielleicht?«

»Ich nehme gern ein Glas Wasser«, hauchte ich.

»WASSER! *Was zum Teufel ist das?* Hör mal, Lars-Ivar, was hast du dir da nur für ein verdammtes Weib angeschafft, das nicht mal bei 'nem Klaren mitmacht?«

Lars-Ivar wurde blass.

Schweigend erhob er sich, gab mir mit einer Kopfbewegung zu verstehen, dass ich es ihm gleichtun sollte, legte mir den Arm um die Schultern und sagte:

»Ist dir bewusst, dass du von meiner Frau sprichst, Erik?«

Die ganze Gesellschaft war wie gelähmt. Offene Münder. Fischmäuler.

»Komm«, sagte er zu mir.

Er umfasste meinen Nacken mit diesem ganz wunderbaren Griff, der anzeigt, wen man liebt und zu wem man gehört.

»Meine Frau und ich bitten, uns empfehlen zu dürfen«, sprach er mit der Intonation eines Schauspielers.

»Verdammt, mach ’n Punkt, Lars-Ivar.«

Aber wir gingen.

Zum ersten Mal hatte Lars-Ivar mich »meine Frau« genannt. Ich erschauerte vor Entzücken.

13

Die Wochen vergehen. Ein geplatztes Kondom macht uns Sorgen. Aber die Menstruation setzte ein, schwächer als sonst und eine Woche verspätet, aber so war das ja meistens bei mir. Wir waren danach etwas sorgloser. Ich war offensichtlich keine von diesen »Fruchtfliegen«, die dem Volksmund nach schon schwanger wurden, wenn sie nur eine Männerunterhose sahen.

Ich hatte mir angewöhnt, mit einem dunklen Schal über den Augen einzuschlafen. Lars-Ivar war im Moment voller Schaffensdrang. Er war mit dem Skizzenblock durch unseren Vorort gegangen und hatte die einzeln stehenden Wohnblocks, die dürftigen Kiefern und eine felsige Anhöhe abgezeichnet. Diese Skizzen arbeitete er jetzt in einer kubistisch vereinfachten Form aus. Wir waren beide hocherfreut, dass es so gut gelang.

Ich arbeitete wie bisher unverdrossen und glücklich weiter. Manchmal schämte ich mich fast, dass ich für etwas Geld bekam, das mir so viel Spaß machte. In meinen Genen war die Vorstellung verankert, dass Arbeit schwer und mühevoll zu sein hatte. Geld sollte man im Schweiße seines Angesichts verdienen und erst am siebenten Tag durfte der müde Arbeiter ruhen.

In der christlichen Verkündigung fehlen die Worte, dass Arbeit Freude und Genuss bedeuten kann.

Für Lars-Ivar eröffnete sich die Möglichkeit, in einer Galerie in der Altstadt an einer Kollektivausstellung teilzunehmen.

Zur Vernissage kamen eine Menge Leute. Ein bekannter Verleger, ein stattlicher Herr mit Bauch und Spitzbart, erwärmte sich für Lars-Ivars Bilder ganz besonders.

»Haben Sie noch mehr in dieser Art, Herr Palm?«

Lars-Ivars Gesicht, das er an sich immer wahren konnte, überzog sich mit Röte. Gewiss doch, er hatte.

»Schauen Sie nächste Woche einmal zu mir herauf, Herr Palm. Hier haben Sie meine Karte. Ich würde gerne mehr von Ihren Sachen sehen.«

Wir wurden vor Freude übermütig wie die Kälber auf der Wiese an einem ersten warmen Frühlingstag.

Unsere Umarmungen an diesem Abend waren eine wilde, von Lachen begleitete Vorstellung. Triumphierend ritt er mich. Rackerte sich richtig ab, und mein Genuss war weit größer als gewöhnlich, wie von ferne hörte ich Jubel, Stöhnen und Schreie. Wusste aber doch, dass ich es war.

Hinterher entdeckten wir einen großen feuchten Fleck auf dem Laken. Lars-Ivar lachte. »Du fängst an, deinen Spaß daran zu haben, oder?«

Er stahl sich ins Badezimmer, spülte das benutzte Kondom in der Toilette hinunter, kam zurück, legte sich auf mich und wir fingen wieder von vorne an.

Ja, ich war *wirklich* die glücklichste Frau der Welt.

Am Dienstag klemmte Lars-Ivar einige in Papier verpackte Bilder unter den Arm und suchte die auf der Visitenkarte vermerkte Adresse auf.

Er musste ziemlich lange warten, bis er empfangen wurde.

Und der Herr, dem er die Hand gab, war zurückhaltend und überarbeitet. Es war bei Gott ein völlig anderer Mensch als der, der die Arbeiten Lars-Ivar Palms in der Galerie so großzügig und lautstark gelobt und ihn gebeten hatte, zu ihm »herauf zu schauen«.

Erstens hätte Lars-Ivar vorher anrufen und einen Termin

vereinbaren müssen. Zweitens hatte der Verlag im Moment keine Pläne, Kunst von einem noch unbekannten Künstler einzukaufen.

Nicht einmal der abgebrühte, skeptische Lars-Ivar hatte gemerkt, dass die überschwänglichen Versprechungen nach fleißigem Konsum der auf der Vernissage angebotenen (insgeheim mit reinem Alkohol aufgewerteten) Getränke gemacht worden waren. In nüchternem Zustand wusste der Verleger von alldem nichts mehr.

Rein zufällig waren wir kurze Zeit später mit einigen von Lars-Ivars Kollegen aus der Zeit bei Beckbom zusammen. Auf den dort gemachten Fotos sah ich ein pfiffiges Mädel mit modisch kurzer Frisur und schräger Brille in die Kamera lachen. Aber vor allem erinnert mich dieses Foto an die Diskussion, die sich um die jüdische Dominanz in allen möglichen Branchen gedreht hatte, und daran, dass Lars-Ivar sich unter dem Einfluss starker Getränke aggressiv an der Debatte beteiligt und Wörter wie Hakennasen und Raffkes verwendet hatte. Er war ja selbst reingelegt worden von …

Ich erinnere mich, wie ich aufschrie und ihm mein halb volles Limonadenglas an den Kopf warf.

Es dauerte eine Weile, bis das eingetretene Schweigen gebrochen wurde.

Ich bilde mir ein, dass wir gingen, bevor das Gespräch ausufern konnte.

Sicher ist jedenfalls, dass Lars-Ivar nach dieser Episode im Umgang mit alkoholischen Getränken vorsichtiger wurde.

Dieses Ereignis hatte sicher nichts mit der heftigen Unterleibsblutung zu tun, die ich wenige Tage später bekam. Erst betrachtete ich sie als normale Regel, aber es wurde immer schlimmer. Keine Binde hielt dem Blut stand. Es durchtränkte jedes Handtuch.

Mit zwei dicken Frotteetüchern zwischen den Beinen fuhr

ich in die Notfallambulanz der Frauenklinik. Wieder musste ich meinen Mann draußen lassen und mich alleine und verängstigt auf den abscheulichen Untersuchungsstuhl setzen, der mir eher ein Folterwerkzeug zu sein schien. Eine energische Schwester drückt meine Beine auseinander, meine Knie zittern, mein ganzes Ich bebt, eine Lampe bis in mein Innerstes, ein müder junger Arzt wühlt in mir herum und sagt dann undeutlich etwas zur Schwester.

Er zieht seine blutigen Schlachterhandschuhe aus, wäscht sich die Hände, trocknet sie an einem Handtuch ab, das ihm die Schwester reicht, und steckt die Gummihandschuhe dann in die Tasche seines weißen Mantels.

Ich lag unverändert auf dem Stuhl. Als ich mich mit einem unbeholfenen Versuch befreien wollte, hielt die Schwester mich fest, und zwischen meinen gespreizten Beinen tauchte der Arzt wieder auf.

»Na«, sagte er. »Wie haben Sie das denn angestellt?«

Ich starrte ihn an. Meine Schenkel zitterten, mir war speiübel.

»Was meinen Sie damit, Doktor?«

Er lachte hart und trocken auf.

»Versuchen Sie nicht, mir was einzureden, kleine Dame. Ich sehe so was nicht zum ersten Mal.«

»Ich verstehe nicht. Keine Ahnung, was Sie meinen. Was haben Sie gesehen?«

Er reagierte nicht auf meine Fragen. Tat, als hätte er nichts gehört.

»Also raus mit der Sprache. Wie haben Sie es angestellt? Oder vielleicht sollte ich lieber fragen: Wer hat Ihnen dabei geholfen? Wir wollen den Namen wissen.«

Da entwickelten sich in mir übermenschliche Kräfte, ich strampelte mich los, trat nach der Schwester, die versuchte, mich niederzuhalten.

Und ich stand auf dem Fußboden, riss eine Lage Zellstoff von dem Tisch mit den Instrumenten an mich. Brechreiz durchflutete mich in Wellen. Aber ich hatte keinen Speichel mehr.

Plötzlich drehte sich mir alles im Kopf und ich griff nach dem Arm des Arztes.

Eiligst legte man mich auf eine Krankenliege. Da meine Zähne aufeinander schlugen und ich offensichtlich fror, deckte man mich mit einer Wolldecke zu.

»Ja, meine Liebe …« – er schaute in seine Papiere – »… liebe Frau Palm, dürfen wir jetzt erfahren, wie sich alles zugetragen hat?«

Mit weinerlicher Stimme erklärte ich, dass der Herr Doktor völlig falsch lag. Warum hätte ich etwas tun sollen? Ich war seit einem guten halben Jahr verheiratet. Ich hatte nicht einmal gewusst, dass ich schwanger war. Bei mir kommt es immer so *unregelmäßig* …

Diese Worte konnte ich gerade noch flüstern, bevor das Weinen endlich einsetzte.

Die Diagnose musste geändert werden. Nur widerwillig ging der Arzt von seiner Diagnose einer illegalen Abtreibung, Quacksalberei oder Selbstversuch mit Stricknadel ab.

Stattdessen wurde ich zu einer »drohenden Fehlgeburt«.

Lars-Ivar, grau vor Sorge, nicht nur meinetwegen, sondern auch wegen unerlaubten Fernbleibens von der Arbeit, konnte mir nur noch schnell die Hände drücken und mich auf die Wange küssen, und schon wurde die Liege in einen Krankenwagen geschoben.

Ich war immer noch in Uppsala gemeldet, also war das Akademische Krankenhaus für mich »zuständig«.

Ich weiß nicht, wie meine Mutter es erfuhr. Jedenfalls war sie da, als ich von der Liege in ein Bett gewälzt, meines eigenen Ichs entkleidet und in ein am Rücken offenes gestärktes

Hemd gesteckt wurde. Nein, ein Besuch der Toilette war nicht erlaubt. Absolute Bettruhe war angeordnet. Das Kopfteil wurde so eingestellt, dass ich sitzen konnte. Ein Becken wurde mir untergeschoben. Mama hielt mich. Während des Wasserlassens pausierte das Weinen. Danach liefen mir die Tränen wieder über die Wangen und bis in die Ohren.

Am nächsten Tag war der Brechreiz wieder da. Ich musste mich in eine Nierenschale erbrechen. Ich war zweifelsohne »in anderen Umständen«.

Du, Alberte, bist es auch. Und du weißt, dass Leben und Tod jetzt von Sivert abhängen.

Ihr sitzt draußen im alten Vorjahresgras. Rauch steigt von den Gärten auf.

An diesem lauen Abend sagst du es ihm.

Er will es erst nicht glauben.

Du musst es mehrmals wiederholen, damit er endlich begreift, was los ist.

Du hoffst, ja, du musst hoffen. Dass er nicht …

Aber er sagt das, was er nicht sagen darf.

»Wir müssen zusehen, dass wir es wegkriegen, Alberte«, sagt er.

Und du spürst, wie du vor Schmerz und Scham blass wirst.

Wie sehr hättest du ihn doch lieben können, wenn er diese Worte nicht ausgesprochen hätte.

Und es kommt noch schlimmer. Er spricht natürlich von seiner Zukunft. Seiner Kunst. Seinen Eltern. Einfachen norwegischen Bauern. Geld ist nicht vorhanden. Er, Sivert, beantragt gerade ein weiteres Stipendium, aber wer weiß. Er spricht von Verantwortung, davon, wie hilflos er sich fühlt, denn eigentlich will er es ja auch nicht … Aber wie die Dinge nun einmal liegen.

Und jetzt ist er bei dem Mediziner angekommen, den Eliel kennt und der gesagt hat, das ist »reiner Kleinkram«, ein kleiner Eingriff.

»Herrgott … Das ist doch an der Tagesordnung«, sagt Sivert jetzt zu dir.

»Liesel!«, antwortest du nur.

Er macht noch immer einen ruhigen und zuverlässigen Eindruck, als er fragt: »Was ist denn mit Liesel?«

Du spürst, dass dein Gesicht wie versteinert ist. Du kannst nicht mehr sprechen.

Er macht mit Eliel weiter: dass es für ihn auch nicht ganz leicht gewesen ist.

Aber du hast den Entschluss gefasst. Felsenfest. Niemals.

Du sagst ihm, dass du heiße Bäder nehmen wirst … Das soll helfen.

Aber dieses andere … Niemals.

Und doch weißt du, dass die Welt anders aussehen würde, wenn die Bäder helfen könnten.

Und du nimmst Bäder. Du gehst von Badehaus zu Badehaus, lässt so lange heißes Wasser zufließen, bis du dich fast verbrühst. Manchmal besteht die Gefahr, dass du für zwei Bäder bezahlen musst, weil du so viel Wasser verbraucht hast.

Ihr sprecht nicht mehr darüber. Sivert hat nachgegeben. Versucht, das Positive darin zu sehen, dass er eine Frau in diesem Zustand als Modell hat. Ihre Haltung hat etwas Stolzes, Starkes an sich.

Und an dem Tag, an dem Liesel zu Besuch kommt und fragt, ob du es Sivert gesagt hast, fühlst du plötzlich eine große Zusammengehörigkeit mit Sivert. Oder schämst du dich, zu verraten, was Sivert in Wirklichkeit gewollt hat, dass …?

Drum antwortest du ihr nur, dass es geheim gehalten werden muss. »Du verstehst …«

Liesel hat Tränen in den Augen. Sie nimmt deine Hand, legt sie sich an die Wange und sagt: »Freust du dich, Albertinchen?«

»Freuen? Weißt du, Liesel, wir haben ja keine Ahnung, wie es weitergehen soll …«

Zweieinhalb Wochen liege ich ruhig in meinem Bett. Meine Mutter kommt an jedem Besuchstag. Sie macht sich Sorgen. Sie legt die Hände auf meinen gestärkten Krankenhausärmel und macht sich Sorgen. Aber sie verrät nicht, worum es ihr bei dieser Sorge eigentlich geht.

Irgendwann rutscht es ihr aber doch heraus. Ich erfahre, dass Lars-Ivars Mama, meine Schwiegermutter, ihr im Vertrauen gesagt hat, es wäre vielleicht sogar besser, wenn dieses Kind sich von selbst davonmachte …

»Wie soll das denn weitergehen? Sie haben ja nicht einmal eine richtige Wohnung, und Lars-Ivar verdient ja viel zu wenig, um eine Familie versorgen zu können.«

Zuzugeben, dass die Schwiegertochter besser verdiente als ihr Sohn, dass man bei ihm lange auf eine Veränderung warten konnte.

Das war irgendwie blamabel.

Deshalb hatte Lars-Ivars Papa irgendwann ja auch so gönnerhaft geäußert, es sei ja zu begrüßen, dass Signe ein wenig zum Unterhalt beitragen könne …

Lars-Ivar hatte vorläufig keine Familienplanung ins Auge gefasst. Genau wie Sivert – und Eliel – hatte Lars-Ivar in erster Linie an sein Fortkommen als Künstler gedacht.

Aber hier konnte keine Rede davon sein, sein Künstlertum wegen eines ungeborenen Kindes in Frage zu stellen.

Hier gab es nämlich eine werdende Mutter, die sich als kommerzieller Goldesel erwiesen hatte.

Du meinst, das klingt recht selbstsicher, oder, Alberte?

Aber es ist mir ja wirklich gelungen; ich denke, *das* habe ich geschafft.

Aber nicht das LEBEN, Alberte.

Ich weiß. Ich werde nie aufhören, das zu betonen.

Und du bist die Einzige, die versteht, was ich meine.

14

Das Kind habe ich behalten. Man kann es schon erkennen. Im Sommer laufe ich durch die Warenhäuser und in die Kleidergeschäfte und habe gewisse Schwierigkeiten, die Kleider für werdende Mütter zu finden.

Das Angebot ist klein und hängt ganz schüchtern auf einer Stange in der Nähe der Übergrößen. »Wir brauchen's ein bisschen reichlicher« ist eine Abteilung, in der das Altjüngferliche fröhliche Urstände feiert. Es schien selbstverständlich zu sein, dass werdende Mütter, also junge Frauen in anderen Umständen, sich wie alte, ergraute Damen zu kleiden hatten. Dunkelblau mit etwas Weiß am Hals. Dunkelblau mit weißen Tupfen. Weite, vorn geknöpfte Jacken. Lange Ärmel. Schlotterige Stoffe. Suchte man in einer Frauenzeitschrift nach geeigneten Modellen für Frauen, die einem frohen Ereignis entgegensahen, stieß man auf die gleichen trostlosen Modelle. Der Text gab zu verstehen, dass Begriffe wie diskret und Diskretion in diesem Zusammenhang Ehrensache waren. Man hatte den Eindruck, dass die sichtbare Schwangerschaft ein fast schändlicher Zustand war, den eine anständige Frau so weit wie irgend möglich zu verbergen hatte. Ab einem gewissen Umfang durfte sie sich erst gegen Abend in der Öffentlichkeit zeigen, wenn sie mit dem Gatten eine erholsame Runde um den Block machte.

Etwas Schändliches haftete der Frau an, bis das Kind auf der Welt war. Jetzt waren helle Farben wieder erlaubt. Jetzt war es kein Problem mehr, sich bei Tageslicht zu zeigen. Im Gegenteil. Voll Stolz durfte die junge Mutter den Kinderwagen schieben und jeder war genötigt, stehen zu bleiben, um ihr zu gratulieren und das Baby im Wagen zu bewundern:

»Ei, dadadada, was für ein süßer kleiner Engel.«

Aber als Ungeborenes konnte es natürlich kein Engel sein.

Man wollte es nicht wahrhaben. Und wenn man es tat, führte der Anblick einer Frau mit vorgewölbtem Bauch unweigerlich zu unkeuschen Gedanken. Man erinnerte sich des Aktes, der die Ursache dafür war, dass sie aussah, wie sie eben aussah.

Es war Mitte Juli und ich sollte mich in etwas Hochgeschlossenem, Langärmeligem in Dunkelblau verkriechen. Das zulässige Weiß am Hals sollte die Aufmerksamkeit ablenken von …

Ich erkannte, dass es hier für eine Modezeichnerin viel zu tun gab. Ahnte aber die Schwierigkeiten, auf die ich stoßen würde. Auch hier waren die »Reisenden«, also Herren mit einer konventionellen, um nicht zu sagen, ängstlichen Einstellung zu allem Neuen, die Verkäufer. Vor allem hatten sie eine Abneigung gegen Kleidungsstücke, die den Verkaufsschlagern der letzten Saison in keiner Weise glichen.

Aber ich hatte ja Inga Lind. Ich verleitete sie mit Rosen auf rosafarbenen Stoffen, mit weiß Kariertem und rot Getupftem. Die von mir entworfenen Jacken und Blusen hatten großzügige, ovale Ausschnitte und kurze, angeschnittene Ärmel. Werdende Mütter waren für gewöhnlich jung. Sie hatten schöne Dekolletés, rundliche, frische Arme und eine ansprechende Nackenlinie. Warum sollte man das alles verstecken, nur weil man ein Kind erwartete?

Man schrieb das Jahr 1949, als ich mit meinem Bauch unter in übermütige Falten gelegten, ausgeschnittenen, ärmellosen Jacken einen Aufstand auslöste.

Ich betrat ein Geschäft und sofort verstummte das Murmeln. Ich setzte mich in der Straßenbahn auf einen Fensterplatz und heimlich drehten die Leute die Köpfe und starrten mich an. Einmal verzogen zwei Heilsarmeesoldatinnen flüsternd den Mund, als sie in meine Richtung schauten. Ihre Schutenhüte wackelten vor Empörung.

In der Redaktion der *Welt der Frauen* reagierte man natürlich anders. Man wollte sofort ein Modell in der gleichen Freizügigkeit bestellen, aber schon etwas herbstlicher. Den Leserinnen sollte dieses Modell mit Stoff und Schnittmuster angeboten werden.

Ich fürchte, die Herren hatten ein bisschen dazwischengepfuscht. Denn in der Zeitschrift sah das Modell nicht so ganz nach einer neuen Idee aus.

Aber Estelle Karr hatte ein kleines Interview mit der Zeichnerin beigesteuert, die die Umstandsmode zu revolutionieren gedachte.

Ein Fotograf machte Aufnahmen.

In den Broschüren, die man mir bei der ersten Kontrolluntersuchung in der Mutterberatungsstelle gratis hatte zukommen lassen, stand allerlei Vernünftiges über das, was man zu beachten hatte. Entwicklungsstufen eines Embryos. Hinweise auf Übelkeit, Sodbrennen, Wadenkrämpfe, vermehrten Harndrang, wenn das Baby sich zu »senken« begann. Zum Abschluss wurde in wenigen Zeilen darauf hingewiesen, dass die Schmerzen bei der Geburt nicht unterschätzt werden sollten, »aber die Mutter vergisst sie in dem Augenblick, wo ihr das Kind an die Brust gelegt wird …«.

Aber nicht ein Wort darüber, welche *Freude* es war, wie obenauf man sich in diesem gesegneten Zustand fühlen konnte. Aus mir, diesem zappeligen, angstbesessenen Mamakind, war eine übermütige, strahlende junge Frau geworden, die sich nie wohler gefühlt hatte. Die leichte Übelkeit, die dann und wann ihren Schabernack trieb, konnte ich leicht mit einem Bissen Apfel verscheuchen. Es wurde mir zur Gewohnheit, immer einen Apfel in der Tasche zu haben.

Es gab ganz andere Dinge, die einem zu schaffen machen konnten. Unser Hauptproblem war: »Wie kommen wir zu einer Wohnung?«

Als unsere Vermieterin Majlis Nilsson meine Seitenansicht zum ersten Mal bewusst zur Kenntnis nahm, fiel ihr Gesicht vor Unbehagen und Zorn regelrecht zusammen.

Aber sie sprach nicht etwa mit mir darüber. Sie bat vielmehr um ein Gespräch mit Herrn Palm in ihrem Wohnzimmer.

Flüsternd sollten wir uns später über die vielen Nippes, die kitschigen Sofakissen, die gestickten Deckchen und das schauderhafte Sofa lustig machen. Die Wände waren mit gerahmter Massenproduktion geschmückt. »Elch am Waldrand«, »Alter Seebär mit Pfeife« in Öl. Sogar ein weinendes Zigeunerkind war vertreten, eine Reproduktion auf Papier.

Beckbomschüler können in ihrer ästhetischen Überlegenheit sehr grausam urteilen.

Aber es war sicher ein Fehler, die Frage mit Lars-Ivar besprechen zu wollen. Seine charmante Art, mit den sensiblen Händen durch das dichte Haar zu fahren, seine schmalen Augen, wenn er lächelte, kurz gesagt seine männliche Ausstrahlung, die er nach Belieben ein- und absetzen konnte, verwirrten die Frau. Er scheute keine Hinterlist, um sie gefügig und weich zu machen.

»Sie werden uns bald los sein, Frau Nilsson. Wir haben schon drei Möglichkeiten in Aussicht«, log er. »In etwa einem Monat können Sie sich neue Untermieter suchen.«

Hier flocht er eine Bemerkung darüber ein, wie gut es uns hier gefiel und wie angenehm es war, bei derart untadeligen, ehrlichen Menschen zu wohnen.

Der armen Majlis Nilsson wurde so viel Honig um den

Mund geschmiert, dass sie eine Kehrtwendung machte und beteuerte, dass sie sich keine besseren Untermieter vorstellen konnte. Die Miete pünktlich bezahlt. Keine »Partys«. Sie ahnen ja nicht, Herr Palm, was einem da alles unterkommen kann …

Sie und Herr Nilsson hätten es gerne gehabt, wenn sie wohnen blieben, aber, wie gesagt, mit einem Säugling …

»Selbstverständlich.«

Lars-Ivar konnte nicht wortreich genug bestätigen, wie gut er diese Haltung verstand.

»… und daher haben wir unsere Fühler in alle Richtungen ausgestreckt und ich kann Ihnen, Frau Nilsson, versichern, dass wir spätestens einen Monat vorher oder nach Möglichkeit sogar früher mit Sack und Pack ausgezogen sind …«

Lars-Ivar erzählte mir ein zweites Mal von dieser Begegnung, als die Herrschaften sich ihrem Sonntagmorgenkoitus hingaben. Da konnte man relativ sicher sein, dass sie mein Gekicher bei Lars-Ivars mimischen Untermalungen nicht hörten.

Mein Mann hatte ein schauspielerisches Talent, das nie über geschlossene Gesellschaften oder Essen mit Freunden hinauskam, aber dort feierte er Triumphe.

Gelassen wie eine trächtige Kuh, zielbewusst wie ein Vogelweibchen bei der Suche nach Halmen fürs Nest, ging ich nunmehr aufs Wohnungsamt. Ich hatte das Rotgetupfte angezogen: mein Diskretestes. Die Behörde lag am Tegelbacken. Auf der Treppe musste man Leuten ausweichen, die erschöpft an der Wand lehnten. Die Tür stand offen. Der Geruch von Schweiß und anderen menschlichen Ausdünstungen schlug einem entgegen. Angst und Sorgen haben ihren eigenen Geruch. Die Luft war diesig vor Zigarettenrauch. Hier drinnen saßen Leute sogar auf dem Fußboden. Die wenigen Stühle waren für Schwangere, Behinderte und Mütter mit Kleinkindern reserviert. Weinende Kinder hingen an den Müttern herum, die aussahen, als würden sie gleich umkippen. Die Männer hielten sich an ihren Zigaretten fest.

Hier hätten Kafka und Sartre brauchbare Motive gefunden.

Mein nicht zu übersehender Bauch veranlasste einen älteren Mann aufzustehen und mir seinen Stuhl anzubieten. Ich hatte eine Flasche Wasser und Klopapier bei mir. Harndrang zwang mich nicht selten, eine öffentliche Toilette aufzusuchen. Natürlich war das Papier dort immer gerade ausgegangen. Männer hatten daneben gepinkelt. Der Gestank nach Pissoir war betäubend.

Nach vier Stunden konnte ich endlich mit einer überforderten Beamtin sprechen. Ihre Hände mit den abgekauten Fingernägeln blätterten ratlos in Papieren. Aber an sich hatte sie mir schon in der ersten Minute Bescheid gegeben. Wir hatten uns noch nicht in die Warteliste für Wohnungssuchende eingetragen, wir konnten es jetzt tun, aber es würde mindestens fünf Jahre dauern, bis …

»Aber ich bin schwanger.«

Sie seufzte. »Entschuldigen Sie, aber da sind Sie nicht die Einzige.«

Es stellte sich heraus, dass wir nicht als besonders bedürftig eingestuft und damit auf die Liste der dringenden Fälle gesetzt werden konnten. Meine Mutter hatte eine Wohnung in Uppsala, meine Schwiegereltern desgleichen – das wusste die Beamtin inzwischen alles, denn ich bin eine Ehrlichkeitsfanatikerin. Drum wäre besser Lars-Ivar hierher gegangen. Jetzt schlug sie vor, dass wir bei unseren Angehörigen in Uppsala wohnen und mein Mann mit dem ersten Morgenzug zur Arbeit nach Stockholm fahren sollte.

Eine andere Möglichkeit war, dass er alleine in dem Zimmer am Inteckningsvägen wohnen blieb und Frau und Kind an den Wochenenden besuchte.

Nun ja, es gab eine Menge beklagenswertere Fälle …

Danke. Der Nächste bitte. Aber wenigstens waren wir jetzt registriert.

Bevor ich nach Hause fuhr, machte ich noch einen Abstecher zur *Welt der Frauen*.

Ich hatte Glück. Estelle Karr war da.

Sie nahm sich Zeit, mir zuzuhören. Gedankenverloren zündete sie sich die dritte Zigarette an und schaute hinunter auf den Sveavägen.

»Es ist ja so«, sagte sie langsam. »Dass wir im Djurgården wohnen. Gleich neben uns hat die Familie Wallenberg ihre Residenz. Ein riesiges Gartengrundstück. Zwischen den beiden Eingangstoren steht ein kleineres Haus, ich würde vermuten, dass es unten zwei Zimmer und Küche hat und in der oberen Etage noch ein Zimmer. Es steht leer. Ursprünglich war es die Chauffeurswohnung. Aber heutzutage fahren die Herren ihre Autos ja selbst. Jedenfalls ist es ein hübsches, leer stehendes kleines Haus. Sie sollten sich erkundigen, Frau Palm, ob es zu vermieten ist. Natürlich ist es beim Wohnungsamt nicht gemeldet.«

Das Weibchen in mir reagierte ruhig und vernünftig.

»Und an wen könnte ich mich da wenden?«

Estelle Karr meinte, es wäre wohl das Einfachste, in die Zentrale der Enskilda Banken am Kungsträdgården zu gehen. »Das ist besser als Telefonieren. Da landet man, wenn es hoch kommt, bei der Sekretärin!«

Ja, Alberte, so war das, als ich vor der Geburt meines ersten Kindes stand: Ich fand diesen Vorschlag gut und wohl auch durchführbar.

Heute war es leider schon zu spät. Aber morgen. Da würde ich die rosa karierte Jacke und kurze weiße Baumwollhandschuhe anziehen. Die Haare frisch gewaschen, die Nägel frisch lackiert. Erdbeerfarben.

Um Viertel vor elf ging ich am nächsten Tag an dem Uniformierten im Eingang vorbei. Er reagierte etwas zu spät. Ein schlanker, glatt gekämmter Herr im Anzug fragte nach meinen Wünschen. Ich teilte sie ihm mit.

»Verzeihung, meine Dame, ich habe den Namen nicht verstanden.«

»Aha. Danke. Wenn Sie so freundlich sein wollen, Frau Palm, drüben auf dem Sofa Platz zu nehmen.«

Er versuchte, höflich und gelassen aufzutreten, als wäre mein Anliegen eine ganz normale Bankangelegenheit.

Ich schaute zu dem Sofa hinüber. Es stand ein wenig abseits. Ohne Schwierigkeiten konnte man mich dort vergessen.

»Danke, ich stehe lieber.«

Bei diesen Worten machte das Kind einen fröhlichen Purzelbaum, versetzte mir einen ordentlichen Tritt, und ich glaubte ein Füßchen zu tasten, als ich mir die Hand auf den Bauch legte. Ich beugte mich nur ganz wenig nach hinten, was mir ein grandioses Aussehen verlieh.

»Entschuldigen Sie, aber es wird ein paar Minuten dauern«, sagte der Herr, leckte sich über die Lippen und fuhr sich nervös mit den Händen über die pomadisierte Frisur. Er kam nicht wieder. Er hatte sich gleichsam aufgelöst. Doch nun trat ein älterer, ganz ähnlicher Herr auf den Plan, dessen Anzug aber zweifellos Maßarbeit war und an dessen Handgelenk Gold glänzte.

Er bat mich, ihm in die nächste Etage zu folgen, wo wir etwas ungestörter wären.

Ein riesiger Sitzungsraum mit einem langen Tisch. Die schweren Portieren waren nur halb zugezogen. Es roch ungelüftet und ganz schwach nach Zigarre. An den Wänden hingen würdige Herren in Öl. Er bat mich, Platz zu nehmen. Für sich selbst wählte er den Stuhl am Kopfende.

»Frau Palm, wollen Sie bitte so freundlich sein, Ihr Anliegen näher zu präzisieren.«

Es gab nichts, was ich lieber gewollt hätte. Ohne Übergang wurde dieser Bericht zu einem politischen Pamphlet. Ich steigerte mich immer mehr in die Darstellung der katastrophalen Wohnungsnot unter der gewöhnlichen Bevölkerung hinein und wie übel es aufgenommen werden könnte, wenn die große Bankiersfamilie ein vollwertiges Wohnhaus leer stehen ließe …

»Ich bin überzeugt, dass diese Angelegenheit die Arbeiterpresse interessieren wird, in erster Linie *Aftonbladet* mit seiner hohen Auflage.«

Bei den Göttern, so floss es mir wirklich über die Lippen.

Aber nach der letzten Salve versagte mir die Stimme, eine mit Sodbrennen verbundene leichte Übelkeit zwang mich, mehrmals hintereinander zu schlucken. Sicher steckte Absicht dahinter, dass man mir bis jetzt nicht einmal ein Glas Wasser angeboten hatte.

Der Vertreter der Bank verharrte in höflich beherrschtem Schweigen. Nur seine kräftige Gesichtsfarbe verriet innere Turbulenzen.

Jetzt, etwa ein halbes Jahrhundert später, wundere ich mich, dass er mich nicht einfach rausgeworfen hat. Der Uniformierte hätte ihm sicher sehr gerne dabei geholfen.

Er entschuldigte sich im Gegenteil damit, dass er darüber natürlich mit den zuständigen Herrschaften sprechen müsse. Er wollte ermitteln, wie sich die Sache wirklich verhielt.

»Ich fürchte, das wird etwas Zeit in Anspruch nehmen.«

»Ich warte gerne«, sagte ich.

»Natürlich, wenn Frau Palm darauf bestehen. Aber wäre es nicht vielleicht angenehmer, im Park zu warten?«

»Wie lange wird es Ihrer Meinung nach denn dauern?«

Ich hörte, wie die arrogante Schärfe in meiner Stimme versiegte.

»Ich würde sagen, vierzig Minuten«, sagte er freundlich.

»Danke«, sagte ich und verhinderte mit aller Gewalt, dass meine Knie so etwas wie einen kleinen Knicks andeuteten.

Ich besuchte Nordiska Kompaniets gepflegte Damentoilette und trank dann im Park eine Zitronenlimonade.

Der Migränenerv begann vor Müdigkeit zu ticken.

Das Kind machte einen Purzelbaum, um mich daran zu erinnern, dass es hier um uns beide ging.

Und in der Tat. Pünktlich nach vierzig Minuten erwartete er mich. Er hatte inzwischen ermittelt, wie sich die Sache tatsächlich verhielt. Die Chauffeurswohnung war unbewohnt, weil sie in sehr schlechtem Zustand und daher für eine Familie als Heimstatt unzumutbar war. Er zitierte die Nummer eines Paragraphen aus den Bestimmungen der Gesundheitsbehörde. Das Haus war verfallen. Eine Baugenehmigung für die Renovierung lag vor und natürlich würde das Haus nach der Durchführung wieder als Chauffeurswohnung dienen. Oder anderen Angestellten der Familie angeboten werden.

Basta.

Er begleitete mich bis auf die Straße und sprach seine große Hoffnung aus, dass sich alles bald für uns regeln möge.

Ich hatte Lars-Ivar vorher nichts gesagt.

Inzwischen hatte ich doch einiges dazugelernt.

Aber hinterher konnte ich nicht an mich halten. Es war nun einmal so, dass man vor Lars-Ivar ebenso wenig geheim halten konnte wie vor Mama.

Herr und Frau Nilsson hatten eine Woche Urlaub. Wir waren allein in der Wohnung. Lars-Ivar hatte seine Staffelei in die Küche gestellt. Zeitungen auf den Fußboden gelegt. Auf der Staffelei trocknete eine kubistische Studie mit Stuhl, Tischkante mit Weinkaraffe vor einem Fenster mit grünen Läden.

Auf dem Küchentisch lagen Skizzen, die er von mir gemacht hatte. Figurenzeichnen war Lars-Ivars stärkste Seite nicht. Aber genau wie Sivert erkannte er die skulpturale Dichte im Körper einer Schwangeren.

Auf der Spüle stand noch das Frühstücksgeschirr.

Während ich mich darüber hermachte, begann ich über mein Abenteuer bei Enskilda Banken zu sprechen. Lars-Ivar hatte ein Geschirrtuch in der Hand und trocknete gerade ein Glas ab. Gerade rechtzeitig konnte er es noch auffangen und auf den Tisch stellen.

»Was sagst du da? Soll das ein Witz sein?«

Ich richtete mich auf und wischte mir die nassen Hände an der Schürze ab. Es ging über meine Kräfte, gleichzeitig zu spülen und zu reden.

So ist das manchmal.

Aber warum gerade jetzt.

Ich zog mir einen Stuhl heran. Ich brauchte Bodenhaftung und eine Lehne, die den Rücken stützte.

»Nein, ich mache keine Witze. Estelle Karr hat gemeint …«

»Was zum Teufel hat sie!«

Wie er so vor mir stand, wurde er immer größer. Da ich saß, befand ich mich rein körperlich in der schwächeren Position. Wenn wir beide standen, war er nur unwesentlich größer als ich.

»Du willst doch nicht sagen, dass du das wirklich getan hast?«

»Es hätte immerhin gelingen können. Das Haus steht wirklich leer, genau wie Estelle Karr gesagt …«

»Bist du denn total von Sinnen? Ist es eine Art Schwangerschaftspsychose, oder was ist in dich gefahren? Nimmst ernst, was eine Oberklassenlady ohne Verantwortungsbewusstsein ganz nebenbei so von sich gibt, und rennst sofort los und bittest und bettelst untertänigst und tust dem Kapital schön …«

(In einer beiläufigen Parallelwelt dachte ich: Das hast du jetzt davon.)

Er zieht mich hoch, packt meine nackten Arme mit einem Griff, den ich kenne. Schüttelt mich.

»Kapierst du denn nicht! Was ist, wenn jemand das erfährt?«

Ich riss mich los und ging rückwärts auf die Küchentür zu.

»Na und? Ich versuche immerhin, etwas zu *unternehmen*. Du kümmerst dich ja einen Dreck drum.«

Sein Gesicht erstarrte, wurde gröber. Seine Wangen röteten sich bösartig. Ich stand mit dem Rücken zur Wand. Ich sah, wie er nach Zigaretten und Streichhölzern tastete. Seine Hände zitterten.

»Verrücktes Weib, jetzt hör mal zu!«

Er machte einen Schritt in meine Richtung. Unwillkürlich hielt ich die Hand vor den Mund, um einen Schrei zu unterdrücken ...

»Jetzt hör mir mal verdammt genau zu. Es war zum Teufel nochmal nicht ich, der uns in diese Situation gebracht hat. *Du* hast es so gewollt, *du* wolltest ein Kind, ich habe nie, ich habe gewusst, dass es nie ... *Ich war nie gewillt, die Verantwortung für ein Kind zu übernehmen ...*«

Ich schloss die Augen und wartete. Ja, jetzt kam es.

»Ich bin Künstler ...«

Jetzt packte er mich wieder. Härter und unnachgiebiger.

»*Du* hast die ganze Zeit darauf bestanden. Dass wir heiraten ...«

»Lars-Ivar!«, schrie ich gellend. »Lars-Ivar, du tust mir weh, sieh mich nicht so an, ich weiß, dass ich es vor allem war, aber du hast auch, du wolltest auch ...«

»Nicht das Kind«, unterbrach er mich. *»Nie und nimmer das Kind.«*

Dieses Kind hatte sich bis jetzt ungewöhnlich ruhig verhalten, fing jetzt aber an, sich zu drehen und in Richtung meines Herzens zu strampeln.

Ich weiß nicht, ob er sah, dass die Schürze sich bewegte.

Aber er ließ mich ohne ein Wort los, ich rannte in den Flur und ein Ritsch! sagte mir, dass die Schlaufe abriss, als ich meine Jacke vom Haken nahm und auch schon vor der Tür war; wir wohnten ja im Parterre.

Die Augustsonne schien schräg über den Platz.

Das Pflaster unter den Sandalen war heiß.

Ich rannte um die Ecke, will sagen, wir, mein Kind und ich, rannten, aber jetzt hielt es still, seine Welt drehte sich ja jetzt schnell genug.

Vor dem Milchgeschäft blieb ich stehen, um Luft zu holen und darauf zu warten, dass er mich suchen würde.

Er kam nicht. Ich stand dort und mein Puls schlug überall. Der Herzschlag des Kindes und mein eigener dröhnte mir in den Ohren.

Er hatte die Tür nicht zugeschlossen. Das Spülwasser war kalt geworden und zwischen den Tellern schwammen unappetitliche Essensreste.

Die gleiche Art von Resten, die ich jetzt ins Klo kotzte.

Ich zog das Bett aus und legte mich in meinen Kleidern darauf. Wie man es bei einem Gewitter oder in Kriegszeiten tut, wenn man jederzeit mit dem Heulen der Sirenen rechnen muss.

Ich rollte mich, mit einer Strickjacke über den Beinen, auf die Seite.

Bald würde er reumütig kommen, mir beim Ausziehen und beim Überziehen des Nachthemdes helfen und mich zudecken.

Hellwach lag ich mit geschlossenen Augen da und wartete auf seine Schritte. Ich musste auf die Toilette, stand auf, legte mich wieder hin, schaute dauernd auf die Uhr, fing an zu frieren, holte mir eine Decke, musste auf die Toilette. Mir wurde kälter und kälter. Jetzt, wo wir das Bad für uns hatten, hätte ich ein Wannenbad nehmen können. Aber ich wagte es nicht. Denn was wäre, wenn ich ausrutschte?

Als ich zum ersten Mal mit dem Arzt bei der Mütterberatung sprach, fragte ich voller Angst, wie groß das Risiko sei, bei einer Entbindung zu sterben. Der Arzt lachte und sagte so etwas wie, es sterben mehr Menschen in der Badewanne als im Kreißsaal.

Es war Viertel vor eins, als ich ein leises Geräusch am Schlüsselloch hörte.

Er roch nach Alkohol. Er schwankte nicht, er hielt sich dadurch aufrecht, dass er starr geradeaus blickte, als er in die Küche ging, um nachzusehen, ob noch ein Bier im Kühlschrank stand. Es war keines da. Plötzlich wurde mir klar, mit wem er unterwegs gewesen war. Mit seinem Künstlerkollegen Erik Frantz, der Lars-Ivar verspottete, weil er sich ein Weib angelacht hatte, das immer nur Wasser trinken wollte. Eine verdammte Spielverderberin, hatte bestimmt sein alter Kumpel von der Malerschule Otte Skölds gewettert.

Einen besseren Kumpanen hätte er in dieser Situation ja gar nicht finden können.

Der Schnaps hatte seine Laune nicht gerade verbessert. Im Gegenteil. Er schimpfte mit mir, weil ich mich nicht, wie es eine anständige Ehefrau tun sollte, schlafen gelegt hatte.

Noch immer war ich an allem Schuld.

15

Es war dann doch Lars-Ivar, der eine Wohnung fand.

Das war in mehrfacher Hinsicht wunderbar. Dass zum Beispiel *er* es war und nicht ich. Ich ahnte etwas, das mein Verstand noch nicht fassen wollte.

Dann kam der Umzug. Eine Möbelfuhre mit unserer dürftigen Habe verließ diese Notunterkunft, die wir in Kürze ja sowieso hätten aufgeben müssen.

Ich war schon weit im achten Monat, als wir in Nya Aspudden an der Sigurd Ringsgata in zwei Zimmer, Küche und Bad einzogen. Eine Siedlung mit nicht zu hohen Mietshäusern war hangaufwärts am Rand eines Kiefernwaldes errichtet worden, wo Kinder alles das spielten, was Mütter nicht gerne sahen. Immer wieder lehnten sie sich aus den Küchenfenstern und riefen zu Kenneth oder Royne hinunter: »Warte nur, wenn Papa nach Hause kommt …«

Zwei helle, leere Zimmer und eine Küche, und alles gehörte uns ganz alleine. Wir hatten sogar ein eigenes Badezimmer. Balkon mit Blick auf Kiefern und sogar ein Stückchen Horizont. Es war das reinste Wunder. Unsere wenigen Möbel standen vereinzelt wie liegen gelassene Spielsachen da. Das Klappsofa, diese abscheuliche Konstruktion, sollte nur noch als Sitzmöbel dienen. Künftig wollten wir in zwei richtigen, im Schlafzimmer nebeneinander stehenden Betten schlafen.

Meine Mutter schien unbemerkt aufgegeben zu haben. Die Ehe ihrer Tochter konnte nicht mehr als vorübergehender Irrtum gelten. Demnächst sollte ein Kind geboren werden und sie wünschte ihrem Enkelkind auf gar keinen Fall geschiedene Eltern.

Als Lehrerin wusste sie nur zu gut, welche Probleme Kinder getrennter Eltern zu bewältigen hatten. Sie musste den Tatsachen ins Auge sehen. Auch seine Eltern hatten aufgegeben. Von ihnen bekamen wir eine Kommode in Walnuss, einen pompösen Empirespiegel sowie einen Ledersessel.

Mama hatte durch meinen Onkel, den Juristen, von einem Wohndarlehen zu niedrigem Zinssatz gehört. Es war von sozialdemokratischer Seite als Hilfe für junge Paare mit geringem Einkommen geschaffen worden.

Von ihrem Dachboden brachte sie uns ein ganzes Service, das ursprünglich im Pfarrhaus meines Großvaters verwendet worden war. Zum Glück war es Alltagsgeschirr. Wir bekamen Leinenbettwäsche, handgewebte Handtücher und gestickte Deckchen sowie Damasttischtücher samt einem Dutzend Servietten, alles exakt gemangelt und stoßweise mit Seidenbändern zusammengehalten.

Wir bekamen auch ein Etui mit silbernen Löffeln (Pfarrhof) und gewebte Flickenteppiche von meiner Großmutter aus Lövberga und obendrein einige wunderbar schöne »Streifen«, die als Auflage für einen Schaukelstuhl gedacht waren.

Lars-Ivar wurde ob dieser Schönheit und dem sicheren Farbempfinden, das eine einfache Waldarbeiterfrau aus dem hohen Jämtland hier bewies, ganz poetisch.

Meine Schwiegermutter half mir. Mir, der Hochschwangeren, die immer noch in ihren lustigen kurzärmeligen Blusen herumlief.

Angewidert sah sie mich an: »Ich kann nur hoffen, dass du in diesem Aufzug nicht unter die Leute gegangen bist.«

Lachend sagte ich, dass ich das selbstverständlich getan hatte. Aber es wurde jetzt schon kühl und ich musste, wenn ich auf die Straße ging, einen weiten Mantel anziehen und würde somit wie alle schwangeren jungen Frauen aussehen, die mit ihren Einkaufstaschen zum Lebensmittelladen und wieder nach Hause schaukelten.

Aber keine dieser Tugendwächterinnen sah uns, wenn wir nackt und unbeschwert durch die Wohnung tanzten, die uns jetzt ganz allein gehörte. Eine eigene Wohnung mit einem eigenen Mietvertrag. Bei lauter Radiomusik tanzten wir durch die Wohnung, bis wir auf einem Haufen noch nicht ausgerollter Flickenteppiche direkt vor der Balkontür landeten, denn auf der Mütterberatungsstelle hatten sie mir gesagt, es sei überhaupt nicht bedenklich, auch in diesem Stadium noch Verkehr zu haben.

Wir waren durch diese neue Freiheit wie trunken. Wir konnten tun und lassen, was wir wollten, und auf unserem Gemüt lasteten noch keine Sorgen …

Wie wir zu der Wohnung gekommen waren?

Darüber breiten wir lieber den Mantel des Schweigens. Auf rechtmäßigem Weg hätte es jedenfalls nie geklappt.

Lars-Ivars bester Freund bei Beckbom, Svenne Olsson, auch in der Werbebranche tätig, hatte Ulla aus der höheren Klasse für Illustration geheiratet. Svennes Bruder war Architekt mit guten Kontakten. Jetzt, wo Svenne und Ulla sich eine alte Villa an der Straße nach Drottningholm gekauft hatten, konnte der Bruder die Vermietung ihrer bisherigen Wohnung an uns vermitteln. Unter der Hand war ein gewisser Geldbetrag von Svennes Bruder an den Hausbesitzer gegangen.

Lars-Ivars Vater hatte uns das Geld vorgestreckt, wovon ich nie etwas erfuhr. Solche Dinge regelten Männer unter sich.

Ich war hemmungslos leichtsinnig und guter Dinge.

Für die winzigen Kleidungsstücke war eine kleine Kommode vorhanden. Das Babybettchen stand bereit. Eine Wiege hatten wir aus zweiter Hand gekauft. Aber wir hatten sie gründlich mit Schmierseife und Desinfektionsmitteln gereinigt.

Die Krönung meines Übermutes war ein Gang zum Tempel der Schönheit, dem Geschäft Svenskt Tenn am Strandvägen, wo wir uns Stoffe von Josef Frank ansahen, sie uns ein zweites Mal ansahen, nach Hause gingen und am nächsten Tag wiederkamen.

Ich betone, dass wir damit in einen Laden gingen, in dem die Verkäufer zwar unterbezahlt, aber alle »von Familie« waren. Bei Svenskt Tenn konnte auch eine Tochter aus gutem Haus arbeiten. Das aber eher, um sich die Zeit bis zur Hochzeit zu vertreiben. Eine dieser jungen Damen begleitete uns, als wir uns schließlich unter all diesen üppigen Blumenmustern für fünf Meter des Stoffes *Anakreon* entschlossen. Als Überwurf für unsere Betten. Das kostete uns fast die halbe Wohnungsbeihilfe.

Keine unserer beiden Mütter hätte sich in ihren kühnsten Träumen den Meterpreis des bedruckten Leinens vorstellen können. Wir verwendeten den Stoff viele Jahre, bis wir schließlich aus den letzten noch brauchbaren Stücken Sofakissen nähten.

Das Muster *Anakreon* ist heute noch bei Svenskt Tenn zu haben.

Jetzt, im Nachhinein, sehe ich, dass es fast unnormal war, dass ich während der Schwangerschaft eine so fröhliche junge Frau ohne die geringste Spur von Angst war. Konnte das an einer hormonalen Störung liegen? An einer Häufung von Sekreten, die einer werdenden jungen Mutter Harmonie und Lebenskraft schenkten?

Es wäre besser erst hinterher so gewesen.

Aber man könnte sagen, dass ich nie eine so gute Mutter gewesen bin wie vor der Geburt meines ersten Kindes.

Ich hatte alles Schlechte, wie etwa die Geisteskrankheit meines Vaters, und meine eigenen Phasen wilder, panischer Angst (Vingåker) völlig verdrängt.

Lars-Ivar brauchte längst nicht so viel zu vergessen: Er hatte ja nie eine wahrheitsgetreue Darstellung dieser Zeit im Leben seiner wankelmütigen Verlobten, der Modezeichnerin bei der Mantelfabrik Widengren, erhalten.

Das, was er erfuhr, war zuerst durch die Zensur gegangen. Große Abschnitte waren durch dicke schwarze Striche unleserlich gemacht worden.

Lars-Ivar hatte getreu seiner Ideologie beschlossen, dass ich in einem »Allgemeinen Saal« gebären sollte.

Der Allgemeine Saal war die einzige Alternative für Arme. Große Säle. Abgehetzte Krankenschwestern. Übermüdete Ärzte.

Lars-Ivars Motto war: Was für eine Arbeiterfrau gut genug ist, ist auch für meine Frau gut genug. Sein Vertrauen in die politische Zielsetzung der Sozialdemokratie, den Schwachen in der Gesellschaft, den Einfachen und Strebsamen die gleiche gute Pflege zukommen zu lassen wie den Besitzenden in ihren privaten Einzelzimmern, war unerschütterlich.

Und ich, in meinem Zustand über die Maßen wohl behütet, dachte wie mein Mann. Warum sollte ich, nur weil mein irrer Vater Akademiker gewesen war, besondere Privilegien genießen? Eine Studentenmütze musste nicht automatisch bedeuten, dass man bürgerlich wählte. Oder gar einer von denen war.

Es begann damit, dass die Fruchtblase brach.

Im Informationsblatt der Mütterberatungsstelle über den Geburtsvorgang stand, dass das Fruchtwasser unmittelbar vor der Geburt des Kindes ablief.

Als Erstes würden die Wehen einsetzen. Zunächst unregelmäßig, dann in gleichmäßigen, immer kürzer werdenden Zeitabständen. Dieser Vorgang konnte Stunden dauern. Und erst bei Intervallen von drei Minuten war es an der Zeit, in die Klinik zu fahren. Ohne Panik. Es war noch nicht so weit.

Nun, bei mir fing es also damit an, dass das Fruchtwasser ablief. Das Entsetzen, das uns beide packte, war absolut verständlich.

Ich saß auf der Toilette, stand auf, und plötzlich floss das Wasser aus mir heraus: Sofort entstand auf dem Fußboden eine riesige Pfütze. Ich fing wie verrückt an zu schreien und Lars-Ivar sagte diesmal nicht, verdammt, beruhig dich schon.

Erstarrt hielt ich mich am Waschbecken fest und fühlte das Leben aus mir entweichen. Währenddessen rief Lars-Ivar in der Klinik an, wo ich angemeldet war.

Die Schwester am Telefon wollte vor allem wissen, in welchen Zeitabständen die Wehen kamen.

»Das weiß ich nicht. Ich weiß nicht einmal, ob sie welche hat. ABER DAS WASSER LÄUFT AUS!«

»Herr Palm, beruhigen Sie sich und versuchen Sie meine Frage zu beantworten. Wie viel Zeit liegt zwischen den Wehen?«

Er legte den Hörer aus der Hand, ich stand vorgebeugt mit krummem Rücken im Badezimmer und hielt mich krampfhaft am Rand des Waschbeckens fest. Schmerzen rollten ohne Unterlass in Wellen durch mich hindurch.

»Hast du Wehen?«

»Das siehst du doch!«, schrie ich verzweifelt.

»In welchen Abständen? Die wollen wissen, wie lang es dazwischen ist.«

»Wie soll ich das wissen. Ich habe keine Uhr.«

Ich sagte das mit ruhiger, normaler Stimme, denn jetzt war alles wie weggeblasen.

»Scheiße. Was soll ich denen sagen?«

»Hol mir eine Uhr.«

Er rannte den Wecker holen. Kam zurück. Da fing es wieder an. Er blieb abwartend stehen. Eine Ewigkeit, vom Ticken der Uhr zerhackt.

»Teufel nochmal, jetzt mach schon, die warten doch am Telefon.«

Bis die nächste Wehe endlich einsetzte, waren fast fünf Minuten vergangen.

Er stürzte los und griff zum Hörer.

»Hallo, hallo, es sind viereinhalb Minuten.«

Ein leise knisterndes Schweigen war die Antwort.

»Verdammt nochmal! Verdammter Scheiß.«

Erneut wählte er die Nummer. Jetzt war besetzt. Ich stand wimmernd im Badezimmer. Es war die Folge einer neuen, von Stöhnen begleiteten Kontraktion.

Jemand hob ab. Es war dieselbe säuerliche Frauenstimme.

»Vier und eine halbe Minute«, keuchte er.

»Wie bitte? Mit wem spreche ich? Würden sie bitte so freundlich sein, Ihren Namen zu nennen.«

Er tat es. Mit dem Zusatz, dass er vor kurzem … und dass das Wasser abgegangen war.

»Vier Minuten und eine halbe – in dieser Zeit bringt man kein Kind zur Welt, Herr Palm.«

»Aber, Teufel nochmal, das Wasser ist doch abgegangen, uns wurde bei der Mü…«

»Herr Palm, es ist sinnlos, jetzt zu fluchen, Sie müssen absolute Ruhe bewahren. Rufen Sie wieder an, wenn drei Minuten dazwischen liegen.«

»Aber wir wohnen ganz draußen am Aspudden.«

»Das schaffen Sie dann noch leicht. Herr Palm, verstehen Sie doch, wir wissen, wovon wir reden. Kümmern Sie sich um Ihre Frau. Sehen Sie zu, dass sie sich mit angezogenen Beinen auf die Seite legt.«

»ABER DAS WASSER!«, schrie er.

Klick. Das Gespräch war beendet.

Er führte mich zum Sofa. Ein dickes, nasses Frottiertuch scheuerte zwischen meinen Beinen. Er wollte mir ein wenig Wasser einflößen, und als ich die Lippen gerade ans Glas setzten wollte, kam eine neue Wehe, lang anhaltend und schrecklich. Unerträgliche Schmerzen wollten etwas in mir zerbrechen. »Die Uhr«, schrie ich. »Schau auf die Uhr!«

Jetzt dauerte es wirklich nur noch drei Minuten. Lars-Ivar konnte gerade noch ein Taxi rufen, die gepackte kleine Reisetasche holen und mir den Mantel umhängen.

Der Taxifahrer war alles andere als begeistert. Besorgt beobachtete er mich im Rückspiegel. Es gibt nichts, was glitschiger und zeitraubender ist, als ein Taxi nach einer Geburt sauber machen zu müssen. Aber es blieb ihm erspart.

Bei der Aufnahme wurde Lars-Ivar unsanft weggeschickt. Eine untersetzte, unter den Armen schwitzende Person bugsierte mich in eine Badewanne. Als ich danach bibbernd und weinend auf einem fahrbaren Bett lag, kam eine ältere Frau und forderte mich barsch auf, die Beine zu spreizen und ruhig zu liegen, damit sie mich nicht verletzte, wenn sie mit dem Rasierapparat da unten sauber machte. Jedes noch so winzige Schamhaar musste entfernt werden.

Während die Wehen mich marterten und ich laut schrie.

»Allgemeiner Saal« bedeutete auch, dass man im Kreißsaal zu zweit war. Ein grüner Vorhang trennte uns. Wir sahen einander nicht. Aber wir hörten uns.

Ich kam schneller in Gang als meine Zimmernachbarin, schrie, stöhnte, weinte, und mittendrin wurde mir bewusst, dass die Frau auf der anderen Seite des Vorhangs mich ja hören konnte und dass ich versuchen musste, etwas leiser zu sein. Aber als die nächste Wehe einsetzte, war dieser Vorsatz wieder vergessen.

»Nein, nein, nein!«, schrie ich, als eine kräftige ältere Frau in grauweißer Tracht einen Holztrichter auf meinen Bauch drückte.

»NEIN, NEIN, NEIN«, schluchzte ich wütend.

Sie hob den Trichter hoch, sah mich ungnädig an und sagte: »Was ist denn das für eine Mutter, die ihr Kind nicht haben will.«

»Es tut so weh«, jammerte ich.

»Ja, Kinderkriegen tut weh«, sagte sie trocken.

Und man hätte, wäre man weniger mit sich selbst beschäftigt gewesen, die unausgesprochene Fortsetzung hören können: Das hättest du dir eben früher überlegen müssen, meine Liebe. Als du die Beine vor Lust gespreizt hast und es geschehen ließest.

Es gibt kein Zeitgefühl mehr. Alle Realität ist verschwunden.

Ich befand mich in einem Inferno ohne Ende, von Gott und den Menschen verlassen.

Der Segler, in seinem zerbrechlichen Boot allein, unter ihm, wie von dem Dichter Erik Gustaf Geijer besungen, sein schauerlich wogendes Grab. Aber Schmerzen litt er wenigstens nicht.

Kein Mann der Welt muss das hier, wie ich jetzt, mitmachen.

Ich sollte pressen, Leute beugten sich über mich, jemand hielt meine zitternden Knie fest, und man befahl mir zu pressen, aber ich schrie weiterhin nur: Nein, nein, nein NEEEIN!

Hielt dagegen, wollte nicht platzen, nicht wie der biblische Vorhang im Tempel von oben bis unten zerreißen.

Und Himmel und Erde bebten und eine große Finsternis kam über die Erde. Er, festgenagelt an Händen und Füßen, wurde König der Schmerzen genannt.

Aber was konnte dieser Schmerz sein, verglichen mit dem, den seine Mutter ertragen hatte, als sein Kopf sich durchzwängte und sie in zwei Teile spaltete.

»Pressen Sie, Frau Palm. Ja, so, fest pressen, brav, der Kopf kommt schon.«

Und ich gab nach und ließ es geschehen.

Aber der Schrei, nein, nein, nein, entströmte mir im Rhythmus des pulsierenden Blutes. Als das Kind sich herauszwängte.

Und wieder hörte ich die barsche Stimme, die fragte, was das denn für eine Mutter sei, die ihr Kind nicht haben wollte.

Und genau hier manifestierte sich zum ersten Mal, wie unmöglich ich als Mutter war.

Noch bevor ich entbunden hatte, war ich schon eine schlechte Mutter.

Ich hörte einen Schrei, doch dieses Mal kam er nicht von mir, sondern von einem sehr kleinen Jungen. Er klang zornig.

»Schauen Sie doch, Frau Palm, ja, machen Sie die Augen auf. Sehen Sie. Sie haben einen gesunden, wohlgestalteten Jungen geboren.«

Aber ich war zum Sehen nicht imstande.

Was ging es mich an, was ich da geboren hatte. Ein Kind? Einen Hund? Einen Schrank?

Das Einzige, was mich anging, war, dass es nicht mehr wehtat.

Zwei Hände bearbeiteten meinen Bauch, ich fühlte, wie etwas Warmes, Schleimiges aus mir herauslief. Ein Eimer schepperte.

Dann war es vorbei. Ich durfte noch eine Weile liegen bleiben. Man trug das Kind weg. Ich schloss die Augen. Ich glaube sogar, dass ich einschlummerte, als der Gebärtisch zu einem Bett auf Rädern wurde, das rüttelte, als man mit mir wegfuhr. Ich spürte, dass man mich in einen Fahrstuhl schob und wieder heraus. Ein Korridor. Zwei Türen wurden geöffnet.

Dann befand ich mich in einem großen Saal mit zehn Betten. Neun sind schon belegt. Das vierte rechts ist leer. Dort hinein werde ich gewälzt. Zwei Helferinnen bewerkstelligen es. Ich bin so schwer wie jemand, der gerade gestorben ist.

Ich schloss die Augen. Das Tageslicht war mir zu grell. Ich wollte außerdem die anderen Frauen nicht sehen. Als neben mir Porzellan klirrte, öffnete ich endlich die Augen. Es war ein Tablett mit Essen. Fisch und Pellkartoffeln. Ein großes Glas Milch. Die Mittagszeit war eigentlich vorüber, aber jemand hatte sich der eben Entbundenen erbarmt. Ja, ich war hungrig. Sehr sogar. Auf den Ellbogen gestützt, trank ich die Milch gierig aus. Konnte mich aber nicht so weit aufsetzen, dass ich den Fisch von den vielen Gräten hätte befreien können. Und die Kartoffeln in der Schale ... Mit den Augen meiner Mutter sah ich, dass sie vorher schlecht geputzt worden waren.

Ein weniger zimperlicher Typ als ich hätte sie wohl doch gegessen. Die Schalen mitgekaut und so wenigstens etwas Nahrung aufgenommen.

Matt und ganz zerschlagen, wie nach einer anstrengenden sportlichen Leistung, sank ich auf mein Kissen zurück.

Die ganze Zeit spürte ich, wie neun Augenpaare mich anstarrten. Vielleicht hätte ich den Kopf schon beim Hereinfahren heben und sagen sollen: Guten Tag, ich heiße Frau Palm, Signe Palm.

In den von mir studierten Broschüren hatte ich keine Anweisungen für das richtige Verhalten bei Einzug in den »Allgemeinen Saal« der Entbindungsstation gelesen.

Abweisend legte ich mich auf die Seite und deckte das ungeschützte Ohr mit dem kleineren Kissen zu.

Mir war ein wenig schlecht. Wahrscheinlich hatte ich die Milch zu schnell getrunken.

Im Halbschlaf hörte ich außer dem eher tierischen Heulen einer Frau laute Stimmen draußen im Korridor.

Meine Nachbarinnen begannen zischelnd miteinander zu flüstern. Es ging um die Frau aus Saal drei, die nach der Entbindung verrückt geworden war und jetzt in ein anderes Krankenhaus gebracht werden sollte.

»Es soll in der Familie liegen«, sagte meine Nachbarin zur Rechten. Sie war schon so weit wiederhergestellt, dass sie aufstehen und breitbeinig und plump herumgehen konnte. Sie hatte sich auf einen anderen Bettrand gesetzt, um weiterzutratschen. Von dritter Seite kam: »Aber wenn man es doch weiß, wie kann man sich da ein Kind anschaffen? Ich würde nie …«

Nein, ganz richtig. Lautstarke Zustimmung kam aus allen Richtungen im Saal.

Ich konnte die selbstzufriedene Empörung sämtlicher Mütter spüren.

So verantwortungslos würde doch niemand …

Ich lag ganz still. Atmete kaum, fing aber schnell an, tief zu atmen. Wie im Schlaf.

Niemand wunderte sich darüber. So kurz nach einer Entbindung musste man sich wirklich erholen.

Aber keine konnte ahnen, dass die, die sich da unter dem Kissen versteckte, eine von diesen verantwortungslosen Müttern war. Eine, bei der es in der Familie lag.

16

Für Väter gab es täglich von 17 Uhr bis 17 Uhr 30 eine eigene Besuchszeit.

Die verheirateten Frauen im Saal nannten ihre Männer »mein Gatte«.

»Kommt dein Gatte heute?« – »Klaar, mein Gatte und ich ...«

Mein Gatte. Das klang schon nach ein bisschen mehr als »mein Mann«.

Als mein Gatte Lars-Ivar auftauchte, hatte er seinen Nachkommen schon durch eine Glasscheibe angeschaut. Es war ihm so vorgekommen, als hätte er vor einem Aquarium gestanden. Aber statt Fischen gab es hier reihenweise kleine Betten, und in jedem lag ein verpacktes Bündel. Alle lagen in derselben Richtung und alle sahen ganz gleich aus. Aber jedes Kind trug um das Fußgelenk ein Bändchen mit einer Nummer. Dieselbe Nummer trug die Mutter an einem Bändchen ums Handgelenk.

Lars-Ivar hatte seinen Sohn eine gute Weile betrachten dürfen und war sehr beeindruckt davon, wie klein er war und wie trotzdem alles an der richtigen Stelle saß. Und noch dazu hatte er den gleichen Haaransatz wie sein Vater.

Ich selbst hatte meinen Sohn noch gar nicht gesehen. Ich hatte ja unmittelbar nach der Entbindung das Gesicht abgewandt.

Aber ich wusste noch, wie seine Stimme geklungen hatte.

Jetzt sah der ganze Saal 10, wie der Gatte von Bett vier mit einem Rosenstrauß und einer langen Papprolle hereinkam.

Bestimmt nahmen sie zur Kenntnis, wie gut er aussah und mit welch zärtlicher Vorsicht er mich ein wenig vom Kissen hochzog und umarmte. Und dass ich, seine Ehefrau und Mutter seines Kindes, einfach weinte. Rotz und Wasser an sein Revers schluchzte, während er mich hin- und herwiegte und flüsterte: »Was ist denn los? Was ist denn passiert?«

Lieber Gott. Wie dumm kann ein Mann sich eigentlich anstellen?

»Eees h-h-hat *so weh-hh*gggeta-a-an.«

Zum Glück fragte er nicht: Was denn?

Er wiegte mich weiter, küsste meine schweißnassen Haare und flüsterte, jetzt ist es doch vorbei, Signe, jetzt hast du es hinter dir und wir haben einen gesunden, bildhübschen Sohn …

Ich beruhigte mich. Ich schnäuzte mich in ein Taschentuch, ließ ihn den Kopfteil des Bettes so anheben, dass ich etwas aufrechter lag. Dann öffnete er die Papprolle und entnahm ihr vorsichtig eine Graphik. Eine signierte Farblithographie von Olle Olsson-Hagalund.

»Statt eines Armbandes oder was Frauen eben so kriegen, wenn sie einen Erben geboren haben. Gefällt's dir?«

Er sah mich abwartend und etwas unsicher an.

Ich nickte und lächelte nach bestem Vermögen. Mein Gesicht war von den vielen salzigen Tränen ganz klebrig.

Mit einem kleinen Ruck konnte ich mich so weit aufrichten, dass ich ihn umarmen und ihm ins Ohr flüstern konnte: »O ja, du weißt doch, wie sehr ich seine Arbeiten mag.«

Da küsste er mich und es war nicht etwa ein zartes Krankenbettküsschen, sondern ein langer, leidenschaftlicher Zungenkuss. Man spürte, dass die Spannung das Geschwätz im Saal verstummen ließ. Ein Ehemann, der seine Frau in einem

Saal der »Allgemeinen Gebärklinik« so zudringlich und unanständig küsste!

Es wäre zu viel gesagt, dass ich diesen Kuss in spontaner Leidenschaft erwiderte. Wenn man gerade erst wie durch ein Wunder dem Zugriff des Schreckens entronnen ist, fühlt man sich zunächst wie betäubt.

Egal. Eine Schwester rief jetzt in der Lautstärke eines Nebelhorns, dass die Besuchszeit beendet sei.

»Ich nehme das Bild mit, dann ist es gerahmt, wenn du nach Hause kommst«, lauteten Lars-Ivars Abschiedsworte.

An der Tür drehte Lars-Ivar sich noch einmal um und warf mir eine Kusshand zu; das hatte bisher noch keiner von all den Gatten getan. So etwas wie Stolz durchrieselte mich. Keiner der Männer, die sich jetzt in einem geschlossenen Trupp auf den Weg machten, war so einmalig wie meiner.

(Ganz zu schweigen von den dreien im Saal, die überhaupt keinen Besuch bekamen. Zwei von ihnen hatten auch noch nicht einmal einen Ring anstecken.)

Unmittelbar danach wurden die Kinder gebracht. Bei mir blieb eine junge Schwester stehen, um mir behilflich zu sein. Soweit ich mich erinnere, legte man mir mein Baby zum ersten Mal an die Brust. Aber sie mussten ihm doch im Kinderzimmer Muttermilch aus dem Fläschchen gegeben haben?

Und jetzt würde er also Originalware aus der Quelle trinken.

Im Saal herrschten verschiedenste Wettbewerbsbräuche. Einer davon war, welches Kind am meisten Nahrung aufnahm und dadurch am schnellsten an Gewicht zunahm.

»... die Schmerzen bei der Entbindung sind nicht zu unterschätzen, aber die Mutter vergisst sie schnell, wenn ihr das Kind zum ersten Mal an die Brust gelegt wird.«

Der kleine Mund öffnete sich suchend, bis die kundige Hand der Schwester ihn zur Brustwarze führte und er gierig zu saugen begann.

»Sehen Sie nur, wie er das kann«, rief die junge Schwester. »Sehen Sie nur, Frau Palm, wie tüchtig er schon beim ersten Mal saugt, das kann längst nicht jeder!«

Diese Erklärung hätte mich eigentlich aufmöbeln und glücklich machen müssen. Aber das einzig Wahrnehmbare war der stechende Schmerz in der Brustwarze.

Ich fing erneut an, hemmungslos zu weinen, ich war nichts als ein bis zum Rand mit Tränen gefüllter Krug, der bei der geringsten Bewegung überschwappte.

»Aber liebe Frau Palm, was ist denn los?«

»Ich habe nicht gewusst, dass es so wehtut«, hauchte ich.

»Nun ja, das geht bald vorbei. Am Anfang kann es sich so anfühlen.«

Aha. Aber warum war das nirgends erwähnt worden, warum hatte man mir bei der Mütterberatungsstelle nicht ein Wort darüber gesagt …

Hier lag ich nun mit neun anderen Müttern zusammen, die sich selig lächelnd aussaugen ließen und die ihre Brust stolz wegzogen, wenn das Kleine gesättigt und so voll mit süßer Milch war, dass noch etwas davon aus dem Mundwinkel floss.

Ich wollte und musste glauben, dass das von mir empfundene »Weh« wirklich schnell vorüberging.

Aber so war es nicht. Es sollte sogar schlimmer werden, als das Kind mit zunehmendem Alter kräftiger und entschlossener trank.

Ich weinte nur beim ersten Mal. Danach versuchte ich die Zähne zusammenzubeißen und es tapfer zu ertragen. Später, beim Hausbesuch der Kinderfürsorgerin, wurde mir auch kein besserer Rat gegeben. Es gab schmerzstillende, sozusagen schwach betäubende Salben. Aber die würde das Kind ja mitschlucken, also waren sie eher abzulehnen.

Das Schockerlebnis des ersten Males hatte in mir dieselbe

Ablehnung hervorgerufen wie die Presswehen, die mich immer wieder nein-nein-nein hatten rufen lassen.

Schon in der ersten Woche zeigte ich in meiner Rolle als Mutter erhebliche Mängel.

Schon allein diese unglückselige Neigung, zu jeder passenden und unpassenden Gelegenheit weinen zu müssen, war sonst bei niemandem zu beobachten. Und ein gesundes, hübsches Kind hatte ich – ein Baby mit Haaren. Das stand in der Rangliste der Dinge, worauf eine Mutter stolz zu sein hatte, mit an oberster Stelle.

Am fünften Tag kam Estelle Karr und erregte Aufsehen. Schon allein, wie sie aussah. Und dass sie nur eine einzige Blume mitbrachte. Eine zarte, weiße, leicht rosafarbene Orchidee, gleichsam nur ein Stängel mit unregelmäßig geformten Blüten. Eine schlanke Glasvase ergänzte das Geschenk.

»Sonst steckt man sie hier nur zwischen alle möglichen anderen Blumen.«

Estelle Karrs Klasse kam in der Selbstverständlichkeit zum Ausdruck, mit der sie mich in diesem plebejischen Saal fand. Mit keiner Miene zeigte sie ihre Verwunderung darüber, dass ich hier lag. Sie blieb nur kurz. Die wenigen Minuten widmete sie vor allem der Hoffnung, dass meine Zeichnungen bald wieder auf den Seiten der *Welt der Frauen* zu sehen sein würden. Jetzt vor der Herbstsaison gab es viel zu tun.

»Sie haben hoffentlich jemanden, der Ihnen in der nächsten Zeit zur Seite steht?«

Ich wurde puterrot, denn sie meinte bestimmt eine Kinderpflegerin.

»Mein Mann hat eine Woche Urlaub bekommen und bleibt gleich nach meiner Entlassung aus der Klinik zu Hause. Und danach kommt meine Mutter für eine Woche.«

»Nun ja, Sie müssen zusehen, dass Sie bald wieder einsatzfähig sind.«

Und zum ersten Mal nach der Entbindung durchdrang ein Blitzschlag der Freude meine ohnmächtige Vernebelung.

Wieder zeichnen zu dürfen. Mit dem Zeichenbrett (und jetzt ohne Bauch, der im Weg war) vor einem weißen Blatt Papier, einer Flasche Tusche, einer Dose Wasser zum Eintauchen des Pinsels zu sitzen und den ersten Strich zu ziehen …

Am achten Tag kam Lars-Ivar mich holen.

Zu Hause war alles besonders schön vorbereitet. Lars-Ivar hatte selbst einen Wickeltisch gezimmert und das Gestell mit Stoff überzogen. Dieser Stoff gab nach, wenn man das Kind darauf legte, es bestand also keine Gefahr, dass es herunterfallen könnte, denn es lag fest und sicher.

Lars-Ivar war in jeder Hinsicht einmalig. Er wickelte das Baby und übernahm die Pflege. Ich hatte selbst ja solche Angst, dass ich bei meiner Tollpatschigkeit …

Das Kind musste alle vier Stunden frisch gewickelt und dann gestillt werden. Wenn es zwischendurch schrie, sollte man es schreien lassen; das kräftigte angeblich die Lunge. Das Kind außerhalb des Stundenplanes aufzunehmen hieß das Kind verwöhnen, was für einen selbst später unangenehme Folgen haben konnte.

Nur in der ersten Zeit durfte man nachts füttern. Dann nahm Lars-Ivar das brüllende, ungebärdige Kind aus dem Bettchen.

Alberte, du weißt, wie Säuglinge schreien können, wenn sie erst einmal richtig angefangen haben; manchmal, nein, eigentlich immer, bildet man sich ein, dass sie nie Luft holen …

Die Fürsorgerin machte schon am zweiten Tag einen Hausbesuch. Sie sagte, ich könne ganz unbesorgt sein. Es sei noch nie passiert, dass einem Baby die Luft plötzlich wegblieb. Sie schlug vor, das Kinderbett, falls Platz wäre, in ein anderes Zimmer zu stellen. Die junge Mutter brauchte ihren Nachtschlaf.

Genug davon. Lars-Ivar legte mir den frisch gewickelten Jungen an die Brust, und ich hielt zur Abwehr des Schmerzes, wenn er nach meiner Brustwarze schnappte, die Luft an.

Am vierten Tag bekam ich plötzlich hohes Fieber und spürte etwas Neues im Unterleib. Lars-Ivar rief im Krankenhaus an, und dieses Mal kamen ganz andere Töne. Mutter und Kind sollten sofort auf die Frauenstation gebracht werden. Man teilte uns ein Einzelzimmer zu. Das heißt, das Kind, das auf den Namen Peter Elof Palm getauft werden sollte, war auch dieses Mal Gast im kollektiven Kinderzimmer.

Ich war einige Tage ernstlich krank, aber stillen musste ich trotzdem, sonst konnte die Milch versiegen.

Durch das hohe Fieber sah ich die Dinge glasklar und überdeutlich, was aber irgendwie auch ein unwirklicher Zustand war.

Ein Versäumnis wurde aufgedeckt. Man war nach der Entbindung mit der »Reinigung« nachlässig verfahren. Ich hatte, kurz gesagt, Kindbettfieber bekommen. Eine sofortige Behandlung war äußerst wichtig. Ich musste Antibiotika schlucken. Nicht gut, wenn man an die Milch dachte. Aber schlimmer wäre es gewesen, wenn das Fieber mich dahingerafft und das Kind keine Mutter mehr gehabt hätte.

Lars-Ivar saß hin und wieder an meinem Bett. Sein starres Gesicht war vor Sorge ganz grau. Er küsste meine Hände und murmelte, ich müsse so schnell wie möglich wieder gesund werden.

»Aber ich verspreche und schwöre dir, Signe, sollte es noch einmal so weit kommen, dann wirst du privat liegen. Versprochen.«

Mit geschlossenen Augen wandte ich den Kopf ab.

17

Ich habe Watte im Kopf. Ich kann nicht schlafen. Nicht, weil das Kind mich stört. Sondern obwohl.

Ich habe Angst, den Jungen fallen zu lassen. Er schreit. Er schreit fast ununterbrochen. Ich weine. In der rechten Hand ein fest zusammengeballtes Taschentuch, gehe ich schluchzend vor dem Zimmer auf und ab, in dem mein schreiender Sohn liegt. Erst in einer guten halben Stunde darf ich ihn aufnehmen.

Wenn er schreit, zieht sich meine Gebärmutter zusammen und die Milch sickert mir aus der brennenden Brust. Alle Blusen und Kleider sind schon ganz steif davon. Die Watte, die ich mir in den BH stecke, ist sofort durchnässt.

Mit der schmerzenden, von Milch überquellenden Brust gehe ich auf und ab und schaue auf die Uhr. Manchmal, und jetzt sogar immer öfter, halte ich es nicht mehr aus. Ich schummele. Nehme ihn immer früher auf. Sein Gesicht ist rot, das Schreien geht fast nahtlos in kurzes, stoßweises Japsen über, er ist verschwitzt und nicht nur die Windeln sind nass. Er strampelt beim Wickeln zornig im eigenen Kot. Seine krummen Beinchen sind dünn, aber kräftig und flink. Das Waschen und Windelnwechseln geht schneller, wenn man zu zweit ist.

Lars-Ivar kann mit dem Kind viel besser umgehen als ich.

Er macht alles ruhig und ohne Angst. Er hat sich noch eine weitere arbeitsfreie Woche erbettelt, das müsse jetzt aber reichen, hatte sein Chef gesagt. Die Elchjagd oder etwas anderes für einen Mann Wichtiges stand unmittelbar bevor. Ein Baby ist, verdammt nochmal, Sache der Mutter.

Lars-Ivar badet das Baby in einer Wanne mit genau richtig temperiertem Wasser. Ich traue mich das nicht. Ihn zu baden, meine ich. Stell dir vor, Alberte, er rutscht mir vom Arm! Solche Gedanken kommen Lars-Ivar überhaupt nicht in den Sinn. Das Baby ist so klein, dass es fast in seiner Hand Platz hat. Mit der anderen Hand wäscht er seinen Sohn und spricht dabei leise mit ihm.

Die Prozedur läuft immer gleich ab. Das Kind schreit wie am Spieß, wird ins Badewasser gelegt und ist so abrupt still wie ein abgeschaltetes Radio. Wir finden beide, dass es seinen Vater dabei anschaut. Die Säuglingsschwester von der Betreuungszentrale sagt, Neugeborene sind noch blind wie Katzen.

Man fragt sich, wo sie das herhat.

Wir sehen doch, dass Peter seinen Vater richtig anschaut. Seinen Blick sucht. Wir meinen sogar, dass er manchmal lächelt. Aber nein, das ist nun wirklich nicht möglich. Die Ursache ist Bauchweh, sagt die Wissenschaft.

Ich liege mit einer entblößten Brust auf der Seite. Jetzt hat das Kind wieder zu schreien begonnen. Aber plötzlich ist das Geschrei wie abgehackt. Peter hat die Brustwarze gefunden und saugt kräftig und regelmäßig. Ich halte den Atem an, weil es so wehtut, meine Augen tränen. Aber nach einer Weile wird es etwas erträglicher. Er atmet tief und schnieft ein bisschen. Ich streichle über sein flaumiges Köpfchen. Im Nacken hat er die feinen Haare schon weggewetzt. Augenblicke des Friedens, eine Ahnung von Glück.

Er ist satt. Mit einem einfältigen Lächeln lässt er die Brustwarze los und eine Spur Milch sickert ihm übers Kinn.

In dieser zärtlich zufriedenen Stimmung könnten wir miteinander einschlafen.

Aber so geht das eben nicht. Im Buch steht, dass das Kind aufstoßen muss. Jetzt ist der Papa an der Reihe, vorausgesetzt, er ist zu Hause. Peters Wange schmiegt sich in Lars-Ivars Halsgrube. Als ich das sehe, denke ich, so würde ich mich auch gern an den Hals meines Liebsten schmiegen und seinen Geruch genießen. Lars-Ivar geht hin und her und klopft hinten ganz leicht auf die Zellstoffwindel. RÜÜÜÜLPS. Na, da haben wir's ja!

Wenn das Baby aufgestoßen hat, muss man sagen: »Braaav, das hast du aber fein gemacht!« Und damit ist es für diesmal mit dem Beisammensein aus. Jetzt muss der Sohn wieder ins Bett. Er schläft schon, das Hinlegen macht also keine Mühe. Den Ratschlägen entsprechend muss das Baby, das Gesicht zur Seite gewandt, auf dem Bauch liegen. Damit ist die Gefahr des Erstickens beseitigt, falls es erbricht.

Momente der Stille. Ich massiere mir die letzte Milch aus der Brust. Das ist sehr wichtig. Die Brust muss völlig entleert sein. Die Milch spritzt mit hartem Strahl in einen rostfreien Becher. Dieses Ausmelken ist eine fade Sache. (Irgendwann, es war beim zweiten Kind und Lars-Ivar war inzwischen freischaffender Künstler geworden, hatte ich mich neben ihn auf einen Stuhl gesetzt. Eine Gouache war gerade fertig geworden. Und plötzlich landete ein Milchstrahl auf dem Bild. Tsch, tsch, wie ein kleiner Regenschauer. Eigentlich war es zum Lachen. Aber es waren ja viele Stunden Arbeit dahin. Schließlich kann man nicht mit einem für die Werbung bestimmten verkleckerten Original zu einem wichtigen Kunden gehen. Obwohl man es auf der Reproduktion gar nicht gesehen hätte. (Mein Gott, ist der Mann wütend geworden. Am liebsten hätte er mir eine geklebt.)

Dann muss man die schmutzige Wäsche einsammeln und

sie vielleicht noch im großen Kochtopf in Seifenlauge auskochen. Das Ausspülen in der Badewanne nimmt auch noch viel Zeit in Anspruch.

Man glaubt, man hat bis zum nächsten Füttern eine Menge Zeit. Vielleicht setzt man sich sogar voller Ideen mit dem Zeichenblock und allen nötigen Utensilien an den Arbeitstisch.

Aber schon schreit das Baby wieder.

Es ist, wie gesagt, verboten (streng verboten!), den Säugling zwischen den Mahlzeiten auf den Arm zu nehmen. Aber wer immer dieses Verbot ausgesprochen hat, weiß nicht, welche Folterqualen eine Mutter leidet, die dieses Weinen anhören muss.

Etwas darf man aber doch tun. Man darf das Baby in den Kinderwagen legen und mit ihm spazieren fahren. Es gibt eine Mindestzeit und eine wünschenswerte Zeit, wie lange das Kind an der frischen Luft sein muss.

Nach zehn Minuten Schaukelfahrt im Kinderwagen schläft Peter.

Manchmal schläft er auch ein, wenn man ihn im Kinderwagen zwischen Zimmer und Balkon hin- und herschiebt. Er schlummert draußen weiter. Aber hat man sich dann ins Zimmer gesetzt, ist es fast unmöglich, sich zu entspannen.

Also macht man in der von Essensdüften geschwängerten Luft eine Runde durch den verwahrlosten Park. Gebratener Speck. Pfannkuchen. Erbsensuppe. Grüne Heringe. Wenn es montags nach Erbsensuppe riecht, darf man irgendwo eine anarchistisch eingestellte Familie vermuten. Patriotische Schweden essen ihre Erbsensuppe donnerstags. Wenn es nicht zu kühl ist, kann man sich auf eine Parkbank setzen und in einer Illustrierten blättern. Das hat immer Erfolg. Nach spätestens fünf Minuten wollen sich zwei Siebenjährige das »Bähbi« angucken.

Die Mutigere streckt die Hand unter das Verdeck. »Nein!«, schreie ich auf. »Lass das, sonst wird er wach.«

Aber natürlich wacht er von meinem Geschrei auf. Er brüllt sofort in höchster Lautstärke. Als ich mich über ihn beuge, rieche ich, dass die Windel voll ist.

Ich weiß nicht, wie die heutigen Mütter zur Leibeigenschaft stehen. Aber mich treibt es fast zum Wahnsinn, wenn ich rein physisch das Gefühl habe, in einer kleinen Zelle zu sitzen, in die durch ein vergittertes Fenster sparsames Tageslicht fällt. Eine krankhafte Angst vor dem Eingesperrtsein befällt mich dann. Ich brauche Freiraum.

Ein Kind ist der unbestechliche Gefängniswärter einer stillenden Mutter.

Lars-Ivar begreift das nicht. Wenn er zu Hause ist und ich das Baby fertig gestillt habe, bitte ich ihn, mit der Straßenbahn in die Stadt fahren zu dürfen. Nicht etwa, um einen Verlagsbesuch zu machen oder ein Inserat aufzugeben – da müsste ich das Kind und die Zellstoffwindeln und alles Drum und Dran ja mitnehmen. Stillen müsste ich meinen Sohn dann in einem zufällig leer stehenden Büroraum. Nein, ich will alleine und so weit weg fahren, dass ich ihn nicht schreien hören muss.

Ein verrücktes Bedürfnis, zu peinlich, um es einem Außenstehenden zu erklären.

Ich laufe also zur Haltestelle der Straßenbahnlinie 16 am Aspudden, die ihre Endstation am Södermalmstorg hat, steige dort in die drei um, die am Stockholmer Hauptbahnhof vorbeifährt. Dort steige ich genau zur Stoßzeit aus.

Da ich beharrlich an Schlafmangel leide, vibriert der viele Verkehr gleichsam in mir, mein Kopf hat ein wenig vom Körper abgehoben. Ich muss mich zusammennehmen, um nicht aus dem Gleichgewicht zu geraten, einen verkehrten Schritt zu machen, als ich die wunderbar geräumige Wartehalle betrete. In weiser Voraussicht habe ich eine Stofftasche mit Zeitungspapier ausgestopft, sie sieht wie ein kleines Reisegepäck aus. Ich stelle sie neben mich auf die Sitzbank und schaue ab und zu auf die Uhr, um anzudeuten, dass ich auf einen bestimmten Zug warte. Andere Leute, die sonst nirgendwo sitzen können, machen das ebenso.

Unsere finanziellen Verhältnisse und unsere moralische Einstellung lassen Verschwendung nicht zu. Ich kann also nicht in die Innenstadt fahren und mir irgendwo ein Kännchen Tee und ein feines Schokoladentörtchen bestellen. Das könnte man als die Ausschweifung einer Mutter deuten, die ihr Kind im Stich gelassen hat.

Hingegen verursacht das Sitzen auf einer Bank im Hauptbahnhof keinerlei Unkosten und entbehrt zudem jeglichen Charmes. Aufregend an der Sache ist immerhin, dass jederzeit ein Uniformierter kommen und nach der gültigen Fahrkarte fragen könnte.

Ich habe vierzig Minuten Zeit. Könnte eine Zeitung durchblättern. Aber meistens schaue ich mir nur die Leute an; auf einem Bahnhof gibt es eigentlich immer Unterhaltung genug.

In Vingåker war der Bahnhof quasi mit einer Befreiung von meiner Angst gleichzusetzen gewesen. Hier bin ich nun für kurze Zeit aller Verantwortung enthoben.

Für Lars-Ivar ist es ein beunruhigendes Anzeichen dafür, dass in meinem Kopf etwas nicht stimmt. Es kann doch nicht normal sein, dass eine junge Mutter ihr Kind allein lässt, um sich auf einen Bahnhof zu setzen. Sich mit einer Freundin zu treffen, okay. Oder die eigene Mutter von der Bahn abzuholen.

Auf eine heimliche Liebschaft stünde wahrscheinlich die Todesstrafe. Aber sie läge immerhin im Bereich des Normalen.

Normalität war uns beiden ja ungemein wichtig.

Als Peter nach zwei Monaten die ganzen Nächte durchschrie, empfahl uns die Kinderbetreuungszentrale, mit dem Baby ins Kinderkrankenhaus zu fahren. Dort zeigte sich, dass unser armer Peter eine Art Krampf am Mageneingang hatte.

Aber dafür gab es Medikamente. Aus einer kleinen Tropfflasche mussten wir ihm einen Tropfen Medizin unter die Oberlippe träufeln. Man erklärte uns, dass nur Knaben an diesem Übel litten.

Körperliche Schwächen werden immer irgendwie als befreiend empfunden. Man kann darüber sprechen. Der Arzt schreibt ein Rezept, das Medikament bekommt einem vielleicht nicht, aber das ist alles normal.

Aber das Symptom, das sich jetzt bei mir zeigte, ließ sich nirgends einreihen. Unser Sohn wuchs und gedieh. War fröhlich und sehr hübsch anzusehen. Ein richtiges Musterkind. Eine Serie von sechs Fotos zeigt einen ungewöhnlich hübschen kleinen Jungen. Er lacht verhalten.

Während ich so gut wie ganz zu lachen aufgehört hatte.

Das war der Lohn für meine glückliche Schwangerschaft. Kompensation war angesagt. Nachts saß ich hellwach im Bett, bekam keine Luft, konnte nicht schlucken, war dem Tod nahe und so voller Angst, dass ich nicht einmal weinen konnte. Und jedes Mal weckte ich meinen Mann aus dem Tiefschlaf. Unser Kind hatte zu seinem Rhythmus gefunden, kam zwar spät zur Ruhe, schlief dafür aber die ganze Nacht durch.

Und nun fing seine Mutter mit ihren Verrücktheiten an.

Alles war ja offensichtlich nur Einbildung. Jeder Mensch konnte feststellen, dass ich nicht nur schlucken, sondern auch atmen konnte, und mein Herz schlug zwar ein wenig schnell, aber doch regelmäßig.

Für das, was mich wach hielt, gab es keinen Ausdruck. Ich hatte Albträume. Hohläugig grinste der Tod mich mit großen Zähnen an, und mein Mann schlief den gesunden Schlaf eines arbeitenden Menschen. Mein Gott, wie hasste ich ihn dafür.

Und wie hasste er mich, wenn ich ihn laut heulend aus dem Schlaf rüttelte und ihn zwang, die Augen aufzumachen.

Mit zerwühlten Haaren fuhr er wütend hoch.

»Was zum Teufel ist denn jetzt schon wieder los?«

Die Antwort war immer die gleiche. Jetzt, wo ich mit meinen Ängsten nicht mehr alleine war, kamen die Tränen.

»Ich kann nicht schlafen«, schluchzte ich und meine Schultern waren ganz steif vor Sehnsucht danach, dass er mich in den Arm nehmen und mich trösten möge. Aber das tat er nicht. Er hatte dieses ganze Getue satt. Ich sollte mich endlich zusammennehmen.

Er kam auf die Idee, dass ich unterbeschäftigt war. Meine wenigen Aufträge als Zeichnerin erledigte ich, ohne mich im Geringsten anzustrengen. Das wurde mir nicht als Fehler angekreidet.

»Wenn du wirklich müde bist, schläfst du auch.« Mit diesem Bescheid drehte er sich auf die andere Seite und war schon wieder eingeschlafen.

Ich war mit der unerklärlichen Panik allein gelassen, die meinen Körper schüttelte.

Tagsüber ging es mir besser. Für *Bonniers Monatsschrift* hatte ich verschiedene Modehäuser besucht und insgesamt sechs Modelle skizziert. Durch Fotos ergänzt, war es ein echter Prestigejob.

Als ich alles zu Hause am Zeichenbrett ausarbeitete, war ich mehr als high. Lars-Ivar hatte sich damit einverstanden erklärt, dass wir jeden Nachmittag für drei Stunden ein junges Mädchen aufnahmen. Ich konnte also die Tür hinter mir zumachen, wenn ich arbeitete. Sie ging einkaufen und nahm Peter im Kinderwagen mit, sie spülte das Geschirr und weichte die schmutzige Wäsche ein. Aber die Windeln wechselte ich meinem Baby selbst. Das ging mit dem Stillen in einem.

Das Geld floss in Strömen. Denn auch die *Welt der Frauen* gab mir einen Auftrag. Die Anzeigen für Irma Sundbom hatte vorübergehend eine andere Zeichnerin übernommen, aber nach Weihnachten wurde diese Arbeit wieder mir anvertraut.

In dem großen Zeitungsverlag bewunderte man nicht nur meine Frische, sondern auch, dass ich meine Figur so schnell wieder »zurückbekommen« hatte.

»Sie sehen einfach hinreißend aus, liebe Frau Palm«, sagte Louise Svenzén in ihrem gnädigsten Ton.

Bis drei Uhr konnte man seine Honorare an der Kasse abholen. Dort traf man sich. Die Männer unter den freien Journalisten und Zeichnern hatten danach nichts Eiligeres zu tun, als die Lokalitäten aufzusuchen, in denen alkoholische Getränke ausgeschenkt wurden. Ich aber rannte zur nächsten Straßenbahnhaltestelle.

Schon auf der Treppe hörte ich das Geschrei meines hungrigen Kindes. Noch immer spürte ich ein Ziehen in der Gebärmutter, wenn er schrie. Und die Milch begann zu sickern. Wenn ich die Tür aufschloss, befiel mich jedes Mal Angst. Das Mädchen Hillevi wollte gerade gehen. Jetzt würde ich, bis der Papa nach Hause kam, zwei Stunden mit Peter allein sein.

Ich versuchte, mich gegen die Ängste zu wehren. Aber diese Kräfte konnte mein Wille nicht steuern. Sie entwickeln eher eine noch größere Energie, wenn man die Vernunft gegen sie einsetzen will.

Ich spürte, wie das Vingåkersyndrom sich wieder breit machte, und ich konnte ihm nicht entkommen. Ich konnte auch mit niemandem, mit absolut niemandem, darüber sprechen. Am allerwenigsten mit Lars-Ivar.

Und dann dieser entsetzliche Kontrast zu dem, was mir das Berufsleben bot. Mir, der strahlenden jungen Frau mit einer Mappe voll großartiger Zeichnungen unter dem Arm.

Aber zu Hause brach alles zusammen. Ich war nur noch mürrisch und überspannt. Lars-Ivar tat mir nur noch Leid.

Du wirst das verstehen, Alberte.

Nimm nur das eine Beispiel: Wenn er vielleicht ein Mal im Monat mit seinen Kumpels in ein Lokal gehen und ein Glas

Bier trinken, also einfach einmal eine kleine Abwechslung haben wollte. Da verkrampfte sich alles in mir, ich zappelte um ihn herum und verlangte, dass er das Sofa in die Diele neben das Telefon schob …

»Damit ich schnell anrufen kann, wenn …«

»Wenn was?«

Die kurzen Worte hörten sich wie Maschinengewehrfeuer an.

»Wenn ich … Wenn was passieren sollte.«

Er schwieg niederträchtig.

»Ich meine, wenn ich Angst kriegen sollte.«

Pfui Teufel, wie satt er meine Verrücktheiten hatte!

»Vor was, verdammt nochmal, solltest du denn Angst kriegen? In einem Mietshaus, vier Treppen hoch, ringsherum Nachbarn, Ehestreitigkeiten, Radiomusik, Kindergeplärr, durch die dünnen Wände hört man doch alles …«

»Aber ich kenne hier keinen Menschen«, hauchte ich. Ich wusste genau, dass es nur eine rein rhetorische Frage gewesen war.

Er hatte sie aus purer Bosheit gestellt.

»*Und* außerdem. *Alleine* bist du ja gar nicht. Schließlich ist Peter bei dir.«

Mir verschlug es die Sprache.

Ich wusste, dass es keinen Sinn hatte, ihm zu sagen, dass das den Zustand nur verschlimmerte. Man stelle sich vor, ich würde *wirklich* den Verstand verlieren und ein Messer in der Küche holen, so etwas hatte man ja schon gelesen, oder ich würde das Kind vom Balkon werfen (das war auch irgendwo vorgekommen), oder ich würde selbst runterspringen, oder …?

Oder dass ich das Kind verletzte oder verließ.

Obwohl ich wusste, dass die Wut meines Mannes sich bis zur Ohrfeige steigern konnte (das war tatsächlich passiert. Ein richtiger Mann musste seiner Frau auch mal zeigen, wer der

Herr im Hause war), quengelte ich so lange, bis er das Sofa in die Diele schob.

»Jetzt nimm dich aber, verdammt nochmal, *endlich* zusammen. Dauernd blamierst du mich, machst mich lächerlich, kein Mensch hat zu Hause ein Weibsbild, das in der Kneipe anruft und den Herrn Gemahl sprechen will. Verstanden? Mit Anrufen ist jetzt endgültig Schluss!«

Ich versprach es. Ich hörte, wie seine Schritte sich entfernten. Ich hörte den Fahrstuhl kommen und das Gitter scheppern und ihn nach unten fahren.

Die Angst hatte mich zu diesem Zeitpunkt bereits fest an der Kandare.

Jedes Mal musste ich gegen den Impuls ankämpfen, die Treppe hinunter und auf die Straße zu laufen und bergab am Park vorbei bis zu der verrufenen Ecke zu rennen, um dort jemand x-Beliebigen um Begleitung bis zu mir ins Wohnzimmer zu bitten, um dort noch ein Glas Bier zu trinken.

Wer das war, spielte dabei keine Rolle, ob Freund oder Feind, Strolch oder Hure. Hauptsache, ich war nicht allein.

Einen kurzen Moment lang lenkte mich die Vorstellung ab, was für ein Gesicht Lars-Ivar machen würde, wenn er einen solchen Gast in seiner Wohnung vorfinden würde.

Ich hatte mit Peter eine Menge Arbeit. Das Baden war gar nicht mehr so einfach. Er konnte sich schon selbst umdrehen.

Das Stillen tat immer noch weh.

Ich legte ihn in den mit Stoff ausgekleideten Wäschekorb, der auf einem mit vier Rädern versehenen Gestell stand und ihm als Bettchen diente. Meine alte Schulfreundin Birgitta hatte mir diesen Stubenwagen geliehen. Rein zufällig hatte ich sie in der Beratungsstelle getroffen. Sie hatte einen Mann aus Eskilstuna geheiratet, an den ich mich aus der Realschulzeit erinnern konnte. Ihr Sohn war schon über ein Jahr alt und Peter erst ein paar Wochen. Sie wohnten ganz in unserer Nähe.

Für mich war es eine große Sache, der einzigen Freundin wieder zu begegnen, die ich in meiner Schulzeit in Eskilstuna gehabt hatte. Sie freute sich auch darüber und wir beschlossen, uns öfter zu treffen.

Aber die Besuche wurden immer seltener. Den Babykorb hatte sie mir schon bei unserer ersten Begegnung angeboten. Es war ein solides Heimwerkerstück. Durch die großen Räder war das Bettchen leicht hin und her zu schieben. Die Bewegung wirkte sich auf das Baby wunderbar einschläfernd aus.

Peter schlief an diesem Abend ungewöhnlich schnell ein. In der Küche stand ungespültes Geschirr. Ein Fleischmesser war auch dabei. Den Blick abgewandt, wusch ich es mit zitternden Händen ab und legte es in die Schublade. Ich ließ Wasser in den großen rostfreien Topf laufen, gab Waschmittel dazu und legte verschmutzte Babywäsche hinein. Den Topf setzte ich auf die brennende Gasflamme. Sofort kam mir der Gedanke, ich könnte möglicherweise nicht merken, wenn das Wasser überkochte und die Flamme ausging und das Gas … Sofort drehte ich den Haupthahn ab. Ich aß ein Käsebrot und trank ein Glas Milch, schaltete das Radio an. Im Stopfkorb lag einiges, das ausgebessert werden musste. Im Radio wurde ein Hörspiel gesendet. Eine verzweifelte Frau rief die Götter an. Ich schaltete aus. Nahm mir einen Strumpf vor, fädelte Stopfgarn ein. Nähte ein Gitter über das Loch, stach mich, Blut tropfte und hinterließ einen Fleck auf meiner Schürze. Ich legte alles beiseite. Lutschte an meinem Blut. Mir wurde übel, ich versuchte zu schlucken, aber mein Speichel war eingetrocknet. Raus in die Küche, Kopf unter den Wasserhahn, trinken; ich hatte keine Zeit, mir ein Glas zu holen. Ich hielt die Luft an. In meiner panischen Angst setzte das Herz immer wieder aus.

Ich sterbe, dachte ich. Und Peter …

Aber mein Herz erholte sich und begann zu rasen, um das Versäumte nachzuholen.

Ein gellender Schrei. Peter war aufgewacht. Ich lief zu ihm. Bei geschlossenen Augen schrie er erschreckend laut. Er hatte sich voll gemacht. Bis zu den Schultern. Wieder Windeln wechseln. Meine Hände zitterten ein wenig. Als ich ihn hochhob, war er schwerer als vorhin. Ich schwankte ein wenig. Peter spürte, dass etwas nicht stimmte, und begann wieder zu weinen. Mit schamrotem Gesicht stillte ich ihn allen Vorschriften zum Trotz. Das machte ihn müde. Vorsichtig und etwas unsicher legte ich ihn ins Bett. Er schlief weiter.

Ich stand mitten im Zimmer, als die Angst mich erneut überkam.

Es gelang mir trotzdem, das Bettzeug zu holen und auf das Sofa zu legen, das mit dem Kopfteil in der Diele und dem Fußteil im Zimmer stand. Telefon. Daneben ein Zettel mit einer Telefonnummer. Ich schaute auf die Uhr; es war zwanzig nach zehn.

Ich war halb blind vor Angst. Vielleicht war es ja schon zwanzig nach elf?

Mein Herz kam wieder aus dem Rhythmus. Mit dem rechten Daumen fühlte ich mir den Puls, wurde schwindelig, fand ihn nicht, mein Herz stand fast still …

Sterbend gelang es mir mit letzter Kraft, die Nummer zu wählen, die ich unter keinen Umständen anrufen durfte. Als jemand abhob, keuchte ich mein Anliegen kaum verständlich in den Hörer. Aber offensichtlich hatte man trotzdem begriffen. Ich hörte Lars-Ivars Stimme:

»Teufel nochmal, Signe, du hast doch versprochen …«

»Ich weiß, aber …«

Hier übermannten mich die Tränen, abgehackt schluchzte ich leise:

»Du musst kommen. Ich sterbe.«

Aber, weiß der Teufel, als er eine halbe Stunde später in der Diele stand, war ich alles andere als tot.

Ach, wäre ich es doch gewesen. Es hätte ihn vor einer Blamage bewahrt.

Mein Zustand war so unerträglich geworden, dass Lars-Ivar mir vorschlug, einen Psychiater aufzusuchen. Mein Ehemann hielt die jetzige Situation einfach nicht mehr aus. Keiner seiner Kumpels hatte auch nur annähernd solche Probleme mit seiner Alten, das stand fest.

Zwei Besuche beim Psychiater pro Woche. Nach zwei Monaten war noch keine Besserung festzustellen. Ich war überspannter denn je und mein Mann verlor die Geduld vollkommen. Immer wieder schrie er mich an, ich solle mich zusammennehmen. »Dauernd siehst du Gespenster, die es gar nicht gibt, glaubst du, ich halte das in alle Ewigkeit aus …«

Man konnte zusehen, wie ich abmagerte (vermutlich hatte es damals schon angefangen, als die Damen im Zeitungsverlag mir ihre Anerkennung aussprachen, weil ich meine Figur so schnell wieder »zurückbekommen« hatte).

Schon bei der geringsten Anstrengung fing ich an zu schnaufen. Nachts saß ich, schweißgebadet, weinend im Bett. Irgendwann schlug ich in der Nacht auf Lars-Ivar ein und zerrte so lange an ihm herum, bis er wach war.

Er hatte allen Grund aufzubrausen. Aber wie war das mit dem Schwitzen? Ich war nicht erkältet, hatte keine Schmerzen, wieso also eine Temperatur von 38,3?

Der Psychiater Dr. Ask überwies mich zu einem praktischen Arzt.

Es war eine Sie, eine ältere Dame, die mich durch ihre Brille scharf anblickte. Schon nach kurzem, intensivem Betrachten stellte sie eine eindeutige Diagnose. Sie sagte: »Liebes Kind, Sie haben ja eine Struma!«

Ich musste lachen, fühlte an meinen schlanken Hals und konnte nirgends eine Verdickung feststellen.

»Nicht *diese* Struma, die man allgemein Kropf nennt. Es ist eine toxische Struma, auch *Basedowsche Krankheit* genannt.«

Ich verstand kein Wort. Von dieser Krankheit hatte ich noch nie etwas gehört. Die Ärztin rief ein paar Leute an und händigte mir dann einen Untersuchungstermin für den übernächsten Tag aus. Als ich mich vom Besucherstuhl erhob, befahl sie mir, die Arme mit den Handflächen nach unten auszustrecken.

Ich bemerkte ein leichtes Zittern und die Ärztin sagte nur: »Ja, stimmt.«

Söderkrankenhaus. Ich sitze mit vielen anderen Wartenden in einem Korridor. Eine Frau wird im Bett vorbeigeschoben.

Ach, ich bin so müde, ich möchte auch auf so einem Bett liegen und von nichts mehr wissen.

Zwei wartende Frauen wenden sich einander aufgebracht zu, als mein Name schon nach kurzer Zeit aufgerufen wird. Eigentlich müsste es doch der Reihe nach gehen. Vorwurfsvolle Blicke begleiten mich, als ich durch die Tür gehe. Ich habe keine Ahnung, was mich drinnen erwartet.

Ich musste mich auf ein Untersuchungsbett legen. Jemand steckte mir ein Rohr in den Mund und eine kräftige Männerstimme forderte mich auf, tief und gleichmäßig zu atmen.

Der Mann, der das von mir verlangt, hat keine Ahnung davon, dass das unmöglich ist. Auf meiner Brust lag nämlich bewegungslos ein großes Tier. Bei jedem Atemzug musste ich dieses Tier anheben – es war mindestens ein Eisbär.

»Atmen Sie jetzt ruhig und normal – atmen Sie so tief wie möglich ein.«

Die Todesangst war geruchlos und stumm. Eine Schwester mit energischen Händen sorgte dafür, dass ich liegen blieb. Ein Stück von mir entfernt ging ein Schreiber auf einer Papierrolle langsam im Uhrzeigersinn auf und ab.

»Frau Palm, Sie müssen still liegen bleiben, sonst müssen wir die Aufzeichnung wiederholen.« Der Eisbär wurde noch schwerer.

Vor nicht allzu langer Zeit hatte ich ebenso unbarmherzig auf einer Entbindungsliege gelegen, aber da hatte ich wenigstens schreien dürfen.

Die Ewigkeit dauerte zwanzig Minuten. Ich war frei. Ich zitterte am ganzen Leib und musste auf dem Weg zum Arzt gestützt werden. Man sagte mir, der Befund werde meiner Ärztin, Frau Doktor Ida Abrahamsson, in Kürze zugehen.

Nach Hause zu meinem Kind. Zum Glück hatte ich das Stillen um 14 Uhr schon durch Gemüsebrei und Fruchtsaft ersetzt. Das schaffte unser junges Mädchen leicht.

Vier Tage später erfuhr ich, dass meine Grundumsatzwerte beängstigend hoch waren. Alle Symptome deuteten darauf hin, dass meine toxische Struma schon weit gediehen war.

Ich musste sofort ins Krankenhaus.

Verständnislos starrte ich Frau Dr. Abrahamsson an.

»Das geht nicht. Ich stille immer noch.«

Die Ärztin sah mich groß an.

»Begreifen Sie doch, Frau Palm. Hier geht es um Ihr Leben. Sie sind sehr krank.«

Sie erklärte mir den durch die geschädigte Schilddrüse gestörten Stoffwechsel, was sich auf das innersekretorische Gleichgewicht des ganzen Körpers auswirkte.

Ich hörte ihr verständnislos zu.

»Können wir nicht warten, bis ich mein Kind abgestillt habe?«

Sie fing wieder von vorne an.

Dieses Mal hörte ich noch weniger zu. Eine völlig neue Erkenntnis, eine fast triumphale Befriedigung erfüllte mich und verdrängte die Todesangst, die jetzt wirklich angebracht gewesen wäre.

Eine wunderbare Ruhe lullte mich ein.

ICH WAR KRANK. Ich war wirklich und wahrhaftig krank. Die Krankheit hatte einen Namen. Es war eine schwere, mein Leben bedrohende Krankheit, für die ich nichts konnte.

Ich war krank. Danke, lieber Gott, jetzt kann niemand mehr böse auf mich sein. Dabei dachte ich vor allem an Lars-Ivar und meine Schwiegereltern. Meine Mutter würde auch erleichtert sein. Hier waren die schwachen Nerven meines Vaters nicht mit im Spiel. Es war eine richtige Krankheit und der Name des Krankenhauses, in dem ich liegen würde, konnte ungeniert überall genannt werden. Im Gegensatz zu diesem anderen von damals. Es bedeutete, dass von Geisteskrankheit bei mir keine Rede sein konnte.

Und was war mit meinem Kind? Diesem armen, unschuldigen, noch nicht abgestillten Baby, dem die Muttermilch und die stillende Mutter von heute auf morgen entzogen werden sollte?

Alberte, ich fürchte, dass ich auch in diesem Punkt vor allem erleichtert war. Ich war sterbenskrank. Das befreite mich von der Verantwortung und den Schuldgefühlen.

Die nun folgende Zeit ignorierte die Bedürfnisse des Säuglings vollkommen. Kein Buch und keine Broschüre hatten mich aufgeklärt, wie schädlich es für ein Kind zwischen null und zwei Jahren ist, von seiner Mutter oder einer gleichwertigen Bezugsperson plötzlich getrennt zu werden.

Das alles ereignete sich vierzig Jahre vor der Zeit, in der man sich endlich klar darüber wurde, dass Kleinkinder zunächst keine Ahnung haben, wie lange eine Stunde dauert oder, sagen wir, zwei Tage. Es ist eine Katastrophe, wenn genau der Mensch plötzlich verschwindet, dessen Geruch und Stimme das Baby kennt und mit dessen Art des Umgangs es vertraut ist.

1950 waren wir sorglos, denn wir wussten von alldem nichts. Den Behörden war lediglich die Fähigkeit des stellvertretend Pflegenden wichtig.

Von Vaterschaftsurlaub hatte man nie etwas gehört. Lars-Ivar wurde Jahre später als Held und Pionier gepriesen, weil er sich mehr um unsere Kinder gekümmert hatte als ich. Er zeugte sie, ich brachte sie zur Welt, er pflegte sie und ich zahlte mit meinen Zeichnungen Miete, Kleidung, Nahrungsmittel und Kartoffeln. (Hinzuzufügen ist, dass wir zu dieser Zeit ein Kindermädchen hatten, eine Praktikantin, die eine spätere Ausbildung zur Kinderschwester oder zur Vorschullehrerin anstrebte.)

Selbst heute ist die Arbeitsteilung, die Lars-Ivar und ich in den fünfziger Jahren praktizierten, noch nicht ganz selbstverständlich. Aber jetzt, um die Jahrtausendwende, läuft ein Mann kaum noch Gefahr, sich als Pantoffelheld schimpfen zu lassen, oder dass die Frau als berufstätige Hausfrau eine karrieresüchtige Feministin gescholten wird.

Als seine Mutter ins Krankenhaus musste, landete Peter bei seiner Großmutter in Uppsala. Sie nahm sich einfach schon vor den Sommerferien dienstfrei, um die Mutterstelle an ihrem sieben Monate alten Enkel zu vertreten. Ich kann mich erinnern, dass Gitterbett und Laufställchen per Eisenbahn verschickt wurden.

Mir wurde nicht einmal erlaubt, die Kleider meines Sohnes und seine Lieblingsspielsachen einzupacken. Aber das konnte sein Papa ja mindestens ebenso gut wie ich.

Hals über Kopf wurde ich als Patientin im Krankenhaus Samariterhemmet in Uppsala aufgenommen.

Mein kleiner erstgeborener Sohn und ich waren also zumindest in derselben Stadt untergebracht.

18

Wie das Nesthäkchen aus dem alten Mädchenbuch landete ich in Abt. 3, in der keine der übrigen Patientinnen jünger als 55 Jahre alt war. Es waren lauter feingliedrige, gebildete und kultivierte ältere Damen. Alles Lehrerinnen, unter ihnen eine ehemalige Schuldirektorin im Ruhestand.

Samariterhemmet war ein halbprivates Krankenhaus, das der Schwedischen Kirche nahe stand. Die nicht bettlägerigen Patientinnen konnten an der Morgenandacht teilnehmen, die im Tagesraum in echter Pfarrhofatmosphäre stattfand.

Die Krankenschwestern bewegten sich leise und demütig wie Nonnen. Ihre Tracht verstärkte den klösterlichen Eindruck, denn es war eine Selbstverständlichkeit, seinen Beruf als gottgewollte Berufung zu betrachten.

Schlimm wurde es, als diese frommen Mädchen meine milchstrotzenden Brüste mit breiten Baumwollbinden umwickelten. Am nächsten Morgen hatte die Natur alle Barrikaden gesprengt, die Binden waren verrutscht und aus meinen Brüsten sprudelte die Muttermilch in wahren Fontänen.

Ich lachte darüber wie über einen gelungenen Scherz.

Meine gesteigerte Euphorie wurde als Krankheitssymptom ausgelegt. Ebenso meine Schlaflosigkeit. Alles in mir passierte aufgrund des überhöhten Stoffwechsels zu schnell und natürlich war auch meine Gewichtsabnahme darauf zurückzuführen.

Außer den Medikamenten gegen die Krankheit bekam ich abends starke Schlaftabletten. Jetzt spielte es ja keine Rolle mehr, dass sie »in die Milch kamen«. Erst nach fünf Tagen versiegte die Milch endlich. Unter dem weißen, gestärkten Nachthemd fand sich jetzt wieder eine hübsche kleine Brust.

Als Herr Oberarzt Petrén zur Visite kam, knöpfte ich das Hemd kokett auf. »Sehen Sie nur, wie hübsch ich wieder bin«, frohlockte ich.

Der Arzt war ein älterer, etwas fettleibiger Mann, der mein Krankheitsbild kannte und meine Übertreibungen geflissentlich überhörte.

Mein Zustand äußerte sich in kindischem Übermut, wie ich ihn als Kind nie hatte ausleben dürfen. Solchen Impulsen hatte Mama immer rechtzeitig gegengesteuert. Wer die medizinische Ursache dieser »Wuseligkeit« nicht kannte, hätte mich für manisch gehalten.

Zu Hause hatte sich alles in Panik und Weinkrämpfen geäußert oder sich in hysterischen Anwandlungen über den armen Lars-Ivar ergossen. Es hätte nicht viel gefehlt, und ich hätte ihn erwürgt, weil er zur Nachtzeit schlief, während ich, seine Frau, buchstäblich den Teufel im Leib hatte.

Hier im Heim war ich nie einsam. Hier hatte ich keine Angst. War nur verrückt, gleichzeitig aber der kleine Sonnenschein der Abteilung, hei hopp, im Galopp! Pippi Langstrumpfs große Schwester, wenn sie eine gehabt hätte.

Wenn Besuch kam, beherrschte ich meinen Übermut und legte mich sogar ins Bett. Ich wusste, was von einer Kranken erwartet wurde. Es war nicht leicht, das Gesicht zu wahren; denn hier in diesem Haus gab es Gründe genug, um sich lustig zu machen. Meine kleinen Racheakte schmeckten süß wie die Schokolade, die man mir mitbrachte, und sie stiegen mir wie der Duft der Rosen und die Ach-du-armes-Kind-Seufzer zu Kopf.

Da war das reumütige Lächeln, das nicht nur mein Mann, sondern vor allem seine Verwandtschaft auf den Lippen trug. Seine Frau war also ernstlich krank und hatte ein Leiden, von dem man eigentlich noch nie etwas gehört hatte. Etwas, das ihrer Meinung nach nicht von den Nerven kam, sondern eine richtige Krankheit war.

Selten sind die Vorurteile gegenüber seelischen Krankheiten und ihre Verachtung so deutlich zutage getreten. Ich hasste sie, wenn sie mit ihren ängstlich lächelnden Gesichtern und ihren Blumensträußen daherkamen.

Die heuchlerisch beunruhigten Fragen, wie lange ich denn bleiben müsse …?

»Das hängt davon ab, ob ich operiert werden muss«, antwortete ich dann mit kaum hörbarer Stimme.

»Oh, kann das nötig werden? Hat der Arzt davon gesprochen?«

Nein. Aber ich würde es selbst zur Sprache bringen. Nach drei Wochen medikamentöser Behandlung keinerlei Veränderung.

Mir ging das zu langsam. Ich hatte ein kleines Kind. Ich wollte eine erkennbare Besserung. Also fragte ich den Arzt:

»Kann man das nicht operieren?« Er schien überrumpelt.

»Das ist eine sehr schwere Operation, Frau Palm. Und nicht ganz ungefährlich.«

»Ich habe keine Angst«, sagte ich wahrheitsgemäß. Und der Oberarzt meinte, er werde über meinen Vorschlag nachdenken, denn auch ihm sei natürlich nicht entgangen, dass die medikamentöse Behandlung bis jetzt keinerlei Wirkung zeigte.

Aber zunächst sollte eine weitere Stoffwechseluntersuchung gemacht werden.

Mama kam mich oft besuchen und erstattete jedes Mal Bericht über meinen Sohn. Immer nur erfreuliche Dinge, dass er schon aufrecht sitzen konnte und dass er, wenn er auf dem

Bauch auf dem Fußboden lag, schon versuchte, sich auf einen roten Ball vorzurobben.

Ich hörte mir das höflich an, als wäre von dem Kind anderer Leute die Rede.

Die neue Untersuchung zeigte unveränderte Werte. In einem langen Gespräch betonte der Oberarzt mir gegenüber, dass er sich zunächst mit Herrn Palm, meinem Gatten, beraten müsse.

Ich schnaubte. »Warum das denn? Was hat er damit zu tun? Es geht doch wohl hier um meinen Körper. Es ist doch sinnlos, ihn zu beunruhigen. Außerdem fällt es ihm immer so schwer, eine Entscheidung zu treffen. Es ist besser, man stellt ihn nicht vor die Wahl. Sie brauchen ihm nur zu sagen, dass es notwendig ist, Herr Doktor.«

»Ja«, sagte er nervös. »Sind Sie denn wirklich sicher, ich meine, dass …«

»Wie soll ich das verstehen, Herr Doktor? *Wenn* die Medikamente nicht helfen, ist wohl eine Operation …?«

»Ja, gewiss.«

»Na also«, sagte ich.

Eine angstbesessene erwachsene Frau, die nicht den Mut hatte, mit ihrem Kleinkind alleine in der Wohnung zu sein. Wenn das nun gar nichts mit den Nerven zu tun gehabt hatte?

Wenn ich diese Giftstruma schon länger gehabt hatte, ohne dass es jemandem aufgefallen war?

Das war doch denkbar? Die Schwangerschaft konnte die Krankheit ausgelöst oder aktiviert haben.

Lieber Gott – war es denkbar, ich sage ausdrücklich: *war es denkbar,* dass all meine verrückten Vorstellungen nur auf eine körperliche Krankheit zurückzuführen waren?

Lieber Gott, gib, dass es so ist!

Beim nächsten Verwandtenbesuch konnte ich ein Operationsdatum nennen.

Wie tapfer und wie gefasst!, meinten sie. Wirklich bewundernswert.

Tief in den Kissen liegend, lächelte ich sie an.

Und das machte sie offenbar nervös.

(Und was, wenn ich hops gehe?)

Meine Schadenfreude überstrahlte alles andere.

Und Dankbarkeit, egal, gegenüber wem. Für diese Pluspunkte in meinem Leben.

Sie würden eine Weile ausreichen, irgendwann aber verwirkt sein, und ich wäre wieder bei null angelangt. Aber davon wollte ich nichts wissen, als ich die Morphiumspritze ablehnte und man mir bei vollem Bewusstsein in den Arm stach, um mir ein mit dem Indianergift Curare verwandtes Gift injizieren zu lassen, das alle Muskeln lähmt. Auch das Herz.

Darum wurde ich während des Eingriffs an ein Beatmungsgerät angeschlossen.

Am Tag davor hatten der Arzt und ich noch einmal ein Gespräch geführt. »Und stellen Sie sich mal vor«, hatte ich in meiner albernen kindischen Art gekichert. »Wenn nun alles, was mein jetziges ICH darstellt, nur die Auswirkung einer Überfunktion der Schilddrüse ist und ich nach der Operation ein ganz anderer Mensch werde, ruhig, vernünftig, wie …«

Er legte mir seine große Hand auf den Arm. »Nein, so dürfen Sie nicht denken, Frau Palm. Ein solches Risiko …«

»Risiko!«, rief ich und setzte mich auf. »*Risiko?* Ich will es doch so haben. Ich will eine völlig andere Frau werden. Ich will eine andere werden!«

Er war bestürzt.

»Aber meine Liebe, so dürfen Sie nicht denken. Sie sind, so wie Sie sind, doch völlig in Ordnung, eine intelligente, begabte, tüchtige …«

Er kam nicht dazu, das Register zu vollenden.

»Neeein!«, schrie ich, und die Tränen strömten wie einst

während des Abstillens die Milch aus meinen Brüsten. »Ich bin nicht in Ordnung, ich bin kein bisschen in Ordnung, ich bin überhaupt nicht in Ordnung!«

Ich weinte jetzt so haltlos, dass eine Schwester mir eine Beruhigungsspritze geben musste.

Man sah diesen Ausbruch selbstverständlich in Zusammenhang mit der Angst, die ich vor der Operation haben musste. Denn selbst der geringfügigste Fehlgriff konnte bedeuten, dass ich künftig als Opfer einer Unterfunktion ein Leben lang Medikamente gegen Übergewicht und Phlegma würde einnehmen müssen.

Von diesen möglichen Folgen erfuhr ich aber erst hinterher, als man mir sagte, die Operation sei gelungen. Meine Schilddrüsenfunktion werde künftig völlig normal sein.

Ich bin aufgewacht. Ich nehme zwei Krankenschwestern im Zimmer wahr. Sie sprechen miteinander, ich höre, was sie sagen.

Ich höre: »Nein, nein, sie schläft.«

Ich spüre, wie eine Hand mein Augenlid anhebt. In mir spreche, höre, fühle ich, kann aber weder Augenlid, Finger, Lippen noch Zunge bewegen …

Ich kann nicht einmal flüstern: »Ich bin wach. Klar bin ich wach.«

Diesen Ruf formuliere ich in meinem Inneren, fühle mich äußerlich aber noch gelähmt.

Und da, endlich, gelingt es meinem Gehirn, eine Botschaft an die Hände zu senden. Ich bewege eine Hand und es gelingt mir, ein Stöhnen von mir zu geben. Die Schwestern halten inne. Eine von ihnen ruft: »Oh, jetzt ist sie wach!«

Immer wenn ich zukünftig von Menschen hören oder lesen werde, die für bewusstlos gehalten werden, sehe ich diese Szene vor mir. Wie viele Menschen können offensichtlich keinen

Kontakt herstellen, weil sie physisch außerstande sind, sich bemerkbar zu machen?

Ich war wie tot. Hörte aber alles, fühlte, dass sie mich anfassten. Wie vielen Menschen mag es so gehen?

Der Oberarzt war zufrieden. Die Operation hatte länger gedauert als geplant, aber sie war gut verlaufen.

Die von mir empfundene Selbstzufriedenheit konnte weder Übelkeit noch Schmerzen, noch meine abgrundtiefe Erschöpfung verdrängen, aber sie war eine Belohnung in sich.

Schon nach wenigen Tagen kam Besuch, man brachte der wieder erwachten Leiche, die alles Lob gern entgegennahm, Blumen mit.

Am Tropf hängend und mit Verbänden umwickelt, lächelte ich freundlich, während die Besucher mich mit Seidenpapier und Vasen und allerlei Ausrufen umschwirrten. Teils war man besorgt (Mama und Lars-Ivar), teils bewunderte man mich. »So tapfer und so geduldig!«

Ich machte mich gut als Kranke. Drum genoss ich es auch. Man spendete Beifall, als ich das erste Mal alleine zur Toilette gehen konnte. Tüchtig, tüchtig. Nach so einer komplizierten und schweren Operation. Welch ein Segen, dass es noch rechtzeitig entdeckt wurde.

Begierig nahm ich jeden Seufzer zur Kenntnis, und jede anerkennende Formulierung bestätigte meine Menschenwürde.

Alles nahm viel Zeit in Anspruch, und bei jedem Besuch wartete Mama mit neuen, in alle Einzelheiten gehenden Schilderungen der Fortschritte meines Sohnes auf. Man hatte auch schon mit dem Topftraining angefangen, und tatsächlich hatte er schon einmal »groß« ins Töpfchen gemacht. Am Gitter des Laufställchens versuchte er sich aufzurichten. Das Einschlafen am Abend machte ihm aber immer noch Schwierigkeiten. Das lag nun mal in der Familie. Sie berichtete, wie viel er zugenommen hatte. Ich lauschte höflich, tat überrascht, gab mich stolz.

So ein tüchtiges Kind, und er ist wirklich mit allem früh dran, und wie gut …

Hinter einem fast undurchdringlichen Nebel verbarg sich ein Kind, dessen Großmutter meine Mutter war. Noch bestand die Möglichkeit, dass ich später, wenn sich bei fortschreitender Erholung der Nebel immer weiter lichten würde, Sehnsucht nach diesem Kind haben würde. Wie eine richtige Mutter eben.

Drüben am Fenster stand die größte im Krankenhaus verfügbare Vase voll verschiedenfarbiger Rosen. Es war das Luxusgebinde der *Welt der Frauen* mit beigelegter Karte, auf der man mir rasche Genesung wünschte und die Hoffnung aussprach, dass ich bald wieder für sie arbeiten könnte.

Der Strauß war für meinen kleinen Beistelltisch viel zu umfangreich.

Ich empfand meine große Müdigkeit als angenehm. Diesen Zustand, dass nichts wirklich bis zu mir vordrang. Aber das Schutzgitter bekam plötzlich scharfe Risse.

Durch die Fugen konnte ich vage erkennen, wie es draußen aussah.

Es gab dort nichts, was ich gerne wieder gesehen hätte.

Meine eigene Vorstellung war es ja gewesen, dass die Welt, also ich, nach dieser Operation eine andere sein würde.

Ein Wunder erwartete mich, als die Bandagen entfernt wurden und ich langsam wieder zu Kräften kam.

Verschrobene Zwangsvorstellungen, unbegreifliche Ängste und Panikreaktionen waren nur noch Erinnerung. Schlechte Amateurfotos, über die man lachte und dann zerriss und in den Müll warf. Fürs Album taugten sie nicht.

Ein verzweifelter Verdacht zwängte sich dann und wann durch das Gazegewebe hindurch zwischen mich und die Wirklichkeit:

Und wenn nicht?

Guter Gott, lieber guter Doktor, tut alles, damit ich wirklich verwandelt BIN.

Die Narbe, die einem in die Haut geritzten afrikanischen Halsband ähnelte, lag genau unter meiner Halsgrube. Dieser Vergleich war Lars-Ivar eingefallen.

Meine Haare waren frisch gewaschen, und das saubere weiße Hemd konnte, wenn die oberen Knöpfe offen waren, richtig kleidsam sein.

Lars-Ivar war guter Dinge und sah besser aus denn je. Er hatte Entwürfe mitgebracht, die er mir zeigen wollte. Ein großes Textilunternehmen, das auf Vorhänge und andere Heimtextilien spezialisiert war, hatte einen Designwettbewerb ausgeschrieben. In erster Linie bat man die Künstler darum, neue, frische Muster einzureichen. Lars-Ivar, dessen Bilder immer mehr stilisiert und schon fast kubistisch waren, zeigte mir mehrere Entwürfe, die, sollten sie angenommen werden, eine Branche revolutionieren würden, in der Geblümt, Getupft und Gestreift vorgeherrscht hatten.

»Was hältst du davon? Meinst du, das könnte etwas sein?«

Oh, diese herzliche Freude aus rosaroter Zuckerwatte, dass er mein Urteil hören wollte. Bisher hatte ich nicht eine einzige Zeichnung irgendwo vorlegen können, ohne dass sie von ihm genehmigt worden war.

Wie ein Kind zeichnete ich stets schnell und voll Eifer, und wenn zum Beispiel eine Bestellung für zwei Zeichnungen vorlag, machte ich mindestens zehn.

Alle wurden auf den Fußboden gelegt – in der eigenen Wohnung hatten wir dazu ja Platz – und Lars-Ivar besah sie sich aus schmalen Augen und bestimmte: *die* und *die*. Wenn ich dann fragend auf eine andere zeigte, sagte er klar und deutlich, kommt nicht in Frage. Nur diese beiden.

Aber jetzt legte er Wert auf mein Urteil über etwas, was er gemacht hatte.

Alle, selbst die hinfälligste alte Dame im Saal, verfolgten gespannt unsere Verhandlung.

Und Lars-Ivar respektierte meine Meinung.

Für mich war diese halbe Stunde eine der glücklichsten in unserer Ehe.

Auch mein Mann knüpfte ja, wenn auch nicht im selben Maß wie ich, Erwartungen daran, dass meine Launenhaftigkeit sich jetzt legen würde. Man hatte eine damit zusammenhängende körperliche Krankheit gefunden, die jetzt geheilt war. Ich war zwar noch nicht gesund, aber doch auf dem Wege der Besserung.

Der Oberarzt ließ noch einmal eine Untersuchung vornehmen und war über das Ergebnis mehr als erfreut. Jetzt war es Aufgabe meines Körpers, sich dem neuen Rhythmus anzupassen. Dieser Prozess würde einige Zeit in Anspruch nehmen. Im Anfang würde ich unter großer Müdigkeit leiden. Wir mussten mit einer Rekonvaleszenz von mindestens einem Monat rechnen.

19

Die Fürsorge hatte mir in einem Erholungsheim in der Nähe von Gnesta ein Zimmer mit Vollpension und verfügbarer Pflegerin besorgt.

Es hieß Haus Sonne und war – wie man zu sagen pflegte – von schönster Natur umgeben. Auch an dem Gebäude selbst war nichts auszusetzen. Es war ein großes, weißes Holzhaus mit einer Glasveranda im oberen Stockwerk und einer daran anschließenden großen Terrasse mit Aussicht aufs Wasser. Die Veranda grenzte an den Speisesaal, doch konnte der Kaffee nach dem Essen dort nicht im Freien getrunken werden.

Draußen standen auf dem immer tadellos geharkten Kies weiße Gartenmöbel. Dort wurde der Nachmittagskaffee serviert. Wenn es nicht zu heiß war. Für besonders warme Tage waren an der Rückseite des Hauses, und für alle, die es gern ruhiger hatten, auch in der Gartenlaube, Kaffeetische vorgesehen.

Am Anfang war ich wirklich immerzu über Gebühr müde. Manchmal legte ich mich einfach aufs Bett, ohne den gehäkelten Überwurf vorher weggenommen zu haben. Ich schloss die Augen und lauschte den für Schweden so typischen Sommergeräuschen. Schritte auf dem Kies. Das Knirschen, wenn Stühle gerückt wurden und sich erfahrungsgemäß um jedes Stuhlbein kleine Steine häuften. Das Klirren von Porzellan und von

Löffeln, die nach dem Umrühren wieder zurück auf die Untertasse gelegt wurden. Vielleicht gab es auch einen Glaskrug mit hausgemachtem Johannisbeersaft. Wenn die Eiswürfel in Bewegung gerieten, erinnerte das Geräusch an die Zeit, in der der Frost im Schilf jedes Rohr mit Eisbrocken umgibt und es wie Glöckchen klingt, wenn sie aneinander schlagen.

So also klingt es, wenn Fräulein Alice der alten Frau Oberst Jägersköld ein zweites Glas Saft einschenkt.

Es versteht sich von selbst, dass sich an einem solchen Ort viele alte Menschen aufhalten. Abgenutzte Geländer in den Korridoren. Die Sessel und Sofas im größeren Salon sind hart gepolstert. Diejenigen, die Probleme mit Rücken oder Knien haben, kommen so leichter auf die Beine.

Diese Schwierigkeiten hatte ich nicht. Ich kann in der Hocke auch das unterste Fach im Bücherregal durchsehen. Wir Patienten können uns ganz nach Belieben jedes Buch leihen. Innen auf dem Buchdeckel trägt jedes Exemplar den Stempel: *»Erholungsheim Haus Sonne, Gnesta«*.

Unter der uns angebotenen Literatur sind christlich geprägte Bücher in überreichem Maß vorhanden. Neben Andachtsbüchern finden sich die Werke von Bischof Giertz, aber auch mein alter Freund Thomas von Kempen ist vertreten.

Um Lars-Ivars Arbeiterliteratur ist es hingegen schlecht bestellt. Von Ivar Lo-Johansson finde ich das Buch *Nur eine Mutter*, aber das habe ich schon gelesen. Die beiden berühmten Schriftstellerinnen Selma Lagerlöf und Sigrid Undset sind natürlich gut vertreten. Moa Martinson fehlt. Während von Harry Martinson *Die Nesseln blühen* und auch sein neues Buch *Der Weg nach Glockenreich* vorhanden sind. Nach Agnes von Krusenstierna suche ich erst gar nicht. Sie ist auch für mich eine eher zweifelhafte Autorin. Und, das sollte man wohl hinzufügen, so sehr Oberschicht, dass Lars-Ivar sie in seine Bildungsarbeit mit mir nie einbezogen hat. Marika Stiernstedt gehörte der gleichen Bevölkerungsschicht an, war aber ungefährlich und daher mit *Ullabella* und *Das Bankett* vertreten.

Begierig stürzte ich mich auf *Kristin Lavranstochter*, doch erlahmte mein Interesse an dem Buch sehr schnell. Schon immer haben mich Menschenschicksale aus früheren Zeiten in der Literatur merkwürdig kalt gelassen.

Das erste Buch, in dem ich dich kennen lernte, Alberte, stand eingepfercht zwischen Selma Lagerlöfs Werken. Die norwegische Autorin hieß Cora Sandel und das Buch hieß *Alberte und Jakob*.

Der Eindruck, den es bei mir hinterließ, war so gut wie lebensentscheidend. Ich traf auf jemanden mit der gleichen Ohnmacht und Wut, die ich bei mir selbst wahrnahm.

Immer und immer wieder stöberte ich in den Bücherregalen nach einem weiteren Buch über dich und mich. Ich glich einer, die zum ersten Mal eine Droge ausprobiert und schon nach der ersten Spritze süchtig wird. Ein Fieber hatte mich ergriffen und mich von einer schlafwandlerischen Langeweile befreit.

Das Buch war in dem Verlag erschienen, dessen Chef zufällig der begeisterte Verleger war, der nach dem Genuss einer Bowle den Künstler Palm aufgefordert hatte, ihn zwecks Besprechung eines eventuellen Bilderkaufs in seinem Büro aufzusuchen. Der Name des Verlages hatte für mich also einen negativen Beigeschmack.

Die dritte Woche meines Aufenthaltes hatte gerade angefangen. Bald würde ich ausreichend gesund und stark sein, um diese Stachelbeerbüsche und Ringelblumen, die Korridore mit den handgewebten Läufern, den Mittagstisch mit gekochtem Kalbfleisch und Dillsoße und einem Nachtisch aus Fruchtkaltschale mit Kaffeesahne verlassen zu können. Es würde Schluss sein mit einsamen Waldspaziergängen und dem Rudern in stiller Abenddämmerung, wenn die Bäume am anderen Seeufer im Wasser Kopf standen und Gespräche von weit entfernten Bootsbrücken herüberhallten.

Ich würde als eine junge Frau von hier wegfahren, die sich nach einem operativen Eingriff in eine zuverlässige Mutter, eine gute Ehefrau, eine in jeder Hinsicht furchtlose junge Frau verwandelt haben würde, die gerade noch über den Gedanken: Habe ich den Bügeleisenstecker auch wirklich herausgezogen? erschrecken würde. Nachts würde sie nach dem Gutenachtkuss ihres Gatten und dem davor genossenen zärtlichen ehelichen Beisammensein gut schlafen (bei dieser Vision wacht auch das Kind, wenn wir uns gerade in Liebe vereint haben, nicht laut brüllend auf).

Ich würde fest an meinen Geliebten geschmiegt vielleicht sogar in seinen Armen einschlafen. Wir würden wie die Löffel in einer Kassette beieinander liegen: Wer könnte sich etwas Schöneres vorstellen?

Während meines Aufenthaltes im Haus Sonne befand ich mich ja völlig fern aller Wirklichkeit. Als Kranke unter Kranken steht man außerhalb aller Forderungen und Pflichten der normalen Welt.

Von Estelle Karr hatte ich einen Brief bekommen, in dem sie lebhaft schilderte, welche Aufgaben auf mich warteten.

Aber in einer surrealistischen Art war auch mein Leben als berufstätige Frau nicht wirklich wahr. Es war eher ein Traum, in dem alles leicht und unbeschwert ablief. Keine Kinder riefen nach mir und mein Mann schimpfte mich nicht aus. In Estelle Karrs Welt war ich immer in Ordnung. Genau wie ich es hier im Heim gewesen war. Ich hätte leicht zum lieb Kind werden können. Anfangs hatte man mich von allen Seiten aufgeheitert. So jung und schon eine der schwierigsten Operationen durchgestanden! Ich behaupte, dass dieser verdammte Anstrich von Unschuld, der mir wie eine Art Ausschlag anhaftete und nicht wegzuwaschen war, bis zur Katastrophe in meinem zweiunddreißigsten Jahr an mir kleben bleiben würde.

Die Zeit der Rekonvaleszenz bedeutet nicht, dass so ein junges Ding erwachsen sein muss. Niemand nahm zur Kenntnis, dass ich verheiratet war und ein Kind hatte. Ich war der immer aufblühend reizende Backfisch, der an Sommerabenden nach dem Kaffee gebeten wurde, am Klavier etwas vorzusingen. Ich hatte in den mehr oder weniger aus dem Leim gehenden Noten geblättert und Operetten- und Volkslieder gefunden. Und auch den einen oder anderen Schlager. Den lächelnden und andächtig lauschenden alten Leuten sang ich *»Machen wir's den Schwalben nach, bau'n wir uns ein Nest …«* und den Walzer aus *Die lustige Witwe* vor. Oder das Volkslied *»Ich weiß eine schöne Rose«*. Und auch den Schlager *»Glaub nicht dem geflügelten Wort, das Glück sei ein seliger Hort …«*.

Es blieb kein Auge trocken. Der alte Hofgerichtsrat Klingenborg küsste mir galant die Hand und ich lachte und knickste wie ein wohlerzogenes junges Mädchen.

Eine Altfrauenstimme äußerte: »Wie ein Engel! Ein so reiner, hoher Sopran. Hat unsre kleine Frau Palm nie an eine Ausbildung gedacht …«

Auch die von der Bibel her berühmten Talente wurden erwähnt. Es ist vermutlich eines der meistzitierten Bibelworte, die in den unterschiedlichsten Situationen angebracht scheinen.

Der wahre Sonnenschein im Haus Sonne – das war ich. Dass dieses blühende junge Mädchen verheiratet und Mutter war, konnte man kaum fassen. Die reinste Kindesentführung, scherzte der galante Oberstleutnant Efraim Silverkvist. Ich darf wohl sagen, dass es typisch Lars-Ivar war, mich erst am letzten Sonntag zu besuchen und Peter mitzubringen.

Es war eine lange, ermüdende Fahrt gewesen. Bahn, Bus und auch noch eine ordentliche Strecke staubige Landstraße zu Fuß, bis sie vor dem Tor von Haus Sonne angekommen waren. Bei drückender Sommerhitze. Fliegen und Wespen hatten Hochsaison.

Ausgerechnet während des Nachmittagskaffees schob er das Sportwägelchen knirschend über den frisch geharkten Kies. Die Dauergäste saßen gemeinsam draußen. Zum Kaffee gab es Himbeertorte, das heißt, man hatte einen Mürbeteig in drei Böden geteilt, zerdrückte Beeren dazwischen geschmiert und das Ganze mit geschlagener Sahne bedeckt.

Mit Tortenstückchen beladene Löffel blieben in der Luft hängen, Kaffeetassen schwappten über, als die jüngste Patientin des Hauses aufschrie und auf das in diesem Milieu ungewöhnliche Gefährt zu stürmte.

»Peter! Peter! Oh, Peter!«, rief ich und beugte mich über den Wagen, um meinen Sohn herauszuheben.

Und dann sahen und hörten ich und die Zuschauer, wie der kleine Junge zurückschreckte und seinem Vater weinend die Arme entgegenstreckte. Dort oben endlich in Sicherheit, verbarg er das Gesicht in Papas offenem Hemdkragen.

Nicht gut. Alles andere als gut.

Mit hilflos hängenden Armen hörte ich Lars-Ivars Versuchen zu, den Jungen und mich zu trösten.

»Versteh das, Signe, es liegt so viel Zeit dazwischen …« Und erst da wurde mir voll bewusst, wie viele Tage und Nächte dieses Kind auf seine Mutter hatte verzichten müssen.

Nun ja, nach einem Weilchen wurde es besser. Saft und süßer Himbeerkuchen können Tränen gut stillen. Ich durfte Peter zwar nicht sofort auf den Schoß nehmen, denn das Füttern war Lars-Ivars Sache. Irgendwann gönnte mein Sohn mir dann doch ein kurzes Lächeln. Doch zuerst musste er seinen Vater ansehen, um ganz sicher zu sein, dass er diese unbekannte Frau anlachen durfte.

Lars-Ivar meinte, ich sähe frisch und munter aus, fragte

dann aber doch, ob es auch wirklich stimmte. Oder ob es vor allem der Sonnenbräune zuzuschreiben sei?

Ich spürte bei dieser Frage etwas in mir erzittern. In meinem Inneren zog sich gewissermaßen etwas zusammen.

»Ich habe mit Herrn Oberarzt Petrén im Samariterheim gesprochen. Er meint, du kannst diese Woche nach Hause entlassen werden. Am Donnerstag. Dann könnte er dich am Freitag anschauen. Ich habe auch mit Tante Hilma gesprochen, und wir sind übereingekommen, dass du bei ihr übernachtest. Da könnt ihr zwei, also du und Peter, euch auch wieder mehr aneinander gewöhnen.«

Es war also beschlossene Sache. Mir war kein Rückzug möglich. Die Sommerferien waren endgültig vorbei.

Panik erfasste mich. Aus den Achselhöhlen tropfte der Schweiß. Und ich lächelte, lächelte, was das Zeug hielt.

Und mehr als das.

Natürlich begleitete ich die beiden zum Bus. Peter akzeptierte, dass ich den Wagen schob. Als der Wagen mit Hilfe des Fahrers in den Bus gehievt war und Peter auf Papas Arm saß, zog Lars-Ivar mich mit dem anderen Arm an sich, küsste mich und flüsterte mir zu, dass er mich so sehr vermisst hatte.

Das wollte ich ein wenig auskosten. Aber mein Sohn strampelte ungeduldig und ich konnte durch instinktives Drehen des Kopfes gerade noch verhindern, dass eine Kindersandale meine Brille zerschlug.

Es ist schlimm, Alberte, das erwähnen zu müssen. Aber ich war nicht sehr verändert. Ich schlief ruhiger. Aber ohne Schlaftabletten marterte mich auch jetzt wieder die Angst, nicht einschlafen zu können. Ich war aber weit weniger aggressiv. Ich saß nicht mehr aufrecht im Bett, schrie und schüttelte auch Lars-Ivar nicht mehr wach.

Es verging viel Zeit, bis Peter sich wieder an mich gewöhnt

hatte. Wir hielten ihn schon für viel zugänglicher, als er nach etwa zwei Wochen eines Nachts aufwachte. Nicht ich saß jetzt im Bett und spielte verrückt, sondern es war mein Kind, das laut brüllte. Peters Augen standen weit offen. Aber in Wirklichkeit schlief er.

Wir trugen ihn herum. Nichts half. Er schrie wie am Spieß. Manche Nachbarn beschwerten sich.

Als ich Frau Andersson aus der Wohnung unter uns begegnete, fasste sie mich am Arm und flüsterte mir zu, mit einem Kind, das derart schrie, könne etwas nicht stimmen. »Sie sollten besser mit einem *Psychopathen* sprechen«, meinte sie mit merkwürdig verzogenen Lippen.

Wir wandten uns an die Kinderberatungszentrale. Sie war täglich geöffnet, man musste lange warten, aber der Arzt nahm sich immer Zeit. Tagsüber war Peter fröhlich und unkompliziert. Der niedliche Junge, der auf dem Fußboden saß und in einem Bilderbuch blätterte, schien keinerlei Probleme zu haben.

Was wir vorbrachten, war den Leuten hier nicht neu. Peter war in einem Alter, in dem er zusammenhängend zu träumen begann. Intelligente Kinder besaßen viel Phantasie. Im Traum erlebte das Kind Vorgänge, die es nicht verstand und die es daher erschreckten.

Ich brauche dich, Alberte, nicht darauf hinzuweisen, dass Lars-Ivar und ich das alles wieder für Hinweise auf eine mögliche Geisteskrankheit hielten. Großvater. Es lag bei der Mutter des Kindes in der Familie.

Man empfahl uns, ihn mit einem Löffelchen leicht gesüßter lauwarmer Milch vorsichtig zu wecken. Behutsam. Geduldig. Wenn er aufgewacht war, sollte er in Mamas Bett wieder einschlafen dürfen. So also lautete der Ratschlag der Beratungszentrale.

Aber in unserer Familie würde es Papas Bett sein.

Dies war einer der unbarmherzigen Beweise dafür, dass eine Korrektur meiner Schilddrüsenfunktion mich keineswegs in die zuverlässige, normale Mama, Gattin und Frau hatte verwandeln können, die ich so gerne geworden wäre.

Das Leben mit mir war ungefähr genauso schwierig wie vorher. Aber für mich und Lars-Ivar war es so gut wie unmöglich, das zu akzeptieren.

20

Bald werden wir in Svarttuna wohnen. Ich weiß, es ist ein wenig zu früh, jetzt schon über Svarttuna zu berichten. Aber im Sommer war ich dort auf einem Kurs für rituellen Tanz. Als wir am dritten Tag endgültig beim Tanz in der Kapelle angelangt waren, brach ich kurz davor weinend zusammen: »Nein, ich kann nicht mitmachen. Ich werde alles verderben, ich weiß das. Ich verderbe immer alles.«

Meine Kurskameraden begriffen das nicht. Warum sollte ich es nicht schaffen? Bei den Proben war ich doch auch nie schlechter gewesen als die anderen. Warum sollte ich dann plötzlich nicht …?

»Ach, ihr habt ja keine Ahnung«, schluchzte ich wie eine untröstliche Fünfjährige. »Ich verderbe immer alles.«

Das Kursgebäude lag einen guten Kilometer von Svarttuna entfernt. Es hatte nie einen Grund gegeben, hinunter in die Stadt zu gehen.

Aber in Svarttuna ist die Geschichte von der unglücklichsten oder misslungensten Zeit meines Lebens wie auf einem Runenstein auf ewig festgehalten. Besonders schlimm ist die Erinnerung daran, mit welchem Starrsinn ich das Projekt verfolgte, Aspudden wegen einer idyllischen Kleinstadt am Mälarsee zu verlassen. Mariefred war ein solcher Ort. Svarttuna ein anderer. Letzterer hatte den Vorteil, näher bei Stockholm zu liegen.

Ich fühlte mich in Aspudden alles andere als wohl. Der Ort war hässlich und ungemütlich. Keine Kultur. Aber Schönes und Kultiviertes war von dort aus immerhin erreichbar. Meine Angst würde dort vielleicht vergehen, mein Mann liebevoller werden und mein Kind konnte sich dort in der frischen Luft und unter Menschen, die es beim Namen nannten, frei bewegen.

Wie es eben auf dem Land ist. Der Sammelbegriff lautete *Sicherheit.*

Mir war zu dieser Zeit noch nicht bewusst geworden, dass es für mich nichts Erschreckenderes geben konnte als genau diese Sicherheit. In ihr hausten die gesichtslosen Gespenster.

Der Gedanke an diese Flucht aufs Land und zu den Vögeln war mir zum ersten Mal an einem Nachmittag gekommen, als ich an der Kasse des Verlages mit der Romanautorin Bettan Skoghö zusammentraf, der ein gewisses Renommee von Abenteuer anhaftete. Die *Welt der Frau* hatte sie um die Erlaubnis gebeten, eines ihrer verwegeneren Kapitel abdrucken zu dürfen.

Es herrschte kurz vor drei wie immer Gedränge an der Kasse. An diesem Tag sogar mehr als sonst. Es war ja auch Freitag.

Bettan Skoghö fing ein Gespräch mit mir an. Sie hatte mich durch ein Foto in der Zeitung wiedererkannt und wollte mir nur sagen, wie sehr sie meine Zeichnungen schätzte. Sie seien so voller Freude und Bewegung, meinte sie. Ja, genau diese Worte hatte sie gewählt.

Ich schämte mich, weil ich keines ihrer Bücher gelesen hatte.

»Ich kann den Verlag bitten, Ihnen ein Freiexemplar meines neuesten zu schicken; es verkauft sich angeblich sehr gut. Geben Sie mir Ihre Adresse?«

Bettan Skoghö schien selbst auch voller Freude und Bewegung zu sein. Sie war nicht mehr ganz jung; schätzungsweise um die fünfzig. Und auf eine gleichsam unschwedische Art schön.

Das hing vermutlich mit ihrer Art, sich beim Sprechen zu bewegen, zusammen, mit ihrer Mimik, dem Heben der Augenbrauen, also mit all dem, was wir mit Menschen in Verbindung bringen, die eher südlich von Schweden leben.

Heraus kam dabei, dass sie, als wir endlich unser Geld bekommen hatten, vorschlug, zusammen in die Konditorei Ogo zu gehen und zu einem Kännchen Kaffee etwas Ungesundes, aber Leckeres, zu essen.

Sie rauchte eine Zigarette nach der anderen; das schienen außer mir alle berufstätigen Frauen zu tun. (Ich hatte es in Vingåker einmal probiert, aber keinen Geschmack daran gefunden.)

Bettan Skoghö, die mir sofort das Du anbot, gab eine richtige Theatervorstellung, als sie von Svarttuna und den dort wohnenden oder nicht mehr wohnenden originellen Menschen erzählte.

Wie etwa der Klempner Johanson. Er hatte irgendwann den Bau der Kanalisation in der Stadt Svarttuna beaufsichtigt. Eine der Behörden hatte ihn gebeten, eine Zeichnung über das Röhrensystem anzufertigen. Darauf hatte er selbstbewusst und selbstzufrieden geantwortet: »Nicht nötig, ich habe das alles im Kopf.«

»Und dann …«, kam Bettan auf den Punkt. »Dann ist er samt seinem Kopf gestorben. Also musste jedes Mal, wenn irgendwo ein Rohrbruch war, gleich alles aufgegraben werden …«

Aber sie nahm sich auch Zeit, mir zuzuhören, als ich von Lars-Ivar und Peter erzählte und betonte, was für ein guter Vater Lars-Ivar war und dass er eigentlich Künstler war, und zwar ein sehr begabter …

Bettan war begeistert.

»Er wäre also genau das Richtige für Svarttuna, ihr würdet beide dorthin passen. Wir haben dort nämlich eine kleine Künstlerkolonie. Svarttunas Antwort auf Montparnasse, obwohl dort nicht die Spur von einem Berg zu sehen ist. Aber wir haben Wasser. Den Mälarsee mit seinen wunderbaren Sonnenuntergängen.«

Sie vergaß ganz zu erzählen, wie es ihr selbst mit Mann und Kindern ging.

Aber ich hatte bemerkt, dass sie keinen Ehering trug.

Egal. Sie gab mir ihre Telefonnummer, wollte, dass ich anrufe, um einen Besuch in Svarttuna mit ihr zu vereinbaren.

»Irgendwann sonntags«, schlug sie vor. »Jetzt, wo der Frühling kommt. Und bringt den Jungen mit. Bis Märsta fährt man mit der Bahn nur eine gute Stunde und dann mit dem Bus weiter nach Svarttuna. Und dann trinken wir bei mir zu Hause Tee mit selbst gebackenen Scones.«

Lars-Ivar fand es ziemlich übertrieben, jemanden schon bei der ersten Begegnung zu sich nach Hause einzuladen.

»Diese Bettan Skoghö scheint einen Vogel zu haben.«

Ich fühlte mich in ihrem Namen sofort beleidigt. Sie war so herzlich gewesen. Ich hatte gleich das Gefühl gehabt, eine Freundin gefunden zu haben.

Und du, Alberte, weißt, wie sehr mir eine Freundin fehlte.

Jedenfalls schaffte ich es schließlich, dass Lars-Ivar mitging. Es war ein sonniger Tag und demnächst würde es überall blühen. Das Licht über dem Wasser war ein Traum. Bettan wohnte in einem der niedrigen Holzhäuser unten am See. Sie hatte eine Terrasse vorgebaut. Es war warm genug, den Tee hier draußen zu trinken.

Sie führte uns herum, und ich verliebte mich. In die kleine Stadt. Alte, wunderschöne Holzhäuser, ein kleiner Marktplatz mit einem Rathaus, das einem Bilderbuch von Elsa Beskow entnommen zu sein schien.

Auch Lars-Ivar war recht beeindruckt. Von Peter ganz zu schweigen, der einmal neben uns, einmal vor uns herrannte, Äste entdeckte, die nicht zu hoch zum Hinaufklettern waren, und auf einer Wiese sah er, wenn auch nur von weitem, spielende Kinder. Unser Aspudden konnte einem Vergleich in keiner Weise standhalten.

Nach diesem Ausflug war mir zu Hause überhaupt nichts mehr recht.

Auch Lars-Ivar war, als wir nach Hause kamen, schnell ernüchtert. Der Hauptgrund, der gegen einen solchen Ortswechsel sprach, war der, dass das Telefonieren mit Svarttuna unter *Ferngespräche* fiel. Also genauso teuer war wie ein Gespräch mit Uppsala. Eventuellen Auftraggebern konnte es also zu teuer sein, die Künstler Lars-Ivar und Signe Palm anzurufen.

In unserem Leben habe immer ich die Veränderungen durchgesetzt. Wie alle ruhelosen, unglücklichen Menschen glaubte ich, anderswo würde es besser sein. Oder man müsste die Möbel umstellen. Dem Sofa einen anderen Platz geben. Neue Küchenstühle kaufen. Oder sich ein Zimmer im Hägerstensåsen mieten. Natürlich konnte man auch unsere Heirat hier einreihen. Ich hatte Lars-Ivar seinerzeit auch die Hölle heiß gemacht, den Job in der Druckerei aufzugeben und den Mut aufzubringen, sich als Werbegraphiker selbständig zu machen. Die Schwierigkeit war nur, dass er das nicht wollte. Seine Eltern hatten von ihm verlangt, dass er einen einträglichen Beruf erlernte. Sie wollten keinen Sohn, der freischaffender Künstler war. Den Vorstellungen seiner Mutter entsprechend sollte er sich ein Beispiel an Sören aus der Wohnung schräg gegenüber nehmen. Dieser hatte das Abitur gemacht und dann studiert und war Diplomingenieur geworden: Er hatte das seinen Eltern zuliebe getan.

Lars-Ivars Eltern hätten es sich ohne weiteres leisten können, ihren Sohn studieren zu lassen. Aber er war faul und undankbar; zumindest sah seine Mutter das so. Meistens war sie in der Familie meinungsbildend. Wer Schwierigkeiten mit der Rechtschreibung hatte, war entweder dumm oder faul.

Das, Alberte, kann der Grund gewesen sein, warum er mich ausgesucht hat. Er brauchte eine Frau, die ihn unkritisch akzeptierte und bewunderte. Und außerdem eine, die initiativ war und es ihm dadurch ersparte, selbst Verantwortung zu übernehmen:

»Das war nicht meine Idee, ich habe nicht ... das warst du ...«

»Ich habe die ganze Zeit gewusst, dass das in die Binsen geht.«

Dafür benutzte er mich. Um in den Startlöchern zu stehen. Und manchmal kam etwas Gutes dabei heraus, aber meistens eben nicht, und er hatte oft genug Grund zu sagen, habe ich das nicht gleich gesagt ...?.

Dass ich mich trotzdem ununterbrochen abhetzte, war hoffentlich nicht reine Selbstzerstörungssucht? Pausenlos forderte ich das Schicksal und Lars-Ivar mit impulsiven Aktionen heraus.

Wie etwa damals, als ich zur Enskilda Banken ging und verlangte, dass man mir ein auf dem Grundstück des Bankiers Wallenberg stehendes kleines Haus vermietete.

Solche Sachen. Eigentlich hätte ich schon aus diesem Erlebnis meine Lehren ziehen müssen.

Für Lars-Ivar war Stillstand ein Schutzwall. Wenn man sich nicht bewegt, bemerkt der Wolf einen nicht.

Aber ich kann immerhin von *einem* wunderbaren Tag erzählen, Alberte, an dem er mir wirklich Lob zollte. Es war der Tag, an dem wir mit den Kindern nach Skansen in den Tierpark fuhren.

Wir wohnten damals schon in Svarttuna und hatten inzwischen drei Kinder: Peter sechs, Svante drei, und Magnus eineinhalb Jahre alt.

Es war frühmorgens im Mai und der Kuckuck schrie, als ich sagte: »Könnten wir nicht zusammen nach Stockholm fahren und den Tierpark auf Skansen besuchen?«

Lars-Ivar starrte mich an.

»Spinnst du? Mit einem Baby im Kinderwagen, einem Dreijährigen im besten Trotzalter und einem Sechsjährigen, der im Moment überhaupt nicht weiß, wo er hingehört? Im Bus bis zum Bahnhof. Eisenbahn. Straßenbahn vom Hauptbahnhof bis zum Tierpark, und zurück nochmal der gleiche Dreh.«

»Ich weiß«, sagte ich. »Aber irgendwann muss man auch mal was anderes machen.«

»Anderes?«

»Ja, etwas, das man nicht jeden Tag macht.«

Mein Gatte hob die Augenbrauen und ruderte mit den Armen.

Aber glaub mir, Alberte! Es wurde ein so gelungener Tag.

Viele Hindernisse beim Start. Frische Windeln in letzter Minute. Svante kriegte eine Wut auf Peter und wollte nicht mitgehen, also verpassten wir den ersten Bus, aber den nächsten erwischten wir dann.

Danach war alles wie im Märchen. Svante jubelte über die Eichhörnchen, die genauso aussahen wie die zu Hause. Peter konnte sich nicht von den Eisbären trennen, vor allem nicht von dem, der immerzu hin- und hertrottete und dabei so traurig und einsam aussah. Magnus saß auf Papas Arm und begrüßte die Welt mit fröhlichen Rufen und unaufhörlichem Gebrabbel. Heiße Wurst und Pommes. Eis. Saft. Ein Glas Babynahrung. Für jeden ein Luftballon und so ein Pfeifchen, in das man blasen muss und das beim Zurückrollen quietscht. Im Zug schliefen die beiden Kleinen auf Papas Schoß ein. Peter hatte ein neues Donald-Duck-Heft bekommen, das ich ihm vorlesen musste. Als wir gesund und munter, und vor Müdigkeit ein Herz und eine Seele, zu Hause ankamen, sagte Lars-Ivar:

»Jetzt, Jungs, müssen wir Mama mal tüchtig hochleben lassen, weil sie uns einen so lustigen Tag ermöglicht hat.«

»Hurra, hurra, hurra!«

21

Wir hatten beide erwartet, dass sich nach der Strumaoperation vieles zum Besseren hin verändern, uns buchstäblich von dem Bösen erlösen würde. Also von meiner Angst, meinem Trotz, meiner ganz allgemeinen Unausstehlichkeit. Ich würde als erwachsene Frau, als Gattin und Mutter auftreten und einfach alles das verkörpern, was die meisten Frauen auch ohne Abitur und eine überstandene schwere Operation schaffen.

Du weißt, was ich meine, Alberte. In der Bretagne hast du selbst in der Gestalt der schönen Jeanne die ideale Gattin, die unübertreffliche Hausfrau, die makellose Mutter kennen gelernt. Sie, die alles das war, was wir beide nicht sind. Sie war es aus eigenem Antrieb. Aber die Menschen in ihrer Nähe verwelkten irgendwie. Besondere Fähigkeiten und gute Nerven können sich auf die vielen bedauernswerten Menschen, die alles nach bestem Vermögen so machen, wie sie es eben können, in dieser Weise auswirken.

Ich will damit sagen, dass alles unverändert war. Zwangsvorstellungen, Angstgefühle und Weinkrämpfe.

Die Enttäuschung schmeckte nach verdorbenem Fisch. Und ich hatte mich schon als neu erschaffen vor alle Welt treten und mit triumphaler Siegergeste die Arme ausbreitend ausrufen hören: »Seht her, seht alle her, so untadelig bin ich durch das Entfernen eines kleinen Stückchens Schilddrüse geworden!« Aber das Gegenteil war der Fall: Das meiste war völlig unverändert. Ich war mir beängstigend gleich geblieben. Mein Inneres spielte mir das Gespräch mit dem Arzt vor; eine zerkratzte Schallplatte mit einem Sprung, die dieselbe Phrase andauernd wiederholte: »Ich will eine andere werden, ich will eine andere werden, ich will eine andere werden ...« Hob man die Nadel über den Sprung, fuhr die Stimme des Arztes fort: »Aber meine Liebe, so dürfen Sie nicht denken. Sie sind, so wie Sie sind, ganz in Ordnung, eine intelligente, begabte, tüchtige ...« Dann mein Geheule. »Nein. Nein, ich-kann-nichts-kann-nichts-kann-nichts ...«

Das alles ist also immer noch gültig.

Dass im Sektor Arbeit alles gut lief, war ja nichts Neues unter der Sonne. Immer noch das gleiche Gefühl der Befreiung, wenn ich berufsbedingt zu den Modenschauen der Haute Couture nach Paris fahren durfte.

Ich habe dir die ungetrübten Glücksgefühle schon früher geschildert, Alberte, die mir dank meiner Zugehörigkeit zu den auserwählten Zeichnern gegönnt sind, welche im Syndikat der französischen Haute Couture ihre Akkreditierungskarte und mit ihr die Berechtigung erhalten, an den Kontrollorganen und scharfäugigen Garderobieren vorbei, die Salons mit den silbergrauen Teppichen und den Reihen vergoldeter Stühle betreten zu dürfen. Dort, im mit Parfümdüften versetzten Zigarettenrauch, zu sitzen und *dazuzugehören*, das unruhige, diskrete Rascheln von Röcken wahrzunehmen, wenn deren Besitzerinnen abwechselnd das eine Bein über das andere legen, das Klirren der Armbänder, die Kühle der fächelnden Programmhefte, denn die Luft verbraucht sich hier rasch, kostbare Pelze werden nach hinten geschoben und dürfen, wenn es nicht anders geht, auch zu Boden gleiten; die Qualität hält das aus. Die Spannung, die Ungeduld während des Wartens verwandelt sich in eine Art Fluidum, das ein tüchtiger

Fotograf mit seiner Kamera einfangen können müsste. Aber wie das so ist, in dieses Allerheiligste werden keine Fotografen eingelassen.

Die Präsentation der neuen Mode der Saison hatte den Status eines Staatsgeheimnisses. Spione konnten sich in einer Nische verborgen oder in den Falten der dicken, zur Seite gezogenen Samtbehänge versteckt haben.

Jetzt. Das erste Zeichen. Wie auf Befehl hört alles zu atmen auf. Der Vorhang im Fond gerät in Bewegung, zunächst fast unmerklich, und dann, nach einem heftigeren Ruck, tritt das erste Mannequin in Erscheinung. Ein Aufseufzen erfüllt die Luft, Gestalten beugen sich vor, Stifte kratzen; hier muss der exakte Abstand des Rockes vom Boden notiert werden, der Schnitt der Ärmel, die neuartigen Kostüme, die Silhouette der Mäntel. Ein Flüstern hinter vorgehaltenen Händen, Brillanten, Diamanten, Saphire blitzen auf, Armbänder klirren, ein lockiger weißer Pudel auf Frauchens seidenem Knie gähnt und wechselt die Stellung, junge Kavaliere, soeben noch gelangweilt, werden lebendig …

Alles ist in Bewegung und ich bin dabei.

Du hast das alles schon gehört, Alberte, aber ich weiß nicht, ob du verstanden hast, dass so mein Himmel aussieht. Ich bin eine Auserwählte. Gleichzeitig bin ich ein Niemand. Für ganz kurze Zeit gehöre ich dieser unwirklichen Welt an, in der ein Halsausschnitt eine Weltsensation sein kann. Es ist die Scheinwelt meiner Papierpuppen.

Ich bin wie Alice im Wunderland durch einen Spiegel gegangen und in einer völlig anderen Wirklichkeit wieder herausgekommen, hier ist niemand unzufrieden mit mir, niemand schreit aufgebracht, niemand schimpft. Hier bin ich geglückt und auch glücklich, hier bin ich, wie es im Lied der Freien Kirche heißt, in der Seligkeit, »die weder Kummer noch Leid kennt«.

Und am nächsten Tag erklimmt das Glück eine noch höhere Stufe; das ist, als ich mit meinem Zeichenblock alleine hier sitze und auf die erste abzuzeichnende Creation warte.

Bei der Schilderung dieses Augenblickes müssten seriöse Menschen die Nase rümpfen oder zumindest die Augenbrauen heben. Bei diesen Äußerlichkeiten, in dieser Metropole der Schönheit und der Eitelkeiten für die ganz Reichen, für jene, die ihr Geld wahrlich für würdigere Objekte verschleudern könnten, hier, darf ich behaupten, habe ich meine Seligkeit gefunden.

Ich weiß. Ich versuche nicht einmal zu analysieren, warum.

Aber so verhielt ich mich schon, als ich acht Jahre alt war. Ergriff die Flucht vor dem, was mein Ich war. Ich konnte davon träumen, eine Nonne zu werden, Florence Nightingale, Marie Curie … Es gibt eine Menge edle Vorbilder für ein Mädchen mit hellem Kopf.

Für dich, Alberte, gab es das billige Hotelzimmer über der Etage, auf der der Treppenläufer endete. Eine solch ärmliche Behausung hattest du nicht selbst gewählt.

Für mich war ein solches Zimmer ein Ort der Zuflucht und der Geborgenheit, eine Schutzzone, in der nichts und niemand mir etwas anhaben konnte. Nicht einmal die Angst.

In einem zweifelhaften Hotelzimmer alleine, fürchtete ich mich nicht. Meine Ängste hatten ja nie etwas mit echten Gefahren zu tun gehabt. Wie etwa einer Feuersbrunst oder der Unsauberkeit der sanitären Einrichtungen.

Ich wusste, dass unten in der Rezeption die ganze Nacht ein lebender Mensch saß. Von Ferne von ihm (ihr) beschützt, schlief ich ruhig und schön ein wie ein sehr geliebtes Kind.

Von all meinen Fluchten waren die Parisreisen die einzig gutgeheißenen. Sie trugen der Familie ja einen gehörigen Batzen Geld ein. Lars-Ivar wusste, es bestand keinerlei Gefahr, dass seine freigelassene Frau in Versuchung kommen könnte,

Bars zu besuchen oder sich feine Mahlzeiten in bekannten Gourmetrestaurants zu gönnen. Essen hat nur selten mehr für mich bedeutet, als den Hunger zu stillen. Ich musste essen, weil sonst der Blutzuckerwert so absank, dass mir übel wurde und ich demzufolge in Tränen ausbrach.

Diese Einstellung zur Nahrungsaufnahme ist mir von meiner Großmutter über meine Mutter vererbt worden. Es ist die Ernährungsmoral des Arme-Leute-Schwedens. Man isst, um Kraft zum Weiterarbeiten zu sammeln, nicht aber um des Genusses willen. Genuss führt unwiderruflich zur Völlerei, die völlig zu Recht zu den sieben Todsünden zählt.

Ich reiste auch auf die absolut billigste, sehr ermüdende Art. Mit dem Nordexpress, Sitzwagen dritter Klasse.

Auf der Heimreise ist eine Mappe voller Zeichnungen mein wichtigstes Gepäck. Auf dem Gare du Nord, wie immer übertrieben frühzeitig eingetroffen, konnte es vorkommen, dass die Angst, die offensichtlich während der ganzen Parisreise irgendwo im Verborgenen geschlummert hatte, plötzlich aufflackerte.

Ich erinnere mich an eine Begebenheit, wo sie sich besonders schlimm äußerte. Ahnungslos trug ich meine Siebensachen in den eigens für Frauen und Familien mit Kleinkindern reservierten Wartesaal. In der kleinen Reisetasche lag obenauf eine zusammengerollte Nummer der französischen Vogue. Ich hatte mich in aller Ruhe gebückt, um das Heft herauszunehmen, als mich aus dem Nichts die Angst aus völlig unbekanntem Grund mit Herzflimmern und Atemnot überfiel. Es war mir unmöglich zu schlucken; ich glaubte, ersticken zu müssen.

Wäre ich schwindelig gewesen, hätte man eine Ursache finden können; vielleicht war mein Gepäck zu schwer gewesen oder ich hatte mich ein bisschen zu schnell vorgebeugt … Aber so einfach wurde es mir nicht gemacht. Damit will ich sagen, es war keine greifbare Ursache zu erkennen.

Wie von Sinnen saß ich sterbend mit aneinander gedrückten Beinen da und starrte auf eine große, runde Uhr, die unerträglich langsam eine Minute nach der anderen überwand. Jetzt gleich würde eine von ihnen meine letzte sein, und wenn ich dann über den Rand fiele und tot auf dem schmutzigen Fußboden läge, würden die herumsitzenden Franzosen den Kadaver erbost betrachten. Du lieber Gott, typisch Ausländerin, ihnen zu Füßen einfach zusammenzufallen, taktlos, ja geradezu unverschämt, damit zu rechnen, dass die Leute Zeit hätten, sie auch noch aufzulesen, jeder hat doch, nicht wahr, genug mit sich selbst zu tun, und fährt da nicht gerade unser Zug ein?

Stimmt. Es quietscht, zischt und qualmt, als die Lokomotive stehen bleibt, man rafft sein Gepäck zusammen, tröstet oder schilt ein weinendes Kind, streitet sich, wer die Fahrkarten eingesteckt hat, und läuft dann auf den Bahnsteig hinaus.

Alle würden unwirsch einen Schritt über meinen Körper oder einen Bogen um mich machen, schließlich ist das Sache des Bahnhofspersonals oder möglicherweise der Polizei, aber doch wahrlich nicht unsere …

Da würde ich nun also auf dem Fußboden liegen. Tot. Zwei durchtriebene Kerle würden meine Handtasche durchsuchen und MERDE! rufen, weil sie nur ausländisches Geld fänden, aber nicht gerissen genug wären, um zu wissen, dass mit einem gültigen ausländischen Pass allerlei anzufangen wäre.

Und nun ruft mich jemand in meinem Totenreich beim Namen.

»Signe! Da bist du ja!«

Ich reiße die Augen auf. Habe Schwierigkeiten, mich zurechtzufinden. Atme tief durch und kann meinen Retter jetzt erkennen.

Svenne. Ullas Svenne. Wie kommt der denn hierher?

Nun ja. Er hatte eine Woche in Paris verbracht und würde übermorgen nach Hause fahren. Er hatte Lars-Ivar in einer persönlichen Angelegenheit aufgesucht und dabei erfahren, dass auch Signe in Paris war und heute abreisen würde.

»Ich habe mindestens drei Mal in deinem Hotel angerufen. Aber du warst nie da. Ich habe dir Grüße bestellen lassen. Und habe auch meine Telefonnummer angegeben, damit du mich …«

Nie war mir ein solcher Bescheid übermittelt worden. Ich wusste sehr wohl, wie gleichgültig *La patronne* sich verhielt, wenn am Telefon jemand in schlechtem Französisch etwas hervorstotterte.

Jetzt aber stand er freudestrahlend vor mir, denn er hatte mich ja doch noch gefunden. Er überreichte mir einen Strauß Veilchen. Als Gruß von meinem Mann.

Und plötzlich war mein Herz wieder gesund und jung und ganz normal! Schon allein die Vorstellung, dass er an so etwas gedacht hatte! Der arme Lars-Ivar, der zu Hause die Stellung halten musste (natürlich mit Unterstützung meiner Mutter), während ich in Paris meinen Spaß hatte.

Vor lauter Glück umarmte ich Sven. Und stellte bei dieser Gelegenheit fest, dass er abgemagert war. Er sah gar nicht gut aus.

Da er selbst nicht darauf zu sprechen kam, wollte ich auch nicht fragen.

Er nahm meine drei Gepäckstücke auf, von denen die Zeichenmappe am schwierigsten zu handhaben war. Ich hielt meinen Veilchenstrauß fest in der Hand und dankte ihm noch einmal – nein, nicht dafür, dass er mich aus den Fesseln des Todes befreit hatte –, sondern weil er sich die Zeit genommen hatte, auf den Bahnhof zu kommen und mir zum Abschied zu winken.

Die auf meiner Platzkarte angegebene Sitznummer führte zu einem Coupé, das schon von dänisch sprechenden jungen Männern voll besetzt war.

Sie sprachen alle wild durcheinander; ihr Dänisch war für mich viel schwerer zu verstehen als das Französische. Offenbar war mein Platz doppelt gebucht worden.

Mit der Zeit begriff ich, dass der ganze Wagen für eine Gruppe dänischer Medizinstudenten und ihre Lehrpersonen reserviert war.

Der Schaffner ruderte wütend mit den Armen und sagte, dass er davon nichts wisse. Sein Fehler sei es ganz gewiss nicht. Schuld sei das Reisebüro. Außerdem sei der Zug voll. Plätze gebe es nur noch im Schlafwagen zweiter Klasse.

Niemand zeigte an diesem Angebot Interesse.

Im Gegenteil. Die ganze Gesellschaft ausgelassener, unbekümmerter, leicht angeheiterter junger Männer hieß die junge Mitreisende willkommen. Man rückte zusammen. Als echte Kavaliere stellten sie mir sogar einen Fensterplatz in Fahrtrichtung zur Verfügung. Unter Lachen stemmten sie meine Besitztümer ins Gepäcknetz. Das Kostbarste (buchstäblich), meine Mappe mit den Zeichnungen, wurde zuoberst eingekeilt.

Der Veilchenstrauß lag achtlos auf dem kleinen Klapptisch am Fenster. Unerwartet erhob sich ein schweigsamer Jüngling, nahm den Strauß mit auf den Gang, wo in einem Wandschrank eine Karaffe mit trübem Trinkwasser und zwei Gläsern stand. Er goss Wasser in eines der Gläser und stellte meine Veilchen hinein.

Es war ein stabiles Glas, das auch stehen blieb, als der Zug pfeifend in einen Tunnel einfuhr.

Nur selten ist die Entfernung zwischen dem Tal der Todesschatten und dem Tosen der Stürme auf hoher See so erschreckend gering gewesen.

Binnen weniger Minuten hatte ich mich in einen kichernden Backfisch verwandelt. Nicht so, wie ich früher einer gewesen war, denn ein richtiger Backfisch war ich ja überhaupt nie gewesen, sondern in einen, der sich jetzt als ungebetener Gast in mein misslungenes Erwachsenenleben eingeschlichen hatte.

Aber hier im Nordexpress verlangte an diesem Tag in den fünfziger Jahren niemand von mir, dass ich groß und vernünftig war. Ich hatte vielmehr Ideen wie ein kleines Kind.

»Warum?«, fragte ich übermütig. »Warum holen wir nicht unser ganzes Gepäck aus dem Netz und verstauen es lückenlos zwischen den Sitzreihen? Wir könnten uns wie die Ölsardinen ausgestreckt drüberlegen und uns mit unseren Mänteln zudecken.«

»Bravo, bravo!«, riefen meine Kavaliere. »Was für ein findiges Mädchen!«

Ich sorgte dafür, dass ich den äußeren Platz bekam (ging einfach erst einmal auf die Toilette). Neben mir lag der schweigsame Jüngling, der sich meiner Veilchen angenommen hatte. Er hieß Jens.

Alle schienen sofort zu schlafen. Schnarchen, tiefe Atemzüge. Aber Jens und ich lagen hellwach und unbeweglich nebeneinander.

Bei jeder Schienenfuge kamen wir unfreiwillig in Berührung. Aber spürbarer als die Bewegungen des Zuges war das Verlangen, das zwischen uns hin- und herzitterte. Ein Zustand zwischen Betäubung und lebendigem, wunderbar verdichtetem Leben rauschte in meinen Pulsen. Überall spürte ich mein Herz, das auf die Rufe seines Herzens Antwort gab. Oder eher auf die weiter unten liegenden Regionen des Körpers? Um bei der Wahrheit zu bleiben, natürlich war es so. Aber wer ist schon sachlich, wenn alles in einem vor Zuneigung und dem Verlangen nach Mehr überfließt, der Regung, einander näher zu kommen, loszulassen, sich hinzugeben …

All das empfanden wir. Ohne einander zu berühren.

Die Begierde aller Begierden, die mich bis in die äußersten

Fingerspitzen mit Glut erfüllte, kannte ich bereits. Ihr war ich schon begegnet. Das erste Mal war es mir auf jenem Studentenfest widerfahren, als der junge Norweger mich, das ewige Mauerblümchen, zum Tanz aufgefordert hatte. Du selbst, Alberte, wurdest davon überwältigt, als Cedolf auf diesem Stadtball mit dir tanzte.

Nichts kann überwältigender sein. (Es sollten noch Jahre vergehen, bevor ich den Zusammenhang zwischen Todesangst und Verliebtheit begreifen lernte. Dass nämlich erotisches Verlangen sich als das beste Gegengift erwies. Kein verschriebenes Heilmittel konnte sich mit diesem messen.)

Mit den anderen Studenten im Abteil hatte ich ein wenig geschäkert und geflirtet.

Jens hatte sich herausgehalten. Hatte mit einem Lehrbuch in der Ecke gesessen. Wir hatten keine zwei Worte miteinander gewechselt.

Aber er hatte daran gedacht, dass meine Blumen Wasser brauchten.

Der Zug donnerte dahin, bimmelnde Signalmaste warfen vorüberhuschendes Licht auf uns. Die Pfeife der Lokomotive heulte warnend auf.

Wir rührten uns nicht.

Doch eine gefährliche Lust, mich ihm zuzuwenden, bewog mich zu einer Drehung auf die andere Seite. Man lag unbequem. Man war wie zerschlagen, denn statt einer Matratze hatte man Koffergriffe und den harten Inhalt willkürlich gepackter Reisetaschen im Kreuz; ich aber hatte Glück, ich lag jetzt mit dem Rücken zu ihm. Wickelte mich fester in meinen Mantel.

Sofort war seine Hand da, zog den Mantel zurecht und stopfte ihn mir warm in den Rücken, und danach schien er seinen auf mir liegenden Arm ganz vergessen zu haben.

Unmerklich glitt ich hinüber in den Schlaf.

Es war ein dunkelgrauer früher Morgen, als ich aufwachte und er nicht mehr da war. Bibbernd schlüpfte ich in meinen Mantel und machte die Abteiltür leise auf. Er stand draußen auf dem Gang, die Hände auf der Metallstange, die dazu da war, dass die Passagiere nicht aus dem geöffneten Fenster fielen. Darunter stand zur Sicherheit in vier Sprachen, dass das Hinauslehnen verboten war.

Schweigend stellte ich mich zu ihm. Meine Hand neben seiner. Ohne mich anzusehen, legte er seine zweite Hand auf meine.

Die Wirkung war durchschlagend. Die Lust raste begierig durch meinen Körper, jedes Molekül in mir reagierte wie unter einem leichten Elektroschock.

Erst da wandte er den Kopf und sah mich an.

Alberte, erinnere dich an Vejgaard am Morgen nach eurem Nachtlager in einem Heuhaufen im Schlosspark von Versailles.

An dieses übernächtigte junge Männergesicht, in dem sich die Kiefermuskeln unter der Haut wie kleine Knoten abheben.

Jens nahm meine Hand zwischen seine, es waren kalte Hände und doch brannten sie. »Wie heißt du?«, sagte er mit einer Stimme, die mir ungewohnt klang.

Ich sagte es ihm.

»Können wir zusammen frühstücken?«

Ich nickte. Mein Mund war zu trocken, um auch nur ein Wort hervorzubringen.

Wir gingen durch eine Reihe rüttelnder Wagen. Vor einer freien Toilette blieb ich stehen. Wie üblich lief kein Wasser, als ich den Hahn über dem kleinen Waschbecken aufdrehte.

In dem trüben Spiegel konnte ich den Fieberglanz in meinen Augen und die viel zu rosigen Wangen erkennen.

Im Speisewagen hatte man soeben für das erste Frühstück gedeckt. Es sah elegant aus. Weiße Tischtücher und Stoffservietten, dickes weißes Porzellan, ein geflochtener Korb mit frischem Gebäck. Butter. Zucker. Ein Kännchen Milch, kleine Dosen mit Marmelade. Der starke schwarze Kaffee wurde aus kunstvoll geformten Metallkannen serviert – Hotelsilber.

Ich hatte einen Bärenhunger. War total ausgelaugt, als hätte ich seit Tagen nichts mehr zu essen bekommen. Er lachte darüber und stibitzte Gebäck vom noch nicht besetzten Nachbartisch.

Wir sprachen kein Wort. Schauten einander nur an, Auge in Auge, und manchmal berührten wir einander ein wenig.

Ich klopfte die Krümel von seinem Revers.

Er haschte meine Hand und küsste sie, und es war ein Glück, dass ich nicht auch noch zu Ohnmachten neigte.

Alles war unwahrscheinlich und unmöglich in Worte zu fassen.

Ich hatte nicht gewusst, dass man gleichzeitig für mehr als einen Mann so empfinden kann. Der Mann, der ein solches Erzittern und Verlangen in mir zu wecken hatte, war einzig und alleine Lars-Ivar.

Ich wollte gar nicht darüber nachdenken, wie lange es her war, seit er ähnliche Gefühle in mir hervorgerufen hatte.

Wir gingen nicht mehr in unser Abteil zurück. Wir blieben, auf den Fensterrahmen gestützt, im Gang stehen. Der Zug hielt und fuhr wieder weiter. Die Zoll- und Passkontrollen waren 1947 vereinfacht worden und dauerten nicht mehr Stunden. Aber die Kontrollorgane auf der deutschen Seite hatten immer noch ein an die Nazizeit erinnerndes Emblem auf ihren Schirmmützen.

Irgendwann lag sein Arm auf meinen Schultern. Dann und wann spürte ich seine Hand spielerisch im Nacken unter den Haaren. Meine Knie wollten versagen. Aber ich hielt mich an der Stange fest.

Ich glaube, dass ich mich schließlich doch nicht ganz beherrschen konnte und mit einem Seufzer meine Wange auf seine Schulter oder sogar an seinen Hals legte.

Die Hand, die auf meiner Schulter lag, drückte fester zu, tat es aber doch behutsam.

Wellen des Glücks überschwemmten mich.

Selbstverständlich waren wir nicht unsichtbar. Die Freunde im Coupé konnten das Geschehen erstaunt, lachend oder beunruhigt verfolgen.

Bis zur Ankunft in Kopenhagen würden noch mehrere Stunden vergehen.

Doch plötzlich und einfach hirnverbrannt zu früh fingen alle an, ihr Gepäck zusammenzusuchen, und auch er musste mich loslassen, ach, wie kalt mir jetzt war.

Ich drehe mich um und sehe ihn mit Taschen hantieren. Will er den andern helfen? Oder?

Er steht wieder bei mir. Er nimmt mein Gesicht zwischen seine jetzt warmen Hände und küsst mich, liebevoll, schnell und verzweifelt. »Ich muss gleich aussteigen«, flüstert er an meinen Lippen. »Ich muss hier aussteigen.«

Und dann sehe ich nur noch seinen Rücken, der sich entfernt. Der Schock kommt wie eine überraschend aufgedrehte kalte Dusche. Aber ich nehme mich zusammen, hole den Veilchenstrauß aus dem Abteil und ziehe ein Fenster herunter. Draußen herrscht ein Hundewetter. Sein Gesicht ist blass, als er zu mir heraufschaut. »Hier!«, rufe ich und werfe die Veilchen durchs Fenster. Sie sind auf der langen Fahrt schon recht welk geworden.

Genau wie ich jetzt.

Er fängt sie in der Luft auf, er lächelt, er winkt, wirft mir Handküsse zu, und schon keucht, zischt, faucht der Zug los. Vorgebeugt, einen Arm im Schneeregen, winke ich, bis ich den Bahnhof in einer engen Rechtskurve aus den Augen verliere.

Im Abteil sitzt jetzt ein Mann mittleren Alters, den ich bisher nicht gesehen habe. Er muss aus einem anderen Teil des Wagens hierher gewechselt sein.

Er stellt sich als Doktor Lauritsen und Begleiter der Gruppe vor. Wir reden vom Wetter und rollen schon bald auf die Fähre über den Großen Belt. Er fragt, ob er mich während der Überfahrt zum Lunch einladen darf. Die Smörrebröd an Bord seien berühmt.

Die Einladung entbehrte jeder Galanterie.

Er bestellte, und als wir auf offenes Wasser hinauskamen, erzählte er, dass er im Nachbarabteil gesessen und mich und seinen Schüler Jens Olsen, einen sehr strebsamen, prächtigen jungen Mann, beobachtet hatte. Er, Doktor Lauritsen, war ein Freund der Familie. Er kannte auch Jens' Verlobte Margarete. Schon im Gymnasium waren die beiden zusammen gegangen. Ein sehr hübsches und liebenswertes Mädchen, diese Margarete.

Er zündet sich eine Zigarre an. Blickt auf meine linke Hand, die mit dem Serviettenrand spielt. »Sehe ich recht, Sie sind verheiratet?«

»Ja.«

»Haben Sie am Ende auch Kinder?«

»Jaaa«, hauche ich und starre auf meinen Teller. »Einen Sohn.«

Tränen steigen in mir auf. Mein ganzer Kopf ist voller Tränen.

Mein Kavalier merkt es, und damit sie bleiben können, wo sie sind, fängt er an, mir von Kopenhagen vorzuschwärmen und wie schade es sei, dass ich noch nicht dort gewesen bin. »Sie müssen mit der ganzen Familie kommen und mit Ihrem kleinen Sohn den Tivoli besuchen.«

»Oh«, murmle ich. »Dazu ist er wohl noch zu klein. Er ist erst zwei Jahre alt.«

Doktor Lauritsen unterhält mich, bis wir in Dänemarks

Hauptstadt ankommen. Ich habe noch eine Reise von einer ganzen Nacht vor mir. Die Müdigkeit umhüllt mich wie ein schwarzes Tuch, als ich in den Zug nach Stockholm steige. In meinem Kopf dreht sich alles. Ich krame in meiner Tasche nach einem Beruhigungsmittel und zähle mein Geld. Ja, es reicht für einen Schlafplatz dritter Klasse.

Aber noch bevor wir die Endstation erreicht haben, muss ich mein Gepäck in einen Sitzwagen bringen. Lars-Ivar darf von meiner Verschwendungssucht nichts wissen. Ich weiß, er würde sich darüber mehr aufregen, als wenn er von meinem kleinen Zugabenteuer erführe.

Sie standen beide auf dem Bahnsteig. Peter saß im Sportwagen und weigerte sich, mich auch nur anzusehen.

»Was ist denn mit dir los, Peter?«, sagte Lars-Ivar und hob unseren Sohn hoch, damit seine Mutter ihn an sich drücken konnte. Zu unserem Erstaunen wand er sich weinend aus den Armen seiner beiden Eltern.

Vermutlich war er nur müde.

Und tatsächlich schlief er im Taxi sofort ein. Jetzt hatte mein Mann die Spendierhosen an; wenn Mama von einer so langen Bahnreise nach Hause kam, musste man es ihr doch ein bisschen bequem machen.

Wir saßen alle drei auf dem Rücksitz.

Nach fünf Minuten hatte ich alles gebeichtet.

Mein Mann nahm es gelassen hin. Seine Küsse waren leidenschaftlicher und zärtlicher als seit langem und im Rückspiegel sah ich den Fahrer lächeln.

Es war ja nichts passiert. Eine kleine Gefühlsanwandlung während einer Reise kann ein erfahrener Gatte ruhig hinnehmen. Ich war noch immer die unberührte, kindische, Maiglöckchen und Hyazinthen gleichende Signe, die erst von ihm zur Frau erweckt worden war.

In Lars-Ivar gab es nicht den Schatten eines Gedankens,

dass ich ihn jemals betrügen könnte. Gewiss war ich mit meinen Angstattacken, meinen hysterischen Spinnereien und fixen Ideen schwierig, und man konnte auch nicht behaupten, dass ich eine gute Mutter war; sofern man darunter eine zuverlässige, solide Frau verstand, die mit beiden Beinen auf der Erde stand.

Ich war seine Frau. Ganz und gar nur die seine.

Und das zählte mehr als alles andere.

22

Auch das Nachhausekommen ist ein Fest.

Ich kann mich nicht zurückhalten, sondern muss sofort die Mappe aufknoten, sie geöffnet auf den Arbeitstisch legen und Lars-Ivar auffordern, sie jetzt, jetzt sofort, durchzublättern und mir zu sagen, wie er die Zeichnungen findet.

Aber auch er hat etwas herzuzeigen. Er hat auch nicht auf der faulen Haut gelegen. Mit der Schwiegermutter in der Wohnung hatte er nicht nur Zeit, sondern auch die nötige Ruhe zum Arbeiten.

Er hat tatsächlich Bilder für eine Ausstellung gemalt. Ich habe das Gefühl, Monate fort gewesen zu sein. Die neuen Sachen, die er mir zeigt, sind mehr stilisiert, nonfigurativ, aber immer noch auf der Basis realistischer Motive. Er malt gleichzeitig freier und auch disziplinierter. Außerdem – und das ist das große Wunder – hatte eine kleine, gute Galerie in der City Platz frei gehabt; der vorgesehene Künstler war depressiv geworden und hatte abgesagt. Svennes Frau, Ulla Svensson, war mit dem Galeristen verwandt. Sie hatte ihm den Tipp mit dem Künstler Lars-Ivar Palm gegeben. Die Vernissage sollte in knapp zwei Wochen stattfinden.

Natürlich hatte Svenne das bei unserer Begegnung auf dem Gare du Nord schon gewusst. Aber es für sich behalten. Um seinem Freund die Freude zu lassen, es selbst zu erzählen.

»Wieso hast du es mir denn nicht geschrieben? Oder mich angerufen!«, rief ich, als ich ihn umarmte und abküsste.

Meine Freude war mindestens ebenso groß wie seine. Wir empfanden unsere ungerechten Arbeitsbedingungen oft als sehr bedrückend und geradezu unmöglich. Denn ich durfte ununterbrochen beglückend gelungene Zeichnungen hervorbringen, die außerdem gut bezahlt wurden, während er zu nachtschlafender Zeit aufstehen und zu seiner Fronarbeit in der Druckerei gehen musste. Inzwischen zwar nur noch halbtags, er hatte ja auch Erfolg mit einigen einträglichen Stoffmustern gehabt. Aber ich wollte, dass er seine *ganze* Zeit mit dem zubringen konnte, was ihm Freude machte und wo er seine Begabung entfalten konnte.

Meine Pariskollektion gingen wir durch wie immer. Wenn Peter eingeschlafen war, legten wir alle Nummern auf dem Fußboden aus und Lars-Ivar besorgte das Weitere. Mit fachmännischem Blick beurteilte er die Zeichnungen und traf eine Auswahl.

Einer Schauspielerin ohne guten Regisseur kann ein Misserfolg blühen. Weil sie sich zu viel oder zu wenig einbringt.

Lars-Ivar straffte die Zügel oder ließ sie schleifen, um mich mehr anzuspornen. Jede Zeichnung, die später in der *Bonniers Monatsschrift* oder in der *Welt der Frauen* oder in den Modeanzeigen zu sehen war, war von Lars-Ivar kritisch begutachtet worden. Ich verließ mich hundertprozentig darauf. Wenn ich irgendwann eine Zeichnung rühmte, die er ausgesondert hatte, geschah es mehr im Scherz.

Er nahm es sehr ernst. »Siehst du nicht, wie schlaff die Linie hier ist und hier …?«

Ich durfte ja meine Meinung zu dem, was er selbst gerade tat, auch äußern. Klar durfte ich das. Aber wenn ich negativ urteilte, bestärkte es ihn in entgegengesetzter Richtung.

Eine weitere Vernissage. Aber dieses Mal stellte Lars-Ivar

Palm solo aus. Viele Kollegen von Beckbom waren gekommen. Auch zwei unserer Lehrer nahmen sich Zeit und schauten gnädigerweise vorbei. Und äußerten sich echt beeindruckt. Aber wir vermissten Ulla und Svenne. Wir hatten beide so viel zu tun gehabt, dass wir vergessen hatten, sie anzurufen. Aber wieso hatten sie nichts von sich hören lassen?

Also rief Lars-Ivar am Tag nach der Vernissage bei ihnen an. Ulla hob ab. Sie klang fröhlich wie immer und nichts in ihrer hellen Mädchenstimme ließ auf das schließen, was wir später erfuhren.

Nun, sie waren verreist gewesen. Svennes Papa, der ja in Askersund wohnte, hatte einen runden Geburtstag gefeiert. Aber jetzt freuten sie sich ganz gewaltig darauf, die Ausstellung ansehen zu dürfen.

In der zweiten Woche hatten sie sich noch nicht blicken lassen. Aber immerhin waren zwei Kritiken publiziert worden. Eine davon kühl und neutral wohlwollend, gar nicht so übel. Lars-Ivar *Malm* ist ein junger Künstler, der seinen Weg sucht … Kann interessant werden.

Lars-Ivar wurde so blass, dass ich fürchtete, er würde ohnmächtig umfallen.

»Verdammter Kerl. Weiß nicht einmal, wie ich heiße.«

Das hingegen wusste Kritiker Numero zwei, ein älterer Kunstkenner, der Lars-Ivar Palms Werke unzugänglich und krampfhaft modern fand.

Lars-Ivars Gesichtszüge waren in diesen Tagen wie in Beton gegossen. Ein wenig lockerten sie sich, als Sigurd Rungner, einer unserer bekanntesten jungen Avantgardekünstler, anrief.

Ich ging ans Telefon, weil Lars-Ivar sich weigerte.

»Es ist ja sowieso für dich«, sagte er.

»Lars-Ivar, es ist ein gewisser Sigurd Rungner.«

Dieser Rungner, der sich vor allem in den USA wirklich

einen Namen gemacht hatte, rief an, um Lars-Ivars Werk enthusiastisch zu loben.

»Als ich die Besprechung des alten Eigenbrötlers in *Dagens Nyheter* las, wusste ich gleich, dass an dir was dran sein muss. Und richtig! Du gehst neue, noch nicht ausgetretene Pfade. Du bist ein Erneuerer der schwedischen Kunst. Bald werden immer mehr Leute einsehen, dass wir beide, du und ich, die Zukunft sind. Lass nicht locker. Vergiss vor allem nicht, dass Kritiker nichts anderes als Künstler sind, denen der Erfolg versagt blieb. Auf genial andersartige und neue Ideen können sie nur mit Missvergnügen reagieren. Es ist die einzige Macht, die ihnen in all ihrer Jämmerlichkeit bleibt.«

Das waren wundervolle Töne.

Aber noch wunderbarer wäre es gewesen, wenn dieser Mann seine Lobeshymnen niedergeschrieben und der Zeitung geschickt hätte.

Vielleicht hatte er es sogar getan? Und die Kulturredaktion hatte entschieden, diesen Beitrag nicht zu veröffentlichen? Aus Loyalität zum Klugscheißer der eigenen Zeitung? Das schicksalhaft Schreckliche ist ja, dass der Verkauf in den Galerien mit den Besprechungen in der Tagespresse steht und fällt.

Einige Kollegen kauften. Axel Beckbom wollte vielleicht eines der größeren Bilder erwerben. Aber kein Kunstverein rührte sich; dort war man schon immer zaghaft gegenüber Neuem und noch nicht »Anerkanntem« gewesen.

Als alles geklärt war und somit ein Misserfolg ins Haus stand, hatten wir wieder Zeit, an Ulla und Svenne zu denken.

Am letzten Tag der Ausstellung kam Bosse Persson, einer der erfolgreicheren Beckbom-Schüler, und vertraute uns mit leiser Stimme an, dass Svenne sehr krank sei. Ein rasch fortschreitender, besonders bösartiger Gehirntumor. Die Ärzte hatten während der Operation festgestellt, dass er inoperabel war und auch nicht auf Bestrahlung oder Chemotherapie »ansprach«.

»Und jetzt liegt er zu Hause.«

»Aber!«, rief ich und mir flimmerte es vor Angst vor den Augen. »Ich habe ihn doch gerade erst in Paris getroffen!«

»Zu der Zeit ging es ihm schon schlecht. Aber leider hat sich Ulla einer religiösen Sekte angeschlossen. Amerikanisch. Deren Leitgedanke ist, dass es Krankheiten nicht gibt. Sie existieren einfach nicht. Sie sind nur böse Vorstellungen. Wenn Brüder und Schwestern und der liebe Gott sich in Gebet und Verleugnung vereinen, die Existenz einer Krankheit also in Abrede stellen, dann gibt es sie auch nicht.«

Lars-Ivar bestand darauf, dass wir mit Peter hinaus nach Drottningholm zu Ulla und Svenne fuhren. Eine heiter girrende Ulla empfing uns, der das Töchterchen Irène, die etwas älter als Peter war, am Rockzipfel hing.

Das kleine Mädchen hatte Schnupfen und hustete viel. Ich hatte sofort Angst, sie könnte Peter anstecken.

Ulla verzog ihr schönes Gesicht; man merkte, dass sie abgemagert war.

»Irène ist wirklich nicht krank, Peter kann ruhig mit ihr spielen.«

Lars-Ivar war nicht bei mir. Hilflos gab ich zu verstehen, dass Irène fiebrig aussah und …

»Unsinn. Keine Spur. Irène fehlt nichts«, fiel Ulla mir scharf ins Wort, als hätte sie mit den Zähnen einen Faden durchgebissen.

Was sollte ich tun? Nur zusehen, wie Irène mit Peter die Treppe hinauf in ihr Zimmer ging, wo es Spielsachen gab. Lars-Ivar saß im Zimmer gegenüber bei Svenne.

»Wie wär's, Kinder!«, rief ich, Fröhlichkeit vortäuschend, schrill. »Wollen wir nicht lieber draußen spielen? Im Garten? Das Wetter ist so schön. Kommt, ich helfe euch in die Jacken …«

Sollte Ulla doch denken, was sie wollte.

Es war ein großes, teils bewaldetes Grundstück. Die Kinder sammelten Zapfen, und ich lief in die Küche eine Schachtel Streichhölzer holen, mit denen wir die Zapfen in vierbeinige Kühe verwandeln konnten.

In der Küche saßen, die gefalteten Hände auf dem Tisch, die Köpfe gesenkt, die Augen geschlossen, eine Menge Leute.

Unter ihnen auch Ulla.

Erst kurz bevor wir gehen wollten, schaute ich zu Svenne hinein. Er konnte mir die Hand nicht geben. Ich klopfte also auf die Decke, unter der möglicherweise sein Arm lag.

Lars-Ivar erzählte mir später, wie schrecklich diese Stunde mit Svenne für ihn gewesen war. Der Freund war von den Füßen bis zur Körpermitte gelähmt.

Lars-Ivar hatte sich nach der Behandlung erkundigt. War wirklich alles nur Mögliche getan worden? Chemo? Bestrahlung?

Svenne hatte geantwortet, nichts habe angesprochen.

Nur ein Wunder konnte noch helfen.

Für dieses Wunder wurde in der Küche gebetet. Wie war das mit der unbeugsamen Überzeugung vereinbar, dass es Krankheiten nicht gab?

Oder beteten sie dafür, dass Svenne selbst glauben sollte, seine Krankheit sei nur Einbildung?

Der schrecklichste Augenblick, sagte Lars-Ivar, sei gewesen, als Svenne mühsam bekannt habe, dass er eigentlich nicht glauben könne.

»Ulla ist überzeugt, wenn ich nur loslassen und glauben könnte … Aber ich kann nicht, Lars-Ivar«, hatte er gesagt. »Ich kann nicht.«

Drei Wochen später war er tot.

Ulla war morgens aufgewacht und er war tot.

Die Lähmung war bis zum Herzmuskel vorgedrungen.

Beerdigung bei stürmischem Märzwetter.

Ich erinnere mich an harte, eisige Lehmklumpen. Die offene finstere Grube, in die der Sarg gesenkt wurde, und an Peter, der plötzlich zu heulen anfing und den ich auf den Arm nehmen und mit ihm weggehen musste, um die Zeremonie nicht zu stören.

Selbst hatte ich größte Mühe, nicht in Panik zu geraten.

Und welche Worte konnte man Ulla sagen, der jungen Witwe? Glaubte sie vielleicht bis zu dem Moment mit den drei Schaufeln Erde, dass ihr Geliebter den Deckel durchstoßen und geheilt aus dem Grab auferstehen und wieder der Mann sein würde, der er vor der Krankheit gewesen war?

Einen guten Monat später bekam ich eine schwere Bauchgrippe.

Das Mädchen, das bei uns aushalf, hieß Maivor. Es war der vierte Tag und ich fing langsam an, mich zu erholen. Peter war draußen in der Küche bei dem Mädchen, das gerade einen Kuchenteig rührte. Gibt es für ein Kind etwas Besseres, als sich in der Nähe eines im Entstehen begriffenen Kuchenteiges zu befinden und zu wissen, dass es bald einen Löffel in die Hand bekommen wird, um die Teigschüssel auszuschlecken?

Kraftlos lag ich in den Sofakissen, als ich plötzlich ein merkwürdiges Gefühl in Füßen und Beinen bekam, als wollte alles von unten nach oben einschlafen. Bald darauf fing es auch in den Händen an, die mir nicht gehorchen wollten, als ich eine Faust machen wollte.

Ich rief nach Maivor und gab ihr die Nummer der Arbeitsstelle meines Mannes. Aber sie hatte noch keine zwei Ziffern gewählt, als sich das Gefühl einer Lähmung weiter ausbreitete und ich flüsterte: »Nein, ruf SOS, die Nummer der Ambulanz!« Zwei Sanitäter. Als sie mich auf die Trage legen, merke ich, dass ich die Augenlider nur mit Mühe heben kann.

Sie halten die Trage ein bisschen schief, das Treppenhaus ist eng und unten stehen sämtliche Kinder aus der Nachbarschaft, sie hatten das Martinshorn gehört und waren herbeigestürzt. Neugierige Frauen, alte Männer, die mit der Zunge am Gebiss spielten, Mütter mit ihren Kleinsten auf dem Arm.

Im Wageninneren untergebracht, wird die Lähmung noch größer. Jetzt kann ich mich buchstäblich gar nicht mehr rühren. Mit größter Anstrengung lalle ich: »Sirene! Sirene einschalten.«

Und ich wusste – wieder einmal –, dass ich sterben würde und dass es dieses Mal keine Wiederkehr geben konnte.

Maivor hatte trotzdem in Herrn Palms Firma angerufen und er wartete schon in der Notaufnahme, als ich hineingeschoben wurde. Eine Krankenschwester hob meine Hände hoch, die, klauenähnlich nach hinten gedreht, erstarrt waren.

»Jahaja«, sagte sie, als sie meine Hände wieder hinlegte. »Der Herr Doktor wird gleich da sein.«

Lars-Ivar war ganz grau und stumm.

Hilflos legte er mir die Hand auf den Arm. Ich fühlte es nicht. Und dann, Alberte, geschah etwas Entsetzliches. Während die Wanduhr die Minuten zählte, ließ die Lähmung Stück für Stück nach. Und es ging schnell. Als der Arzt im wehenden weißen Mantel angerannt kam, war alles vorbei. Es war also ein wesentlich einfacherer Fall, als vom Arzt erwartet. Nichts als Hysterie. Rezept für ein Beruhigungsmittel und »dann nehmen die Herrschaften wohl am besten ein Taxi nach Hause. Ich schreibe Ihnen eine Bestätigung, die Sie bei der Krankenkasse vorlegen können, um das Geld vergütet zu bekommen.«

Die Tür fiel hinter ihm ins Schloss.

Lars-Ivar steht auf und sieht mich wütend an.

»Hättest du das nicht wenigstens noch fünf Minuten durchhalten können? Verflixt und zugenäht! Da muss man die Arbeit Hals über Kopf liegen lassen und steht dem Doktor dann wie ein Idiot gegenüber.«

Mein Gott, wie er mich hasste!

Stell es dir einmal vor, Alberte.

Ein Mann wie Sivert. Die Nerven und alle Funktionen voll unter Kontrolle.

Lars-Ivars berechtigter Zorn.

Das zutiefst Bedauerliche an seiner Situation.

Ein hysterisches Weib zu haben.

Zu jener Zeit hatte man noch nie von einem hysterischen Mann gehört. Der Begriff war unangemessen. Es gab Schöngeister wie beispielsweise Marcel Proust, die ihre eigene Hysterie als Zeichen einer ungewöhnlichen Empfindsamkeit und Verletzlichkeit betrachteten. Es war nichts, wofür er sich zu schämen brauchte.

Zu Anfang des zwanzigsten Jahrhunderts hatte sich die medizinische Wissenschaft in dem Gedanken festgefahren, dass die Hysterie mit den weiblichen Organen in Zusammenhang stand. Es ist belegt, dass man bei absolut gesunden Frauen die Gebärmutter operativ entfernte, um auf diese Weise ihre schwachen Nerven zu heilen.

Natürlich spreche ich hier von Frauen höherer Gesellschaftsschichten. Man war ganz allgemein der Ansicht, dass arbeitende Frauen, also beispielsweise Fabrikarbeiterinnen oder Dienstmädchen, gar keine Zeit für hysterische Anwandlungen hatten. Unter ihnen gab es aber eine Menge Frauen, die nach sieben Wochenbetten und mit einem Mann, den sie nicht abwehren konnten, nichts dagegen gehabt hätten, die Gebärmutter loszuwerden.

Wie auch immer – wir beide können uns Sivert und Lars-Ivar gut an einer Bartheke vorstellen, wo sie über einem Glas Wein die Probleme besprechen, die ihre Frauen ihnen zu Hause bereiten.

Und Sivert würde zugeben, dass es ihm bei weitem nicht so schlecht ergangen war wie Lars-Ivar.

23

Lars-Ivar hat ein Stipendium bekommen.

Für seine neue Formgebung von Vorhängen und anderen Heimtextilien. Svenska Slöjdföreningen, der schwedische Kunstgewerbeverein, hat Lars-Ivar als Stipendiaten ausgewählt. Man will mit dieser Auszeichnung vor allem junge Talente fördern.

Da es als Reisestipendium ausgeschrieben war, durfte das Geld nicht für Bratwurst und Miete verwendet werden.

Im Gegensatz zu seiner Frau war Lars-Ivar an Reisen kaum interessiert. Aber diesmal ging es eben nicht anders. Zu dieser Jahreszeit hat Oma Sommerferien. Peter ist inzwischen so an sie gewöhnt, dass kein großes Trennungsdrama zu erwarten ist, wenn Papa und Mama für eine Weile verschwinden.

Natürlich bringe ich immer wieder Frankreich aufs Tapet. Zehn Tage in Cagnes an der Riviera. Der obere Teil der Stadt heißt Haute Cagnes. Klammert sich an eine Felswand. Im Gegensatz zu Cagnes sur Mer, das unten am Meer liegt. Es versteht sich von selbst, dass die Zimmer teurer sind, wenn man ein Zimmer mit Aussicht aufs Mittelmeer und nur drei Minuten zum Strand haben will.

Das Reisebüro der Staatlichen Eisenbahnen berät uns. Wir werden ja mit der Bahn fahren; es wird eine lange, schmuddelige Reise, aber das Stipendium reicht für einen Flug nicht aus.

(Wofür ich mehr als dankbar bin. Schon der Gedanke, in ein Flugzeug steigen zu müssen, verursacht mir Atemnot.)

In Cagnes war es warm und feucht. Aber das billige Zimmer, das wir gemietet hatten, lag nach Norden, was bedeutete, dass der Steinfußboden nasskalt und die Bettwäsche klamm war. Es roch überall leicht nach Schimmel. Jedes Mal wenn wir, noch glühend von der Sonnenhitze, den Raum betraten, hatten wir das Gefühl, eine Grabkammer zu betreten.

Ich wollte mir das nicht gefallen lassen. Ich bat Lars-Ivar um Erlaubnis, *La patronne* fragen zu dürfen, ob sie nicht ein anderes Zimmer frei hätte. Aber sie konnte uns nur das große Zimmer mit dem Balkon zum Marktplatz anbieten. Und das wäre doppelt so teuer gewesen.

»Kommt überhaupt nicht in Frage«, sagte mein Mann. »Wir sind ja sowieso die meiste Zeit draußen.«

Wir brauchten 15 Minuten bis ans Meer und 30 zurück in unser Hotel.

Ich war enttäuscht wie ein kleines Kind, dass der Strand aus lauter kleinen Steinen und nicht aus dem herrlichen Sand bestand, den ich mir vorgestellt hatte. Hingegen hatte ich keine Ahnung gehabt, dass die Seealpen so erschreckend nah aussahen, wenn man, mit dem Rücken zum Meer, zu ihnen hinaufschaute.

Etwas so einmalig Schönes!

Zu jener Zeit liebte ich die Berge.

Am dritten Tag trafen wir in Haut Cagnes in einem Restaurant am unteren Markt ein anderes schwedisches Paar. Eine Künstlerin, die Hüte kreierte, mit ihrem viel jüngeren, gut aussehenden Mann. (Wenn er ihr Mann war!)

Sie hießen Anny und Erland. Anny war Finnlandschwedin.

Sie war klein von Wuchs, ihr braun gebranntes Gesicht war recht faltig, und sie hatte orange gefärbte Haare. Sie sprach sehr schnell und irgendwie gereizt und rauchte eine Gitane nach der anderen. Sie erklärte mir, dass sie lieber Gitanes als Gauloises rauchte, weil diese Marke eine hübschere Verpackung hatte. Sie bot großzügig an, und Lars-Ivar ließ es sich wohl schmecken. Als Anny entdeckte, dass ich weder rauchte noch Wein trank, bekam sie schmale Augen und verzog den Mund in einer Art, die Verachtung und auch Mitleid bedeuten konnte.

Aber ihr Interesse an Lars-Ivar intensivierte sich. Sie fingen einen albernen aufreizenden Dialog an, der mich und auch Erland ausschloss. Er schien daran gewöhnt zu sein. Schön wie ein Gott, wandte er sich der Sonne zu. Das weiße Hemd am Hals so weit offen, dass die schwarzen Brusthaare hervorlugten. Die gleichen Haare wie die bei hochgerollten Hemdsärmeln sichtbaren.

Es wurde Wein getrunken. Und es wurde nachbestellt; ist man schon in Frankreich und noch dazu in der Provence, dem unvergleichlichen Land der Trauben, die im Herbst von den Füßen junger Frauen zertreten wurden …

Lars-Ivar gefiel es. Lars-Ivar war wirklich ausgezeichnet in Form. Es brauchte eine Weile, bis ich begriff, dass Anny in einer Weise mit ihm flirtete, auf die Erland hätte reagieren müssen. Aber er tat es nicht. Er trank Glas auf Glas und wurde einer Statue immer ähnlicher.

Ich merkte, wie gekonnt Anny Lars-Ivar mit Blicken und heiserem, anerkennendem Lachen zustimmte, wenn er eine schlagfertige oder eher gewagte Antwort gab, und wie er selbst es genoss. Nach einiger Zeit schien ich überhaupt nicht mehr mit am Tisch zu sitzen. Erland in seinem Rausch war schon so gut wie bewusstlos. Annys Art, die Brust vorzuschieben, sie durch eine gewisse Armbewegung besser zur Geltung zu bringen, worauf sich auch die Mädchen bei Beckboms besonders gut verstanden hatten …

Ich suchte die Toilette auf. Sie war von dieser primitiven Bauart: ein Loch im Fußboden und die Schwierigkeit, einen weiten Faltenrock so zu halten, dass nicht …

Als ich zurückkam, hatte Erland endgültig schlappgemacht, ohne dass es die selbst schon ziemlich benebelte Anny zu beunruhigen schien. Mir entging natürlich nicht, dass sie Lars-Ivar ihr Händchen zutraulich aufs Bein gelegt hatte, als sie erklärte, wir würden jetzt ins Restaurant *Le Haut* gehen und dort die berühmte Fischsuppe oder einen Teller gratinierte Muscheln zu uns nehmen, sie liebe »fruits de mer«, du etwa nicht, Signe?

Hoppla. Jetzt sprachen wir uns also mit dem Vornamen an und duzten uns. Das war ausgemacht worden, als ich auf der Toilette war.

Lars-Ivars Gesicht war beunruhigend rot und er lachte viel zu laut. Er genoss die Situation.

Mich befiel leichte Übelkeit.

Meine Handicaps kamen wieder zum Vorschein.

Alkoholgegnerin und Nichtraucherin. Was ist daran eigentlich so lustig?

Aber Lars-Ivar nahm sich ausnahmsweise zusammen. Stand auf, kam auf mich zu, legte mir den Arm um die schmalen, sehnsuchtsvollen Schultern und erklärte, für ihn und seine Frau sei es höchste Zeit, sich zurückzuziehen.

Als er mich dann aber auf das feuchte Betttuch wälzte, mich erregt zu küssen begann und mit der Hand unter dem Rock den Gummirand des Höschens bezwang, riss ich mich los. Er roch nach Alkohol und Zigaretten. Er schmeckte widerlich. Er war zu grob.

»Ach, ist es nicht genehm?«

Ich sah die feste Ausbeulung und wusste, dass sie nicht durch mich entstanden war.

Aber er war der Stärkere. Er war mein Mann. Er machte mich trotz allem begierig und verrückt, und welch ein Triumph, als er mich immer mehr besiegte.

Danach blieb ich eine Weile in seiner Bettwärme liegen. Konnte aber erst im eigenen Bett einschlafen, nachdem ich eine Strickjacke angezogen und mir einen Schal um den Bauch gewickelt hatte. In unserem Zimmer standen tatsächlich zwei einzelne Betten. Und kein »grand lit«.

Es war unmöglich, den beiden auszuweichen.

Sie waren am Strand. Sie kauften Obst auf dem Markt.

Neue gemeinsame Unternehmungen wurden vereinbart. Sie waren schon zwei Wochen hier. Sie kannten all die hübschen, charakteristischen Bars und Kneipen, die Touristen normalerweise gar nicht entdecken.

Anny rühmte die wunderbare Stimmung spätabends, wenn man mit einem Drink in der Bar hoch über der Stadt saß und in der warmen, tiefdunklen Nacht die Lichter in der Bucht wie Diamanten funkeln sah. Poetisch schilderte sie auch einen alten Eselsteig, der zu einem wunderbaren Spazierweg ausgebaut worden war, auf dem man über die blauen Hügel bis nach Vence wandern konnte.

Anny war ununterbrochen von fieberhafter Vitalität und Unternehmungslust. Ich hatte das schon im Gymnasium bei manchen Mädchen beobachtet. Bei Mädchen, von denen gemunkelt wurde, dass sie leichtsinnig waren. Die Glücklichen. Wie gerne hätte ich mit einer von ihnen getauscht!

Anny war in Lars-Ivars Leben nicht die Erste mit Whiskystimme, einem von Raucherhusten zerhackten Lachen und zu tief ausgeschnittenen Kleidern.

Und doch hatte er sich für die Unschuld entschieden.

War er ihrer jetzt ein wenig überdrüssig geworden? Ihrer kindischen Launen und Hilflosigkeiten?

Durch Anny hatte der Aufenthalt an der Riviera ein wenig Schmiss und Tempo bekommen.

Und Erland? Nun, er war wohl eher als Staffage mitgenommen worden, als dekoratives Beiwerk. Er sah gut aus, war zurückhaltend und in einer bemerkenswert penible Art ständig betrunken.

Lars-Ivar war in jeder Hinsicht unterhaltsamer und wesentlich interessanter.

Bei unserer Ankunft hatte Lars-Ivar verärgert festgestellt, dass es hier nichts gab, was er hätte malen können. Alles sah wie auf einer Ansichtskarte aus. Die rosafarbenen Häuser, die Palmen, die über die Balustraden quellenden Kletterrosen, die im Blau sich verlierenden Höhen und ein immerzu unbewegtes Meer, das blauer als blau war, ganz so, wie die Touristen es wünschten.

Cézanne und Matisse hatte diese Landschaft zwar gefallen, aber Lars-Ivar zog die Ebenen in der Umgebung von Uppsala vor.

Dann, eines Tages, als er besonders zärtlich und liebevoll zu mir war, sagte er:

»Am Donnerstag machen wir diesen Ausflug über die blauen Hügel nach Vence, wir beide ganz allein. Erland hat mir auf der Wanderkarte eingezeichnet, wie man hinauf zu diesem alten Eselsteig findet. Wir nehmen Brot, Käse und Schinken mit, kaufen zwei große Flaschen Mineralwasser und ziehen in aller Herrgottsfrühe los. Um sieben. Dann sind wir vor der großen Hitze unterwegs und fahren später mit dem Bus zurück.«

Er war überglücklich und vergnügt. Jetzt hatte er selbst sich einmal etwas ausgedacht. Er, als Mann, hatte die Initiative ergriffen.

Die Nacht davor. Ich erwache mit einem Ruck, setze mich im Bett auf und fühle den Tod nach mir greifen. Mein Herz rast, Schüttelfrost überläuft mich wie wild gewordene Ameisen. Die Zähne schlagen aufeinander. JETZT. Jetzt bin ich dran. Das dritte, oder mag sein, das vierte Mal, gilt.

Lieber Gott, mach, dass ich nicht vor dem Schulabschluss sterbe.

Lieber Gott, mach, dass ich nicht sterbe, bevor ich den Richtigen kennen gelernt habe.

Lieber Gott, mach, dass ich morgen nicht sterbe. Vingåker. Die Todesbotschaft in einem Warteraum auf dem Gare du Nord. Die scheinbare Lähmung.

Warnungen. Schilderungen einer Sterbenden, die auf ihr Ende wartet. Gott hat bis jetzt mit sich reden lassen. Er war weit über die Zeit hinaus großzügig, die zu begehren man das Recht hat.

Er war darauf eingegangen, dass ich erwachsen und Modezeichnerin wurde und von dem ersten Mann geheiratet worden war, der mich geküsst hatte; dass ich Mutter geworden war und Geld verdiente …

Als der Schüttelfrost sich schadenfroh verstärkte, wusste ich, dass jetzt mein Ende gekommen war.

Ich weckte meinen Mann laut schreiend.

»Lars-Ivar! Lars-Ivar!«

»Was zum Teufel ist denn jetzt schon wieder?«

Ein verstrubbelter Kopf hebt sich einen Zentimeter vom Kissen.

»Ich hab solche Angst.«

»Angst? Wovor denn? Was fällt dir jetzt wieder ein?«

Im schwachen Schein der Nachttischlampe sehe ich, dass er sich auf den Ellbogen stützt.

»Ich … Ich habe solche Angst vorm Sterben.«

»Neeein! Nicht schon wieder! Spinnst du! Vor dem Sterben haben doch alle Menschen Angst. Aber deswegen stirbt man doch nicht gleich.«

Lars-Ivar Palm, mein Gatte und Geliebter, gähnte, legte den Kopf aufs Kissen, auf diese unbequeme lange Rolle (eine französische Spezialität), und tat, als wolle er sofort weiterschlafen.

»Lars-Ivar, du darfst nicht einschlafen.«

»Verlass dich drauf, dass ich das tun werde. Und du schläfst jetzt auch. In wenigen Stunden müssen wir aufstehen.«

Eine normale junge Ehefrau, eine Frau mit normaler Kindheit, wäre längst zu ihrem Mann ins Bett gekrochen und, an seinen warmen, lebendigen Körper geschmiegt, eingeschlafen.

Mit Strickjacke und langer Hose unter dem Nachthemd, mit Socken an den immer noch eiskalten Füßen, lag ich wach und wartete auf den Tod.

Der Wecker schrillte. Lars-Ivar sprang aus dem Bett.

»Los, los, raus aus der Falle!«, rief er.

»Aaber, aber … Ich bin kraaank. Ich ststst…«

»Hör schon mit dem Quatsch auf. Nimm dich zusammen und steh auf. An der frischen Luft wirst du dich gleich wohler fühlen. Dieses Zimmer ist ja das reinste Rattenloch.«

Ich rolle mich wie ein Embryo ein.

Lars-Ivar, frisch rasiert und geduscht, gesund und wütend.

»Was! Du bist immer noch im Bett!«

Die Blicke meines Geliebten sind kalt und wenden sich ab.

»Du kannst mich doch hier nicht alleine lassen?«, hauche ich.

»Du kannst Gift drauf nehmen, dass ich das tue. Bist selbst schuld. *Ich* gehe auf jeden Fall über die blauen Hügel nach Vence.«

»Und wenn ich nun …«

»Neee, du. Komm nicht wieder mit der alten Leier. Ich weiß doch, was los ist. Du bist, seit wir hier sind, auf Anny eifersüchtig, und das ist jetzt die Rache!«

Rucksack auf den Rücken. Schuhe ordentlich geschnürt.

Kamm durch die dichten Haare. Kurzer Blick in den Spiegel. Die Tür quietscht in den ungeschmierten Angeln.

Zwei Stunden später kommt die Zimmerfrau.

»Aber Madame, petite madame, was ist denn los? Sind Sie krank? Ja, ich sehe, dass Sie krank sind. Wo ist Monsieur?

So sind die Männer nun mal. Ja, ja, ich kenne die Männer. Die denken immer nur an sich … oh, là là. Madame braucht einen Arzt. Ich werde mit Madame *La patronne* sprechen. Und dann bringe ich Ihnen warmen Tee.«

Die Zimmerfrau bekam frei, um mit mir in die Klinik zu gehen. Obwohl nicht groß, gab es dort immerhin einen Frauenarzt und auch diesen gewissen Stuhl. Beim Druck auf den Bauch und weiter nach unten hatte ich mit Schmerzen reagiert. Das Thermometer zeigte eine Temperatur von 38,5 an. Zweifellos eine Entzündung? Ja, so war es. Entzündete Eileiter. Ein Medikament wurde verordnet. Bettruhe und warm halten. Heimreise so schnell wie möglich, um im eigenen Land weiterbehandelt werden zu können.

In der Sonne fror ich weniger.

Als Lars-Ivar am unteren Marktplatz aus dem Bus stieg, saß ich in der Gluthitze auf einer Bank. Ich saß alleine dort. Alle anderen hatten unter Bäumen und Markisen Schatten gesucht. Mein Mann sah auffallend frisch und sonnengebräunt aus, als er aus dem Bus sprang.

Dann stand er vor mir und sagte: »Was hab ich dir gesagt. Du wirst den Tag überleben. Aber du weißt nicht, was dir entgangen ist. Die blaue Luft voll Pinienduft, Thymian und Oregano. Ich habe übrigens ein bisschen gepflückt. Wir können die Blätter trocknen und mit nach Hause nehmen.«

Er hielt mir ein Büschel holzige Stängel unter die Nase.

Dann sah er mich ein zweites Mal an.

»Du siehst tatsächlich ein bisschen kränklich aus.«

Da erst kam ich zu meinem anspruchslosen Triumph, nein, es war mein großer Triumph.

Hohes Fieber. Unterleibsentzündung. Antibiotika. Ruhe. Möglichst Bettruhe.

Ach ja. Das kannst du mir glauben, Alberte. Da bekam ich andere Töne zu hören. Sie war *wirklich* krank. Die arme Kleine.

24

Nun war ich also wieder krank. Und immer noch nicht tot.

Ein körperliches Frauenleiden mit medizinisch lateinischem Namen. In unserer Sprache: Eileiterentzündung. Alles, was auf Infektion oder Entzündung endet und Fieber verursacht, kann auch normale gesunde Menschen treffen.

Noch einmal Frauenklinik. Halbprivat. Lars-Ivar will sich auf etwas anderes nicht mehr einlassen. Ich teile das Zimmer mit Inez Karlsson, die sterilisiert worden ist. Man nennt es nicht so, man sagt, die Eileiter werden vorübergehend abgebunden. Wenn die Frau es später wünscht, kann der Knoten wieder gelöst werden.

»Als wenn man das je wieder wollte!«, flüsterte meine Nachbarin. »Sechs Kinder in acht Jahren. Nein, nein, endlich gerettet, denke ich.«

Der Mann ist auch zufrieden. Da braucht er sich nicht mehr zurückzuhalten. Sie ist zweiunddreißig. Der Mann ein gutes Stück älter. Ein rotbackiger Mensch mit großen, hilflosen Händen, die die Frau durch die Krankenhausdecke hindurch streicheln. Er betreibt eine Tankstelle. Den Eingriff bezahlen die Schwiegereltern. Eine junge Tante hält zu Hause die Stellung. Aber die Kinder vermissen ihre Mutter. Das ist nun mal sicher.

Inez Karlsson wird entlassen, auf sie folgt eine ältere Frau mit noch nicht diagnostizierten Schmerzen »da unten«.

Nach wenigen Tagen wird sie ins so genannte Radiumheim verlegt.

Und nach ihr kommt Annalisa Burgren, bei der eine vierte Fehlgeburt zu befürchten ist.

Mich behalten sie wegen des hartnäckigen Fiebers da. Ich fehle zu Hause nicht so wie die Sechskindermutter Inez. Oma, die so gern eine Märtyrermiene zur Schau stellt, weil sie sich noch länger um Peter kümmern muss, kann trotzdem nicht verhehlen, dass die Freude, jeden Morgen von seinen warmen, runden Ärmchen umschlungen zu werden, etwas Schönes ist.

Die Großmutter meines Kindes besucht mich jeden Morgen mit tiefen Sorgenfalten. »Dass du das auch noch mitmachen musst«, seufzt sie.

Ich tue ihr den Gefallen, setze auch eine Leidensmiene auf.

Aber besonders krank fühle ich mich nicht. Die Hauptsache ist, dass man mit Zahlen und Untersuchungsergebnissen aufwarten kann.

Täglich bietet man mir Schmerzstillendes an und ich lehne dankend ab.

Ich sehne mich nicht nach Hause. Mir graust vor der Heimfahrt.

Als Lars-Ivar kommt, liege ich, nur mit einem Zipfel des Überwurfs bedeckt, auf dem Bett. Er erzählt von zu Hause und dass das dänische Textilunternehmen »Die hellblaue Fabrik« zwei neue Muster bestellt hat.

Die Chefin ist eine inzwischen verwitwete eingeheiratete schwedische Adelige.

Lars-Ivar schildert sie als eine Art dänischer Colette. Eine hagere blonde Dame um die siebzig, neurotisch und voller Esprit. In seine Augen tritt ein besonderer Glanz, wenn er von ihr spricht. Ihr Charme. Wie geistvoll. Ihr altes Bauernhaus hat sie in ein Heim umgestaltet, das in einer bekannten dänischen Illustrierten in der Serie »In Dänemark ist schön wohnen« vorgestellt worden war.

»Es ist eigentlich verrückt, sie ist fast siebzig, und trotzdem finde ich sie mehr als erregend, wenn ich in ihrem gepflegten, teuer auf Bohème eingerichteten Wohnzimmer mit ihr rede. Echt verrückt. Sie sagt, sie würde dich gern kennen lernen.«

Kein Kommentar. Ich glaube ihm nämlich nicht, dass sie das will.

Ich gehe zu einem anderen Thema über. Zeige Lars-Ivar den Zettel, auf dem alles steht, was er mir beim nächsten Besuch mitbringen soll. Gesichtscreme von Lancôme. Lotion und Nagellackentferner. Und Bücher aus der Bibliothek.

Alle weiteren Werke von Cora Sandel. Den letzten Achtzehntes-Jahrhundert-Roman von Alice Lyttkens. Krimis lese ich nie. Leuten mit chronischer Todesangst macht eine Geschichte keinen Spaß, in der eine bestimmte Anzahl mehr oder weniger verunstalteter, geschändeter oder sich in so fortgeschrittenem Verwesungszustand befindlicher Leichen vorkommen muss, dass für deren Identifizierung ein findiger Zahnarzt nötig ist.

Estelle Karr taucht auf, dieses Mal mit Rosen. Sie hat auch die letzte Nummer von *Welt der Frauen* und *Bonniers Monatsschrift* mitgebracht. In beiden gibt es Modezeichnungen von Signe Tornvall-Palm.

Estelle Karr hat mir inzwischen das formlose Du angeboten und spricht jetzt sozusagen in eher privatem Ton mit mir.

»Du musst wirklich so schnell wie möglich wieder auf die Beine kommen, Signe. In zwei Wochen laden Mea und die französische Abteilung im Kaufhaus NK zu ihren Modenschauen ein. Und eine Woche später sind es Leja und die Märthaschule. Wir rechnen unbedingt mit dir.«

In dieser Ecke vermisst man mich also.

Gespräch mit dem Oberarzt. Meine Temperatur ist immer noch etwas erhöht. Er fragt, ob für mich der Aufenthalt in einem Erholungsheim nicht doch angenehmer wäre.

In meinem Inneren läuft ein Film ab, den ich schon gesehen habe. Auch wenn es gewisse Pluspunkte gibt, will ich ihn nicht noch einmal sehen.

Die Post bringt einen Brief von meiner Mutter. Sie ist, vermutlich von Peter angesteckt, erkältet und will nicht, dass es auch auf mich übergreift. Aus dem Brief erfahre ich, wie sie mit Peter im Sportwagen in der Stadt war (klar kann er schon selbst gehen, aber schneller geht es, wenn er im Buggy sitzt) und ganz unverhofft Dozent Ödéen, meinen früheren Religionslehrer, getroffen hat, der mir für die Zeit meiner Studien an der Beckbom'schen Schule eine so angenehme und gute Unterkunft besorgt hatte.

An der Formulierung konnte ich merken, dass meine Mutter sich ein wenig geehrt gefühlt hatte, weil er, der ja ein geweihter Pfarrer war, sich in so liebenswerter Weise nach der Gesundheit ihrer Tochter erkundigt hatte. Die reizende und so begabte Signe, deren Arbeiten seine Frau immer öfter in den Zeitschriften begegnete, in denen sie bei der Friseuse blätterte. Aber Signe konnte doch wohl auch bedeutungsvollere Saiten anschlagen?

Mama hatte eine echte Seelenverwandtschaft mit dem Herrn Dozenten Ödéen festgestellt. Das Wissen, dass er auch Geistlicher war, hatte sie gesprächig gemacht; das konnte man dem Brief deutlich entnehmen.

Signes Beharren auf diesen Modezeichenplänen und dann, bis über beide Ohren verliebt, auch noch den ersten Mann zu heiraten, der ihr ernstlich den Hof gemacht hatte. Ein Künstler bescheidenster Herkunft.

Nein, ganz so hatte sie es nicht ausgedrückt. Aber gemeint hatte sie es so.

Dozent Ödéen hatte sie und das zappelige Enkelkind zu Kaffee und Kuchen im berühmten »Brända Tomten« eingeladen. Der kleine Junge wurde mit Limonade und Schokoladenkuchen ruhig gestellt. Währenddessen konnte Mama wegen der angeschlagenen Gesundheit ihrer Tochter jammern und seufzen, und der Herr Dozent hatte mit großer Anteilnahme gelauscht.

Der langen Rede kurzer Sinn: Er empfahl Signe eine Woche Aufenthalt in dem ausgezeichneten Gästehaus von Svarttuna, das der bekannten Svarttunastiftung mit ihrer christlich-humanistischen Ausrichtung angeschlossen war. Es gab dort auch eine reichhaltige Bibliothek. Ein Besuch in diesem Haus würde für unsere liebe Signe natürlich wesentlich anregender sein als ein gewöhnliches Erholungsheim. Natürlich etwas teurer. Aber Dozent Ödéen hatte seine Kontakte und meinte, über den Preis werde man reden können.

Im Brief bat mich meine Mutter, diesen Vorschlag ernsthaft zu erwägen. Sie war gewillt, die Kosten zu übernehmen.

Ich kann mir denken, wie sie dachte. Dass ihre Tochter hier gebildete Leute treffen würde, Menschen von hoher geistiger und intellektueller Qualität.

Lars-Ivar hatte natürlich nie ein Wort darüber fallen lassen, dass er besser daran getan hätte, mich nicht krank und verängstigt in einem muffigen Zimmer in Haute Cagnes zurückzulassen. Aber wie hätte er wissen sollen, dass es diesmal keine Neuinszenierung meines hysterischen Theaters war?

Nie würde er sein Erschrecken und seine Scham vergessen, als er Hals über Kopf mit dem Taxi zu seiner womöglich sterbenden jungen Gattin geeilt war. Vom Kopf bis zu den Füßen gelähmt lag sie, als er kam, auf einer Liege.

»Der Herr Doktor wird gleich da sein.«

So war es. Aber in der Zwischenzeit hatte sich die Lähmung

verflüchtigt, einfach so, und Lars-Ivar stand belämmert daneben.

Solche Dinge, Alberte, sind deinem Sivert erspart geblieben. Du warst in deiner zurückhaltenden Art allerdings auch bockig und eigensinnig; das kann irritieren. Lars-Ivar war weit mehr zu bedauern.

Andererseits – es gibt wahrscheinlich immer Wesenszüge an einer Frau, die einen Mann in Harnisch bringen und seinen Seelenfrieden stören können. Dass ich nun tatsächlich eine Unpässlichkeit mit Fieber und einer ärztlichen Diagnose hatte, war sozusagen eine Erleichterung (tödlich war die Sache ja nicht). Aber eine kränkelnde Frau ist unweigerlich ein Klotz am Bein.

Eine fieberhaft besorgte, ständig putzende Schwiegermutter um sich zu haben, war sicher auch nicht gerade erbaulich. Aber sie respektierte immerhin sein Bedürfnis an Ruhe für die Arbeit: Sie, eine Frau der Generation, die die Interessen des Mannes immer in den Vordergrund stellten.

Das Aufnahmedatum rückt näher. Wieder gynäkologische Untersuchungen. Der Gatte wird zwecks klärenden Gesprächs zum Oberarzt gerufen.

»Die akute Eileiterentzündung Ihrer Frau ist noch nicht ganz ausgeheilt. Sie könnte chronisch werden. Aber«, sagt der Doktor, »die Sache ist die, Herr Palm, dass der eine Eileiter nicht zur Gänze betroffen ist, was wiederum bedeutet, dass Ihre Gattin jederzeit schwanger werden könnte. Die Wahrscheinlichkeit ist nicht groß, aber im Fall des Falles würde die Entzündung in diesem Bereich ganz ausheilen.«

Erstes Mittagessen im Gästehaus der Svarttunastiftung.

Zufällig ist an diesem Tag mein alter Lehrer dort. Der gleiche zudringliche, etwas lüsterne Blick, über den sich die etwas erfahreneren Mädchen im Gymnasium untereinander lustig gemacht hatten. Die wulstigen Lippen, über die er sich öfter mit der Zunge fährt; nein, besonders bieder sieht er nicht aus. Und meine Mutter, für die der Händedruck eines Mannes so über die Maßen ausschlaggebend war, musste vor lauter Respekt mit Blindheit geschlagen gewesen sein, dass sie nicht auf die schwammig runde, weiche Hand des Dozenten Ödéen reagiert hatte, die meine Rechte viel zu lange nicht losließ.

(Nein, jetzt rede ich Unsinn. Natürlich hat er die Hand meiner Mutter nicht in der gleichen Weise festgehalten.)

Bei diesem ersten Mittagessen saß ich also am Ehrentisch, an dem ein Bischof und zwei beleibte Herren aus dem Kirchenrat präsidierten. Die Hausfrau und Gastgeberin, Frau Ingrid Holmlund und ich, waren die einzigen Damen.

Ganz gleich, worum sich das Gespräch drehte, es endete immer bei der sozialdemokratischen Regierung und dem besorgniserregenden Rückgang der Kirchenbesucher. Die Kirche verlor ganz einfach an Boden, oder besser gesagt, an Seelen. Mein Religionslehrer verschluckte sich am Hering in Senf, als er hörte, wie sich seine so tüchtige Schülerin mit der säuerlichen Bemerkung in das Gespräch mischte, dass die Kirche daran selbst schuld sei. Man hatte nicht begriffen, dass sich alles zu Gleichheit und Gerechtigkeit für alle hin entwickelte. Die Kirche verharrte aber weiterhin in einer Klassengesellschaft mit Almosen für die Armen …

Er war nicht der Einzige, dem der Bissen im Hals stecken blieb, als ich übereifrig verkündete, dass die Zeiten der Knechtschaft vorbei seien und man aus dem Dunkel ans Licht …

Schade, dass Lars-Ivar nicht mit dabei war, er wäre stolz auf mich gewesen. Und mein Vater auch.

Mein Tischnachbar, der korpulenteste der Herren vom Kirchenrat, rettete die Darbietung durch ein freundlich onkelhaftes Lachen.

»Hoppla, ich glaube, wir haben eine kleine Sozialistin am Tisch.«

Die Verkrampfung löste sich. Man lachte nachsichtig. Eine kleine gedankenlose, ganz reizende junge Dame, die drauflosschwatzte, ohne zu wissen, was sie da eigentlich sagte.

Am nächsten Tag lag meine Serviettentasche auf einem anderen, kleineren Tisch. Meine Tischnachbarn waren zwei feine ältere, vornehm dünne, zerbrechliche Damen. Die eine hörte schlecht, aber doch auch wieder nicht so schlecht, dass sie, eigenen Aussagen zufolge, einen Hörapparat brauchte. Man sprach von irgendeiner jungen Verwandten, die sich gerade mit einem Ingenieur verlobt hatte.

Die Dame mit dem besseren Gehör gab laut zurück:

»Einem Diplomingenieur? Oder?«

Die Schwerhörige wurde rot.

»Natürlich! Marie-Louise und Sverker würden Louise doch nie mit so einem Billigingenieur verheiraten.«

Ein paar Minuten lang war die Stimmung nicht gerade angenehm.

Die Svarttunastiftung war ein bemerkenswerter Bau, in dem Treppen, schmale Gänge und feudale Salons sich abwechselten. Alle Gästezimmer waren individuell eingerichtet und trugen Namen von berühmten nordischen Schriftstellern und Denkern: Runebergzimmer. Heidenstamzimmer. Ellen-Key-Zimmer. Kierkegaardzimmer. Und plötzlich, ganz außer der Reihe: Großmutters Zimmer und Zimmer der Herrschaftsdienerin.

Die verschiedenen Ebenen und Gänge, unerwarteten Türen und tiefen Fensternischen überraschten, man konnte sich leicht verlaufen und das Milieu wäre für einen Krimi höchst geeignet gewesen: Hier hätte ein Mörder leicht entkommen können.

In den Parkanlagen herrschte eine fast klösterliche Atmosphäre. Weiß gestrichene Gartenbänke standen hier und dort in ruhigen, windstillen Winkeln. Unter den Gästen befanden sich einige namhafte Schriftsteller mit Alkoholproblemen. Einer von ihnen entdeckte mich bei der Andacht nach dem Abendessen.

Die Andacht fand im Roten Salon statt. Auf dem Notenständer des Klaviers stand vorzugsweise das Choralbuch. Der Pfarrer hatte uns Schweigen geboten und die Nummer des Chorals angesagt. Alle Damen saßen in Bereitschaft.

In diesem Moment überkam mich ein für mich bei unpassenden Gelegenheiten typischer, plötzlicher Harndrang, ich musste den Saal geduckt verlassen, und die andächtige Gesellschaft verstand auch, warum.

Die Peinlichkeit, im verkehrten Augenblick auf ein noch dazu weit entlegenes Örtchen zu müssen, war eine nie überwundene Phobie aus meiner Kindheit.

Später an diesem Abend suchte ich die Bibliothek auf. Wir Hausgäste hatten dort freien Zugang und gelangten über ein kompliziertes Treppen- und Türensystem zu den Büchern.

Ich hatte es auf kein besonderes Buch abgesehen, sondern ging unentschlossen durch die Regalreihen und schaute mir alles an.

Beinahe hätte ich einen kräftigen Mann gerammt, der in Rilkes Duinesischen Elegien blätterte.

»Hoppla!«, sagte er, und ich blickte zu ihm auf.

Ich erkannte ihn von Fotos wieder. Arthur Bränndahl, beliebter Schriftsteller, besonders durch seine prosowjetische Einstellung bekannt. Er hatte ein großes Standardwerk über den Marxismus geschrieben.

Im Gegensatz zu einer »kleinen Sozialistin« war er ein Mann mit wirklich gesellschaftsverändernden Ideen.

Was nicht verhinderte, dass er ein sehr liebenswürdiger Mann war, der den Rilke sofort weglegte, um der rosenwangigen jungen Dame zu geeigneter Literatur zu verhelfen.

Er war überrascht, dass ich Nexös *Pelle der Eroberer* und auch das meiste von Jan Fridegård schon gelesen hatte. Da ich mich für Ivar Lo-Johansson nicht erwärmen konnte, suchte Arthur Bränndahl unter dem Buchstaben D nach der dänischen Autorin Tove Ditlevsen.

»Aber vielleicht haben Sie ihre Bücher schon gelesen?«

Ich wurde schon wieder rot. Ich kannte nicht einmal den Namen dieser dänischen Schriftstellerin.

Auf dem Wagen mit den gerade zurückgegebenen Büchern fand er ihr Erstlingswerk *Man hat einem Kind wehgetan*.

Ich drehte das Buch um und las den Rückseitentext, ohne jedoch mitzukriegen, was dort stand. Ich spürte seinen durchdringenden Blick.

»Wissen Sie«, sagte er, und seine folgenden Worte sollten mein Leben entscheidend verändern. »Sie sind mir aufgefallen, weil Sie so schöne Hüften haben.«

Mir wurde ganz schwindelig.

»Es war, als Sie den Salon so schnell verließen. Da habe ich es gesehen. Dass du so ungewöhnlich schöne Hüften hast.«

Freimütig wechselte er die Anredeform. Ich hatte Schwierigkeiten, das Gehörte zu verarbeiten.

Noch nie hatte jemand etwas Ähnliches zu mir gesagt.

Auch Lars-Ivar nicht. Er hatte sich ja bekanntlich nicht in meinen Körper verliebt.

Durch diesen kurzen, schnell hingeworfenen Satz bekam ich einen Körper. Bis dahin war er mir vor allem ein Kümmernis gewesen. Ein Irrtum Gottes, der zwei Papierpuppen mitten auseinander geschnitten und falsch wieder zusammengesetzt hatte. Kurzer, hübscher Oberkörper, und unter der Taille diese schandbare Üppigkeit, die unter angekrausten Röcken und am Strand unter Badetüchern versteckt werden musste, und dann trotzdem immer ein Augenblick kam, in dem ich die Bedeckung abwerfen und mich ein oder zwei Minuten den

Blicken aussetzen musste, bevor ich mich ins Wasser retten konnte.

Meine Hüften, unter denen ich immer so gelitten hatte.

Genau diese Hüften fand Arthur Bränndahl so anziehend.

Die Röte in meinem Gesicht wollte nicht nachlassen. Ich versuchte mich zusammenzureißen und erkundigte mich nach der Möglichkeit, ein Buch auszuleihen, wenn die Bibliothekarin abwesend war.

Er gab mir Auskunft. Dann lächelte er bei diesem Zusammentreffen zum ersten Mal.

»Ich heiße übrigens Arthur. Ich hoffe, du hast es mir nicht übel genommen, dass ich vorhin einfach du gesagt habe?«

Lieber Gott, war ich aufgeregt. Drohende Gefahr lag in der Luft.

»Danke für die Hilfe«, murmelte ich und verließ den Schauplatz ein zweites Mal in höchster Eile. Dieses Mal aber in der untrüglichen Gewissheit, dass mir jemand nachschaute.

Im Zeitungszimmer schnappte ich mir das letzte Wochenjournal, obwohl es streng verboten war, eine von den Zeitungen mit aufs Zimmer zu nehmen.

Erkenne beim Durchblättern keine Zusammenhänge. Herzklopfen. Anflüge der altbekannten Atemnot. Einschlaftablette. Trotzdem hellwach. Um zwei Uhr nachts eine weitere Tablette. Verschlafe das Frühstück. Um zehn Uhr schleiche ich mich davon. Eile an gepflegten Villengärten vorbei. In Svarttuna ist es wirklich einmalig schön.

Am Markt eine Konditorei. Ein Käsebrot und einen Kaffee. Weiß so ungefähr, wo das Haus von Bettan Skoghös liegt. Finde den schmalen Weg unten am Wasser. Riesige Trauerweiden neigen sich sehnsuchtsvoll übers Wasser.

Ich finde das Haus. Öffne ein knarrendes Törchen. Erkenne, dass das Haus unbewohnt aussieht. Ganz richtig. Auf mein Klingeln hin macht niemand auf. Zurück zum Markt und in die Fußgängerzone. Planlos bummle ich an den Schaufenstern vorbei. »Mathilda Eks Stoff- und Kurzwarengeschäft«. Sehe einen schönen knallrosa Stoff mit türkisgrünen Tupfen. Betrete den Laden. Bitte, den Stoff genauer ansehen zu dürfen. Er fühlt sich leicht und weich an. Ich halte ihn mir ans Gesicht und sehe, wie kleidsam er meinen Teint hervorhebt. Wie in Trance bitte ich die Verkäuferin, mir zweieinhalb Meter abzuschneiden. Für eine Bluse, erkläre ich.

Ich denke gar nicht darüber nach, dass eine junge Frau, die sich Stoff für eine Bluse kauft, Stecknadeln, Nähnadeln, Faden, Metermaß und Schere eigentlich längst besitzen müsste.

Schlafwandlerisch, wie unter dem Einfluss einer exotischen, in Schweden verbotenen Droge, kaufe ich das alles ein.

In nüchternem Zustand hätte ich das nie getan. Ich kann gar nicht nähen. Habe nicht einmal als Schülerin etwas gehandarbeitet. Erinnere mich, wie Mama mir am Küchentisch eine Schürze fertig nähte, um mir im Handarbeitsunterricht eine ausreichende Note zu sichern.

Komme gerade im Gästehaus an, als der Gong zum Mittagessen ruft. Werfe mein Paket ins Zimmer. Renne die Treppe hinunter, komme aber zu spät zum Tischgebet. Komme mitten im »Amen«, um genau zu sein. Mit gesenktem Blick gehe ich auf meine Serviettentasche zu.

Beim Mittagessen ist immer Selbstbedienung. Man nimmt seinen Teller und sucht sich selbst aus, was man möchte. Schnell und ohne hinzusehen, fülle ich meinen Teller. Sitze zum Glück mit dem Rücken zum Saal. Ich weiß, dass Er da hinten sitzt. Meine alten Damen sprechen über ihre Freundin Edit, die im Serafimerkrankenhaus liegt. Ein heikles Thema, bei dem möglichst niemand zuhören soll. Die eine schreibt also für die taube Dame den Namen der Krankheit auf die Rückseite einer Quittung, die sie in ihrer Handtasche gefunden hat. Ich schiele hinüber. »Krebs«, steht dort. Die Schwerhörige schlägt die Hände vors Gesicht. Ich bin in einem Trauerhaus gelandet. Meine Wangen brennen, ich weiß nicht, wovon. Ich glaube, ich will es gar nicht wissen.

Lieber Gott, Dank für Speis und Trank, Amen. Stur geradeaus gehend, verlasse ich den Raum; danke, kein Kaffee für mich im Salon.

Endlich in meinem Zimmer, stürze ich mich auf mein Blusenprojekt. Lege den Stoff zweilagig auf den Fußboden, kühn schneide ich mit meiner neuen Schere die Halsrundung aus. Sieh einer an, das ist ja gut gegangen! Stecke ab, hefte, probiere vor dem nicht übermäßig großen Spiegel über dem Waschbecken an. Sehe immerhin, dass der Ausschnitt unheimlich groß ist. Fange zu heulen an, reiße mir das ganze Elend vom Leib, schmeiße mich aufs Bett, bohre das Gesicht ins Kissen.

In dieser Stellung kann man nicht weinen; man erstickt und ertrinkt gleichzeitig. Ich setze mich auf. Mein Herz rast. Auf dem Fußboden Stoffschnipsel und Nadeln. Wütend sammle ich alles ein und stopfe es in die Tüte mit dem Aufdruck »Mathilda Eks Stoff- und Kurzwarengeschäft«. Schnäuze mich. Wasche mir das Gesicht mit kaltem Wasser. Wühle in der Handtasche nach kleinen Münzen und flüchte zur Telefonzelle für Gäste. Mama hebt ab. »Wie geht es dir? Wie fühlst du dich?«

Zunächst ist mein Kopf eine einzige Wattewolke. Geht? Was meint sie damit? Sie kann doch gar nichts wissen.

»Hast du immer noch Fieber?«

Tief atmen, nach innen ausrichten, vorwärts. Warum bin ich überhaupt in diesem christlichen Gästehaus?

Zum Glück klingt meine Stimme normal, wenn auch ein wenig schwach, als ich antworte, dass ich morgens 37,2 hatte, und Mama meint, dann geht es ja in die richtige Richtung.

»Übrigens hat eine Frau Karr angerufen. Sie möchte, dass du …«

»Ist Lars-Ivar da?«

Nein. Er wollte direkt nach der Arbeit in der Druckerei mit Arbeitsproben zu einer Werbefirma gehen. Nein, den Namen der Firma wusste sie nicht. Peter? Ja, eben seien zwei so nette kleine achtjährige Mädchen da, um zu fragen, ob sie Peter mit auf den Spielplatz nehmen dürften. Majvor und Greta-Lisa.

Ich bestätige, dass sie manchmal mit Peter spielen.

Komme dann zu meinem eigentlichen Anliegen. Dass Lars-Ivar mich mit Peter am Sonntag holen kommen soll.

Ein Schritt aus der Zelle, und da steht er. Der Verführer. Der Korridor ist nur schwach beleuchtet. Nervös gehe ich auf mein Zimmer zu. Er mir auf den Fersen. Fasst mich am Arm.

»Warum so eilig? Ich wollte nur fragen, ob wir uns heute Abend um 21 Uhr das Klavierkonzert von Mozart zusammen anhören könnten. Im Radio wird das ganze Konzert übertragen.«

Wir sind jetzt bei einem Fenster angelangt. Ich schaue ihn an, schlucke einmal trocken und versuche zu lächeln.

»Woher wissen Sie, dass ich Mozart mag?«

»Lange Lebenserfahrung«, erwidert er mit zudringlichem Blick.

»Entschuldigung, aber ich muss gehen.«

Laufe davon und fühle seinen Blick unterhalb der Taille.

Während des Abendessens ist man geschützt. Bei Tisch wird serviert. Beim Nachtisch werde ich zu einem Ferngespräch ins Büro gerufen. Es ist Lars-Ivar. Er hat, wie gesagt, einen Werbemenschen aufgesucht …

»Und …?«

»Du weißt doch, wie die sind. Er will sich melden … Oma hat gesagt, du klingst frisch.«

»O ja. Bald bin ich wieder ganz gesund.«

»Aber ich finde, du klingst eher matt.«

»Neein, das stimmt nicht. Ich habe heute Nacht nur ein bisschen schlecht geschlafen.«

»Und wie ist es dort sonst so? Öde?«

»Ja, ziemlich. Lauter alte Damen. Aber gestern habe ich mit Arthur Bränndahl gesprochen, wir sind einander in der Bibliothek begegnet.«

»Ist ja toll. Er ist einer der ganz Großen in der linken Ecke. Und was hat er gesagt?«

»Er hat mir ein paar Tipps für Bücher von Arbeiterdichtern gegeben.«

»Und da hast du wohl gesagt, dass dein Mann schon …«

»Ja. Genau das habe ich gesagt.«

»Wie alt kann er sein?«

»Ach, das ist schwer zu sagen. Aber mindestens fünfzig. Könnt ihr mich Sonntag holen kommen?«

Ja, das konnten sie. Lars-Ivar meinte, es könnte interessant sein, einem der Giganten der schwedischen Literatur die Hand zu geben.

Wieder in meinem Zimmer alleine. Meine frisch gewaschenen Haare sind immer noch feucht. Aber der Nagellack ist trocken. Es klopft an der Tür. Das ist er. Ja.

Vielleicht erinnerst du dich, Alberte; in meiner Pension in Paris konnte man mit einer gewissen Absicht an der Tür klopfen, aber bei mir war das nie der Fall gewesen. Ich habe also keine Übung mit Situationen wie dieser. Dass ein Mann fragt, ob ich mitkommen und in seinem Zimmer vor dem Konzert ein Glas Whisky trinken möchte.

»Oder ist es dir vielleicht lieber, wenn wir hier bei dir sitzen bleiben?«

Mir weht bei jedem Wort eine Alkoholwolke entgegen. Seiner Aktentasche entnimmt er eine Whiskyflasche.

Ich weiche einen Schritt zurück.

»Danke, aber ich trinke nie Alkohol.«

»Wie schade«, murmelt er und steht schon dicht vor mir,

umfasst frech meine Taille. Und küsst mich. Kein Mann der Welt, außer Lars-Ivar, hat mich je so zudringlich auf den Mund geküsst. Aber aus Hunderten von Mädchenbüchern weiß ich, was eine junge Frau zu tun hat, wenn sich ein ungebetener Mann untersteht …

PENG! Die hat gesessen.

Er war wirklich baff. Fast hätte er die Aktentasche mit dem kostbaren Inhalt fallen lassen.

»Ach, so ist das«, sagte er verärgert und war schon verschwunden.

Der Türknall stand der Ohrfeige in nichts nach. Arthur Bränndal kannte keine Hemmungen.

Ich schloss hinter ihm ab. Wir setzten uns aufs Bett. Wir: Meine Atemnot und ich. Zu meinem pochenden Herzen und meinen glühenden Wangen sagte ich: Was hat der sich vorgestellt? *Dass ich eins von diesen Mädchen bin?* (Wieder die Mädchenbuchschablone.) Pfui. Und auch noch nach Alkohol zu riechen.

Dann, ohne Übergang, packte mich die Reue.

Ich hätte ihm ja nicht unbedingt eine Ohrfeige geben müssen.

Die aus Kitschromanen bekannten widerstreitenden Gefühle in Mädchen-Leib-und-Seele tobten in mir.

Ein gut aussehender reifer Mann, der Gefallen an mir gefunden hatte, weil er meine Hüften aufregend fand, und der mich dann in fleischlicher Lust geküsst hatte.

Mama wäre in Ohnmacht gefallen.

Ein Mann, dem meine schöne Seele und andere wertvolle Geistes- und Verstandesgaben schnuppe waren. Ich, ein Mädchen, das beim Schultanz zu der Melodie »In the mood« eine Blumenzier an der Mauer war und nie in eine düstere Ecke gedrückt wurde, in der ein Junge nur auf das eine aus war.

Ein Mädchen mit zu viel Körper und dennoch körperlos, dieses Rätsel löse, wer kann.

Und hier gab es nun einen Mann, der dieses Gewisse mit mir tun wollte. Der mich sah und mich begehrte.

Hochgefühl und Triumph mischten sich mit Kümmernis.

Lieber Gott (aber der wollte wohl lieber nichts damit zu tun haben), wie dumm bin ich doch gewesen! Die Rückreise aus Paris mit dem dänischen Jens? Nein, das war irgendwie eine edlere Begegnung gewesen.

Das hier war absolut ohne Umschweife ein …

In weißem Pulli und rotem Rock durchquerte ich Korridore und Gesellschaftsräume, in der Hoffnung, ihn zu finden.

Ich wusste ungefähr, wo sich in diesem Haus der Labyrinthe seine Zimmertür befand.

Wusste aber weder Nummer noch Namen des Zimmers.

Am nächsten Tag trafen wir uns zufällig auf der Gartentreppe zur Straße. Ich stürzte auf ihn zu, packte ihn am Rockärmel und keuchte: »Bitte, bitte, verzeihen Sie mir. Wegen gestern. Dass ich mich so dumm benommen habe.«

An diesem Abend ließ ich ihn herein. Bezaubert, in hingebungsvoller Bereitschaft, lag ich unter ihm. Er drang in mich ein, aber sofort nach dem starken, kurzen Schock des Genusses erwachte mein kühles Über-Ich. Heftig weinend stieß ich ihn von mir.

»Was ist, Signe? Was ist passiert? Habe ich dir wehgetan?«

»Nein, o nein, überhaupt nicht«, schluchzte ich an seiner graulockigen Brust.

»Aber ich darf nicht. Ich *darf* nicht!«

Er hob den Kopf. Er setzte sich auf.

»Wer erlaubt es dir nicht?«

»Mein Mann sagt, ich darf nicht«, flennte ich und war der Untröstlichkeit nahe.

Er war sehr lieb. Er war wirklich LIEB. Wurde nicht böse.

Wiegte mich und flüsterte ruhig, ruhig, wir haben nichts getan, wir haben nie ernstlich begonnen.

»Doch, doch«, hickste ich. »Das haben wir doch?«

»Nein, das war kein Beischlaf.«

Er küsste meine feuchten Lider, streichelte mir zärtlich über die Wangen.

»Vergiss nicht. Das ist nichts, was du deinem Mann bekennen musst.«

Er kleidete sich an. Die Art, wie er die Tür leise hinter sich schloss, zeugte von langer Erfahrung.

In vier Tagen war Sonntag. Lars-Ivar und Peter würden kommen und ich würde mit ihnen zurück nach Aspudden fahren.

Arthur Bränndahl »versuchte« es kein zweites Mal. Er erwähnte auch nichts.

Aber die Verführung, der er mich danach aussetzte, war von weit ausgeklügelterer Art. Er war reizend zu mir. Nahm sich meiner an. Später sollte ich erfahren, dass Arthur Bränndahl nicht gerade im Ruf stand, ein entgegenkommender und angenehmer Mensch zu sein.

Aber während dieser warmen Herbsttage in Svarttuna umwarb er mich mit großer Zuneigung und Zärtlichkeit. Der schönste Beweis war, als er Decken und Bücher mitnahm und wir uns in das harte Gras vor einer der Kirchenruinen setzten. Dort las er mir Gedichte von Gustaf Fröding vor.

Mit ungewöhnlicher Intuition wusste er, welche Gedichte die junge Zuhörerin besonders schätzen würde.

Arthur Bränndahl wusste nichts von meinem so früh verstorbenen Vater. Dass er lange Zeit wahnsinnig gewesen und in der Irrenanstalt gewesen war und dass er in dieser Zeit viel gesungen und Gedichte in gebundenen Versen geschrieben hatte. Leider vor allem mit konventionellen christlichen Motiven. Aber den schwebenden Rhythmus hatte er von Fröding übernommen.

Arthur Bränndahl rezitierte also nicht eigene Gedichte oder Poesie seiner Lieblinge Rilke und Hölderlin, sondern die glückhaft tänzerischen Rhythmen des kranken Fröding. Mit dem Zyklus DER BALL füllte er mich bis zum Rand; dieser unwiderstehlich munteren und doch traurigen Walzermelodie, in der Lust und Melancholie, unerfüllte Sehnsucht und himmelhoch jauchzende Euphorie durcheinander wirbeln.

Im Walzer- und im Polkatakt.

Bevor noch irgendjemand, am wenigsten ich selbst, es begriffen hatte, wusste dieser gewitzte Frauenverführer Arthur Bränndahl, dass es Rhythmus und Tanz waren, die diese junge, abstinente Frau zu Fall bringen würden. Der Rhythmus war ihre Droge, an ihm berauschte sie sich.

Es ist ein langer Gedichtzyklus, der mich mit vielen tausend Metern goldener Seidenfäden umfängt, und dieses Band zwischen mir und dem alternden Dichter sollte erst Jahrzehnte später durch seinen Tod zerreißen.

Schwatzhaftes Hin und Her
comme il faut
Walzerschritt nach Begehr
lebensfroh
in weiten Kreisen
in Frack und Seide
Schmetterlingsflügel
Tüllkleid und Schleife
rosige Schultern
und weiße Schuh.

War eine wogende
Frühlingsflut,
schäumend verstohlene
Jugendglut

reißende Welle
glückhafte Schnelle
– Wiegen und Fliegen
kommt zum Erliegen
auf bunten Damast
sinkt Elsa Gast.

Sie sitzt dort feengleich
frohgemut
atemlos wirr zugleich
vor Übermut
Zierrat aus Bändern
liebäugeln, tändeln
Röcke sich bauschen
Schritte berauschen
vom Walzer umfangen
zum Ufer gelangen
Wellenschlag.

Am Tag danach begegne ich Arthur Bränndahl auf einer der breiten Außentreppen, für die die Svarttuna-Stiftung so berühmt ist. Ein Schauder des Glücks durchzuckt mich. Fast versagen mir die Knie. Aber wir gehen wortlos aneinander vorbei.

Bei der ersten unbeobachteten Gelegenheit zieht er mich barsch beiseite und sagt leise und nervös: »Wie kannst du nur so *strahlen*, wenn du an mir vorbeigehst. Dass alle es merken. Vergiss nicht, ich bin verheiratet.«

Hier, Alberte, hast du jetzt noch eines meiner Handicaps. Das Strahlen bei jeder unpassenden Gelegenheit.

25

Am Sonntag kamen also Mann und Kind, um die Mutter heimzuholen. Die alten Damen machten zufriedene Gesichter. Sie konnten unmöglich etwas von mir und Bränndahl mitgekriegt haben, aber wer weiß. Kleine Vögel zwitschern morgens und abends.

Beim Kaffee machte ich Lars-Ivar und Bränndahl miteinander bekannt. Die Herren gaben einander höflich die Hand, während ich mich vor allem Peter widmete, der, wie alle gesunden Kinder, unleidlich war, als er Mama endlich wiederhatte. Sie musste doch endlich begreifen, dass sie ihn einfach im Stich gelassen hatte und …

Ich zauberte eine Tasse Kakao mit Schlagsahne und Kuchen herbei, der mit einem Klecks Marmelade verziert war. Dann nahm ich meinen Sohn auf den Arm, ach, was war der Junge schwer geworden, und sagte den Männern, dass ich Peter das Turmzimmer zeigen wolle.

Es machte mich ganz nervös, Lars-Ivars Enthusiasmus zu beobachten, als er mit dem Kommunisten Arthur Bränndahl über Politik sprach. Ein Glück, dass das Kind mich beschäftigte.

Aber neben der Nervosität kam gute Laune auf.

Als ich durch die breiten Türen in das Zeitungszimmer ging, sagte mir mein Rücken, dass vier Augen mir folgten, und instinktiv schwenkte ich die Hüften noch ein wenig mehr; ich hatte diesen Hüftschwung in jenem Sommer bei den Französinnen beobachtet und damals gedacht: *Die trauen sich was!* Enge Röcke und dieser herausfordernde Po.

Ich strahlte auch noch nach der Heimkehr. Dringende Arbeit. Modenschau bei NK in der französischen Abteilung, und dort die arroganten Damen von *Dagens Nyheter* und *Stockholms-Tidningen*. Die blasiert zehn Minuten zu spät kommen und sich dann halblaut darüber auslassen, dass, wenn man die Originale in Paris gesehen hat …

Estelle Karr saß in der vordersten Reihe. Ich schräg hinter ihr. Durch die Blume hatte ich es schon vorher gehört. Eine noch unbekannte junge Frau würde auf dem Laufsteg als Starmannequin auftreten. Das Interessante an ihr lag aber auf einer ganz anderen Ebene. Diese achtzehnjährige Judith Sterzler war die Geliebte von Estelle Karrs Mann.

Bei ihrem Entree hielt alles im Saal den Atem an. Ein überschlankes, langbeiniges Mädchen mit kurzen schwarzen Haaren, der Gang lässig, frech. Ja, und fabelhaft schön.

Während des gemeinschaftlichen Aufatmens schielten alle zu Estelle Karr hin, um zu sehen, wie sie es ›nahm‹.

Gut natürlich. Nicht das geringste Erröten. Hinter meinem Rücken hörte ich flüstern, sie müsse sich mit einem kräftigen Schluck darauf vorbereitet haben.

Plötzlich fand ich es wunderbar, gesund zu sein. Selbst weiß man ja nur selten, welche Ausstrahlung man hat. Aber ich konnte es feststellen, als ich unverhofft an einem Spiegel vorbeikam. Du weißt, Alberte, dass ich solche unvorbereiteten Spiegelbegegnungen im Allgemeinen nicht mag. Aber jetzt nahm ich einen fröhlichen Ausdruck in meinem Gesicht wahr. Ich sah aus, als ginge es mir gut.

Nicht der geringste Anflug von Angst war zu erkennen.

Lars-Ivar und ich waren erotisch frisch aufgeladen und unser Intimleben schwang sich zu glücklichen, verwegenen Höhen auf wie schon seit langem nicht mehr; wenn wir sie überhaupt je erreicht hatten.

Nach wenigen Monaten stellte sich heraus, dass ich wieder schwanger war. Der Arzt an der Frauenklinik, der meine Eileiterentzündung behandelt hatte, freute sich aufrichtig und gratulierte mir herzlich.

Somit war die Entzündung vollkommen ausgeheilt. Eine besonders kräftige Spermie war zielbewusst vorgedrungen und hatte ein Ei befruchtet.

Meine Schwangerschaftsübelkeit hatte sich schon gemeldet.

In der ganzen Welt hat mir bis jetzt noch niemand erklären können, wieso eine hysterische, angstbesessene Frau sich in der Schwangerschaft ins Gegenteil verwandeln kann.

Bei Lars-Ivar hatte es die umgekehrte Wirkung. Noch ein Kind zu versorgen! Dieser konventionelle Gedanke tauchte jetzt auf. Es wurde nicht danach gefragt, ob die Frau es konnte. Der Gatte musste der zuverlässige Hauptversorger sein. Die Frau durfte eventuell *etwas beitragen*. Durfte aber nicht erfolgreich im Beruf sein. Das galt als Herabsetzung der männlichen Potenz, denn die ist ja nicht ausschließlich auf die Unterhose beschränkt.

Meine Sorglosigkeit war irgendwie unpassend. Sie wies auf die ärgerliche Tatsache hin, dass ich mich finanziell sogar ganz ausgezeichnet selbst hätte erhalten können.

Lars-Ivar hatte Angstzustände, also nicht *nur* Angst, es ging um die konkrete, praktische Frage, wie wir unsere Zukunft gestalten würden.

Wir brauchten zum Beispiel eine größere Wohnung. In Svarttuna zum Beispiel.

Dieses Problem musste ich allen Ernstes selbst in Angriff nehmen. Tauschkauf nannte man das jetzt.

Wie gewöhnlich, das heißt wie beim ersten Mal, war ich als werdende Mutter wohl gelaunt und verwegen. Da dieser Zustand mehrere Monate anhalten würde, vergaßen wir ganz, dass er nicht ewig dauern würde.

Ich weiß nicht, wie viel mein Verliebtsein in Arthur Bränndahl zusätzlich zu meinem gehobenen Lebensgefühl beiträgt.

Ich schreibe ihm Briefe, ich schreibe viele Briefe. Ich schreibe sie, wenn ich in der Stadt bin, sitze in einer Konditorei, stecke sie dort auch gleich in einen Umschlag, frankiere sie und gehe damit zum Briefkasten.

Er antwortet nie. Aber wenn ich ihn anrufe, spricht er mit mir. Irgendwann gehe ich in die Bibliothek, in der er der Abteilung für Belletristik vorsteht. Ich werde sehr rot. Er ist zwar geschmeichelt, aber doch erschrocken, als ich plötzlich auftauche. Verliebt wie ein Backfisch, deute ich jede Veränderung seiner Mimik als eine Art Lächeln. Die Gefahr, dass ich zu strahlen beginne, ist offensichtlich.

Lars-Ivar weiß nichts von dieser Korrespondenz. Ich bin ziemlich stolz darauf, dass ich sie geheim halten kann. Außerdem gibt es keinerlei Gewissensbisse, denn ich treffe Arthur Bränndahl ja nie unter vier Augen.

Nur zu gerne glaube ich seiner Behauptung, dass damals, *bei dieser Gelegenheit*, nichts passiert war. Er hatte, noch bevor wir richtig in Gang gekommen waren, abgebrochen.

Meinen zweiten Sohn bringe ich halbprivat in der Klinik des Karolinska zur Welt.

Die Zeit ist verflogen. Dreieinhalb Jahre sind vergangen, seit ich in einem Kreißsaal der »Allgemeinen Gebärklinik« entbunden habe.

Diesmal darf der Papa dabei sein. Man ist auch mit der Vierstundeneinteilung beim Stillen nicht mehr so streng. Während der Wehen höre ich neben meinen eigenen Schreien die Stimme einer Schwester: »Was ist los, Herr Palm? Ist Ihnen nicht gut?« Höre, dass er hinausgebracht wird.

Der neue Sohn ist schon vom ersten Tag an ein sehr energisches Baby, und man hört weithin, wie gierig er die Milch beim Stillen in sich aufnimmt. Es tut mir weh. Aber nicht so weh wie beim ersten Kind.

Es ist ein echter Luxus, nur zu zweit im Saal zu sein. Die Schwestern sind netter. Der Arzt nimmt sich mehr Zeit. Es gibt besseres Essen.

Eine Klassengesellschaft im Kleinen, sagt Lars-Ivar und meint, das sei ein Gebiet, auf dem die Sozialdemokraten etwas ändern müssen. Warum sollen Arbeiterfrauen nicht dieselben Dienstleistungen beanspruchen können wie die Bürgersfrauen, wenn sie dem Land Kinder gebären?

Peter befürchtet, dass wir ihn wegen dieses neuen Bruders, der auf Svante getauft werden soll, vergessen könnten. Jeder, der uns zu Hause besucht, steht nur an Svantes Stubenwagen und schwärmt davon, wie süß er ist. Wenn wir mit dem Kinderwagen spazieren gehen, ist es nicht anders.

Dann passiert etwas, das entscheidenden Einfluss auf meine Svarttuna-Propaganda nehmen sollte. Von weitem sehen wir Greta-Lisa und Majvor mit einem Zweijährigen im Kinderwagen. Der Kleine heult fürchterlich und Peter fragt nachdenklich: »Warum weint der Junge, Mama? Haben Greta-Lisa und Majvor mit ihm gespielt?« Er sagt das in einem sachlich neugierigen Ton.

Ich habe nicht den Mut, mich zu fragen, was hinter dieser alarmierenden Frage stecken könnte.

Aber als Lars-Ivar es erzählt bekommt, rückt Svarttuna wesentlich näher.

Bettan Skoghö hat das ihre geleistet, und als Svante drei Monate alt ist, ziehen wir nach Svarttuna.

Das Traurige ist, dass ich zu dieser Zeit nicht mehr so strahlend positiv eingestellt bin. Ich habe ganz einfach wieder die Symptome, die an mein Verhalten nach dem ersten Kindbett erinnern. Nur war es damals auf meine Schilddrüse zurückzuführen gewesen. Nicht nur ich selbst, sondern alle litten unter meiner Schlaflosigkeit und den plötzlichen Tränenausbrüchen, aber dieses Mal kann man es nicht auf eine physische Krankheit schieben.

Der Begriff »Stillpsychose« war noch nicht allseits bekannt.

Nach dem dritten Kind erging es mir nicht anders, und es war auch diesmal wieder eine Heimsuchung für meinen Mann. Die häufigen Angstzustände, meine unberechenbare Launenhaftigkeit; Hysterie und Verhätschelung. Eine Ohrfeige zur rechten Zeit wäre nicht verkehrt gewesen. Um diese Frau zur Räson zu bringen.

Erst beim vierten Kind bekam dieser Zustand einen Namen. Ich hatte eine leichtere Form von Stillpsychose, also eine hormonale Störung.

Es war aber auch an der Zeit. Lars-Ivar war diesmal nicht mehr der Vater.

Seit der Geburt des dritten Sohnes waren sieben Jahre vergangen. Man wusste inzwischen weit mehr über die weibliche Psyche in Zusammenhang mit Kinderkriegen. Es war nicht mehr selbstverständlich, dass jede junge Mutter vor Mutterglück zu strahlen hatte, wie alle Broschüren der Mutter-Kind-Zentrale das behaupteten.

Du, Alberte, wirst verstehen, wie epochal diese Erkenntnis gewesen ist. Denn diese hormonell bedingte Depression war zu deiner Zeit eine Schande gewesen.

Eine *richtige* Mutter weint nicht, wenn das Kind gesund und ihr Mann ein lieber, aufmerksamer Vater ist.

Es gibt keine Entschuldigung für eine Mutter, die nicht fröhlich ist.

Beim letzten Mal pumpte man mir die Milch ab, um festzustellen, ob die Depressionen dadurch möglicherweise zurückgingen. Sie ließen nicht nach. Ich weinte, im Gegenteil, noch mehr, weil dieses Kind nicht wie die anderen Muttermilch bekam.

Wie das Ergebnis zeigt, war Milchpulver die einzig richtige Babynahrung. Dieser Sohn ist der ausgeglichenste von allen. Die Milch, die er trank, war nicht mit Mutters Ängsten durchsetzt.

Zum Verzweifeln und irgendwie absolut unverzeihlich ist, dass in meiner kurzen neunjährigen Ehe mit Lars-Ivar drei Jahre von einer durch die Geburt der Kinder bedingten Psychose belastet waren.

Wir zogen also aus einer Zweizimmerwohnung in einer Mietskaserne südlich von Stockholm nach Svarttuna in ein langes, einstöckiges Gebäude aus dem 18. Jahrhundert um. Das Haus war verwahrlost und primitiv. Aber es gab darin viel Platz, und draußen vor den Fenstern war es wunderschön.

Unten zwei Zimmer, oben drei, Küche, Bad, vor der Haustür eine kleine Veranda mit zwei im Boden verankerten Sitzbänken und ausgesägten Holzverzierungen unter dem Dach. Daneben eine Hütte, in der wir das nötige Heizmaterial unterbrachten. Es nannte sich Briketts. Ich bin nie dahinter gekommen, ob es sich dabei um gepressten getrockneten Torf oder um etwas handelte, das mit Kohle zu tun hatte. Der Heizkessel stand in der Küche, wo immer Kehricht herumlag, wie oft man den Boden auch fegte. Im Badezimmer gab es einen mit Gas beheizten Warmwasserspeicher.

Der Garten vor unseren Fenstern gehörte zum Besitz der eleganten, etwas drallen Beate von Lindenstoltz. In die Miete war nicht inbegriffen, dass die Kinder dort spielen durften. Uns gehörte das, was an der eigenen Hausmauer wuchs, dazu einige Stachelbeerbüsche und der schmale Kiesweg zu unserem Törchen. Der geschickte Lars-Ivar brachte irgendwo sogar noch einen Sandkasten unter.

Lars-Ivar war der Mütterlichste in unserer Familie. Er setzte sich rein physisch für die Kinder ein, brachte sie abends zu Bett, setzte sich mit ihnen in die Badewanne.

Ich hatte gern ein Kind auf der Hüfte, wenn ich kochte, Sachen wegräumte oder telefonierte. Für meine Hüften von afrikanischem Ausmaß und meine weichen Brüste hätte eigentlich eine ganz andere Frau gepasst. Eine gelassene, ruhige, nach frischem Hefebrot duftende Frau.

In Svarttuna nahmen wir uns zum ersten Mal ein Kindermädchen. Ein Raum gegenüber dem Wohnzimmer gewährte die Ungestörtheit, die eine junge Kraft mit festem Gehalt und Familienanschluss brauchte.

Durch diese unentbehrlichen Stützen wurde ein weiterer Mangel in meiner Persönlichkeit entdeckt. Ich war völlig ungeeignet, jemanden bei der Arbeit anzuleiten. Ich wagte es nicht, irgendwo Kritik anzubringen. Da kam zum Beispiel Anja zu uns, die vorher bei einer Kapitänsfamilie angestellt gewesen war. In den drei ersten Tagen erledigte sie ihre Arbeit flink und ordentlich, aber dann ließ sie nach. Als ich aus der Stadt nach Hause kam, lagen drei Haufen voll gekackte Windeln in Badezimmer und Küche auf dem Fußboden, der wegen des Heizkessels im Bad mindestens ein Mal am Tag aufgewischt werden musste, rundherum herrschte Unordnung und auf dem Herd war ein Topf mit angebranntem Brei stehen geblieben. Mir war klar, dass die andere »Frau«, die Kapitänsfrau, eine Eigenschaft besessen haben musste, die mir völlig abging. Abends weinte ich oft. Dafür gab es verschiedene Gründe, aber viel zu oft war es mein Unvermögen, die Zügel zu straffen, oder wie man das so nennt.

Schon die erste Begegnung mit uns musste ein Mädchen wie Anja verwirren.

Andere fanden meine Worte erfreulich und anregend. Ich sagte: »Wir sind hier in unserer Arbeit alle gleichberechtigt, haben aber natürlich unterschiedliche Aufgaben. Mein Mann und ich verbringen den größten Teil des Tages mit Zeichnen und Malen, und du kümmerst dich um die Kinder, gehst einkaufen und hältst Küche, Bad, Wohnzimmer und Kinderzimmer in Ordnung. Du leistest hier Arbeit, die du selbst planen und so einteilen kannst, wie es dir richtig erscheint. Und noch eins: Wir duzen uns hier alle.« (Manche protestierten gegen diese letzte Bemerkung. Es hatte Herr und Frau Palm zu heißen.)

Einige Mädchen verstanden sofort, und es gefiel ihnen, dass sie Verantwortung trugen. Andere glaubten dagegen, dass man es hier nicht so genau nahm, und lasen lieber Illustrierte.

Und ich war nicht fähig, hier einzugreifen.

Damit, Alberte, hast du noch einen weiteren meiner Versager in Sachen Frau.

Lieber als zu kritisieren, wusch ich heimlich Wäsche, die es meiner Meinung nach nötig hatte, nahm mich dieser übel riechenden Windeln an, reinigte den angebrannten Kochtopf und so weiter.

Lars-Ivar meinte, ich brauche mich nur zusammenzunehmen, um mir Respekt zu verschaffen. Mich wie eine Frau aus besseren Kreisen zu benehmen, wollte er damit wohl sagen.

Aber ich konnte es nicht.

»Lieber Mann«, weinte ich abends. »Du musst es ihr sagen. Lieber, guter Lars-Ivar, kannst du ihr nicht …«

Während unserer Jahre als Familie in Svarttuna kamen und gingen junge Mädchen verschiedenster Art. Charmante, missmutige, fleißige, faule, dumme, mitdenkende …

Manchmal wollte Peter abends, wenn ich ihn zum Schlafengehen zurechtmachte, mit mir über unsere Hausgehilfinnen sprechen. Wir gingen einen Namen nach dem anderen durch.

Manchmal waren wir gleicher Meinung, aber wir hatten doch nicht immer denselben Geschmack. Viola, zum Beispiel, war ein ziemlich (wie meine Mutter das ausgedrückt hätte) schlampiges Mädchen, das Peter und Svante besonders gern gehabt hatten.

Ihr besonderes Talent war, dass sie beim Bügeln einen Film nacherzählen konnte, den sie kürzlich gesehen hatte. Wir Erwachsenen begriffen, wenn wir zufällig zuhörten, überhaupt nichts, aber die Jungen saßen mit vor Spannung offenen Mündern da, wenn sie dramatisch erzählte … Es war der Gauner, aber nicht der, sondern der andere, der war ja auch ein Gauner, und in den war das Mädchen verliebt, aber sie hat nicht gewusst, dass er ein Gauner ist, und der Erste, der war ja eigentlich Polizist …

Ein Dreijähriger und ein Sechsjähriger folgten diesem unbegreiflichen Durcheinander voller Andacht.

Viola konnte auch Lieder wie »In dem Saal im Lazarette, wo die weißen Betten steh'n …« besonders schön singen.

Sonst stritten sich die Brüder ja meistens. Schon als Einjähriger wusste Svante, dass wir, wenn er an einem von Peters Comicheften zu nagen anfing und der Große es ihm wegriss, weil es ja seins war, und Svante daraufhin wie am Spieß zu brüllen anfing, sofort herbeistürzten und das arme Baby auf den Arm nahmen und seinen Bruder mit der freien Hand ordentlich durchschüttelten, bis auch der zu heulen anfing.

Der eben noch ganz verzweifelte kleine Bruder saß inzwischen, verblüffend schnell getröstet, rosig und zufrieden bei einem von uns auf dem Arm.

Als Svante zweieinhalb Jahre alt war, besiegte er seinen älteren Bruder bei jeder Balgerei.

Es ging immer unheimlich lebhaft zu, sie stritten, fielen hin und bluteten, sie verletzten sich an Nägeln, sie rissen von zu Hause aus. Vor allem Svante. Kein Tor, kein Zaun konnte ihn daran hindern. Er kroch drunter weg, zwängte sich zwischen zwei Latten durch. Wir befestigten hinten auf seiner Jacke einen Zettel: *»Er heißt Svante. Rufen Sie bitte die Nummer #501 36 an, wir kommen ihn holen«.*

Und die Anrufe kamen von der Bushaltestelle, von der Post, den Kiosken, Taxiständen …

Peter hatte einen ganz anderen Charakter. Manchmal lief er zwar ohne Erlaubnis zu seinem Freund George. Aber meistens blieb er in der Nähe des Hauses. Er war ängstlicher, mehr von seinen Eltern abhängig …

Svante, das Ergebnis einer Spermie, die zu einem fast zugewachsenen Eileiter vorgedrungen war, war ein absolut unabhängiger Mensch. Im Wald ausgesetzt, hätte er genießbare Wurzeln und Beeren, eine verlassene Hütte mit einer Wasserpumpe gefunden. Schon bald kam er nicht mehr zum Essen nach Hause. Er bettelte sich in ihm bekannten Küchen durch, bekam von den Taxionkels Geld für Süßigkeiten; er hatte irgendwie gar keine Zeit, nach Hause zu gehen.

Er wollte bei allem, was passierte, dabei sein. Wenn es irgendwo brannte, kam er gleichzeitig mit der Feuerwehr dort an. Als am anderen Ende der Stadt oben am Waldrand gebaut wurde, ließ der Vierjährige sich Papas Rucksack mit Broten und einer Thermosflasche Kakao voll packen. In der Abenddämmerung kam er nach Hause, ließ Rucksack und Fäustlinge irgendwo fallen und rief: »ICH BIN JETZT ZU HAUSE!«

Bei diesem Verhalten war es natürlich schlimm, der große Bruder Peter mit Fieberblasen am Mund zu sein, an denen er nervös kratzte, und außerdem auch noch leicht zu stottern. Wenn sie sich in die Haare gerieten, ging es bei beiden auf Leben und Tod. Und dazwischen stand ich mit meinen romantischen Vorstellungen, wie wunderbar es doch sein musste, Geschwister zu haben.

Lars-Ivar und ich hatten zwei gemeinsame Nenner in unserer immer verzweifelter verlaufenden Ehe. Meine Zeichnungen, die ihm ebenso gehörten, da er ja die Auswahl traf, sowie unsere Ansichten über Kinder und Kindererziehung. Keiner von uns glaubte an strenge Normen und Bestrafungen. Aber es kam vor, dass wir es ohne Bestechung nicht schafften.

Lars-Ivar förderte das Jungenhafte, er balgte sich mit seinen Söhnen und lehrte sie den breitbeinigen, männlichen Gang des Vaters.

Ich meinerseits brachte mein Repertoire an sentimentalen Liedern und die Tatsache ein, dass ich leckere Nachspeisen zubereiten konnte.

Du meinst vielleicht, das klingt ganz gut, Alberte. Ja, das stimmt schon. Es wird allmählich langweilig, dass ich immer wieder mit meinen Ängsten aufwarte. Atemnot, Herzflimmern, Todesangst.

Jedes Mal, wenn ich aus beruflichen Gründen nach Stockholm fuhr, *wusste* ich, dass ich den Tag nicht überleben würde. Ich würde hinterrücks eine Treppe runterfallen, überfahren werden, im Haupteingang des Kaufhauses Nordiska Kompaniet an Herzversagen sterben. Ich würde mich unversehens an etwas verschlucken und daran ersticken.

Es waren also die gleichen Todesvisionen wie damals am Gare du Nord. Ich würde den Zusammenhang zwischen Todesahnung und der befreienden Freude, Svarttuna verlassen und mit meiner Zeichenmappe unter dem Arm in die Stadt fahren zu können, in Redaktionen freudig begrüßt zu werden, neue, interessante Aufgaben zu besprechen, mir Geld an der Kasse auszahlen zu lassen, die Befriedigung zu erleben, dass ich es durch eigenes Können verdient hatte, und mir in dieser Euphorie völlig unnötig Schuhe zu kaufen, die vielleicht lila waren und Bleistiftabsätze hatten, und zu wissen, dass sie an meinen Beinen gut aussahen, zu spät erkennen.

Das alles musste bestraft werden. Nicht nur der Tod ist ein Lohn der Sünde. Die Bestrafung der Freude macht da keinen Unterschied. In den Schuhkauf war die Strafe in raffinierter Weise einbezogen. Lars-Ivar würde mich, verärgert wegen meiner Verschwendungssucht, ordentlich ausschimpfen …

Die mit meinen beruflichen Fahrten verbundene Todesangst war die Strafe dafür, dass ich es viel lustiger fand, eine berufstätige Frau zu sein als eine Gattin und Mutter, die der Hausgehilfin sagte, was es zum Mittagessen geben sollte. Es kristallisiert sich ein Rhythmus heraus, in dem jede Freude, jeder unvorhergesehene kurze Augenblick der Harmonie sofort zerschlagen werden musste.

Ich trieb es so weit, dass ich gegen Lars-Ivar unerträglich boshaft, lästig und uneinsichtig wurde, sodass er keinen anderen Ausweg mehr fand, als mir »eine zu langen«. Und wenn ein Mann erst damit angefangen hat, fällt das Weitermachen nicht schwer. Ich hatte merkwürdige blaue Flecke an den Oberarmen oder unter dem Auge. Wir hatten die normalen Erklärungen bereit. Sie ist die Treppe runtergefallen. Sie ist gegen den Türpfosten gerannt. Es gelang uns, die Streitigkeiten auf den Abend und die Nacht zu verlegen, damit die Kinder nicht …

Als könnten Kinder nicht aufwachen, als könnten sie nicht den Mut haben, darüber zu reden.

Aber es gab auch die Stunden der Harmonie und der Zusammenarbeit. Erst wenn die Kinder eingeschlafen waren, hatten wir die richtige Ruhe zur Arbeit.

Es war manchmal geradezu wunderbar, wenn wir zusammen in dem großen Zimmer mit der Dachschräge arbeiteten. Ein fast friedlicher, harmonischer Zustand der Zusammengehörigkeit. Aber dann, wie aus heiterem Himmel, sagte ich etwas, das ihn ärgerte, und schon fing alles wieder von vorne an. Ich wurde immer spöttischer, er ausfällig, das war seine Spezialität, und es gab immer eine Möglichkeit, mir vorzuwerfen, was für eine miserable Mutter ich sei, und ich griff nach dem Tintenfass und er rief, nicht werfen …

»Doooch!«, schrie ich. Und warf es. Aber nicht nach ihm, sondern an die Wand dahinter, sodass es zersplitterte und die Tinte überall herumspritzte.

Bei so einer Frau helfen nur Prügel.

Und er begriff nicht, dass ich geradezu danach verlangte. Schläge mindern die Angst. Erotik auch, ich meine damit vor allem die Lust am Verliebtsein. Du erkennst es wieder, Alberte: Keine andere Droge ist so wirksam gegen die Angst. Nichts, was ein Arzt verschreiben kann, ist auch nur annähernd so heilsam.

Im Hintergrund zeichnet sich die prahlerisch übertriebene Hochstimmung meines Vaters ab, als ich ihn zum letzten Mal sah. Ich war elf Jahre alt, als er mich bis an die Decke hob und mir mit jubelnder Stimme sagte, wie stolz er auf mich sei, ich würde etwas Großes werden, behauptete er, Professor der Kunstgeschichte! »Und zu Weihnachten bekommst du einen kleinen Hund.«

Mit diesen wundervollen Worten überschüttete er mich, bevor *sie* kam und ihn mir zwecks Abtransports ins Irrenhaus wegnahm.

Und dann starb er. Seit damals weiß ich, dass man sich davor hüten muss, übermütig zu werden. Sonst kommt jemand daher und steckt dich in eine Zwangsjacke.

Bevor sie dich umbringen.

Freude ist gefährlich. Da nehmen sie einen mit.

Und auf Lachen aus Freude steht die Todesstrafe.

26

In Svarttuna hatten wir schon bald unseren Bekanntenkreis. Bettan Skoghö führte uns auf einer anspruchslosen Party bei sich zu Hause ein. Ausschlaggebend waren ihre Worte: Wir treffen uns unter Verzicht auf die bürgerlichen weißen Tischtücher und die Kochfrau gar nicht so selten.

Unsere charmante Vermieterin, die man in der warmen Jahreszeit im Garten graben, jäten und pflanzen und in der Art einer feinen Dame der Gesellschaft in einem verschlissenen Tweedrock, entsprechender Jacke und alten Gummistiefeln arbeiten sehen konnte, liebte Feste.

Beate von Lindenstoltz war mütterlicherseits deutscher Herkunft. Die Mutter wurde mit Baronesse angesprochen und war mit vielen der ehemaligen Königshäuser Deutschlands verwandt. Der Name gewährte Zutritt zu nicht wenigen Schlössern und Rittergütern. Aber um Macht und Geld war es wohl weniger gut bestellt.

Unsere Hausbesitzerin war eine weitaus temperamentvollere Dame, als sie auf den ersten Blick vermuten ließ. Sie hatte eine tiefe, klangvolle Stimme und trug, sich selbst am Flügel begleitend, gern französische Chansons mit betont langem Zäpfchen-rrrrr vor.

Es wurde auch gemunkelt, dass sie ein Faible für jüngere, etwas beleibtere Herren hatte.

Wir, ihre Mieter des Westflügels, waren dagegen einfache Menschen. Mein Mann stand als junger Künstler am Beginn seiner Karriere und war mit diesem besonderen Etwas behaftet, das Frauen ansprach und dessen er sich bis ins hohe Alter erfreuen durfte.

Wie selbstverständlich gehörten wir schon bald zur Künstlerkolonie der Stadt, deren zentrale Gestalt Jerker Svedberg, ein bekannter Schriftsteller, war. Seine Frau hieß Valborg und schrieb auch, aber doch eher anspruchslos. Es waren heitere, aber doch ernst zu nehmende kleine Episoden, die im Lokalblatt veröffentlicht wurden. Die beiden hatten vier Kinder. Auch Elis Lundin mit der Künstlermähne zählte dazu, der an einem städtischen Internat Lehrer für Schwedisch und Philosophie war. Eigentlich fühlte er sich zu anderen, höheren Aufgaben berufen. Er hatte sich dem Theater, der Dramaturgie und Regie widmen wollen und trug, ähnlich einem etwa gleichaltrigen Schweden, der seine Visionen hatte verwirklichen können, gern eine kleine schwarze Baskenmütze. Elis war ein charismatischer Typ, der seine Jünger um sich versammelte. Im Sommer ging er barfuß in Sandalen herum, und man konnte ihn in Strandnähe, seine Anhänger ihm zu Füßen im Gras, auf einem tief hängenden Ast sitzen sehen.

Elis hatte auch eine Frau, Ingalisa, und zwei Kinder von fünf und acht Jahren. Ingalisa war halbtags an der Schule tätig. Ihr Fach war Mathematik.

Der Doktor mit dem Vornamen Jan Fredrik war ebenfalls ein gebildeter und belesener Mensch; es ist immer von Vorteil, in einem derartigen Kollektiv einen Arzt zu haben. Seine Frau Bodil spielte Geige. Sie hatte eine Zeit lang einem Streichquartett angehört, hatte aber von einer Karriere als Solistin geträumt. Genau wie ihr Mann hatte sie schon eine Ehe hinter sich. Ein fast erwachsener Sohn wohnte bei seinem Vater in Dänemark. Ein kleiner George war der Spross aus der Ehe mit dem Arzt, der seinerseits das Pflegerecht für zwei heranwachsende Töchter hatte. Damals war es sehr ungewöhnlich, dass bei einer Scheidung die Kinder dem Vater zugesprochen wurden.

Bodil übte Tonleitern, hielt ihr Geigenspiel mit verschiedenen gängigen Nummern aufrecht und hoffte wohl doch noch, ein eher professionelles Niveau zu erreichen. Aber sie war über vierzig, George fünf und die Mädchen zwölf und vierzehn. Die finanzielle Belastung des Doktors war also beträchtlich und ließ daher eine Hausgehilfin nicht zu.

Bodils fieberhafte Kreativität konzentrierte sich somit auf George. Für ihn verfolgte sie einen pädagogischen Plan à la Rousseau. Der Junge sollte frei und ungehemmt aufwachsen, weder Vorschriften noch harte Worte durften seinen Lebensraum einschränken. Bei Einladungen mussten wir alle stillsitzen und den kleinen George bewundern, wenn er Kunststücke aus seinem Zauberkasten vorführte. Er merkte blitzschnell, wenn jemand das Interesse verlor oder gar seinem Nachbarn etwas zuflüsterte.

Sofort zog er die Unterlippe ein, warf weinend sein Zauberzubehör auf den Fußboden und wurde ohne Zögern von seiner Mama auf den Arm genommen und mit Konfekt und den vorwurfsvollen Blicken seiner Mutter auf die Anwesenden getröstet, die die schöpferische Phantasie ihres Kindes missachtet hatten.

Bei Doktors ging es immer ein bisschen gezwungen zu. Jedes Gespräch wurde von dem kleinen George unterbrochen, der zum Thema Fragen stellte oder seine eigene Meinung kundtat. Alle mussten schweigen, bis George ausgeredet hatte.

Wir sahen Bodils Mund nervös zucken, sahen, wie der Doktor seine Pfeife unverhältnismäßig oft nachstopfte.

Peter und George waren fast gleich alt. Also war George

öfter bei uns zu Hause. Einmal war ich Zeugin eines Gesprächs der beiden.

George: »Meine Mama fährt nächste Woche auf Erholung.«

Peter: »Warum? Ist sie krank?«

George: »Nein, es ist, weil ich so anstrengend bin.«

Alle in der Gruppe fanden es aufreibend, auf die exaltierte Art eines frei und ungehemmt aufwachsenden Kindes einzugehen. Alle hätten es lieber gesehen, wenn George für eine Weile verreist wäre. Statt seiner Mutter.

Sogar Peter fiel auf, dass George wesentlich umgänglicher war, wenn seine Großmutter als Mamaersatz einsprang.

Vermutlich gab es Leute in Svarttuna, die auch unsere Buben aufreibend fanden. Wir verfolgten ja ebenfalls ein Programm. Die Kinder sollten unbeaufsichtigt herumrennen, auf Bäume klettern, hinfallen oder auf Bootsstege gehen dürfen … Als Gegengewicht zu der überängstlichen Erziehung, der ich ausgesetzt gewesen war.

Zum Glück waren Lars-Ivar und ich in dem Punkt, wie man mit Kindern umgehen sollte, einer Meinung. Es durfte seitens der Eltern weder physische noch psychische Übergriffe geben. Aber wir waren auch nicht für dieses völlig ungehemmte Heranwachsen, in dem das Kind sich ganz und gar selbst überlassen blieb. Wir glaubten, uns auf unseren Instinkt verlassen zu können. Ein Dreijähriger muss sich auf dem Höhepunkt einer Trotzphase eine Weile austoben dürfen, aber ab einem gewissen Punkt tut elterliche Autorität not. »So, jetzt reicht's. Schluss jetzt.«

Das Geschrei des Jungen wird zum Gebrüll, aber nach einer Minute ist es vorbei. Man kann seine Erleichterung richtig spüren. Er hat sich nicht kampflos ergeben. Jetzt kann er ruhig an seiner Hütte weiterbauen.

In Sachen Kinder bestand also eine Art Harmonie. Und

ebenso im Atelier. Die gegebene Rollenverteilung sagte uns beiden zu. Ich brauchte Lars-Ivar als Regisseur.

Wenn unsere Streitereien dann Strindbergsches Niveau erreichten, bediente sich Lars-Ivar stets eines Schlüsselmonologs.

Ha! Du kannst mich gar nicht verlassen! Du weißt selbst doch nie, welche Zeichnung gut ist.

Diese Abhängigkeit war für ihn wichtig, er sah sich dadurch als der Stärkere.

Ich, die ich mit meinem Talent so locker Geld verdiente, würde wie ein Rohr im Wind flattern, wenn er mich nicht lenkte.

Ich glaube, dass auch unsere neuen Freunde diese Aufteilung annehmbar fanden. Irgendwie waren sie aber wohl der Meinung, dass Lars-Ivar sein eigenes Schaffen hintenanstellte, um mir einen Aufstieg zu ermöglichen. Das war die eine Seite dieses Mythos: Wie arm war er doch dran. Wie nutzte ich ihn aus. Die andere Seite war, dass er sich mehr um die Kinder kümmerte als ich.

Das alles spielte sich in einem Kreis von Menschen ab, die sich für zukunftsorientiert und radikal hielten. Aber man vergesse nicht: Das war in den fünfziger Jahren des zwanzigsten Jahrhunderts.

Außer den von mir erwähnten Leuten gab es auch noch zwei unverheiratete berufstätige Frauen, deren Betätigungsfeld die Literatur war. Ingegärd war Übersetzerin und Marianne Lektorin in einem Buchverlag. Sie waren beide so um die fünfunddreißig.

Später kam noch eine Junggesellin dazu, Solbritt Granell, eine Buchhandelsgehilfin aus Uppsala. Die unglücklich leidenschaftliche Geschichte mit einem verheirateten Mann, der jahrelang von einer kurz bevorstehenden Scheidung gesprochen hatte, führte bei ihr zu einem Nervenzusammenbruch. Als sie sich davon erholt hatte, gab sie ihre Wohnung in Uppsala auf und flüchtete sich zu uns. Solbritt Granell hatte auch eine lyrische Ader. Eine schmale Gedichtsammlung, *»Sonnenschatten«*, war vor kurzem in Mariannes Verlag erschienen. Sie hatte kein besonderes Aufsehen erregt, aber weil sie gedruckt und in den Schaufenstern der Buchhandlungen ausgestellt worden war, wurde sie in unseren Kreis aufgenommen. Ein wenig hatte dazu wohl auch beigetragen, dass sie in einer interessanten, für eine Schwedin atypischen Art schön war.

Es waren ja vor allem die Männer, die in diesem Clan den Ausschlag gaben.

Am Anfang (und viel zu lange) war ich stolz darauf, diesem Kreis mit so vielen interessanten Menschen anzugehören. Die Gemeinschaft hatte etwas Sektiererisches an sich. In jenen Zeiten der Redlichkeit konnte man in einem so kleinen Ort den Hintereingang 24 Stunden am Tag unverschlossen lassen. Ein Unglückswurm mit Schlafstörungen ließ sich vielleicht einen Nachtspaziergang einfallen. Jeder Betroffene wusste, dass eine Zwischenlandung in einer der anderen Küchen jederzeit möglich war. Er oder sie wusste, dass das herumstehende ungespülte Geschirr nicht sein oder ihr Problem war. Es war durchaus zulässig, sich ein Glas Milch zu nehmen, es im kleinsten Topf zu wärmen, ihn auszuwaschen, umgestülpt zum Trocknen auf die Spüle zu stellen und dann ins eigene Nest zurückzukehren, das immerhin die Chance bot, jetzt kein feindliches Lager mehr zu sein, sondern Zuflucht in zwei liebenden Armen zu bieten.

Ein Mann hätte sich auf einer solchen Angsttour ein Bier aus dem fremden Kühlschrank genommen, sich eine Zigarette oder eine Pfeife angesteckt, der Geruch hätte sich bis ins obere Stockwerk verbreitet, den Herrn des Hauses geweckt, der leise in den Bademantel geschlüpft wäre, um sich zu dem ungebetenen nächtlichen Gast zu gesellen.

Die Männer hielten zusammen, denn sie waren den Frauen schließlich an Zahl unterlegen.

Die Loyalität unserer Männer hatte etwas von Blutsbrüderschaft an sich. Einer für alle. Lars-Ivar wurde sofort als ihresgleichen begrüßt, als »einer von uns«.

Ich bildete mir ein, dass die Frauen eine ähnliche Verbundenheit mit mir empfanden. Sie waren, wenn es nach dem Taufschein ging, alle einige Jahre älter als ich. Aber was Erfahrung und Zynismus betraf, lagen Jahrzehnte zwischen uns.

Auch hier, wie vor Jahren bei Beckbom und später bei Widengren, regte man sich über meine Naivität auf. Die Blindheit der Unschuld. Oder der fehlende Wille, zu erkennen und zu begreifen.

Es ist die volle Wahrheit, Alberte, dass ich glaubte, sie würden mich als ihresgleichen akzeptieren. Ja, ich fühlte mich in ihrer Gesellschaft sogar sicher. Plauderte unverhohlen über meine Probleme mit den Kindern, mit meinem Mann; wie schwierig es war, mit ihm verheiratet zu sein.

Insgeheim, im Unterbewusstsein, muss ich es besser gewusst haben. Weigerte mich aber, es zuzugeben.

Eine Szene im Garten bei Jerker und Valborg: Kinder spielen im Sandkasten, klettern im Apfelbaum, streiten sich, aber nie so alarmierend, dass wir Mütter ein Eingreifen für notwendig halten. Wir sind bei der zweiten Tasse Kaffee. Die Sonne brennt – wir tragen alle sommerliche Kleider. Ingegärd hat sich's im Liegestuhl bequem gemacht; ihre perfekt ausrasierten Achselhöhlen sind der Anlass für ein Gespräch darüber, was man am besten gegen »unerwünschten Haarwuchs« tut. Haarentfernungsmittel oder Rasierapparat?

Da sage ich errötend: »Lars-Ivar mag es, dass ich Haare unter den Armen habe.«

Diese einfache Bemerkung streicht wie ein kühler Hauch durch den Sonnenschein. Eine Sekunde fliegenumsurrten, schweißfeuchten Schweigens.

Man wechselt eilig das Thema, stellt fest, dass Ivan Holmén im Moment Gast in der Svarttunastiftung ist. Jerker und Valborg haben vor, ihn zum Essen einzuladen.

»Die Kritiken für sein letztes Buch waren ja nicht besonders gut. Wie hat es dir denn gefallen, Signe?«

Der Angriff sitzt wie vorgesehen, Ivan Holmén schreibt experimentell und wird von Gleichdenkenden als »schwierig«, doch genial eingestuft.

Niemand glaubt, dass Lars-Ivars unreife Mädchenfrau es geschafft hat, sich da durchzuackern. Sie hat ihre Kontakte ja vor allem bei der Regenbogenpresse.

Ich habe immer noch keine Ahnung davon, dass hinter meinem Rücken über mich gelacht wird. Dass ich hier mitmachen darf, ist allein der Tatsache zuzuschreiben, dass ich mit Lars-Ivar verheiratet bin. Man beneidet mich um diesen Mann, den hier keine verschmäht hätte. Wenn er sie gefragt hätte. Der andere, unausgesprochene Grund zur Eifersucht ist, dass ich im Gegensatz zu ihnen gutes, eigenes Geld verdiene. Modezeichnerin, ein oberflächlicher Beruf, die reinste Prostitution, nicht wahr? Aber dieses kleine Biest hat Talent, das kann man ihr nicht absprechen.

Nicht dass jemand sich ein solches Schundblatt gekauft hätte. Aber diese Art Zeitschriften liegen ja in den Wartezimmern aus. Und beim Friseur. (Über Letzteres meinte Estelle Karr einmal, es sei doch merkwürdig, dass die Frauen nicht besser frisiert seien, wo sie doch so viel Zeit beim Friseur verbringen.)

Der Neid, dass ich einen eigenen Beruf und einen Mann wie Lars-Ivar habe, zwingt sie, in mir das Abbild einer oberflächlichen jungen Frau zu sehen, die karrieresüchtig an diesem kommerziellen Zeichnen festhält und dabei so egoistisch vorgeht, dass der arme Mann keine Zeit findet, sein eigenes Schaffen weiterzuentwickeln. Welches bedeutend und von ganz anderer Substanz ist.

Der hinreißende Lars-Ivar Palm, der Signe dann und wann »mein Weib« nennt, würde selbstverständlich eine ganz andere Frau brauchen. Eine, die ihn fördert, um sein Genie zum Blühen zu bringen. Keine neurotische Karrierefrau, die mit zipfeliger Frisur, flott und modisch gekleidet, mit einer Zeichenmappe unter dem Arm in die Stadt flattert und manchmal sogar einen Abstecher nach Paris macht.

Ja, ja, so gut sollte es einem gehen …

Diese Darstellung wurde zum Axiom. Niemand stellte es in Frage. Niemand erinnerte sich daran, dass es in dieser Familie immer ein fest angestelltes Kindermädchen gab, für dessen Entlohnung die Gattin aufkam.

Es fragte sich auch niemand, wovon diese Künstlerfamilie gelebt hätte, wenn Signe sich damit zufrieden gegeben hätte, nur Hausfrau und Mutter zu sein.

Lars-Ivars Stolz lässt es nicht zu, Werbegraphik zu machen, denn das ist unter seiner Würde. Einige seiner wenigen Aufträge hatte ihm Signe Palm vermittelt. Sie hatte ja ihre Kontakte.

O Alberte, du ahnst nicht, wie unmöglich alles war! Ein Auftrag, für den ich mich bei der Werbefirma eingesetzt hatte und den Lars-Ivar dann halbherzig ausführte. Als Ergebnis kommt etwas heraus, das weder dem Werbebüro noch ihm selbst gefällt. Die Kompromissvorschläge waren so unter aller Würde, dass er überhaupt nicht darauf eingehen wollte. Der Job ging flöten.

Beide Kontrahenten wurden wütend auf mich.

Lars-Ivar konnte es sich leisten, seine Zeit abzuwarten. Dank meiner einträglichen Begabung. Bei ihm war auch nie die Rede davon, eine andere Arbeit anzunehmen; wie hätte das denn ausgesehen?

(Später würde Lars-Ivar ein Licht aufgehen. Aber ohne mich.)

Es kam natürlich nicht in Frage, wenn es knapp wurde, sich an ein Sozialamt zu wenden. Bei akutem Geldmangel nahm ich etwas vom Pfarrhofsilber mit nach Stockholm in die Pfandleihe.

Ich ging immer in den gleichen Laden im Stadtteil Klara, wo ich mit meinen Löffeln freundlich empfangen wurde.

»Nun ja, hier haben wir also wieder diese schönen Löffel. Schade, dass Sie von diesem Modell nicht mehr haben, sie sind aus dem achtzehnten Jahrhundert und finden weitaus mehr Anklang als die Bestecke aus dem neunzehnten.«

Ich glaube, ich fühle mich in Svarttuna wohl. Ich glaube, man mag mich. Ich merke nicht, dass ich mitten in einem Feld von Brennnesseln der Missgunst stehe, während Lars-Ivar unter respektvollen Schwertlilien und Tränenden Herzen wandelt. Er ist der stattliche, neu gepflanzte Rosenstrauch in der Gartenecke, die sonst so leer und langweilig ausgesehen hätte.

Klingt das verbittert? Was meinst du, Alberte?

Ich bin verbittert.

Inmitten dieser Blütenpracht lebte ich mit meiner Atemnot, meiner Schlaflosigkeit, den Angstzuständen und Fluchtversuchen. Doktor Jan Fredrik verschrieb, kaum einen Gedanken an mich verschwendend, sondern um Lars-Ivars Situation zu erleichtern, großzügig etwas »Beruhigendes«.

Ich war an dem, was ich ihnen nicht verzeihen kann, selbst schuld.

Ohnmacht und Zorn eines Mobbingopfers, das nicht die Kraft hat, sich zu wehren. Dem Opfer ist voll bewusst, dass es (sie, er) es nicht besser verdient hat. Wieder das Verlangen nach Strafe, gepaart mit Todesangst, denn jede Art von Strafe war dem Tod vorzuziehen.

Ja, du hast Recht, es war schlimm, dass alle sich ganz gleich verhielten.

Besonders Lars-Ivar. Dass er mich allein in der Kälte stehen ließ, selbst aber in warmen Küchen ein Bier trank.

Es war tragikomisch oder eher absurd, dass Lars-Ivar, der sich so lange gegen die Übersiedlung nach Svarttuna gesträubt hatte, jahrzehntelang dort wohnen blieb und wirklich unter Freunden lebte. Während ich, die ich mich schwärmerisch für den Charme und die Biederkeit der kleinen Stadt ereifert hatte, es nur sieben Jahre dort aushielt.

Aber anfangs war ich voller Zuversicht.

Obwohl ich erkannte, dass meine Angst in all ihren Verkleidungen in der Idylle Svarttuna eher zunahm. Oder hing es rein zufällig damit zusammen, dass mein Körper die Zusammenarbeit verweigerte? Nicht mehr mithalf, mir durch ein körperliches Übel Schutz und Alibi zu verschaffen.

Von jetzt an waren Herzflimmern, Ohrensausen, Schwindelgefühle, Schluck- oder Atembeschwerden meine ständigen Wegbegleiter. Aber kein Doktor hatte einen Namen dafür; kein Fieber, höchstens einmal eine kleine Erkältung. Wehrlos war ich meinen Nerven und Lars-Ivars höhnischem Kommentar ausgeliefert, wenn ich wieder einmal nach Atem rang: »Hoppla! Schon wieder keine Luft mehr!«

In Svarttuna begannen meine Fluchten. Wie? Wohin floh ich? Zu wem flüchtete ich? Oder mit wem? Das musst du dich ja fragen, Alberte.

Ich konnte mich zum Beispiel in einen Wandschrank flüchten und dort weinend zwischen den Kleidern hocken bleiben.

Die Vorbereitung für meine Flucht bestand darin, dass ich während des Tages eine Tasche mit Übernachtungssachen unter einen Busch oder in den Schuppen hinter der Scheune mogelte. Ich brachte die Kinder mit ins Bett. Ich las Svante aus einem Bilderbuch vor, während sich Lars-Ivar und Peter schon mit einem etwas anspruchsvolleren Text beschäftigten. Ich stahl mich danach aus dem Haus. Machte die Außentür leise zu. Hielt die Luft an. Bei Tauwetter musste ich zwei große Schritte bis zu der Stelle machen, wo ich Gras unter den Sohlen hatte. Die Tasche holen. Am Strand entlang bis zu einer Bushaltestelle laufen, wo niemand von unsern Bekannten mich vom Fenster aus sehen konnte. Es war also in den Jahreszeiten am einfachsten, wo es früh dunkel wurde. Ich stieg in den Bus; hier lauerte die größte Gefahr. Dass jemand, den wir kannten, mich ... Aber kaum jemand fuhr um diese Tageszeit nach Stockholm.

Der Zug nach Uppsala fuhr quietschend ein. Schnell eingestiegen. Möglichst schnell ein Coupé finden. Nach Möglichkeit den Platz am dunklen Fenster meiden, um seinem hohläugigen, zerrütteten Abbild nicht begegnen zu müssen; Zugfenster sind schonungslos. Ich hatte ein Buch bei mir, in dem zu lesen ich wenigstens versuchen konnte. Ankunft in Stockholm. Auf dem Hauptbahnhof gab es zu jener Zeit eine Hotelvermittlung. Ein Zimmer, so billig wie möglich, aber trotzdem kostspielig, denn ich wollte ein Zimmer mit Bad haben. Kaufte, bevor ich das Hotel aufsuchte, Wochenzeitungen am Kiosk. An der Rezeption bestellte ich mir zwei belegte Brote und ein großes Glas Milch aufs Zimmer. Ich ließ das Tablett stehen, badete erst einmal, wusch mir die Haare. Ohne dass ein Kind zornig nach mir rief. Niemand trommelte an die Tür oder warf etwas dagegen.

Zu Hause hatte Svante einmal einen Spielzeugtraktor mit solcher Wucht gegen die Tür geworfen, dass das Furnier abgesplittert war.

Ich konnte mich also ganz meiner Körperpflege widmen, ohne dabei unterbrochen zu werden. Dann Schlaftablette und

Nachthemd, Socken an die Füße. Unter die Decke, in die Kissen gelehnt Abendbrot essen. Das Tablett unters Bett schieben, zu Hause anrufen und Bescheid sagen, dass ich morgen zurück sein würde.

»Teufel nochmal, was, verdammt …«

Jetzt legte ich den Hörer auf. Manchmal weinte ich ein Weilchen. Manchmal war es mir egal, ich kuschelte mich unter die Decke und blätterte in den neuen Zeitschriften.

Sanft überkam mich der Schlaf. Ich ließ die Zeitung auf den Boden fallen. Löschte die Lampe und schlief ein.

So also sah eine typische Flucht bei mir aus.

Keine dieser Fluchten führte mich *zu* jemandem. Es gab niemanden, der auf mich wartete. Ich floh immer *vor*…

Doch, einmal gab es ein Objekt. Als ich nach Florenz reiste, war da jemand, auf den ich mich freute. Krister Davidsson war dort.

Krister war auch Zeichner und Lars-Ivar und ich hatten ihn beruflich kennen gelernt. Aber zwischen Krister und mir entwickelte sich ein besonders vertrauter Ton. Wir waren einander in Neigung und Geschmack sehr ähnlich und lachten über die gleichen Dinge. Zudem war er ein besonders gut aussehender Mann.

Lars-Ivar, der sonst eifersüchtig wachsam war, hatte nichts dagegen, dass man Krister manchmal mit mir in der Stadt sah, wir schlenderten durch die Altstadt, sahen uns Antiquitäten und Stoffe an und gingen auch mal zusammen ins Kino. Lars-Ivar hatte nämlich erfahren, dass mein männlicher Begleiter homosexuell und für mich daher absolut ungefährlich war. Ich hatte von diesem Umstand keine Ahnung.

Als ich dann aus Florenz eine Ansichtskarte mit dem Hinweis bekam, dass ich ihm unter einer bestimmten Adresse postlagernd schreiben könne, packte mich die Lust, dorthin zu reisen. Er fehlte mir, ich hatte ihn lange nicht gesehen.

Zu ihm führte mich eine andere Art von Flucht. In seiner Gesellschaft vergaß ich, dass ich Ehefrau und Mutter war. Wir waren zwei gleichaltrige Kameraden, und manchmal empfand ich eine solche Vertrautheit und Gemeinschaft mit ihm, dass es fast an Verliebtheit grenzte. Ja, ich war irgendwann sogar wirklich verliebt in ihn.

Aber ich fand ihn in Florenz nicht.

Da ich nicht wusste, dass Krister Männer bevorzugte, war diese Flucht nach Italien ja eigentlich eine ernste Sache. Wäre dieser Mann ein *Mann* gewesen, wäre ich laut Gesetz eine Ehefrau gewesen, die ihr Heim »böswillig verlassen« hatte.

In diesem Fall stimmte das aber nicht. Dass ich mich in die Stadt Florenz verliebte, in ihre Straßen und Plätze, Kirchen und Paläste, Türme und Zinnen, Arkaden und Brücken, Gemälde und Skulpturen – das ist kein Ehebruch.

Aber, wirst du mich hier unterbrechen, und es klingt gereizt. *Wie konntest du denn nur ins Ausland reisen, ohne dass zu Hause jemand davon wusste? Und wo hattest du das Geld her?*

Ich habe im Stockholmer Hauptbahnhof ein Telegramm aufgegeben. Und bei der Ankunft in Florenz telegraphierte ich samt Adresse und Telefonnummer noch einmal. Das Geld kam von meinem Sparbuch.

Ich weiß. Auch wenn ich das Geld selbst verdient hatte, war es nicht *mein* Geld, sondern *unsres.*

Nein, ich glaube nicht, dass man wirklich eine einleuchtende Entschuldigung für eine Mutter finden kann, die ihre kleinen Kinder Hals über Kopf verlässt und nach Italien abhaut.

Ich kam nach Hause, und die Kinder weinten und schlugen um sich, zankten und schrien herum, um zu beweisen, dass sie mit Recht ungehalten waren. Lars-Ivar schimpfte natürlich, und die Freunde schlossen sich ihm an.

Alle, außer Bettan Skoghö.

Das Schlimmste war wohl, dass ich keinen Funken Reue zeigte. Dass ich nicht zu Kreuze kroch und tränenreich um Vergebung bat. »Verzeih mir, verzeih, ich werde es nie wieder tun.«

Ich wusste, dass ich dieses Versprechen nie würde halten können. Ich wusste auch, wusste es in jeder Minute, wusste es Tag und Nacht, wie schlecht ich war, was für eine miserable Mutter, was für eine unverzeihlich schwierige Gattin ich war, kurz gesagt, der letzte Dreck.

Wohingegen Lars-Ivar Sicherheit und Stabilität verkörperte, ein Mann, der immer auf dem Posten war.

Ein Vater im wahrsten Sinn des Wortes. Ein wirklich ungewöhnlicher, phantastischer Vater.

Entsagte außerdem so gut wie immer dem Alkohol.

Warum also floh ich?

Nun, das wirst du inzwischen wissen.

Weil ich es nicht aushielt.

Ich flüchtete und weinte.

Ach ja, der arme Mann, die armen Kinder, meine arme Mama, die eine solche Tochter hat.

27

Dann fange ich wieder neu an und versuche mein Möglichstes.

Aber es ist, als hätte sich der Teufel selbst gegen mich verschworen. Zum Beispiel damals, als wir ein paar Tage nach meiner letzten Flucht in der Küche waren und Lars-Ivar immer noch wütend auf mich war, und zwar zu Recht. Finde ich. Vor allem ich. Ich habe ein Glas rote Beete in der Hand und will es in die Speisekammer stellen. Und da, ich weiß nicht, wie es passiert ist, rutscht mir das Glas aus der Hand und zersplittert auf dem Fußboden.

Alberte, ich hoffe, dir ist so etwas nie passiert. Aber du wirst wissen, wie viel Flüssigkeit so ein Glas rote Beete enthält und wie widerstandsfähig die rote Farbe gegen Putzmittel ist.

Nach der Detonation rinnt diese Farbe an den Schranktüren herunter, verspritzt den Küchenstuhl und auch die Tischbeine, breitet sich aber auch in andere Richtungen aus, und ich finde am nächsten Tag sogar Rotebeetesaft auf Fenstersims und Geranien.

Lars-Ivar glaubt keinen Augenblick, dass es ein Missgeschick war. Er ist überzeugt, dass ich das nur getan habe, um ihn zu ärgern.

Fluchend und höhnisch lachend verlässt er das Haus, ruft die Buben und geht mit ihnen auf den Spielplatz. Das Kindermädchen hat an diesem Nachmittag frei.

Aber dann kommt mitten in diesem Höllenspuk plötzlich ein sonniger, fröhlicher Tag. Wie an jenem Wochenende, als er mich mit zur Fabrik nimmt, um die Probedrucke seiner zwei letzten Stoffmuster zu kontrollieren. So durfte auch ich die siebzigjährige Danielle Klemenz und ihr schönes Heim kennen lernen und mich von ihr verzaubern lassen. Ihre Wohnung erinnert irgendwie an einen Film. Oder an Reportagen in Zeitschriften für exklusive Einrichtungen. Mit unserer eigenen Wirklichkeit ist es nicht im Geringsten vergleichbar.

Zufällig ergab es sich, dass Danielle Klemenz Stockholm etwa einen Monat später besuchte und sich die Mühe machte, auch bei uns vorbeizuschauen.

Sie ging so gut wie kommentarlos durchs Haus, stand dann auf unserer kleinen Veranda am Eingang und sah unsere Söhne, die sich um Peters Fahrrad stritten. Peter war schon so groß, dass er ein Zweirad bekommen hatte, während der kleine Svante noch auf dem Dreirad fuhr und fürchterlich eifersüchtig war. Er wollte auch probieren …

»Ha, ha, du bist noch viel zu klein«, höhnte Peter. Da trat Svante mit dem Fuß nach Peter, dass der den Lenker losließ, das neue Rad scheppernd umfiel und Peter heulend zu seinem Papa rannte, der ihn sofort auf den Arm nahm.

Die elegante Frau Klemenz, die Zeugin dieser Szene geworden war, sagte gedankenverloren und wehmütig: »Ich hoffe, Sie wissen, dass Sie das höchste Glück auf Erden besitzen. Jung zu sein, so zu wohnen und zwei gesunde Söhne zu haben …«

Ich bekam sofort einen neuen, wunderbaren Auftrag. Eine Arbeit für die *Welt der Frauen*.

Durchsicht der Kleiderschränke bekannter Damen der Gesellschaft. Das hieß im Klartext, dass ich eine solche Frau besuchen, mir alles ansehen, einige Kleider abzeichnen und ein kurzes Interview mit ihr machen sollte. Eine ganz neue, interessante Aufgabe.

Valborg Svedberg hatte später, während einer offensichtlich längeren Sitzung bei der Friseuse, einige Nummern der Zeitschrift durchgeblättert.

»Du schreibst ja richtig gut, Signe, ich meine, dafür, dass du das gar nicht gelernt hast.«

Ich wurde rot und murmelte (wie meine Mutter es mich gelehrt hatte), so gut sei es nun auch wieder nicht. Ich hatte ja nur aufgeschrieben, was die Damen gesagt hatten.

Valborg Svedbergs verblüffter Gesichtsausdruck verging trotzdem nicht. Und da war noch etwas. So etwas wie Unruhe.

Als neuer Auftraggeber kam die Märthaschule dazu. Man hatte mich als Zeichnerin für die Anzeigen einer billigeren Kollektion von Kleidungsstücken engagiert. Es waren etwas vereinfachte Kopien von Kleidern, die in der Haute-Couture-Abteilung genäht wurden.

In jeder zweiten Woche besuchte ich die eleganten Räume im ersten Stock des Gebäudes in der Birger Jarlsgata, um das für die Werbung ausgesuchte Kleidungsstück abzuzeichnen.

Eine junge Frau posierte für mich. Alle hier Tätigen waren adelig, von der einfachen Gehilfin angefangen bis hin zur Chefin, einer Gräfin von Schuben. Drei ihrer Töchter arbeiteten bei der Mama. Es gab auch einen Gemahl und Vater, den Grafen Eugen von Schuben, aber ich bin nie dahinter gekommen, welche Aufgaben ihm zugeteilt waren.

Ich hatte vor allem mit der ältesten Tochter zu tun, die mit einem Freiherrn verheiratet war. Sie hatte zwei Kinder im gleichen Alter wie meine. Als ich am Zeichenbrett an der Wiedergabe eines Kostüms mit Glockenrock arbeitete, begann die Freiherrin eine Konversation mit mir.

»Und wie ist es nun, Frau Palm, haben Sie inzwischen ein neues Kindermädchen gefunden?«

Wenn ich erwidert hätte: »Und Frau Baronin sind mit Ihrem immer noch zufrieden?«, wäre alles in die Binsen gegangen.

Ich war die kleine tüchtige, mit dem Künstler Lars-Ivar Palm verheiratete Person, Signe Palm. Eine Reportage in der Wochenpresse hatte entzückende Bilder von ihrem Heim in der Idylle Svarttuna gebracht.

Man sprach infolgedessen eher huldvoll mit mir, nie überlegen oder snobistisch, o nein, immer nur in diesem freundlichen, Interesse zeigenden Ton.

Die gräflichen Herrschaften, also das alte Paar, hatte seinen Sommersitz in der Nähe unserer kleinen Stadt. Einmal kamen sie sogar zu Besuch, sie waren sowieso in der Stadt und kannten unsere Vermieterin Beate von Lindenstoltz.

Ununterbrochen voller Heiterkeit ausrufend, wie lustig, originell und entzückend alles sei, sahen sie sich neugierig um. Die Gräfin wäre beinahe über ein kleines Feuerwehrauto gestolpert, und der vornehme schlanke Graf musste sich immer wieder bücken, um mit dem Kopf nicht an die niedrigen Türrahmen zu stoßen.

Eine Dauerkatastrophe war bei uns das Telefon. Wenn es losklingelte, erstarrten wir beide. Das Telefon hing an der Wand hinter Lars-Ivars Arbeitstisch. Aber er weigerte sich, abzuheben.

»Ist ja doch für dich«, sagte er.

Ich sprang auf. Lieber Gott, mach, dass …

Es war genetisch bedingt. Ihn einzubeziehen, Ihn, Gott den Allmächtigen …

Meine Mutter war genauso. Obwohl wir beide wussten, dass mit Ihm nicht zu rechnen war.

Ab und zu gab es auch bei mir eine berufliche Flaute. Die nutzte ich aus, um Leute anzurufen und mich umzuhören.

»Bist du verrückt«, kläffte Lars-Ivar. »Da merken die Leute ja, dass du nichts zu tun hast …«

Er glaubte, wenn das bekannt würde, würde der Name Signe Palm auf der Zeichnerbörse fallen.

»Was willst du denn!«, schrie ich zurück. »Ich habe ja wirklich keine Arbeit. Wir brauchen Geld und wenn du nicht …«

Autsch, das war nicht gut! Sein wilder, höhnischer Blick, als ich trotzdem weitertelefonierte …

Und siehe da, *Bonniers Monatsschrift* biss an. Ich hatte die Idee, in jeder Nummer eine Seite für »Das kleine Fräulein« zu bringen. Kleider und Accessoires für Teenager.

Der Chefredakteur fand den Vorschlag ausgezeichnet.

Einige Jahre war ich für diese Seite verantwortlich; für Idee, Bild und Text.

Ich hatte eine Nase für das, was in der Luft lag. Die fünfziger Jahre schufen die Grundlage für das, was die Jugend in den sechziger Jahren auslöste.

Ich war also wirklich eine fleißige und tüchtige Mitarbeiterin. Wäre ich in einer Fabrik oder einem Krankenhaus tätig gewesen, hätte mir das sogar moralische Pluspunkte eingebracht.

Nicht tüchtig war man, wenn man Geld damit verdiente, was einem echt Spaß machte.

Nein, *tüchtig* nannte man mich, als ich den zweiten Sohn unter Schmerzen geboren hatte.

»Jetzt waren Sie wirklich tüchtig, Frau Palm. Schauen Sie nur, was für ein schöner Junge. Ein strammes Kerlchen.«

Tüchtig? Als hätte ich eine andere Wahl gehabt! Eher hätte wohl das Kind ein Lob verdient. Das Kind, das nicht klein beigegeben, sondern die Mutter zum Mitmachen gezwungen hatte.

Ich habe den Verdacht, dass man mich besonders dafür lobte, dass ich einen zweiten Sohn geboren hatte.

Eine damals in Schweden gängige Geburtsanzeige lautete: »*Reckt die Fahnen in den Himmel! Wir haben einen mit Pimmel!*«

Am unrühmlichsten ist, einfach ein Kind geboren zu haben; das kann jede Frau. Aber wird sie auch eine gute Mutter? Ist sie es überhaupt wert, ein Kind zu haben?

In Svarttuna kannte man die Antwort. Aber wenigstens hatte sie dafür gesorgt, dass die Kinder einen guten Vater hatten.

Manche schaffen nicht einmal das.

Ja, er geht wunderbar mit den Kindern um. Er hat große, starke, zuverlässige Hände. Er trägt sie herum. Er wälzt sich spielerisch mit ihnen auf dem Bett. Er schläft mit beiden Kindern im Arm in seinem Bett ein.

Und ununterbrochen, Alberte, bin ich neidisch, bin ich eifersüchtig auf die Kinder.

Ich will auch gewiegt, umarmt, gestreichelt werden, will ihn sanft und liebevoll sagen hören: »So, mein Liebes, jetzt tut es nicht mehr weh.«

Nie hätte er begriffen, dass ich dadurch um vieles netter geworden wäre. Vielleicht wäre sogar die Angst vergangen?

Nein, es hieß: »Zum Donnerwetter, nimm endlich ein Präparil. Oder zwei. Jan Fredrik sagt, dass du bis zu drei Stück am Tag einnehmen kannst.«

Aber ich hatte ja meine Arbeit. Sie hat mich nie enttäuscht. Männer und Verliebtheiten kamen und gingen, manche Medikamente habe ich nicht vertragen. Das beste Mittel gegen die Angst ist immer die Arbeit gewesen. Und nichts machte mich so kreativ wie die Angst.

Ohne diese Angst wären meine Kinder und ich verhungert. Auch sie haben es mir nicht gedankt, dass ich so tüchtig war und sie versorgt habe.

In der Hölle von Svarttuna gab es aber immer den späten

Abend, die frühe Nacht, wenn alle eingeschlafen waren und ich die Tuscheflasche öffnen, das Wasserglas mit frischem Wasser füllen, ein noch unberührtes weißes Blatt Papier herauslegen, mich, an den Arbeitstisch gelehnt, mit dem Zeichenbrett auf den Knien zurechtsetzen konnte.

Der Block wartet auf mich, ich tauche den Pinsel in die Tusche und setze zur ersten Linie an …

Du kannst es mir glauben, Alberte, was ich dabei empfinde, ist pures Glück, ist Freiheit, Übermut und Freude. Hier tauge ich etwas. Hier kann ich etwas. Um meine Euphorie noch weiter zu steigern, könnte ich eine Mozartplatte auflegen. Manchmal habe ich eine solche Orgie damit beendet, dass ich einen Brief an Arthur Bränndahl schrieb und den Umschlag in ein Innenfach meiner Handtasche steckte.

Gegen halb drei Uhr morgens kroch ich dann ins Bett.

Je nach Jahreszeit schlief ich ein, wenn die Vögel schon wieder sangen.

Das damalige Kindermädchen war als Köchin nicht gerade eine Offenbarung, aber sie kümmerte sich morgens wenigstens um die Kinder, zog sie an, gab ihnen Frühstück und ging mit ihnen auf den Spielplatz.

Am Vormittag sah Lars-Ivar dann das durch, was ich während der Nacht gezeichnet hatte. Er traf seine Auswahl, legte die Blätter in die Mappe und band sie zu.

In der Redaktion war meine neue Frisur sofort das Tagesgespräch, weil noch kürzer als vorher. Wirklich sehr chic. Eine der Mitarbeiterinnen, eine schon etwas ältere Dame, sah mich unverwandt an und sagte: »Du musst geradezu unverwüstlich sein. So jung und mädchenhaft auszusehen, wenn man kleine Kinder zu Hause hat und beruflich so viel leistet …«

Ich wurde rot.

»Aber ich habe ja meinen Mann. Und die Praktikantin.«

»Ach, dein Mann ist zu Hause? Ist er leidend?«

Der Anflug von Atemnot kam unvorbereitet. Ich hatte schnell ein Taschentuch bei der Hand und hüstelte ein wenig hinein. Das ist eine gute Tarnung, wenn man keine Luft kriegt. »Nein«, sagte ich schnell. »Ganz im Gegenteil. Mein Mann ist Künstler und hat sein Atelier in der Wohnung. Er ist anerkannt, hatte schon zwei viel beachtete Ausstellungen«, tat ich mich mit schnell hervorgestoßenen Worten groß, denn ich hatte es eilig, musste noch rechtzeitig an der Kasse sein.

In derselben Etage befand sich die Kantine und gleich daneben im Korridor ein Telefon, das gratis benutzt werden konnte. Ich wählte Arthur Bränndahls Nummer. Es war eine Direktverbindung zu seinem Tisch in der Bibliothek. Ich hatte mich seit fast zwei Wochen nicht mehr gemeldet. Aber er hatte inzwischen vier Briefe bekommen. Einer davon war in Sala abgestempelt.

Es ist fast unheimlich, dass ich mich überhaupt nicht erinnern kann, warum ich in dieser Stadt gewesen war. Ich weiß nur noch, dass ich dort übernachtet habe. Kann es eine meiner üblichen Fluchten gewesen sein?

Aber wieso Sala? »Unsere Gräber«, wie ältere Frauen das auszudrücken pflegten, befanden sich auf einem zwei Kilometer von Sala entfernten Friedhof. Großmutter, Großvater, Tante Dagmar und mein Papa lagen dort.

Friedhöfe sind jedoch Orte, die von Menschen mit Todesangst und Atemnot weitestgehend gemieden werden.

Egal. Über den Brief aus Sala sagte Arthur Bränndahl:

»Ich muss schon sagen, manchmal schreibst du richtig gut. Du hast eine stilistische Leichtigkeit, um die ich dich beneide. Wie in diesem Brief aus Sala. Die Episode mit den beiden alten Damen, die mit der Eisenbahn ins Krankenhaus zu Einar unterwegs waren, der *den Krebs* bekommen hatte, und wie du die *Magie* dieses Wortes herausbringst. Da ist der Tod schon am Werk. Oder der windige, verlassene Platz mit den betrunkenen Teenagern, von denen du unter keinen Umständen gesehen werden willst. Oder die Geborgenheit im hässlichen Hotelzimmer. Das Unbehagen, als du in der Nacht davon aufwachst, dass du das Laken so weit hochgezogen hast, dass deine Füße mit der schmuddeligen Wolldecke in Berührung kommen, und du dich an eine Erzählung deiner Mutter erinnerst, die in Östersund in einem ›Zimmer für Reisende‹ übernachtet und wo die Wirtin sich entschuldigt hat, dass keine saubere Bettwäsche zum Wechseln zur Verfügung war, aber es hatte ja vorher ein Pfarrer drin geschlafen … Eine so vollendete kleine Geschichte schreibst du zusammen wie nichts; das ist verdammt ungerecht. Wenn ich jetzt sage, dass du Schriftstellerin werden solltest, wirst du mich vermutlich zum Teufel wünschen. Du leistest ja was bei dieser Zeichnerei und machst deine Sache gut …«

Du wirst verstehen, Alberte, dass ich schnurstracks anfing, kleine Novellen zu schreiben. Ich schickte ihm alles. Nach jeder neuen Sendung wurde meine Angst von diesem Fieber bedrängt, das in mir brannte, denn ich konnte ihn ja erst nach einer angemessenen Zeit anrufen und ihn fragen, ob er schon zum Lesen gekommen war.

Diese »Underground«-Tätigkeit besorgte ich in der Eisenbahn, in Konditoreien, manchmal in der Milchbar, nachdem ich das Tablett beiseite geschoben hatte, um für meinen Schreibblock Platz zu machen. Es konnte aber auch mein alter Zufluchtsort sein: eine Bank im Stockholmer Hauptbahnhof.

Arthur Bränndahl war sehr lieb und geduldig. Ab und zu gelang es mir, über Mutters Kontrollbuch für die Zuteilung der monatlichen Alkoholration zu einem Viertel reinsten Destillats für meinen Lektor zu kommen. Als Dank für die Hilfe. Ich weiß, dass ich es trotz der unbestreitbar großen Gefahr tat, erwischt zu werden. Aber ich weiß nicht, ob ich je zur Verantwortung hätte gezogen werden können. Egal. Ich schrieb drauflos. Arthur Bränndahl kommentierte, kritisierte. »Du solltest die Novellen von Hemingway lesen«, hörte ich ihn an meinem Telefonohr. »Pfff«, machte ich. »Ich mag Hemingway nicht.« »Das brauchst du auch nicht«, bemerkte er trocken. »Du sollst sie lesen, um aus seinem konzentrierten Stil zu lernen. In diesem Brief aus Sala hast du es schon gekonnt. Da kam deine unbewusste kindliche Genialität zum Ausdruck. In Hemingways Novellen wirst du wiederfinden, was ich meine.«

Alberte, du hörst, dass hier noch ein Mann ist, der mich beurteilt, beschneidet und zurechtstutzt, und ich, die gehorsame Schülerin, füge mich.

Und dann, eines Tages im Frühherbst, stand ich in einer Telefonzelle auf der Kungsgata und hörte Arthur Bränndahl sagen: »Diese Novelle, die du ›Regen in Florenz‹ nennst, die ist gut. Wirklich gut. Du bist auf dem richtigen Weg.«

Es war plötzlich stickig in der Zelle. Meine Brille lief an. Als ich den Hörer endlich unbeholfen aufgelegt hatte, fing ich zu heulen an. Vor Glück. Was hätte mein Papa dazu gesagt, plärrte ich heulend. Stell dir vor, er würde noch leben! Mein verrückter Vater, den man eingesperrt hat.

Aber seine Tochter hatten sie nicht erwischt. Nach außen hin fügsam und brav, und doch so widerspenstig und geradezu stur. Wurde das, was sie hatte werden wollen. Heiratete dann einen Mann, den Mama absolut nicht …

Solcher Eigensinn darf nicht ungestraft bleiben, so viel steht fest. Eigensinn kann weit führen, aber man bezahlt ihn mit Angst.

Lars-Ivar war mit meiner Berufswahl zufrieden. Es war eine Tätigkeit, die seiner Führung bedurfte.

»Ha! Du kannst mich ja gar nicht verlassen. Du erkennst nie, welche Zeichnungen wirklich gut sind.«

Instinktiv wusste ich, dass Lars-Ivar mein geheimes Leben mit Arthur Bränndahl ungeheuer missbilligt hätte. Ich hielt etwas in Gang, worüber Lars-Ivar keine Herrschaft ausüben konnte (denn er war ja wortblind).

Außerdem wird ein Neurotiker, der andere nur ungern emporkommen lässt, die Freude und den Eifer nicht so ohne weiteres anerkennen, den Arthur Bränndahl in mir entzündet hatte. Ich hatte Schuldgefühle nicht nur wegen meines Verschweigens, sondern auch wegen meiner »Untreue« gegenüber unserer Arbeitsgemeinschaft. Und weil ein anderer Mann, ein bedeutender Schriftsteller, den Lars-Ivar selbst bewunderte, das Seelenleben seiner Frau jetzt so stark beeinflusste.

Um meine moralische Situation irgendwie zu verbessern, fing ich hektisch an, etwas zu schreiben, das möglicherweise ein Mädchenbuch werden könnte.

Ich bat Elis, den Schwedischlehrer und Guru, sich dreißig Seiten dieses Textes anzusehen.

Sein Urteil kam schnell und war hart.

Er sagte: »Meine liebe kleine Signe, schlag dir das mal aus dem Kopf. Der Text ist überhaupt nicht gut. Was du mir da gezeigt hast, ist für einen Amateur viel zu gewandt geschrieben. Es hat nichts von diesem demütigen Suchen, das einem Debütanten wohl ansteht. Es ist zu oberflächlich, zu geschwätzig; banal wäre das richtige Wort. Nein, bleib du bei deiner Zeichnerei für die Wochenblätter. Dort gehört diese flotte, knallige Art hin.«

Mir war klar, dass Lars-Ivar dieses Urteil als Erster zu hören gekriegt hatte. Ich merkte es, als ich ihm enttäuscht erzählte, was Elis gesagt hatte, und er mich liebevoll in den Arm nahm, mich auf den Mund küsste und leise und innig sagte:

»Kindchen, du darfst nicht in Dingen herumpfuschen, die andere viel besser können. Wir wissen doch, wo dein Talent liegt.«

Nach diesem Intermezzo verstärkte Lars-Ivar sein Interesse an meiner Arbeit noch mehr. Er hatte festgestellt, dass das, was ich beim Telefonieren vor mich hin kritzelte, Linien auf dem Rand einer Zeitung oder auf einem alten Briefumschlag, besonders zwanglos und verwegen wirkte.

Diese sozusagen schlafwandlerischen Zeichnungen schnitt Lars-Ivar aus und klebte sie in ein einfaches Album. »Dorthin müssen wir finden, wenn du bewusst zeichnest«, sagte er.

Er war nach diesem von Elis inszenierten Ansatz von Verrat an unserem Zeichnerteam tatsächlich etwas netter zu mir.

Aber Harmonie konnte ich nie lange ertragen. Da spielte alles in mir verrückt und ich musste mich wehren.

Zum Beispiel durch eine neue Flucht. Ich kam an einen Punkt, wo ich es keinen Tag länger aushalten konnte. Die Wände schienen mich zu erdrücken, die Hände der Kinder ließen mich nicht mehr los, die Klaustrophobie verstärkte sich, wenn das Kindermädchen vor mir stand und fragte, was fürs Wochenende eingekauft werden sollte.

Gejagt ist ein gängiges Thema in Filmen und Abenteuerbüchern. Gejagt von Wölfen, Verbrechern, Kakerlaken in der Größe von Pferden, Dämonen … Zur Hälfte aufgefressen, gerädert, gefesselt, mit dem Kopf nach unten an einem Baum erhängt.

Sie waren hinter mir her. Alle.

28

Das in Schweden im kirchlichen Eheversprechen formulierte »in Not und Lust« wurde immer mehr zu einer Frage der Technik.

Lars-Ivar war auch auf diesem Gebiet geschickt. Er wusste, wie er es bei mir anzustellen hatte, es kam zum Orgasmus und allem, was dazugehörte.

Er hatte die erforderliche Ausdauer und konnte es, wenn nötig, auch wiederholen. Ich hatte keine Ahnung, dass es auch Männer gab, die überhaupt nicht ... oder die auf die Frau keinerlei Rücksicht nahmen und nur auf ihre eigene Befriedigung aus waren; ich konnte also gar nicht beurteilen, wie gut ich dran war.

Stattdessen beklagte ich mich darüber, dass der spontane Reflex der Sinnenfreude nicht mehr vorhanden war; es fehlte die Sinnlichkeit, die den ganzen Körper erzittern lässt, und dieses unwiderstehliche Begehren, dieser Ruf des Körpers nach dem Geliebten. Diese Magie der Liebe gab es nicht mehr.

Ich konnte es nicht leiden, mich bis zum Höhepunkt manipulieren zu lassen. Ich wollte das nicht.

Ich wollte, dass Sterne der Lust sich allein durch den Anblick meines Mannes in mir entzündeten. Ich wollte, dass es immer so weitergehen würde wie im Hohelied, wo es wunderbar ist, im Schatten des Liebesbaumes zu sitzen, ja, es sollte ebenso selbstverständlich sein, freudig wie am Anfang auszurufen:

Erquickt mich mit Kuchen und labt mich mit Äpfeln, denn ich bin krank vor Liebe. – Meine Taube in den Felsklüften, in den Steinritzen. Lass mich dich schauen und deine Stimme hören, denn deine Stimme ist süß und deine Gestalt lieblich. – Fangt uns die Füchse, die kleinen Füchse, die unsere Weinberge zerstören, denn unsere Weinberge blühen.

Es durfte nicht sein, dass die kleinen Füchse in ihrer Zerstörungswut schon so weit vorangekommen waren. Als ich Bodil anvertraute, dass ich mir das Fortdauern des Erzitterns gewünscht hätte, lächelte sie vielsagend und redete dann davon, dass George tatsächlich schon anfing, Wörter auf Reklametafeln und in Zeitungsüberschriften zu buchstabieren. »Da wird ihm aber im ersten Schuljahr langweilig werden«, erwiderte ich mit einem Geschmack von Enttäuschung auf der Zunge. Ich hätte von der erfahrenen Bodil gern etwas über die Erotik in der Ehe gehört.

Einige Zeit danach traf sich die Runde bei uns zu Hause bei einem Glas Wein und etwas zum Knabbern. Die Kinder waren endlich eingeschlafen, oder wir nahmen es zumindest an, weil Lars-Ivar sich so lange nicht hatte blicken lassen.

»Der schläft meistens noch vor den Kindern ein«, sagte ich lachend zu den Gästen. Marianne erbot sich, oben nachzusehen und ihn eventuell zu wecken. Ich legte inzwischen eine flotte Schallplatte auf und rief:

»Wir könnten doch den Teppich zusammenrollen und ein bisschen tanzen!«

Es entsprach dem Programm. Und ich war an der Reihe, dazu aufzufordern.

Es entsprach auch meiner kindlich naiven Art, dass ich gleich zu Anfang darauf bestand, dass getanzt wurde. Kultivierte erwachsene Menschen tanzten heutzutage nicht mehr.

Sie wollen um einen Tisch mit flackernden Kerzen sitzen, die sich in den dunklen Weinflaschen und den mit dunkelroter Flüssigkeit halb gefüllten Gläsern spiegeln. Während das gebildete Gespräch immer alberner, ja geradezu schlüpfrig wurde, legte, im Schutz des Tischtuchs, der junge, erst vor kurzem hier sesshaft gewordene und in unsere Gruppe aufgenommene Pastor, ein Vater von drei Kindern, seine Hand auf mein linkes Bein und flüsterte, von Lachsalven übertönt: »Keine in Svarttuna hat so weiche Schenkel wie du.« Und gegenüber saß seine müde Frau, ihre Zwillinge waren erst zwei Monate alt, und schaute auf die Uhr. Bald war es für sie an der Zeit, nach Hause zu laufen und die Kleinen zu stillen.

Sie war also nicht mehr anwesend, als zwei von den Frauen mir beim Zusammenrollen des Teppichs halfen; sie tanzten nämlich mindestens ebenso gern wie ich. Die Männer gaben sich alle Mühe, ein gleichgültiges Gesicht zu machen, kamen aber bald von ihren Stühlen hoch, und in null Komma nichts hatten sich die Paare gefunden und der Tanz war in vollem Gange. Lars-Ivar, der eben noch laut verkündet hatte, dass es doch sinnlos sei, sich auf dem Tanzboden abzustrampeln, wenn man sein Vergnügen daheim im Bett haben konnte, war an sich ein richtig guter Tänzer.

Wie jeder schwedische Mann, wenn er ein bisschen Alkohol »intus« hat.

Ich war Nachschub an Bier und Erfrischungsgetränken holen gegangen, stellte die Flaschen auf den Ecktisch und merkte, als ich mich umdrehte, mit welcher Hingabe unser Doktor mit Ingegärd Wange an Wange tanzte und wie sie bei der nächsten Platte zusammen weitertanzten. Die Frau Doktor war inzwischen mit Elis in ein intellektuelles Gespräch vertieft, dessen Seriosität ihn davon abhielt, im Foxtrottrhythmus mit einer der gewöhnlichen Alltagsfrauen anzubändeln. Der junge Pastor hatte mich engagiert, aber mir gefiel die Art nicht, wie er mich hielt. Außerdem kam er dauernd aus dem Takt. Ich tanzte also meistens mit Lars-Ivar, und wir legten bei einer New-Orleans-Melodie so aufgekratzt los, dass wir uns vor Lachen bald nicht mehr halten konnten.

Das Versprechen von Liebe nachher im Bett war, nachdem die Gäste gegangen waren, nicht vergessen. Also lüfteten wir den Raum, leerten die Aschenbecher, stapelten das schmutzige Geschirr, spülten die guten Gläser. Ich wusch mir die Hände und sagte: »Es war schon komisch, dass Jan Fredrik Tanz um Tanz so eng mit Ingegärd getanzt hat ...! Wie mag Bodil das empfunden haben?«

Lars-Ivar betrachtete mich ein wenig beschwipst, als er mich mit einer liebevollen Geste an sich zog, mich auf den Hals küsste und sagte: »Na ja, vielleicht war sie sogar dankbar dafür. Ingegärd hat Jan Fredrik tüchtig auf Touren gebracht, und Bodil kann sich dann über den Erfolg freuen. Jan Fredrik ist eben schon in dem Alter, wo der Start manchmal ein bisschen auf sich warten lässt.«

Ich versuchte mich aus den Armen meines Mannes zu winden. Spürte plötzlich, wie müde ich war. Dass meine Augen von dem vielen Zigarettenrauch brannten. Total ernüchtert war mir, als hätte ich überraschend eine kalte Abreibung bekommen.

Lars-Ivar hatte diese schockierenden Worte leicht und wie selbstverständlich hingeworfen. Um auszudrücken, wie es im Gesellschaftsleben nun mal zuging.

Aber in seiner Stimme hatte auch etwas Verächtliches gelegen. Ich hätte ihn gern gefragt, wie das zu verstehen sei ...

Aber ich wollte nicht mehr darüber wissen.

Ich wollte nicht.

Gleichzeitig beschäftigten mich haarsträubende Gedanken. Was mochte Bodil empfinden, wenn sie zusehen musste, wie die burschikose Ingegärd ihren Mann »auf Touren«

brachte? Dass der harte Schwanz, der sie nach der Heimkehr selbst durchbohren würde, eigentlich Ingegärd zu verdanken war.

Und Ingegärd selbst? Die mit glänzenden Augen und erregtem Unterleib alleine nach Hause gehen musste? Was für ein Gefühl mochte es sein, mit diesem Wissen am nächsten Tag im Supermarkt mit Bodil zusammenzutreffen? Und am liebsten fragen zu wollen: »Na, wie war's? Hat er durchgehalten? Hat er dich befriedigt?«

Das waren störende Gedanken, die mich anekelten. Ich wollte nicht akzeptieren, dass es so zugehen konnte und durfte.

Natürlich schliefen wir in dieser Nacht miteinander, und seine Tricks funktionierten trotz meines anfänglichen Unwillens.

Mein Gatte Lars-Ivar: allzeit bereit und potent.

Bettan Skoghö kam in Gesellschaft eines schwarzlockigen Jünglings von einer Griechenlandreise zurück. Nicht einmal mir blieb verborgen, dass es nicht in erster Linie um wohlwollende Unterstützung eines armen griechischen Studenten ging, der zu einer höheren Ausbildung berufen war.

Andreas war achtzehn, Bettan neunundvierzig, fast fünfzig.

Aber sie machte das so ungekünstelt und natürlich, dass sogar böse Zungen aus dem Konzept kamen. Wir mussten uns damit abfinden, dass die beiden ein Liebespaar waren. Nur Beate von Lindenstoltz nahm kein Blatt vor den Mund.

»Lieber Gott«, sagte sie. »Ich hätte von meiner letzten Romreise *fünf* solcher Burschen mitbringen können. Und ich hätte es wahrlich diskreter angestellt.«

Zweifellos. Der Adel hat sexuelle Ausschweifungen und andere Skandale immer vor der Außenwelt verborgen gehalten.

Dass Bettan Skoghö es umgekehrt machte, war ihrer aufrichtigen, selbstverständlichen Art zuzuschreiben, immer die zu sein, die sie war.

Aber auch Bettan war Stimmungen unterworfen. Schwankte zwischen euphorischer Kreativität und tiefer Niedergeschlagenheit. Zweimal geschieden. Hatte mehr als einmal zu viele Tabletten geschluckt und war mit dem Rettungswagen ins Krankenhaus gebracht worden.

Alle liebten Bettan Skoghö. Nicht zuletzt ich selbst.

Ich dachte, wenn ich älter werde, will ich wie Bettan sein. So lebendig und ohne Vorbehalte. Aber nicht so wie mit diesem jungen Griechen, nein, *das* wollte ich *nicht*.

Nein, pfui! Würde und Stolz hintenanzustellen!

Denn dieser Junge war nicht einmal treu. Sie brachte ihn in der Volkshochschule unter, wo er die Mädchen mit seinen frechen dunklen Augen und obszönen Bemerkungen ganz durcheinander brachte.

Er scheute auch nicht davor zurück, sich Bettans Freundinnen näher anzusehen, unter denen ich als Jüngste seine Augen zum Leuchten brachte. Bei einer späteren Tanzerei und einer neu gekauften Platte mit italienischen Schlagern: Amore, amore!, drückte er mich tanzend in eine Ecke und murmelte mir in die Haare, dass keine so sexy tanze wie ich.

Wieder wallte dieser angstvolle Ekel in mir hoch.

»Du hast sie ja nicht alle«, flüsterte ich zurück und flüchtete ins Zimmer meiner Kinder.

Viele Dinge wurden mir immer bewusster. Die Luft vibrierte vor Unruhe.

Gleich um die Ecke lauerten Katastrophen, die aber nicht nur mich betrafen. Es war mehr ein allgemein bedrohliches Gefühl von einem sich nähernden Unheil.

Irgendwann sitzt Valborg Svedberg mit uns Frauen zusammen und jammert darüber, dass ihr Sverker sie nie »in Ruhe«

lässt und nicht einmal Rücksicht nimmt, wenn sie ihre Tage hat. Die Erfahreneren in der Runde werden immer nervöser, verschlucken sich am Kaffee, puhlen eine neue Zigarette aus der Packung, und Marianne schlägt überlaut vor, dass wir die junge Neuentdeckung Mauritz Andersson unbedingt einladen müssen, der nach einem bejubelten Debüt jetzt in der Bibliothek der Stiftung einem Forschungsauftrag über die heilige Birgitta nachgeht.

»Hat er seine Frau mitgebracht?«, will Ingegärd wissen.

»Ach, ich wusste gar nicht, dass er verheiratet ist«, schießt Bodil los. »Wer ist sie? Muss man sie kennen?«

»Wohl kaum. Mindestens zehn Jahre älter und Schwedischlehrerin.«

Daraufhin brauchen alle noch eine Tasse Kaffee.

Und Valborgs Problem ist elegant vom Tisch.

Alle außer mir wissen, dass Jerkers Weibergeschichten legendär sind. Auch in dieser Gruppe. Ich musste später erkennen, dass ich die Einzige war, mit der er es noch nicht »versucht« hatte. Ich war ein bisschen gekränkt, als ich dahinter kam. War mir aber sofort bewusst, dass er sich nicht getraut hatte. Lars-Ivar und er waren eng befreundet.

Als Verführer war Jerker ein aalglatter Typ. Ein nicht besonders großer, bulliger Kerl, eher schweigsam, aber mit einem durchdringenden Blick von offenbar hypnotischer Wirkung auf die, die es betraf.

In der Kaffeerunde, in der seine Frau sich über die zudringliche Sexualität ihres Mannes beklagte, wussten zum Beispiel Marianne, Ingegärd und auch Bodil, dass er mit Bettans Tochter, der überirdisch schönen Hedvig, fremdgegangen war. Sie studierte in Uppsala Kunstgeschichte. Jerker hatte also in wissenschaftlichen Belangen des Öfteren einen Grund, die uns am nächsten gelegene Universitätsstadt zu besuchen.

Zwei Wochen später, es war ein sehr sonniger April in diesem Jahr, brach ein Unglück nach dem anderen über unseren Kreis herein. Der älteste Sohn von Jerker und Valborg, Sven-Erik, kam bei einem gleichaltrigen Freund durch einen fahrlässig abgegebenen Schuss ums Leben. Der verstorbene Großvater des Jungen war ein leidenschaftlicher Jäger gewesen. Seine Waffen hingen als Wanddekoration im Kaminzimmer.

Die vierzehnjährigen Jungen hatten im Übermut Waffen von der Wand genommen und aufeinander gezielt. Darunter befand sich auch eine offensichtlich geladene Pistole. Das zeigte sich aber erst, als Sven-Erik sie sich aus Jux an die Schläfe hielt und abdrückte.

Er war sofort tot.

Natürlich war es in der Folge eine Sache der Polizei. Der Vater des Freundes hatte natürlich nicht ahnen können, dass eine der Waffen …

»Grauenhaft« ist in diesem Zusammenhang ein viel zu schales Wort.

Es gab überhaupt keine ausreichenden Worte.

Zum Schluss hörte die Wirklichkeit gänzlich zu existieren auf, die Wortlosigkeit wurde zum Symptom und der Albtraum die Luft, von der wir lebten.

Zu Ostern waren Bettan und ihr Andreas auf seine Insel gefahren. Es war nicht nur, um seine Familie zu besuchen. Bettan liebte Griechenland, seine Göttersagen, die von tiefblauem Wasser umspülten Inseln und den darüber sich im gleichen Blau wölbenden Himmel.

Sie war eine faszinierende Erzählerin. Alles, was sie erzählte, wurde zur Wirklichkeit.

Vor Ostern hatte sie uns die Dramatik des griechischen Osterfestes geschildert. Man erlebte dort die vierzehn Stationen des Osterevangeliums wirklich mit. »Und am Ostermorgen, ja eigentlich sogar den ganzen Ostersonntag lang, umarmen sich die Menschen, wenn sie einander begegnen, und rufen ›Christus ist erstanden – Ja, er ist wahrhaft auferstanden‹.«

Und während sie das alles in Wirklichkeit miterlebte, fand man ihre Tochter tot auf. Gestorben an einer Überdosis Schlaftabletten. Freunde in Uppsala, die vergeblich bei ihr angerufen und später an ihre Tür geklopft hatten, dachten sich, dass hier etwas nicht stimmen konnte. Hedvig hat einundzwanzig Jahre gelebt.

Und ich mit meiner panikartigen Todesangst verabredete mich im Strand-Hotel in Stockholm mit einem Mann und betrog meinen Gatten.

»*Wie das!*«, wirst du, Alberte, jetzt wahrscheinlich ausrufen. *Mit welchem Mann? Du hast nie erzählt, dass es noch einen anderen gab. Ist es einer von denen, die du früher erwähnt hast, einer aus deinem Bekanntenkreis, in dem, um es milde auszudrücken, eine recht lockere Moral geherrscht haben dürfte.*

Es war also nicht Jerker, du hast dich ja schon fast darüber beklagt, dass du von allen Frauen die Einzige gewesen bist, mit der er nicht …? Sag nicht, dass es dieser Liebediener Andreas war! Oder hat sich schließlich doch noch etwas körperlich Intimes zwischen dir und Arthur Bränndahl entwickelt?

Nichts von alledem.

Nein, es war jemand Unbekanntes. Es war eine reine Konstruktion. Oder eine *Beschwörung*. Ja, das ist das bessere Wort. Es wurde zum Schluss unerträglich, alleine gegen die Dämonen ankämpfen zu müssen. Die Atemnot war Einbildung. Die Schlaflosigkeit eine schlechte Angewohnheit oder ein Akt der Bosheit gegen Lars-Ivar. Ich setzte sie ein, um meinen Mann nachts zu schikanieren. Ich schlief in meinem eigenen kleinen Giebelzimmer mit den Rosentapeten. Dort war es ruhig und schön. Wenn eines von den Kindern, oder auch beide, aufwachten, tapsten sie zu Papas Bett und krochen bei ihm unter die Decke. Sie machten es leise und behutsam, und er wurde dabei nie ganz wach, sondern rückte sich im Schlaf so zurecht, dass alle Platz hatten.

Während seine Frau angerannt kam, ihn wachrüttelte, um ihm zu sagen, dass sie solche Angst hatte und nicht einschlafen konnte, weil sie fürchtete, dass sie nie wieder aufwachen würde.

Kein Mann braucht sich so etwas gefallen zu lassen. Auch das Verständnis eines Ehemannes hat seine Grenzen. Wenn ihm nicht einmal der dringend notwendige Nachtschlaf gegönnt ist. Hier war ich ganz fest einer Meinung mit ihm.

Wenn die Angst mich aber befiel, mein Herz stehen blieb, keine Luft mehr vorhanden war, der Speichel eintrocknete …

»Hast du deine Schlaftablette genommen? Die, die Jan Fredrik dir verschrieben hat?«

»Ich habe mein Preparyl und außerdem noch die neue genommen. Aber sie helfen nicht. Es wird eher schlimmer.«

Bei Tageslicht und unter ruhigeren Verhältnissen hatte ich schon mehrere Male gesagt, dass ich mir wohl doch einen Psychologen oder einen Psychiater suchen müsste.

Dieser Meinung war Lars-Ivar nicht. Ich leistete gute Arbeit und hatte dauernd neue Ideen.

Die berufstätige junge Frau, die mit städtischem Chic, hohen Absätzen und tadellosem Make-up nach Stockholm fuhr, um mit Leuten in Redaktionen und Werbefirmen zu sprechen, war immer frisch und munter. An ihr war nichts auszusetzen.

Nein, mir war nicht anzusehen, dass ich ununterbrochen dem Untergang nahe war. Auch die Zeit, die ich mit den Kindern verbrachte, hatte nichts Krankhaftes an sich. Dass ich vor ihnen und unserem Heim dauernd die Flucht ergriff, deutete darauf hin, dass ich hysterisch und verwöhnt war.

Wenn ich in aggressives Geheul ausbrach und schwierig wurde, wusste Lars-Ivar, dass eine Ohrfeige zur rechten Zeit eine Hysterikerin zur Vernunft brachte. Er hatte es sogar irgendwo gelesen.

Bedenklich war, dass ich, als ich alleine in Florenz war, dauernd von Männern verfolgt wurde, die etwas von mir wollten, dass ich dort aber niemanden hatte, mit dem ich reden konnte, dass ich im Postamt unter »Poste restante« unter dem Buchstaben D Berge von blauen Kuverts liegen hatte, dabei aber keine Spur von Angst verspürte. Das war etwas, was ich in der Tat mit einem Psychiater besprechen musste.

Da war zum Beispiel dieser Tag, an dem es in Strömen regnete und ich unter den Arkaden an der Piazza della Signoria Schutz gesucht hatte, wo ein junges Paar ein Gespräch mit mir anfing. Er, Mario, war Italiener, sie, Daisy, war Amerikanerin und sie waren wirklich außerordentlich liebenswert. Wir gingen zusammen essen. Mario erkundigte sich nach meinem Hotel und meinte, ich sollte in ein preiswerteres wechseln, warum nicht in die angenehme kleine Pensione Agatha, in der er und seine Verlobte wohnten. Ich folgte seinem Rat, er stellte mich der Signora und einigen Männern in Unterhemden vor, die mich alle lächelnd von oben bis unten musterten, was wirklich unbehaglich war, und als ich nachts in der winzigen Bude lag, kam er zu mir herein, legte sich, die Hand auf meinem Mund, stöhnend auf mich, und es gelang mir, ihn zu beißen, und gleichzeitig schrie eine Frau draußen im Korridor, es klang wie ein Vogel, der sich in einem Netz verfangen hatte. (In Italien fängt man auf diese Weise kleine Vögel, die man in Restaurants gebraten zu essen bekommt.) »Mario, Mario«, schrie sie, und die ganze Zeit hustete irgendwo ein alter Mann tuberkulös. Ich raffte meine Sachen zusammen, öffnete leise das Schloss an der Haustür und war schon auf der Straße. Es ist eine finstere Nacht, ein Bus hält an der Ecke, er ist bis auf eine schwerfällige ältere Frau mit abgearbeiteten Händen leer.

Das Lächeln des Schaffners, als ich bezahle und dann aussteige und mir ein Taxi nehme, deutet vielsagend an, dass ich jedermanns Frau bin. Und auch die lüsternen Augen im Rückspiegel des Taxis sprechen diese Sprache.

Aber ich komme in meinem Hotel an und glücklicherweise ist mein kleines Einzelzimmer noch frei …

Damit will ich sagen, dass alles, was eine normale junge Frau geängstigt hätte, bei mir nicht die geringste Angst hervorrief.

Aber ich begann leise eine gewisse Logik zu ahnen.

Die Strafe folgte diesen unverzeihlichen Ausweichmanövern auf dem Fuß. Lars-Ivars Wut, die vorwurfsvollen Blicke der Freunde, ihr Abstandnehmen. Und solange das andauerte, ließ die Angst mich in Ruhe, um später, als sich alles beruhigt hatte, mit neuer Kraft loszulegen.

Ich bin jetzt gewaltsam in ihr gefangen. Wie graut mir vor dem Augenblick, in dem meine Zeichnungen fertig sind und ich, todmüde und trotzdem hellwach, schließlich doch ins Bett gehen muss.

Mir ist völlig unbekannt, dass ich die Voodoo-Zauberformel entdeckt habe; es liegt Jahrzehnte vor der Zeit, in der ich anfing, mich für afrikanische Kultur zu interessieren.

In der eiskalten Hitze der Angst allein, erkenne ich, dass Böses mit Bösem zu vertreiben ist. Ich werde das Verbotenste tun, das absolut Unverzeihliche. Untreu sein.

Ein Objekt stellt sich meinem inneren Auge nicht dar. Es muss ein Mann sein, den ich nicht kenne.

Auf einem Künstlerfest, bei dem ziemliche Mengen Alkohol fließen, wird zu fortgeschrittener Zeit auch getanzt. Nüchtern teste ich mich durch. Ich werde nämlich ein erstes und ein zweites Mal engagiert, und dann noch einmal, das ist etwas Neues in meinem Leben und wirkt wie eine Droge, ich werde ganz aufgekratzt und fange an zu flirten, etwas, das ich nie geübt habe. Plötzlich ist da einer, bei dem ich ein bisschen kribbelig werde, er lässt mich nicht einmal nach dem zweiten Tanz los, sondern hält mich fest. Es ist nicht das gleiche Gefühl wie bei dem norwegischen Studenten auf der »Fete« in längst vergangener Zeit, intellektuell gerate ich nie außer Kontrolle, ganz im Gegenteil, mein Intellekt beschließt, dass er … Er soll es sein.

Und ich lache, drücke mich fester an ihn, schüttle die Haare zurück und fühle ihn an meinem dünnen Faltenrock hart werden.

Es wird sehr spät. Lars-Ivar und ich fahren mit dem ersten Frühzug heim. Am nächsten Tag rufe ich mein Opfer an. Er ist ein bekannter Architekt. Seine Sekretärin ist am Telefon. Als ich meinen Namen nenne, werde ich sofort verbunden. Ich frage ihn, ob wir uns nicht nächste Woche zum Lunch treffen könnten. Am Donnerstag vielleicht?

Kein Problem, er wirkt geschmeichelt und erfreut.

Er darf das Restaurant vorschlagen. Ich aber habe schon im Voraus ein Doppelzimmer im Strand-Hotel gebucht. Unter dem Namen Ingrid und Bertil Gustafsson aus Arboga.

In Wirklichkeit heißt er Stig.

Stig hat keine Ahnung, dass er Teil eines größeren Plans ist. Er geilt sich wie vorgesehen auf und ist gewillt, weiter zu gehen. Er staunt zwar über meine Zielstrebigkeit, aber ich bin jung und attraktiv mit erotischer Ausstrahlung. Er ist blödsinnig leicht zu verführen.

Es zeigte sich, dass Stig ein sexuell frustrierter und ausgehungerter Mann war. Seine Frau war nicht besonders aktiv, hatte eigentlich überhaupt kein Vergnügen am Sex.

Aber sie war eine wunderbare Mutter und bei den seiner Stellung entsprechenden repräsentativen Einladungen eine unübertreffliche Gastgeberin.

In dem Moment, als er in mich eindrang, ging es bei ihm

auch schon los. Trotz Kondom. (Ich hatte es in einem Geschäft für so genannten Sanitärbedarf besorgt.)

Es war mir unbegreiflich. Aber es machte mir nichts aus. Ich hatte ihn ja nicht hierher gelockt, um wundervolle Sinneslust zu erleben. Er selbst war zerknirscht. Den Tränen nahe, bat er mich immer wieder um Verzeihung. Aber wenn wir ein bisschen abwarteten, konnte er es vielleicht noch einmal versuchen?

Nein, dazu war keine Zeit. Ich durfte den Vieruhrzug nicht verpassen. Aber ich war verblüfft. Ich wusste nicht, dass der Liebesakt für einen Mann so problematisch werden konnte.

Unser Gepäck war sehr bescheiden gewesen. Ein Stoffbeutel. Eine Aktentasche. Das Zimmer hatten wir im Voraus bezahlt. Als wir den Schlüssel abgaben, sagten wir dem Portier, dass wir noch ein bisschen in die Stadt gehen wollten. Draußen auf der Straße ließ ich ihn einfach stehen. Am Nybroplan war eine Straßenbahn eingefahren. Gerade erwischte ich sie noch. In einem komplizierten Zustand von Triumph und schnell zunehmender Reue suchte ich den Pfarrer auf, in dessen Wohnung Lars-Ivar und ich irgendwann an einem Gesprächskreis über Fragen der Weltanschauung teilgenommen hatten und der uns später getraut hatte.

Lieber Gott, mach, dass er zu Hause ist.

Er war zu Hause. Ohne mich zu setzen, nahm ich verkrampft einen Anlauf. Die Sache eilte so sehr, dass gar keine Zeit gewesen wäre, einen Stuhl zu holen und sich niederzulassen …

Stotternd bekannte ich in aller Hast.

Er wahrte das Gesicht. Er war ja nicht dumm. Drum nutzte er die Zeit vor allem zu der Ermahnung, Lars-Ivar von alledem nichts zu erzählen.

»Vergiss nicht, sag es ihm ja nie. Was du getan hast, hat mit ihm nichts zu tun. Es war so etwas wie eine rituelle Handlung und ging nur dich allein etwas an. Du bist nicht untreu gewesen. Nicht sexuelles Verlangen hat dich getrieben. Es war die Angst. Es ist wirklich sehr schade, dass dein Mann nie begriffen hat, dass du Hilfe brauchst. Aber wahrscheinlich hat er nicht den Mut, das zuzugeben.«

Ich stand hier also einem sehr ungewöhnlichen und einsichtigen Geistlichen gegenüber.

Ich fuhr nach Hause. Die Schrecknisse, die mich in der Folge heimsuchten, waren Teile einer Angst, die mich durchströmte, wenn ich an den Zorn dachte, der Lars-Ivar überkommen würde …

Wenn er wüsste.

Im Übrigen war meine Atmung bis Mittsommer in Ordnung und ganz normal. Ich war etwas hektisch, aber heiter. Das fiel sogar Lars-Ivar auf.

Meine Voodoo-Aktion hatte Ende April stattgefunden.

Ich war zwei Monate hindurch nichts als eine gute Mutter und Gattin. Lars-Ivar war der Ansicht, dass ich mich endlich selbst unter Kontrolle gebracht hatte. Mich selbst am Schopf gepackt hatte, mit mir zurande gekommen war, und was es noch so an Ausdrücken gab, die wohlmeinende Mitmenschen finden, wenn jemand Schwierigkeiten hat und nicht ganz so ist, wie man zu sein hat.

Es war mir gelungen. Ich hatte ein Verbrechen begangen, ohne entdeckt zu werden. Und es war mir gelungen, den Mund zu halten.

Nicht schlecht.

Alberte, stehst du immer noch auf meiner Seite? Du darfst mir nicht böse sein. Du selbst hättest ja nie im Leben … Jedenfalls nicht in dieser eiskalten Art.

Bei dir wäre es ein Mann gewesen, nach dem es dich verlangt hätte, einer, der dir wohl auch verboten war, von dem du aber vollkommen besessen gewesen wärst.

Nun ist also der Mittsommerabend gekommen. Unser Kreis hat sich von den Tragödien des Frühjahrs noch nicht richtig erholt. Aber ein Mittsommerfest müssen wir uns trotzdem gönnen.

Wir, die wir immer noch am Leben sind.

Bettan Skoghös Schwester Anna-Greta wohnt mit ihrer Familie am Stadtrand. Dort treffen wir uns. Das Wetter lässt ein Gartenfest zu.

Es gibt Getränke, es gibt, wie es sich gehört, verschiedenartig marinierte Heringe und junge Kartoffeln, Erdbeeren und Sahne. Unterdrücktes Lachen aus schützenden Schatten … Plötzlich ist Lars-Ivar verschwunden. Ich suche hinter Bäumen und Büschen, gehe eine Runde durch Glasveranda und Küche. Verlegen kichernd frage ich nach. »Hat jemand meinen Mann gesehen? Ich habe meinen Mann verloren.«

Alle lachen. In der strahlenden Morgensonne habe ich ihn wiedergefunden und Hand in Hand wandern wir heimwärts. Die Hausgehilfin, die wir im Augenblick haben, ist Mitglied der Pfingstkirche und ist unverdrossen bei den Kindern geblieben.

Der Morgen ist himmlisch schön. Blumenduft, Fliegengesurr und um die Wette zwitschernde Vögel. Man ist nicht oft so früh an einem Sommermorgen im Freien. Die Luft ist frisch und beglückend. Vor der Bankfiliale küssen wir uns auf einer Bank, die die Gemeinde dort aufgestellt hat.

In unserem Haus schläft alles. Wie die Heinzelmännchen stehlen wir uns die alte Treppe hinauf, die so leicht knarrt.

Wir sind in meinem Zimmer; es sieht mit dem weißen Sekretär in der Ecke wirklich fast wie das Zimmer eines jungen Mädchens aus. Wie ein Teenager werfe ich mich aufs Bett und lache meinen Mann einladend an.

Aber Lars-Ivar steht stocksteif auf dem blau gestreiften Webteppich. Es gibt etwas, das er erzählen muss.

»Heute Nacht«, sagt er. »Ich will, dass du es weißt. Heute Nacht war ich dir mit Beatrice, der ältesten Tochter von Anna-Greta und Harald, untreu.«

Er räuspert sich und will im Text fortfahren. Will vermutlich behaupten, dass es nichts zu sagen hat, es war nur der Wein und das Lächeln einer Sommernacht …

Aber so weit kam er nie.

Mit einem Sprung war ich auf den Beinen. Heiße Wangen.

Überall, wo es nur möglich ist, schlagende Pulse.

»Na, dann kann ich meins ja auch erzählen …« Vor Eifer holpernd und stolpernd, fange ich an, denn ich meine ja, dass wir damit gleichgestellt sind, einer nicht besser als der andere ist, und jetzt wird er mich in den Arm nehmen, mich küssen und sagen, jetzt ziehen wir unter alles einen dicken Strich, es hat ja doch nichts zu bedeuten, wichtig sind nur wir beide und unsere Liebe.

Nein, keine Spur. Nicht die geringste Spur.

Das hast du vermutlich lange vor mir gewusst, Alberte.

Er wurde zum wütenden Othello, er brüllte, er schlug mich nieder, er trat mich mit Füßen, er zog mich wieder hoch, packte meine nackten Sommernachtsarme so grob, dass es schmerzte, und schrie: »Du Sau, du verdammte Hure, du Luder. Was denn? Du lügst, willst dich nur rächen, was …?«

»Nein«, sage ich sehr kurz und deutlich. »Ich habe das nicht erfunden.«

Anmaßend setze ich an, warum, also, meine Angst, meine verzweifelte Vorstellung, dass Böses mit Bösem …

Er hört nicht. Er ist wie von Sinnen. Er hätte mich totschlagen können.

Zum Hahnrei hatte ich ihn gemacht. Hahnrei, das schlimmste Wort in unserer Sprache. Ein betrogener Ehemann, gibt es etwas, das jämmerlicher ist?

Und dann diese Flötentöne, dass es nicht war, weil ich diesen Mann liebte, sondern es war noch viel gemeiner, nur Geilheit, pure, verdammte Geilheit, nur um es Lars-Ivar zu geben, du verdammtes Satansweib. Eine Hure. Das bist du: *Hure*.

Ich riss und strampelte mich los, lehnte mich an die Tapetenrosen und sagte:

»Ich habe nicht bezahlt.«

29

Meine Freundin und ich kamen auf der Autobahn zwischen Nizza und Genua einmal an hässlichen Mietshäusern mit Aussicht auf den dichten Straßenverkehr vorbei, als gerade ein schwerer Unfall passiert war. Sie war auf die sich auf ihren Balkons drängenden Menschen aufmerksam geworden, von denen manche sogar mit Ferngläsern ausgerüstet waren.

»Da ist was passiert«, sagte meine Freundin. Im nächsten Augenblick sahen wir schon, was los war. Ein umgestürzter Lastwagen. Ein Personenauto stand quer über der Fahrbahn. Auf den Vordersitzen, bewegungslos, zwei Männer; einer, durch den Aufprall nach vorne geschleudert, über dem Lenkrad hängend, der andere nach hinten gegen die Rückenlehne gedrückt.

Nicht ein Laut war zu hören. Man glaubte eine Fotografie vor sich zu haben.

Stille. Vollkommene Stille. Sie dauerte sicher nur wenige Minuten, aber in meiner Erinnerung nimmt sie kein Ende.

Als Erstes hörten wir das Hupen der Autos hinter uns, die nicht sehen konnten, warum hier nichts weiterging. Auch in der anderen Fahrtrichtung waren die ersten Autos stehen geblieben und hinter ihnen lärmte die Ungeduld. Es dauerte wirklich eine Ewigkeit, bis die ersten Polizei- und Ambulanzsirenen ertönten. Vermutlich hatte jemand von den Leuten auf den Balkons wegen des Unfalls Alarm geschlagen.

»Der Mann, der sich nach hinten lehnt, ist tot«, sagte meine Freundin. »Aber der auf dem Lenkrad lebt vermutlich.«

Jetzt schlug die Stille in Lärm um, die Luft war erfüllt von diesen Sirenen, von Blinklichtern, dem Jammern und Schreien der Menschen …

Dieses Szenario schwebt mir vor, wenn ich jetzt das Bild des rosenblumigen Zimmers und meine Worte: »Ich habe nicht bezahlt«, heraufbeschwöre.

So totenstill waren die ersten Sekunden danach. Das Leben kam völlig zum Stillstand. Lars-Ivars wütendes Toben erstarb. Seine Arme hingen wie gelähmt seitlich herunter. Die Gardinen vor dem offenen Fenster flatterten nicht mehr. Draußen schwiegen die Vögel. In Loyalität mit dem betrogenen Mann hielt die Natur den Atem an.

Der kurze, eindeutige Satz »Ich habe nicht bezahlt«, schloss die Möglichkeit vollkommen aus, dass die Gattin sich eine Untreue ausgedacht hatte, um sich an dem Mann zu rächen, der gerade einen Ehebruch gestanden hatte.

Sobald er diese Botschaft ganz erfasst hätte, würde er mich totschlagen. Mit geschlossenen Augen und angehaltenem Atem wartete ich auf den ersten Hieb. Er kam nicht. Vielmehr wurden Dinge und Lebewesen von einer quietschenden Tür aus ihrer Versteinerung befreit, die ein rosiger, schlaftrunkener kleiner Junge mit den Worten: »Papa, Papa!« öffnete und schon bei dem Mann war, der gerade den rechten Arm gehoben hatte, um die Mutter des Kindes zu erschlagen.

Daraus wurde dann also nichts.

Lars-Ivar musste jetzt Svante auf den Arm nehmen, der sofort begriffen hatte, dass hier etwas Schreckliches vor sich ging, und laut heulend Wasser, Trost, Papas Taschentuch und in Papas Bett getragen zu werden verlangte, in dem er sich verkroch, und in das Papa sich nun auch legen musste, nachdem er sich unter Svantes mahnendem Blick zuerst die Kleider ausgezogen hatte.

Ich selbst schlich mich die Treppe hinunter und durch die Küche hinaus auf die Veranda. Mein Lebenswille war erwacht. Beate von Lindenstoltz war eine Frühaufsteherin. Sie würde hören, wenn ich schrie. An die Zeit dazwischen kann ich mich nicht erinnern. Oder wie lange ich dort saß. Ich weiß nur noch, dass der totenblasse Lars-Ivar mit starrem Blick undeutlich hinwarf, dass er jetzt in die Stadt fahre, und dann drohend hinzufügte, er wisse nicht, wann er wieder zurückkomme. Wenn überhaupt. Es gab da auch so etwas wie falls er sich »etwas antun« sollte, wisse ich ja, weshalb. Und wer in diesem Fall die Schuld daran trüge.

Ein Bescheid, der mich kaum erschreckte. Nach Schock und schlafloser Nacht ist man wie betäubt. Oder krank im Kopf, wie unsere Kinder sagen.

Ich fand es eher angenehm, dass er das Weite suchte. Heute war also Mittsommer, und Lilly, das Hausmädchen, hatte frei. Schön angezogen, mit dem Gesangbuch in der Hand, winkte sie zum Abschied und wünschte mir einen schönen Mittsommertag.

Die Kinder und ich feierten den Tag mit einem Picknick. Ich breitete ganz nah am Wasser, also etwa zehn Meter von unserm Gartentörchen entfernt, eine Decke aus. Man hatte das Gras an dem schmalen Strand gemäht und zu einem Haufen zusammengeharkt, der nach Heufuhre und Sommerferien duftete. Die Jungen sprangen hinein, wälzten sich darin herum und bewarfen einander mit Gras, während ihre Mutter es sich, ein Kissen zwischen dem Boden und einem Baumstumpf, auf der Decke gemütlich machte. Ich blinzelte in die Sonne, und unter meinen Augenlidern tanzten rote und grüne Punkte. Jerker und Valborg kamen vorbei, sie hatten ihre jüngste, elf Jahre alte Tochter bei sich, die zu groß war, um mit kleinen Jungen zu spielen. Valborg wunderte sich, dass Lars-Ivar nicht mit dabei war. Elegant log ich, dass er zu seinen Eltern nach Uppsala gefahren war.

Valborg war ungewöhnlich nett zu mir, bewunderte mein Kleid und meinte, es sei sicher langweilig, am Mittsommertag alleine gelassen zu werden. Lachend sagte ich ihr, dass es mir an nichts fehle. Ich hatte ja die Kinder, und war es nicht ein ungewöhnlich warmer Mittsommertag?

Sie wussten natürlich von nichts.

Nicht einmal, als Elis und Ingalisa rein zufällig vorbeikamen, begriff ich, dass keiner von ihnen etwas an Lars-Ivars kleiner Mittsommernachtsverirrung fand und dass sein plötzlicher Elternbesuch eher auf Spannungen zwischen uns Eheleuten hindeutete.

Mitten im Auge des Sturms befand ich mich in einem friedvollen Zustand von Todesnähe, in dem es weder Kummer noch Schmerzen gibt, sondern nur Frieden, wunderbaren Frieden …

Als die Jungen im Sand Wege und Burgen zu bauen anfingen, siedelte ich zu dem Grashaufen über, versank darin und ließ mich von den aromatischen Düften einlullen. Ich fürchtete mich nicht einmal vor dem kleinen Getier, das mich normalerweise von einer solchen Liegestatt abgehalten hätte.

Auch zum Abendessen tauchte Papa nicht auf. Wir machten uns eine Konservendose mit langen Würstchen auf, wärmten sie und legten sie uns zwischen zwei Brotscheiben. Die Kinder betätigten sich abwechselnd als Würstchenmann, schmierten mit Senf und Ketchup herum und hatten ihren Spaß. Zum Nachtisch teilten wir uns eine Tüte Himbeergeleebonbons.

Sie waren ungewöhnlich leicht ins Bett zu bringen.

Erst da fiel mir auf, dass sie nicht ein einziges Mal nach Papa gefragt hatten.

Ich setzte mich auf die Außentreppe und hörte in der Ferne Musik, Gelächter und laute Unterhaltung. Ich ging den Strandpfad entlang und sah, dass in Bettan Skoghös Haus eine Party in Gang war.

Schnell schlüpfte ich in meine Sandalen und lief hinüber. Ich durfte höchstens zehn Minuten von zu Hause abwesend sein. Aber ich war neugierig.

Natürlich feierten sie ein Fest. Schauspielerfreunde der Hausfrau waren mit Wein, Aufschnitt, Brot, Erdbeeren und vielen anderen guten Sachen angereist. Bettan winkte mir, ich solle doch auf ihre große Terrasse kommen.

»Ja! Komm doch!«, riefen zwei junge Männer. »Schöne Mädchen sind hier herzlich willkommen.«

Nein, das ging nicht. Leider. Ich musste schnell wieder nach Hause.

Ein dritter junger Mann warf sich dazwischen: »Wo wohnst du denn? Ist es hier in der Nähe?«

Als Bettan ihnen erklärte, *wie* nah es war, wurde beschlossen, dass man demnächst mit der Weinflasche in der Hand zu mir hinüberkommen werde. Es hatte sich ja inzwischen herumgesprochen, dass mein Mann verreist war. Während nun also dieser arme betrogene Ehemann möglicherweise ins Wasser gegangen war oder sich vor eine Straßenbahn geworfen hatte, stellte sich in seinem Haus bei seiner Hure von Gattin eine Festgesellschaft ein. Der Deckel des alten Tafelklaviers wurde hochgeklappt, es wurde musiziert und man sang Lieder von Bellman und Birger Sjöberg. Jemand wurde auf meine Stimme aufmerksam, griff nach dem Buch mit den alten vertonten Volksliedern und fragte mich, ob ich nicht einige davon zum Besten geben könnte.

Natürlich konnte ich. Schlaflosigkeit kann die gleiche Wirkung haben wie Amphetamin, und ich kannte weder Verlegenheit noch Scheu. Man applaudierte und rühmte nicht nur meine klangvolle Stimme, sondern auch mein angeborenes künstlerisches Talent beim Vortrag dieser einfachen kleinen Stücke.

Bettan merkte, dass ich kurz vor dem Zusammenbruch war (mit ihrer Nichte hatte mein Mann ja im Schutz der Johannisbeersträucher einen kurzen Liebesrausch ausgelebt).

Inzwischen hatte ich durch zu viel Lachen eine Art Muskelkater im Gesicht. Bettan dirigierte die ganze Bande mit der Bemerkung aus dem Haus, dass sie noch eine ganze Batterie ungeöffneter Weinflaschen in ihrem Kühlschrank habe. Einer der jungen Männer, fast noch ein Junge, wurde abkommandiert, um mir beim Wegräumen und Spülen zu helfen. Es stellte sich heraus, dass er mit der so tragisch ums Leben gekommenen Hedvig in die Klasse gegangen war. Er war außerdem ein Schüler von Elis gewesen, der seine literarische Begabung gefördert hatte. Damit war Pelle Olsson, so hieß er, in den Schülerkreis aufgenommen worden, der sich auch noch nach Abgang von der Schule um Elis Lundin scharte.

Er und ich werkten also in der engen Küche zusammen und es ließ sich nicht vermeiden, dass wir mehr als nötig miteinander in Berührung kamen, die Atmosphäre lud sich auf und führte zu Atemlosigkeit.

Als er das letzte Glas abgetrocknet hatte, zog er mich an sich, ich schäumte vor erotischer Euphorie fast über und ließ mich abküssen. Ich hätte die Bodenhaftung völlig verloren, wenn nicht eines meiner unglaublich wachsamen Kinder gerufen hätte. Er hatte tatsächlich »Mama!« gerufen. Am ganzen Körper zitternd, gelang es mir, mich aus Pelle Olssons Zugriff zu befreien und ihn leise zu bitten, doch zu gehen. Sofort. Augenblicklich.

»Aber morgen«, flüsterte er erregt. »Können wir uns morgen sehen?«

»Du spinnst, du weißt nicht, wovon du redest. Niemals. Wir können uns nicht wieder sehen.«

Morgen? Dieses einfache Wort ließ die kristallenen vielfarbigen Prismen in einem schrillen Akkord enden.

»Geh, geh, geh schon.«

Ich schubste ihn weg, und dann: schnell die Außentür zu, den Schlüssel im Schloss zweimal gedreht, und dann hinauf zu Peter, der frierend im Atelier stand und seinen Papa brauchte.

»Papa, wo ist Papa«, schluchzte er an meinem Hals. »Ich will Papa.«

»Papa kommt morgen. Komm, ich setze mich zu dir ans Bett und singe dir das Lied vom Reitersmann vor.«

»Alle Strophen.«

»Ja. Alle. Bis er …«

»Du darfst es nicht vorher verraten.«

Erwartungsvoll wühlte er sich in die Decke, steckte einen Arm unters Kissen. Von allen traurigen Liedern, an denen meine Söhne und ich uns bisweilen ergötzten, war dies das einzige mit glücklichem Ausgang. Nach achtzehn Strophen voller Ungewissheit kommt das Happy End. Aber schon bei der fünfzehnten war er eingeschlafen.

Eine Stunde später schlief wohl auch ich. Ohne Tablette versank ich im bodenlosen Dunkel.

Papa kam tatsächlich am nächsten Tag. Er sah übernächtigt und elend aus. Erholte sich aber schnell. Er aß verbissen schweigend mit uns zu Mittag und zog dann vermutlich zu einem Kumpel weiter, der Verständnis für ihn aufbrachte.

Jetzt sollten alle erfahren, was für eine seine Frau war.

Ein weiterer Defekt kam zu allen bisherigen hinzu.

Als ob es nicht schon reichte.

Seine Frau, diese dumme kleine Gans, die früher alle mit ihren Haarzotteln unter den Armen geärgert hatte, aber das war jetzt schon ein paar Jährchen her – sie hatte sich inzwischen ja einiges an Manieren zugelegt –, die hatte also ihren Mann betrogen.

Was Verständnis und Empörung betraf, kannten die Frauen keine Kompromisse. Die Männer zunächst auch nicht. Aber manch einer würde mich künftig mit anderen Augen sehen.

Egal; durch Bier und Sympathien gestärkt, kehrte Lars-Ivar ins traute Heim zurück, um mir eine Tracht Prügel zu verpassen. Inzwischen hatte Bodil angerufen und unsere Söhne zu Saft und Kuchen und Georges neuem Spiel eingeladen. Lilly war beim Bügeln, als Lars-Ivar kam. Charmant lächelnd bat er sie, in der Farbenhandlung ein paar wichtige Kleinigkeiten einkaufen zu gehen. Nachdem alle Zeugen beiseite geschafft waren, schloss er die Fenster und verriegelte die Haustür. Wie eine hypnotisierte Tanzmaus ließ ich alles ohne den geringsten Versuch von Gegenwehr oder Flucht geschehen.

Er hatte weder Peitsche noch anderes Requisit. Die Fäuste genügten.

»Wie konntest du?«, schrie er. »Wie konntest du, verdammtes Weib? Antworte! Wie konntest du?«

Hier packte er meine erstaunlich dünnen Oberarme und schüttelte mich heftig durch. Die Frage selbst *sollte* später einen Spießrutenlauf durchs ganze Städtchen antreten: *Wie konnte sie? Wie konnte sie nur?*

Und man hatte zu allem Überfluss völlig vergessen, dass da ja noch einer gewesen war, der gekonnt hatte.

Seine Wut wollte mich zumindest in die Knie und zum Wehklagen zwingen: Verzeih, verzeih, bitte-bitte-verzeih-mir. Ich liebe doch nur dich, das-weißt-du-doch. Du bist der einzige Mann in meinem Leben.

Und das war er ja.

Trotzdem brachte ich diese Worte nicht über die Lippen.

Trotzig und starrköpfig, pflichtvergessen und verderbt war sie. Die Ungetreue.

Auch heute noch, fünfundvierzig Jahre nach dieser Entgleisung, werden untreue Ehefrauen gesteinigt.

Nur ein dünner Zivilisationsschleier hinderte den Svarttunaklan daran, mich zu fesseln und mich bei Nacht und Nebel in das frühgeschichtliche Håby zu karren, mich an die Wand zu stellen und meinen Gatten den ersten Stein werfen zu lassen.

Schwesterlichkeit war seinerzeit ein noch nicht erfundenes Wort. Aber in meiner damaligen Situation wäre mir außer dir, Alberte, keine Schwester zu Hilfe gekommen.

Ich hatte ihm zu erklären versucht, warum ich es getan hatte. Aber er hatte nicht zugehört. Oder jedenfalls nicht verstanden. Und doch: Vermutlich wollte ich, dass er mich schlägt. Wie du schon weißt: Strafe verringert die Angst.

Das hinderte mich aber nicht daran, dass ich ihm Widerstand leistete, ihm in den Schritt trat, wo sich sein Organ mit den Spermien befand, die ausgereicht hätten, Millionen Frauen zu begatten. Der Schmerz zwang ihn, den Griff zu lockern, ich riss mich los, raste in meine Rosenkammer, in der ein Fenster offen stand. Mit Kräften, die mich selbst überraschten, hob ich den großen Pseudoempirespiegel von der Wand, den wir von seinen Eltern bekommen hatten; es war ein Familienkleinod. Diesen Spiegel also nahm ich vom Haken und wuchtete ihn aus dem Fenster. Klirrend zersplitterte er vor dem Haus.

Atemlos und triumphierend wende ich mich Lars-Ivar zu. Unter dem Fenster sind laute, empörte Stimmen zu hören.

Und schon klingelt es an der Haustür.

Einen Augenblick dachte ich, dass er, der Einzige, einen Herzanfall kriegen würde.

Lars-Ivar achtete sehr darauf, wie Dinge nach außen hin wirkten. Unser Kreis war ein Teil dieses »nach außen«.

Ich weiß, dass einer, dem dieser Spiegel auf den Kopf gefallen wäre, es nicht überlebt hätte.

Nun war der Spiegel aber senkrecht nach unten gefallen

und ein Stück von dem Weg entfernt aufgeprallt, auf dem die Leute vorbeigingen. Aber natürlich lagen eine Unzahl Glassplitter herum, und man stelle sich vor, ein Kind wäre barfuß …

Ich erinnere mich nicht, wie Lars-Ivar es den Leuten erklärte. Irgendwie machte er einen unglücklichen Zufall daraus. Der Spiegel war seiner Frau aus den Händen gerutscht, als sie … Ja, was eigentlich? Ich habe es nie erfahren.

Er rückte selbst mit Besen und Schaufel aus. Ich stand frierend im Haus und ging schließlich ins Badezimmer, wo ich mir drei kleine weiße Tabletten in die hohle Hand schüttete.

Einen oder zwei Tage herrschte Kampfpause.

Manchmal rief ich bei einer der normalen Frauen aus unserem Kreis an, aber ich erwischte immer ganz zufällig eine Zeit, wo sie gerade was im Backofen hatten, das anbrennen konnte.

Zwischendurch brachte Lars-Ivar es wieder fertig, einen Spaziergang mit mir zu machen, wir stritten immer nachts, wenn die Kinder und das Kindermädchen schliefen. Zur Abwechslung zertrümmerte er jetzt manchmal einen Stuhl und bedrohte mich mit einem abgebrochenen Stuhlbein.

»Tu, was du willst, aber ruf ja meine Mutter nicht an.«

Das rutschte mir so heraus. Ich war müde und hatte Angst.

Aber genau das tat er. Sofort. Um halb zwölf in der Nacht.

Die erste Antwort der Mutter: *»Das ist das Erbe.«*

Am nächsten Nachmittag kam sie angereist, um mir das Erbe auszureden. Die Geisteskrankheit hatte sich bei meinem Vater auch in einer übersteigerten sexuellen Lust geäußert. Sie hatte es durchgehalten. Hatte sich durch die Jahre gelitten. Es war ihre eheliche Pflicht gewesen, das Gefäß zu sein, in das der Mann sich entleeren konnte. »Dein Vater«, sagte sie, »war auch an seinen gesunden Tagen sexuell unersättlich.«

Als verheiratete Frau hätte auch ihre Tochter dem Manne untertan sein müssen.

Aber wenn diese Tochter zu allem Überfluss hinging und *das* mit einem Mann machte, mit dem sie es gar nicht machen musste, dann war das ein Zeichen dafür, dass sie sexuell unersättlich und damit vermutlich auf dem besten Weg war, geisteskrank wie ihr Vater zu werden.

Die Tochter war rein in Gedanken, Worten und Werken aufgewachsen, unschuldig in des Wortes wahrster Bedeutung.

Eine reine junge Frau, gibt es etwas Schöneres?

Im Gesicht des jungen Mannes, den sie ihrer Mutter vorgestellt hatte, waren beunruhigende Merkmale der Erfahrung erkennbar gewesen: das begehrliche Lächeln des Verführers und ein unsteter Blick. Für die Mutter war er der Verführer schlechthin, die beiden hatten *das* noch vor der Hochzeit, ja sogar noch vor der Verlobung miteinander gemacht. Aber die Tochter hatte ihrer Mutter schreiend mitgeteilt, dass *sie selbst* es erzwungen hatte, nicht er, er überhaupt nicht …

Aber er hatte sich verantwortungsbewusst gezeigt und das Mädel geheiratet. Er erwies sich überhaupt als wesentlich rechtschaffener, als man hätte annehmen können. Moralisch gesehen. Mit der Versorgung der Familie haperte es wohl eher. Aber Signe war mit ihrer Zeichnerei ja tüchtig; ihre Entwürfe wurden in annehmbaren Damenzeitschriften abgedruckt.

Nicht selten erwähnten ihre Lehrerinnenfreundinnen eine von Signes Zeichnungen, die sie zufällig bei der Friseuse in einer Zeitschrift gesehen hatten, mit lobenden Worten.

Und nun ruft der Schwiegersohn mitten in der Nacht an und sagt, dass seine Frau, ihre Tochter, Ehebruch begangen hat. Und wie verzweifelt und enttäuscht hat er dabei geklungen.

Nach dieser Katastrophe wurden mein Mann und meine Mutter Freunde. In meinen Träumen waren sie Verbündete, die mich Kellertreppen hinunterjagten.

Der Hahnrei selbst ging gegen Abend aus, um etwas zu essen. Vor mir entstand ein Bild, wie die Clique sich bei Kühlschrankresten und billigem Wein traf. Als stünde ein Krieg vor der Tür und man müsste fest zusammenhalten.

In meiner Vorstellung schlug er, von Wein und Sympathie berauscht, mit der Hand auf den Tisch und rief: »Wartet nur ab, bald kommt sie angekrochen«, und besonders die Frauen japsten hörbar, wenn sie bedachten, was folgen würde.

Was mich anging, hatten sie, wenn ich anrief, also immer gerade etwas im Ofen, was anbrennen konnte. Bettan und Andreas waren in Griechenland. Ich hatte niemanden. Doch, Leman. Leman hatte keinen Vornamen. Er galt in der Stadt als »outcast«. Ein norwegischer ehemaliger Seemann, inzwischen etwa siebzig Jahre alt. Ein Riese und immer im Blaumann. Er wohnte auf seinem Boot und die feinen Damen der Stadt hatten über ihren Verein »Club der Bürgersfrauen« mehrmals Versuche unternommen, den alten Mann in irgendeinem Heim unterzubringen. Oder zumindest zu bewirken, dass er seine Körperpflege besser handhabte. Einmal im Halbjahr kam jedenfalls seine Schwester und zwang ihn, das kommunale Badehaus aufzusuchen. Zum Besuch gehörte jedes Mal auch die Anschaffung eines neuen Blaumanns. Der alte wurde verbrannt.

Leman war wortkarg und sprach längst nicht mit jedem. Zwischen unserem nach Belieben herumstreunenden fünfjährigen Svante und Leman war eine herzliche Freundschaft entstanden. Leman sprach den Jungen mit beiden Vornamen an, Per Svante. Manchmal nahm er Per Svante zu einer kurzen Bootsfahrt mit. Wir konnten vom Strand aus zusehen, wie sie dahintuckerten, und Per Svante winkte uns, die wir nicht hatten mitfahren dürfen, begeistert zu. Das Besondere an Leman war, dass er mit dem Jungen wie mit einem Gleichaltrigen sprach. Da gab es kein kindisches Getue. Sondern Respekt und Wertschätzung auf beiden Seiten.

Mitten in dieser Frostperiode begegnete ich Leman zufällig auf der Straße. Er zog seine ausgefranste Schirmmütze, machte eine Verbeugung und meinte: »Eins muss ich Ihnen sagen, Frau Palm, Sie sind ein guter Mensch.«

Als ich es Lars-Ivar erzählte, lächelte er spöttisch.

»Dieser Narr ist aber auch bestimmt der Einzige, der so denkt.«

Die Einzige, die ab und zu bei mir hereinschaute, um ein wenig zu plaudern, war Solbritt. Sie war ja erst später zu unserem Kreis gestoßen und nicht ohne weiteres akzeptiert worden, besonders von den Frauen nicht. Man kennt das ja, ein allein stehender Mann ist immer willkommen. Auch bei paarweisen Einladungen ist ein einzelner Kavalier immer noch ohne Schwierigkeiten unterzubringen. Vielleicht waren solche Erlebnisse ausschlaggebend dafür, dass Solbritt nicht immer bedenkenlos mit den Wölfen heulte. Inzwischen gab es also schon zwei allein stehende Frauen bei uns. Und dazu noch Beate von Lindenstoltz. Aber sie war eine Klasse für sich. Bewegte sich in besseren Kreisen als den in unserer Stadt verfügbaren. Reiste oft nach Rom und Paris. Ihr Haus war geräumig, ihre Einladungen waren großzügig bemessen. Zum Kaffee nach dem Essen bat sie ihre Gäste immer in den Salon, setzte sich an den Flügel und trug französische Chansons vor. Ihre tiefe Stimme war geschult, in jüngeren Jahren war sie *Diseuse* gewesen. Es war eine Freude, ihrem so gekonnt artikulierten Französisch zu lauschen.

In diesem Sommer trieb Lars-Ivar die Eifersucht auf die Spitze. Jemand hatte ihn darauf aufmerksam gemacht, dass er mit dem Recht des betrogenen Ehemannes, seine Frau zu schlagen, nicht weit kommen würde. Er mochte es als sein moralisches Recht betrachten, aber es gab Gesetze … »Signe kann zur Polizei gehen und dich anzeigen, vergiss das nicht.«

»Verdammt nochmal, darf man nicht mal mehr seine eigene Frau verhauen«, lautete Lars-Ivars Kommentar.

In gleichsam ironisierendem Ton.

30

Dieser heiße, böse Sommer neigt sich dem Ende zu. Der Herbst kommt mit seinem Alltag und der Rückkehr in den Beruf.

Einer von den Kumpels, Jan Fredrik oder Elis (schon wieder), hatte Lars-Ivar vernünftig zugeredet. Es war doch ganz klar, dass Signe einen Psychiater brauchte.

Das sagten sie. Von Mann zu Mann. Unter vier Augen.

Lars-Ivar spürte, dass es allmählich heiß wurde. Er war von der Anerkennung durch die Gruppe und von ihrer Loyalität sehr abhängig. Sie hatten möglicherweise von seinem Rachegeschrei genug. Man begann zu begreifen, dass Signes Ausrutscher mit Zwangsvorstellungen zusammenhängen konnte. Ganz einfach mit Angst.

Jan Fredrik füllte einen Überweisungsschein aus.

Lars-Ivar stand durch die Peinlichkeit, eine Frau mit psychischen Problemen geheiratet zu haben, seine eigenen Ängste aus. Das war etwas, das in seiner Familie von ehrbarem, uppländischem Bauernstand nicht vorkam. Man stelle sich vor, seine Eltern erführen davon, besonders die Mutter!

Ich könnte mir vorstellen, Alberte, dass dein Sivert den gleichen Standpunkt eingenommen hätte. Du hast deine Ängste ja im Allgemeinen für dich behalten. Du hattest keine Anfälle.

Du hast nicht geweint, hast nicht die Flucht ergriffen. Ich wünschte, ich wäre dir in dieser Hinsicht ähnlicher.

Wenn alles schief zu gehen drohte, keine Aufträge und so, und *wovon sollen wir die nächste Miete bezahlen*, legte Lars-Ivar sich einfach aufs Sofa und schlief. Heute weiß man, dass dieses Einschlafen, ob es nun angebracht ist oder nicht, auf Depressionen hindeutet. Aber wenn man mit einer an Schlaflosigkeit leidenden Hysterikerin verheiratet ist, scheint es eher ein Beweis für gute Nerven zu sein.

Dass es bei mir in der Familie lag, hielt man zwar für beunruhigend. Solange sich meine Angst aber in körperlichen Krankheitssymptomen äußerte, war alles in Ordnung. Jetzt waren mein Körper und meine Seele dieses Rollenspiels jedoch müde geworden und kein Fluchtweg stand mir mehr offen.

Meine Angst hatte sich in Bosheit verwandelt, in Trotz, in höhnisches Aufbegehren wie etwa damals, als ich das Tintenfass an die Wand schmiss. Nur um Lars-Ivar zu ärgern und mir eine Ohrfeige einzuhandeln.

Doktor Enar Sundbom ist der Mann, der sich mit mir auseinander setzen, mich ruhig und froh, zahm und folgsam machen soll. Und aus mir eine Mutter machen soll, die, ein Kind neben sich im Bett, schlafen kann.

Also ein weiterer Mann, was das anbelangt.

Doktor Sundbom ist ein etwas korpulenter Herr um die fünfzig. Ein jovialer Typ, könnte man sagen. Verbindlich lächelnd. Freundlicher Blick hinter dicken Brillengläsern.

Er hört mir zu und drückt dabei an seinem Kugelschreiber herum, klick klack, klick klack. Es ist ein schickes Ding, in das sein Name eingraviert ist. Ab und zu kritzelt er fahrig eine Notiz aufs Papier. In der dritten Woche ist ein Rorschachtest fällig. (Eine Reihe Karten mit Tintenklecksen, die die Patientin deuten und benennen soll. Die Antworten geben Auskunft über die Neigungen und Reaktionsmuster der betreffenden Person.)

Ich sehe mir die willkürlich hingekleckster Flecke also Blatt für Blatt an. Die Testfiguren sind kleiner oder größer, haben deutliche Konturen oder zerfließen an den Rändern. Gespannt vorgeneigt hört sich der Doktor meine zögernden Überlegungen an. Nur einmal macht er eine Bemerkung. Es handelt sich um ein Blatt mit größeren Flecken. Ich beschreibe sie der Reihe nach als einen Hund, einen Fuß, einen Schrank und so weiter.

»Mhm, aha«, sagt er. »Sie sehen also nicht, dass es hier gleichsam eine äußere Kontur gibt, die erkennen lässt, dass das Ganze die Form eines Elefanten ergibt?« Nein, das hatte ich nicht so gesehen. Aber jetzt, wo der Doktor es sagt …

Ich rede mir ein, dass es eine schlechte weibliche Eigenschaft ist, sich so an Einzelheiten zu klammern. Sivert und Lars-Ivar hätten den Elefanten sicher sofort erkannt.

Als die Sitzung schon fast zu Ende war, sammelte mein Psychiater die Kärtchen ein.

»Nun, was meinen Sie, Herr Doktor? Was ist dabei herausgekommen?«

Er lächelte väterlich und meinte, das würden wir bei weiter fortgeschrittener Behandlung besprechen. Viel weiter fortgeschrittener.

Ich war also noch nicht reif, meinem Unterbewussten zu begegnen.

Lars-Ivar und ich hatten vermutlich große Erwartungen in diesen Psychiater gesetzt. Man hatte uns zur Genüge erklärt, dass es sich um einen *Prozess* handelte, der lange Zeit in Anspruch nehmen konnte. Trotzdem waren wir in keiner Weise darauf vorbereitet, dass mein Zustand sich plötzlich verschlechtern könnte. Meine Ängste, die während des sommerlichen Kriegszustandes ein Schattendasein geführt hatten, erholten sich wieder, streckten Arme und Beine aus und legten mit unverminderter Kraft los.

Jetzt waren alle Gespenster meiner Kindheit wieder da, die an den Gardinen Unfug getrieben hatten, diese Geister, die bei Tageslicht in dem alten Schuppen auf dem Hof gehaust hatten, in der Abenddämmerung aber durch die von Mama abgedichteten Fensterritzen gekrochen waren, um das Zimmer mit gesichtslosen Mienen flüsternd, kichernd, raschelnd und quecksilbrig zu bevölkern und meine Atmung mit nasskalten Fingern zu unterbinden.

Meine hausgemachte Schocktherapie hatte ihre Magie eingebüßt und die neue, professionelle, hatte noch keine Wirkung gezeigt. Ein Glück, dass im Herbst die schwedischen Modenschauen bevorstanden und ich für die *Bonniers Monatsschrift* und für die *Welt der Frauen* mehrere Zeichnungen anzufertigen hatte. Die Märthaschule brauchte jetzt, zu Beginn der Wintersaison, eine Reihe Anzeigen. Ein Buchverlag bestellte zwei Umschläge für Mädchenbücher.

Lars-Ivar hatte einen Kunden in Aussicht. Jerker hatte einen Freund, der bei irgendeiner Vereinigung künstlerischer Leiter war. Vielleicht konnte man dort einen Auftrag ergattern, etwas, das Lars-Ivars besonderer Begabung entsprach?

Unsere Söhne, die mit sonnengebleichten Haaren und Schorf auf den Knien in den Herbst gingen, waren aus allem herausgewachsen, was im Frühjahr noch gepasst hatte. Für Svante fand sich das Abgelegte des größeren Bruders in einem Karton auf dem Dachboden. »Svante zum Hineinwachsen«, hatte Lars-Ivar in Blockbuchstaben auf den Deckel geschrieben. Das meiste, was wir dort fanden, war an Knien und Ellbogen geflickt. Im Werkunterricht in der Schule hatte ich allemal das Ausbessern von Hemden und Hosen mitgekriegt.

Erst viel später erfuhr ich, dass unsere Kinder mit ihren Armeleuteflicken Stadtgespräch gewesen waren.

Ich hatte also wenigstens zwei gute Muttereigenschaften. Tüchtig im Strümpfestopfen und im Auffinden von Stoffresten, die farblich einigermaßen zu den blauen Hosen passten, die noch eine Saison durchhalten mussten.

Ich war auch im Backen mehrerer Variationen von Sandkuchen und Biskuit gut. Nachspeisen waren ein weiteres Küchengeheimnis, das ich beherrschte. Aber nie gelang mir ein anständiges Weißbrot oder Hefegebäck, das in Laiben oder Zöpfen unter einem rot karierten Küchentuch aufzugehen hatte.

Ich gehörte auch nicht zu den vielen, die, wo sie auch gingen, standen und saßen, immer einen Strickbeutel bei sich hatten. Die Rationierung von Textilien in der Kriegszeit war die Keimzelle dieser Strickwut gewesen. Dieser gewisse Ruck mit dem Ellbogen, um das verfügbare Garn durch eine Drehung des Knäuels heranzuholen, oder wie andere Frauen mitten in einem Satz aufzuhören, um Maschen zu zählen, war meine Sache nicht; es gab sogar Strickerinnen, die mehrere verschiedenfarbige Knäuel zu einem Muster verbanden. Alle Damenzeitschriften brachten solche Strickmuster. Ja, es gab sogar eigene Hefte zu diesem Thema.

Du kennst das, Alberte. Jeanne konnte für Marthe wunderbar kleidsame Stricksachen zaubern, während dir ausnahmslos alles misslang, was du mit besten Vorsätzen für deinen kleinen Sohn in Angriff nahmst.

Wir beide, Alberte, wollten doch so verzweifelt gern eine von diesen tüchtigen, selbstzufriedenen, praktischen Hausfrauen und Müttern sein, die nachts gut schlafen und die den Mann immer erinnern, wenn es Zeit ist, die Unterhose zu wechseln, und die immer dafür sorgen, dass frische Wäsche in der Schublade liegt.

In meinen Mädchengebeten zu Gott dem Allmächtigen ging es um den Tod und um lieber Gott, gib, dass aus mir ein ganz gewöhnliches Mädchen wird.

Mir war wohl nicht so recht klar, was ich mit »ein ganz gewöhnliches Mädchen« meinte. Der Inhalt der Botschaft war wohl eher, nur nicht so eine, wie ich es bin. Wir erinnern uns ja beide daran, wie du der Sonne einmal in eitler Verzückung zugeflüstert hast: »Mach mit mir, was du willst, nur lehre mich verstehen, sehen und zur Einsicht kommen.«

Das war nun ein viel schöneres, noch dazu geistig geprägtes Gebet als meines, und Gott dürfte es mit Achtung angenommen und ein wenig mehr über dich gewacht haben. Auch wenn es nicht direkt an Gott gerichtet gewesen war, sondern an das Leben. Aber für ihn ist beides wohl identisch.

Zunächst mochte es vielleicht noch so ausgesehen haben, als wäre ich ein ganz gewöhnliches Mädchen, zumindest in dem, was von außen zu sehen war. Ein ungewöhnlich reizendes junges Mädchen, mit dem die Mutter zufrieden sein konnte.

Diese unselbständige, ihn verehrende junge Frau reinen Herzens, in die Lars-Ivar sich verliebte, war gar nicht ich.

Sie war das Mädchen, das ich sein wollte. Gleichzeitig wurde ich für meine Mutter zur beunruhigend widerspenstigen, ungehorsamen Tochter. Ich tat nicht mehr, was sie wollte. Ich machte, was Lars-Ivar wollte.

Denn bis dahin hatte Gott mich immer daran gehindert, so richtig verdammt ungewöhnlich zu werden.

Und dann kam alles ins Rutschen. Gott wandte sein Antlitz von mir ab. Ob es wohl überhaupt jemals in meine Richtung gewandt gewesen war?

Ich ging in die Irre. Ich war eine schöne Pflanze, die Lars-Ivar zu einem guten Preis bekommen hatte, und daher die Verwunderung, als die Blume sich in die verkehrte Richtung drehte und so die meisten ihrer erwünschten Eigenschaften verlor. Übrig blieb, dass ich gut zeichnen konnte, selbst aber nie wusste, welche Zeichnung die bessere war.

Es war gut, dass ich Geld verdiente, aber besser wäre es gewesen, wenn er es getan hätte.

Ganz schlimm waren die wiederholten Ausbrüche, Anfälle und hysterischen Zustände, die wahrlich nicht zum Repertoire eines gewöhnlichen Mädchens gehörten.

Der erste Herbst mit Doktor Sundbom war also ein Rückschlag. Die Ängste nahmen an Heftigkeit zu und neue drängten nach. Da wälzte ich mich zum Beispiel, wenn meine Mutter am Wochenende, wenn wir gerade kein Kindermädchen hatten, zum Helfen kam, schreiend auf dem Fußboden im Badezimmer und brüllte:

Weg mit ihr! Weg mit ihr!

Zu dieser Zeit hatte sie ja in Lars-Ivar einen Verbündeten gefunden. Also waren sie zwei gegen eine. Es war die ganze Stadt gegen eine. Es waren Gott und Mama und Lars-Ivar und die ganze Stadt gegen eine.

Aber arbeiten konnte ich immer. Die Arbeit hat mich mein Leben lang davor bewahrt, in die Psychiatrie eingeliefert zu werden. In meinem Beruf erlebte ich Freude, Freimütigkeit, Selbstsicherheit und überschäumende Kreativität. Probierte neue Formen und Möglichkeiten aus. Entwarf eine ganze Kleiderkollektion für eine kleine Fabrik, die sich auf Leinenstoffe spezialisiert hatte. Ich war sogar beim Einfärben mit dabei. Kräftiges Türkis, Lila, Indigoblau, Zinnoberrot, Erdbeerrosa, Smaragdgrün.

Ich wurde gebeten, die Kostüme für eine Freilichtinszenierung zu schaffen. Ulla, die Witwe unseres geliebten Svenne, half mir, Stoffe erdfarben zu tönen. Es waren die Farben des Chores, der sich von dem Lindgrün, gebrannter Umbra und Kanariengelb der Schauspieler abheben sollte. Ausnahmslos war ich während der schöpferischen Arbeit immer angstfrei. Jede Minute war ein von Glück erfülltes Fest.

Und doch gab mir vermutlich erst die Angst den Antrieb dazu. Sie war der Motor, der mich vorwärts trieb.

Wenn es Doktor Sundbom gelungen wäre, mich angstfrei zu machen, hätte das vermutlich einen beträchtlichen Einkommensausfall für die Familie bedeutet.

Der weihnachtliche Trubel war überstanden. In diesem Jahr hatten wir die fieberhafte Ungeduld der Kinder und die Streitereien wegen der zu erwartenden Weihnachtsgeschenke abgefangen und schon um vier Uhr nachmittags beschert. Es wurde ja sehr früh dunkel, und die Kerzen flackerten und leuchteten schon am Nachmittag weihnachtlich hell.

Die von müden, abgehetzten Eltern weggeschickten Nachbarskinder kamen zu uns herein und standen sprachlos vor unseren Buben, die beim Klang der fröhlichen schwedischen Weihnachtslieder aus dem Grammophon rosig erregt bis zu den Ohren im raschelnden Weihnachtspapier saßen.

»Ja, wir!«, sagte Lars-Ivar freundlich. »Wir fangen immer zuerst mal mit den Weihnachtsgeschenken an.«

Die kleinen Besucher machten auf dem Absatz kehrt und rannten nach Hause, um Meldung zu erstatten. In solchen Angelegenheiten waren Lars-Ivar und ich uns immer einig.

Im Januar sollte ich zu den üblichen Haute-Couture-Modenschauen nach Paris fahren. Doktor Sundbom hatte diagnostiziert, dass meine Nerven das aushalten würden.

Ich kam auch Lars-Ivar und meiner sonstigen Umgebung ruhiger vor, weniger zu Streitereien und Fluchtversuchen aufgelegt. Mein Mann hatte dafür zur Belohnung damit aufgehört, dauernd auf mein Vergehen zurückzukommen und jeden Krach mit Hieben zu beenden. Weder er noch Doktor Sundbom wussten etwas von der Angst und der Traurigkeit, die mich befiel, wenn der Arzt den Kugelschreiber beiseite legte und sagte: »Nun, das wär's für heute« und ich dann in der Diele den Mantel angezogen und die Sprechstundenhilfe die Tür hinter mir geschlossen hatte.

Schon auf dem Bitte-die-Schuhe-abputzen-Abtreter fing ich zu weinen an. Schluchzend ging ich langsam die hochherrschaftliche Jahrhundertwendetreppe hinunter, die in der Biegung durch ein Jugendstilfenster erhellt wurde. An dieser Stelle war das Geländer unterbrochen. Hier wagte ich, den Tränen freien Lauf zu lassen. Die Praxis des Psychiaters lag in der dritten Etage und es gab einen Fahrstuhl. Ich brauchte also nicht zu befürchten, dass jemand vorbeikommen und mich sehen würde.

Nach jeder Sitzung war mir bewusst, dass ich das Wichtigste gar nicht gesagt hatte. Jetzt, Alberte, denkst du vielleicht, ich würde es nächste Woche nachholen. Aber so war es nicht. Du kennst den französischen Ausdruck »de l'esprit de l'escalier«. Das war es, woran ich litt.

Bonniers Monatsschrift hielt es für besonders wichtig, dass ich in dieser Saison zur Modenschau nach Paris fuhr.

»Und wenn ich nun Angst kriege?«, hatte ich zu Doktor Sundbom gesagt. »Wenn mich plötzlich die Vereinsamungsangst befällt. Das Vingåkersyndrom.«

Er machte mir bewusst, dass ich dieses Gefühl nie hatte, wenn ich im Hotel wohnte. Weil ich eben wusste, dass in der Rezeption immer jemand zu erreichen war. Auch in der Nacht.

Lars-Ivar redete mir zu, dass ich fahren sollte. Wir hatten gerade ein äußerst kompetentes Kindermädchen, Hildegard, eine Deutsche, ein jüdisches Kriegskind, das bei Kriegsausbruch gerettet und von einer schwedischen Familie adoptiert worden war. Die deutsche Ordnung und Gründlichkeit war ihr aber doch eigen. Meine Mutter, die bei den Mädchen, die bei uns sozusagen ein Gastspiel gaben, immer ihre eigenen Ansichten hatte, war sehr zufrieden mit ihr.

Dieses Mal war auch Lars-Ivar der Meinung, dass ich mir eine Fahrt zweiter Klasse gönnen sollte. Kontinentaler Standard war hier Plüschpolsterung, eine klappbare Armstütze zwischen den Sitzen, ein kleines, mit sauberem weißem Stoff überzogenes Nackenkissen, an das man den Kopf lehnen konnte. Kleine tulpenförmige Leselampen aus mattem Glas.

Im Coupé hatten, im Gegensatz zu acht Personen in der dritten Klasse, sechs Reisende Platz. Wir sind diesmal nur zu dritt. Ein älterer Herr mit Damenbegleitung und ich. Ich glaube nicht, dass sie seine Frau ist. Sie sitzt steif da und hat dem alten Herrn, einem hageren Edelmann mit Persianerkragen auf dem Mantel, immer das Gesicht zugewandt. Im Moment ist der Mantel wie ein Plaid über seine Beine gebreitet. Der Herr führt die Unterhaltung. Er hat große, gelbliche Zähne, die ein wenig klappern. Er spricht mit der Dame, die zweifellos dafür bezahlt wird, dass sie auf ihn aufpasst und seiner nasalen, etwas krächzenden Altmännerstimme zuhört.

Jetzt erzählt er von einer Gesellschaft, an der er teilgenommen hat. Er sagt, dass es ausgesprochen angenehm war, keine langweiligen Reden waren gehalten worden, aber es war ja auch die Gastgeberin besonders reizend, sie verbreitete ringsum Wohlbehagen. Ich erfahre, dass die beiden von Paris nach Nizza weiterreisen werden. Zimmer sind im traditionellen Hôtel l'Angleterre vorbestellt, das ein Stück oberhalb der Stadt Richtung Cimiez liegt. Die Engländer haben es immer verstanden. In dieser Jahreszeit darf man nicht unten am Meer wohnen. Es ist zu ungemütlich feucht.

31

Ich komme in Paris an. Es ist kalt und regnerisch; mein Mitreisender hätte es als sehr unangenehm empfunden. Und du, Alberte, kennst besser als jede andere das düstere Nieselwetter und den Wind, der durch die schmalen Gassen wie durch eine Röhre pfeift und Mäntel, Jacken, Schals und Mützen durchdringt. Es gibt nichts Brutaleres als den Januar in Paris. Die Fenster der Cafés sind vom Atem der Menschen und der Feuchtigkeit ihrer Überkleider angelaufen. Dir sind auch die Temperaturverhältnisse in meinem Zimmer im vierten Stock des einfachen Hotels in der Rue Mabillon bekannt. Der einzige Heizkörper, drei, höchstens vier Rippen breit, hängt neben der Tür zum Flur. Das so genannte französische Fenster, also eher eine Balkontür, ist so undicht, dass die zwei dünnen, schmutzig weißen Gardinen heftig flattern. Du weißt, was man alles anzieht, bevor man in das eiskalte Bett kriecht, das zu breit ist, um von einem einzelnen Menschen aufgewärmt zu werden. Glücklich, wer einen langen breiten Schal hat – und ich habe einen solchen –, den man sich um Bauch und Gesäß wickeln kann.

Hinter einer spanischen Wand befinden sich Waschbecken und Bidet. Der Hahn, mit »froid« gekennzeichnet, spendet widerwillig einen dünnen Strahl *warmes* Wasser.

Bei der Ankunft, man hat nach 36 Stunden Bahnfahrt ja

Ruß in allen Körperecken, die Haare fühlen sich wie Heu an und man möchte ein Bad nehmen, *s'il vous plaît*. Du kennst das, du siehst es vor dir, wie Madame verlegen die Schultern hebt, seufzt, die Mundecken verzieht, mit der rechten Hand wedelt und schließlich sagt, sie wird mit Monsieur sprechen. Das Etablissement verfügt über zwei Badezimmer. Eines in der ersten und eines in der zweiten Etage. Der Warmwasserboiler muss erst eingeschaltet werden, und dann dauert es noch eine halbe Stunde. Ein Bad ist natürlich extra zu bezahlen, das werden Sie verstehen, Mademoiselle.

Ich sage, dass ich gerne bezahle, ganz gleich, was es kostet.

Da sieht sie mich sehr beunruhigt an. Überlegt wohl, ob ich so ein Gast bin, der jeden Tag baden will. Wie die Engländer.

Es sei zeitraubend, das Wasser zu erhitzen und die Wanne hinterher sauber zu machen und so weiter, als hätte man nicht schon genug zu tun …

Jetzt ist Monsieur dazugekommen. Ein krummrückiger Herr mit schütterem Haarwuchs und einem Bauch, der viel zu schwer für ihn ist. Er haucht mich mit einer Mischung aus Wein und Gauloises an und sieht nicht aus, als wäre er besonders hilfreich. Aber er ist jedenfalls ein Mann, der auf Madames Mienenspiel eingeht, nicht wahr, sie sagt doch immer wieder, dass es besser ist, die Zimmer an Herren zu vermieten. Die verlangen nicht unnötig ein Badezimmer und waschen keine kleine Wäsche im Bidet und hängen sie nicht heimlich an einer zwischen Wasserhahn und Wandschirm gespannten Schnur auf …

Als Auftakt meines Aufenthalts ein Bad zu verlangen, macht mich sofort zu einer Kundschaft, die schwierig werden kann.

Die übliche Beglückung, in Paris zu sein, stellt sich dieses Mal nicht ein. Ist vielleicht die Kälte daran schuld? Aber im Gedränge der Modehäuser ist es warm, dass einem der Atem stockt, und oben in dem Raum, wo man *madame, qui s'occupe de la presse* vorfindet, ist es heiß wie in der Sauna, man schwitzt, kriegt keine Luft, wird von Ellbogen in den Bauch gestoßen, unsanft weggeschubst und bekommt Absätze zu spüren, denen es egal ist, wohin sie treten.

Aber so ist es ja immer gewesen.

Am dritten Tag bekomme ich Durchfall. War es vielleicht dieses Kalbsragout in der Mensa an der Rue Jacob?

Immer wieder die Schuhe an, den Mantel übers Nachthemd gezogen, um die nächste Toilette aufzusuchen, die man in eine Nische im Treppenhaus gemogelt hat; solche Wanderungen können auch Personen in Panik versetzen, die weniger zu Angst neigen. Ein Tier saß mir im Nacken und nagte an meinen Nerven. Ich rollte mich zusammen, wickelte mich in die Decke und lag, wieder einmal meinen bevorstehenden Tod erwartend, die ganze Nacht wach.

Nein, ich hatte bisher nie in einem Hotelzimmer in Paris Angst gehabt. Darauf hatten Doktor Sundbom und ich gebaut. Aber um den verhassten Deutschlehrer aus dem Gymnasium zu zitieren: »Ausnahmen bestätigen die Regel«.

Ich rufe Lars-Ivar an. Kaum höre ich seine Stimme, fange ich zu heulen an. Das Schluchzen breitet sich wie wasserfeste Zensurtinte über Briefzeilen aus. Kein Wort ist zu verstehen.

In den in mir tobenden Orkan hinein schreit er, dass ich noch einmal anrufen soll.

Irgendwie höre ich ihn etwas von Preparyl sagen.

Aber zunächst rebellieren meine Eingeweide wieder.

Die Zimmerfrau, die aufräumen kommt, schreckt entsetzt zurück, als sie mein Gesicht sieht. »*Malade*«, hauche ich.

»Probablement la grippe?«

Es klingt beunruhigt und sie zieht mit Putzlappen und Eimer eiligst ab.

Ich versuche zwei Tabletten Preparyl zu schlucken, aber sie kommen mir sofort wieder hoch. Die Angst, die mich jetzt befällt, schließt Tränen aus. Voraussetzung für das Weinen ist wohl doch eine gewisse Entspannung.

Gebe Madame telefonisch durch, dass ich noch einmal ein Gespräch mit Svarttuna, Suède, bestellen möchte. Ihr Schnauben sagt mir, dass alles so eingetroffen ist, wie sie es von der ersten Minute an befürchtet hat. Dass ich ein schwieriger Gast sein würde.

Dieses Mal kann ich mich verständlich machen. Er hört, was ich sage, und es gefällt ihm nicht. Ich sage, dass ich will, dass er zu mir nach Paris kommt.

Er lacht trocken und irritiert auf. So eine Idiotie. Wie könnte er die Kinder einfach allein zu Hause lassen? Irgendeinen Elternteil brauchen sie doch in erreichbarer Nähe.

»Ja, aber Hildegard ist doch so …«, schluchze ich.

»Kommt nicht in Frage. Und das Geld, hast du überhaupt nachgedacht, wo ich das Fahrgeld hernehmen soll?«

»Du arbeitest doch gerade an dieser Drucksache für KF. Könntest du nicht um einen Vorschuss bitten?«

»Bist du von allen guten Geistern verlassen? Ein neuer Kunde. Ein Auftrag, für den noch nicht einmal die Skizzen fertig sind.«

»Aber ich habe solche Angst, ich habe so schreckliche Angst, Lars-Ivar, ich habe hier niemanden, und im Hotel sind sie furchtbar wütend auf mich, weil die Putzfrau wegen meinem Durchfall so viel zusätzliche Arbeit hat; und dann beklagen sich die anderen Gäste …«

»Signe, jetzt nimm dich, verdammt nochmal, zusammen. Die Bauchgeschichte ist bald vorbei, klar, dass das an dir gezehrt hat. Aber jetzt gib dir mal einen Ruck. Sei jetzt ein tüchtiges Mädchen, Doktor Sundbom hat ja gesagt …«

»Ja, ich weiß. Na dann, tschüs.«

Ich legte den Hörer auf und mir fiel ein, dass ich nicht einmal gefragt hatte, wie es den Kindern geht.

Ein Telegramm von *Bonniers Monatsschrift.* »Sofort Kontakt mit Madame Jeannouis, Pressedame bei Schiaparelli, aufnehmen. Zeitschrift hat Interview mit Madame Schiaparelli gekauft. Brauchen Zeichnungen von ihrem Interieur. Plus drei Modellzeichnungen aus ihrer neuen Kollektion. Englischen Fotografen James Hood, Hôtel de Notre-dame, zwecks Porträt kontaktieren. Deadline Neunter.«

Noch einmal funktioniert es mit dem Wunder. Wie ein erschöpftes Turnierpferd rapple ich mich für die nächste Runde auf. Mit neuem Schwung bestelle ich ein Bad. Es ist erst früher Nachmittag. Keine Zeit, sich die Haare frisieren zu lassen, aber Lippenstift, Mascara, die leichten Schuhe mit Absatz, hier kann man unmöglich in praktischen skandinavischen Winterstiefeln antanzen.

Die schwarze Baskenmütze schräg über der linken Augenbraue. Den Schal wie eine Pariserin zweimal um den Hals gewickelt. In der Bar an der Ecke trinke ich Tee und esse ein *tartine* mit Butter.

Der Magen knurrt verwundert. Aber keine Übelkeit.

Das Haus Schiaparelli liegt an der Place Vendôme. Eine Einladung mit handgeschriebener Empfehlung, diese schwedische Zeichnerin, *s'il vous plaît*, einzulassen. Alles geht sehr schnell.

Am Faubourg St. Honoré gehe ich durch ein Torgewölbe, durch ein weiteres Tor, und bin schon in einem Garten, der zwar im Winterschlaf liegt, aber mit den prächtigen Bäumen und den Rosenbüschen, an denen noch Blüten hängen, doch wunderschön aussieht.

Direkt vor mir liegt ein kleines Palais aus dem 18. Jahrhundert. Hier wohnt Madame Schiaparelli. Ein Hausmädchen in Schwarzweiß nimmt mir Mantel, Baskenmütze und Schal ab und bittet mich in den Salon mit den hohen französischen Fenstern, die zum rückwärtigen Teil des Gartens hinaus gehen. Madame tritt ein. Eine elegante, magere, verlebte Frau. Kurze schwarze Haare. Lange, ochsenblutfarbene Fingernägel. Schwarzes Kostüm, die Jacke ganz auf Taille geschneidert. Knöchellanger enger Rock. Hinter ihr wartet das Dienstmädchen mit dem Zobel.

Madame ist äußerst freundlich und entgegenkommend. Leider muss sie weg, aber *la petite mademoiselle* möge sich *s'il vous plaît* ganz wie zu Hause fühlen und nach Geschmack zeichnen, was ihr gefällt; der Raum steht für zwei Stunden zur Verfügung. »*La bonne* wird eine Tasse Tee servieren, es ist heute kalt, nicht wahr, Mademoiselle? *Bonne chance, ma petite.*«

Ich bin alleine. Ja, es ist sehr kalt. Der Tee wärmt sofort, aber nur kurz. Die Schönheit des Raumes kann die Zugluft am Fußboden nicht überspielen und meine Zehen in den eleganten Schuhen werden steif vor Kälte. Aber ich setze mich so, dass ich die Füße unter einen dicken Teppich stecken kann.

Ich habe bisher noch nie ein Rauminterieur gezeichnet, und hier sitze ich nun vor Rokokostühlen, gedrechselten Möbelbeinen, einem Doppelkanapee für Liebespaare, einem mit einer Schäferidylle wunderbar handbemalten Schrank, Putten halten schwere Samtvorhänge …

Mit dünnen Tuschestrichen gelang es. Vorausschauend hatte ich ein kleines kariertes Tuch aus Großmutters inzwischen verschlissenem, handgewebtem Leinenvorrat mitgenommen. Ich legte es auf einen kleinen Tisch, um den Becher mit Wasser, die Tuscheflasche und den Abwischlappen für die Pinsel draufzustellen.

In meine Mappe legte ich abschließend zwei verschiedene Zeichnungen desselben Zimmers. Eine davon habe ich immer noch. Gerahmt. Sie war ganzseitig in *Bonniers Monatsschrift* abgebildet gewesen. Leider habe ich auf billigem Papier gezeichnet, das mit den Jahren hellsepiabraun geworden ist.

Durchgefroren, aber sonst lebendig und guter Dinge, ging ich in das nächste Restaurant und bestellte mir eine warme Gemüsesuppe, Kalbsbraten mit Kartoffelmus und eine Crème caramel. Mein Magen, der sich anfangs abwartend verhielt, war sofort einverstanden. Ein schräg gegenüber sitzender junger Mann hatte mich die ganze Zeit über nicht aus den Augen gelassen. Als ich die letzte Karamellsoße zusammengekratzt hatte, lächelte er anerkennend, aber ich wandte den Blick errötend ab und bat um die Rechnung.

Draußen auf dem Platz bereute ich es. Wenn ich ihm erlaubt hätte, mich zum Hotel zu begleiten, hätte ich zumindest in dieser Nacht vielleicht nicht alleine frieren und Angst haben müssen. Aber Madame hätte ihn vermutlich gar nicht hereingelassen? Oder eher umgekehrt? Hätte uns hereingelassen und nachher für ein Doppelzimmer kassiert?

Die Einsamkeitsangst nahm es nicht so genau, sie war nicht auf eine bestimmte Person aus. Wer immer lebte und atmete, war ihr recht.

In meinem Schlüsselfach lag eine Telefonmitteilung. Monsieur James Hood erbat meinen Rückruf.

Am nächsten Tag klopfte er samt Fotoausrüstung an meine Tür. Ich weiß nicht, wie er es so ohne weiteres unten an der Zensur vorbei geschafft hatte. Vielleicht ganz einfach mit einem unter das Journal geschobenen kleinen Schein?

James, 32, schon etwas gelichtetes Haar, eckige, randlose Brille, ein zunächst nervöses und etwas starres Lächeln, der Blick jedoch gerade und offen, besonders wenn er nach einem ersten Zögern Freude und Interesse zeigte.

Lieber Himmel, wenn irgendjemand in diesem Augenblick die Antwort auf das Gebet einer Jungfrau war, dann war es wohl James Hood!

Die berufliche Seite war schnell erledigt, und nun war das

Bett an der Reihe. Und siehe da, jetzt, wo wir zwei waren, wurde es schnell warm: Dieser Gedanke kam mir noch, bevor mich der Taumel erfasste. Aber bei diesem ersten Mal begnügten wir uns mit Küssen und Umarmungen.

Dann nahm er mich in die Gegend um den Gare Montparnasse mit, wo wir in einer Crêperie frühstückten. Dünne, mit Schinken, Zwiebeln und Champignons gefüllte Pfannkuchen. Als Dessert andere aus weißerem Mehl mit einer Füllung aus Schokolade und schmelzender Schlagsahne.

Dazu musste man Cidre trinken. Er schmeckte zunächst süß, doch dann kam der bittere Nachgeschmack, also ging ich zu Mineralwasser über.

In all meinen je in Paris verbrachten Tagen und Nächten lag beim Gehen jetzt zum ersten Mal der Arm eines Mannes auf meinen Schultern, war da eine Hand, die plötzlich nach mir fasste, mich im Kreis schwenkte, ein Mund, der mich unter einer Straßenlaterne küsste. Genau wie im Kino.

In der *pharmacie* kaufte er Kondome, während ich an den verschiedensten Gesichtscremes schnupperte, die zu diesem Zweck aufgereiht dort standen. Die französischen Apotheken haben seit jeher neben rezeptpflichtiger Ware auch Eitelkeit feilgeboten.

Bei unserer Rückkehr war die Rezeption unbesetzt. In aller Ruhe ging James hinter die Theke und holte den Schlüssel.

Und dann, Alberte, war ich also nicht mehr alleine.

Lars-Ivar rief kurz an, und ich sagte ihm, dass es mir jetzt gut ging, ich hatte viel zu tun, und seine Worte: »Ich habe dir doch gleich gesagt, dass du es schaffst« klangen äußerst selbstzufrieden.

»Du«, sagte er dann noch ganz schnell. »Kannst du mir telegraphieren, mit welchem Zug du wann in Kopenhagen bist. Ich würde dich nämlich gern abholen. Wir könnten zusammen ein paar Tage dort verbringen.«

Dann machte es klick und das Gespräch war beendet.

Meine Hand auf dem Hörer zitterte ein wenig. In zehn Minuten wollten James und ich uns im Café Flore zu einem Aperitif treffen.

Für James bedeutete das Calvados, für mich Ananasjuice.

Danach aßen wir in dem Restaurant schräg gegenüber der *École des Beaux-Arts* eines der besten und billigsten Menüs der Stadt. An diesem Abend hatte ich keine beruflichen Verpflichtungen. Alles, was eilte, war express abgeschickt worden. Ich hatte sozusagen frei. Den Abschluss dieses Abends bildete der Besuch einer kleinen *boîte* hinter der Kirche St. Germain des Prés. Zwei schwarze Musiker spielten dort Blues. Die Nacht würde ich in seinem Hotel verbringen. Von seinem Fenster sah man hinunter auf die beleuchtete Fassade von Notre-Dame, die sich in der Seine spiegelte.

Es war für dieses Mal meine vorletzte Nacht in Paris. Ich hatte völlig vergessen, dass dieser Mann während meiner größten Angst gerade zur rechten Zeit aufgetaucht war.

Wir begehrten einander mit Leib und Seele.

Wir wagten es nie, in Worten auszudrücken; auch James war verheiratet, hatte Frau und Kind in Leicester, England. Seine Frau war Katholikin, an eine Scheidung war also gar nicht zu denken. Sie waren und blieben ein Ehepaar, obwohl er oft lange Zeit beruflich in Paris zu tun hatte.

Das raschelnde Kondom vergaß er nie. Es ermöglichte uns vollkommene Hingabe, wortlos, atemlos keuchend und wimmernd vor Lust und diesem Mehr! und mehr!, bis wir schließlich in einem erstickten Schrei ineinander versanken, eins wurden.

Der letzte Tag. Ich packe. Ich habe eine weitere Nacht bezahlt, um das Zimmer über den Tag behalten zu können. Der Nordexpress geht erst spätabends. Ich lege gerade meine Zeichnungen in die Mappe, als James unerwartet mit gequältem Gesichtsausdruck auftaucht. Er hat ganz wirre Haare.

»Mein Gott, Signe. Du darfst nicht fahren.«

Er umarmt mich, wir stehen, eng aneinander geschmiegt, ganz still, als er mich leidenschaftlich küsst und wir zu Boden sinken, wo er im von den Balkontüren ausgehenden Luftzug wieder in mich eindringt.

Dann fällt uns ein, dass wir es verantwortungslos ungeschützt getan haben.

Drum haben wir es auch so besonders ekstatisch und schön empfunden. Die Franzosen verlassen sich gern auf das Bidet. Das heißt, wenn die Frau sich sofort ins warme Wasser setzt, lassen die Spermien sich gehorsamst wegwaschen.

Alberte, du weißt, dass das ein Mythos ist; ein Wunschdenken der Männer. Und trotzdem macht man es.

James begleitete mich zum Gare du Nord. Der Nordwind heulte über die Bahnsteige. Der Zug, der schon bereitstand, war stellenweise mit Schnee bedeckt. James trug meine Sachen ins Coupé, legte alles ins Gepäcknetz, nahm meine kalten Hände, küsste die Innenflächen, und mich durchströmte heiße Begierde. Die Knie wollten mir versagen.

»Ich bleibe nicht bis zur Abfahrt des Zuges. Ich ertrage es nicht, abzuwarten und dir nachzuwinken, bis du verschwunden bist.«

Trotzdem zog ich das Fenster herunter und sah seinem davoneilenden Rücken nach.

Er drehte sich nicht ein einziges Mal um.

Auch auf dieser Reise hatte ich Glück. Wir waren nur zu zweit im Abteil. Meine Mitreisende war eine ältere dänische Dame, die ihre Tochter und die Enkelkinder in Paris besucht hatte. Die Nacht würden wir bequem verbringen können. Wir hatten jede eine Bank für sich und das Coupé war ein gut Teil wärmer, als mein Hotelzimmer es gewesen war. Wie üblich wurden wir an den Grenzen geweckt. Männer in Uniform rissen die Türen rücksichtslos auf und wurden ungeduldig, wenn aufgeschreckte Passagiere ihren Pass nicht gleich fanden. Manchmal musste man auch ein Gepäckstück aus dem Netz nehmen und zwecks Kontrolle öffnen. Uns belästigte man aber nicht mit solchen Forderungen. Zwei Frauen, beide mit einem Ehering an der Hand, verdächtigte man nicht des Schmuggels.

Ich hatte tief geschlafen. Ab und zu war ich während der Reise, wenn der Zug anhielt, kurz aufgewacht. Mein Körper erinnerte mich dann frohgemut an das kürzlich genossene Vergnügen. Ich gab mir Mühe, auf andere Gedanken zu kommen, eher zukunftsorientiert zu denken, weil uns vielleicht weniger Angenehmes bevorstand. Ich musste ein Preparyl in meiner Tasche haben. Draußen auf die Suche nach Wasser gehen. Alle Karaffen leer. Über dem kleinen Waschbecken in der Toilette wurde in drei Sprachen darauf hingewiesen, dass hier das Wasser zum Trinken ungeeignet war. Der sich beim Versuch, eine solche Tablette trocken zu schlucken, unangenehm entwickelnde säuerliche Geschmack ist unerträglich. Am ganzen Körper ziehen sich einem die Poren zusammen.

An der deutschen Grenze stiegen viele Reisende zu. Jetzt hieß es wach werden und sich zurechtsetzen. Man hatte einen fauligen Geschmack im Mund, musste dringend auf die Toilette. Ich war eine der ersten Gäste im Speisewagen.

Ach, dieses fast primitive Glücksgefühl, heißen Kaffee mit Milch zu trinken, frische Brötchen mit Butter und Marmelade zu essen, dieses angeborene Wohlbehagen, wenn einem warm wird, man gesättigt ist, seinen Durst gestillt hat und rundherum so zufrieden ist, dass Angst gar keinen Platz hat. Vielleicht ein weiteres Brötchen auseinander zu schneiden, sich gerne Kaffee nachschenken zu lassen, und so noch einmal von vorne anzufangen, während der Blick dem Regen folgt, der an den Fensterscheiben herunterfließt, dahinter die lehmigen Äcker, die nicht begrünten Weideflächen, Reihen niedriger Häuser, ein größeres Haus mit Scheune, eine Schafherde, die sich unter einem großen Baum zusammendrängt, bimbim, bimbim, ein beschrankter Bahnübergang, wo eine Menge morgenmüder Menschen sich auf ihre Fahrräder stützen und darauf warten, dass die Barriere die Straße wieder freigibt.

Der Regen geht in Schneematsch über. Auf der Fähre über den Großen Belt erlaubt man sich ein opulent belegtes Smörrebröd, um den Schutzmantel satter Zufriedenheit abzupolstern. Dann steht man in der Schlange und sieht zu, wie die Reisenden sich mit Alkohol und Zigaretten eindecken. Auch ich kaufe ein. Eine Stange Camel, zwei große Tafeln Schokolade und eine Dose Fruchtdrops.

Eine Fahrt übers Wasser lässt uns deutlicher spüren, dass wir ein Land verlassen und in ein anderes kommen. Erst jetzt bin ich nicht mehr weit von Kopenhagen entfernt.

Die Erkenntnis, was ich eigentlich getan hatte, zeigte sich erst in diesen kurzen Freudenschauern dort, wo sie gar nichts mehr zu suchen hatte. Jetzt endlich stellten sich Gewissensbisse ein. Dicke Schleimklumpen im Hals, fast unmöglich zu schlucken. Die kleine Flasche süße Zitronenlimonade, die ich auf der Fähre gekauft habe, ist schnell leer. Wir sind wieder nur noch zu zweit im Coupé, als wir uns im Schneeregen dem Bahnhof nähern, auf dem wir aussteigen müssen.

Meine sich jährlich wiederholenden Januarreisen durch Dänemark haben in mir den nachhaltigen Eindruck hinterlassen, dass in diesem Land immerzu Schneeregen fällt. Als wir langsam in den Hauptbahnhof einfahren, fällt richtiger Schnee.

Er steht auf dem Bahnsteig und wartet auf seine Frau.

Seine Augen suchen die Wagenreihe ab. Ich sehe, dass seine Mütze und seine Schultern voll Schnee sind. Der Schaffner fordert uns ungeduldig auf, schneller auszusteigen, du musst wissen, Alberte, es ist ein französischer Schaffner. Er hilft mir trotzdem mit dem schweren Koffer über die Stufen. Wie immer ist die Mappe mit den Zeichnungen mein kostbarstes Gepäck. Ich hätte sie in braunes Packpapier hüllen sollen. Man stelle sich vor, sie wird nass.

»Lars-Ivar, Lars-Ivar, hier bin ich!«

Er dreht sich um, o, er strahlt, er sieht glücklich aus, er läuft auf mich zu.

Ich habe beschlossen, ihm nichts von James zu sagen. Nichts, nichts von James sagen.

Schnee fällt von Lars-Ivars Mütze auf meine Brille und macht sie undurchsichtig.

»O, Signe! Endlich. Ich und die Kinder haben dich so vermisst. Der Zug hatte ja fast zwei Stunden Verspätung. Meine geliebte Frau. Willkommen.«

Und er küsst mich. Seine Lippen sind sehr kalt. Ich merke, wie warm meine Lippen sich anfühlen müssen, und er glaubt, es ist Wärme, die von innen kommt. Aber das Herz in meinem Inneren ist eiskalt und klimpert hilflos wie eine verschrumpelte Rosine.

Er lässt mich los, lacht über meine angeschneite Brille, nimmt ein Taschentuch heraus und wischt sie ab, lächelt liebevoll, als er sie mir wieder aufsetzt. Er sagt: »Signe. Ich habe einen Entschluss gefasst. Wenn du es in Paris geschafft hast, gilt nichts mehr von dem, was bisher war.«

Und ich weiß, dass er mit »geschafft hast« meint: ohne Techtelmechtel mit einem anderen Mann.

»Sei ein gutes Mädchen in Paris«, hatte er gesagt. »Gutes Mädchen.«

Und dann sage ich es: »Nein, ich habe es in Paris nicht geschafft.«

Dann reiße ich mich los, renne weinend und fast blind davon, ich weiß nicht wohin, aber plötzlich bin ich auf einer Brücke, ich weine, der Schleim friert unter der Nase an, ich habe die Orientierung verloren, muss stehen bleiben, halte mich an dem eisigen Geländer fest, und die Lust, drüberzuspringen, was kann ich denn anderes, ein so unmöglicher Mensch wie ich, eine Frau, die nicht wie jede andere Frau normal leben kann, aber ich bin keine Hure, keine Hure, auch in Paris habe ich nicht bezahlt, aber ein Rohr im Wind, keinen Pfifferling wert, schlechte Mutter …

»SIGNE! SIGNE!«

Er ist da. Packt mich mit festem Griff von hinten, seine Arme drehen mich um, halten mich fest, schluchzend drückt er mich an sich. Wirklich, Alberte, das tut er.

Lars-Ivar weint.

»Du darfst nicht, Signe. Du darfst mich nicht verlassen. Ich liebe dich doch …«

Eine Szene wie aus einem Film, in dem bei dramatischen Szenen nicht auf Brücken verzichtet werden kann. In den Strom springen, in den Strom geworfen, am Geländer zurückgehalten werden, genau das geschieht jetzt …

Brücken im Regen, im Mondschein, im Nebel, im Schneegestöber …

Nur selten in der Sonne.

Brücken als Symbol für etwas, das trennt und doch zusammenführt. Armer, dummer Soldat Sven Dufva aus der Ballade, der mit geschultertem Gewehr einen Brückenkopf bewacht.

»Nein! Nein, lass mich, lass mich los«, flüstere ich unter Tränen. »Es hat überhaupt keinen Sinn. Ich tauge zu gar nichts. Ich tauge nicht fürs Leben.«

Aber er kann mich überreden, winkt ein Taxi herbei, das uns zum Missionshotel bringt, in dem wir damals logierten, als wir die »Lichtblaue, die Lyseblaa Fabrik« besuchten. Seine leidenschaftlichen Hände und Küsse, Körper an Körper unter der Dusche, und hinein in das weiß bezogene Bett, wo er mich mit einer Wildheit reitet, als wäre es das erste Mal.

Drei Tage bleiben wir dort. Wir gehen nur zum Essen aus. Sonst sind wir im Zimmer. Immer wieder ein anderes errötendes Mädchen mit straff zurückgekämmtem, in einem freikirchlichen Knoten gesammelten Haar, das uns auf einem Tablett etwas bringt.

»Die denken, wir wandeln auf verbotenen Pfaden«, lacht Lars-Ivar. »Die wechseln sich ab, um hier oben der Sünde zu begegnen.«

Die Heimkehr war von fieberhafter, aber zerbrechlicher Versöhnungsstimmung geprägt.

»Was hast du uns mitgebracht? Was hast du mitgebracht?«, kreischten die Jungen.

Eine Dose Bonbons. Jeder ein kleines Modellauto bekannter französischer Marke, Schokolade für Hildegard. Großmutter, die ohne mein Wissen sonntags gekocht hat, lehnt die andere Schokoladentafel ab. Sie braucht nichts. Ihre Belohnung kriegt sie am Montagmorgen, wenn die Freundinnen in der Schule sie eingehend mustern und sagen: »Du siehst aber müde aus, Hilma. Hast du bei Signe ausgeholfen?«

Nach vierzehn Tagen ist mir klar, dass auch bei mir das Leben ein wenig übertreibt. Selbst wenn ich meine Tage immer unregelmäßig habe, ist eine *so* lange Verzögerung auffallend.

Zwei weitere Wochen, ohne dass sich etwas rührt. Jetzt besteht kein Zweifel mehr.

Auch Lars-Ivar weiß, dass es hinsichtlich der Vaterschaft Zweifel geben kann. Ich habe das letzte, das ungeschützte Beisammensein in Paris eingestanden.

Lars-Ivar beißt die Zähne zusammen. Seine Kiefermuskulatur sieht wie Stein aus. Aber er hat ein für alle Male beschlossen, dass dieses Kind sein Kind ist. Das dritte in der Geschwisterschar.

Die beiden Großmütter nehmen die Neuigkeit unterschiedlich auf: Die eine, meine Schwiegermutter, greift zum Taschentuch und schluchzt: »Wie soll das denn gehen? Wie könnt ihr denn noch eins ernähren?«

Meine Mutter seufzt, nimmt auch ein Taschentuch zur Hand, verzichtet aber auf Tränen.

»Ich weiß nicht, wie ich es mit noch einem schaffen soll«, sind ihre Worte.

32

*E*s stimmt doch, Alberte, die besten Gegenargumente der Weltgeschichte können kein zweites Mal verwendet werden.

Es kam ein Engel, der mir sagte, ich solle mich nicht fürchten, ich würde gesegneten Leibes sein und einen Sohn gebären, und der ihn gezeugt habe, sei der Heilige Geist.

Ein anderer Engel, oder war es möglicherweise derselbe, wurde zu Josef, meinem Bräutigam, gesandt, um ihn zu beruhigen, »denn«, sagte er, »das, was in ihr gezeugt wurde, ist vom Heiligen Geist.«

Matthäus 1, 20.

Darauf gründete sich später eine ganze Religion.

Und darum kann von uns Frauen keine noch einmal mit dieser Geschichte kommen.

33

Der Vorfrühling besteht aus Matsch, der wieder gefriert, Schnee fällt und taut, aber die Menschen sagen zueinander, draußen wird es immer früher hell. Der lange Monat März geht jedes Jahr trotz allem einmal zu Ende und wir sind im April, von dem der Dichter singt: *»Nie ein Mai an Schönheit gleichet / dieser Lichtflut des April.«*

Aber dort, wo ich mich befinde, flutet kein Licht. Während dieser dritten Schwangerschaft lebe ich ununterbrochen in Todesnähe. Ich weiß nämlich, dass ich bei dieser Entbindung sterben werde. Daran besteht kein Zweifel. Das Todesurteil, das, immer wieder vertagt, des richtigen Tages nur harrt, kann nicht mehr aufgeschoben werden. Denn das Verbrechen dieser Frau ist so schwer, dass es nur mit dem Tode bestraft werden kann. Auf mir lastete ja auch ein Fluch.

Es war an einem Herbstabend wenige Monate nach der großen Untreue, ich hatte mir in aller Eile einen Mantel übergezogen, um wegzulaufen, ich weiß nicht mehr wohin, als Lars-Ivar auf der Treppe vor mir emporwuchs, er stand im Gegenlicht der Außenbeleuchtung; dadurch sah er noch viel größer aus.

»Vergiss nicht«, rief er mir nach. »Vergiss nicht, dass mein Hass dich verfolgen wird, solange ich lebe.«

Vielleicht hat er auch gesagt: »solange *du* lebst.« Vielleicht hat er gesagt, *meine Rache*, und nicht *mein Hass*; aber es war ein richtiger, klassischer, alttestamentlicher Fluch.

Trotzdem hatte er mich zurückgenommen, obwohl ich es in Paris nicht geschafft hatte und das Kind, das ich erwartete, das Kind eines anderen sein konnte.

Diese Großmut! Wie einmalig großzügig.

Aber ich traute ihm nicht. Sicherheitshalber und ohne Umschweife beginne ich selbst mit der Bestrafung, und zwar in aller Ehrenhaftigkeit.

Die Svarttunastiftung hatte einen neuen geistlichen Leiter bekommen, der zudem ein bekannter Lyriker war. Nicht nur christliche Töne fanden sich in seinen Gedichten, sondern auch irdische Begierde und Sehnsucht. Eifersucht.

Es gab auch Zeilen, die von Angst kündeten. »*Wenn dein Atem*«, hieß die Sammlung. Autor: Peter Gråberg.

In meiner absoluten Verlassenheit suche ich ihn auf.

Der Einzige, der mich beachtet, ist eigentlich Svante. Er kann angelaufen kommen, vor mir stehen, mich besorgt ansehen und kurze Zeit bei mir bleiben. Er sieht sich um und fängt an, alles aufzuzählen, was er an schönen Dingen bei mir sieht. Die Lampe, das Bild, die schöne Blume, hab ich für dich gemacht, Mama, jetzt freust du dich aber.

Er lacht mich einladend an. Wenn ich dann nicht sofort strahle, verdüstert sich sein Gesicht und er sagt: *»Jetzt freu dich doch endlich, Mama.«*

Dann lache ich, hebe ihn hoch, drücke ihn an mich, drehe mich ein paarmal mit ihm im Kreis. Dann will er ganz schnell wieder runter und zu seinen Spielgefährten laufen. Sein Bedürfnis ist gestillt. Sie freut sich wieder.

Peter Gråberg war ein schmächtiger Mann mit aufmerksamen Augen und einer ungewöhnlichen Art des Zuhörens. Vorgebeugt, die Ellbogen auf die Knie gestützt. Nicht eine Sekunde ließ sein Blick das Gegenüber los.

»Ich weiß, dass ich dann sterben werde. Ich weiß es, ich weiß es, und wenn ich am Strand spazieren gehe, denke ich, warum nicht gleich ins Wasser, bis du keinen Boden mehr unter den Füßen hast, und sich einfach sinken lassen. Statt hier rumzulaufen und abzuwarten. Für Tabletten bin ich zu feige, es wäre für die Kinder zu schrecklich, wenn sie zu mir ins Zimmer kämen und ich wache nicht auf …«

»Wie viel Zeit haben Sie noch vor sich?«

»Fünf Monate.«

Diese unerhörte Menge von Tagen, Nächten und Stunden erfüllte mich mit neuem Entsetzen.

»Ich schaffe es nicht, das ist sicher. Ich bin mit meinen Kräften am Ende.«

Hier begann er mit mir über mein Gottesbild zu sprechen, und in achtzehn Minuten legte ich ohne Punkt und Komma Rechenschaft ab über den strafenden norrländischen GOTT, der enttäuscht darüber war, wie wenig die Menschen seine Gebote befolgten, und von der GNADE hatten sie bei Oma und Opa da oben im hohen Norden überhaupt noch nie etwas gehört, also wusste Mama auch nichts davon, man hatte zu folgen und ordentlich zu sein und durfte ja nie frischen Hefekuchen essen und nie auf einem bequemen Stuhl sitzen und durfte am Morgen nicht lachen, weil man dann noch vor dem Abend weinen würde …

»Aber Jesus Christus«, versuchte es Peter Gråberg.

»O, *Jesus*, der ist etwas für die Leute in den Freikirchen, die in ihren Bänken schreien und ohnmächtig werden und rufen, o Herr Jesus, komm zu mir, das ist denen da oben im Norden zu körperbezogen«, unterbrach ich ihn.

»Aber von Gottes Barmherzigkeit mussten sie doch gehört haben?«

»Welche Barmherzigkeit? Und was ist mit meiner Mutter? Herr und Frau Pastor haben sich nicht gescheut, diese schüchterne, unschuldige junge Frau zur Heirat mit ihrem geisteskranken Sohn für geeignet zu halten. Sie war ja nur ein ganz einfaches Mädchen, das von nichts wusste, aber in der Hochzeitsnacht hat er sie vergewaltigt und misshandelt, dass sie um Hilfe schreien musste, und die Polizei kam ihn holen und brachte ihn für drei Monate in die Irrenanstalt und dann ging er frei und hat mich gezeugt, aber das war nicht erlaubt, bei seiner Krankheit stand er ja unter Eheverbot, das hatten die im Pfarrhof gewusst, aber sie wollten die Verantwortung auf eine Ehefrau abwälzen, ich hätte nicht geboren werden dürfen, Sie wissen schon, das ERBE, ich war ein schrecklicher Irrtum und nach mir wurde sie sterilisiert und hinterher hat man ihr gesagt, sie kann sich sofort von Bett und Tisch trennen lassen, aber sie war viel zu fromm und hat gesagt, sie hat ja vor GOTT und seiner Gemeinde das Versprechen abgelegt, und sie nahm ihr Kreuz auf sich und hatte immerzu Angst, dass sich an ihrer Tochter die Symptome zeigen würden, und ich habe nun ja diese Angst, nein, ich weiß, das ist nicht Papas Krankheit, aber ich kann meine Triebe nicht zügeln und mache ganz schreckliche Sachen, ich bin untreu gewesen und dieses Kind jetzt sollte nicht nicht … NICHT.«

Hier heulte ich laut los, ich weinte so sehr, dass mir Schleim und Tränen alle Atemwege verstopften und es mir durchaus möglich schien, in meinen eigenen Körperflüssigkeiten zu ertrinken.

Oder von ihnen erstickt zu werden. Durch Ansammlung in der Lunge.

Alberte, du fragst dich vielleicht besorgt, wie es meiner Familie in dieser Zeit finanziell ging.

Aber das weißt du ja. Meine Arbeit habe ich immer geschafft. Auch im Tal der Todesschatten zeichnete ich wunderbar ungezwungene, gleichsam tanzende Figuren.

Durch einen eigenartigen Zufall entdeckte ich kürzlich in

einem Altwarenladen eine *Bonniers Monatsschrift* aus den fünfziger Jahren. Ich kaufte sie, ohne vorher darin zu blättern. Erst zu Hause fand ich darin zwei Modelle von Signe Tornvall-Palm.

Ich schaute nach dem Datum. Ja, die Zeichnungen mussten entstanden sein, als ich im siebten Monat war, also fuhr ich damit in den Verlag und alle bewunderten den Schnitt meiner Jacke, meinen Teint und die jugendlich strahlenden Augen, du Glückliche, in der Zeit der Erwartung so frisch zu wirken, das beobachtet man wirklich selten …

»Du siehst einfach blendend aus.«

So ungefähr haben sie wohl geredet.

Neun Monate. Jetzt. Aber es verschob sich noch um weitere zwei Wochen, bis der Henker sein Beil schliff und mit dem Daumen nachfühlte, ob es auch scharf genug war. Ich machte alle Schränke und Schubladen sauber, räumte meinen Arbeitstisch auf, stopfte und flickte alles, was im Korb schon lange darauf gewartet hatte. Ich backte sogar Sandkuchen auf Vorrat. Mein Ziel war, dass sie nach meinem Tod erstaunt zueinander sagen sollten: »Sie war ja doch ein so ordentlicher Mensch.«

Der erste Kuchen war gegessen. Der zweite auch. Beim dritten fiel mir Albert Engströms unwahrscheinliche Szene von einem Totenmahl ein: »Bitte, greifen Sie nur tüchtig bei den Plätzchen zu. Die Leiche hat sie Ihnen selber gebacken.«

Als die Wehen einsetzten, war ich beim Bügeln. In aller Ruhe zog ich den Stecker heraus, stellte das Bügeleisen hoch und sagte zu Lars-Ivar: »Jetzt scheint es endlich so weit zu sein.«

Ich weiß nicht, ob man in der Todeszelle gelassen ist, wenn DER TAG endlich gekommen ist. Ich jedenfalls war gelassen.

Und ich gebar einen gesunden Jungen.

Er lag neben mir in einem kleinen Bett und ich konnte ihn mir, während die Nachgeburt kam, ansehen. Seinen so schön geformten Hinterkopf. Den braunen Schopf über der Stirn. Die geballten Händchen mit den rosigen, vollendeten kleinen Fingernägeln ruhten niedlich an den Ohren meines neugeborenen Sohnes.

Er schlief. Sein Atem ging so leicht, dass unter der Baumwolldecke keine Bewegung wahrnehmbar war. Die seidigen Augenlider waren zerbrechlich schön wie Schmetterlingsflügel. Er lebte. Ich lebte. Wir lebten beide.

Im Saal angekommen, bat ich sofort um Bleistift und Papier. Sie gaben mir einen Ratgeber für stillende Mütter als Unterlage, als ich mein Logbuch über die Entbindung zu schreiben begann. Stunde um Stunde, das Schmerzen und Schreie durchdringende harte Ticken der Wanduhr. Ich nannte das Werk »Während ich gebar«. Die Novelle des amerikanischen Schriftstellers William Faulkner »Während ich starb« war zu dieser Zeit eine beliebte Lektüre.

Ich beschrieb das genaue Gegenteil. Es war nicht nur ein Kind geboren worden. Auch ich war neu geboren worden. Wir waren zwei, die in dieser Nacht gleichzeitig geboren wurden.

Ich kam mit dem Neugeborenen nach Hause. Svante stürmte mit seinen Freunden herein, lauter erhitzte, schmutzige, verrotzte kleine Jungen, die noch nie ein so kleines Kind gesehen hatten. Andächtig und mit offenen Mündern betrachteten sie unseren Familienzuwachs.

Nach fünf Minuten meinte Svante, dass es jetzt reichte, und schickte alle weg. Dann schaute er mich an und sagte selbstbewusst: »Jetzt haben ihn alle gesehen. Jetzt kann er wieder zu sich nach Hause gehen.«

»Aber er ist ja bei sich zu Hause. Er wird zusammen mit uns hier wohnen.«

»Nein, das wird er überhaupt nicht«, schrie Svante. »Den wollen wir hier nicht.«

Peter war bei George spielen gewesen. Lars-Ivar hatte dort angerufen und mitgeteilt, dass wir nach Hause gekommen waren.

Peter stand über den Dingen. Ein Bruder mehr oder weniger: Das spielte bei ihm keine Rolle. Eben einer mehr, der alles kaputtmachte.

Ich lieh mir eine Schreibmaschine, um mein Logbuch aus dem Entbindungsheim ins Reine zu schreiben. Es entstanden drei Artikel. Der zweite handelte von meinem Aufenthalt in der Klinik. Der dritte von den eifersüchtigen Geschwistern.

Aber bevor ich zum Schreiben kam, musste ich von Berufs wegen einen Zeichenauftrag dazwischen schummeln. Wir brauchten Geld für Weihnachten. Ein Kinderbuchverlag schickte mir das Manuskript eines Buches mit der Bitte, die Illustrationen zu übernehmen. Lars-Ivar bereitete wieder eine Ausstellung vor und hatte alle Hände voll zu tun. Seine neuen Arbeiten waren aus Metalldraht und wurden durch Verlöten zu nonfiguralen dreidimensionalen Objekten. Ich erinnere mich heute noch an das Geräusch des Lötkolbens. Es war ein Ton knapp an der Grenze des Unerträglichen.

Wir hatten ein neues deutsches Mädchen, Gerda, die ebenfalls einen starken Hang zur Ordnung hatte und außerdem eine Meisterin im Kochen war; das konnten wir brauchen.

Die *Welt der Frauen* kaufte die drei Artikel aus der Entbindungsstation. Ich fuhr wie üblich damit zum Verlag. Nahm Magnus in einer eigens für Säuglinge konstruierten Tragetasche mit. Ich durfte ihn in einem gerade freien Raum stillen. Alle waren äußerst nett zu mir. Fanden mich tüchtig und tapfer, weil ich so bald nach der Geburt schon wieder meinem Beruf nachging.

Nicht lange danach, wir waren beide gerade oben im Atelier, klingelte das Telefon. Lars-Ivar hob ab, hörte kurz zu, reichte den Hörer aber sofort an mich weiter.

»Es ist für dich, Louise Svenzén. Sie hat nur gesagt, Ihre Frau, Herr Palm, ist eine sehr gute Zeichnerin, aber schreiben kann sie noch wesentlich besser.«

Diese freundlichen Worte sollten die entscheidenden Nägel für den Sarg unserer Ehe werden: Wenn man es so ausdrücken kann.

Louise Svenzén rief mich an, weil sie mir mehr bezahlen wollte; mein erstes Honorar sei zu niedrig gewesen. Die Artikel seien einmalig. Der erste war schon nach Dänemark weiterverkauft. Noch nie war eine Geburt in der Boulevardpresse so direkt geschildert worden. Man wollte mehr Material haben. Die erste Bestellung war eine Serie kurzer Beiträge über Kinder. Die Spalte sollte »Magnus und seine Brüder« heißen und einmal in der Woche erscheinen. Das Neue an meinem Stil war, dass ich über Kinder schrieb, ohne süßlich oder sentimental zu werden, wie entzückend und lustig sie doch … Sondern dass ich die Kinder so schilderte, wie sie wirklich waren. Ganz, ganz liebe Krakeeler, die einem manchmal fast unerträglich viel Arbeit machten.

Das war neu in der Branche.

Schon nach kurzer Zeit hielten sich Schreiben und Zeichnen die Waage.

Lars-Ivar und ich arbeiteten weiterhin im selben Atelier, wo ich mich auf der geliehenen alten Schreibmaschine im Zweifingersystem voranquälte.

Eines Vormittags riss Lars-Ivar mir plötzlich das Papier aus der Walze, zerriss es in Fetzen und schrie: »Du kannst, verdammt, nicht hier sitzen und auf der Maschine klappern. Du bist Zeichnerin, vergiss das nicht. *Zeichnerin!*«

In seiner Stimme schwang eine Drohung mit. Oder war es eher Hass?

»Alles, was du anfängst, wird ja zu Geld, du verdammte Hure. Denn du hurst ja immerzu … Boulevardpresse, ha! Jemand anderer würde dein Geschreibsel ja gar nicht drucken. Kommerzielles, goldiges Blabla, dass du dich nicht schämst. Dich interessiert es nicht die Bohne, wie das mit unserer Zusammenarbeit weitergehen soll, nein, das ist dir völlig schnuppe, und dass wir ein Zeichnerteam sind, hast du wohl schon ganz vergessen …?«

Schweigend zog ich einen frischen Bogen Papier ein, drehte an der Walze und schrieb weiter.

»Verfluchter Satansbraten! Du musst einfach alles kaputtmachen.«

Ich spannte die Nackenmuskeln und wartete auf den Schlag.

Aber er kam nicht. Lars-Ivar legte den Pinsel weg, und er, der seinen Bewegungsapparat so unglaublich unter Kontrolle hatte, stolperte, ein Bein der Staffelei hatte ihn zu Fall gebracht. Die Staffelei krachte mit Getöse in sich zusammen.

Aber natürlich verlor er das Gleichgewicht nicht ganz. Er fing sich rechtzeitig.

Er ging weg. Das war recht angenehm. Das Haus kam zur Besinnung. Peter und Svante vertrugen sich ausnahmsweise und konstruierten gemeinsam etwas mit dem Baukasten.

Ich litt nicht mehr unter Todesängsten. Aber doch weiterhin an Depressionen und Schlaflosigkeit. Es war genau wie nach den beiden früheren Entbindungen.

Aber dieses Mal fand ich neue Gründe: Gewissensqualen wegen des Seitensprungs in Paris, Lars-Ivars Unschlüssigkeit, obwohl er sie sich nicht anmerken ließ.

Das Baby pflegte und wickelte er wie immer tadellos, und

er spielte auch mit ihm. Erst später wurde mir bewusst, dass Lars-Ivars besondere Liebe zu den Kindern, als sie klein waren, damit zusammenhängen musste, dass sie damals unkritisch und von ihm abhängig waren.

Wie ich es am Anfang gewesen war. Er brauchte das Gefühl, dass wir ohne ihn nicht zurechtkommen würden.

»Du wirst mich nie verlassen können, denn du weißt nicht einmal, welche von deinen Zeichnungen gut sind.«

Und wenn ich nun immer mehr zum Schreiben übergehen würde? Was blieb uns dann, Lars-Ivar war ja wortblind.

Das ewige Nörgeln seiner Mutter über den Sohn, der sich in der Schule ein bisschen mehr hätte anstrengen oder zumindest mehr Interesse hätte zeigen und seinen Eltern Freude machen, das Abitur machen und etwas werden sollen.

Über das alles kam er nicht hinweg. Aber er sprach nie davon. Er kompensierte es mit männlich sicherem Auftreten, mit Charme und natürlich mit seinen künstlerischen Fähigkeiten. Aber die Kunstwelt ist schwer zu überzeugen. Auch die neue Ausstellung ging vorüber, ohne größeres Aufsehen erregt zu haben. Lieber Gott, wie viel wäre durch gute Kritiken zu retten gewesen, wie vieles, wenn über ihn geschrieben, er ein Erneuerer genannt worden wäre. (Viel später ist dann genau das passiert. Aber da waren wir schon achtzehn Jahre geschieden.)

Ich erinnere mich, wie das Baby und ich, wir zwei, die wir einander das Leben geschenkt hatten, manchmal in mein Zimmer hinaufflüchteten und die Tür von innen verschlossen. Um Ruhe vor den Geschwistern, vor Papas unberechenbaren Launen zu haben und uns zwischen den Rosentapeten zu erholen, die wahrscheinlich auch gern einmal etwas anderes sahen als immer nur Rosen. Jetzt schauten sie zu, wenn ich stillte, und auch, wenn wir schmusten, ich den Kleinen auf den Bauch küsste, seine Finger und Zehen zählte, mit den kurzen dicken Beinchen rauf und runter Rad fuhr und uns dabei im Sprechgesang begleitete: »Wasser holen, Wasser holen, Eimer voll …«

Als Magnus eineinhalb Jahre alt war, bekam er Ausschlag in den Armbeugen und den Kniekehlen, genau wie Lars-Ivar ihn als Kind gehabt hatte. Das besänftigte die Stimmung ein wenig. Für das Kind war es weniger einfach. Aber wie selbstverständlich ließ er sich jeden Abend auf den Esstisch stellen, mit Salbe einschmieren und mit Mullbinden verarzten.

Die Salbe roch nach Schwefel und Teer, tat aber keine Wirkung. Eine kluge alte Dame, eine Schönheitsexpertin, die ich einmal interviewt hatte, hörte von unseren Problemen und schlug ein rezeptfreies Produkt mit französischem Namen vor.

Ein sehr altes Präparat. Aber siehe, es half.

Es war aber auch höchste Zeit gewesen, denn man wollte Magnus schon in die Hautklinik einweisen. Dort hätte man ihm breite Manschetten um die Handgelenke gebunden.

Zu dieser Zeit hatte ich in Solbritt unerwartet eine liebe Freundin gefunden. Sie schaute, wenn sie von ihrer Arbeit in Uppsala nach Hause kam, immer ein Weilchen bei uns herein. Blieb auch gerne zum Essen da. Solbritt war immer gut gelaunt und machte ihrem Namen (sol = Sonne) alle Ehre.

Die Buben freuten sich unbändig, wenn sie kam. Sie hatte immer etwas für sie in der Tasche. Aber unbewusst spürten die Kinder wohl die entspanntere Atmosphäre, wenn Solbritt bei uns war.

Sie bot auch nach dem Essen ihre Hilfe an, wenn das Kindermädchen sich schon zurückgezogen hatte. Wenn ich mich etwas verlegen dann für ihr Entgegenkommen bedankte, zwitscherte sie fröhlich: »Ich habe irgendwo gelesen, dass alten Jungfern wie mir der Kontakt mit einer Familie mit Kindern gut tut. Damit sie nicht ganz und gar vom lebendigen Alltag ausgeschlossen wird.«

Alte Jungfer? Das war wohl ein bisschen übertrieben. Dreiunddreißig und hübsch, also alles andere als in der Nähe des berüchtigten gläsernen Berges, in dem die alten Mädchen schließlich verwahrt wurden.

In Solbritt fand ich, endlich, auch eine wirkliche Vertraute. Die hatte mir bisher gefehlt.

Wenn die Kinder versorgt und ins Bett gebracht waren, konnte ich Solbritt jetzt auch manchmal in ihrer immer tadellos aufgeräumten, gepflegten Zweizimmerwohnung besuchen.

Auf dem alten Schrank dufteten in einem so genannten Potpourritopf Lavendel und getrocknete Rosen. Sie machte nie die Deckenbeleuchtung an. Eine Stehlampe, eine kleinere Lampe auf dem Tisch, beide mit rosarotem Schirm, spendeten ein fast befreiendes, meditatives Licht und boten dem Gast Entspannung.

In dieser Atmosphäre fiel mir das Weinen leicht.

Bei Doktor Sundbom kam ich nie so weit, aber hier flossen die Tränen ganz von selbst. Solbritt konnte so teilnehmend und verstehend zuhören.

Ja, Doktor Sundbom. Das habe ich zu erzählen vergessen, Alberte. Eines Tages rief nämlich seine Sprechstundenhilfe an, um den Mittwochtermin abzusagen.

»Aber nächste Woche kann ich kommen, oder?«

»Nein«, sagte die Assistentin. »Es gibt keinen Termin mehr bei Doktor Sundbom.«

»Ist er krank?«

»Nein, er ist tot.«

»Wie das? Ich meine, er hat doch immer sehr gesund gewirkt.«

»Der Doktor hat sich das Leben genommen.«

Aber Solbritt hatte ich ja noch. Du wirst verstehen, dass Lars-Ivar oft genug der Grund für meine Tränen war. »Ich weiß nicht, wie ich das durchhalten soll«, jammerte ich. »Er ist immerzu wütend auf mich.«

Unvermutet lachte Solbritt kurz auf.

»Pass nur auf, dass ich ihn dir nicht eines Tages wegschnappe.«

Es war nur so dahergesagt und klang scherzhaft. Aber ich wechselte das Thema.

Lars-Ivar ging neuerdings abends immer öfter weg, um sich am Kiosk Zigaretten zu kaufen. Zwei Stunden später kam er dann sichtlich aufgeräumt und ganz schwach nach Alkohol riechend zurück. Ganz zufällig hatte er Jan Fredrik (Jerker, Elis) getroffen und sie hatten in der Küche ein paar Flaschen Bier zusammen getrunken.

Solbritts Hilfsbereitschaft ging so weit, dass sie sich über den Sonntag als Babysitter anbot, damit die Eltern in die Großstadt fahren und zusammen gut essen, ins Kino oder ins Theater gehen konnten. Im Hotel übernachten. Eine Liebesnacht, die nicht von Kindergeschrei oder einem kleinen Besucher unterbrochen wurde, der unbedingt bei den Eltern im Bett schlafen wollte.

Das bot Solbritt uns an. So eine Freundin war sie.

Die einzige, die ich hier in der Stadt hatte, das erkannte ich immer mehr.

Solbritt hatte mich zwischendurch immer wieder gewarnt und angedeutet, mich vor Marianne in Acht zu nehmen, du hast keine Ahnung, wie sie redet, wenn du nicht dabei bist, und auf Bodil verlass dich auch nicht, überlege dir gut, was du ihr erzählst. Svarttuna hat dünne Wände.

»Aber Bettan, die …«, rief ich aus. »Ich weiß, dass sie zu mir hält.«

»Die arme Bettan, sie hat ja solche Schwierigkeiten mit den

Nerven. Stopft sich mit Schlaftabletten voll und ist dann zwei Tage wie betäubt. Bettan ist ein ganz kaputter Mensch und dann dieses peinliche Verhältnis mit diesem Jungen, der sie ununterbrochen betrügt …«

Ein anderes Mal dachte ich mit Solbritt über Lars-Ivars ausgedehnte Zigaretteneinkäufe nach. »Ich *weiß*, dass es jemand hier aus der Stadt sein muss. Eine Frau, zu der er geht.« Und Solbritt half mir beim Überlegen, wer es wohl sein konnte.

Leman starb. Es zeigte sich, dass er ein Grundstück mit einem alten Kasten von Haus besessen, es aber nie bewohnt hatte.

Das Grundstück lag am Strand ganz in unserer Nähe.

Diese Liegenschaft kauften meine Mutter und Lars-Ivars Vater, um uns einen soliden Wohnsitz zu verschaffen. Der »Flügel«, mit dem wir uns bisher begnügt hatten, engte uns wirklich sehr ein.

Wir leben in den fünfziger Jahren. Die sozialdemokratische Regierung Schwedens ermuntert Arbeiter und andere Niedriglohnempfänger, sich mit sehr vorteilhaften Darlehen selbst etwas zu bauen. Gefördert wurde eine bestimmte, relativ kleine Quadratmeterfläche. Unser Haus musste diese Norm einhalten. Einer unserer Freunde, ein Architekt, zeichnete den Plan. Auf der begrenzten Fläche sollte vor allem ein reichlich bemessenes Atelier Platz haben.

Dann natürlich eine Küche und drei kleine Zimmer, die eher das Ausmaß von etwas größeren Schiffskajüten hatten.

Dieses Bauvorhaben löste neue unerklärliche Ängste in mir aus. In den Nächten hielt ich Lars-Ivar tränenreich wach: *»Ich will nicht in ein eigenes Haus ziehen. Das ist etwas so Endgültiges. Ich will nicht.«*

»Zum Donnerwetter, Signe, spiel nicht wieder verrückt. In der ganzen Welt gibt es keine junge Frau und Mutter, die nicht aufjauchzen würde, wenn sie in ein eigenes Haus ziehen dürfte! Davon träumen doch alle.«

»Aber ich nicht«, schluchzte ich.

»Nein, du würdest sicher lieber im Wohnwagen hausen. Wie eine Roma. Du bist die reinste Zigeunerin!«

Und irgendwie hatte er ja Recht.

34

Solbritt hilft uns beim Umzug. Nicht nur sie alleine natürlich.

Sie hängte die Kleider in die Schränke, kleidete Schubladen und Fächer mit Papier aus, ordnete die Bücher ein; sie arbeitete ja in einer Buchhandlung, sie war ganz einfach unbezahlbar.

Sechs Monate später weckt mich Lars-Ivar. Es ist halb zwei Uhr nachts. Er weckt mich, um mir zu sagen: »Ich glaube, ich muss es dir sagen, dass Solbritt und ich seit einem halben Jahr ein Verhältnis miteinander haben.«

Schlaftrunken hebe ich den Kopf vom Kissen und sage: »Und was soll ich deiner Meinung nach dagegen tun? Mitten in der Nacht?«

Und sinke zurück und schlafe sofort wieder ein.

Ich wache spät auf. Mein kleines Zimmer liegt dem Atelier gegenüber im oberen Stock. Im Nachthemd stehe ich barfuß auf dem Holzfußboden.

Von dem schrägen Dachfenster aus überblicke ich das ganze Grundstück. Unten steht mein Mann und spaltet Holz.

In mir spaltet sich auch etwas; es ist wie eine Art Seitenstechen.

Was hat er heute Nacht gesagt?

Und dann fiel mir wieder ein, was er gesagt hatte.

35

Der Sommer in der Bretagne, Alberte, ist vergangen. Sivert und Eliel haben euch dann und wann mit ihrem Besuch beehrt. Sie waren gut angezogen und mit sich selbst zufrieden. Aber Sivert ist unzufrieden mit deiner Art, den Jungen zu verhätscheln. So wird nie ein richtiger Mann aus ihm …

Da passiert etwas, das sich zusätzlich auf deine Situation und dein Selbstvertrauen auswirkt.

Sivert behauptet, dass in der Schatulle, in der er euer Geld aufbewahrt, 100 Franc fehlen. Er beschuldigt dich.

Du bist ganz ratlos und bekommst Angst. In einer Art, die nach Schuldbewusstsein klingen muss, stammelst du, ob er denn wirklich überall gesucht hat. Vielleicht im guten Anzug? In der Innentasche?

Aber er ist fest überzeugt. Du hast das Geld genommen. Er verlangt nichts anderes als dein Geständnis.

»Ich habe dein Geld nicht genommen, Sivert … du irrst dich.«

Aber er bleibt bei seiner Behauptung. Gedemütigt verlässt du die Wohnung und suchst deine Freundinnen auf: Liesel, Maruschka und Alphonsine.

Die Nacht verbringst du in einem Hotel und Liesel bleibt bei dir. Am nächsten Morgen ist auch Alphonsine da. Sie kocht dir Kaffee und geht mit dir in die Apotheke.

Ich beneide dich schon wieder, Alberte. Du hast so viele liebe Freundinnen, die dich mögen, die dir helfen wollen, die auf deiner Seite stehen.

Aber dein Sohn ist bei Sivert.

Also musst du zurück. Durchs Fenster siehst du, dass Sivert und der Kleine zusammen bei einem Spiel sitzen. Der Junge dreht sich zum Fenster um, sieht dich aber nicht.

Du öffnest die Tür.

»Mutter ist da«, sagt dein Sohn ruhig, als wärst du erst vor fünf Minuten weggegangen.

»Ja, wirklich, Mutter ist da.« Auch Sivert sagt es ganz alltäglich. Als wäre nichts geschehen.

Als der Junge später eingeschlafen ist, zieht sich alles zu einer Art Entscheidung zusammen.

– Was würdest du sagen, Alberte, wenn ich dir erzähle, dass ich eine andere liebe?

Alberte erschrickt. Das sind entscheidende Worte, es geht um ihr Schicksal, das Schicksal von allen dreien …

– Du brauchst mir das nicht zu erzählen, Sivert.

– Nein, nein. Aber was sagst du dazu?

– Ich sage, dass wir uns dann entsprechend einrichten müssen. Alberte hat das Gefühl, auf schwankendem Boden zu gehen. Ob er beim nächsten Schritt noch trägt, kann man unmöglich wissen. Wie, in aller Welt, sollen sie was einrichten?

– Ja, sagt Sivert. Das denke ich auch. Ein Glück, dass wir nicht gesetzlich verheiratet sind. Das erspart uns eine Menge Ungemach. Du fragst gar nicht, wer sie ist?

Kalt bewegt Alberte nur der eine Gedanke: Das geht mich nichts an.

Sie sagt:

– Soll ich nach etwas fragen, das ich längst weiß …

– Ich habe in letzter Zeit ja viele Frauen getroffen.

– Dann irre ich mich vielleicht …
– Ich weiß nicht, an wen du denkst. Jedenfalls ist es die schwedische Malerin.
…
Dann hält er einen kleinen Vortrag über die Frau als Mutter und Geliebte. Sie ist entweder das eine oder das andere, selten beides. Und dann gibt es Frauen, die weder das eine noch das andere sind …
Und die Nacht kommt. Du hörst Siverts Atemzüge so gleichmäßig wie das Ticken einer Uhr.
*Alberte schläft nicht. Man kann so müde werden, dass kein Pulver mehr hilft, nicht einmal zwei.**

Du warst also vorgewarnt. Du hattest es gespürt. Nun, ich ja eigentlich auch, und gerade über diese Art von Vorahnungen hatte ich mit Solbritt gesprochen, und wir hatten uns belustigt gefragt, wer es wohl sein mochte. Das Angebot in Svarttuna war ja nicht allzu groß.

Meine zweite Antwort in dieser Angelegenheit, nach dem verdrehten nächtlichen ›Und was soll ich deiner Meinung nach jetzt mitten in der Nacht machen?‹, war:

»Ich verstehe nicht ganz. Solbritt und ich hatten ausgemacht, dass wir heute Abend zusammen nach Stockholm fahren und ins Kino gehen. Wir wollten uns einen Film mit Cary Grant und Katherine Hepburn ansehen. Das können wir doch trotzdem tun, oder?«

Körperlich ist er ganz nah bei mir, aber mir ist, als befände er sich, wie in einem umgedrehten Fernglas, in weiter Ferne.

Aber auch aus dieser Entfernung erkenne ich, dass er fast milde lächelt. Und dann sagt: »Ich glaube nicht, dass du künftig mit Solbritt als Freundin rechnen kannst.«

Mit ihr *als Freundin* rechnen? Ist sie denn nicht meine Freundin gewesen, meine einzige Vertraute in der ganzen Stadt?

Nein, das spreche ich nicht aus. Ich denke es. Meine Verwirrung ist genau auf diesen Punkt fixiert.

Dass es also Solbritt ist!

Lars-Ivar und ich lebten schon lange wie ein Ehepaar in einem schlecht inszenierten Strindbergdrama. Damit will ich sagen, zwischen uns lief es genauso wie bei dir und Sivert. Hoffnungslos verfahren.

Aber Solbritt? Wenn wir unter ihren rosa Lampenschirmen zusammen gesessen und aus ihren großen englischen Teetassen Tee getrunken und die Damen von Svarttuna, ob verheiratet oder unverheiratet, durchgehechelt hatten? Welche wohl von denen?

Am Nachmittag kommt sie. Sie ist bewundernswert gesammelt und kühl. Sie strahlt einen solchen Hass aus, dass der Raum, ja, das ganze Haus, zu klein dafür ist. Das Haus, in dem sie die Schränke mit Papier ausgelegt und das Porzellan eingeräumt hat. Die fröhliche, liebe Tante Solbritt.

Es lässt sich an fünf Fingern abzählen, dass damals schon alles angefangen hatte. Sie hat den Umzug ganz einfach für sich selbst gemacht. Das Schrankpapier ist immer noch sauber und glatt; nur das Geschirr war auszuwechseln.

Lars-Ivar führt das große Wort. Die Verwirrung um Solbritt als herzliche Freundin hat sich im Prinzip gelegt, aber Lars-Ivar möchte alles ganz genau erklären.

Mein Mann hätte uns natürlich am liebsten beide gehabt, das ist gar nicht so ungewöhnlich, oder?, so in jeder Hinsicht praktisch. Mit mir hatte er die Kinder und die Zusammenarbeit bei meinen Zeichnungen, und wohl auch hin und wieder seine Kunstwerke betreffende Überlegungen. Wir hatten das Haus und den gemeinsamen Freundeskreis.

Aber wie gesagt, kann ein Mann es besser haben, als nach dem Zubettbringen der Kinder hinaus in die Dämmerung zu gehen und mit einem Abstecher in Solbritts lavendelduftenden Frieden Zigaretten holen zu gehen? Keine Kinder, die weinen oder sich übergeben müssen. Keine Kinder, die rufen. Nicht einmal das Risiko, dass die allein gelassene Gattin anruft.

Er hatte Solbritt also aufgefordert, den engeren Kontakt mit mir zu verstärken. Damit sie nicht befürchten mussten, dass ich etwas merkte.

Ausgerechnet Solbritt also.

Hast du gemerkt, wie geschickt die beiden vorgegangen sind, Alberte?

Man steht mit offenem Mund da und will seinen Ohren nicht trauen.

Im Grunde genommen ist die Wirklichkeit erfinderischer als jede Dichtung.

Aber vielleicht hatte Solbritt ihre Fähigkeiten in Richtung Diplomatie oder Spionage nie zur Entfaltung bringen können?

Mein einziger kläglicher Triumph ist, dass ihr schönes Gesicht plötzlich rot aufflammt, als ich ihr nämlich erzähle, dass Lars-Ivar auch ihr manches vorgelogen hat. Alle fremdgehenden Männer reden ihrer Geliebten ein, dass Sexualität in ihrem Eheleben schon lange kein Thema mehr sei.

»Verrückt, Solbritt, dass du das geglaubt hast! Klar hat er die ganze Zeit mit mir geschlafen, wir haben mit Orgasmus und allem Drum und Dran fröhlich herumgevögelt. Und was, glaubst du, haben wir damals in Stockholm gemacht, als du am Sonntag bei uns Babysitter gespielt hast, du hast doch gewusst, dass wir im Hotel übernachten. Du nimmst doch nicht etwa an, dass wir Mensch ärgere dich nicht mit Rausschmeißen gespielt haben?«

Jetzt spüre ich, wie mein Mann sich von mir zurückzieht und zu Solbritt hinübergeht, und ich sehe es auch; bisher hatten wir einander noch recht nahe gestanden. Aber jetzt verbündet er sich mit Solbritt, legt ihr den Arm um die Schultern und flüstert ihr etwas Zärtliches in die Naturlocken. Dann schaut er mich an und sagt: »Ich bringe Solbritt jetzt mal nach Hause. Du wirst verstehen, dass das alles nicht leicht für sie ist.«

Obwohl sich in meinem Kopf alles dreht, finde ich einen Küchenstuhl, auf den ich mich setzen kann. Alles ist noch vollkommen unwirklich. Ich höre die Haustür ins Schloss fallen. Im selben Augenblick wacht Magnus auf, der über Mittag geschlafen hat. Es ist zutiefst beunruhigend, dass er immer weinend aufwacht. Allerdings hört er schnell auf, wenn man ihn auf den Arm nimmt. Er ist im Schlaf traurig gewesen. Ich stelle ihn auf den Fußboden und gehe eine kleine Zwischenmahlzeit vorbereiten.

Im selben Moment saust Svante zur Küchentür herein und ruft wie üblich sein freudiges: *Ich bin's. Ich bin jetzt zu Hause!*

Mit hereingefegt kommen einer dieser Rangen von Ronaldssons und ein mir unbekannter gleichaltriger Junge. Magnus strahlt und lacht kumpelhaft herzlich. Alle bekommen ein Glas Saft und Zimtschnecken.

Der große Bruder Peter ist noch in der Schule. Er weiß von nichts, keiner von ihnen weiß, dass ihr Leben soeben in Scherben gegangen ist und nichts mehr wie früher sein wird.

Sivert hat dir also von der schwedischen Malerin erzählt und dass er beschlossen hat, mit ihr zusammenzuziehen.

Am nächsten Abend, als Sivert gerade weggehen will, bittest du ihn um ein Gespräch.

– Was ist jetzt wieder los …?
Und Alberte bringt die schwierigste, die brennendste von allen Fragen heraus.
– Hast du auch an uns gedacht?

– An euch …?
– Ja, an den Kleinen und mich. Wie wir das regeln werden.
– Natürlich habe ich das.
– Ja, und …?
– Ich nehme den Jungen zu mir.
– Du?
– Ja, ich. Ich kann ihn versorgen. Du selbst wirst froh sein, dass du es nicht brauchst. Dass du dich künftig aufopfern kannst, wo du willst. Und übrigens … du bist ja freiwillig gegangen. Und damit hast du jedes Recht verwirkt …
*– Mutter in der wahren Bedeutung des Wortes bist du ja nie gewesen, fährt Sivert fort, als es Alberte die Sprache verschlägt …**

»Mutter in der wahren Bedeutung des Wortes bist du ja nie gewesen«, so hat Sivert es formuliert.

Lars-Ivar hat das Gleiche gesagt, aber vielleicht mit etwas anderen Worten. Die Bedeutung war aber unmissverständlich. Eine schlechte Mutter. Keine richtige Mutter. Eine miserable Mutter, eine katastrophale Mutter, wenn man es sich genau überlegt.

Auch in unserem Fall bestimmt der gute Vater, dass selbstverständlich er das Sorgerecht für die Kinder bekommt. Aber mit der Wahl der »Stiefmutter« hatte Lars-Ivar mehr Glück. Siverts Hoffnung, dass die schwedische Malerin eine gute Stiefmutter werden würde, schlug, wie er dir später sagte, fehl. Sie erwies sich als unzuverlässig. Sie überlegte es sich anders. Sie wollte nicht mehr mitmachen.

Aber bei Solbritt konnte man auf solchen Wankelmut nicht hoffen. Für kurze Zeit mussten wir Frauen akzeptieren, dass Lars-Ivar zwischen uns hin- und herpendelte. Wir wussten beide, wenn er nicht bei mir ist, ist er bei der anderen. Das höchste der Gefühle war bei Solbritt, dass sie darauf einging.

Aber sie wusste genau, dass sie gewinnen würde.

Jeden Sonntag und jeden Mittwoch war Lars-Ivar dabei, wenn die Kinder zu Bett gebracht wurden. Danach rasierte er sich, badete besonders ausgiebig und zog ein sauberes Hemd an.

»Ich geh kurz mal weg«, sagte er.

Gleich darauf hing der Duft von Rasierwasser in der Diele.

Wenn er mitten in der Nacht dann nach Hause kam, schloss er die Haustür besonders leise auf. Ging auf Strümpfen. Als würde er denken, ich schlafe.

Wie dumm darf der Mensch eigentlich sein?

Du wirst wissen, Alberte, dass man so etwas nicht lange durchhält. Nicht einmal den Kindern zuliebe.

Bei mir äußerte es sich so, dass ich immer entsetzlich fror. (Denn Tränen vergoss ich nicht. Sie hätten ja doch nichts genützt.)

Ganz gleich, wie viele Jacken, Schals, Socken und Wollhosen ich anzog, der Schüttelfrost durchrieselte mich ständig.

Wir hatten die Möbel umgestellt. Ich schlief in Lars-Ivars Bett und es war uns gelungen, drei Kinderbetten im selben Raum unterzubringen. Die beiden kleineren Buben fanden es herrlich, dass die Zimmereinrichtung nur aus Betten bestand, und hopsten barfuß von Bett zu Bett, tobten herum und schubsten sich, wohl wissend, immer in einem weichen Bett zu landen.

Du wirst dich erinnern, dass ich nicht schlafen konnte, wenn jemand zu dicht neben mir lag. Ich konnte also nicht wie Lars-Ivar alle Kinder gleichzeitig bei mir im Bett vertragen. Zwei oben und eins an den Füßen. Aber bei dem jetzigen Arrangement konnte ich immer ein Kind an der Hand halten, eines besser zudecken, ihnen kleine Lieder vorsingen, warten, bis der Zappelige wieder eingeschlafen war.

Lars-Ivar hatte also mein Zimmer übernommen. Solbritt

konnte sich in dieser Zeit damit trösten, dass es zwischen den Eheleuten jetzt ganz bestimmt kein intimes Zusammenleben mehr gab.

In der vierten Woche sagte ich zu ihm: »Du musst dich für eine von uns entscheiden. Ich kann nicht mehr. Ich erfriere.«

Er wählte Solbritt. Ihrer unbestechlichen Loyalität wegen.

Jetzt kamen ihm Siverts Worte zupass. Sorgerecht für die Kinder. Er hatte den Vorteil, dass die Kinder die Stiefmutter schon kannten und dass sie sie sehr mochten.

Unsere, ich meine, seine und Solbritts Freunde, brauchten nicht mehr hinter dem Berg zu halten. Gewiss hatten sie die ganze Zeit von dieser Verbindung gewusst und Lars-Ivar diese anpassungsfähigere und zuverlässigere Frau gegönnt. Eine, die nicht immer nur an sich dachte.

Ja, hier gab es ein weiteres Beispiel unverbrüchlicher Loyalität.

Bei der Scheidung setzte der Vater das Sorgerecht für den achtjährigen Peter durch. Die beiden anderen Kinder waren ja erst fünf und zweieinhalb Jahre alt, und nach Meinung der Gemeinde und der Sozialbehörde gab es an der Mutter nichts auszusetzen. Keine Alkohol- oder Drogenprobleme, beruflich etabliert, stabile Einkommensverhältnisse, bezahlte pünktlich ihre Steuern.

Dieses Abkommen wurde im Frühsommer getroffen. Im Sommer gab er überall damit an, dass er sie – ihr werdet schon sehen – im Herbst alle drei haben werde. Sie ist als Mutter unmöglich, das weiß doch jeder.

Aber da »schnitt er sich«, um sein handfestes Vokabular zu verwenden, »ganz gewaltig«.

Ich schaffte es besser, als man allgemein annahm, mich selbst eingeschlossen.

Ich schrieb mein erstes Buch.

Als es ein Erfolg wurde und die Journalisten kamen, um

mich zu interviewen, dankte ich Gott und allen guten Mächten, dass mir dieser Erfolg gegönnt war, ohne dass Lars-Ivar lästern und sich einmischen konnte.

Er würde nie mehr Papier aus meiner Schreibmaschine reißen können.

Für dich und deinen Kleinen, Alberte, regelte es sich so, dass Sivert euch mit nach Norwegen zu seinen Eltern nahm. Sie waren einfache, freundliche Menschen, die von dem Verhältnis zwischen dir und Sivert nicht viel mitkriegten. Und sie respektierten dich. Der Junge fühlte sich wohl. Wuchs, dass man dabei zusehen konnte. Kriegte stramme Beine, rosige Wangen und einen sonnigen Blick.

Er hatte den Großvater und alle Tiere gern; kurz gesagt, er liebte das Landleben.

Du konntest für dich eine Kammer in einem Häuschen tief im Wald mieten.

Du fingst mit dem Schreiben deines ersten Buches an. Endlich bemühtest du dich allen Ernstes, System in deine Zettelwirtschaft zu bringen.

Als du später einen anderen Wohnort wähltest, hast du den Jungen in Norwegen zurückgelassen.

Wir beide haben bei unserem Aufbruch einen kleinen Jungen zurückgelassen.

Glaube mir, das vergeben sie uns nie.

Anmerkungen

Die Übersetzung des Bibeltextes Hld, 2, 14, 15 AT stammt von Alisa Stadler, 1990, Residenz Verlag Salzburg

Die Zitate auf den Seiten 437 und 441 stammen aus der schwedischen Ausgabe der Werke von Cora Sandel: *Alberte und Jakob, Alberte und die Freiheit, Nur Alberte.* Forumbibliothek 1948.

Das Zitat am Anfang des Buches ist der schwedischen Übersetzung von Dan Hylander »Allt inom mig« (»Alles in mir« James, Thompson, Christopher) entnommen.

Kerstin Thorvall
Kleide den Himmel in Dunkel
Roman. 384 Seiten. Gebunden

Als Hilma ihren Mann Sigfrid während ihrer ersten Sommerferien als Grundschullehrerin kennen lernt, ist sie noch sehr jung. Sie kommt aus einfachen Verhältnissen und Sigfrid stammt aus einer angesehenen Pastorenfamilie, ist Studienrat und etliche Jahre älter als sie. Er verliebt sich Hals über Kopf in die unerfahrene und kindlich unbefangene Frau und beeindruckt sie mit seiner stürmischen und leidenschaftlichen Art. Hilma erwidert seine Gefühle aus tiefstem Herzen und kann es kaum fassen, dass seine eher reservierte und gebildete Familie sie anscheinend bedrängt, möglichst bald zu heiraten. Doch schon in der Hochzeitsnacht offenbart sich Hilma ein wohlgehütetes Familiengeheimnis. Für Hilma beginnt ein Leben voller Verzweiflung, Schmerz und Enttäuschung. Auch die Geburt der Tochter ändert daran nichts. Und so ist auch Signes Leben vom ersten Augenblick an von einem dunklen Schatten überdeckt.

Kerstin Thorvall erzählt die ergreifende Geschichte einer jungen Frau, und zugleich die Geschichte Schwedens zu Beginn des 20. Jahrhunderts kraftvoll, mit überwältigender Eindringlichkeit, Ehrlichkeit und Mitgefühl. ›Kleide den Himmel in Dunkel‹ ist der erste in sich abgeschlossene Roman der Trilogie, die im Krüger Verlag erschienen ist.

Kerstin Thorvall
Wo das Leben beginnt
Roman. 367 Seiten. Gebunden

Als das schrille Läuten des Telefons die Stille des Nachmittags zerreißt und einfach nicht enden will, weiß Hilma genau, welche Nachricht ihr überbracht werden soll: Ihr Mann, Studienrat Sigfrid Tornvall, ist am Vormittag dieses 19. Novembers 1936 in der Nervenklinik an einem Herzversagen gestorben.
Zwar muss Hilma sich in den folgenden Tagen und Monaten ganz als trauernde Witwe der Öffentlichkeit präsentieren, doch so ganz traurig sieht es in ihrem Inneren nicht aus, kann doch ihr Leben in Zukunft nur leichter werden. Doch sie hat nicht mit der Reaktion ihrer Tochter Signe gerechnet: Signe ist verzweifelt und voller Wut auf die Mutter, hat sie den Vater doch abgöttisch geliebt. Ein Freund und ehemaliger Kollege Sigfrids, Rutger von Parr, steht Hilma und ihrer Tochter in dieser schwierigen Zeit zur Seite. Signe ist diesem Ersatzvater sehr zugetan, doch als Gerüchte aufkommen, dass diese freundschaftliche Beziehung doch mehr sein könnte, sucht Hilma das klärende Gespräch mit ihm.

Kerstin Thorvall erzählt in diesem zweiten, in sich abgeschlossenen Roman die ergreifende und aufwühlende Geschichte über eine Mutter-Tochter-Beziehung, die einen nicht mehr loslässt.

»Es ist ein wunderbarer Roman darüber, wie das Schicksal der Mütter das Leben der Töchter formt.«
Marianne Fredriksson

Krüger Verlag

Dez. 2008